I0641539

LE COMTE
JOSEPH DE MAISTRE

ET SA FAMILLE

1753-1852

ÉTUDES ET PORTRAITS POLITIQUES ET LITTÉRAIRES

PAR

M. DE LESCURE

PARIS

ANCIENNE MAISON CHARLES DOUNIOL

H. CHAPELLIEZ ET Cie LIBRAIRES-ÉDITEURS

29, RUE DE TOURNON, 29

1893

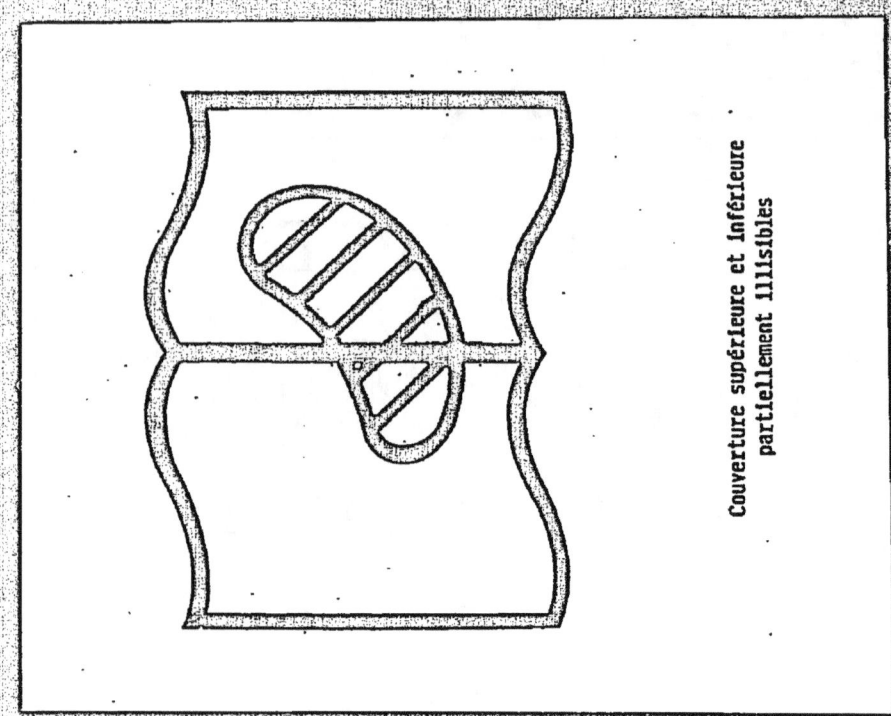

Couverture supérieure et Inférieure
partiellement illisibles

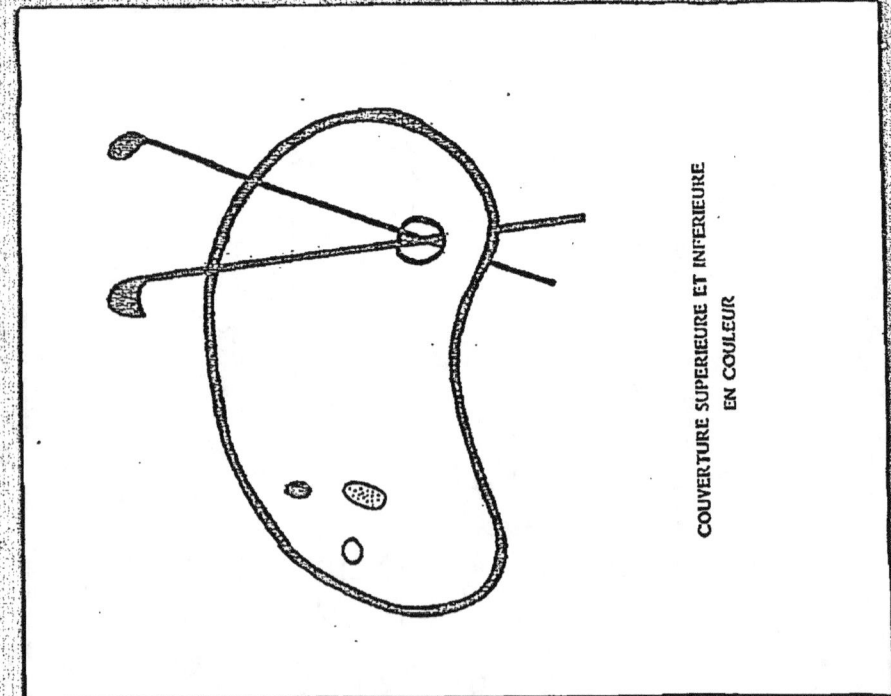

COUVERTURE SUPERIEURE ET INFERIEURE
EN COULEUR

... IS, IMPR., 18, R. DES FOSSÉS-S.-JACQUES.

LE COMTE

JOSEPH DE MAISTRE

ET SA FAMILLE

OUVRAGES DE L'AUTEUR

(Couronnés par l'Académie française)

~~~~~~~~~

Henri IV (2° prix Gobert, 1872-1873). P. Ducrocq, éditeur.

Éloge de Marivaux (prix d'éloquence, 1880). Didot, éditeur.

Les Femmes philosophes (prix Marcellin Guérin, 1881). Dentu, éditeur.

Rivarol et la Société française, pendant la Révolution et l'Émigration (prix Guizot, 1883). E. Plon et Nourrit, éditeurs.

Étude sur Beaumarchais (prix d'éloquence, 1885). Paul Perrin (Didier), éditeur.

LE COMTE

JOSEPH DE MAISTRE

ET SA FAMILLE

1753-1852

ÉTUDES ET PORTRAITS POLITIQUES ET LITTÉRAIRES

PAR

M. DE LESCURE

PARIS

ANCIENNE MAISON CHARLES DOUNIOL

H. CHAPELLIEZ ET Cⁱᵒ LIBRAIRES-ÉDITEURS

29, RUE DE TOURNON, 29

1892

A

MONSIEUR LÉON LAVEDAN

DIRECTEUR DU *Correspondant,*

Hommage d'affectueux dévoùement.

M. DE L.

LE COMTE
JOSEPH DE MAISTRE

ET SA FAMILLE

───～◦∞◦～───

CHAPITRE PREMIER

Joseph de Maistre et sa famille avant la Révolution

1754-1789.

Joseph de Maistre aussi célèbre que mal connu. — Opinions fausses en circulation sur son compte. — Légende hostile de l'école soi-disant libérale. — Comment elle a été réfutée par les témoignages authentiques et notamment la publication des *Lettres et Opuscules inédits* en 1851. — Aveux significatifs de Sainte-Beuve. — Opportunité d'un acte définitif de justice et de réparation. — Une « *chienne de fin de siècle* ». — Première esquisse du portrait vrai de Joseph de Maistre. — *Le rire satanique et le rire angélique.* — Véritable date, donnée pour la première fois, de la naissance de Joseph de Maistre. — Le père de Joseph de Maistre. — Éducation. — *Le collège des Jésuites.* — Deuil de leur expulsion. — Joseph de Maistre est un des meilleurs élèves de ces incomparables maîtres. — Sa prodigieuse mémoire. — Ses méthodes de travail. — Son répertoire de notes. — Sa soumission touchante envers ses parents. — Double *criterium* d'appréciation des grands écrivains. — Goûts poétiques de Joseph de Maistre. — Son culte pour sa mère. — Joseph de Maistre entre comme substitut-avocat fiscal général au Sénat de Savoie, où il fera toute sa carrière. — Joseph de Maistre magistrat. — Mariage de Joseph de Maistre. — Portrait de sa femme. — Ses idées sur les devoirs et les bonheurs conjugaux. — Influence discrète de Mᵐᵉ Joseph de Maistre sur son mari et ses enfants. — *Madame Prudence.* — Première esquisse de la galerie de famille.

Il est arrivé pour Joseph de Maistre ce qui arrive encore chaque jour pour d'autres écrivains comme lui,

1

aussi célèbres que peu ou mal connus. On le cite plus qu'on ne le lit, on le blâme ou on l'admire de confiance. Notre but est surtout de le faire connaître. Un long commerce avec ses œuvres, avec les traditions locales et familiales scrupuleusement interrogées, nous a donné l'illusion peut-être téméraire de notre initiation aux plus intimes mystères de son génie et de son caractère. Nous allons essayer de la justifier et de la faire partager au lecteur.

Nous le ferons avec d'autant plus d'espoir, que quoi qu'il circule encore sur le compte de Joseph de Maistre bien des opinions fausses, le public n'en est plus à voir sa figure sous l'aspect rébarbatif et presque sinistre que lui prêtait la malveillance d'une certaine école soi-disant libérale. C'est la publication, par son fils, en 1851, de ses *Lettres et opuscules inédits* qui a fait ce premier miracle de lui rendre en traits singulièrement attrayants la réalité de sa physionomie (1). Nous n'en sommes plus à la légende caricaturale de l'ogre théocratique, de l'ours de Savoie. La surprise de ce charme inattendu arracha alors à Sainte-Beuve ces aveux significatifs qui ont fait leur chemin depuis dans la critique et le public.

On avait fait à cet écrivain une réputation toute particulière d'absolutisme; on le jugeait sur une page mal lue d'un de ses écrits, et on ne l'appelait que le pané-

---

(1) La publication en 1858 et en 1860, par M. Albert Blanc, de la correspondance diplomatique et des *Mémoires* politiques de Joseph de Maistre, en 3 volumes in-8°, a achevé le revirement en faveur de Joseph de Maistre, en nous livrant dans leur intimité non plus seulement l'homme, l'époux, le père, mais le politique avisé, clairvoyant et le généreux patriote. Il a bien fallu se résoudre à aimer, à estimer celui qu'on osait à peine admirer.

gyriste du *bourreau*, parce qu'il avait soutenu que les sociétés qui veulent se maintenir fortes ne peuvent le faire qu'au moyen de lois fortes. Aujourd'hui les événements ont marché; ils sont loin d'avoir donné raison en tout à M. de Maistre; mais ils ont mis de plus en plus en lumière la hauteur de ses vues et leur vrai sens, la perspicacité de ses craintes, la sagesse de quelques-uns de ses regrets. Enfin, on ne peut plus méconnaître en lui un philosophe politique du premier ordre, un de ceux qui, en nous éclairant sur l'esprit d'organisation des anciennes sociétés, donnent le plus à penser sur les destinées et la direction future des sociétés modernes.

Le même illustre critique exprimait en ces termes l'impression qu'il avait ressentie à la lecture de la *Correspondance* et des *Opuscules inédits*.

L'homme supérieur et, de plus, l'homme excellent, sincère, amical, père de famille, s'y montre à chaque page dans toute la vivacité du naturel, dans tout le piquant de l'humeur et, si l'on peut dire, dans toute la gaieté et la cordialité du génie. C'est le meilleur commentaire et le plus utile correctif que pouvaient recevoir les autres écrits si distingués, mais un peu altiers, du comte de Maistre. On apprendra de près à révérer et à goûter celui qui nous a tant de fois surpris, provoqués et peut-être mis en colère. Ce puissant excitateur de hautes pensées politiques va devenir une de nos connaissances particulières et, peu s'en faut, l'un de nos amis (1).

Le moment n'est pas mauvais pour profiter de ce mouvement de justice et de réparation, et rendre à Joseph de Maistre les hommages qu'il mérite. Au contraire, dans les temps critiques comme le nôtre, et pour parler le langage pessimiste de Linguet, « en cette chienne de fin de siècle (2) », où, comme le constatait

(1) *Causeries du lundi*, t. IV, p. 192-193.
(2) Lettre inédite de Linguet à Perregaux, du 11 octobre 1789.

encore, vers la même époque, Sénac de Meilhan, « les grandes passions sont aussi rares que les grands hommes », il est opportun, il est salutaire, au point de vue moral, d'essayer de faire revivre la figure d'un homme illustre qui fut aussi un honnête homme et un excellent homme, qui eut jusqu'au bout tous les courages de l'esprit et toutes les fidélités du cœur. Il est opportun, il est intéressant, au point de vue littéraire, d'étudier de près un homme qui déploya, pour défendre les idées les plus contraires à celles de Voltaire, plus d'éloquence et autant d'esprit que Voltaire, qui a laissé, sur tous les sujets politiques ou philosophiques qu'il a traités, une trace magistrale, qui a renouvelé en se jouant un genre essentiellement français, le genre épistolaire, dans cette correspondance de famille et d'amitié, où il se peint sans le savoir et se loue sans le vouloir, où il laisse courir sa plume, la bride sur le cou, se bornant à voir juste, à sentir sincèrement et à parler simplement, sans se défendre les innocentes vengeances de la malice et ces bonnes fortunes de style qu'on ne trouve qu'en ne les cherchant pas.

Cet homme, d'autant de caractère que de talent, aussi fin que fort, aussi généreux que spirituel, aussi honnête qu'habile, aussi tendre pour sa famille et le prochain que sévère pour lui, est, grâce à quelques pages d'une beauté immortelle où, lorsqu'il s'est trompé, la forme triomphe de l'erreur même et survit au fond, un grand écrivain et un modèle littéraire, à ce point que l'Académie française a donné sa Vie et ses œuvres pour sujet du discours imposé aux concurrents de son prochain concours d'éloquence.

Il est encore plus et mieux qu'un artiste et parfois un virtuose d'inauguration, d'éloquence et de style; il

est un des hommes, un des exemplaires d'humanité
qui font le plus d'honneur à l'humanité. Sa vie fut
toujours un exemple, comme ses œuvres sont souvent
un modèle. Cordialité inépuisable, probité incorrup-
tible, piété filiale, conjugale, paternelle, religion des
devoirs domestiques, courage civil, constance dans les
fois et les affections, toutes les vertus de la lutte,
toutes celles, plus rares, de la victoire, désintéressement et modestie, dédain de la popularité, mépris de
la fortune, culte de la raison et du droit, surtout en
présence du triomphe insolent de la force, joie dans le
travail et résignation dans le sacrifice : voilà ce qu'on
trouve avec admiration et avec respect dans cette
existence.

Mais ce n'est pas tout d'être vertueux : il ne mes-
sied pas à la dignité de la vertu, il ne nuit pas à son
mérite et à son exemple qu'on soit vertueux avec simplicité, avec bonhomie, avec grâce, avec alacrité, avec
esprit. Aussi Joseph de Maistre ne se priva-t-il jamais
des consolations et des vengeances permises de l'esprit.
Il ne pensa point, comme son ami, M. de Marcellus,
qu'il y a dans le rire quelque chose de *satanique*. Il
y a aussi la gaieté des honnêtes gens, la joie des consciences sans reproche, il y a aussi la douce malice
du rire *angélique* que M. de Marcellus a eu tort d'oublier. Joseph de Maistre vivait en un temps d'épreuves
où on avait à pleurer sur tant de choses, qu'il était
bien permis de se dédommager en riant franchement
de quelques autres. Le rire de l'honnête homme, qui
décharge et soulage à la fois sa conscience et la conscience universelle et l'absout mieux qu'une protestation de toute apparence de complicité avec les iniqui-
tés du fait, Joseph de Maistre l'eut avec cette facilité à

la fois naïve et profonde de l'enfant et du philosophe.
Il eut cette joie de l'esprit qui en marque la force et
atteste aussi la paix de l'âme et l'harmonie des facultés. Rien n'égale la sincérité de son rire, si ce n'est
celle de ses larmes, qu'il donne alors avec la même
abondance généreuse aux causes et aux pertes qui le
méritent.

Joseph de Maistre, que Lamartine a cru voir de
haute stature, était au contraire de stature ordinaire. Il
était taillé moralement plus que physiquement dans la
solidité des belles natures alpestres, solidité qui n'a rien
de gigantesque et se traduit plus en nerfs qu'en muscles ;
solidité pleine de cette souplesse qui plie parfois, mais
ne rompt jamais sous les orages. Sa force et sa vie
brillaient surtout dans ses yeux, dont le regard, quand
il n'était pas enflammé par la passion de l'idée, par la
colère contre l'injustice ou la sottise insolentes, était
doux comme celui d'une femme, riant comme celui
d'un enfant. Il eut à la fois la loyauté et l'intrépidité
chevaleresques, la simplicité et l'ingénuité patriarcales.
Cet aigle d'intelligence fut débonnaire comme l'agneau,
candide comme la colombe. Il garda à sa vertu, avec
le charme des façons les plus nobles, les plus galantes,
l'attrait naïf de l'innocence et de l'alacrité rustiques. Il
y a dans la vertu de l'homme, quand il s'est conservé
sain d'esprit et pur de cœur jusqu'à la vieillesse, en
dépit de la corruption, de la prospérité ou de celle du
malheur, quelque chose de particulièrement touchant,
charmant, aimable et vénérable à la fois, un attrait
plus original et plus rare que celui, plus naturel, de la
vertu féminine.

Nous avons tenu à placer au début de ces Études, ne
fût-ce que pour inciter le lecteur à nous suivre, juste-

ment attiré par le charme de cette belle figure, l'esquisse
d'ensemble du caractère et du talent de Joseph de
Maistre. Nous allons reprendre en détail cette physionomie complexe, en appuyant sur les lignes maîtresses,
sur les touches décisives, et en essayant de donner peu
à peu à notre portrait les reliefs de la ressemblance et
les couleurs de la vie.

C'est à l'homme, avant l'œuvre, que nous nous atta-
cherons tout d'abord.

Joseph-Marie, comte de Maistre, naquit à Chambéry
le 1er avril 1753 (1), d'une famille d'origine languedo-
cienne, dont une branche, détachée de la souche originaire, fleurit et fructifie en Savoie dès le commencement

(1) Nous donnons pour la première fois la date exacte,
d'après les registres baptismaux, de la naissance de Joseph
de Maistre. Sainte-Beuve l'avait fixée au 1er avril 1753, dans
les *Portraits littéraires*, sans indiquer sa source dont il n'était
pas bien sûr, puisque, dans les *Causeries du lundi*, il adopte la
date donnée par le fils, le comte Rodolphe, présumé avec
raison mieux informé que personne, et répète 1754. Le fils
pourrait d'ailleurs invoquer ce témoignage du père, sous la
forme humoristique qui lui est familière. « Dans mes rêves
poétiques, j'imagine que la Nature me portait jadis dans son
tablier de Nice en France, qu'elle fit un faux pas sur les Alpes
(bien excusable de la part d'une femme âgée) et que je tombai
platement à Chambéry. Il fallait pousser jusqu'à Paris où, du
moins, s'arrêter à Turin, où je me serais formé; mais l'irréparable sottise est faite depuis le 1er avril 1754. » Joseph de Maistre
plaisantait volontiers sur son origine savoyarde et sur son âge,
rappelant à son frère Nicolas que les registres de la paroisse
Saint-Léger ne lui permettaient pas l'illusion de se croire
jeune. Or ces registres le vieillissent d'un an sur son propre
calcul. En voici l'extrait qui le concerne. Sur l'absence de
particule usitée en Savoie et Piémont, sur le nom patronymique
Maistre, sur la noblesse incontestable, mais non ancienne ni
de caractère féodal de la famille, nous renvoyons aux explications dont nous avons accompagné l'extrait baptismal de
Xavier. Voici celui qui concerne Joseph : « Le 1er avril (1753)
est né et le même jour a été baptisé Joseph Marie, fils du

du dix-septième siècle (1). Son père, le comte François-
Xavier, était président du Sénat de Savoie et conser-
vateur des apanages des princes.

Ses vertus et ses lumières lui avaient mérité l'estime
de ses collègues et la considération du public, qui, à sa
mort, se manifestèrent par des témoignages excep-
tionnels de regret. Le sénat crut devoir faire part de
cette perte irréparable par un message solennel au roi,
qui y répondit par un billet autographe de condoléance.

Joseph, digne fils d'un tel père, était l'aîné d'une
famille de dix enfants, dont un seul, Xavier, devait
avec lui, par des talents un peu différents et des œuvres
plus légères, illustrer littérairement le nom commun.
Mais tous contribuèrent à son honneur, les trois autres
frères dans la carrière ecclésiastique ou la carrière

seigneur François-Xavier Maistre, avocat fiscal général, et de
dame Christine Demotz, mariés; parrain : le seigneur Joseph
Demotz, sénateur honoraire au Sénat de Savoie et juge mage
de la même province, aïeul de l'enfant; marraine : dame Anne-
Marie Demotz, épouse du seigneur Nicolas Perrin, premier
substitut, avocat fiscal général, tante de l'enfant. — P. Alex.
Curé. (*Reg. de baptêmes de l'église paroissiale de Saint Léger*, t.
V. Extraits communiqués par M. Vernier, archiviste de la
Savoie).

(1) Le comte Rodolphe de Maistre écrit à ce propos dans la
notice biographique qui ouvre les deux volumes d'*Opuscules
et de Correspondance* inédits publiés par ses soins en 1851 :
« La famille de Maistre est originaire du Languedoc; on trouve
son nom répété plusieurs fois dans la liste des anciens capi-
touls de Toulouse; au commencement du dix-septième siècle,
elle se divisa en deux branches, dont l'une vint s'établir en
Piémont : c'est celle dont le comte Joseph descend; l'autre
demeura en France. Le comte Joseph de Maistre attachait
beaucoup de prix à ses relations de parenté avec la branche
française : il eut soin de les cultiver constamment, et aujour-
d'hui même les descendants actuels des deux branches sont
unis par les liens d'affection autant que par leur communauté
de principes et d'origine. »

militaire; les cinq sœurs par leur beauté, leur vertu et l'agrément de leur esprit.

L'aîné de cette nombreuse postérité fut élevé avec les soins particuliers que méritait une intelligence précoce et qu'inspirait aussi la prédilection prophétique qui faisait voir en lui non seulement le futur chef de la famille, mais sa future gloire. Il la justifia de bonne heure par son goût pour l'étude, l'ardeur et le succès avec lesquels il suivit les leçons d'abord d'un instituteur particulier, sous la surveillance vigilante de son grand-père maternel, le comte de Motz, gentilhomme du Bugey, et de son père, puis les cours du collège des Jésuites, maîtres excellents, dont sa gratitude devait plus tard exalter la supériorité comme éducateurs de la jeunesse.

Leur réputation et leur influence étaient grandes en Savoie. La suppression en France et en Portugal de cet ordre qui devait trouver en Angleterre, en Prusse, en Russie, dans des pays schismatiques et auprès de rois philosophes, un accueil et un asile, et dans Frédéric lui-même, un appréciateur de ses mérites, fut considérée comme une faute et comme un malheur dans les familles patriarcales et religieuses qui avaient gardé le culte des anciennes fois et des anciennes mœurs. La tristesse et le silence de deuil qui se répandirent dans sa maison à la réception de cette nouvelle, l'air d'autorité et de chagrin avec lesquels sa mère interrompit soudain ses jeux et leur gaieté inconsciente, étaient demeurés un des plus vivaces souvenirs d'enfance de Joseph de Maistre (1).

Il se souvenait aussi avec orgueil d'avoir été un des

(1) *Notice* par le comte Rodolphe de Maistre, p. 2.

meilleurs élèves de ces incomparables maîtres, d'avoir
profité de leur art ingénieux à mêler les leçons de
l'éducation morale à celles de l'instruction classique la
plus raffinée, avec des succès demeurés légendaires,
soit dans les premiers essais et les premiers tournois
de juvénile éloquence, où il remporta souvent la palme,
soit dans ces défis d'une émulation généreuse où il
déconcertait toute rivalité par de prodigieux tours de
force de mémoire. La sienne était extraordinaire et ne
reculait ni ne pliait sous le poids d'un livre de l'*Enéide*,
appris en vingt-quatre heures, et si bien appris qu'en
1818, il était encore capable de le réciter en entier
sans une hésitation ni une faute (1).

L'illustre critique qui raconte le fait, a raison d'y
voir une marque, un signe précoce de la future supériorité. Il est certain que la mémoire, si indispensable
à l'orateur, à l'écrivain, est, quand elle ne sort ni de
sa place ni de son rang, et demeure, non la faculté
maîtresse, mais la première des facultés servantes,
caractéristique de la force de l'esprit. « Cette puissance, cette capacité de mémoire, déclare judicieuse-
ment Sainte-Beuve, quand elle ne fait pas obstruction et
qu'elle obéit simplement à la volonté, est le propre de
toutes les fortes têtes, de tous les grands esprits. »

Joseph de Maistre ne devait pas seulement à l'éducation reçue cette mémoire prompte et forte, assouplie
par l'exercice et fécondée sans cesse par ses acquisi-
tions et ses conquêtes. Il lui devait aussi cette juste
méfiance de la mémoire, même si aguerrie et si sûre,
qui présida toujours à ses méthodes et à ses disciplines
de travail. C'est à ce point qu'il s'astreignit toute sa vie

---

(1) Sainte-Beuve, *Portraits littéraires*, t. II, p. 389-390.

à ne lire que la plume à la main, et à faire de ses lectures des analyses et des extraits soigneusement transcrits, par ordre de matières, sur des registres terminés chacun par une table, et dont la collection formait une véritable bibliothèque encyclopédique. Quelle puissance de travail atteste la patience de l'homme capable de composer un tel arsenal, quelle facilité d'arguments, quelle écrasante abondance de ressources elle procurait à l'homme qui pouvait y puiser incessamment et sans effort !

Ce qu'il faut plus admirer encore, c'est l'esprit de soumission et de modestie que garda toujours celui qui disposait d'un tel trésor, où n'entrait que le fruit des lectures permises, car il n'en faisait jamais d'autres. Sainte-Beuve relevait avec étonnement et respect, dans les souvenirs du comte Rodolphe sur son père, ce trait essentiel en effet de caractère et de nature.

Le trait principal de l'enfance du comte de Maistre, nous dit son fils, fût une soumission amoureuse pour ses parents. Présents ou absents, leur moindre désir était pour lui une loi imprescriptible. Lorsque l'heure de l'étude marquait la fin de la récréation, son père paraissait sur le pas de la porte du jardin sans dire un mot, et il se plaisait à voir tomber les jouets des mains de son fils, sans qu'il se permît même de lancer une dernière fois la boule ou le volant. Pendant tout le temps que le jeune Joseph passa à Turin pour suivre le cours de droit à l'Université, il ne se permit jamais la lecture d'un livre sans avoir écrit à son père ou à sa mère, à Chambéry, pour en demander l'autorisation (1). »

C'est le moment de présenter au lecteur cette mère, « personne de haute distinction, qui eut une grande

(1) Sainte-Beuve, *Causeries du lundi*, t. IV, p. 193-194.

influence sur lui, et qui attendrit ce que cette forme
de paternité sénatoriale aurait pu avoir de trop rigide,
mais sans rien amollir (1) ».

« Elle avait su gagner de bonne heure, dit le comte
Rodolphe, le cœur et l'esprit de son fils, et exercer
sur lui la sainte influence maternelle. Rien n'égalait la
vénération et l'amour du comte de Maistre pour
sa mère. »

Nous verrons tout à l'heure dans quels termes il en
parle. Mais que le lecteur nous permette d'abord à ce
propos l'exposé d'une petite théorie, qui trouve une
confirmation éclatante dans un double trait de la vie
morale et de la vie littéraire de Joseph de Maistre.

Il faut avoir des règles pour juger les hommes. Bien
qu'il n'y ait point à cet égard de *criterium* infaillible,
tant s'en faut, nous avons quelque confiance dans les
éléments d'appréciation *à priori* que nous soumettons
au lecteur.

Quand il s'agit de juger un écrivain, nous nous in-
formons de ses études, des préférences qu'il a mani-
festées dans ces études, et qui peuvent être des signes
de vocation. Nous nous demandons s'il a été nourri de
cette moelle de lion des belles-lettres, des classiques
humanités. Nous désirons savoir s'il n'a pas dédié sa
première barbe à Apollon, s'il n'a pas tenté d'avoir
commerce avec les Muses, pour parler plus simplement,
s'il n'a pas essayé de faire des vers. Nous croyons qu'il
est bien peu d'écrivains dignes de ce nom, qui n'aient
pas essayé d'écrire en vers avant d'essayer d'écrire en
prose, qui n'aient pas composé ce premier volume de
vers, qu'il est sage de conserver inédit, lorsqu'on n'a

(1) Sainte-Beuve, *Causeries du lundi*, t. IV, p. 193-194.

pas la présomptueuse espérance de trouver une note nouvelle, une façon originale de faire vibrer l'instrument, de parler en maître la langue des dieux. L'art des vers supporte moins que tout autre la médiocrité. Il faut, pour continuer de s'y vouer, avoir la conscience fondée qu'on y sera un artiste et non un amateur. Mais, ces réserves faites, convaincu que nous sommes qu'on n'écrit bien en prose que si on a tenté d'abord de bien écrire en vers; qu'on n'atteint jamais au style, sans s'être efforcé de pénétrer les mystères du nombre et de l'harmonie, nous serions disposé à avoir une mauvaise opinion ou tout au moins d'être en méfiance, en prévention, à l'encontre d'un écrivain qui n'aurait pas d'abord, au début intime de la vie littéraire, sacrifié aux Muses et réservé à sa prose quelque chose du parfum resté aux doigts de ceux même qui ont maladroitement manié le vase sacré et l'ont laissé tomber et se briser.

« A-t-il jamais fait des vers? » Bons ou mauvais, peu importe : telle est notre question préliminaire, préalable, quand il s'agit d'apprécier le talent d'un écrivain. Ceci est pour son esprit. Pour nous faire une idée de son cœur, nous demandons : « A-t-il adoré sa mère? » Cela, parce que nous pensons d'abord que tout grand homme est le fils d'une grande mère, digne, par conséquent, non seulement d'être aimée, mais d'être adorée; parce que nous pensons aussi que l'amour filial étant dans la jeunesse, la première manifestation, la première forme du sentiment, un homme dont on pourrait dire, non pas qu'il n'a pas été aimé de sa mère, car toutes les mères aiment leurs enfants, nous ne voulons pas croire le contraire possible, mais qu'il n'a pas adoré sa mère, nous semblera toujours devoir manquer de ce que le cœur ajoute au talent. Nous avons jadis appliqué ce principe à Voltaire et à lord Byron, qui ont l'un et l'autre parlé sans affection et sans respect de leur mère. Aussi, qui ne remarque qu'il a toujours manqué quelque chose à leur génie, que cette absence d'amour filial a laissé en quelque sorte orphelin?

Quand nous avons lu, la plume à la main, selon sa méthode, pour établir notre dossier, la *Correspondance* de Joseph de Maistre, nous nous sommes donc tout d'abord posé nos fameuses questions préalables : « A-t-il aimé les vers? A-t-il essayé d'en faire? A-t-il adoré sa mère? »

Ce n'est pas longtemps que nous avons attendu, à ces deux interrogations, une réponse péremptoire et satisfaisante. Joseph de Maistre a beaucoup lu les poètes. Il a essayé quelquefois de les imiter. Il parle d'Homère, de Virgile, d'Horace, de Dante, du Tasse, de l'Arioste, de Corneille, de Racine, en homme qui s'en est nourri. Il cite souvent des vers, quelquefois même en souriant, des vers de lui dans ses lettres. Il cite jusqu'à Catulle à M. de Bonald, qui s'en étonne un peu et s'en scandalise presque. Aussi n'est-il pas difficile de voir combien ce culte de la poésie, ce commerce avec les poètes, ont profité à sa prose, où les images pittoresques abondent, et où souvent la période se déroule avec l'ampleur et l'harmonie poétiques.

Quant à sa mère, Joseph de Maistre l'a adorée. Il n'en parle jamais sans un respect religieux, sans une piété attendrie. Il avait coutume de dire, nous apprend le comte Rodolphe : « Ma mère était un ange à qui Dieu avait prêté un corps; mon bonheur était de deviner ce qu'elle désirait de moi, et j'étais dans ses mains autant que la plus jeune de mes sœurs. »

Souvent il arrive à Joseph de Maistre de parler de sa mère, de cette Christine de Motz, comtesse de Maistre, qui avait su inspirer tant d'affection à sa famille, tant de respect à tous. Jamais il n'évoque cette chère image de sa *sublime mère*, comme il l'appelle, sans l'émotion et l'éloquence que l'émotion donne à l'expression des sentiments sincères. Ces images et ces souvenirs domestiques empruntent à l'exil un attrait particulier de tendresse et de mélancolie. Plus d'une fois, dans la solitude laborieuse où il cache sa fière pauvreté et ses déceptions d'ambassadeur besogneux d'un roi détrôné, à Saint-Pétersbourg, il revient à ses impressions d'enfance et de jeunesse, au paysage natal, au toit domestique, au foyer, à ses travaux, à ses jeux, à ces entretiens auxquels présidait son père, à la figure d'une gravité et d'une aménité sénatoriales, à sa mère au doux et pieux visage, à la voix tendre et pénétrante. Il écrit alors à son frère, le chevalier Nicolas de Maistre, de Saint-Pétersbourg, le 14 février 1805, la lettre où se trouve le passage souvent cité :

A six cents lieues de distance, les idées de famille, les souvenirs de l'enfance me ravissent de tendresse. Je vois ma mère qui se promène dans ma chambre, avec sa figure sainte, et, en t'écrivant ceci, je pleure comme un enfant.

Mais une lettre antérieure de 1804, adressée à sa fille Adèle, à celle qu'il appelle en badinant « sa très chère femme puinée », nous fournit un détail nouveau et précieux, en ce qu'il nous révèle, par l'hommage reconnaissant qu'il contient, la part que la mère de cette nombreuse famille de cinq fils et de cinq filles, vraiment bénie du ciel, car tous les hommes y furent braves, éloquents, spirituels, et toutes les femmes

belles, aimables et pieuses, la part, disons-nous, que
cette mère prit non seulement à l'éducation, mais
même à l'instruction de ses fils. Cela est vrai, surtout
de l'aîné, dont elle surveillait les études et les mœurs,
et préparait les succès avec une prédilection aiguillonnée par le pressentiment de sa destinée.

« Tu diras à Rodolphe, écrit-il à sa fille Adèle, continuant de loin à ses enfants le bienfait de cette direction et de cette émulation morale qu'il reçut jadis, que
je l'exhorte à continuer son travail sur les poètes fran-
cais ; qu'il se les mette dans la tête, surtout l'inimitable
Racine ; n'importe qu'il ne le comprenne pas encore.
Je ne le comprenais pas, lorsque ma mère venait le
répéter sur mon lit et qu'elle m'endormait, avec sa
belle voix, au son de cette incomparable *musique*.
J'en savais des centaines de vers longtemps avant de
savoir lire, et c'est ainsi que mes oreilles, ayant bu de
bonne heure cette ambroisie, n'ont jamais pu souffrir
la piquette (1). »

Cette mère, qui berçait son fils avec des vers de
Racine, n'était pas une mère d'un esprit ni d'un cœur
banal, et elle méritait la religion attendrie de sa mémoire, qui mouille, chaque fois qu'il en parle, les yeux
de son fils (2).

(1) *Correspondance*, t. I, p. 304. — Cette *Correspondance*, dont
une grande partie est inédite, forme les tomes VIII à XIV de
la nouvelle édition des *Œuvres complètes* du comte Joseph de
Maistre, contenant ses œuvres posthumes et toute sa correspondance inédite ; 14 vol. in-8°, 1883-1887. Cette grande et belle
publication est due à l'intelligente initiative des chefs d'une
des principales maisons de librairie de Lyon, la *Librairie générale catholique et classique* Vitte et Perrussel, imprimeurs-édi-
teurs, 3 et 5, place Bellecour. C'est cette édition que nous
citerons dans tout le cours de cet ouvrage.

(2) Christine de Motz, comtesse de Maistre, mourut, le

Un tel fils devait être un excellent mari et un excellent père. Il fut, en effet, l'un et l'autre, au degré exemplaire, au degré héroïque, comme nous allons le voir :

A vingt ans, Joseph de Maistre avait pris tous ses grades à l'Université de Turin. L'année suivante, le 6 décembre 1774, il entra comme substitut-avocat fiscal général surnuméraire au Sénat de Savoie, et il suivit les divers degrés de cette carrière du ministère public jusqu'à ce que, le 20 janvier 1788, il fût promu au siège de sénateur, comme qui dirait conseiller au Parlement; c'est dans cette position, et sur la chaise curule de la magistrature suprême, que la révolution française devait le saisir (1).

Homme de devoir, avant tout, cherchant dans toute fonction à en savoir à fond et à en pratiquer sans défaillance le métier et l'art, Joseph de Maistre fut un magistrat exemplaire, et il semble s'être peint lui-même, sans le savoir et sans le vouloir, dans le portrait qu'il trace du magistrat modèle. C'est dans un discours solennel de rentrée, prononcé par lui au Sénat de Savoie, le 1er décembre 1774, *sur le caractère extérieur du magistrat ou les moyens d'obtenir la confiance publique*, avec une épigraphe empruntée à ce François Bacon, qu'il étudiait déjà et dont il devait

12 août 1774, à l'âge de quarante-six ans. Son fils, alors âgé de vingt ans, composa et plaça sur sa tombe une épitaphe où le sentiment chrétien ennoblit une inspiration d'amour et de piété filiale, dont la forme révèle la connaissance des plus belles traditions de la littérature funèbre de l'antiquité. Elle est reproduite dans l'intéressant ouvrage consacré à Joseph de Maistre par M. A. de Margerie, 1883, p. 9.

(1) *Portraits littéraires*, t. II, p. 390. — Le 8 janvier 1780, il devint substitut-avocat fiscal général titulaire. Le 5 janvier 1787, le roi le fit membre du conseil de la réforme des études en Savoie. (Albert Blanc.)

combattre et réfuter plus tard les erreurs en critique
subtil et en implacable adversaire. Ce discours, où est
renouvelé et vivifié, par la nouveauté des aperçus et la
hardiesse d'un langage qui touche souvent à l'éloquence dans l'expression de vérités sévères, un sujet
familier aux mercuriales des d'Aguesseau et des Joly
de Fleury, roule sur les devoirs du magistrat sur son
siège, dans son cabinet et dans le monde, et sur la
nécessité, pour lui, non seulement d'être toujours juste,
mais de toujours le paraître, en méritant toujours et
partout l'estime et le respect de ce public « qui juge
les justices ».

A Dieu ne plaise que cette espèce de magistrature qu'il
exerce sur nos personnes devienne jamais pour nous un
objet d'indifférence ou de mépris : si notre premier devoir
est d'être justes, le second est de paraître tels; et, quelle
que soit la rigueur de nos principes, tant que le public a
le droit de n'y pas croire, il a celui de nous mépriser.

On voit d'ici le ton d'autorité précoce de ce magistrat de trente ans et l'hommage (c'est ici surtout
qu'éclate la nouveauté) rendu à cette opinion publique,
qui juge le juge, et dont il dépend en appel, comme il
dépend, en premier ressort, de sa conscience, obligé,
dans l'intérêt de sa réputation, dans l'intérêt supérieur
de la dignité de la justice, qui ne doit, pas plus que la
femme de César, être soupçonnée, à éviter de dire ou
de faire quoi que ce soit qui porte atteinte à cette
inviolabilité morale, non moins précieuse et non moins
nécessaire que l'autre.

Il y aurait plus d'un passage à citer dans ce premier
ouvrage. Nous nous bornerons à mettre le lecteur à même
d'apprécier comment Joseph de Maistre comprenait
l'attitude et la conduite du magistrat dans le monde.

Au milieu des éclats de la joie la plus tumultueuse, sachons faire remarquer le sourire de la raison. Ce caractère s'éloigne également des airs évaporés de la frivolité et de l'embarras sauvage d'un solitaire déplacé. La décence qui nous convient est cette réserve aisée qui porte sans gêne des entraves qu'elle s'est données et s'avance d'un pas libre et ferme jusqu'aux bornes de la convenance, sûre de s'arrêter où elle veut, parce qu'elle le veut. C'est cette réserve, Messieurs, qui plaît également au goût et à la vertu; car, pour l'honneur de l'humanité, les grâces sévères de la sagesse ne sont méconnues ou méprisées que par l'homme également étranger aux grâces et à la sagesse.

Si le jeune avocat général recommande au magistrat de mériter, comme juge, l'approbation publique, il lui recommande aussi, en ce qui touche ses idées et ses actes, de se garder de toute complaisance ou de toute servilité et de ne pas se faire le courtisan de la mode et de la nouveauté, en matière d'opinion, surtout en ce temps de nouveautés dangereuses et de doctrines subversives.

Ce siècle, qui a fait et préparé de si grandes choses, trop souvent par de mauvais moyens, se distingue de tous les âges passés par un esprit destructeur qui n'a rien épargné. Lois, coutumes, systèmes reçus, institutions antiques, il a tout attaqué, tout ébranlé, et le ravage s'étendra jusqu'à des bornes qu'on n'aperçoit pas encore.

Cependant, Messieurs, pour peu que nous ayons réfléchi sur la nature de l'esprit humain et sur les maladies qui l'affligent, nous verrons clairement que celui qui pense en tout comme son siècle est nécessairement dans l'erreur. Chaque âge manifeste à l'œil de l'observateur un caractère particulier, toujours poussé à l'extrême, en sorte qu'il est impossible de se livrer aveuglément à l'impulsion générale, sans faire preuve de faiblesse ou d'ignorance. Le sage, vraiment digne de ce nom, et qui aurait honte de tenir ses opinions de la mode, connaît le point où il doit abandonner ses contemporains; son esprit, debout au milieu des ruines, observe le torrent et, tandis que la multitude, masse aveugle et passive, roule sans résistance, il s'appuie sur lui-même et s'arrête où il faut (1).

C'est en 1786 que Joseph de Maistre se maria. Il épousa Mlle Françoise de Morand. Nous devons au lecteur quelques détails sur cette union, où il trouva doublement le bonheur : en le recevant et en le donnant.

« Je n'ai jamais menti dans ma vie, Monsieur le comte, écrivait-il, le 5 mars 1805, au comte de Front, ambassadeur à Londres de cette monarchie militante et souffrante, dont il faisait si bien lui-même les affaires à Saint-Pétersbourg, pas même aux femmes et aux princes, c'est tout dire. »

Celui qui se rendait cet énergique et malicieux témoignage ne pouvait manquer d'apporter dans le mariage cette loyauté et cette probité, dont il se vantait justement, et qui ne devaient lui coûter cher qu'en politique. Il en fut récompensé, au contraire, par cette harmonie et cette félicité conjugales, dont il avait reçu l'exemple, qu'il donna lui-même à ses enfants. C'est en pleine virilité, à trente-deux ans, que Joseph de Maistre unit son sort à celui d'une jeune fille de sa condition, d'une famille de noblesse tour à tour militaire et parlementaire, comme la sienne, et dont il avait pu, à loisir, apprécier les qualités solides, parées de charmes, et la vertu fleurissant modestement dans la grâce.

Ce mariage n'eut rien des unions improvisées, dont le bonheur hâtif se fane si vite, et une longue épreuve

(1) Œuvres, t. VII, p. 1 à 34.

avait mis des sentiments mutuels à l'abri de toute déception.

J'ai lieu de croire, écrivait Joseph de Maistre à son ami le comte Henri Costa de Beauregard, que ce mariage sera heureux, et il est vrai que le préliminaire dont vous parlez est un avantage inestimable; un homme, sur un million d'autres, n'a pas le bonheur de connaître intimement et de fréquenter sans gêne, pendant sept ans, la femme qu'il doit épouser.

Il ajoutait sur ses idées en matière de devoirs conjugaux, de bonheur conjugal, des détails qui expliquent comment il n'a jamais manqué aux uns et comment l'autre ne lui a jamais manqué.

M. de Morand (son beau-père) m'a donné une grande marque d'estime en n'opposant jamais le moindre obstacle à ma liaison avec sa fille; je puis enfin lui témoigner ma reconnaissance en travaillant au bonheur de mon amie. Au surplus, mon cher, vous croirez sans peine que le mariage, pour l'homme tant soit peu sage, se fait comme le salut, avec *crainte et tremblement.* Oh! combien de prise on donne à la fortune, le jour où l'on dit oui, si cette diablesse s'amuse à nous lutiner! Mon plan dans ma nouvelle carrière est court et simple : c'est de me servir des avantages que le sort m'a donnés. Je suis la première et l'unique inclination de la femme que j'épouse : c'est un grand bien qu'il ne faut pas laisser échapper; mon occupation de tous les instants sera d'imaginer tous les moyens possibles de me rendre agréable et nécessaire à ma compagne, afin d'avoir tous les jours devant mes yeux un être heureux par moi. Si quelque chose ressemble à ce qu'on peut imaginer du ciel, c'est cela.

Le programme était trop bon pour ne pas réussir. La pratique justifia la théorie. Joseph de Maistre fut, comme il méritait de l'être, un heureux époux avant d'être un heureux père. Il a trop éloquemment parlé, dans une lettre à l'amiral Tchitchagoff, des joies du mariage chrétien, pour qu'il soit possible de douter qu'il les ait toutes connues et épuisées. On ne parle ainsi que de ce qu'on connaît bien, et on ne connaît bien que ce qu'on a éprouvé.

Le 26 décembre 1814, Joseph de Maistre écrivait à son ami, l'amiral Tchitchagoff, inconsolable de la perte de sa femme, une Anglaise qu'il adorait, et dont nous retrouvons, à divers endroits de la correspondance, le doux et mélancolique portrait, peint à merveille par l'homme qui sut le mieux parler comme il convient aux hommes et aux femmes. Joseph de Maistre s'associait au deuil de son ami avec cette double force de pitié que donnent en pareil cas le souvenir du malheur passé et le sentiment du bonheur présent. Joseph de Maistre, de 1803 à 1814, c'est-à-dire pendant onze ans, avait comme épuisé, jusqu'à la plus amère lie, le malheur d'être exilé de son pays et séparé de sa famille, d'être, ainsi qu'il le disait énergiquement, « mari vivant d'une épouse veuve, père existant d'enfants orphelins ». La réunion tant souhaitée, contrariée par tant de vicissitudes décevantes, avait enfin eu lieu. Depuis le 23 octobre, Joseph de Maistre pouvait voir autour de lui sa femme, son fils, sa fille aînée Adèle, et sa fille cadette, cette Constance, née en 1793, la veille de son départ pour l'exil, qu'il n'avait connue que lorsqu'elle avait déjà plus de vingt ans, et qu'il adorait d'une prédilection bien permise à un cœur paternel impatient de réparer le temps perdu, et jouissant deux fois de ce fruit dont il n'avait pas vu la fleur. C'est au milieu de ce bonheur récent qu'attendrissait encore le souvenir et comme le ressentiment d'une si longue et si cruelle attente, que Joseph de Maistre écrivait à l'ami, qui avait à jamais perdu ces joies conjugales et paternelles qu'il venait de retrouver.

Il n'y a rien que je conçoive mieux que le *charme du désespoir*. C'est ce qui vous retient en Angleterre; mille souvenirs tendres et déchirants vous attachent à cette terre où votre bonheur naquit pour durer si peu.

Moi qui ne suis qu'un ami, je suis cependant visité souvent par l'ombre de votre chère Elisabeth. Elle m'apparaît toujours entre vous et moi; je crois la voir, l'entendre et lui tenir quelques-uns de ces discours dont elle avait eu la bonté d'écrire de temps en temps quelques mots dans ce journal que vous feuilletez le jour et qui vous garde la nuit. Combien ce même souvenir doit être horriblement doux pour l'époux qui l'a perdue, qui se promène sur cette même terre où son cœur rencontra le sien, où il entendit pour la première fois ce *oui* sérieux dont le suivant n'est qu'une répétition légalisée et que l'homme le plus heureux n'entend qu'une fois dans sa vie. Je voudrais que les objets qui vous environnent et qui ne vous parlent que de votre perte, vous apprissent à pleurer; vous auriez fait un grand pas vers la consolation, je veux dire vers la douleur sage. Dieu vous a frappé très justement, comme juge, et très amoureusement comme père; il vous a dit : *C'est moi;* répondez-lui : *Je vous connais,* et venez pleurer avec nous quand vous aurez assez pleuré ailleurs. Venez, venez, Monsieur l'amiral, venez nous voir; je n'aurai point honte d'être heureux devant vous, bien persuadé que vous n'aurez pas vous-même besoin de me pardonner (1).

Il y a peu de traces, dans la correspondance, de cette influence de Mme de Maistre, influence modeste, discrète, d'autant plus profonde et plus sûre, de femme aimable, charitable, pieuse, judicieuse, économe et pour tout dire en un mot, raisonnable, capable pour-

(1) *Correspondance,* t. IV, p. 490.

tant au besoin de résolutions héroïques, que la vie
de cour ou de salon offusquait, qui cependant ne fut
jamais inférieure à son épreuve et se montra à la hauteur de tous les événements. Elle fit honneur à son
mari, quand elle dut traverser les fêtes de la prospérité, comme elle lui avait fait honneur quand il avait
fallu partager le danger ou l'adversité ; quand elle avait
dû vaquer à ses devoirs de mère de famille dans l'isolement, la pauvreté, même la disgrâce, séparée par
l'exil de l'ambassade en Russie d'un mari trop fidèle
à son roi pour n'être pas souvent mécontent de ses
ministres et trop bon serviteur pour être bon courtisan.

Elle avait toujours été égale à sa fortune, ce qui est
plus difficile que de lui être parfois supérieure, et
douce envers le sort par la double résignation de la foi
et de la raison. Elle avait rempli, en l'absence du chef
de famille, ses devoirs d'épouse et de mère avec une
dignité, une habileté, un dévouement, auxquels celui-ci
rendait hommage en renvoyant à sa mère l'honneur
des compliments qu'il recevait sur l'éducation de son
fils, en se faisant poète pour la louer dignement dans
un quatrain italien de sa composition, à mettre au bas
de son portrait, en lui faisant présent, pour disposer
du prix à sa guise, du manuscrit de ses *Soirées de
Saint-Pétersbourg*, *son ouvrage chéri*, disait-il,
celui où il avait versé sa tête.

Ce sont les rares occasions où il est question dans
la *Correspondance* (1) de cette femme forte et tendre,
de cette épouse sage qui, suivant l'exemple des femmes
de l'Écriture, s'effaçait devant son mari, devant ses
enfants, toujours présente auprès d'eux, par cette

(1) *Correspondance*, t. III, p. 11 et 264 ; et t. VI, p. 250.

absence même, dont l'autorité fut surtout faite d'exemple, dont la modestie goûtait cette discrétion, ce silence, à propos d'elle, comme le meilleur des hommages. La vertu se dérobe à l'éloge. Le devoir veut être accompli discrètement. Le bonheur n'a pas besoin d'histoire.

Il y a cependant une lettre du 26 décembre 1806 écrite à sa vieille amie de Genève, Mᵐᵉ Huber-Alléon, qui était allée visiter Mᵐᵉ de Maistre à Turin, et où Joseph de Maistre s'amuse à tracer de sa chère moitié un portrait charmant sous sa forme plaisante, où est croquée d'après nature, avec un relief étonnant de ressemblance et de vie, celle qu'il eût volontiers appelée, comme on le faisait pour Mᵐᵉ de Maintenon, *Sa Solidité*, celle que Mᵐᵉ Huber, de son côté, baptisait *Madame Prudence*, et qui répondait si bien par sa prudence et sa raison, en effet, à ce type idéal de l'épouse d'un homme d'esprit : « A un homme d'esprit, il ne faut, suivant M. de Bonald, qu'une femme de sens : c'est trop de deux esprits dans une maison. »

Je ne suis pas étonné que vous n'ayez pu tirer ni pied ni aile de *Madame Prudence* (combien j'ai ri de ce mot!) à Turin, même à côté d'elle; il n'y a pas moyen, je ne dis pas de la faire parler de moi, mais pas seulement de la faire convenir qu'elle a reçu une lettre de moi. Le contraste entre nous deux est ce qu'on peut imaginer de plus original. Moi, je suis, comme vous avez pu vous en apercevoir aisément, le *sénateur poco curante*, et surtout je me gêne fort peu pour dire ma pensée. *Elle*, au contraire, n'affirmera jamais, avant midi, que le soleil est levé, de peur de se compromettre. Elle sait ce qu'il faut faire ou ne pas faire le 10 octobre 1808 à dix heures du matin pour éviter un inconvénient qui arriverait autrement dans la nuit du 15 au 16 mars 1810. — *Mais, mon cher ami, tu ne fais attention à rien, tu crois que*

2

personne ne pense à mal. Moi, je sais, on m'a dit, j'ai deviné, je prévois, je t'avertis, etc... — *Mais ma chère enfant, laisse-moi donc tranquille. Tu perds la peine, je prévois que je ne prévoirai jamais, c'est ton affaire.* — Elle est mon supplément, et il arrive de là que, lorsque je suis garçon comme à présent je souffre ridiculement de me voir obligé de penser à mes affaires; j'aimerais mieux couper du bois. Au surplus, Madame, j'entends avec un extrême plaisir les louanges qu'on lui donne et qui me sont revenues de plusieurs côtés, sur la manière dont elle s'acquitte des devoirs de la paternité. Mes enfants doivent baiser ses pas; car, pour moi, je n'ai pas le talent de l'éducation. Elle en a un que je regarde comme le huitième don du Saint-Esprit : c'est celui d'une certaine persécution amoureuse, au moyen de laquelle *il lui est donné* de tourmenter ses enfants du matin au soir pour *faire, s'abstenir et apprendre,* sans cesser d'en être tendrement aimée. Comment fait-elle? je l'ai toujours vu sans le comprendre; car pour moi je n'y entends rien.

S'il est rarement question, dans la *Correspondance,* de la mère morte et de l'épouse absente, bien qu'elles soient toujours présentes au cœur du fils et du mari, qui réjouit parfois la mémoire maternelle de cet hommage attendri dont s'effarouche la modestie de sa digne compagne, en revanche nous voyons passer et repasser sans cesse dans ces lettres, surtout dans celles où l'exilé épanche ses souvenirs et ses regrets et cherche à s'en faire des espérances, trompant ainsi l'impatience de son cœur affamé, les figures nombreuses, toutes vénérables ou aimables, de cette famille patriarcale de Joseph de Maistre, dont l'union a résisté aux révolutions, aux séparations. L'absence, comme le vent, ranime, ravive les affections qu'elle n'éteint pas. C'est une galerie de portraits bien intéressants, bien curieux que ces frères, ces parents, ces

amis, ces amies de Joseph de Maistre, évoqués par
lui tour à tour et peints par lui en quelques coups de
pinceau. Mais les visages auxquels il revient sans cesse
par une prédilection bien légitime, et que l'exil avive,
les portraits qu'il caresse avec un amour de père et
d'artiste, ajoutant chaque fois une nouvelle touche à
l'image, c'est le trio fraternel de son fils et de ses deux
filles. C'est tout d'abord à ces figures si chères, Rodolphe, Adèle et Constance, que nous voulons nous
arrêter, avec l'excuse d'un double attrait. Nul n'a
parlé à ses enfants et de ses enfants comme Joseph de
Maistre. Il est le héros et l'artiste de l'affection paternelle. Il est le Mme de Sévigné de la littérature épistolaire paternelle, et il a sur Mme de Sévigné l'avantage
de principes de direction, d'éducation tout à fait supérieurs, sans erreur et sans défaillance. Il les applique
et justifie dans ses lettres à son fils, à ses filles avec
une sûreté de raison, une délicatesse de vues, une
éloquence d'expression qui font de ces lettres, qu'on
devrait réunir en un recueil spécial, le manuel, le bréviaire, le chef-d'œuvre de l'éducation et de l'affection
paternelles. Les lettres du chancelier d'Aguesseau à sa
fille, justement vantées, n'approchent point de cette
perfection d'idées, des sentiments et de style.

Mais Joseph de Maistre n'a connu qu'en 1787 les
joies, et n'a assumé que deux ans avant la révolution
de 1789 les devoirs de la paternité. C'est donc seulement dans les chapitres suivants et tout d'abord dans
celui qui sera consacré au tableau de la famille pendant
la révolution qui devait en éteindre les foyers et en
disperser les membres, que nous pourrons voir son
chef à peine père, à peine heureux des bonheurs domestiques, recevoir à son tour au plus profond de son

esprit, au plus intime de son cœur, le contre-coup des
événements qui bouleversèrent la France et agitèrent
l'Europe. Nous le verrons aussi, impassible au milieu
des ruines de l'ancien monde, emprunter à sa foi,
ranimée aux feux de la colère divine, les raisons de sa
vertu inflexible et de son indomptable espérance; et
non plus du coin de son foyer foudroyé, mais du fond
d'une tente de voyage ou d'exil, souvent déployée et
replóyée, adresser à sa famille errante elle-même ces
admirables lettres, où la sagesse parle avec tant
d'esprit le langage de l'affection.

CHAPITRE II

Joseph de Maistre et sa famille pendant la Révolution.

1789-1802.

Ennuis secrets, ambitieuses impatiences de Joseph de Maistre, dont le talent étouffe sur un trop étroit théâtre. — Ses aveux à cet égard et leur leçon. — La Révolution lui donne satisfaction au delà de ses vœux, et lui fournit les occasions de penser, d'agir et de souffrir, qu'il attendait. — Elles ne le trouvent pas désarmé. — Il se préparait depuis longtemps à la lutte, en faveur du principe d'autorité, sans être pour cela un adversaire systématique de la liberté. — Ne fut jamais partisan de la tyrannie royale ni de l'arbitraire ministériel. — Eut son heure d'illusion optimiste, au point de passer un moment pour un libéral et même un jacobin. — Épigraphe significative de son *Eloge de Victor-Amédée III*. — La loge Blanche de Chambéry. — *Frère Joseph*. — Il fait à la fois preuve d'esprit d'indépendance et d'esprit de soumission, quand le roi a parlé. — Ses conversations avec Mounier en 1789. — Il perd, dès 1790, ses illusions sur la révolution, que conserve jusqu'en 1791, son ami le marquis Henry Costa de Beauregard. — Longues et laborieuses études. — Préfère au soleil la lumière de la lampe des veilles. — *Un homme d'autrefois*, Souvenirs recueillis par le marquis Costa de Beauregard. — Pénétrantes lumières fournies par ce livre sur l'amitié de Joseph de Maistre et du marquis Henri Costa de Beauregard et les vicissitudes de leur vie intime et domestique. — Drames de conscience et de famille. — Sort ingrat des deux meilleurs serviteurs aux jours critiques de la maison de Savoie. — Correspondance entre les deux amis. — Joseph de Maistre devient vite pessimiste. — Sa critique des fautes du gouvernement en Savoie. — Aussi indépendant que fidèle, serviteur dévoué, mais mauvais courtisan. — Malgré ses déceptions et ses désabusements, n'hésite jamais sur le devoir. — Invasion de la Savoie par l'armée française en septembre 1792. — Départ de Joseph de Maistre et de sa famille. — Première station

les révolutions, de Châteaubriand; de la *Théorie du pouvoir politique et religieux,* par M. de Bonald; de l'*Influence des passions sur le bonheur des individus et des nations,* par Mme de Staël. — Relations, à Lausanne, de Joseph de Maistre et de Mme de Staël. — Curieux duels de conversation entre eux. — Joseph de Maistre, tout en combattant ses idées, a rendu hommage à son talent et à sa bonté. — Il est moins indulgent pour le cardinal Maury, qu'il eut occasion de voir familièrement à Venise en 1799. — *Les cinq paradoxes.* — Extravagances méthodiques. — Don et art des portraits chez Joseph de Maistre. — L'abbé Roncolotti. — Evénements dont les vicissitudes eurent des contre-coups douloureux, mais décisifs sur la vie de Joseph de Maistre et le jetèrent de la spéculation dans l'action. — Politique peu habile de la maison de Savoie. — Elle entre dans la Coalition pour être exploitée par l'Angleterre et dupée par l'Autriche. — Formule célèbre par laquelle Joseph de Maistre caractérise la duplicité et la cupidité de la politique autrichienne. L'armistice de Cherasco. — Le traité franco-piémontais de 1797. — Charles-Emmanuel IV. — Joseph de Maistre reçoit pour récompense de ses services et pour dédommagement du sacrifice de sa fortune une pension de 2000 livres. — Il n'en a pas fini avec la vie errante, militante, souffrante, le bâton de l'exil et le pain de l'étranger. — Troubles du Piémont. — La politique française égale à ce moment en fourberie la politique autrichienne. — Le roi de Sardaigne quitte sa capitale, occupée aussitôt par l'armée française (19 novembre 1798). — La Sardaigne est rejetée dans les bras, c'est-à-dire dans les liens de la Coalition. — Joseph de Maistre se ronge les poings. — L'Autriche paralyse l'action de la Russie en faveur de la Sardaigne. — Le roi s'obstine, par scrupule de fidélité aux alliés qui le trahissent, à repousser les avances de Bonaparte. — Joseph de Maistre se retire à Venise avec sa famille. — Hasardeux voyage. — Le séjour à Venise est le moment des plus dures épreuves de la vie d'émigration de Joseph de Maistre. — Il quitte Venise à la nouvelle de l'entrée du maréchal Souwaroff à Turin. — Il reçoit à Padoue sa nomination au poste de régent de la grande chancellerie en Sardaigne. — Les trois années de l'enfer de Sardaigne 1800-1803. — Abdication de Charles-Emmanuel IV. — Avènement de Victor-Emmanuel Ier. — Dégoûts de cour infligés à l'indépendance de Joseph de Maistre. — *Fors l'honneur, nul souci.* — Affaire de la radiation de Joseph de Maistre de la liste des émigrés. — Vives explications à ce sujet avec le comte de Challembert, ministre du roi. — Volée de bois vert épistolaire. — D'un tout autre ton, d'un tout autre style, sont les lettres de délassement pour son esprit, de consolation pour son cœur, adressées à sa famille par Joseph de Maistre pendant son exil de Sardaigne ou son exil de Russie. — C'est le plus beau chapitre de son histoire intime. — Extraits de ces lettres de Cagliari. — Adorables lettres à ses filles Adèle et Constance. — Leçons de grammaire et de style originales.

« Quelquefois, dans mes moments de solitude, je jette ma tête sur le dossier de mon fauteuil; et là, seul au

milieu de mes quatre murs, loin de tout ce qui m'est
cher, en face d'un avenir sombre et impénétrable, je
me rappelle ce temps où, dans une petite ville de ta
connaissance, la tête appuyée sur un autre dossier, et
ne voyant autour de notre cercle étroit que de petits
hommes et de petites choses, je me disais : « Suis-je
« donc condamné à vivre et à mourir ici, comme une
« huître attachée à son rocher? » Alors, je souffrais
beaucoup; j'avais la tête chargée, fatiguée, *aplatie* par
l'énorme poids du *rien*. Mais aussi, quelles compensations! je n'avais qu'à sortir de ma chambre pour
vous trouver, mes bons amis. Ici, tout est grand, mais
je suis seul (1). »

Pour qui connaît Joseph de Maistre, il est facile de
comprendre et d'excuser cet aveu de l'ennui qu'il
connut plus d'une fois dans sa ville natale (Chambéry
était une petite ville pour un tel homme), impatient de
l'occasion qui ne venait pas de donner toute sa mesure,
« de déballer, comme dit Montesquieu, toute sa mar-
chandise », désireux d'un plus vaste théâtre que celui
trop étroit où sa supériorité étouffait et manquait d'air;
enfin, fût-ce au prix de l'orage et de ses dangers, aspirant
à des épreuves où il pût déployer, dans un beau duel
avec la fortune, dans un beau combat contre l'erreur et
l'ingratitude humaines, tout son talent et toute sa vertu.
Ce n'est pas qu'il méprisât une vie vouée uniquement
aux devoirs de sa charge et aux bonheurs de son foyer.
Ce n'est pas qu'il se trouvât humilié d'être modestement utile et obscurément heureux. Mais il se sentait
une force capable de plus lourds fardeaux; et cette
force inoccupée lui pesait. Enfin, il était homme, il

(1). Lettre au chevalier Nicolas de Maistre, du 14 février 1805.

était jeune, et il faut faire la part de la jeunesse et de l'humanité dans ces généreuses impatiences, dans ces nobles ambitions, dans ces dégoûts du travail sans gloire et de la paix sans lutte, qui sans être encore entièrement désintéressés de tout sentiment personnel, sont surtout inspirés par l'amour du bien, par le désir de contribuer au triomphe de la justice et de la vérité.

Quoi qu'il en soit de ces fièvres d'activité, de ces exaltations et de ces aspirations impatientes d'un plus large horizon que celui du pays natal, encore rétréci par l'habitude, ces sentiments n'allaient pas tarder à recevoir satisfaction au-delà même de leur espérance et de leur vœu. La Révolution allait bouleverser l'existence trop paisible et trop bornée à son gré, de Joseph de Maistre. Il allait trouver dans les événements et les hommes qu'ils devaient faire surgir de leurs vicissitudes, des adversaires dignes de lui, des occasions de dépenser toute sa force et toute sa vertu.

Ces événements ne le surprirent pas plus qu'ils ne l'effrayèrent. Ils ne pouvaient que l'affliger souvent, que l'humilier parfois. Mais ils ne le trouvèrent pas désarmé. Il s'aguerrissait, au contraire, depuis longtemps, à cette lutte prévue et souhaitée contre ces passions et ces idées nouvelles, où il ne trouvait pas tout illégitime ni détestable, mais dont les excès seuls, d'abord dangereux, ensuite criminels, devaient rencontrer sa protestation éloquente et prophétique, son implacable et vengeresse colère.

Joseph de Maistre n'était pas un fanatique mais un partisan éclairé et convaincu de l'autorité. Il l'a toujours défendue, mais jamais, son fils le constate, jusqu'au mépris « de ces libertés justes et honnêtes qui empêchent les peuples d'en convoiter de coupables ».

C'est à ce point de vue qu'il faut se placer pour le bien juger. On ne se tromperait pas plus en en faisant un philosophe révolutionnaire qu'en en faisant un sectateur de l'arbitraire, un apôtre de la tyrannie. Il ne voulut jamais d'aucun despotisme, ni de celui des rois, ni de celui des peuples. S'il se déclara l'ennemi implacable de la Révolution, il ne fut pas moins l'inflexible adversaire de Napoléon. Dans sa jeunesse, il avait même paru, à des juges superficiels, subir jusqu'à un certain point l'empire des idées de liberté et de progrès qui enchantaient le monde avant de l'effrayer. La séduction n'alla pas assez loin pour lui faire goûter les déclamations de l'abbé Raynal, qu'il eut l'occasion de voir en 1775, et dont le goût froissé l'écarta autant que la raison déçue. Mais jusque dans les discours de ses débuts au Sénat de Savoie, à l'âge de vingt-deux et de vingt-quatre ans, jusque dans son *Eloge de Victor-Amédée III*, duc de Savoie, roi de Sardaigne, de Chypre et de Jérusalem, prince de Piémont, il avait fait entendre des paroles qui attestaient une indépendance capable d'aller jusqu'à la critique, sinon jusqu'à l'opposition contre certains excès ministériels et certains abus de cour.

Cet *Eloge de Victor-Amédée III* portait pour épigraphe : « *Détestables flatteurs, présent le plus funeste, etc.* » Et si son dévouement de sujet loyal et fidèle de la plus patriarcale et de la plus débonnaire des royautés, une royauté tout à fait à la Louis XVI, telle qu'elle régnait plus qu'elle ne gouvernait, à Turin, était capable de tous les services compatibles avec le devoir et l'honneur, il était trop clairvoyant et trop sincère pour aller jusqu'à la flatterie. Ce zèle tempéré par la raison, cette fidélité perspicace et fière, n'al-

laient point à tout le monde. Et ce n'est pas sans sourire, ni sans léger haussement d'épaules qu'on apprend,
par les aveux de son fils, que Joseph de Maistre, comme
son ami le marquis Henri Costa de Beauregard, put
passer un moment à Turin, dans les faciles suspicions
des bons esprits de cour, pour un partisan téméraire
des innovations, pour un réformateur, un libre-
penseur, un jacobin, pour tout dire en un mot, qui
disait tout, en effet, à ce moment-là. Écoutons là-
dessus le comte Rodolphe.

Cette manière de voir qu'il ne cachait nullement ne lui
fut pas favorable dans un temps où les esprits échauffés
et portés aux extrêmes regardaient la modération comme
un crime. M. de Maistre fut soupçonné de *jacobinisme*,
et représenté à la cour comme un esprit enclin aux nouveautés, et dont il fallait se garder. Il était membre de la
Loge réformée de Chambéry, simple loge blanche parfaitement insignifiante : cependant, lorsque l'orage révolutionnaire commença à gronder en France, et à remuer
sourdement les pays limitrophes, les membres de la loge
s'assemblèrent; et jugeant que toutes réunions pourraient
à cette époque devenir dangereuses ou inquiéter le gouvernement, ils députèrent M. de Maistre pour porter au
roi la parole d'honneur de tous les membres qu'ils ne
s'assembleraient plus, et la loge fut dissoute de fait (1).

Joseph de Maistre faisait preuve déjà, comme on le
voit, de cet esprit de soumission à l'autorité qu'il
unissait à l'esprit d'indépendance, mais seulement
dans les bornes du devoir et dans les cas où cet esprit
d'indépendance est le devoir même. Le moment allait
venir où la fidélité et le patriotisme lui imposèrent jusqu'au sacrifice de trop justes critiques et de trop justes

(1) Le comte Rodolphe de Maistre, *Notice*, p. 2 et 3. — Amédée
de Margerie, *le Comte de Maistre*, p. 19. — Sainte-Beuve, *Por-*
traits littéraires, t. II, p. 394 à 399.

plaintes, et où il dut traverser sans défaillance cette
épreuve, de servir sans murmurer et de défendre sans
réserves au prix de la perte de sa fortune et du danger
de sa vie, des princes malheureux, et trop souvent par
leur faute.

Pendant la période orageuse qui s'écoula depuis les
premiers contre-coups de la Révolution française en
Savoie jusqu'à l'invasion et à l'occupation française
en 1792, Joseph de Maistre ne manqua pas d'occasions
de manifester, en attendant les actes, ce dévouement
ingrat à une cause que les rois de Sardaigne mal con-
seillés, ou plutôt leurs représentants en Savoie, mal
inspirés, semblaient compromettre à plaisir et abandonner eux-mêmes. Il avait prévu, dès le premier jour,
dès les confidences qu'il avait reçus d'un intime ami
de Mounier, le président de l'Assemblée nationale pendant les journées des 5 et 6 octobre, que la Révolution,
une fois déchaînée, dépasserait de beaucoup son but,
et justifierait ses répugnances et ses craintes, plus que
les illusions et les espérances auxquelles s'obstinait,
jusqu'en 1791, son ami le marquis Henry Costa de
Beauregard. C'était un homme fort distingué, mais qui
n'avait pas les clairvoyances prophétiques qui illumi-
naient pour Joseph de Maistre les profondeurs encore
obscures de l'avenir.

Les longues et laborieuses études auxquelles il s'était
livré dans la solitude et le silence, durant ces quinze
heures de travail quotidien, pendant lesquelles il ne
s'accordait pas même la distraction d'une promenade,
inutile à son gré, même pour réjouir ses yeux de la
lumière du soleil, que la lumière de la lampe des
veilles remplaçait avantageusement, disait-il en riant,
avaient préparé le philosophe monarchiste et chrétien

à la lutte, qui trouva désarmés ceux qu'elle menaçait le plus, et qui le trouva, lui, armé de principes sûrs et prêt à les défendre avec sa véhémente éloquence, sa dialectique magistrale et le rire de sa puissante ironie.

Il est un livre tour à tour amusant, touchant, gai et mélancolique, écrit d'après les mémoires et les notes du marquis Costa de Beauregard, par un de ses dignes descendants, qu'il faut lire si l'on veut bien connaître l'histoire intime de la Savoie pendant la période où nous sommes arrivés, celle qui s'écoule depuis l'invasion et la conquête révolutionnaires de la Savoie et du Piémont, l'expulsion et l'exil de leurs souverains, jusqu'à leur restauration, c'est-à-dire depuis 1792 jusqu'en 1814. Ce livre aussi nous permet d'assister aux vicissitudes, non seulement des événements publics, mais des événements privés, non seulement du drame qui eut pour théâtre un pays envahi, conquis, démoralisé, mais du drame qui eut pour théâtre tant de consciences agitées par les choix les plus difficiles, les plus douloureux devoirs, tant de foyers éteints et désertés par la famille dépouillée, proscrite, jetée du soir au matin sur les routes de l'exil, sous la conduite des mères intrépides, suivant le sort des maris absents, héros, et souvent victimes et martyrs de la fidélité (1).

On suit avec une émotion palpitante les péripéties de ces drames de conscience et de famille dans la correspondance entre Joseph de Maistre et son meilleur ami, le marquis Henry Costa de Beauregard; et l'intérêt redouble et va tour à tour de la pitié à l'admiration

(1) *Un homme d'autrefois*, souvenirs recueillis par son arrière-petit-fils, le marquis Costa de Beauregard. Paris. Plon, in-8°. Cet excellent livre a été justement couronné par l'Académie française.

quand on songe que les deux hommes si éprouvés dans
leurs affections furent, l'un comme officier, l'autre
comme diplomate, les deux meilleurs serviteurs de la
maison de Savoie en ces temps critiques.

Le marquis Henry Costa de Beauregard descendit
moins vite la pente du désabusement que son ami, le
comte Joseph de Maistre, en présence d'événements
faits pour déconcerter les illusions les plus tenaces,
mais qui blessèrent son esprit avant de le frapper au
cœur, ce qui lui permit de s'obstiner quelque temps à
l'espérance. Mais bien que d'une intelligence éclairée et
d'un cœur intrépide, il serait allé vite jusqu'au désespoir si la main plus ferme de son ami ne l'avait retenu
sur le bord de l'abîme. Cet ami, les curieux et intéressants fragments de sa correspondance, recueillis avec
un soin pieux par le biographe du marquis, l'attestent,
avait dès les premiers jours, mal auguré des événements,
désespéré de la résistance des rois de Sardaigne au
torrent dévastateur, auquel la politique de cour n'opposait que des digues de papier, des proclamations, des
protestations, des intrigues, des menaces tremblantes
comme dirait Tacite, des actes équivoques et tardifs
qui, loin d'inspirer la crainte, témoignent de la crainte
qui les a inspirés.

Joseph de Maistre, quand son ami n'en était encore
qu'à l'étonnement, à la déception d'esprit, en était déjà
à l'indignation, à la colère, aux prophétiques et inutiles
conseils de Cassandre. Il voyait Victor-Amédée III
perdre en mesures contradictoires, en alternatives d'é-
nergie et de faiblesse comme Louis XVI, le bénéfice de
l'occasion que lui offrait en vain une popularité méritée.
Il lisait avec mépris Calonne, avec douleur Mounier,
avec enthousiasme Burke. Il écrivait de ce dernier :

Pour moi, j'en ai été ravi, et je ne saurais vous exprimer combien il a renforcé mes idées anti-démocratiques et anti-gallicanes. Mon aversion pour tout ce qui se fait en France devient de l'horreur. Je comprends très bien comment les systèmes, en fermentant dans les têtes humaines, se tournent en passions... Les massacres, les pillages, l'incendie, ne sont rien; il ne faut que peu d'années pour guérir tout cela. Mais l'esprit public, l'opinion viciée, en un mot, la France pourrie, voilà l'ouvrage de ces messieurs. Ce qu'il y a vraiment de déplorable, c'est que le mal est contagieux et notre pauvre Chambéry déjà bien taré.....

Je vous le dis avec un grand regret, tous les soirs le pouvoir recule, même lorsqu'il veut avancer, car il s'y prend mal. On donne à notre bon maître des conseils auxquels on ne comprend rien.

Voilà, mon cher, comment les choses vont, avec tant de moyens de les bien diriger. Quand je vois tant de faux pas, tant de dangers où l'on se jette volontairement, je suis quelquefois comme le misanthrope, j'entre en humeur noire; d'autre fois, je tâche de me rassurer; mais un petit sermon de votre part ne me sera pas inutile. Il me semble que vous voyez plus en beau, et d'ailleurs vous pensez de vos chers compatriotes plus avantageusement que moi...

En voyant les progrès du mouvement sécessionniste combattus mollement et par des mesures maladroites, au point qu'elles le favorisaient et le précipitaient au lieu de l'arrêter, Joseph de Maistre continuait de donner des conseils qu'on n'écoutait pas, et se vengeait de ses échecs par les prophéties pessimistes et les railleries parfois amères.

Décidément il y a un sort sur notre malheureuse espèce, et, comme vous le dites, tout tend au nivellement, c'est-à-dire au chaos... La brochure dont vous me parlez, intitulée : Le *Premier cri de la Savoie vers la liberté*, est une œuvre bien détestable, imprimée à Paris sur du beau papier et avec des caractères d'une grande beauté (notez

bien ceci). On nous y propose tout doucettement de voir
ce qui nous conviendrait le mieux de nous donner à la
Suisse ou à la France ou de nous révolter pour notre
compte. Sous une apparente modération, la pièce est fort
incendiaire, mais les *amateurs* de Chambéry trouvent
cela d'assez bon ton, et l'un d'eux me disait hier qu'il ne
doutait pas que si le roi et le prince de Piémont lisaient
cette brochure, ils ne l'approuvassent beaucoup. Et cela
sérieusement : je vous dis qu'ils sont fous. Ce pamphlet
a produit de la part du gouvernement une de ces niaiseries
politiques qui m'impatientent... *Quos Jupiter vult perdere
dementat* (1).

Malgré ces déceptions, ces désillusions dont on peut
dire qu'elles ne devaient plus finir pour lui, le comte
de Maistre, qui pensait déjà que *tout devoir comporte
un sacrifice*, n'hésita pas, quand il fut mis aux prises
avec les événements, sur ce qu'il considérait comme
son devoir, bien qu'il ne pût l'accomplir qu'au risque
de sa liberté, de sa fortune, de sa vie même.

Le 22 septembre 1792, l'armée française, commandée
par le général de Montesquiou, envahissait la Savoie,
sous un de ces prétextes qui ne font pas plus défaut en
pareil cas aux peuples qu'aux rois, et l'occupation suivait de près l'invasion, grâce à la complicité d'une
partie de la population révolutionnairement fanatisée,
et à la faiblesse de la résistance mal commandée, mal
organisée, et où se multiplièrent ces fautes d'impéritie
qui deviennent suspectes de connivence, qui, en tout
cas, équivalent par le résultat à la trahison.

Les frères de Joseph de Maistre rejoignirent leurs
drapeaux ; lui qui n'était pas militaire et qui aurait pu
rester encore, en vertu même de l'autorisation du roi,
permettant aux membres de sa noblesse, non d'épée,

(1) *Un homme d'autrefois*, p. 82 à 102.

de surseoir au départ au mieux de leurs intérêts et des siens, partit pour la cité d'Aoste, avec sa femme et ses enfants, dès le 23, dès le lendemain de la violation de la frontière. Pendant l'hiver de 1793 fut promulguée la loi dite *des Allobroges*, qui enjoignait à tous les émigrés de rentrer dans leurs foyers, avant le 25 janvier, sous peine de la confiscation de leurs biens. C'est alors que Mᵐᵉ de Maistre prit une résolution qui montre quel grand cœur elle cachait sous ses dehors placides et modestes. Poussée par l'espoir de sauver quelques débris de la fortune de ses enfants, en réclamant ses droits, elle profita d'un voyage que son mari fit à Turin pour entreprendre sans l'avertir, car il l'eût désapprouvée et empêchée, la plus périlleuse des expéditions. Elle était dans le neuvième mois de sa grossesse. Elle traversa le grand Saint-Bernard le 5 janvier, à dos de mulet, accompagnée de ses deux petits enfants qu'on portait enveloppés dans des couvertures.

Le comte de Maistre, de retour à la cité d'Aoste deux ou trois jours après, courut sans retard sur les pas de cette femme courageuse, tremblant de la trouver morte ou mourante dans quelque chétive cabane des Alpes. Elle arriva cependant à Chambéry, où le comte de Maistre la suivit de près. Il fut obligé de se présenter à la municipalité, mais il refusa toute espèce de serment, toute promesse même; le procureur-syndic lui présenta le livre où s'inscrivaient tous les citoyens actifs, il refusa d'écrire son nom; et lorsqu'on lui demanda la contribution volontaire qui se payait alors, *pour la guerre*, il répondit franchement : « Je ne donne point d'argent pour faire tuer mes frères qui servent le roi de Sardaigne. » Bientôt on vint faire chez lui une visite domiciliaire; quinze soldats entrèrent, les armes hautes, accompagnant cette invasion de la brutale phraséologie révolutionnaire, de coups de crosse sur les parquets et de jurons patriotiques. Mᵐᵉ de Maistre accourt au bruit, elle s'effraye; sur-le-champ les douleurs la saisissent, et le lendemain, après un travail alarmant, M. de Maistre vit naître son troisième enfant qu'il ne devait connaître qu'en 1814. Il n'attendait que cet événement; il partit l'âme pénétrée d'indignation, après avoir pourvu le mieux qu'il put à la sûreté de sa famille. Il s'en sépara, abandonna ses biens et sa patrie et se retira à Lausanne (1).

C'est ainsi que commença le premier exil, qui devait durer quatre ans, du comte de Maistre. Il prit à Lausanne et à Genève tour à tour, son poste d'observation, combattant pour sa cause en fidèle sujet du roi, exilé et dépouillé lui-même, c'est-à-dire à ses risques et dépens, par la parole et la plume, à défaut de l'épée. Sa plume valait mieux qu'une épée, et il y a un courage politique et philosophique plus rare et plus difficile que celui du soldat. Chargé d'une mission confidentielle auprès des autorités locales pour la protection des sujets du roi, et surtout des jeunes gens du duché de Savoie qui allaient en Piémont s'engager dans les régiments provinciaux; chargé aussi d'une mission d'observateur et d'appréciateur des événements, il entreprit cette œuvre ingrate de renseignement et de conseil, résumée dans une correspondance active et précieuse, à propos de laquelle il est impossible de ne pas partager le regret exprimé dans les termes suivants :

Le roi Victor-Amé lui donna pour mission, à Lausanne, de correspondre avec le bureau des !Affaires étrangères, et de transmettre ses observations sur la marche des événements en France et alentour. Les dépêches de M. de Maistre étaient soigneusement recueillies par les ministres étrangers résidant à Turin, et devenaient ainsi un document européen. Bonaparte, nous apprend M. Raymond, trouva par la suite cette correspondance tout entière

(1) Le comte Rodolphe. *Notice*, p. 4.

dans les archives de Venise. Qu'est-elle devenue? Elle aurait, comme étude de l'homme, bien du prix. Devant rendre compte aux autres de ses impressions successives. M. de Maistre atteignit vite à toute la hauteur de ses pensées (1).

L'homme des quinze heures quotidiennes de travail n'avait pas assez de cette double et lourde tâche de protection et d'information.

Il y ajouta de nombreux ouvrages, où il multipliait sous toutes les formes, sa lutte contre la Révolution triomphante. Si ces écrits contiennent quelques excès de langage, il est facile de les leur pardonner; on s'étonne plutôt de voir le plus souvent leur auteur garder la modération philosophique et la prophétique sérénité, quand on pense qu'il avait tout perdu au service et à la défense de ses principes, tout, *fors l'honneur*. On peut juger du désintéressement et du sang-froid d'un stoïcisme tout chrétien de l'homme qui écrivait à son ami, ministre du roi à Berne, le baron Vignet des Étoles : « Mes biens sont confisqués, mais je n'en dormirai pas moins. » Et dans une autre lettre : *Tous mes biens sont vendus, je n'ai plus rien* (2). Le tout sans autre commentaire, *sans phrases*. Il convient de ne jamais oublier, pour l'honneur du caractère du comte de Maistre et même de son talent, que l'auteur de tant d'écrits de cette première période d'exil et de lutte, dont le chef-d'œuvre est celui intitulé : *Considérations sur la France,* dont nous aurons plus d'une fois l'occasion de parler, les composait au milieu « du sanctuaire de pauvreté

(1) Sainte-Beuve, *Portraits littéraires*, t. II, p. 400.
(2) Le comte Rodolphe de Maistre, *Notice*, p. 3 et 4.

fière » dont sa fille Constance a révélé plus tard les douloureux et héroïques mystères :

Mon père, ma mère, mon frère, ma sœur, ont vécu quatre ans, en état d'émigration, d'une petite somme de 3,000 francs, sauvée de la confiscation jacobine. Ma mère faisait la cuisine, ma sœur balayait, mon père portait un petit panier de charbon pour le pot-au-feu journalier; toute cette stricte économie, afin de ne pas faire d'emprunt. Ma mère en était à son dernier louis, lorsque mon père fut appelé en Sardaigne (1).

Et Joseph de Maistre et sa famille trouvaient encore moyen de consoler et d'assister des amis, émigrés comme eux et encore plus malheureux!

Plus malheureux en effet (il y a des degrés en tout, surtout dans le malheur) étaient, par exemple, l'ami de prédilection, le frère de cœur de Joseph de Maistre, le marquis Henry Costa de Beauregard et sa famille. Le marquis servait de son épée, comme officier volontaire d'abord, puis comme chef du génie, et plus tard, comme quartier-maître général, la cause que son ami servait de sa plume et de sa parole. Spolié comme lui, séparé par la guerre d'une femme admirable d'esprit et de cœur, mais d'une imagination et d'une sensibilité exaltées par la douleur, il devait perdre, dès le premier combat, son fils aîné, jeune officier sur qui reposaient toutes ses espérances. Il devait, en proie à ces déceptions des actes et des faits, qui sont plus rudes que les déceptions d'idées, à ces désabusements de la vie active qui sont plus douloureux que les désabusements de la vie spéculative, boire jusqu'à la lie le calice amer de la faiblesse et de l'égoïsme des princes, de la du-

(1) *Amédée de Margerie,* p. 22.

plicité de la politique autrichienne, pire pour ses alliés que pour ses ennemis.

Et pour résister à cette douleur de la perte irréparable d'un fils justement adoré, douleur qui fut épargnée à la famille de Maistre, demeurée réunie et intacte au milieu de la tourmente, le marquis n'avait pas, au même degré que le comte, les espérances de la foi, les consolations d'une fidélité fondée sur les principes, et qui ne douta jamais des réparations de l'avenir, conséquences inévitables de ces principes. Le marquis n'était pas un philosophe, lui, il avait voué aux princes une fidélité chevaleresque plus sensible que la fidélité philosophique aux disgrâces de l'événement et à l'ingratitude des hommes. Aussi, quand il perdit son fils et toucha aux doutes et aux révoltes d'un désespoir qui conduisit la marquise jusqu'au bord des abîmes de la démence, ce fut pour ces deux âmes désolées une faveur de la Providence, que de rencontrer le secours sauveur du grand philosophe chrétien et de sa digne compagne. Le premier avait sur le châtiment et sur l'expiation des idées qui étaient faites pour consoler et pour rassurer les affligés, autant que pour déconcerter et intimider les heureux. Quand on voit dans l'adversité une sorte de faveur et de grâce, quand on est amené par les conseils d'une pieuse raison à cette résignation capable de bénir et de baiser la main divine après ses coups les plus cruels, on a conquis une force qui peut défier toutes les infortunes, sûre de les dominer, toutes les blessures, certaine d'en guérir. Nous savons maintenant pourquoi et comment nous trouvons parmi les œuvres politiques et polémiques du comte de Maistre, à ce moment, pleines du rire vengeur de son ironie, un petit chef-d'œuvre de foi, de

3.

sentiment, d'émotion et de grâce, cette oraison funèbre du jeune héros Eugène de Costa, adressée à sa
mère, mêlée à ces écrits de combat comme la pâle rose
destinée à parer les tombeaux, fleurit au milieu des
ronces et des épines.

Joseph de Maistre s'était installé à Lausanne, où
Mme de Maistre, son fils et sa fille aînée vinrent successivement le rejoindre; « mais sa fille cadette, trop
enfant pour être exposée aux dangers d'une fuite clan-
destine, demeura chez sa grand'mère (1) ». Plus de
vingt ans devaient s'écouler avant qu'elle connût le
visage de son père (2). C'est dans la correspondance
de Joseph de Maistre avec sa famille, surtout avec le
marquis et la marquise Costa de Beauregard, et avec le
baron Vignet des Étoles, publiée pour la première fois
dans l'édition définitive de Lyon, que nous trouverons
les détails qui nous initieront à sa vie matérielle et
morale, pendant son émigration suisse, demeurée encore mystérieuse faute de documents, et à la genèse
de ce groupe d'ouvrages, dont les *Considérations* sont
le chef-d'œuvre.

Nous n'y trouvons rien pourtant, hormis les idées
et les sentiments qui les inspirèrent, de relatif à ces
ouvrages de circonstance, à ces opuscules de polémique politique, à ces pamphlets pour le bon motif,
dont il convient de dire quelques mots. Car si l'intérêt
de leur sujet a vieilli, on peut y observer avec profit
l'auteur dans ces débuts de son talent et ce mélange
d'éloquence et d'ironie qui constitue de bonne heure
l'originalité d'un homme capable de traiter tour à tour
avec l'émotion d'un vif sentiment de l'injustice et la

(1) *Notice* du comte Rodolphe, p. 4.
(2) Amédée de Margerie, p. 22.

jovialité d'une belle humeur venant d'une bonne conscience et que rien ne trouble, de semblables matières.

Le premier de ces opuscules est intitulé : *Lettres d'un royaliste savoisien à ses compatriotes, précédées d'une Adresse de quelques parents des militaires savoisiens à la Convention nationale.* L'ouvrage, imprimé à Lausanne, en mai 1793, était dédié au marquis Henry Costa de Beauregard, dans ces termes laconiques : « Salut à vous, homme de bien, sujet fidèle, excellent ami! A travers les barrières immenses qui nous séparent, ma pensée va vous chercher et se plaît à s'entretenir avec vous. Lisez ces feuilles, je les dédie à la vérité et à l'honneur; elles vous appartiennent. Adieu. »

La *Préface*, contre l'ordinaire des choses, est à citer parce qu'elle dépasse de beaucoup la portée habituelle de ces sortes d'avant-propos. On y sent gronder la colère contenue d'un honnête homme, et ce tonnerre est accompagné d'éclairs, qui nous ouvrent sur le mystère de ses sentiments et de ses idées de profondes et étincelantes perspectives.

Ces lettres sont le fruit des loisirs forcés d'un sujet du roi de Sardaigne, qui s'est occupé dans sa retraite à parler raison à ses compatriotes, pour se consoler du malheur de ne pouvoir les servir autrement.

Peu de gouvernements ont été aussi calomniés que celui de Sa Majesté le roi de Sardaigne. Pendant quatre ans, les presses de France, ouvertes à tous les séditieux, ont vomi une foule de pamphlets destinés à verser le ridicule et le mépris sur ce gouvernement; et tandis qu'on corrompait ainsi l'opinion des peuples, personne ne se crut permis de repousser ces attaques : les hommes les plus disposés à se charger de cette tâche honorable étaient retenus par notre ancienne maxime de ne pas écrire sur le gouvernement.

Mais les maximes les plus générales souffrent des exceptions commandées par des circonstances extraordinaires, et quoique le silence soit assez communément la meilleure réponse qu'il soit possible d'opposer à la calomnie, il faut bien se garder néanmoins de généraliser trop cette règle, dans les guerres d'opinion, surtout.

Jadis, l'autorité pouvait se passer de science et l'obéissance de réflexion; aujourd'hui, il s'est fait un changement dans les esprits, et ce changement est l'ouvrage d'une nation extraordinaire, malheureusement trop influente.

Lorsqu'on donne à un enfant un de ces jouets qui exécutent des mouvements inexplicables pour lui, au moyen d'un mécanisme intérieur, après s'en être amusé un moment, il le brise, *pour voir dedans.*

C'est ainsi que les Français ont traité le gouvernement; *ils ont voulu voir dedans;* ils ont mis à découvert les principes politiques, ils ont ouvert l'œil de la foule sur des objets qu'elle ne s'était jamais avisée d'examiner sans réfléchir qu'il y a des choses qu'on détruit en les montrant; ils sont allés en avant avec la fougue qui leur est naturelle : on les a laissés faire, et la force morale des gouvernements a reçu un coup terrible.

Voilà précisément la *révolution,* car les crimes et les exagérations passeront : ces excès ne sont pas plus naturels au corps politique que la maladie au corps animal; ils n'ont qu'un terme, assez court même par rapport à la durée des empires, mais très long pour des êtres éphémères qui passent et qui souffrent.

Le devoir des hommes sages est d'abréger le moment des souffrances, en formant une ligue sacrée pour diriger l'opinion. Notre situation, en cela, est bien plus heureuse que celle des Français : la révolution est un fruit étranger que la France nous a apporté, et qui n'est pas, à beaucoup près, acclimaté parmi nous. Cependant, quoique nous soyons infiniment moins malades que les Français, nous avons la même maladie, et il la faut traiter par les mêmes remèdes. Il faut travailler sur l'opinion, détromper les peuples des *théories métaphysiques* avec lesquelles on leur a fait tant de mal; leur apprendre à sentir les avantages de ce qu'ils possèdent; leur montrer le danger de chercher un mieux imaginaire, sans calculer les malheurs par lesquels il faudrait l'acheter, etc.

L'auteur quittant le terrain des principes où il marche déjà, on le voit, avec une autorité si sûre d'elle-même, abordait le terrain des faits en exposant le grief principal qui lui avait mis la plume à la main :

Certainement, les procédés des trois Assemblées nationales contre les émigrés français font horreur ; cependant, on conçoit ce que la passion a pu dire pour les justifier, et de quelle apparence de justice les tyrans de la France ont pu colorer ce brigandage odieux. Mais la postérité voudra-t-elle croire que des créatures humaines soient parvenues à éteindre en elles l'humanité, la lumière naturelle et la pudeur, au point de nommer *émigrés* et de traiter en rebelles des hommes d'honneur qui, même avant la conquête, avaient quitté une province conquise, pour se réunir à leur souverain légitime.

L'auteur passait ensuite au fil de ses impitoyables sarcasmes, en homme qui connaissait bien, pour les y frapper des traits acérés du ridicule, les défauts de la cuirasse de ses compatriotes, les plagiaires savoyards de la Convention, réunis en prétendue *Assemblée nationale des Allobroges*, pour singer, comme les pygmés singent les géants, les lois de proscription et de spoliation de la République française.

Si l'on veut se faire une idée de ces gaietés féroces dont le comte assaisonnait au gros sel de terroir ses protestations indignées, on n'a qu'à lire la note suivante de son opuscule :

Si, par hasard, il prenait fantaisie à quelque étranger de savoir ce que c'est que l'Assemblée provisoire, il faut lui apprendre que l'*Assemblée nationale constituante des Allobroges*, après avoir siégé huit jours, trouva tout à coup que c'était assez et termina ses séances après avoir

fait tout ce qu'on peut faire de beau et de bon dans huit
jours; mais avant de se séparer, elle choisit dans son sein
douze ou quinze paires de députés nationaux auxquels
elle confia l'exercice provisoire de la souveraineté du
peuple; et par un coup de génie très remarquable, elle les
choisit de manière à se faire regretter. Personne n'ignore
que la démocratie même de Chambéry s'est permis de
plaisanter assez haut ces *garçons souverains;* et, quelque
temps avant la dissolution de ce corps auguste par l'organisation municipale, une demoiselle (Anne de Maistre,
sœur de l'auteur) l'ayant appelé, dans une lettre qui fut
interceptée, la *Ménagerie de Chambéry,* tout le monde
fut frappé de la justesse surprenante de cette expression.
En effet, depuis l'arche de Noé, on n'avait rien vu d'aussi
riche dans ce genre : on y trouvait tout ce qui *rampe,* tout
ce qui *vole,* tout ce qui *mord* et tout ce qui *hurle;* en sorte
que la collection était complète, depuis le serpent à son-
nette jusqu'au dindon.

Peu tendre pour *les garçons souverains* et les
citoyens tricolores de son pays, l'auteur ne l'était
pas davantage pour la politique française envers la
Sardaigne et la Savoie, et il la montrait violente envers
les puissances faibles comme elles, mais beaucoup
plus humble, et même obséquieuse, quand il s'agissait
de détacher une puissance, comme l'Angleterre, du
faisceau de la Coalition. « Apprenez encore, disait-il,
que la *France a demandé la paix à l'Angleterre au
mois d'avril,* que la lettre de Le Brun, domestique de la
Convention nationale pour les affaires étrangères au
lord Grenville, ministre de S. M. Britannique, au même
département, est imprimée dans tous les papiers anglais (1). »

Il y a bien des choses dans ces quatre *Lettres*

------

(1) *Seconde lettre d'un royaliste savoisien. Œuvres,* t. VII,
p. 122.

d'un royaliste savoisien qui tiennent uniquement
aux temps et aux circonstances, et qui ont vieilli
comme elles. Mais il y a aussi des vues, des aperçus,
des traits, qui gardent la fraîcheur des vérités éter-
nelles, des sentiments toujours humains.

Et tout d'abord, dans l'*Adresse de quelques parents des militaires savoisiens à la Convention
nationale des Français* qui les précède, nous trouvons un « tableau fidèle du gouvernement qui n'était
pas assez connu », celui de Victor-Amé, et qui suffit, à
coup sûr, à réfuter l'odieuse et injuste accusation de
tyrannie qu'on ose lui adresser. Le morceau garde
encore sa valeur historique :

Nous étions le peuple de l'univers le moins imposé, et
le seul peuple de l'univers dont les impôts n'eussent pas
augmenté depuis soixante ans... Quel homme d'État n'a
pas entendu parler de ce cadastre célèbre qui place sous
les yeux de chaque propriétaire la représentation géomé-
trique de ses fonctions, leur étendue précise, la nature
des différents terrains et l'impôt que supporte chaque
glèbe? Qui pourrait assez vanter l'assiette et le recouvre-
ment admirables de cet impôt territorial, que nous pouvions appeler *unique*, puisque la gabelle n'était qu'un
poids imperceptible, même avant la dernière loi qui réduit le sel à 2 sous ?

Il n'existait peut-être en Europe rien de plus simple et
de plus parfait que l'organisation de nos finances.

La procédure criminelle est un autre chef-d'œuvre
placé avec une sagesse surprenante à une égale distance
de la procédure anglaise et de la française, telle qu'elle
existait autrefois.

Les publicistes ont souvent demandé une partie publique en faveur des accusés : on en parlait ailleurs,
et les Savoisiens la possédaient sous le nom presque
auguste *d'avocat des pauvres*. De bonnes lois produi-
saient l'effet qu'on devait en attendre. Il n'y a pas
d'exemple, dans le pays, d'un meurtre juridique.

La noblesse n'avait, en Savoie, que cet éclat tempéré qui brille sans éblouir. On pouvait la comparer à ces ornements d'architecture d'un genre sobre et élégant qui parent les murs sans les charger. Jamais elle n'a nui au peuple dont elle partageait les charges et qui partageait avec elle tous les honneurs de l'Etat. C'est un fait connu que les postes les plus brillants dans toutes les carrières étaient accessibles aux citoyens du second ordre.

L'auteur s'attache avec raison, et non sans quelques aveux empreints d'une rude franchise, à distinguer les émigrés savoisiens des émigrés français, pour lesquels il aura plus d'une sévérité, et qu'il semble trouver plus dignes de pitié que d'approbation :

Vous n'avez pas craint de nous appeler *émigrés*, parce que vous connaissiez la défaveur attachée à cette qualité. Mais qu'avions-nous donc de commun avec ces infortunés auxquels vous avez osé nous comparer? Ces hommes avaient quitté la France, ils étaient en armes contre elle; ils résistaient aux décrets de l'Assemblée nationale, sanctionnés par le roi; et en partant, comme vous le faites, de la légitimité des pouvoirs exercés par l'Assemblée nationale, il est clair que les émigrés étaient des rebelles. Et ces hommes si coupables aux yeux des représentants de la nation, la Convention ne les a immolés qu'après quatre ans de résistance. Et nous qui ne sommes jamais sortis des Etats; nous qui n'avons fait que passer d'une province conquise dans une qui ne l'était pas; nous que la religion du serment et les liens de la reconnaissance appelaient auprès de notre souverain légitime; nous qui avions précédé l'armée dans sa retraite, qui n'avions jamais vu les Français et qui ne pouvions violer vos lois, puisque votre souveraineté même naquit seulement un mois après notre départ, vous n'avez pas craint de nous traiter comme les émigrés français l'ont été par la Convention, et bien plus sévèrement encore (1).

(1) *Œuvres*, t. VII, p. 77.

La première lettre *d'un royaliste savoisien à ses compatriotes* débute par quelques aveux qui sont à retenir, car ils ne manquent ni de franchise ni de courage. Le premier constate l'écho d'abord sympathique qu'avait eu en Savoie la Révolution dans sa période généreuse et pacifique, et il exempte de faute et de reproche ces illusions optimistes partagées d'abord par tout le monde.

L'Europe a retenti de la Révolution française; nulle nation n'a été indifférente à ce grand événement; mais la nôtre était malheureusement placée pour recevoir le premier contre-coup. Que vous étiez loin cependant de connaître tout le danger qui vous menaçait! Un effroyable volcan se creusait tout à coup; vous étiez sur le bord, et vous dormiez! Que dis-je? Plusieurs d'entre vous célébraient de bonne foi des événements qui leur paraissaient annoncer le bonheur de l'espèce humaine. Funeste erreur! Mais qui oserait vous condamner? C'était l'erreur universelle.

L'auteur fait ensuite un juste éloge du règne de Louis XVI avant la Révolution :

La France possédait dans son jeune souverain un modèle de justice, de bonté, de vertu, de mœurs, de vertus religieuses; modèle que le contraste du dernier règne rendait plus éclatant encore. Il voyait sans chagrin l'opinion publique affaiblir le pouvoir arbitraire; il encourageait même cette opinion; et dans le calme d'une conscience pure, il croyait n'avoir rien perdu, quand il accordait tout à son peuple.

Vient alors le second et intrépide aveu.

Cependant il faut avoir le courage de l'avouer avec la même franchise, à l'époque mémorable où la France commença à s'ébranler, les gouvernements d'Europe avaient vieilli, et leur décrépitude n'était que trop connue de ceux qui voulaient en profiter pour l'exécution de leurs

funestes projets; mille abus accumulés minaient les gouvernements; celui de France surtout tombait en pourri-
ture. Plus d'ensemble, plus d'énergie, plus d'esprit public; une révolution était inévitable; car il faut qu'un
gouvernement tombe, lorsqu'il a tout à la fois contre lui
le mépris des gens de bien et la haine des méchants (1).

Ce n'était pas là le cas du gouvernement de la Sardaigne et de la Savoie, qui n'avait mérité ni le mépris
des gens de bien ni la haine des méchants. Mais il a lui
aussi, dans un temps de vertige et d'entraînement général, commis des fautes, et le bon parti, le parti des sages,
n'est pas lui-même exempt de reproches. Mais qui ne
s'est pas trompé, au début, sur la révolution, qui n'a
pas été trompé par ses promesses? « Au milieu des
absurdités et des horreurs qui nous environnent, on a
quelque peine à se rappeler combien ces idées nouvelles
étaient séduisantes, même pour la sagesse. » Il faut
pourtant ne pas oublier « que le mouvement qu'on
aperçut alors dans les esprits tenait uniquement à des
idées d'améliorations qu'on envisageait de tous côtés
comme possibles ». De là des illusions et des espérances que les sages perdirent vite, mais « il n'est pas
donné au peuple de suivre la marche des sages; il
arrive toujours au même point, mais il arrive trop
tard ».

Ces concessions faites servent de point d'appui à
l'habile apologiste pour établir une première considération atténuante.

« N'est-il pas vrai que la révolution de France étant
un événement unique dans l'histoire, les temps passés
ne présentaient malheureusement aucune leçon de
conduite; que les différents ministères de l'Europe

_____

(1) *OEuvres*, t. VII, p. 84.

eurent beaucoup de peine à s'en faire une idée juste, et que notre gouvernement n'a pas plus de reproche à se faire que tous les autres qui n'y ont rien compris? »

Les grotesques copistes de la Convention nationale, les plagiaires de l'Assemblée nationale des Allobroges, peuvent-ils se flatter d'avoir plus ou mieux compris? « En un mot, si l'on excepte un petit nombre de factieux qui ont osé s'appeler la Nation, une partie de l'Assemblée n'entendit rien; une autre ne comprit rien; et la troisième ne dit rien. Voilà l'histoire de votre assemblée populaire, et peut-être celle de toutes les autres. »

Dans la seconde lettre, intitulée : *Retour à l'ordre et à la puissance légitime*, avec cette épigraphe tirée de la Fontaine : « *Tout père frappe à côté* », l'auteur considère comme inévitable le retour de la Savoie sous le sceptre de son légitime souverain, et s'attache à démontrer que ce retour doit être envisagé sans crainte.

L'erreur et surtout la première erreur, ne sera pas punie. On ne demande qu'à pardonner... On appellera *erreur* tout ce qui pourra porter ce nom, et même on violera la langue pour contenter la clémence.

En général, souvenez-vous que la puissance légitime, image du principe éternel dont elle émane, *punit* quant il le faut, *pardonne* quand elle le peut et ne se venge jamais.

Si le roi ne se venge pas, qui oserait se venger? Il n'y a donc pas à craindre de représailles particulières, si légitimes qu'elles puissent paraître. Les victimes demanderont grâce pour les coupables repentants. « Pontifes, lévites vénérables! dignes soutiens de la foi de nos pères! Nobles chevaliers! enfants de l'honneur et de la gloire! Sujets fidèles! qui que vous soyez! jurez tous qu'au grand jour de la *fête nationale*, où les croix blanches,

chassant devant elles le bonnet infâme, brilleront de nouveau sur *notre terre affranchie*, vous n'interromprez par
aucune plainte sinistre le concert ineffable de la joie universelle. Les rois ne se rapprochent jamais plus de l'Etre
suprême que lorsqu'ils pardonnent : rapprochez-vous des
rois en pardonnant aussi. Publiez votre amnistie particulière. Il n'y a qu'un rôle digne de vous, celui de faire
valoir les prières du repentir. Les lois feront justice des
coupables obstinés; elles puniront le vol ainsi que la
révolte; elles vous rendront tout ce qu'un exécrable brigandage vous aura enlevé : ne demandez rien de plus et
même ne demandez pas tout. Quant aux injures personnelles, oubliez-les entièrement.

Voilà comment parle l'exilé, le spolié, l'avocat de la
clémence, qu'on a si à tort représenté comme l'apologiste du bourreau.

Dans sa troisième lettre, consacrée à la *domination
piémontaise et au gouvernement militaire*, avec
cette épigraphe empruntée à Tacite : *Sine ira et
studio*, Joseph de Maistre s'attache à combattre, en
faveur de la restauration du gouvernement légitime,
les objections tirées des préjugés locaux, après les
objections tirées des préjugés généraux. Il s'agit de la
rivalité sourde, de l'*antagonisme jaloux* des deux provinces sœurs et parfois ennemies intimes, la Savoie et
le Piémont, si différentes de caractère, de mœurs et de
langue.

Lorsque la fortune a réuni sous le même sceptre deux
provinces que la nature a divisées par le caractère ou par
la position géographique, ou par le culte, ou par la langue,
celle de ces deux provinces qui possède le souverain affecte
assez naturellement une supériorité qui froisse l'orgueil
de l'autre.

La difficulté ainsi établie nettement, l'auteur la résout
avec une dextérité, une bonhomie, une finesse remar-

quables, un art ingénieux à caresser, des deux côtés,
l'amour-propre national et à éviter tout froissement
dans le parallèle ou plutôt le double portrait qu'il trace,
plus ressemblant encore que flatté, des deux peuples
en compétition. Il devait d'autant plus se montrer
insinuant que la juste susceptibilité des Savoisiens
pouvait jusqu'à un certain point accuser le roi de les
avoir trop facilement, pour concentrer la défense et la
résistance en Piémont, abandonnés à leur sort, et que
s'il avait ses griefs, la Savoie avait aussi les siens. Le
médiateur devait donc tout d'abord panser cette blessure et y mettre, comme il le dit, un baume salutaire.

Après avoir disculpé le roi du reproche d'avoir livré
volontairement la Savoie à la France, ce qui eût été
contre son intérêt manifeste, qui était de la conserver,
l'auteur aborde le grief d'une prétendue préférence
partiale pour les Piémontais, montre que la monarchie
a toujours tenu la balance égale autant que possible
entre les deux moitiés du royaume et entame le parallèle entre le Piémontais et le Savoisien, par quelques
constatations flatteuses pour l'amour-propre de ce dernier, qui possède d'abord l'avantage d'avoir une langue,
tandis que, à proprement parler, le Piémontais n'en a
pas une. « D'ailleurs, la supériorité de celle que vous
parlez est incontestable. »

Ceux qui la nient admettent précisément un effet sans
cause. Car le *règne* de cette langue ne peut être contesté,
et il faut cependant qu'il ait une cause. Cet empire n'a
jamais été plus évident et il ne sera jamais plus fatal que
dans le moment présent. Une brochure allemande, anglaise, italienne, sur *les Droits de l'homme*, amuserait
tout au plus quelques valets de chambre du pays : écrite
en français elle ameutera, dans un clin d'œil tous les fous
de l'univers. On sait que cette langue s'est emparée de

toutes les cours, de tous les cabinets; enfin, qu'elle est
devenue une espèce de monnaie universellement con-
venue entre tous les peuples pour l'échange des pensées...
La supériorité de la langue contribue à donner à Turin
un ton difficile à définir, mais qui n'est pas moins réel.
Regardez bien et vous verrez qu'un Savoisien, dans la
capitale, est quelque chose de mieux qu'un provincial.

Après cet exorde insinuant, l'auteur, qui avait pour
but de montrer que les souverains de la Savoie et du
Piémont tenaient la balance exacte entre les deux peuples, devait soigneusement éviter de paraître lui-même
partial. Il se tire d'affaires en distribuant à chacun,
avec une équité qui n'est pas sans malice, sa part de
qualités et de défauts. Il va jusqu'à constater d'abord
que la sollicitude de la cour de Turin pour la Savoie
a été tellement incontestable, « que la critique lui en a
même reproché l'excès; elle a dit que le secret de gouverner infiniment mieux est souvent de gouverner
infiniment moins ».

Après ce coup de griffe, mais d'une patte de velours,
envers le gouvernement, l'auteur fait avec une bonhomie joviale le compte des deux peuples.

Si les défauts du caractère piémontais vous frappent
beaucoup, ce n'est pas que vous en ayez moins, c'est que
vous en avez d'autres; du reste, puisque les Piémontais
vous supportent, vous pouvez bien les supporter.

Ce qui fait qu'il vous arrivait souvent de ne pas rendre
pleine justice à ce peuple, c'est que vous étiez trop accou-
tumés à faire venir vos opinions de France, comme vos
étoffes, et que les Français jugent fort mal les autres
peuples, surtout les Piémontais, pour lesquels ils n'ont
jamais eu une grande inclination.

Sans doute les Piémontais ont des défauts, et même
des défauts très prononcés, parce qu'ils sont greffés sur
un caractère sombre et énergique. Ils portent les préjugés

nationaux à l'excès... La vanité française *impatiente;* l'orgueil piémontais *irrite*... Le peuple, dont les mœurs ne sont pas adoucies par l'éducation, est souvent cruel dans ses vengeances. Il ne boit pas le sang (chacun a son goût), mais lorsqu'il est agité par des passions violentes, il se détermine aisément à le verser.

Voilà le mauvais côté du caractère piémontais : mais par combien de bonnes qualités ces défauts ne sont-ils pas rachetés !

Vous ne trouverez pas un peuple plus calme dans ses jugements, et moins susceptible de cet enthousiasme éphémère pour les hommes et pour les choses, qui finit par tourner en modes les maximes les plus importantes *du gouvernement.*

Vous ne trouverez pas un peuple plus ami de l'ordre; le Piémontais aime, par-dessus tout, que chaque chose soit à sa place; il exige strictement le respect de ceux qui le lui doivent; mais il le rend à ses supérieurs, comme il le reçoit de ses inférieurs, non pas seulement sans répugnance et sans murmure, mais avec plaisir. Ailleurs, la subordination n'est qu'un devoir; en Piémont, elle est un « goût »; en un mot, le Piémontais obéit et commande avec passion; et c'est peut-être là le trait principal de son caractère.

On n'a jamais accusé l'aristocratie nobiliaire de manquer de splendeur en Piémont; et cependant il n'existe aucun pays, sans exception, où le mérite, séparé de la naissance, ait un accès plus libre à toutes les places des l'Etat.

Si vous avez un ennemi en Piémont, vous ne ferez pas mal de vous ôter de son chemin; mais si vous y avez mérité un ami, ce sera une belle conquête. Les amis de Piémont sont uniques comme ses organsins.

Le plus difficile de la tâche de l'auteur n'était pas d'adoucir les angles qu'un commerce et un frottement de plusieurs siècles n'ont pas entièrement émoussés entre les deux peuples. C'était de dorer et de faire

avaler la pilule amère pour lui-même, d'un grief séculaire, plus sérieux même que les antagonismes de race.
Il s'agissait, non de faire l'apologie, mais de plaider
les circonstances atténuantes de ce régime, de ce gouvernement militaire, qui était odieux au peuple savoisien, pour lequel J. de Maistre n'avait jamais caché sa
répugnance, et qu'il avait toujours combattu dans la
mesure de ce que lui permettaient sa situation et les
circonstances. Il était tout le premier à convenir, en
riant, dans l'intimité, de son peu de goût pour le despotisme inquisitorial, pour la tyrannie minutieuse et
mesquine dont le type proverbial et légendaire était le
« major de place » piémontais, aussi froid, aussi dur,
aussi sournoisement taquin que le major de place
autrichien.

L'auteur se borne à fournir les explications qui peuvent atténuer le grief, mais la meilleure de ses raisons,
c'est la promesse du redressement, de la réformation
d'un état de choses qui a donné lieu à des plaintes
exagérées sans doute, mais justifiées par certains abus
de pouvoirs et empiétements indiscrets de la police
militaire. La lettre finit par une exhortation à un
loyalisme non seulement passif, mais actif, à cette
fidélité passionnée envers le prince, qui doit aller
jusqu'à l'amour.

Serrez-vous autour du trône et ne pensez qu'à le soutenir. Si vous n'aimez le roi qu'à titre de bienfaiteur, si
vous n'avez d'autres vertus que celles qu'on veut bien
vous payer, vous êtes les derniers des hommes. Elevez-
vous à des idées plus sublimes et faites tout pour l'ordre
général. Ranimez dans vos cœurs l'enthousiasme de la
fidélité antique... Aujourd'hui on dirait que nous crai-
gnons d'aimer et que l'affection solennelle pour le souverain a quelque chose de romanesque qui n'est plus de

saison... Vous ne devez point aimer votre souverain parce qu'il est infaillible, car il ne l'est pas; ni parce qu'il aura pu répandre sur vous des bienfaits, car quand il vous aurait oublié, vos devoirs seraient les mêmes.

Après avoir ainsi introduit l'amour dans la politique et fait de la fidélité un devoir et comme un plaisir d'affection, l'auteur s'adressait à des sentiments non moins familiers au Savoisien que cette tendresse héréditaire pour un souverain patriarcal; il parlait à son esprit après avoir parlé à son cœur, il lui montrait que faire son devoir n'était pas seulement le parti le plus honnête, mais le plus habile, et que son intérêt pour préférer le prince légitime à l'étranger usurpateur était d'accord avec sa raison.

C'est là l'objet de cette quatrième lettre, la plus remarquable de toutes, parce qu'on y trouve exposée par l'auteur avec son talent déjà mûr, toute sa doctrine monarchique; c'est la seule que Sainte-Beuve, qui ne lui marchande pas l'éloge, ait connue. Elle est consacrée à une *Idée générale des lois et du gouvernement de S. M. le roi de Sardaigne, avec quelques réflexions sur la Savoie en particulier.* L'auteur y concentre et y ramasse, en quelque sorte, dans un vigoureux raccourci, toutes les raisons qui militent en faveur du gouvernement légitime, le meilleur possible, et très supérieur dans sa réalité aux modèles théoriques et utopiques qu'on affecte de lui opposer.

Heureux les peuples dont on ne parle pas! Le bonheur politique, comme le bonheur domestique, n'est pas dans le bruit; il est fils de la paix, de la tranquillité, des mœurs, du respect pour les anciennes maximes du gouvernement et pour ces coutumes vénérables qui tournent les lois en habitude et l'obéissance en instinct.

4

Cet état est précisément celui dont vous jouissiez; nul État de l'univers ne présentait plus d'ordre, plus de sagesse, plus d'uniformité, plus d'horreur pour les innovateurs et les gens à projets.

Ce qu'on craignait par-dessus tout dans notre gouvernement, c'étaient les secousses, les innovations, les mesures extrêmes et les coups d'éclat, dont on a presque toujours à se repentir.

Tout se faisait en silence, mais tout se faisait bien, et c'est un fait incontestable que presque sur tous les points de l'administration, nous avons devancé la plupart des autres peuples.

L'art de gouverner sans se brouiller avec personne, et surtout avec l'opinion, est aussi ancien que la maison de Savoie. Ce talent a brillé surtout dans les matières religieuses, qui ont causé ailleurs de si grands troubles dans les temps anciens, et qui ont toujours été si bien réglées parmi nous.

L'auteur oppose alors le passé au présent dans un parallèle peut-être un peu optimiste, mais qui n'en contient pas moins des faits peu connus et curieux, et qui se termine par un exposé de principes où étincellent des traits de caractère et de doctrine essentiels à noter.

« Enfin, dit-il, il serait inutile de revenir sur le passé : le mal est fait, il ne s'agit plus que d'en tirer parti. Les vœux d'une coupable minorité l'ont emporté sur les craintes et sur l'honneur du reste de la nation ; cette minorité voulait la conquête et la révolution, nous avons eu l'une et l'autre. A présent vous pouvez comparer ou juger... Raisonnons, ou plutôt ne raisonnons pas : citons des faits et opposons tableau à tableau. »

L'auteur alors prend successivement corps à corps les griefs déclamatoires et plagiaires, prétendant assimiler l'ancien régime, en France et en Savoie, au mépris de différences évidentes et toutes à l'avantage du gou-

vernement paternel et patriarcal dont jouissait le pays.
Il montre le clergé et la noblesse ne formant point un
corps séparé dans l'État, et la première de ces deux
classes ne possédant d'autre autorité que celle qui était
nécessaire à l'exercice de ses fonctions, autorité pro-
tégée, mais contenue dans ses bornes par le gouvernement.

Le haut clergé ne connaissait ni l'opulence ni le faste
qui la suit; il jouissait de cette aisance précieuse qui
empêche d'être méprisé et permet d'être bienfaisant. Ses
mœurs étaient édifiantes et sa conduite exemplaire...
L'ordre des curés jouissait de toute la considération nécessaire. La noblesse même paraissait assez souvent dans
cette classe; et tandis qu'on voyait un gentilhomme occuper une cure, on voyait le mérite sans aïeux briller
sous la mitre.

Vous avouerez, j'espère, que tout ne va pas si mal lorsqu'on ne peut montrer aucune place au-dessous du premier ordre de l'État et aucune place au-dessus du second.

Pour la noblesse, ses privilèges se réduisaient à
nommer des juges de terres, qui étaient examinés et
approuvés par le sénat. Le vassal ne pouvait changer
son juge ni proroger ses fonctions au delà du terme
de trois ans, fixé par la loi. Dès que l'intérêt du seigneur
se trouvait mêlé dans une affaire, son juge cessait d'être
compétent pour en connaître, et la cause était portée
en première instance au tribunal du préfet de la province. Les fermiers et les agents des seigneurs étaient
exclus des conseils d'administration dans leurs parois-
ses; et les intendants, promoteurs des droits des communes, étaient chargés d'y veiller.

En ce qui touche la chasse, très peu de seigneurs
attachaient de l'importance à ce droit de chasse si res-
treint par l'usage. C'est un fait constant qu'on chas-

sait de tous côtés ; que tout artisan et tout paysan avait
son chien et son fusil et qu'on s'est plaint mille fois de
cet abus.

La noblesse n'était donc réellement qu'un titre honori-
fique utile à l'État par les obligations plus étroites qu'il
imposait aux nobles et qui n'a jamais nui à personne,
puisqu'il ne donnait qu'une distinction purement morale
sans aucune espèce de puissance sur les personnes.

La richesse n'était pas plus l'apanage de cette classe
que le pouvoir ; elle était fortuite parmi les seigneurs
comme parmi les particuliers. Quelques fidéi-commis
réduits à quatre degrés pouvaient tout au plus la perpétuer
un peu plus longtemps dans leurs familles.

L'auteur abordait ensuite la question des privilèges
pécuniaires en ce qui touche les immunités du clergé.
Ce mot était sur le point de devenir une plaisanterie.
L'exemption d'impôts portant sur l'ancien patrimoine
de l'Église seulement ne se montait qu'à la somme de
30,000 livres sur toute la Savoie ; déjà réduite au tiers,
elle allait disparaître. Quant au privilège des biens
féodaux, l'exemption n'était que de 22,000 livres pour
toute la Savoie.

Aucun emploi civil, militaire ou économique, n'était
entaché de vénalité ; nous ignorions les survivances et les
espèces de fidéi-commis odieux qui rendaient ailleurs certains emplois le patrimoine de quelques familles. Toutes
les carrières étaient ouvertes au mérite... Personne ne
pouvait obtenir un grand emploi sans avoir passé par
tous les grades. Cet ordre de choses favorise puissamment
une autre maxime du gouvernement piémontais dont on
ne saurait trop vanter la sagesse : c'est que nulle profession et nul emploi ne sont censés au-dessous de la noblesse,
qu'aucun préjugé n'empêche un gentilhomme de chercher
la fortune ou l'illustration dans toutes les carrières où il se
trouve appelé par son goût et par ses talents. La noblesse,
qui est le sang de la monarchie, peut donc circuler libre-

ment dans toutes les veines de l'Etat : il suffit de savoir
tirer parti de cet avantage inappréciable pour qu'aucune
classe d'hommes ne puisse devenir ennemie, par essence,
de la noblesse et par conséquent de la monarchie.

Les emplois sont le patrimoine naturel du mérite sans
aïeux. Mais il n'est pas moins infiniment utile qu'une
quantité considérable de nobles se jette dans toutes les
carrières en concurrence avec le second ordre. Non seulement la noblesse illustre les emplois qu'elle occupe...
mais elle crée partout un esprit monarchique et partout
elle combat toute action contraire à ce gouvernement. C'est
ainsi, toute proportion gardée, qu'en Angleterre, la portion de la noblesse anglaise qui entre dans la Chambre
des communes tempère l'âcreté délétère du principe démocratique, qui doit essentiellement y résider, et qui *brûle-
rait* infailliblement la constitution sans cet amalgame
précieux (1).

Si, d'un côté, les maximes du gouvernement piémontais
n'excluent aucune charge de l'honneur d'être exercée par
un noble, réciproquement elles n'excluent aucun homme,
quelle que soit l'obscurité de sa naissance, de l'honneur
d'exercer les premières charges de l'Etat. Dans l'état
militaire même, le tiers des officiers est pris dans ce
qu'on appelait en France le *tiers état*, et nous en avons
vu parvenir du rang de simple soldat à celui de général.

A propos de la noblesse, l'auteur ajoutait une considération qui, par la hauteur de la pensée et la vigueur
de l'expression, avait frappé Sainte-Beuve, qui ne se
cachait point de l'approuver et de l'admirer.

Observez en passant qu'un des grands avantages de la
noblesse, c'est *qu'il y ait dans l'état actuel quelque chose
de plus précieux que l'or.* Souffrez donc patiemment que

(1) Il n'est pas inutile de faire remarquer que de Maistre, à
ce moment, est partisan de la Constitution anglaise. « Cette
fonte d'une partie de la noblesse dans la Chambre des représentants est peut-être, dit-il, le trait le plus merveilleux de ce
merveilleux gouvernement. » (P. 173.)

4.

les services des pères soient le patrimoine des enfants et
que le noble ait une espèce de droit acquis aux emplois
lorsqu'il n'en est pas exclu par ses vices ou par son inca-
pacité. Cette distinction qui vous blesse est infiniment
avantageuse.

C'est elle qui tient les richesses à la seconde place et
qui les empêche de devenir l'objet unique de l'ambition
universelle; alors tout est perdu, on ne voit dans les
emplois que les revenus, et l'honneur n'est qu'un acces-
soire; mais l'honneur est trop fier pour supporter la
seconde place; si on ose l'y condamner, sa vengeance est
toute prête : il se retire. Combien d'exemples parmi nous
de désintéressement antique! Combien on pourrait vous
citer de chefs de finance ou de ministres qui sont morts
dans une honorable pauvreté, après avoir vécu sans faste
et supporté des travaux immenses! *Dans les Etats du roi
de Sardaigne et surtout en Savoie, il n'était pas aisé
d'augmenter sa fortune par un emploi sans voir diminuer
sa réputation.*

Nous ne saurions suivre l'auteur dans le détail de
son argumentation sur les avantages du mécanisme
du régime financier de la Savoie, ni sur les mérites de
sa législation civile ou de sa législation criminelle.
Nous ne citerons pas ses éloges et ses portraits des
princes de la maison de Savoie, de Victor-Amé II à
Victor-Amé III. Ce sont là des pages d'un intérêt historique ou économique dont l'appréciation dépasserait
les limites que nous nous sommes tracées pour serrer
de près, sans l'étouffer, un sujet immense dans sa
variété. Mais nous ne pouvons laisser passer sans nous
y arrêter un moment, parce qu'ils établissent l'esprit
de modération et d'humanité qui survécut chez de
Maistre à l'épreuve des malheurs publics et privés,
quelques passages qui nous montrent dans l'homme
dont on a voulu faire un juriste implacable et l'apologiste du bourreau, le glorificateur de cette admirable

institution de l'avocat des pauvres, l'adversaire éloquent de l'inexorabilité dans la peine et de la cruauté
dans le supplice.

Voici le passage sur l'avocat des pauvres :

Malheureusement, pour plaider comme pour faire la
guerre, il faut premièrement de l'argent, secondement de
l'argent et troisièmement de l'argent. Quelques précautions qu'on prenne à cet égard, il n'y aura jamais de différence que du plus au moins. Mais la belle institution de
l'avocat des pauvres corrige cet inconvénient chez le roi
de Sardaigne autant qu'il est possible. Défenseur public
des accusés et patron des pauvres au nom de la loi, son
serment l'oblige à prêter à l'indigence un ministère gra-
tuit ; non seulement il a des aides et des représentants
gagés par le souverain, mais la loi, par une disposition
pleine de sagesse et d'humanité, a statué que nul homme
ne pourrait suivre la carrière du barreau avant d'avoir
consacré deux années de sa vie au soutien de l'avocat des
pauvres dans ses nobles fonctions.

Dans son examen de l'état de la procédure criminelle
en Savoie, l'auteur déclare et il le regrette, que la
torture n'est pas encore abolie, mais il est statué par
la loi « que ce moyen terrible de rechercher la vérité
ne peut être employé que sur l'ordre direct ou sur
l'approbation des tribunaux suprêmes » qui n'appli-
quaient la loi qu'avec les plus sages précautions.

Sur l'état des prisons, l'auteur avoue que tous les
gouvernements sont coupables, mais il n'est pas de
gouvernement qui mérite moins de reproches que celui
de la Savoie, par suite d'un contrôle judiciaire et d'une
surveillance administrative qui font émulation de vigi-
lance et d'humanité.

Les supplices enfin, ordonnés par nos lois criminelles,
n'ont rien d'atroce ; elles ne s'arrogent point le droit de

prolonger la mort et de vouer au désespoir les derniers
moments d'un être intelligent et religieux.

Le morceau, que nous regrettons de ne pouvoir citer,
est vraiment éloquent, et de l'éloquence du cœur.
Sainte-Beuve signalait et admirait encore la profession
de foi monarchique finale, d'un royalisme éclairé et
presque libéral pour l'homme et le temps, sans la
rigueur dogmatique et théocratique en tout cas qu'on
prête trop facilement à de Maistre, et qui convient
plutôt à de Bonald, terminée par un éloge de la monarchie
« en une de ces images qui vont devenir familières à
l'écrivain, et qui saisissent la pensée comme les yeux ».

La dernière de ces *Lettres d'un royaliste savoisien*, où l'auteur s'exerce à parcourir toutes les gammes
d'un clavier varié et puissant, et commence à donner
la mesure de son talent, sortant des succès du dilettante pour entrer dans ceux du virtuose, est du
3 juillet 1793.

En suivant l'ordre chronologique, nous trouvons, à
la date de 1794, un ouvrage d'un genre particulier,
qui est destiné à consoler non en lui cachant, mais en
lui montrant tout ce qu'il a perdu, la douleur d'un
père qui est le meilleur ami de l'auteur. Dans cet
ouvrage qui garderait le caractère intime et privé, s'il
n'était devenu public par la divulgation qui en fut faite
volontairement par les intéressés, empressés à faire
partager à tant de douleurs semblables ce baume d'une
exhortation salutaire, s'il ne s'élevait pas, par le récit et
l'appréciation des événements qui forment le cadre du
tableau, aux plus hauts sommets de la philosophie et
de l'histoire, Joseph de Maistre célébrait les vertus
précoces et la mort chrétienne d'un des jeunes héros,
d'une des plus pures victimes de la guerre, où la Savoie

défendit avec plus de courage que de bonheur, contre
l'invasion révolutionnaire française, ses frontières vio-
lées. Le *Discours à M^mo la marquise de Costa sur la
vie et la mort* de son fils Alexis-Louis-Eugène de
Costa, lieutenant au corps des grenadiers royaux de
S. M. le Roi de Sardaigne, né au château de Villars,
en Savoie, le 12 avril 1778, mort à Turin, le 21 mai 1794,
d'une blessure reçue le 27 avril précédent, à l'attaque
du Col-Ardent, est un de ces ouvrages où il n'est pas
défendu à un auteur de montrer son esprit, mais où
il doit surtout montrer son cœur, puisque l'admiration
qu'il inspire, s'il la mérite, est de celles qui se tradui-
sent par des larmes.

Il est difficile de refuser cet hommage à la mémoire
du jeune héros dont l'auteur a su parler si dignement,
au père et à la mère qui l'ont perdu. Le meilleur et le
plus doux du succès, en pareil cas, est d'obtenir le
suffrage des juges les plus directement intéressés. Et
ce premier et ce plus précieux des suffrages n'a pas
manqué à Joseph de Maistre, qui a placé justement en
tête de son Eloge funèbre une lettre du père de son
héros, qui contient l'approbation reconnaissante où il
trouvait sa meilleure récompense. Cette lettre du marquis Henri de Costa est datée de Saint-Dalmas, le
1er septembre 1791.

Cher ami, je partais au moment où je vous ai écrit la
dernière fois, et je ne pus vous dire qu'un mot à compte
de tout ce que je vous dois pour votre excellent ouvrage.
J'en suis chaque jour plus content, et je ne puis croire
qu'il soit du nombre de ceux qui périssent; il fera, je
l'espère, connaître aux âges à venir les charmes et les
vertus de mon fils, et les grands talents de mon ami.
J'approuve fort les raisons qui vous ont déterminé à lui
donner la forme qu'il a... Enfin, il remue tellement mon

cœur, que je ne puis croire qu'il n'échauffe et qu'il ne remue pas le cœur des autres.

Les exemples et les modèles du genre, c'est-à-dire de l'Éloge funèbre, de l'oraison funèbre si en honneur sous le règne de Louis XIV, ne manquent pas. La critique a pu rappeler à ce propos, sans remonter à Tacite et à Agricola, ni à Bossuet ou à Fléchier, l'éloge des officiers morts pendant la campagne de 1741, par Voltaire, et l'Éloge, par Vauvenargues, de son jeune et si intéressant ami, Hippolyte de Seytres. Sainte-Beuve a même cru trouver, çà et là, des traces d'imitation de ces ouvrages, à tort selon nous, car il n'y a de commun entre eux que le sujet. La principale originalité de l'ouvrage de de Maistre, à travers quelques légères fautes de goût, quelques excès déclamatoires qui tiennent aux restes d'influence de son éducation classique, à ces servitudes de mode et d'usage contemporain, dont le génie le plus indépendant a peine à s'affranchir du premier coup, c'est qu'il n'imite personne, c'est que son œuvre est bien son image, c'est qu'il en a puisé l'éloquence à cette source nouvelle de l'inspiration chrétienne, que ne trouble aucune réminiscence profane.

Nous allons citer rapidement quelques-uns des traits qui sortent de l'ordinaire, en un sujet qui ne l'est que trop, et qui marquent d'originalité cet essai dans un genre où l'originalité semblait avoir été épuisée.

Et tout d'abord, l'auteur de l'oraison funèbre de ce héros de seize ans ne se présente pas à ses parents en consolateur.

Ne vous effrayez point, Madame, sur mes intentions, et ne craignez point que je consacre cet écrit à vous distraire. Votre ami connaît toute la profondeur de la plaie qui déchire votre cœur; il sent ce que vous sentez, il a recueilli vos larmes, vous avez vu couler les siennes. Pleurez, ah! pleurez sans cesse l'ange que le ciel vient de vous ravir. Au lieu de vous dire : *Ne le pleurez plus*, je veux vous dire pourquoi vous devez le pleurer encore. Je sais que la plaie de votre cœur saignera longtemps; je sais que vous ne jouirez pas de ce qui peut entretenir votre douleur; je sais que *vous ne voulez pas être consolée, parce qu'il n'est plus*...

L'auteur, avant de tracer le portrait du jeune de Costa « et de rappeler ce que fut cet enfant extraordinaire », félicite ses parents « de pouvoir trouver quelque douceur à penser que ce chef-d'œuvre fut leur ouvrage ». Et il part de là pour exprimer des vues lumineuses et pénétrantes sur l'éducation, et, la première de toutes, l'éducation domestique, c'est-à-dire celle qui consiste, pour le père et la mère, à cultiver les dispositions d'un heureux naturel.

Ne dites point que la nature avait tout fait : sans doute vous n'aviez point fait ce beau caractère, mais votre mérite fut de le deviner et d'en favoriser le développement...
· Peut-être que l'éducation se réduit à cela. Comment se persuader, en effet, que la nature se soit contredite au point de rendre difficile la chose du monde la plus nécessaire? Le bon sens, éclairé par la vertu, suffit pour donner une excellente éducation. Ce qui nous trompe sur ce point, c'est que nous confondons deux éducations absolument différentes : l'éducation morale et l'éducation scientifique. La première seule est nécessaire et celle-là doit être aisée. On ne peut nier, sans doute, l'importance secondaire et les difficultés de la seconde; mais lorsque le décorateur entre dans un hôtel, l'architecte s'est retiré. Croyez, Madame, que l'homme moral est formé plus tôt qu'on ne pense; et que faut-il pour le former? Éloigner l'enfant des mauvais exemples, c'est-à-dire du grand monde; ramener doucement sa volonté, lorsqu'elle s'écarte du pôle, et surtout bien agir devant lui.

Ce principe posé, l'auteur critique, de ce point de vue élevé, les théories régnantes en matière d'éducation.

C'est pour avoir voulu transposer cet ordre que de faux instituteurs ont fait tant de mal à la génération présente. Au lieu de laisser mûrir le caractère sous le toit paternel, au lieu de le comprimer dans la solitude pour lui donner du ressort, ils ont répandu l'enfance au dehors : ils ont voulu faire des savants avant de faire des hommes; ils ont tout fait pour l'orgueil et rien pour la vertu; ils ont présenté la morale comme une *thèse* et non comme un *code;* ils ont fait mépriser la simplicité antique et l'éducation religieuse. Qu'en est-il arrivé? Vous le voyez.

Joseph de Maistre n'est pas tendre pour l'éducation publique. Il n'est pas éloigné de penser que tout rassemblement d'hommes engendre corruption. Cependant, si cette éducation en commun est inévitable, qu'on n'y expose l'enfant que lorsque l'éducation domestique l'aura armé contre les mauvais exemples par l'habitude des bons.

Qu'on ne se hâte pas au moins d'arracher les enfants de la maison paternelle, l'asile du bonheur et le berceau des vertus. Ne soyons point les meurtriers de l'innocence, en la précipitant de si bonne heure au milieu des dangers qui accompagnent nécessairement tous les rassemblements nombreux. L'œil du sage s'arrête douloureusement sur ces amas de jeunes gens où les vertus sont isolées et tous les vices mis en commun.

Sur la révolution, à ce moment de 1794, on ne peut vraiment pas demander l'impartialité ni même la modération à un homme qu'elle a proscrit, dépouillé, privé de sa fortune et de sa patrie, et qui s'adresse à la mère d'un jeune homme tué à seize ans par les agresseurs de cette patrie envahie. Il ne faut donc pas s'étonner de l'entendre dire « qu'aussi vile que féroce,

jamais elle ne sut anoblir un crime, ni se faire servir
par un grand homme; que c'est dans les pourritures
du patriciat, surtout parmi les suppôts détestables ou
les écoliers ridicules du philosophisme, dans l'antre de
la chicane ou de l'agiotage, qu'elle avait choisi ses
adeptes et ses apôtres... que cette révolution bien
définie n'est qu'une expansion de l'orgueil immoral
débarrassé de tous ses liens; que de là vient cet épouvantable prosélytisme qui agite l'Europe entière, etc. »

Il ne faut pas s'étonner non plus d'entendre Joseph
de Maistre, après une série de tableaux animés et
pathétiques de cette campagne alpestre où le jeune
héros trouva la mort, l'estimer heureux d'avoir échappé
à des spectacles et à des épreuves qui font que les sur-
vivants seraient excusables de pleurer plutôt sur eux
que sur lui. Il y a là un beau mouvement d'éloquence.

Il faut avoir le courage de l'avouer, Madame : longtemps nous n'avons point compris la révolution dont nous
sommes les témoins; longtemps nous l'avons prise pour
un *événement*. Nous étions dans l'erreur : c'est une
époque; et malheur aux générations qui assistent aux
époques du monde! Heureux mille fois les hommes qui
ne sont appelés à contempler que dans l'histoire les
grandes révolutions, les guerres générales, les fièvres de
l'opinion, les fureurs des partis, les chocs des empires et
les funérailles des nations! Heureux les hommes qui passent sur la terre dans un de ces moments de repos qui
servent d'intervalles aux convulsions d'une nature condamnée et souffrante. Fuyons, Madame! Mais où fuir?
Ne sommes-nous pas attachés par tous les liens de l'amour
et du devoir? Souffrons plutôt, souffrons avec une résignation réfléchie : si nous savons unir notre raison à la
raison éternelle, au lieu de n'être que des *patients* nous
serons au moins des *victimes*.

Et pas pour toujours, peut-être même pour long-

5

temps. Car ce qui est violent ne dure pas, et l'excès même du mal annonce le retour du bien. Et Joseph de Maistre, au lieu de se laisser aller à un aveugle désespoir, prédit la fin du fléau et témoigne d'espérances fondées sur sa foi et qui ne sont pas moins vivaces que la source où elles prennent naissance.

Certainement, Madame, ce chaos finira, et probablement par des moyens tout à fait imprévus. Peut-être même pourrait-on déjà, sans témérité, indiquer quelques traits des plans futurs qui paraissent décrétés. Mais par combien de malheurs la génération présente achètera-t-elle le calme pour elle ou pour celle qui la suivra? C'est ce qu'il n'est pas possible de prévoir. En attendant, rien ne nous empêche de contempler déjà un spectacle frappant : celui de la foule des grands coupables immolés les uns par les autres avec une précision vraiment surnaturelle.

Nous finirons en citant le portrait du jeune héros qui, bien qu'il contienne plus d'un trait emprunté à l'éloge d'Agricola, est, dans les autres, d'un ton tout moderne et d'une vivante simplicité, fort éloignée des emphases oratoires des modèles classiques.

Il semble que toutes les âmes rares doivent s'annoncer par un extérieur frappant; et c'est dans la physionomie surtout qu'on cherche des signes de cette supériorité. Celui de votre fils, Madame, n'avait cependant rien d'extraordinaire. Les roses de la jeunesse s'étaient même fanées pour lui avant le temps, soit que le hâle et les fatigues les eussent fait disparaître de bonne heure; soit que la nature, qui n'aime pas mentir, se fût hâtée de lui donner une apparence virile. Il ne possédait point ce qu'on appelle *la beauté;* mais il avait je ne sais quelle grâce d'innocence, *plus belle que la beauté.* Toutes ses attitudes respiraient la modestie et la réserve. Sa voix était douce et d'un timbre qui ne pouvait exprimer la colère ni aiguiser le sarcasme. Son œil bleu tendre était *grand, lucide, virginal,* plein d'une sage intelligence; et lorsqu'il l'arrêtait sur les

objets de son estime et de son affection, son regard était
une caresse. Enfin, quoiqu'il n'eût rien de frappant pour
le premier coup d'œil, dès qu'on l'avait observé quelque
temps, on croyait aisément à ses talents et volontiers à
ses vertus.

Dans l'ordre chronologique, les ouvrages qui succè-
dent à l'oraison funèbre du jeune de Costa sont d'un
genre bien différent. Ils attestent la prodigieuse souplesse, l'inépuisable variété d'un esprit qui avait le
double don, d'un talent qui avait le double art de l'éloquence et de l'ironie, et étaient capables de provoquer
tour à tour les larmes et le rire. Mais avant de feuilleter
les *Cinq paradoxes* à Mme la marquise de Nav... et
l'*Adresse du maire de Montagnole, Jean-Claude
Têtu*, à ses concitoyens, qui portent la date de 1795;
avant de nous arrêter devant cet ouvrage où pour la
première fois de Maistre donnera toute sa mesure, les
Considérations sur la France (1796), nous ne résis-
tons pas au devoir et au plaisir de le suivre, grâce à sa
correspondance, dans l'intimité de ses sentiments et de
sa vie d'émigré à Lausanne. Ces lettres nous permettent
de le montrer au milieu des siens, leur donnant tous
les bons exemples domestiques, en même temps qu'il
écrivait ces opuscules où son génie, toujours supérieur
à *l'événement*, se joue tour à tour avec tant de force
ou tant de grâce.

Nous trouvons d'abord quelques lettres à Mme la comtesse Henri Costa de Beauregard, datées de Lausanne,
mars et avril 1793. Elles sont d'un Alceste, mais d'un
Alceste qui a la gaieté des bonnes consciences, qui sait
faire contre mauvaise fortune bon cœur, qui préfère
rire des sottises humaines plutôt que de tonner contre
elles, et qui trouve moyen de plaisanter avec les

malheurs de sa famille et les siens. Il raille agréablement et galamment les illusions et les espérances que
sa correspondante garde en pleine tempête et qui ne
cessèrent que lorsqu'elle fut frappée au cœur, pour faire
place aux amertumes et aux révoltes du désespoir. Il
la remercie en termes badins d'avoir assisté, dans son
émigration à Genève, où elle s'est réfugiée, son enfant
au sein, sa chère sœur, Thérèse, M⁽ᵐᵉ⁾ de Constantin,
dont il avait, dans une joviale et spirituelle lettre, du
17 février 1792, salué les noces et l'entrée triomphale
dans son domaine de La Roche, et d'avoir donné à son
petit Rodolphe, arrivé dans son hospitalité dénué de
tout, ses deux premières chemises. S'il détourne de
ces tristes événements privés ses regards sur les événements publics, c'est pour répéter, avec l'imperturba-
bilité de sa foi :

Qu'arrivera-t-il de tout cela? Je n'en sais rien. La sottise et la scélératesse humaine sont deux immenses aveugles dont M⁽ᵐᵉ⁾ la Providence se sert pour arriver à ses
fins, comme l'artiste se sert d'un outil pour exécuter ses
ouvrages. La lime sait-elle qu'elle fait une clef? Tous les
personnages exécrables ou risibles qui s'agitent dans ce
moment sur la scène du monde sont des limes. Quand
l'ouvrage sera fait, nous nous prosternerons pour le recevoir des mains du Grand Ouvrier.

Le 17 août 1793, dans une lettre à la comtesse Costa,
toujours spirituelle et plaisante, il lui écrivait :

Ma moitié m'a écrit mille belles choses de vous et de
votre intrépidité; elle vous aime fort, mais ne vous ressemble guère. Si jamais vous faites la guerre, ne la prenez
pas pour aide de camp : c'est une poule mouillée.

Ce n'était là qu'un badinage; mais il fallut en rabattre,
quand on vit cette poule mouillée arriver à Lausanne

après une fuite des plus aventureuses, dont elle avait bravé les dangers, pour rejoindre son mari, comme elle avait, peu de mois auparavant, pour essayer de sauver le bien de ses enfants, osé entreprendre cette héroïque *expédition à travers les neiges et les glaces* du plus rigoureux hiver, que nous avons racontée. A cette date du 12 septembre, Joseph de Maistre, malgré tout son courage et tout son esprit, n'a plus envie de rire. La Savoie est envahie. La révolution y triomphe, la Terreur y règne et les sentiers alpestres se remplissent de fugitifs, pendant que les prisons s'encombrent de captifs.

Quelle horreur!... Ce moment est épouvantable. Ma femme est heureusement du nombre de ceux qui se sont évadés avec des peines inouïes, masquée en paysanne et marchant presque toujours à pied; elle est venue à travers les Bauges et toutes les montagnes du Faucigny, me rejoindre à Lausanne, où elle est arrivée avant-hier, à 10 heures et demie du soir. Mais ma petite Adèle ne pouvait supporter une route de cette espèce; il a fallu la laisser sur les bords du lac d'Annecy, chez un très honnête homme, qui s'est chargé de la conduire à Genève. Je recours à vous, pour que vous ayez la bonté de recevoir ce pauvre petit enfant qui ne peut, je crois, vous mettre dans l'embarras, vu son âge. Tout ce que je vous demande, c'est de me l'envoyer aussi vite que vous pourrez et avec les précautions nécessaires.

Nous sommes naturellement loin de la gaieté, — qui eût été en ce moment fort déplacée, — de la lettre du 8.

Je ne suis pas réduit à ne pouvoir vous faire ce cadeau (de la 2ᵉ édition de ses *Lettres d'un royaliste savoisien*); j'ai encore de quoi vivre, sans me gêner, pour plus de quinze jours; je m'en moque, car ils se sont mis à m'aimer à Turin, et ils sont gens à me payer les appointements qu'ils me doivent. Nombre de gens me croyaient perdu (et se mouraient de joie) à cause de mes admonestations habillées en louanges. Point du tout. Nombre de personnages qui comptent ont pris cela fort bien. Si je parviens par le chemin que j'ai choisi, je serai un plaisant phénomène dans ce climat; ce sera une aurore boréale au Sénégal. Mais j'ai un système sur les hardiesses de la vérité, que je vous raconterai une autre fois.

Enfin rassuré sur les siens, sa sœur Thérésine auprès de lui, sa sœur Jenny hors de danger dans un asile sûr, sa femme et ses enfants rentrés au foyer mercenaire de la maison Combe, 2me appartement, Joseph de Maistre respire du côté du cœur et peut respirer aussi du côté de l'esprit, c'est-à-dire donner l'essor à ses pensées. Bientôt il aura la triste joie de rendre à ses amis Costa les services qu'il en a reçus, et de remplir auprès d'eux le ministère de consolation et de secours qu'ils ont rempli envers lui (1). Nous pouvons donc lui demander son impression toute chaude sur les événements, et nous allons l'entendre, planant au-dessus de ses ennuis et de ses chagrins, s'arrachant à « ce travail aussi forcé qu'inutile, à ces soucis cuisants et à ces accès de dégoût inévitables qui lui ôtent souvent la force d'écrire », juger les hommes et les choses avec une sérénité toute philosophique, et déployer dans ses lettres à son ami le baron Vignet des Étoles, ministre du roi de Sardaigne à Berne, le courage le plus difficile de tous, celui de la modération.

(1) Nous devons signaler, avec le regret de ne pouvoir les citer en entier, car tout y est à citer, les deux lettres admirables où se montre si bon, si tendre, cet homme qu'on a dit si dur, au comte Henri Costa de Beauregard, sur la mort de son fils, et les soins qu'il prodigue avec le zèle et le dévouement de l'amitié la plus éclairée et la plus délicate à la malheureuse mère. (*Correspondance*, t. IX, p. 81 à 89.)

C'est ainsi qu'il défend, contre les préventions aveugles et les sévérités injustes de son ami, le peuple de Savoie, accusé de mollesse dans la résistance, même d'ingratitude, et qui fait ce qu'il doit puisqu'il fait ce qu'il peut dans une lutte inégale. C'est ainsi qu'il n'hésite pas à déclarer qu'il refuserait, si on pensait à lui, la place d'avocat général, « parce qu'il y apparence qu'il ne pourrait pas s'accorder avec les maximes qu'on adoptera ». On parle d'une Chambre ardente contre-révolutionnaire établie à Moutiers. Il ne voudrait pas faire partie de pareils tribunaux. « Comment! la première idée du roi est de punir? A-t-on jamais imaginé rien de plus impolitique? Tandis que les trois quarts de la Savoie sont sous le couteau, on s'amuserait à pendre en effigie! Belle imagination, en vérité! »

Il lui prêche la tolérance : « Défions-nous de ces systèmes tranchants qui nous font regarder comme des lépreux tous ceux qui ont le malheur de ne pas penser comme nous. »

Il l'engage à se défendre de certaines illusions, de certains préjugés qu'il ne saurait partager.

Dans ma manière de penser, le projet de mettre le lac de Genève en bouteilles est beaucoup moins fou que celui de rétablir les choses précisément sur le même pied où elles étaient avant la révolution. Je puis me tromper, mais c'est en bonne compagnie. J'ai tort même avec le roi d'Angleterre, qui reconnaît publiquement, dans sa déclaration, que les puissances n'ont pas droit d'empêcher la nation française de *modifier* son gouvernement. J'ai toujours détesté, je déteste et je détesterai toute ma vie le *gouvernement militaire*. Si ce beau gouvernement, qui est la mort de la monarchie, se rétablit, je dirai ce que j'ai toujours dit : *Obéissez;* mais si, par hasard, la monarchie se rétablissait, séparée de la *Bâtonocratie*, j'espère que vous me permettrez d'être content.

Il espère aussi que son ami voudra bien ne pas prendre ces idées pour un reste de *franc-maçonnerie*.

L'unique chose qui me fâche, c'est de vous voir parler sérieusement de cette niaiserie de *franc-maçonnerie*, enfantillage universel en deçà des Alpes, dont vous auriez été, si vous aviez vécu parmi nous, et dont je me mêlais si peu depuis que j'étais enfoncé dans les affaires, que j'ai reçu un jour une députation pour savoir si je voulais être rayé de la liste; mais mes bons amis ne manquaient pas de m'appeler, à Turin, *Frère Joseph*, tandis que je faisais tranquillement des arrêts à Chambéry. Je ne suis pas étonné que dans un pays dont le vice capital est d'attacher une extrême importance à des riens, on ait parlé et même beaucoup parlé sur cette misère; mais je suis étonné que vous n'ayez pas senti tout de suite que ce n'était qu'un prétexte pour me jouer quelque pièce (1).

Le 2 mai 1794, en renouvelant à son ami l'expression de sa confiance imperturbable dans un revirement vengeur et réparateur, il ajoute que tout n'est pas à regretter dans ce qui tombe.

Vous m'avez laissé imprimer que tous les gouvernements étaient vieux. Je vous ajoute à l'oreille qu'ils étaient

(1) Joseph de Maistre est revenu sur ce sujet d'une façon décisive dans une autre lettre : « Au commencement de la révolution, l'auguste père de Sa Majesté ayant conçu quelques alarmes sur ces sortes de réunions, un membre de la loge qu'on appelait *réformée* lui porta le catalogue de tous les noms qui la composaient. Le roi dit : « Voilà des noms qui « suffisent pour me rassurer, mais dans un moment où toute « réunion est suspecte, simplement comme réunion, on ne doit « point s'assembler. » Le comte Frédéric de Bellegarde, alors colonel des grenadiers royaux, fut député pour donner à Sa Majesté la parole d'honneur de tous les membres qu'ils ne s'assembleraient plus sans son congé. » J. de Maistre ajoute qu'aucun des dignitaires de la loge ne prit, dans la révolution, un autre parti que celui du roi. Tous furent fidèles, et quelques-uns même périrent victimes de cette fidélité.

pourris. Le plus gâté de tous est tombé avec fracas : les
autres suivront probablement, et ceux qui tiendront se
régénéreront tout doucement avec la France, lorsqu'elle
se régénérera. C'est ce que je souhaite au nôtre.

Cet homme qu'on a peint comme impatient d'impla-
cables représailles, affamé de répressions impitoyables,
se montre au contraire plein d'impartialité ; il défend
contre son ami la cause des émigrés, qu'il n'approuve
pas, qu'il n'aime pas, dont il connaît les torts et les
fautes, mais envers qui les gouvernements sont injustes
et ingrats ; il défend la cause de l'unité, de l'intégrité de
la France menacées, de la supériorité de son génie et de
sa langue, et réserve pour les ambiguités et le cynisme
de perfidie et de cupidité de la politique autrichienne
des colères et des mépris qui constituent un des traits
essentiels et permanents de sa physionomie de philosophe politique. Il est important, pour la connaissance
de ses opinions de cette époque et de tous les temps,
de noter au passage ces avis et ces aveux décisifs, ces
pensées de derrière la tête.

Le passage sur les émigrés explique bien la situation
fausse et contradictoire de ces malheureux, victimes
de leurs illusions, de leurs préjugés, et plus encore de
l'égoïsme des gouvernements, qui en faisaient les
boucs expiatoires de leurs propres fautes et de leurs
propres revers, les accusant d'irrévérence et d'ingratitude pour excuser leur inhospitalité :

Vous croyez qu'ils ont montré de la joie sur les affaires
de Genève : détrompez-vous. Je n'ai pas vu un Français
qui n'ait parlé sur ces horreurs avec le ton que nous y
aurions mis, vous ou moi. Voici tout le mystère : les
émigrés ennuient, parce qu'on est faible et parce qu'on
n'a pas la force de dire rondement ce qui serait cependant fort naturel : « On nous menace, nous n'avons pas

5.

la force de vous protéger : Allez-vous-en! » On se plaît
à leur créer des fautes pour se mettre bien avec soi-
même; et cependant il y aurait infiniment plus de noblesse à parler franchement. Il faut avouer qu'on agit
bien mal avec les émigrés. La bonté de la cause qu'ils
défendent devrait jeter un voile sur leurs défauts; et, au
contraire, on se sert de leurs défauts pour jeter de la
défaveur sur leur cause... En un mot, mon cher ami,
presque tous les gouvernements d'Europe exécutent sur
les royalistes les décrets de la *Convention* : ce qui a fait
un mal infini à l'opinion dans tous les pays. Je vous
assure que si j'étais membre de cet honorable corps, j'en
rirais bien.

Il n'est pas sans intérêt de noter les réflexions qu'inspire à Joseph de Maistre la révolution qu'il appelle « la
jolie aventure » du 9 thermidor.

Pour moi, j'aurais mieux aimé voir tomber la Convention; mais l'événement, tel qu'il est, me semble très heureux. Il suspend nécessairement plus ou moins l'action
du gouvernement révolutionnaire et il le fait descendre
dans l'opinion. Il prouve que ce gouvernement ne peut
avoir de stabilité. Il nous défait d'une foule de scélérats,
et c'est un gain clair et net pour l'univers. C'est la Providence qui avait jeté dans la municipalité le citoyen
Simon, cordonnier, infâme et insolent geôlier des Enfants de France; c'est ainsi qu'il s'est trouvé invité, sans
s'en douter, à la fête du 10 sur la place de la Révolution.
Je vous l'indique, de peur que vous n'ayez pas aperçu
cette tête coupée parmi les quatre-vingt-quatorze autres.

Et c'est peu de jours après qu'il prend la défense de
la France et des Français en termes caractéristiques.

Les Français, mon cher ami, ont sans doute des côtés
qui ne sont pas aimables; mais souvent aussi nous les
blâmons, parce que nous ne sommes pas faits comme
eux. Nous les trouvons légers, ils nous trouvent posants;
qui est-ce qui a raison? Quant à leur orgueil, songez qu'il
est impossible d'être membre d'une grande nation sans

le sentir. Les Anglais et les Autrichiens n'ont-ils point d'orgueil? Lorsqu'un ci-devant seigneur français se voit apostropher par tel magistrat de Lausanne ou de Nyon, qui n'aurait pas osé, il y a cinq ans, aspirer à l'honneur de dîner avec lui; quand je vois M. le bailli traiter je ne dis pas lestement, mais cruellement des militaires français, en montrant sur sa poitrine, sur ses portraits et à la tête de toutes ses ordonnances l'ordre du Mérite qu'il tient de la France, je ne puis me défendre de leur permettre un peu d'impatience.

Et Joseph de Maistre, dans un beau mouvement, montre où conduit la logique de ce système, aussi absurde qu'odieux, qui pousse à molester des fugitifs, qu'il ne resterait plus qu'à livrer au bourreau qui les attend au premier pas hors de la frontière. Prétend-on aller jusqu'à cette conséquence?

« On n'en veut nulle part », dites-vous; il faut donc les faire conduire sur la frontière de France, comme M. de Buven en a menacé, il y a deux jours, le jeune de Savon, qui travaille ici pour nourrir sa mère; et alors le premier bourreau de la frontière fera son acquit, par lequel il confessera avoir reçu de la Suisse, du Piémont, de l'Espagne et autres nations chrétiennes tant de têtes d'émigrés pour la guillotine.

Examinant à fond le grief tiré contre les Français émigrés de *ce qu'ils se réjouissent des succès de leurs bourreaux,* Joseph de Maistre n'hésite pas à prendre parti pour ceux qu'on accuse de cette inconséquence patriotique, qu'au nom de son patriotisme même il ne saurait trouver coupable.

Ce sentiment est très raisonnable et même héroïque. Les soldats français ne sont point les bourreaux des émigrés, mais les sujets de ces bourreaux; ils se battent pour une mauvaise cause, mais leurs succès n'en sont pas moins admirables. M. Mallet du Pan a très juste-

ment insisté sur ce point dans son ouvrage. Je ne vois
pas comment un Français pourrait ne pas sentir un certain mouvement de complaisance en voyant sa nation
seule, avec une foule de mécontents dans l'intérieur, non
seulement résister à l'Europe, mais encore l'humilier et
lui donner beaucoup de soucis. Certainement, c'est de la
force bien mal employée, mais cependant c'est de la force.

Arrivant à la question des projets de la Coalition,
Joseph de Maistre proteste contre toutes représailles à
outrance et refuse son adhésion au démembrement de
la France.

. D'ailleurs, un Français peut penser, comme je le pense,
que la division de la France serait un grand mal. La
foule des étourdis voudrait voir l'empereur à Paris, pour
rentrer vite dans leurs terres; mais il ne faut pas blâmer
celui qui dirait : « J'aime mieux souffrir pendant quelque
temps de plus et que ma patrie ne soit pas morcelée. »
La société des nations, comme celle des individus, est
composée de grands et de petits, et cette inégalité est
nécessaire. Vouloir démembrer la France, parce qu'elle
est trop puissante est précisément le système de l'égalité
en grand. C'est l'affreux système de la convenance, avec
lequel on nous ramène à la jurisprudence des Huns ou
des Hérules. Et voyez, je vous prie, comme l'absurdité
et *l'impudeur* (pour me servir d'un terme à la mode) se
joignent ici à l'injustice. On veut démembrer la France,
mais, s'il vous plaît, est-ce pour enrichir quelque puissance du second ordre ? Nenni. C'est à la pauvre maison
d'Autriche qu'on veut donner l'Alsace, la Lorraine, la
Flandre. Quel équilibre bon Dieu ! j'aurais mille et mille
choses à vous dire sur ce point, pour vous démontrer que
notre intérêt à tous est que l'empereur ne puisse jamais
entrer en France comme *conquérant pour son propre
compte*. Toujours il y aura des puissances prépondé-
rantes, et la France vaut mieux que l'Autriche. Nous
n'avons nul besoin d'un Charles V.

C'est ici que J. de Maistre, avec une verve ironique

et vengeresse, décharge sa bile de politique et de patriote excédé, indigné, de la perfidie et de la cupidité autrichiennes.

Si je n'ai pas de fiel contre la France, n'en soyez pas surpris : je le garde tout pour l'Autriche. C'est par elle que nous sommes humiliés, perdus, écrasés; c'est par elle que nous sortirons d'ici non seulement sans argent, mais sans considération, j'ai presque dit sans honneur. Vous parlez d'orgueil, de prétentions ; trouvez-moi une suprématie, une domination plus insultante que celle que l'Autriche exerce à notre égard. J'aimerais mille fois mieux trente mille émigrés qui se battraient pour nous, que trente mille Allemands qui sont venus pour nous voir assommer sur les montagnes avec des lunettes d'approche. M. d'Autichamp, M. de Narbonne, me plaisaient tout autant, je l'avoue, que M. de Vins avec sa fistule qui s'ouvre à point nommé toutes les fois qu'on le contrarie. On reproche aux Français de vouloir commander partout où ils sont. Et les Autrichiens ne commandent-ils pas? Partout les grands commandent aux petits. Encore un coup, je connais les défauts français et j'en suis choqué autant qu'un autre; mais je sais aussi ce qu'on peut dire en leur faveur...

Dans sa lettre du 22 août 1794, Joseph de Maistre insiste sur ces deux points qui sont pour lui un thème favori, sur lequel il n'est jamais à court de variations : sa prédilection pour la France même ennemie, sa haine contre l'Autriche même alliée et toujours ennemie de ses alliés. Ajoutons-y ce troisième thème, non moins habituel, que c'en est fait de la monarchie absolue et que la Révolution a modifié inévitablement, irrévocablement l'âme des peuples et les conditions du gouvernement et de la politique.

Je suis persuadé irrévocablement que le plus grand malheur qui puisse arriver à l'Europe, c'est que la

France perde son influence, j'ai donc raison de m'y intéresser... Je me confirme tous les jours plus dans mon
opinion que c'en est fait de la monarchie absolue, et je
penche à croire que le monarque qui voudra conserver sa
puissance, fera bien d'en sacrifier une portion, ou pour
mieux dire, d'en restreindre légalement les abus... On
peut croire que les gouvernements, en se modifiant, se
perfectionneront, et il me semble, en effet, qu'ils étaient
tous sortis, plus ou moins, de leurs bases anciennes et
légitimes.

Plus son contradicteur insiste sur son hostilité contre la France et sur ses vœux pour les succès et les
conquêtes de la Coalition, plus J. de Maistre persiste à
son tour dans ses propositions et trouve de nouveaux
arguments pour marteler les premiers et en enfoncer
le clou.

Je voudrais être à présent loin de la France, comme je
voudrais être loin de votre lit si vous aviez une fièvre
chaude et que vous fissiez tous vos efforts pour me poi-
gnarder... Ce que nous voyons à présent, ce n'est point
la *France*, c'est un malade en délire. D'ailleurs, je ne
vous ai point parlé de mon amour pour la France, mais
pour la justice et la saine politique. Quant à la morale,
non furtum facies est écrit pour les nations comme pour
les individus, et il n'est pas plus permis de voler des
villes et des provinces que des montres et des taba-
tières. Quant à la politique, voyez ce que nous a produit
l'effroyable système de dépecer la France; il nous a mis
au bord de l'abîme, et nous y poussera peut-être. En
repoussant les Français, en les humiliant, en les insultant, on les a ameutés, on les a aigris, on les a ruinés.
Vous voyez les suites. Aujourd'hui, on parle de reconnaître Monsieur... pour moi, j'incline fort à croire que
cette reconnaissance pourrait bien être une balourdise
de plus (26 août 1794).

Encore un passage qui fait honneur à la sagesse et à
l'indépendance d'esprit de Joseph de Maistre et que sa

date rend particulièrement agréable à lire pour des Français.

Rien ne marche au hasard, mon cher ami; tout a une règle et tout est déterminé par une puissance qui nous dit rarement son secret. Le monde politique est aussi réglé que le monde physique; mais comme la liberté de l'homme y joue un certain rôle, nous finissons par croire qu'elle y fait tout. L'idée de détruire ou de morceler un grand empire est souvent aussi absurde que celle d'ôter une planète du système planétaire, quoique nous ne sachions pas pourquoi... La France a toujours tenu et tiendra longtemps, suivant les apparences, un des premiers rangs dans la société des nations. D'autres nations ou, pour mieux dire, leurs chefs ont voulu profiter, contre toutes les règles de la morale, d'une fièvre chaude qui était venue assaillir les Français pour se jeter sur leur pays et le partager entre eux. La Providence a dit que non; toujours elle fait bien, mais jamais plus visiblement à mon avis... La politique n'écoute que la raison. Votre mémoire n'ébranle nullement mon opinion, qui se réduit uniquement à ceci : « Que l'empire de la Coalition sur la France et la division de ce royaume seraient un des plus grands maux qui pussent arriver à l'humanité... »

Il est naturel que vous désiriez les succès de la Coalition contre la France, parce que vous y voyez le bien général. Il est naturel que je ne désire ces succès que contre le jacobinisme, parce que je vois dans la destruction de la France le germe de deux siècles de massacres, la sanction des maximes du plus odieux machiavélisme et même, ce qui vous étonnerait beaucoup, une plaie mortelle à la religion : mais tout cela exigerait un livre (28 octobre 1794).

Joseph de Maistre, il ne faut pas se lasser de le dire, afin qu'on se lasse de le représenter comme un apôtre de la théocratie, un partisan forcené du gouvernement absolu, de l'autorité arbitraire, n'est pas moins explicite, moins décisif et dans un tout autre esprit que celui qui lui est trop facilement prêté sur cette question.

Une révolution me paraît infaillible dans tous les gouvernements. Vous me dites à ce sujet que les peuples auront besoin de gouvernements *forts*; sur quoi je vous demande ce que vous entendez par là : Si la monarchie vous paraît *forte* à mesure qu'elle est plus *absolue*, dans ce cas, Naples, Paris, Lisbonne, etc., doivent vous paraître des gouvernements vigoureux. Vous savez cependant et tout le monde sait que ces monstres de faiblesse n'existent plus que par leur aplomb. Soyez persuadé que pour *fortifier* la monarchie, il faut l'asseoir sur les lois, éviter l'arbitraire, les commissions fréquentes, les mutations continuelles d'emploi et les tripots ministériels...

Cette excursion dans la correspondance de Joseph de Maistre, pendant son séjour à Lausanne, de 1793 à 1796, en nous le faisant connaître dans l'intimité de sa vie et de ses pensées, enlève à cet examen tout caractère de digression. Elle en fait l'introduction naturelle à l'appréciation de son ouvrage capital de cette période. Elle nous facilite singulièrement notre tâche, qui consiste à démêler et à dégager, dans ce jugement philosophique et prophétique porté sur la situation de la France et de la révolution française en 1796, qui a forcément perdu à nos yeux les mérites passagers de l'à-propos, tout ce qui demeure d'un intérêt historique et politique permanent, tout ce qui dépasse et domine l'événement.

Pour faire ce tri critique avec quelque sûreté, pour ne pas s'exposer à mêler hors du crible comme dans le crible même, le grain substantiel et fécond, et les scories et les semences parasites et stériles que le van a pour but d'éliminer, il faut d'abord réduire ces *Considérations sur la France* à leur plus simple expression, à leur forme rudimentaire, examiner comment se compose la gerbe, avant de secouer les épis.

Les *Considérations sur la France* sont un pamphlet contre la révolution, contre la ou plutôt les constitutions républicaines, un manifeste à l'appui de la déclaration royale de 1795, de la rentrée en France et de la restauration sur le trône, de la monarchie légitime exilée.

L'auteur y traite successivement les matières suivantes, (cette reproduction de la *Table des matières* est loin d'être oiseuse) :

Des révolutions. — Conjectures sur les voies de la Providence dans la révolution française. — De la destruction violente de l'espèce humaine. — La république française peut-elle durer ? — De la révolution française considérée dans son caractère antireligieux. — Digression sur le christianisme. — De l'influence divine dans les constitutions. — Signes de nullité dans le gouvernement français. — De l'ancienne constitution française. — Digression sur le roi et sur sa déclaration aux Français, du mois de juillet 1795. — Comment se fera la contre-révolution si elle arrive ? Des prétendus dangers d'une contre-révolution. — Considérations générales. — Des biens nationaux. — Des vengeances. — Fragments d'une histoire de la révolution anglaise, par David Hume. — Post-scriptum.

Telle est l'ossature du livre, dépouillée de tout ce qui lui donne la vie; telle est la charpente de l'édifice, dégagée de tout ce que l'art de l'architecte a dépensé d'ingénieuses ressources pour lui assurer les bénéfices des proportions, de l'harmonie et de l'équilibre. Il ne faut pas lire longtemps l'ouvrage pour constater ce qui fait sa faiblesse et ce qui fait sa force, ce qui fait sa grandeur et ce qui fait son exiguité, pour apprécier ses qualités et ses défauts.

Les défauts tiennent à deux causes : d'abord, la date même de l'ouvrage qui lui impose les convenances et les réticences, qui le condamne aux précoces caducités des ouvrages de circonstance, surtout en matière de spéculation politique. Ecrire sur la politique, c'est écrire sur le sable.

A cette fatalité du sujet, il faut ajouter l'influence, sur ses idées, du génie même et du caractère de l'auteur. Joseph de Maistre, qui n'a jamais été mêlé à l'action, qui n'a jamais exercé le pouvoir, qui n'a jamais subi ses responsabilités et reçu les illuminations de ce qu'on peut appeler la grâce d'État, n'est qu'un observateur des hommes, un témoin des faits, un philosophe politique de spéculation et non d'expérience, d'une autre envergure, certes, qu'un Mallet du Pan, mais comme lui exposé aux illusions et aux erreurs du cabinet, aux mirages et aux duperies de la solitude. De plus, par caractère et par habitude de fonctions, Joseph de Maistre, légiste et magistrat, nourri de règles et de traditions, est naturellement porté à s'exagérer les puissances de la raison et du raisonnement, à subir les entraînements d'un tempérament de dialecticien et de polémiste de premier ordre, à ériger ses opinions en système, à formuler ses avis en arrêts, à prendre des aphorismes pour des principes, à voir dans le paradoxe une forme de la vérité.

Cette tendance dogmatique, axiomatique, et parfois légèrement paradoxale de ce puissant et souple esprit lui a parfois joué de malins tours, dont il serait le premier à rire aujourd'hui, s'il avait pu voir les événements qui se sont déroulés dans ce siècle et si, par un privilège qui l'eût exposé sans doute à quelques revirements curieux, à quelques contradictions singulières, il avait joui personnellement de la longévité assurée à ses ouvrages.

Il eût sans doute été obligé de convenir que l'exemple de l'Angleterre et des deux siècles de succès et de prospérité qui ont suivi la révolution de 1688 n'étaient pas sans entamer quelque peu sa théorie de la stérilité des révolutions et de leur impuissance à rien fonder de stable. Il s'en serait tiré, il est vrai, en alléguant que la révolution de 1688 n'avait ni fondé, ni duré, pendant sa période républicaine, et que ses succès dataient de son retour à la royauté. Mais qu'aurait-il pu objecter à l'exemple de la révolution et de la république américaines, qui n'était pas sans le gêner, sans l'agacer, suivant son expression, et qui l'obligeait à se réfugier dans cet échappatoire : « Elle est si jeune, attendez qu'elle ait vécu. » La république américaine a vécu. Elle a fait la preuve exigée, et devant l'évidence éclatante du fait, Joseph de Maistre ne pourrait plus maintenir le passage suivant de son écrit :

Non seulement je ne crois point à la stabilité du gouvernement américain, mais les établissements particuliers de l'Amérique anglaise ne m'inspirent aucune confiance. Les villes, par exemple, animées d'une jalousie très peu respectable, n'ont pu convenir du lieu où siégerait le congrès, aucune n'a voulu céder cet honneur à l'autre. En conséquence, on a décidé qu'on bâtirait une ville nouvelle, qui serait le siège du gouvernement. On a choisi l'emplacement... On a arrêté que la ville s'appellerait Washington... Essentiellement, il n'y a rien là qui passe les forces du pouvoir humain; on peut bien bâtir une ville, néanmoins il y a trop de délibération, trop d'humanité en cette affaire; et l'on pourrait gager mille contre un que la ville ne se bâtira pas, ou qu'elle ne s'appellera pas Washington ou que le congrès n'y résidera pas.

Voilà l'inconvénient des thèses trop absolues et poussées à leurs extrêmes conséquences. Elles prétendent régir le fait non seulement dans le présent, où il

leur appartient, mais même dans l'avenir, où il échappe
à leur tyrannie. Il n'y avait là, d'ailleurs, que l'exagération d'un principe fort juste, et dont, le premier,
Joseph de Maistre a développé la nouveauté avec une
originale hardiesse.

Ce principe, c'est qu'il n'y a pas de constitution
écrite ou du moins qu'une constitution écrite, si elle a
la prétention de durer, ne doit être autre chose que la
traduction laconique de ce que (pour la France, par
exemple) huit siècles de vie nationale, de vicissitudes
triomphantes, ont inscrit de traditions et de progrès
dans l'âme même d'un peuple. Tout écrit non conforme
à ce type où chaque siècle a laissé sa trace, toute institution politique non sortie de ce moule traditionnel,
toute constitution, en un mot, qui offense, qui viole
en quoi que ce soit le génie d'une nation, ses mœurs,
ses habitudes, sa mission, est une œuvre mort-née. La
rapide succession de ces constitutions, depuis celle de
1791 jusqu'à celle de 1795, qui n'avaient duré qu'une
saison, feuilles éphémères tombées pour être le jouet
des vents, *ludibria ventis*, des arbres de liberté
plantés par des mains de cultivateurs politiques sans
expérience, persuadés qu'une constitution se bâcle en
quelques jours, et qu'on gouverne un peuple philosophiquement et *in abstracto*, n'était pas faite pour
donner tort au mépris que Joseph de Maistre affichait
pour ce qu'il appelait ces chiffons de papier, pour ces
chefs-d'œuvre d'horlogerie politique, qui avaient tous
les mérites du monde, excepté celui de marcher.

Quand il invoquait l'exemple de l'Angleterre et celui
de la France pour railler ces improvisations chimériques, pour prétendre que nulle constitution durable
ne peut sortir d'une délibération d'assemblée; que

toute constitution digne de ce nom doit être la résultante de l'histoire d'une nation, l'écorce séculaire où sa sève et sa vie ont, chaque année, tracé leur ligne concentrique d'accroissement; que cette constitution-là, étant inscrite dans l'âme même de la nation, dans son génie, son caractère, son tempérament, n'a pas besoin d'être écrite, et que, en un mot, la meilleure constitution est celle qu'on n'écrit pas, l'auteur des *Considérations sur la France* énonçait une idée neuve alors, hardie pour le temps, aujourd'hui devenue banale et de circulation courante, comme toutes les vérités qui ont reçu la sanction, la confirmation de l'expérience.

De même sa théorie du libre arbitre humain concilié avec l'action providentielle, et l'application de cette théorie à la révolution, à ses succès inévitables, salutaires en tant qu'expiatoires, à sa chute non moins certaine, prévue et prédite en plein triomphe, n'étaient point d'un philosophe à vues étroites et témoignaient au contraire d'une hauteur et d'une largeur d'esprit étonnantes. C'est sur ce terrain où il échappe à la contradiction possible du fait à venir, raisonnant sur des faits déjà accomplis ou dont l'évolution, désormais soumise aux fatalités logiques, ne décevra point ses prévisions et ses combinaisons, que Joseph de Maistre garde tous ses avantages et se présente à nous avec sa physionomie originale de philosophe de l'histoire, de prophète de la politique.

Ce n'est pas un ouvrage vulgaire que celui qui débute en ces termes :

Nous sommes attachés au trône de l'Etre suprême par une chaîne souple qui nous retient sans nous asservir. Ce qu'il y a de plus admirable dans l'ordre universel des choses, c'est l'action des êtres libres sous la main divine.

Librement esclaves, ils opèrent tout à la fois volontairement et nécessairement : ils font réellement ce qu'ils veulent, mais sans pouvoir déranger les plans généraux. Chacun de ces êtres occupe le centre d'une sphère d'activité, dont le diamètre varie au gré de *l'éternel Géomètre*, qui sait étendre, restreindre, arrêter ou diriger la volonté sans altérer sa nature.

Dans les ouvrages de l'homme, tout est pauvre comme l'auteur : les vues sont restreintes, les moyens raides, les ressorts inflexibles, les mouvements pénibles et les résultats monotones. Dans les ouvrages divins, les richesses de l'infini se montrent à découvert jusque dans le moindre élément; sa puissance opère en se jouant; dans ses mains, tout est souple, rien ne lui résiste; pour elle tout est moyen, même l'obstacle; et les irrégularités produites par l'opération des agents libres viennent se ranger dans l'ordre général...

Appliquant ces idées à la révolution, dont les succès prodigieux déconcertent les sages et les justes, et les poussent à douter de la Providence, l'auteur montre dans les événements cette trace du doigt divin que tant d'autres n'y voient pas, et il répond aux objections fondées sur cette contradiction de l'action providentielle et du mal triomphant, en plaçant la raison de croire et d'espérer là même où on trouve des motifs de douter et de désespérer.

Sans doute, la première condition d'une révolution décrétée, c'est que tout ce qui pouvait la prévenir n'existe pas et que rien ne réussisse à ceux qui veulent l'empêcher. Mais jamais l'ordre n'est plus visible, jamais la Providence n'est plus palpable que lorsque l'action supérieure se substitue à celle de l'homme et agit toute seule : c'est ce que nous voyons dans ce moment.

Et la démonstration est saisissante :

Ce qu'il y a de plus frappant dans la Révolution française, c'est cette force entraînante qui courbe tous les

obstacles. Son tourbillon emporte comme une paille légère
tout ce que la force humaine a su lui opposer; personne
n'a contrarié sa marche impunément. La pureté des motifs
a pu illustrer l'obstacle, mais c'est tout; et cette force
jalouse, marchant invariablement à son but, rejette également Charette, Dumouriez et Drouet.

On a remarqué avec grande raison que la révolution
française mène les hommes plus que les hommes ne la
mènent. Cette observation est de la plus grande justesse;
et quoiqu'on puisse l'appliquer plus ou moins à toutes les
grandes révolutions, cependant elle n'a jamais été plus
frappante qu'à cette époque.

On devine le parti qu'un homme du talent de Joseph
de Maistre, sous l'inspiration de l'idée dont nous
sommes obligés de supprimer le développement, a pu
en tirer.

Cette proposition le conduit à une autre, à savoir
que si la révolution est un châtiment, c'est aussi un
sacrifice, et que si c'est un sacrifice où les innocents
comme les coupables contribuent à l'expiation, par ce
sacrifice la colère divine sera apaisée. Elle « punit pour
régénérer ».

Des innocents, il y en a eu sans doute parmi les
victimes, mais il y en a eu bien moins qu'on ne l'imagine communément.

La Révolution française est un crime national. C'est
un attentat contre la souveraineté, et Dieu, de qui elle
émane, aggravée par le meurtre parricide du souverain. L'expiation a dû être nationale comme le crime.

Chaque nation, comme chaque individu, a reçu une
mission qu'elle doit remplir. La France exerce sur l'Europe une véritable magistrature, qu'il serait inutile de
contester, dont elle a abusé de la manière la plus coupable. Elle était surtout à la tête du système religieux, et
ce n'est pas sans raison que son roi s'appelait *très*

chrétien. Bossuet n'a rien dit de trop sur ce point. Or, comme elle s'est servie de son influence pour contredire sa vocation et démoraliser l'Europe, il ne faut pas être étonné qu'elle y soit ramenée par des moyens terribles.

Tout le développement est superbe et nous sommes au regret de ne pouvoir le citer pour arriver à cette conclusion qui ne semble plus paradoxale lorsqu'on l'a lu :

Qu'on y réfléchisse bien, on verra que le mouvement révolutionnaire une fois établi, la France et la monarchie ne pouvaient être sauvées que par le jacobinisme.

Si la révolution a été une punition, une expiation, nécessaire au sacerdoce lui-même, atteint par la corruption générale, et qui est sorti retrempé du sang de ses martyrs, la révolution n'a pas été que cela, elle a été un moyen autant qu'une punition, un moyen d'épuration, de régénération. Or, les nations ne s'épurent, ne se régénèrent que par des sacrifices sanglants. Ce sang épuratoire, expiatoire, ne cesse qu'à de rares intervalles de couler sur la terre. La guerre est de loi divine, de nécessité humaine. Ici, d'admirables pages sur la guerre, qui ne sont pas le moins du monde l'apologie de ce fléau, dont l'auteur, en déroulant des tableaux faits pour inspirer la terreur, ne se défend pas de la pitié, où il se borne à montrer quel parti l'homme et les nations peuvent tirer de ces périodiques sacrifices qui ont leurs côtés salutaires, et dont la fatalité peut être peu à peu conjurée.

Serait-il possible que l'effusion du sang humain n'eût pas une grande cause et de grands effets?... Tonnons cependant contre la guerre, et tâchons d'en dégoûter les souverains, mais ne donnons pas dans les rêves de Condorcet, de ce philosophe si cher à la révolution, qui employa sa vie à préparer le malheur de la génération présente, léguant bénignement la perfection à nos neveux. Il n'y a qu'un moyen de comprimer le fléau de la guerre, c'est de comprimer les désordres qui amènent cette terrible purification.

Ces idées de Joseph de Maistre sur la guerre, qui sont un des points fondamentaux et originaux de sa doctrine, ont gardé plus d'un partisan éminent; et naguère encore, un écrivain qui a beaucoup lu, beaucoup étudié Joseph de Maistre, et n'est pas sans avoir gardé dans son talent quelque trace de ce commerce, les professait dans une forme tout à fait digne du maître par son énergique éloquence (1).

(1) Nous trouvons dans *le Temps* du 23 février 1891 cette lettre de M. de Vogüé, qui vaut la peine d'être citée.

« Vous me demandez mon sentiment sur la réussite possible du congrès universel de la paix. Je crois avec Darwin que la lutte violente est une loi de nature qui régit tous les êtres; je crois avec Joseph de Maistre que c'est une loi divine : deux façons différentes de nommer la même chose. Si, par impossible, une fraction de la société humaine, — mettons tout l'Occident civilisé, — parvenait à suspendre l'effet de cette loi, des races plus instinctives se chargeraient de l'appliquer contre nous; ces races donneraient raison à la nature contre la raison humaine; elles réussiraient, parce que la certitude de la paix, — je ne dis pas *la paix*, je dis la *certitude absolue* de la paix, — engendrerait avant un demi-siècle une corruption et une décadence plus destructives de l'homme que la pire des guerres.

« J'estime qu'il faut faire pour la guerre, loi criminelle de l'humanité, ce que nous devons faire pour toutes nos lois criminelles : les adoucir, en rendre l'application aussi rare que possible, tendre de tous nos efforts à ce qu'elles soient inutiles. Mais toute l'expérience de l'histoire nous enseigne qu'on ne pourra les supprimer tant qu'il restera sur la terre deux hommes, du pain, de l'argent et une femme entre eux.

« Je serais bien heureux si le congrès me donnait un démenti; je doute qu'il le donne à l'histoire, à la nature, à Dieu. »

E.-M. DE VOGÜÉ. »

6

Nous avons insisté sur les originalités et les hardiesses de Joseph de Maistre « quand il envisage la
Révolution française sous un point de vue purement
moral ». Nous glisserons plus légèrement sur la partie
de son remarquable ouvrage, « où il tourne ses conjectures sur la politique ». Non pas qu'il n'y ait là encore
plus d'un passage éloquent, plus d'un aperçu lumineux
à signaler. Mais il est évident que cette partie de son
ouvrage, la plus neuve et la plus hardie en 1796, est,
en 1892, celle qui a le plus vieilli et le plus faibli. Il
n'y a plus d'intérêt pour nous à le voir discuter des
questions comme celle-ci : « La République française
peut-elle durer? » et se livrer à une critique des ressorts de cette machine, selon lui, condamnée à une
rupture prochaine, conclusion justifiée par l'événement et dont les motifs étaient déduits avec une sagacité qui frappa justement, à la lecture des *Considérations sur la France*, précisément celui qui devait leur
donner raison, le général Bonaparte lui-même (1).

Mais quand, élargissant sa thèse, selon sa tendance
parfois fâcheuse, l'auteur déclare que nulle grande
république ne peut exister; qu'il ne peut exister une
grande nation libre sous un gouvernement républicain,

Nous pourrions établir par divers extraits empruntés aux
articles ou aux livres de M. E. Zola, que ces idées sur les
côtés nécessaires et salutaires de la guerre sont aussi celles
du puissant romancier.

(1) « Ses mémoires et relations étaient recueillis par les ministres étrangers résidant près la cour de Turin et devenaient
utiles à tous les cabinets d'Europe qui comptaient peu d'observateurs de cette force. Bonaparte trouva cette correspondance dans les archives de Venise, et s'étonna de ces prophéties qu'il avait en partie accomplies lui-même; cette
clairvoyance, qui atteignait presque au don de prédiction, le
frappa singulièrement. D'ailleurs, une autre circonstance

il va au-delà de son raisonnement, au delà de la raison, et il est puni de cette témérité d'affirmation par le démenti d'exemples contraires à cette affirmation, celui de la Suisse et celui de l'Amérique, notamment.

Il y a de belles pages dans les chapitres sur le caractère antireligieux de la Révolution française, sur l'influence divine dans les constitutions politiques dont la proposition maîtresse garde sa vérité jusque dans sa forme un peu sophistique :

L'homme peut tout modifier dans la sphère de son activité, mais il ne crée rien : telle est sa loi, au physique et au moral. L'homme peut sans doute planter un pépin, élever un arbre, le perfectionner par la greffe et le tailler en cent manières ; mais jamais il ne s'est figuré qu'il avait le pouvoir de faire un arbre. Comment s'est-il imaginé qu'il avait celui de faire une constitution ?

Il n'est pas, en effet, au pouvoir d'un homme ni d'une assemblée de faire une constitution, c'est-à-dire de créer un arbre, parce qu'il faut pour faire un arbre, comme pour faire une nation, l'œuvre du temps, c'est-à-dire l'œuvre de Dieu. Paradoxale dans sa lettre stricte, car l'histoire politique est encombrée en fait de constitutions et de faiseurs de constitutions, la pro-

grava dans cette mémoire vaste et fidèle le nom de Joseph de Maistre. Pendant que Bonaparte se trouvait à Milan, sa police ouvrit à la poste une lettre de Louis XVIII, dans laquelle le prétendant remerciait l'écrivain des *Considérations sur la France*, et lui envoyait, pour l'aider à faire circuler le livre en France, une lettre de change dont M. de Maistre refusa de toucher le montant. La curiosité de Bonaparte fut excitée, et il lut ce livre qui faisait grand bruit, et que tous ses généraux avaient entre les mains. Nous verrons plus tard comment ce souvenir profita au ministre sarde à Pétersbourg. » (Albert Blanc, *Mémoires politiques et Correspondance diplomatique de Joseph de Maistre*, 1858, p. 28-29.)

position est vraie dans son esprit, car elle équivaut à
cet axiôme que le temps ne respecte pas ce qui fut fait
sous lui; que s'il suffit d'une heure pour écrire une
constitution, il faut des siècles pour la faire, puisqu'elle
n'est pas et ne saurait être autre chose que la formule
politique des traditions et des progrès conformes au
génie et à l'intérêt du peuple tels qu'ils résultent de
son histoire.

Si Joseph de Maistre a souvent deviné juste, s'il
ne s'est pas trompé, par exemple, en concluant à une
contre-révolution prochaine, c'est-à-dire à la restauration de la monarchie, il faut reconnaître que, malgré
toute sa sagacité, comme Mallet du Pan, du reste,
il n'avait pas du tout prévu comment se ferait la contre-
révolution. Il n'avait pas prévu la fin de la république
par la dictature, où plutôt il n'avait pas prévu que
le dictateur serait non ce général Monck, qui fit la
contre-révolution au profit d'un roi, mais ce général
Bonaparte, qui la fit à son profit. Joseph de Maistre
croyait à la restauration par Monck. Il vivait hors de
France, jugeait la révolution de son cabinet, et il est
très excusable de s'être trompé, surtout en 1796, et
d'avoir dû attendre à 1814 pour avoir raison. Mais là
où, Joseph de Maistre ne s'est pas trompé, là où nous
l'admirons sans réserve, et c'est sur cette impression
que nous voulons finir, c'est quand, dès 1796, il a
eu la hardiesse d'esprit de prévoir et de prédire la fin
prochaine de la révolution encore triomphante; c'est
quand, dès 1796, bien que chassé, dépouillé, proscrit
par cette révolution, il a eu le courage d'esprit d'oser
prendre la défense de la France contre la Coalition,
d'oser dire que sa mutilation serait coupable, d'oser
parler de sa mission dans le monde, et proclamer,

sans s'inquiéter de déplaire à ses amis nos ennemis, la supériorité de son génie, l'universalité de sa langue, la gloire de ses arts et de ses armes.

La France n'a fait que rendre justice à celui qui lui rendit toujours cet hommage héroïque, en le plaçant au rang des grands écrivains français.

Les *Considérations sur la France* (1) furent le premier titre de Joseph de Maistre à ce rang, de même que l'*Essai sur les révolutions* le fut pour Chateaubriand. Car au même moment, les deux exilés, les deux émigrés savoisien et breton, se vengeaient du mal que leur avait fait la révolution en consacrant à la condamnation, à la malédiction des révolutions en général, et de la Révolution française en particulier, la première et triste fleur d'un talent né au milieu des orages.

Par une coïncidence remarquable, signalée avant nous par Sainte-Beuve (2), en cette même période de 1796-1797, où paraissait à Londres ce pamphlet de scepticisme antirévolutionnaire, qui fut le premier ou-

(1) Leur succès fut considérable. La première édition, *Londres* (Lausanne), 1796, in-8°, fut bientôt suivie d'une nouvelle édition, *Londres* (Bâle), 1797, in-8°, revue et corrigée par l'auteur. Cette édition fut, en réalité, la quatrième ou la cinquième, car, en 1796 et 1797, il parut à Paris, à Lyon et à Neufchâtel, trois contrefaçons des *Considérations*. Une nouvelle édition, en 1814, prétendue conforme à la deuxième, ne contient ni le chapitre x (*Fragment d'une histoire de la révolution française*, par David Hume, ni le *post-scriptum*). Fatigué de se voir ainsi mutilé par les *bourreaux de libraires*, Joseph de Maistre, à son passage à Paris, remit, à l'administration particulière des bibliothèques du roi, un exemplaire des *Considérations*, de l'édition de Bâle, corrigé de sa main. Cet exemplaire *ne varietur* a été réimprimé par Potey, en 1821; Rusand, en 1829; et Pelagaud, en 1850.

(2) *Causeries du lundi*, IV, 430.

6.

vrage de Chateaubriand, paraissaient aussi, à Bâle,
ces fameuses *Considérations sur la France*, où Joseph de Maistre formulait, au nom du catholicisme,
la leçon de la révolution, de son triomphe nécessaire,
expiatoire et passager. Au même moment, un autre
émigré, un autre proscrit, comme Chateaubriand et de
Maistre, le vicomte de Bonald, publiait, imprimée à
Constance par des prêtres émigrés qui y avaient établi
une imprimerie française, sa *Théorie du pouvoir
politique et religieux dans la société civile, démon-
trée par le raisonnement et par l'histoire.* C'était
l'affirmation de sa foi, fondée sur une méthode rigide
et d'inflexibles principes, dans l'excellence et le triomphe suprême de la société établie sur la double base de
la monarchie légitime et de la religion catholique.

Enfin, à ce même moment, retirée dans son château
de Coppet, Mᵐᵉ de Staël, incapable de ces condamna-
tions et de ces malédictions, écrivait et publiait à Lausanne son livre de l'*Influence des passions sur le
bonheur des individus et des nations.* Elle s'y
arrachait au spectacle des ruines de la Terreur pour
proclamer la loi d'inextinguible vie, aux stérilités passagères, compensées par des renaissances réparatrices,
pour attester sa fidélité, nécessaire à son imagination
enthousiaste et à son cœur généreux, à la doctrine de
la perfectibilité humaine.

C'est ainsi que la révolution encore triomphante,
mais arrivée à cet apogée du Directoire, que devait
suivre un rapide déclin, était battue en brèche par
l'assaut simultané des résistances et des représailles de
l'exil, en butte au choc des ironies sceptiques d'un
Chateaubriand, des prophéties vengeresses d'un de
Maistre, des théories théocratiques d'un Bonald, des

adjurations généreuses et éloquentes d'une Mme de Staël exilée aussi, mais demeurée fidèle à la religion de la liberté et du progrès.

Elle ne devait pas s'entendre sur ce sujet avec Joseph de Maistre, qui eut à peu près, vers le même temps, l'occasion de la connaître, d'entamer avec elle des conversations où, contre l'ordinaire, elle trouvait un contradicteur qu'elle n'éblouissait pas, qu'elle n'intimidait pas, qui osait lui résister, la contredire et la réfuter avec une éloquence égale et parfois supérieure à la sienne. Ces relations passagères, ces rencontres et ces chocs étincelants entre deux esprits d'électricité contraire, sont un des rares épisodes amusants de ce séjour de Lausanne ou de ces passages à Genève si laborieux et si attristés. Joseph de Maistre n'en avait pas gardé mauvais souvenir. Il rappelait gaiement ces joutes à armes courtoises, mais malignes entre Mme de Staël et lui, et tout en n'épargnant pas les défauts et les erreurs de la femme à l'esprit viril qu'il avait virilement combattue, en se montrant particulièrement sévère pour ses *Considérations sur la révolution française*, il rendait hommage à son talent et à sa bonté.

Il écrivait, en août 1805, à Mme la marquise de Priero :

C'est donc vous, Madame la marquise, qui avez promené la *Science en jupon* (Mme de Staël), je vous en félicite, et je suis charmé que vous ayez pu, comme moi, examiner de près cette femme célèbre, ou fameuse, qui aurait pu être adorable, et qui a voulu n'être qu'extraordinaire. Il ne faut pas disputer des goûts, mais, suivant le mien, elle s'est bien trompée ; je trouve que vous la jugez parfaitement bien, excepté dans l'endroit ou vous dites que *souvent elle dit des choses qu'elle ne pense pas*. Oh !

pardonnez-moi, Madame la marquise. Elle dit fort bien
ce qu'elle veut dire. Je ne connais pas de tête aussi com-
plétement pervertie; c'est l'opération infaillible de la
philosophie moderne sur toute femme quelconque, mais
le cœur n'est pas mauvais du tout. A cet égard, on lui
a fait tort. Quant à l'esprit, elle en a prodigieusement,
surtout, comme vous le dites fort bien, lorsqu'elle ne
cherche pas à en avoir. N'ayant étudié ensemble ni en
théologie, ni en politique, nous avons donné en Suisse
des scènes à mourir de rire, cependant sans nous brouiller jamais. Son père, qui vivait alors, était parent et ami
de gens que j'aime de tout mon cœur, et que, pour tout
au monde, je n'aurais pas voulu chagriner. Je laissai
donc crier les émigrés qui nous entouraient, sans vouloir
jamais tirer l'épée. On me sut gré de cette modération,
de manière qu'il y a toujours eu entre cette famille et moi
paix et amitié, malgré la différence des bannières (4).

Joseph de Maistre devait être moins indulgent pour
un personnage qu'il avait plus d'une raison de ne pas
aimer, le célèbre cardinal Maury, qu'il eut occasion de
voir à Venise en 1799, assez familièrement pour avoir
pris un malin plaisir à noter quelques traits curieux de
ses conversations avec un homme qui avait fait preuve
d'un talent brillant dans la chaire et à la tribune, dont
l'esprit n'est pas plus contestable que le courage, mais
dont le caractère et le ministère ne s'accordaient pas
toujours. *Arrivé de bonne heure aux honneurs de son
état, il avait gardé le ton d'un parvenu. Égal à sa fortune par le talent, il ne l'était point par le bon goût et
s'abandonnait parfois aux saillies d'un tempérament
fougueux et d'une verve un peu gasconne.* Ce croquis

(1) On peut lire sur les relations de Mme de Staël et de Joseph de Maistre, dont le théâtre fut surtout la villa Necker
maison de campagne près de Lausanne, où le père de Mme de
Staël composa son *Traité sur l'administration des finances*, les
détails donnés par M. Albert Blanc (p. 23-27.)

du prélat à boutades et à foucades, à la conversation un peu débraillée comme sa soutane, est un morceau lestement enlevé et plein de finesse caustique sous son apparente bonhomie de procès-verbal.

Mais revenons sur nos pas pour signaler, à cette date de 1795-1796, (1) les *Cinq paradoxes*, à Mme la marquise de Nav..., souvenir de ces *Soirées helvétiques*, comme il les appelle, où Joseph de Maistre se délassait, dans une société d'amis, des fatigues de travaux et de soucis qui eussent été accablantes pour des épaules moins solides que les siennes, par des jeux et badinages d'esprit étincelants de verve et de gaieté. Il avait toujours soutenu l'utilité des paradoxes, qui ne sont que des exagérations, que des charges de la vérité, et il la démontrait par l'exemple dans ces dissertations familières, sorte d'exercice de gymnastique intellectuelle où il déployait toutes les ressources d'un esprit aussi souple que fort, aussi subtil que sensé pour lequel l'escrime de la dialectique n'avait pas de secret. On jugera de ce qu'il lui a fallu d'artifices d'esprit pour donner les apparences d'une argumentation irréprochable et tout l'appareil de la gravité à ces thèses pour rire que Mme de Nav... qualifiait « d'extravagances méthodiques » et qu'elle eût pu appeler « le jeu du mirage logique » : *Le duel n'est point un crime. — Les femmes sont plus propres que les hommes au gouvernement des États. — La chose la plus utile*

(1) M. de Maistre travailla aussi à Lausanne à deux ouvrages qui sont restés à l'état de fragment : l'un traitait de la *Souveraineté;* l'autre était intitulé : *Bienfaits de la révolution* ou la *République peinte par elle-même.* Les *Cinq Paradoxes* à la marquise de Nav... ont été publiés pour la première fois par M. Rodolphe de Maistre, en 1851, dans les deux volumes de *Lettres et Opuscules* de son père.

aux hommes, c'est le jeu. — Le beau n'est qu'une convention et une habitude. — La réputation des livres ne dépend point de leur mérite.

C'est dans ce dernier paradoxe, où la critique la plus neuve et la plus hardie s'amuse à faire jaillir l'esprit du bon sens, comme un enfant espiègle s'amuserait à faire jaillir des étincelles de deux cailloux frottés l'un contre l'autre, que se trouve le fameux portrait de l'abbé Roncolotti et son jeu de mots si amusant sur Buffon. Joseph de Maistre était, nous aurons plus d'une occasion de nous en convaincre, un maître en fait de portraits. Il ne se vante pas quand il dit de son abbé : « Je l'évoquerai volontiers en votre faveur. Regardez bien ! le voilà ! »

Petit homme droit et sec; attitude ferme, gravité imperturbable, air réfléchi, même lorsqu'il essayait de badiner; soutane râpée, collet baillant, barbe courroucée, cheveux noirs et lisses, œil caverneux, regard fulminant, sourcil hyperbolique, front large et tanné, où les rides se dessinaient d'une manière qui avait quelque chose d'algébrique.

C'était un rude homme, Madame, je vous l'assure; lorsque, avant de parler, il commençait à *brandir* le syllogisme avec ses trois premiers doigts élevés et balancés à l'italienne, il faisait trembler. Ah! si cet esprit, dégagé de son étui scolastique, avait passé par métempsychose dans le corps d'un joli Parisien, nous en aurions entendu de belles! — Enfin, Madame, tel qu'il était, je m'avisai de lui dire un jour : — *Caro don Roncolotti, siam soli! mi dica per carità ma da galontuomo, il suo sentimento sovra il gran Buffon.*

A ces mots, haussant les épaules au point que la tangente eût passé par les yeux, il me répondit en riant d'une oreille à l'autre : *Gran Buffone!!*

Tout ce que je prétends vous dire sur ce point, Madame, c'est que si tous les savants du monde étaient vêtus et coiffés comme feu l'abbé Roncolotti, jamais on n'aurait parlé de Buffon.

Dans ce même genre de badinage à la jovialité *pince-sans-rire*, il faut citer encore l'*Adresse de Jean-Claude Têtu*, maire de Montagnole, à ses concitoyens, parodie d'une verve un peu grossière, d'une gaieté un peu *allobroge*, comme le disait lui-même l'auteur, mais très adaptée au sujet et au public auquel ce petit pamphlet familier et populaire était destiné, et qui en goûta fort les vérités de bon sens, assaisonnées d'une malice au gros sel.

Nous avons assez parlé des travaux politiques ou littéraires de Joseph de Maistre pendant la période de son séjour à Lausanne, de 1793 à 1796. Il nous reste à esquisser les événements dont les vicissitudes eurent sur sa vie des contre-coups douloureux, mais décisifs, et le jetèrent de la spéculation dans l'action... de la spéculation souffrante dans l'action militante. Ces vicissitudes de l'histoire du royaume de Sardaigne et de l'histoire de Joseph de Maistre étaient moins encore l'œuvre des succès des armes françaises que l'effet des combinaisons et des machinations de la politique autrichienne. Le roi Victor avait mis le bras dans l'engrenage de cette cupidité et de cette duplicité érigées en système, quand il avait signé, le 23 mars 1794, le traité de Valenciennes, par lequel il cédait à l'Autriche tout le Novarais, en échange des terres qui pourraient revenir aux Autrichiens de leurs conquêtes futures en Provence et en Dauphiné.

Au moment où la nouvelle de ce chef-d'œuvre d'une politique de grands chemins arriva à Lausanne, M. de Maistre était chez le bailli, baron d'Erlach de Spietz, qui se mit à rire. « Quelle peau d'ours! » s'écria-t-il. M. de

Maistre resta longtemps silencieux et tout pâle. Enfin, il dit : « Que signifie cette épouvantable énigme (1) ? »

Il ne tarda pas à en avoir le mot et il posséda bientôt tous les éléments de la formule célèbre (2) où il devait flétrir la politique qui n'a pas cessé de présider aux manœuvres de la chancellerie autrichienne, toujours hostile à la France, et qui n'a renoncé à exploiter l'Italie comme conquête, grâce à notre intervention libératrice, que pour l'exploiter de nouveau comme alliée. ainsi qu'elle le faisait, de 1793 à 1802.

Le plus clair résultat de l'entrée du roi de Sardaigne dans la Coalition, moyennant le subside anglais de 200,000 livres sterling et la coopération des généraux autrichiens fut qu'à la fin de mai 1794, les Piémontais étaient battus en Savoie, dans le comté de Nice, et que les Français occupaient tous les défilés des Alpes-Maritimes, le mont Genèvre, le mont Cenis et le petit Saint-Bernard.

En 1796, les menées de l'Autriche, son désir devenu trop évident de sacrifier la Sardaigne à ses intérêts, sa main-mise sur les trois places de Cortone, d'Alexandrie et de Valence, sous prétexte de s'en servir comme bases d'opérations de sa défense de la Lombardie, cette spoliation cynique de l'allié par l'allié, révoltèrent jusqu'au malheureux Victor-Amédée, qui secoua le joug de tels amis pour celui de ses ennemis beaucoup moins dur. Le résultat de ce revirement, dû à l'influence du cardinal Costa, fut consacré par l'armis-

(1) Albert Blanc, p. 39.
(2) 1° Ne jamais prendre sur l'ennemi ce que l'Autriche ne pouvait pas garder; 2° Ne jamais défendre pour l'ami ce qu'elle espérait de prendre sur l'ennemi. (Comte Rodolphe de Maistre, *Notice*, p. 5.)

tice de Cherasco, conclu, le 27 avril 1796, par le baron
de la Tour et le marquis Costa de Beauregard, et par
le traité de Paris, dans lequel le roi sacrifiait sept de
ses provinces pour sauver le reste.

Napoléon a qualifié cet acte en confessant que si les
Piémontais avaient tenu quinze jours de plus, il eût
été forcé de reculer, et que le moindre accident eût pu
perdre alors cet avenir qu'il commençait à rêver.

Le vieux roi se rendit justice, en mourant de chagrin peu de temps après, le 16 octobre 1796, âgé de
soixante-dix ans. Ce n'est pas qu'un traité avec la
France fût une mauvaise affaire. Le roi de Sardaigne
aurait pu y gagner la couronne d'Italie, s'il fût entré
franchement, par une alliance sincère et cordiale, dans
le plan des ambitions de Bonaparte et des victoires de
la France. Mais le traité fut plutôt un traité d'alliance
forcée, et par là précaire, qu'un traité d'amitié; et la
politique de la Sardaigne, équivoque et tiraillée, ne
reçut pas plus qu'elle ne donnait.

Quoi qu'il en soit, le traité franco-piémontais fut
signé par le nouveau roi Charles-Emmanuel IV, aussitôt que le traité de Tolentino (19 février 1797), réta-
blissant la paix entre Rome et la France, apaisa les
scrupules de conscience du pieux élève du cardinal
Gerdil, qui eut été pape et successeur de Pie VI, si
l'Autriche avait permis cette élection au conclave de
Venise.

Joseph de Maistre, relevé par la paix de ce poste de
sentinelle avancée que la guerre lui avait imposé, fut
rappelé de Lausanne à Turin, et reçut, « en témoignage de haute satisfaction pour ses éminents services », selon les termes du billet royal du 28 mars 1797,
une pension de 2,000 livres. C'était un morceau de

7

pain, en échange de sa modeste fortune dévorée tout
entière par les confiscations; mais les rois de Sardaigne n'étaient pas riches, et la famille de Maistre
était habituée à vivre plus d'honneur que d'argent.
D'ailleurs, comme il disait sans doute en riant parfois des fautes dont il était le témoin, de crainte d'en
pleurer, ce n'était pas le moment d'être gâté et de
s'endormir dans les délices de Capoue. On n'en avait
pas fini avec la vie errante, militante, souffrante, et
bientôt, sans doute, il faudrait reprendre le bâton de
l'exil et remonter l'escalier de l'étranger. Ce n'étaient
pas là de vaines alarmes. Les prévisions pessimistes
de Joseph de Maistre ne furent que trop tôt réalisées,
et sa famille n'eut que trop tôt à profiter de la forte et
mâle éducation que lui avait donné l'infortune et des
leçons d'une douloureuse expérience.

. Le malheur poursuivait le roi sans relâche. L'alliance,
conclue trop tard et par force, était de moins en moins
respectée par Bonaparte, à mesure qu'il avait plus d'espoir de faire plier l'Autriche. Puis le vent mystérieux de
l'insurrection avait enfin passé les Alpes. Les longues
disettes, les guerres ruineuses, les dégâts commis par
les troupes de passage, la rigueur agressive du gouvernement contre les partisans de ce qu'on appelait les
idées nouvelles, causèrent des troubles dans presque tout
le Piémont. Asti, Biella, Alba, Mondovi, se révoltèrent
successivement, puis Moncalieri, tout près de Turin.
Alors l'autorité eut peur et versa le sang à flots sans distinction d'innocents ou de coupables; on tua au hasard
pour contenir par l'épouvante les jacobins du pays. Le
roi, pieux et bon, était innocent de ces horreurs; les
hommes du pouvoir se livraient à son insu à des cruau-
tés inouies. Un jour qu'il avait gracié des condamnés à
mort de Casal, on fit en sorte que la grâce n'arrivât
qu'après l'exécution; on massacra des étudiants; à Moncalieri, l'historien Tenivelli fut exécuté sans savoir pour-

quoi, dit l'illustre Botta, son élève. Les troupes royales
égorgèrent sur place et de sang-froid cent prisonniers
faits sur des bandes réfugiées vers le lac Majeur. Tout
cela s'accordait fatalement avec les plans du Directoire,
qui désirait voir tomber le roi de lui-même et sans violence (1).

Le roi, habilement circonvenu par notre ambassadeur Ginguené, consentit, dans l'intérêt de sa sûreté, à
introduire dans la citadelle les Français, alliés dans
cette affaire à l'autrichienne, et pouvant rivaliser avec
l'Autriche en mauvaise foi punique. Les ministres
étrangers quittèrent Turin, et le roi demeura prisonnier de la protection française, tout en laissant son
frère le duc d'Aoste chercher à l'en délivrer, ce qui
permit à la protection de devenir de plus en plus
exigeante, menaçante, car elle n'avait pas eu de peine
à se procurer la preuve d'intrigues et de négociations que l'Autriche, au besoin, eût dénoncées pour
rendre la rupture irréparable et recouvrer sa lu-
crative domination sur la politique de la Sardaigne.
Le général Joubert, averti des menées sardo-autri-
chiennes par notre envoyé Aymar, successeur de Ginguené, parut sur les hauteurs de la Superga qui commandent Turin et menaça le roi de l'envoyer à Paris
pour le faire juger comme coupable de trahison. Le
roi n'accorda pas la bataille aux troupes piémontaises
qui la demandaient. Il préféra éviter l'effusion du sang
qu'il jugeait inutile et quitta sa capitale sans rien
emporter des joyaux de sa couronne et des richesses
de son palais (19 novembre 1798). Il n'échappa point
sans peine à l'exécution des ordres du Directoire qui
avait prescrit à Joubert de l'arrêter à Parme, où il

(1) Albert Blanc, p. 48.

s'était réfugié avec sa famille. Le duc d'Aoste seul ne put se dérober à une captivité dont le délivra l'intervention de la reine Clotilde, la sainte sœur de Louis XVI, qui donna à Clausel pour sa rançon le tableau de *l'Hydropique* de Gérard Dow. Cependant arrivait à Turin la déclaration de guerre de la République française à la Sardaigne (6 décembre 1798); elle fut ainsi rejetée dans les bras de la coalition, c'est-à-dire dans les liens de la politique autrichienne qui ne voulait que se servir de son alliée sans la servir et avait refusé au roi un asile pendant sa fuite.

M. de Maistre ne joua aucun rôle dans tout cela; il se rongea les poings, disait-il plus tard, avec la rage d'un homme fort qui a les bras liés et voit un autre homme ne pas savoir se servir des siens (1).

Lorsque le roi quitta Turin, Joseph de Maistre dut fuir encore une fois devant l'occupation française. Il écrivit au comte de Chalembert, ministre d'État, qu'il ne suivait pas Sa Majesté de crainte de lui être à charge, mais qu'il restait à ses ordres, prêt à obéir au premier appel. Son fils, le comte Rodolphe, a raconté en ces termes ce hâtif et dangereux exode :

M. de Maistre était émigré, il fallait fuir. Muni d'un passeport prussien comme Neuchatelois, le 28 décembre 1798, il s'embarqua sur un petit bateau pour descendre le Pô et rejoindre à Casal la grande barque du capitaine Gobbi, qui transportait du sel à Venise. Le patron Gobbi avait sa barque remplie d'émigrés français de haute distinction : il y avait des dames, des prêtres, des moines, des militaires, un évêque (Mgr l'évêque de Nancy); toutes ces personnes occupaient l'intérieur du navire, ayant pour domicile *légal*, l'espace enfermé entre deux ou

(1) Albert Blanc, p. 50.

trois membrures du bâtiment, suivant le nombre de personnes dont se composait le ménage : cet espace suffisait
strictement pour y coucher; la nuit, des toiles suspen-
dues à des cordes transversales, marquaient les limites
des habitations. Au milieu, régnait un courtil de jouissance commune, avec un brasier en terre où tous les
passagers venaient se chauffer et faire la cuisine; le froid
était excessif. Un peu au-dessous de Casal-Maggiore,
le Pô prit pendant la nuit; et quoiqu'il fût libre encore
vers le milieu, la barque se trouva enfermée d'une cein-
ture de glace. Le comte Karpoff, ministre de Russie,
descendait aussi le Pô dans une barque plus légère; il
accueillit à son bord le comte de Maistre, qui put ainsi
continuer son voyage.

Après plus d'un incident dramatique, le comte de
Maistre et sa famille, échappés aux balles de la rive
droite du Pô, occupée par les Français (la rive gauche
était gardée par les Autrichiens), débarquèrent au
Papozze, où les voyageurs se séparèrent. M. de Maistre
traversa l'Adigetto sur la glace, dans un chariot de
village et put s'embarquer à Chioggia pour Venise,
où l'attendaient les plus dures épreuves de sa vie
d'émigration. Laissons encore sur ce point douloureux,
la parole à son fils :

Le séjour de Venise fut, sous le rapport des angoisses
physiques, le temps le plus dur de son émigration. Réduit, pour tous moyens d'existence, à quelques débris
d'argenterie échappés au naufrage, sans relations avec
la cour, sans relations avec ses parents, sans amis, il
voyait jour par jour diminuer ses dernières ressources,
et, au delà, plus rien.

A la nouvelle de l'entrée de Souwaroff à Turin,
Joseph de Maistre s'empressa de quitter Venise; à
Padoue, il reçut son brevet de régent de la grande
chancellerie en Sardaigne, poste relativement lucratif

(20,000 livres par an de traitement), mais qui avait surtout, aux yeux de M. de Chalembert, l'avantage d'éloigner et d'absorber, dans une administration des plus ingrates et des plus difficiles, un vrai nid à méchantes affaires et à disgrâces, un rival dangereux.

Le 28 décembre 1799, Joseph de Maistre s'embarqua à Livourne pour aller occuper son poste. Il allait épuiser jusqu'à la lie les soucis que devaient lui donner les prétentions et les ingérences anglaises, et le caractère d'une population dont les mœurs, à la faveur de dix années de négligence et presque d'oubli du gouvernement sarde, avaient repris la rudesse barbare, qu'un siècle de paix et d'administration plus soucieuse de ses devoirs n'a pu entièrement polir.

Le 12 janvier 1800, Joseph de Maistre arriva à Cagliari, où il devait passer trois années qui ne lui avaient pas laissé de bien agréables souvenirs, à en juger par les âpres et caustiques révélations de sa correspondance (1). Après la paix d'Amiens, Charles-Emmanuel IV, las des épreuves et des déceptions du pouvoir, abdiqua en faveur de son frère, le duc d'Aoste, et passa le reste de sa vie en religion à Rome. Victor-Emmanuel Ier demeura à Rome jusqu'en 1806. Le 17 février de cette année, il se réfugia en Sardaigne. Nous n'insisterons pas sur le séjour de Joseph de Maistre à Cagliari et sur son proconsulat de Sardaigne, où le travail et sa correspondance avec sa famille purent seuls le consoler des privations de l'absence, si dures pour un cœur affamé d'affection, et des dégoûts de ses fonctions ou de sa situation.

---

(1) Au chevalier de Rossi, 10 juin 1806 et octobre 1812. Voir aussi les détails donnés par M. Albert Blanc, p. 58 et suiv.

Nous ne ferons que rappeler une de ces affaires désagréables qu'envenimait la charité de cour, et· où Joseph de Maistre déploya une énergie et une hauteur de caractère faites pour bien persuader la morgue ministérielle que si elle trouvait en lui un serviteur prêt à tous les dévouements, il ne fallait pas en attendre les docilités et les humilités du courtisan. M. le comte de Chalembert après le comte d'Hauteville ne firent pas impunément l'épreuve de caresser à rebrousse poil un homme qui avait un si vif sentiment de la dignité et de l'honneur (1), et qui s'il était doux avec les humbles, était fier avec les superbes.

Pendant la dernière année de son séjour en Sardaigne, en août 1802, M. de Maistre lut dans les gazettes la loi d'amnistie du 6 floréal, concernant les émigrés. Les individus nés dans les départements réunis à la France, et qui se trouvaient en pays étranger, devaient, pour jouir du bénéfice de cette loi, se présenter au ministre français le plus rapproché de leur domicile, et lui déclarer qu'ils abandonnaient le service de leur souverain et les titres et pensions qu'ils en recevaient en se soumettant à rentrer en France dans un délai fixé. La difficulté des communications ayant retardé l'arrivée des papiers publiés dans l'île, il ne restait plus aux intéressés le temps nécessaire pour faire parvenir à Paris leurs observations et encore moins celui de demander des instructions à Rome avant d'agir. Le chevalier de Saint-Réal, beau-frère du comte de Maistre, adressa pour sa femme, qui se trouvait comprise dans la loi, un mémoire à un Corse de sa connaissance. M. de Maistre fit signer au consul d'Espagne, comme agent d'une puissance amie, une attestation de l'époque où la loi avait été tardivement connue en Sardaigne; puis il écrivit au résident français le plus proche, celui de Naples, que puisque la loi l'obligeait à déclarer entre ses mains qu'il renonçait au service

_____

(1) *Fors l'honneur, nul souci*, dit la devise de ses armes.

du roi de Sardaigne pour rentrer en France, c'était donc entre ses mains qu'il croyait devoir déclarer sa volonté de ne faire ni l'un ni l'autre (1).

A cette lettre était joint un mémoire où on lisait ces lignes énergiques et éloquentes.

Je demande justice : on la doit même à l'ennemi. Loin de vouloir me donner pour ce que je ne suis pas, je me fais au contraire un devoir de déclarer en commençant que nul homme peut-être n'a plus haï la révolution française et n'en a plus donné de preuves. Cette révolution alarmait les consciences, elle impatientait l'honneur; enfin, il n'était pas en mon pouvoir de la supporter. D'ailleurs, je devais tout au roi; je quittai donc ma patrie, bien résolu de suivre jusqu'au bout le sort de la maison de Savoie. Cette résolution, qui eût dû être excusée, célébrée même par un ennemi généreux, fut traitée comme un crime par des hommes auxquels on reprochera éternellement d'avoir ôté à d'autres le pouvoir d'être justes.

... Je demande d'être rayé de la liste, comme étranger, n'ayant jamais été Français, ne l'étant pas et ne voulant pas l'être; et quand même on s'obstinerait à me regarder comme tel, ne pouvant pas empêcher le gouvernement français de vouloir ce qu'il veut, je n'en persiste pas moins à vouloir la radiation, sans obligation de rentrer en France, comme la loi l'exige injustement, car je ne veux pas quitter le service du roi de Sardaigne...

Il était impossible de s'expliquer avec moins d'ambages. Comment se fait-il qu'une telle attitude ait pu être considérée comme équivoque, ait pu être suspectée? Mystère de cour et de chancellerie. Le ministre d'Etat, le comte de Chalembert, n'aimait ni Joseph de Maistre ni sa famille et ne devait manquer aucune occasion de le leur prouver et de discréditer des services qu'il n'était pas en son pouvoir de nier ni d'égaler.

(1) Albert Blanc, p. 64-69. *Notice* du comte Rodolphe, p. 89.

La pièce que nous venons de lire n'avait été envoyée à sa destination qu'avec l'approbation du futur roi Charles-Félix, frère du roi régnant. Elle demeura sans réponse et son auteur n'y songea plus.

Un an après, Joseph de Maistre était à Saint-Pétersbourg, ministre plénipotentiaire et envoyé extraordinaire du roi de Sardaigne, quand il reçut, à son grand étonnement et à sa grande indignation, du comte de Chalembert une demande d'explications sur la suite très inattendue donnée à sa protestation. M. de Cacault, le ministre de la République française à Naples, ayant trouvé dans les papiers de son prédécesseur, M. Alquier, le Mémoire du comte de Maistre, crut devoir communiquer officiellement au comte de Chalembert un décret de radiation pure et simple, en faveur du comte de Maistre, qui semblait, faute de tout commentaire, avoir sollicité une faveur qu'il avait au contraire formellement refusée, en déclarant vouloir demeurer comme il l'était le fidèle sujet du roi de Sardaigne. Par ce décret « M. de Maistre était rayé de la liste des émigrés et autorisé à rentrer en France, sans obligation de prêter serment, avec liberté entière de rester au service du roi de Sardaigne, et de garder les emplois et décorations de Sa Majesté, en conservant tous ses droits de citoyen français. »

D'où grande surprise et grand mécontentement du ministre qui n'eut rien de plus pressé que d'exprimer l'une et l'autre à Joseph de Maistre, sans avoir assez émoussé la pointe de ses représentations. Joseph de Maistre fournit à qui de droit les explications demandées dans un mémoire décisif et mordant où il n'épargnait pas à son tour le ministre qui avait eu tort de provoquer un tel adversaire. Pour lui, il reçut en

7.

réponse à ses doutes, à ses soupçons injurieux la volée de bois vert épistolaire suivante, en date, à Saint-Pétersbourg, du 24 juillet 1803.

Dites-moi, je vous prie, si vous ne lisez jamais de papiers français à Rome? Si vous savez ce que c'est qu'une radiation? Si vous croyez qu'il y ait un ange délégué pour les apporter sans qu'on les demande, ou si c'est peut-être un crime de les demander? Le sérieux inconcevable de votre lettre du 21 juin m'arrache toutes ces questions. Comment n'avez-vous pas vu qu'il ne s'agissait là que d'une simple demande en radiation comme il y en a cent mille? Je parie que c'est cette conservation des droits qui vous a effarouché. Hélas! voilà comment nous sommes : toujours en arrière des autres et toujours étonnés de ce qui n'étonne personne. Vous sentez bien, Monsieur, que si le gouvernement français convenait que je suis étranger, il saperait par sa base tout l'édifice de l'émigration et de la confiscation dans les départements réunis. Que fait-il donc lorsqu'il veut rendre justice? Il déclare le sujet Français et lui conserve le droit de cité, ce qui doit être ainsi dans son système, puisqu'il efface une mort civile; et cependant il le déclare libre de vivre où il voudra. Les officiers allemands de la rive gauche du Rhin, qui se trouvent précisément dans le même cas que moi, sont venus en France pour obéir à la fameuse loi, et s'y sont déclarés Français au service de l'Autriche. Ici, rien n'est plus commun. Le duc de Richelieu, par exemple, a été rayé de la liste et déclaré Français, et comme tel *jouissant de tous ses droits*, etc., avec liberté de rester au service de Sa Majesté Impériale; et il est gouverneur de la Crimée. Soyez sûr, Monsieur, que dans toute contrée de l'Europe où on lit *le Moniteur*, personne ne s'étonnera d'une chose aussi simple.

Ces explications officielles et topiques fournies, le comte réglait son différend personnel avec le ministre, sur son manque de tact, en ces termes :

A présent, Monsieur, j'ai une chose à vous dire. Dans

une affaire qui touche à la délicatesse, on n'écrit pas à un homme qui a un caractère et une réputation comme à un jeune commençant qui n'aurait ni l'un ni l'autre. Il y a pour cela des formules prescrites par la politesse et même par la justice. On dit, par exemple : *Quoiqu'on soit bien éloigné d'avoir le moindre doute*, etc., et l'on n'ouvre pas une bouche étonnée comme si le oui et le non étaient également possibles. Qui lit votre lettre ne sait pas ce que vous pensez, et ce doute est contraire à l'idée que vous devez avoir de moi, à l'honneur de la Savoie et aux sentiments de considération que j'ai toujours eus pour vous. Je n'en suis pas moins, avec ces mêmes sentiments, etc...

P. S. — Vous voyez que mes livres *contra hostes fidei* ne déplaisent pas aux mécréants de Paris autant qu'aux délicieux chrétiens de Cagliari.

D'un tout autre ton, d'un tout autre style sont les lettres que, de son exil solitaire de Cagliari, Joseph de Maistre écrivait à ses enfants. Nous voulons clore ce chapitre par quelques-unes de ces lettres de délassement pour son esprit, de consolation pour son cœur. Elles vont nous permettre de commencer à l'apprécier comme père, non seulement dans ses sentiments, qu'il exprime avec une éloquence originale, mais dans ses idées de direction et d'éducation, qui sont celles d'un pédagogue et d'un moraliste de premier ordre. C'est là le plus beau chapitre de son histoire intime. On nous pardonnera facilement d'y insister en moissonnant largement dans cette correspondance qui mêle, avec une si heureuse et si rare fécondité, l'utile et l'agréable, les épis et les fleurs.

Rodolphe, son fils aîné, ne sera pas séparé de lui aussi longtemps que ses sœurs. Il rejoindra bientôt son père en Russie, y deviendra officier aux chevaliers-gardes, comme son oncle Xavier y deviendra général.

Il fera brillamment, sous les yeux de son père, son chemin à la cour et à l'armée; il se montrera digne, en les suivant, des conseils et des exemples paternels. Il sera le témoin, quand il n'en sera pas l'objet, des angoisses d'esprit, des anxiétés de cœur qui donnent alors un intérêt si dramatique aux lettres où les exprime un grand penseur, un grand écrivain, un grand honnête homme, aux prises avec ce que les événements peuvent avoir de plus embarrassant pour la conscience, avec ce que le devoir peut avoir de plus amer pour la fidélité.

Pour le moment, commençons de feuilleter sa correspondance avec ses filles : Adèle, l'aînée qu'il connaît, et qu'il aime parce qu'il la connaît; avec Constance, la puînée, qu'il ne connaît pas, et qu'il aime d'autant plus.

Revenant en arrière, et prenant *ab ovo* les relations de Joseph de Maistre avec ses filles, nous débuterons par cette jolie lettre à Mlle Thérèse de Maistre, sa sœur, en date du 4 mai 1790, où il parle de sa fille Adèle avec une vivacité et une originalité de tendresse qui commencent à le peindre dans les premières effusions de ce sentiment paternel encore naissant et presque enfantin comme son objet.

Ta lettre, ma chère Thérésine, m'a pénétré de bonheur comme une éponge qu'on trempe dans l'eau; la moindre gentillesse de mon Adèle est une béatitude pour son papa, je suis faible sans doute, un père a droit de l'être.

Je t'avoue que depuis quelque temps, je trouvais à ma petite Adèle une certaine torpeur qui m'inquiétait; il y a peut-être encore dans ses veines quelques atomes massifs, quelques miasmes de Saint-Alban, qui y circulent avec le soufre de Provence; on ne saurait donc trop l'agiter, l'électriser de toute manière, car le repos ne lui vaut rien. Eh! que deviendrais-je, bon Dieu! si, à dix-huit ans, elle n'aimait ni le voyage de Meillerie, ni le berger de Thompson, ni les *grandes herbes* de Werther, ni les colonnes Doriques? Pardonne-moi, quand un père a commencé à parler de ses enfants, c'est une boule sur un plan incliné (1).

Le 15 janvier 1802, Joseph de Maistre, le sénateur de la Savoie, promu au titre de régent, dans l'exil de la Sardaigne, se console et se venge de la déception perpétuelle de ses rudes fonctions, en pleine barbarie, en écrivant à sa seconde fille, cette Constance de Maistre, née pendant son absence, qu'il ne connaît pas et ne connaîtra pas avant 1814. La lettre est adorable.

Mon très cher enfant, il faut absolument que j'aie le plaisir de t'écrire, puisque Dieu ne veut pas encore me donner celui de te voir. Peut-être tu ne sauras pas me lire couramment, mais tu ne manqueras pas de gens qui t'aideront à déchiffrer l'écriture de ton vieux papa. Ma chère petite Constance, comment est-il donc possible que je ne te connaisse pas encore, que tes jolis petits bras ne se soient pas jetés autour de mon cou, que les miens ne t'aient point mise sur mes genoux pour t'embrasser à mon aise? Je ne puis me consoler d'être si loin de toi : quand même tu ne me connais pas, je ne suis pas moins dans ce monde, et je ne t'aime pas moins que si tu ne m'avais jamais quitté. Tu dois me traiter de même, ma chère petite, afin que tu sois tout accoutumée à m'aimer quand je te verrai, et que ce soit tout comme si nous ne nous étions jamais perdus de vue. Pour moi, je pense continuellement à toi, et pour y penser avec plus de plaisir, j'ai fabriqué dans ma tête une petite figure espiègle qui me semble être ma Constance. Elle a bien quelquefois certaines petites fantaisies, mais tout cela n'est rien, je sens qu'elles ne durent pas. Ma chère petite amie, je te recommande de tout mon cœur d'être bien sage, bien douce, bien obéissante avec tout le monde, mais surtout

(1) *Correspondance*, t. I, p. 7.

avec ta bonne maman et ta tante, qui ont tant de bontés pour toi : toutes les fois qu'elles te font une caresse, il faut que tu leur en rendes deux, une pour toi et une pour ton papa. J'ai bien ouï dire qu'une certaine demoiselle te gâtait un peu; mais ce sont des discours de mauvaises langues que le bon Dieu ne bénira jamais. Si tu en entends parler, tu n'as qu'à dire que les enfants gâtés réussissent toujours. Je ne veux point que tu te mettes en train pour répondre à cette lettre; je sais que ta bonne maman veut ménager ta petite taille, et elle a raison. Tu m'écriras quand tu seras plus forte; en attendant, je suis bien aise de savoir que tu aimes beaucoup la lecture, et que tu sais ton *Télémaque* sur le bout du doigt. Je voudrais bien parler avec toi de la grotte de Calypso et de la nymphe Eucharis, que j'aime bien, mais pas cependant autant que toi. Je voudrais aussi te demander si tu n'as point eu peur quand tu as vu Mentor jeter ce pauvre Télémaque dans l'eau, tête première, pour l'empêcher de perdre son temps. Ah! jamais ta tante Nancy n'aurait fait un coup de cette sorte... (1).

Est-il possible de mieux parler à une enfant la langue paternelle, se faisant, pour se courber à la taille de cette intelligence en herbe, petit, puéril, plaisant et caressant comme elle? Mais revenons à Adèle.

Avec Adèle, un peu plus tôt avaient commencé les lettres de direction plus élevée, d'éducation morale et littéraire plus raffinée. Voici deux leçons, une de conduite, de maintien, d'humeur; et l'autre de grammaire.

Nous commençons par cette dernière, d'une ingéniosité, d'une finesse, d'une délicatesse vraiment charmantes.

J'ai été très content du verbe *chérir* que tu m'as envoyé, je veux te donner un petit échantillon de conjugaison; mais je m'en tiendrai à l'*indicatif*, c'est bien assez pour cette fois.

(1) *Correspondance*, t. I, p. 106-107.

Je *te chéris*, ma chère Adèle; tu *me chéris* aussi et maman *te chérit*; nous vous *chérissons* également, Rodolphe et toi, parce que vous êtes tous les deux nos enfants et que vous nous *chérissez* également l'un et l'autre; mais c'est précisément parce que vos parents vous *chérissent* tant, qu'il faut tâcher de le mériter tous les jours davantage. Je te *chérissais*, mon enfant, lorsque tu ne me *chérissais* point encore; et ta mère te *chérissait* peut-être plus, parce que tu lui as coûté davantage. Nous vous *chérissions* tous les deux, lorsque vous ne *chérissiez* encore que le lait de votre nourrice, et que ceux qui vous *chérissaient* n'avaient point encore le plaisir du retour. Je t'ai *chérie* depuis le berceau, et si tu m'as *chéri* depuis que tu as pu dire : mon papa m'a toujours *chérie*; si nous vous avons *chéris* également, et si vous nous avez *chéris* de même, je crois fermement que ceux qui *ont tant chéri* ne changeront point de cœur. Je te *chérirai* et tu me *chériras* toujours, et il ne sera pas aisé de deviner lequel des deux *chérira* le plus l'autre. Nous ne *chérirons* cependant nos enfants, ni moi ni votre maman, que dans le cas où vous *chérirez* vos devoirs. Mais je ne veux point avoir de souci sur ce point, et je me tiens pour sûr que votre papa et votre maman vous *chériront* toujours. Marque-moi, mon enfant, si tu es contente de cette conjugaison et si tous les temps y sont (pour l'indicatif).

Adieu, mon cœur (1).

Autre leçon, non moins charmante, de style cette fois.

Je puis t'assurer que tu as des dispositions pour écrire purement; ainsi il faut les cultiver. Voilà peut-être qui va te donner de l'orgueil; mais une autre fois je ne te parlerai que de tes défauts, pour t'humilier. Tu feras fort bien, mon cher enfant, de m'écrire de temps en temps; mais il faut laisser courir ta plume et me dire tout ce qui te passe dans la tête. Tu as toujours quatre chapitres à

---

(1) *Correspondance*, t. I, p, 93-94.

traiter : tes plaisirs, tes ennuis, tes occupations et tes
désirs; avec cela on peut remplir quatre pages. Pour
moi, il me suffit de quatre mots en suivant cette même
division : mon *plaisir* serait d'être avec toi, mon *chagrin*
est d'en être éloigné, mon *occupation* est de trouver les
moyens de te rejoindre, et mon *désir* est d'y réussir.
Adieu, mon cher enfant.

Un peu plus tard, en 1803, Joseph de Maistre adressait à sa fille Adèle, alors pensionnaire dans la maison
d'éducation dirigée par sa tante Eulalie de Maistre,
religieuse ursuline que la révolution avait chassée de
son couvent, cette lettre, où nous puiserons encore
abondamment par la raison que toute cette partie de
la *Correspondance* que nous citons était jusqu'à ce
jour inédite.

Vraiment, ma chère amie, je voudrais te savoir un peu
plus à ton aise. Ce souper à six heures, ce coucher à huit,
sont bien difficiles à digérer; mais crois que cette gêne
passagère ne te sera point du tout inutile. Se vaincre, se
plier aux circonstances est un devoir pour tout le monde,
mais surtout pour les femmes... Tu sais fort bien les béa-
titudes de l'Evangile; mais il n'est pas défendu d'en
savoir d'autres, comme, par exemple : *Heureuses les*
femmes douces parce qu'elles posséderont les cœurs.
Voilà un sujet de méditation que je t'envoie, quoique tu
sois dans un couvent. Quand tu sentiras que ton petit
nerf impertinent se met en train, applique tout de suite
ma lettre, comme on met de la mauve sur une inflammation. Mande-moi si tu fais toujours la petite statue, lorsqu'il s'agit de parler et de parler italien : je t'écrirai une
autre longue lettre sur la vertu des langues... Pour
revenir aux lettres, je suis fort content des tiennes. Le
style est bon et fait mine de se perfectionner. Il faut que
Mme de F... te prête de nouveau *Marie de Rabutin-*
Chantal. Je te déclare d'avance très solennellement qu'il
me suffit que tu écrives comme elle; je ne suis pas de ces
gens qui ne sont jamais contents.

Adieu, ma bonne Adèle. Regarde tout, ne blâme rien, aime les aimables, fais bonne mine aux autres et que Dieu te bénisse (1).

Nous demeurerons aujourd'hui sur la surprise de nouveauté de ces charmantes lettres, adressées par Joseph de Maistre à ses filles, l'une à peine adolescente, l'autre encore enfant. La séparation de l'été de 1803, la mélancolie de l'absence, ajouteront aux lettres de Saint-Péterbourg, des notes d'une tendresse plus grave; nous aurons à citer des lettres qui sont des chefs-d'œuvre, des modèles reconnus et consacrés dans le genre épistolaire; nous n'en aurons plus à citer où l'on respire, comme dans celles-ci, ce parfum de la première fleur de l'amour paternel, qui ressemble à celui de la première fleur de l'autre amour, en ce qu'il est aussi doux, mais qui en diffère en ce qu'il est plus profond, plus pur, et par là plus durable.

(1) *Correspondance*, t. I, p. 109-110.

CHAPITRE III

Mission en Russie.

1803-1817.

Joseph de Maistre est nommé envoyé extraordinaire et ministre
plénipotentiaire du roi de Sardaigne à la cour de Russie. — Joseph
de Maistre de sénateur, devenu administrateur, devient diplomate.
— Entretien caractéristique avec l'ambassadeur de France, à
Naples. — Séjour hâtif à Rome. — Ses instructions et ses négociations. — Rôle important joué par le nouveau ministre à Saint-
Pétersbourg. — Délicatesses et ingratitudes de sa mission. — Le
traité d'Amiens. — Ultimatum du roi de Sardaigne. — Propositions
du premier consul. — Lettre de Joseph de Maistre à sa fille Adèle.
— Incidents et accidents du voyage vers la Russie. — Impressions du passage à Vienne. — Arrivée à Saint-Pétersbourg, le
13 mai 1803. — Inconvénients des traditions de la chancellerie piémontaise — Joseph de Maistre réussit dans sa mission autant
qu'il était possible, étant données les circonstances. — Résultats
obtenus. — Ses relations mondaines et diplomatiques à Saint-
Pétersbourg. — Les débuts du comte de Metternich. — Sir Charles
et lady Warren. — Dans toutes les affaires, il y a une femme. —
Rapports intimes avec les envoyés de Naples et de Suède. —
Double témoignage de la bienveillance particulière de l'empereur
de Russie. — Habile manège politique et social de Joseph de
Maistre. — Curieux entretien avec M. de Raynoval. — Opinion de
Joseph de Maistre sur le secret d'Etat. — M. de Chalembert lui
reproche ses excès de style. — Histoire d'une phrase de dépêche
tronquée. — Jolie formule de l'ironie. — Joseph de Maistre colla-
borateur du roi Louis XVIII pour sa Déclaration de 1804. —
Utilité de l'almanach. — L'affaire des subsides. — Ce que fit
Joseph de Maistre pour son souverain. — Ce que son souverain
fit pour Joseph de Maistre. — Contraste décevant et instructif. —
Suspicions et disgrâces. — Les rois de Sardaigne et la famille de
Maistre. — Joseph de Maistre est coupable du crime de trop aimer
la France. — Détails navrants sur la lésinerie de la cour de

Sardaigne à l'égard de son plus utile et de son plus illustre
envoyé. — Treize ans de pauvreté sous la livrée diplomatique. —
Inhabileté de cette ingratitude. — Le crapaud quotidien. — Joseph
de Maistre offre jusqu'à trois fois sa démission, toujours refusée.
— On veut le mettre sous la tutelle du comte de Front, envoyé
piémontais à Londres. — Comment Joseph de Maistre esquive cette
avance. — La question d'honneur et la question d'argent. — Traitement dérisoire. — Sacrifices héroïques. — Chicanes sur son
titre, son uniforme. — On lui marchande jusqu'à la grande croix
de Saint-Maurice et Lazare. — Sur l'offre de sa démission, la
cour accorde enfin la croix, mais non l'argent, en rechignant et
toujours après avoir refusé. — *L'ulcère* de Joseph de Maistre. —
Faveurs réparatrices et consolatrices que lui prodigue l'empereur
Alexandre. — Mission confidentielle dont il l'honore en 1812. —
Scrupules de loyauté et de fidélité qui font renoncer Joseph de
Maistre à cette occasion unique pour sa fortune. — Cris de douleur et de plainte. — Lettre au comte de Roburent. — Belle lettre
au roi pour en obtenir la mise en liberté du sieur Delorenzo,
arbitrairement détenu. — Il se décide à faire entrer son fils, pour
qui le roi ne veut rien faire, au service de la Russie. — Il déclare
n'avoir rien, pas même de quoi se faire enterrer. — Crise de solitude et de mélancolie. — Lettres touchantes au chevalier de Rossi.
— Il renouvelle sa demande de rappel. — Dépit d'amour. — Amère
joie. — De plus en plus désabusé, mais fidèle quand même, Joseph
de Maistre se décharge le cœur en se plaignant, souvent amère-
ment, mais se résigne à rester, par scrupule de conscience et de
loyauté. — Il secoue sa chaîne sans parvenir à la briser. — Au
contraire, il donne au roi une preuve hardie de dévouement. —
Épisode caractéristique. — Projet conçu par Joseph de Maistre
d'une demande d'audience à Napoléon, à Paris. — C'est après
le traité de Tilsit, où la Sardaigne n'est pas même nommée, qu'il
prend le parti de tenter, à ses risques et périls, une démarche
suprême auprès de l'empereur, dans l'intérêt de son maître. —
Entrevue avec le général Savary. — Projet d'aborder le *Dœmo-*
nium meridianum et de sauver le roi à son insu et malgré lui.
— Bonaparte vient du ciel... comme la foudre. — Un axiome de
Rousseau. — Les coups de boutoir du général Savary. — Premières pièces de la négociation. — Il y a de sages témérités. —
Opinion impartiale sur Napoléon. — Le temps, ce premier ministre de la divinité au département des souverainetés. — Les
lunettes russes et les lunettes sardes. — Joseph de Maistre,
désavoué et blâmé par sa cour, se révolte contre la suspicion.
— Nouvelle offre de retraite. — Napoléon ne garde pas mauvais
souvenir à Joseph de Maistre d'une tentative qu'il écarte, non
sans en être flatté. — L'envoyé du roi de Sardaigne est, de la
part de l'ambassade de France, l'objet d'égards particuliers. —
Talleyrand professe une estime particulière pour l'auteur des
Considérations. — Le secret de Fouché. — Les surprises ministérielles. — Le remède de Mithridate. — Dénuement de Joseph
de Maistre. — Il se console de tout par l'étude et le travail. —
L'Essai sur le principe générateur des constitutions politiques

(1809). — *Lettres sur l'éducation publique en Russie.* — Les Jésuites en Russie. — Autre source de consolation de Joseph de Maistre : sa correspondance avec sa famille. — Première lettre collective à ses enfants, datée de Saint-Pétersbourg (19 octobre 1803). — Leçon de littérature à sa fille Adèle. — Les deux têtes de Lausanne. — Les premiers vers de Rodolphe. — La lettre sur la *quenouille.* — Le plus grand défaut pour une femme, c'est d'être homme. — Trait cornélien. — Les lettres sont toujours couleur du temps. — Lettres à Mme Hubert-Alléon. — L'oiseau vert. — Le portrait d'Adèle. — Le théâtre d'Alfieri. — L'Arioste. — Détails intimes et curieux sur Alfieri. — Le bon rire. — La comtesse d'Albany. — Idées sur l'éducation et l'instruction des femmes. — La peinture. — Histoire du portrait de Joseph par son frère Xavier. — Gris comme un cygne. — *Les à-propos* de Xavier de Maistre. — Joseph de Maistre *dilettante.* — Constance de Maistre. — Le vrai chef-d'œuvre des femmes. — *Le Taconage.* — Anecdote sur Haller. — Les femmes-singes. — Les femmes à barbe. — Mlle Agnesi. — Rodolphe de Maistre. — Nul ne sait ce que c'est que la guerre, s'il n'y a son fils. — Angoisses paternelles. — L'œil géographique. — Rodolphe est blessé à Borodino. — Une remontrance à son fils de Joseph de Maistre. — *Madame Le Notre.* — Joies de la réunion de famille, en 1814. — *C'est moi qui l'ai sonné.* — André de Maistre. — Ses succès de prédicateur. — Il meurt évêque d'Aoste. — Douleur de Joseph de Maistre, inconsolable de cette perte. — Sa lettre touchante à Mlle de Viricu. — Le chevalier Nicolas de Maistre. — *Savoie! Savoie! en avant!* — Groupe des lettres de Joseph de Maistre aux femmes de sa famille et de son intimité. — Joseph de Maistre directeur de consciences. — Souvenirs de famille. — Les quatre sœurs de Joseph de Maistre. — Mme de Constantin. — Mme de Saint-Réal. — Visions et illusions de son prochain retour au pays natal. — Idées de Joseph de Maistre sur l'influence des femmes et les agréments et les profits de leur commerce. — Lettre testamentaire à la duchesse des Cars. — *Les paroissiennes* de Joseph de Maistre. — Portrait de l'amiral Tchitchakoff — Portrait de Mme Hubert-Alléon. — La plus belle conquête de Joseph de Maistre. — Mme Swetchine. — Admirable lettre de consultation morale que lui adresse Joseph de Maistre, le 12 août 1815. — La société intime de Joseph de Maistre à Saint-Pétersbourg. — Ses *coups de sommeil.* — Lettres à la comtesse d'Edling. — Relations de Joseph de Maistre avec Mme de Staël. — Il admire Mme de Sévigné, mais lui préfère Mme de Grignan. — Ses lettres à Louis XVIII. — Ses ouvrages écrits à Saint-Pétersbourg. — Le livre du *Pape.* — *Les Soirées de Saint-Pétersbourg.* — Joseph de Maistre croit à une mission de la France dans le monde. — Sa prédilection pour la langue et la littérature françaises. — Caractères et beautés de sa correspondance.

En septembre 1802, M. de Maistre reçut de Rome sa nomination d'envoyé extraordinaire, ministre plénipotentiaire du roi de Sardaigne à la cour de Russie.

Toujours les postes éloignés et les missions ingrates, presque fatalement stériles. Le ministère de la cour exilée et déchue ne savait récompenser les mérites et les services des concurrents possibles, des rivaux dangereux que par des exils déguisés et des occasions de déchéance. Ces généraux médiocres et envieux s'empressaient d'envoyer se faire tuer glorieusement tous les gens en qui ils sentaient le feu sacré, le tempérament héroïque.

Joseph de Maistre, qui eût peut-être refusé d'un roi heureux la *faveur* d'un exil lointain, d'une mission presque fatalement condamnée à l'échec, ne sut qu'obéir au désir d'un roi malheureux. Il sacrifia son repos, les joies de la famille, dont il allait vivre séparé, sa dignité qui allait souffrir des scrupules d'une conscience délicate et des sacrifices d'une pauvreté fière, pour plaider et gagner avec un succès, dû plus à l'éloquence de l'avocat qu'aux mérites du client, une cause perdue sans lui, avec des rebuffades ministérielles et des ingratitudes royales pour honoraires.

Le 12 février 1803, un bâtiment courrier transporta à Naples le magistrat sénateur de Savoie, devenu administrateur, comme régent de la chancellerie en Sardaigne, que les besoins de la politique et les caprices des événements transformaient, par une troisième métamorphose, en diplomate.

A Naples, il eut l'occasion d'avoir avec l'ambassadeur de France un entretien caractéristique.

A Naples, suivant ma coutume de mettre toujours mes affaires après mes plaisirs de tête, je visitai Herculanum, Pompeï, les bibliothèques, les musées, et le dernier jour, l'idée me vint d'aller chez M. Alquier, ambassadeur de France, pour savoir un peu ce qu'était devenue cette pièce (sa protestation et son mémoire relatifs à la radiation). Le ministre de France me fit beaucoup de politesses, loua mes sentiments, les raisonnements et le style de mon mémoire, et s'excusa assez mal de n'avoir pas répondu, en disant qu'il ne l'avait pas fait parce qu'il ne savait rien lui-même du succès. Mais je n'insistai nullement, parce que j'étais prévenu de cette idée qu'un mémoire sans bassesse n'obtiendrait rien à Paris. La conversation s'étant engagée sur la politique, je lui dis entre autres choses : « Vous avez parfaitement fait, Monsieur, d'abolir le mot de *monarchie* pour lui substituer celui de *gouvernement d'un seul*; notre langue est assez riche, pourquoi emprunter du grec? » Il se mit à rire. J'ai toujours observé qu'on peut tout dire aux Français; la manière fait tout. Le temps et la force me manquent pour vous rapporter cette conversation en détail. Je dirai seulement qu'après que je l'eus secoué à ma manière, il s'écria deux ou trois fois : « Monsieur, qu'allez-vous faire à Pétersbourg? Allez dire ces raisons au Premier consul; jamais on ne les lui a dites, ou jamais on ne lui a dites comme vous. » Je m'amusai de cette scène et n'attachai aucune importance à la chose, persuadé qu'il n'y avait point d'espérance.

Le lendemain de cette visite qui devait avoir des suites, comme on le verra, le même bâtiment transporta M. de Maistre à Civita-Vecchia. A Rome, il vécut à la cour de Sardaigne, si l'on peut donner ce nom à quelques serviteurs, à quelques chambellans et à quelques ministres réunis autour d'un roi exilé et dépouillé, et il fut présenté au Pape. Le séjour du nouveau ministre dans la capitale de la chrétienté fut interrompu brusquement au bout d'un mois par un incident qui l'obligea à partir hâtivement pour son poste, pour y ouvrir des négociations difficiles, et y commencer à avaler les couleuvres diplomatiques.

Nous profiterons des renseignements précis fournis pour la première fois par M. Albert Blanc, pour exposer

brièvement, — ce qui est absolument indispensable à
l'intelligence et à l'appréciation du rôle important joué
par M. de Maistre à Saint-Pétersbourg, — l'objet de
ces négociations et des instructions dont fut muni le
ministre sarde à Saint-Pétersbourg.

Son départ précipité avait été la conséquence d'une
dépêche du comte de Markoff, ambassadeur de Russie
à Paris, en date du 22 janvier 1803. Elle annonçait
l'offre faite par le Premier consul au roi dépossédé de
la principauté de Sienne et d'Orbitello. Le cabinet
russe conseillait l'acceptation de cette offre, ce qui
impliquait qu'il ne ferait pas un *casus belli* du retrait
par Bonaparte de la proposition. La Russie ne prétendait pas s'immiscer davantage dans l'affaire de la pension de 500,000 livres que le Premier consul joignait à
sa première offre, à la condition que le roi de Sardaigne renoncerait à ses anciens États.

Cette proposition à double tranchant était l'exécution
de la clause du traité d'Amiens (1802), par laquelle
l'Angleterre avait cru assez payer la dette de sa reconnaissance en faveur d'une alliée qui lui avait été fidèle
pendant dix années de guerre, qui lui avait ouvert ses
ports alors que le Portugal et Naples même lui fer-
maient les leurs, qui s'était même en cela aliéné le
Premier consul, au point qu'il avait refusé la restitution
du Piémont. Cette clause de pitié disait qu'on s'occu-
perait à l'amiable des intérêts du roi de Sardaigne, et
qu'on chercherait à lui accorder *les égards compa-*
tibles avec l'état actuel des choses. Il n'y avait donc
à compter sur l'Angleterre que dans ces étroites
limites. Il n'y avait rien à espérer de l'Autriche encore
plus ingrate. Il n'y avait d'espoir que dans la Russie
qu'on pouvait tout au plus se flatter d'intéresser à la

cause de la Sardaigne, pour atténuer autant que possible la dureté des conditions devant lesquelles hésitait sa malheureuse cliente.

L'*ultimatum* du roi, posé dans ses instructions
autographes, ne laissait pas grande marge au négociateur. « Si je pouvais obtenir une partie de mes anciens
États, et que, pour m'assurer dans la partie qu'on me
rendrait, on me donnât tout ou partie de la Ligurie, y
compris Savone et Gênes, alors je serais disposé à
faire une renonciation partielle. »

Quel était donc, — dit M. Albert Blanc, — le jeu imposé au ministre du roi de Sardaigne? Il devait essayer
de scinder la double proposition du Premier consul, c'est-
à-dire accepter l'indemnité territoriale et refuser la
pension en refusant la renonciation. Quoique les deux
offres parussent séparées dans la note, c'était une mauvaise affaire. Il fallait, autant que possible, engager
l'honneur de la Russie à faire éviter la renonciation, et
si l'acte fatal était inévitable, s'efforcer de faire réunir
l'indemnisation et la renonciation en un seul acte, afin que
la Russie, — qui consentait à paraître dans l'acte d'indemnisation, — se trouvât impliquée dans notre humiliation, et l'atténuât par intérêt pour sa propre dignité.

Le 10 mars 1803, Joseph de Maistre, avant d'aller
prendre possession du poste où il devait débuter dans
de si ingrates conditions, déchargeait son cœur op-
pressé par une lettre d'adieux à sa fille Adèle, doublement touchante, et par ce qu'elle dit et plus encore
par ce qu'elle ne dit pas. Comment payerait-il sans regret à son élévation (?), le premier et douloureux tribut
d'une double séparation? Il est éloigné par l'exil de la
patrie et de la famille par l'absence. Pendant onze ans,
il ne verra plus que des yeux de l'âme sa femme et
ses filles. Pendant onze ans, il pourra s'écrier, comme

Mme de Sévigné : « Hélas! nous voilà encore dans les lettres! » Et dans la première de ces lettres, faisant bonne contenance contre son mauvais sort, il songe moins aux regrets qu'il éprouve qu'à ceux qu'il inspire; par un sacrifice bien connu des affections sincères, il cherche surtout, bien qu'inconsolable de les quitter, à consoler celles qu'il quitte. Il écarte les pressentiments qui l'assiègent; il feint les illusions qu'il n'a pas.

Le roi est dans des circonstances bien difficiles; mais il fait pour moi et pour ma famille tout ce qu'il peut faire : ainsi nous n'avons qu'à remercier et attendre en paix l'avenir. Je me garde bien de te dire que je suis *content* ou du moins *heureux*, malgré une destination si brillante. Pour être heureux, il faudrait que ma famille fût autour de moi; mais c'est précisément cette tendresse qui me donne des forces pour m'éloigner de vous. C'est pour vous que je me passe de vous... Le roi m'a donné une bonne voiture, je suis bien vêtu et bien servi; ta mère ne doit avoir aucune inquiétude sur mon compte; j'arriverai d'ailleurs dans la belle saison, ainsi j'aurai le temps de m'acclimater.

Ce que de Maistre a vu surtout à Rome, c'est le Pape. Il trace de son entrevue avec lui ce joli crayon :

Avant-hier, j'ai vu le Pape, dont la bonté et la simplicité m'ont fort étonné. Il est venu à ma rencontre, m'a laissé à peine plier un genou et m'a fait asseoir à côté de lui. Nous avons bien parlé une demi-heure, après quoi il nous a accompagnés (j'étais avec le ministre du roi) et il a porté la main sur le bouton de la serrure pour ouvrir la porte. Je t'avoue que je suis resté de stuc à ces manières si peu souveraines; j'ai cru voir saint Pierre au lieu de son successeur.

Ma très chère Adèle, j'espère que tu continueras à me contenter comme tu le fais. Toutes les fois que tu penseras à moi, il sera bien difficile que nos deux pensées

ne se rencontrent pas à moitié chemin. Réfléchis, travaille et caresse. Tu es bonne, deviens excellente. Adieu,
ma chère Adèle, je t'emporte dans mon cœur, afin que tu
m'échauffes vers le soixante et unième degré de latitude (1).

Le 28 mars 1803, Joseph de Maistre était à Florence. Ce fut la première halte d'un voyage fort contraire à ses prévisions et à ses désirs, plein d'incidents
et de contre-temps, tenant surtout au mauvais état
de la voiture, dans laquelle il devait traverser l'Italie et
l'Allemagne pour arriver à son but. Les rois exilés et
déchus sont trompés comme les autres. A peine la voiture payée par le roi 300 piastres s'était-elle mise en
mouvement qu'elle s'était détraquée. La note comique
est fournie à cet exode, tragique par tant de côtés,
par les mésaventures du carrosse du ministre sarde à
Saint-Pétersbourg et par les fureurs dudit comte qui
n'est pas obligé aux formules diplomatiques en tant
que voituré, et qui ne *matelasse* pas ses colères et ses
mépris contre ce décevant moyen de locomotion. Il
écrit à M. Gabet, secrétaire d'État de Sa Majesté Sarde,
à Rome, palais Colonna, de Florence.

: ... Les glaces s'embarrassaient avec les jalousies, la
chaîne du sabot s'est rompue à la deuxième ou troisième
fois qu'il a fallu enrayer; le timon s'est rompu au beau
milieu d'un beau chemin, sans aucun effort, et l'inspec-
tion des morceaux nous a fait voir un bois vermoulu,
vernissé pour tromper l'œil. Les moulures, attachées pour
la forme, tombaient d'elles-mêmes; la caisse inférieure
qui contient ce que j'ai de plus précieux n'était pas même
soutenue par une armure de fer. Voilà, Monsieur, la belle
machine que le roi a payée 300 piastres. Avec des cordes, je pus arriver jusqu'à Ronciglione, et, là, le voitu-

(1) *Correspondance*, t. I, p. 111.

rier me déclara *officiellement* que ma voiture ne pouvait aller jusqu'à Bologne. J'étais désespéré.

Il a fallu s'arrêter pour les réparations nécessaires et subir deux jours de retard. « En voilà trois de perdus, s'écrie de Maistre à bout de patience. Je vous demande, Monsieur, s'il n'y a pas de quoi sauter aux nues? »

A Clagenfürth, le 9 avril, il faut encore s'arrêter, après avoir forcé les journées et en courant sur la fin de sa traite quarante-huit heures de suite sans dormir. L'essieu était rompu. Il a fallu mettre les ouvriers en train. De Maistre se dédommage de l'attente en déchargeant sa bile et en déversant sur les Autrichiens, l'occupation autrichienne, les brutalités et les maladresses de la police tudesque, l'échange de correspondances et de « politesses ventre à terre » entre le général Murat et le général Bellegarde, qui font craindre jusqu'à une alliance, le Premier consul caressant excessivement l'Autriche, le trop-plein de sa mauvaise humeur. Il ne peut pas toujours pester contre les défectuosités et les défaillances de son carrosse. Les Autrichiens payent pour lui, « les Autrichiens choquent, les oiseaux volent, c'est leur nature. » Et de dauber sur les fautes de la domination espagnole en Étrurie, sur celles de la domination autrichienne à Venise, sur le désespoir des deux peuples, sur la misère et le brigandage arrivés à ce point, qu'on vola le manteau de M. de Maistre dans l'antichambre du premier ministre, pendant sa courte audience.

La commission dont il était chargé et dont l'ingrat abandon des puissances alliées était là cause, ne rendait pas tendre le pénétrant et mordant observateur. A Vienne, où il est obligé de s'arrêter pour la visite à l'empereur, dont il se fût dispensé volontiers, il remarque avec une ironie vengeresse l'embarras de M. de Cobentzel et de l'envoyé d'Angleterre, et malgré l'impassibilité diplomatique, la *faccia de tola* (la face de fer-blanc) de l'emploi, leur gêne devant le reproche vivant, qui ne se réduit pas toujours à l'éloquence du silence, de cet envoyé d'un souverain victime de sa fidélité chevaleresque à une alliance où les autres partis n'avaient apporté que l'égoïsme anglais ou la duplicité autrichienne. L'empereur lui-même ressentit cette gêne : « Je vous assure, Monsieur le comte, écrivait d'Olmütz, le 22 avril 1803, Joseph de Maistre au comte de Chalembert, que ce puissant potentat était embarrassé en ma présence comme je le serais moi-même devant le roi, si le roi me grondait. »

Le 29 avril, de Maistre toucha à la frontière russe. Le 13 mai 1803, il arriva à Saint-Pétersbourg. Le 26, il avait de l'empereur et de l'impératrice sa première audience et fut très satisfait de l'affabilité de l'accueil reçu. Dès le 16 mai, il avait quitté l'auberge pour un petit appartement « commode et bien situé » rue de l'Amirauté, maison Weber, 85.

Bientôt commencèrent pour Joseph de Maistre les tribulations et les épreuves, tenant à l'ingratitude de sa cause, à l'obstination du roi « à soutenir jusqu'à l'extrémité des prétentions inadmissibles, même à ses propres yeux, afin d'obtenir du moins quelque chose » aux usages politiques de la cour russe, où tout se passait officiellement, par notes ou audiences solennelles, système qui rendait impossible la manière piémontaise de ne procéder que par tâtonnements, à l'obligation de consulter le cabinet à tout propos, imposée par la chancellerie sarde. Cette prétention était commode pour gagner du temps, mais ses mérites dilatoires tournaient plus souvent encore contre l'intérêt d'une situation où il fallait pouvoir profiter de l'occasion souvent décisive, et qui passait, ou pouvoir parer à des modifications subites de la question, par suite d'événements imprévus, tandis qu'on attendait de Rome des instructions qui n'arrivaient qu'au bout de trois mois, rendues, par ce retard, inutiles ou dangereuses.

De Maistre ne tarda pas à souffrir de ces embarras, mais il n'hésita pas non plus à s'en plaindre, avec sa verve et sa vivacité habituelles.

Mon devoir est de saisir les moments au vol et de dire aux ministres ce qui convient alors. Un chasseur qui écrirait chez lui pour savoir s'il faut tirer le gibier qui passe à tire-d'aile serait moins risible que moi, si j'attendais, pour présenter mes notes, des instructions de Rome ou de Londres. Je ne fais point de ceci un objet de vanité, mais bien de terreur, car je suis venu comme un homme qu'on mène au supplice. Je vous dirai même naïvement que si quelque chose me rassurait, c'était cette terreur; je me disais quelquefois : « Il faut que je ne sois pas tout à fait sot, puisque j'ai au moins l'esprit d'avoir peur. »

Mais s'il avait l'esprit d'avoir peur d'une mission singulièrement difficile et compliquée, Joseph de Maistre avait aussi l'esprit de ne pas avoir peur de dire aux ministres sardes de dures vérités, en réclamant cette faculté d'agir d'initiative qui était un bien pour les intérêts du roi, car il voyait mieux, étant sur les lieux, que le Conseil royal ne pouvait voir de loin, et s'il eût été moins dévoué, il n'eut pas préféré à une docilité sans risque une responsabilité onéreuse.

Pour dire que le roi est détrôné, que nous en sommes bien fâchés, que nous prions Sa Majesté Impériale de le

8.

reconduire sur son trône, on n'avait pas besoin de moi; mon valet de chambre suffisait. Je ne puis m'empêcher de hausser les épaules quand je vois toutes ces notes, tous ces mémoires à l'eau fraîche présentés par le passé en faveur de Sa Majesté. Mon système est diamétralement opposé à celui que nous décorions si libéralement du beau nom de prudence. Entre l'un et l'autre, il y a heureusement un juge infaillible : le résultat.

Nous n'avons pas à entrer ici dans le détail des vicissitudes qui amenèrent, en effet, un résultat aussi heureux qu'il pouvait l'être, au moment surtout où la guerre absorba les préoccupations d'Alexandre et l'obligea à concentrer toutes ses forces, toutes ses ressources, contre un ennemi assez puissant pour qu'on dût lui opposer une coalition dans laquelle l'Autriche et l'Angleterre entraient forcément.

Tel qu'il fut et quoique inférieur aux désirs du roi de Sardaigne et aux efforts du comte de Maistre, ce résultat, qui consista à ménager jusqu'au bout au roi déchu l'appui et les subsides de la Russie, doit être considéré comme un grand succès, qu'un seul homme pouvait obtenir et dans lequel il faut faire une part plus grande à son talent, à l'estime et à la sympathie de l'empereur qu'il sut gagner, qu'à la justice d'une cause que son caractère et son esprit défendaient mieux que ses instructions.

Et comme il avait dû la ramener de loin! Au début, l'accueil courtois, mais glacial, et la politesse indifférente du prince Adam Czartoryski avaient découragé le ministre sarde. « Nous n'intéressons personne », se disait-il avec désespoir. Ce désespoir dura peu, heureusement, et M. de Maistre, après avoir pris pied dans les chancelleries et à la cour, observé et apprécié le personnel diplomatique, en partie sourdement hostile, au milieu duquel il devait manœuvrer, commença son manège, où la bonhomie savoyarde et la finesse italienne mêlaient heureusement leurs ressources. « A mon âge, écrivait-il au roi, je dois avoir fait toutes les *expériences convenables sur mon caractère.* J'ai toujours vu qu'en abordant les hommes en place, je les crains, je demeure en observation. De peur de dire ce qu'il ne faut pas, je ne dis pas ce qu'il faut, et ma gêne gêne les autres. Mais ensuite je m'apprivoise et j'apprivoise. J'éprouve ici ce que j'ai éprouvé partout : je commence à gagner du terrain et ne désire avancer que pour me rendre plus utile à Votre Majesté. »

Et il avança prudemment, mais sûrement, ne mettant un pied qu'après l'autre sur ce terrain mouvant, ce sable parfois perfide des relations politiques, mais l'y mettant de façon à ne plus perdre l'équilibre une fois conquis. Connu par ses *Considérations sur la France*, dont la réputation était européenne et l'autorité plus grande encore dans les milieux politiques que les milieux lettrés, d'une bonne grâce courtoise et séduisante, éclairant volontiers d'un sourire la gravité habituelle de ses pensées, pratiquant la maxime française que la gaieté attire, que la tristesse éloigne, et qu'on gagne plutôt sa cause en faisant rire qu'en faisant pleurer, pensant aussi que la plaisanterie est une des armes favorites de la raison et de la sagesse, permettant de tout dire sans se fâcher et sans qu'on se fâche, le comte fut bientôt recherché pour l'aménité de ses rapports, l'agrément de son commerce dans le monde où il avait accès par ses fonctions, et ne tarda pas à se faire des amis même parmi ses collègues, en dépit des jalousies et des méfiances diplomatiques. C'est ainsi qu'il devint un des hôtes de prédilection du

vieux comte Strogonoff, un des restes de la cour de
Catherine, chez lequel son couvert était mis d'office,
de même que chez le prince Beloseski, et qu'il inspira
à l'amiral Tchitchagoff une estime et une amitié qu'il
sut rendre utiles à sa mission et à sa famille.

Parmi les diplomates, il ne pouvait se flatter d'apprivoiser du premier coup la morgue des représentants
des deux grands alliés et amis, souvent pires que des
ennemis, de la Sardaigne, c'est-à-dire du comte de
Stadion et de sir Warren, ambassadeurs d'Autriche
et d'Angleterre. Il se borna à se moquer de ces hauteurs dominatrices, tout en cherchant à profiter des
occasions propices et des points vulnérables de ces
impassibilités et de ces raideurs qui ont leur défaut
comme toutes les cuirasses. Il parvint à rompre la glace
du flegme britannique plus facilement qu'à entamer celle
où se cristallisait dans l'orgueil l'égoïsme autrichien.
Il se vengeait des impertinences par des épigrammes.

Chez le comte de Stadion, écrivait-il, c'est la morgue
autrichienne dans toute sa pompe. La comtesse surtout
est parfaite. Elle a fait un grand travail intérieur pour
savoir de combien elle doit s'incliner sur sa chaise
lorsque le ministre de Sardaigne entre. L'angle me paraît
de deux degrés et demi, plus ou moins. Si jamais il se
fixe, j'avertirai...

Joseph de Maistre rencontra sans le distinguer et
sans le deviner, à cause du masque d'étourderie et de
frivolité insouciante dont il recouvrait une ambition
déjà intense et un machiavélisme précoce, dans le
brillant corps d'ambassade du comte de Stadion, le
comte de Metternich, alors à ses débuts, qui ne paraît
pas avoir remarqué Joseph de Maistre plus qu'il n'en
fut remarqué.

Du côté de l'ambassadeur d'Angleterre, sir Warren, en dépit de la difficulté des communications entre deux hommes dont l'un n'entendait pas le français et dont l'autre ne savait l'anglais que par les livres, en dépit des préventions naturelles chez un collègue de sir Wickam, l'agent des intrigues anglaises en Suisse contre l'émigré de Lausanne, qui démasquait non sans indignation les tricheries du jeu de la politique anglaise à Toulon et à Quiberon, et blâmait si éloquemment les projets de mutilation de la France, fomentés surtout par l'Angleterre, malgré tous ces obstacles, de Maistre pénétra dans la place, et fît, par la conquête de l'ambassadrice (honni soit qui mal y pense), celle de l'ambassadeur. Il écrivait en novembre 1803, en plaisantant de ce succès tout moral où le bon motif excusait tout.

Je suis tout à fait arrivé en Angleterre par le moyen de la dame. Un vieux bonhomme de ministre disait un jour à un de ses amis : *Souvenez-vous bien, Monsieur, que dans toutes les affaires, il y a une femme. Quelquefois on ne la voit pas, mais regardez bien, elle y est.* Je crois qu'il avait raison. Pour moi, je les rencontre volontiers de temps en temps sur ma route, soit par une inclination naturelle pour ce bel animal (inclination dont souvent on ne se rend pas compte à soi-même), soit que dans certaines circonstances, elles soient réellement utiles pour adoucir les aspérités de l'autre sexe et faciliter les affaires, comme une espèce d'huile qui mouille les ressorts d'une machine politique pour les empêcher de s'échauffer et de crier. Au reste, sa Majesté Britannique a bien mal fait de ne pas donner les lettres de créance à Madame.

Sir Warren fut remplacé par lord Gower, et de Maistre ne gagna pas au change. Il se dédommagea en

entretenant avec les envoyés de Naples, de Suède et de
Hollande, notamment, des rapports dont l'intimité se
changea bientôt en amitié, grâce à une mutuelle confiance, justifiée à l'épreuve, et grâce aussi à l'intérêt
commun de cette cause des souverainetés et des natio-
nalités secondaires dont Joseph de Maistre s'était fait
le défenseur éloquent. Il soutenait, en effet, avec plus de
raison que de succès contre les prétentions ambitieuses
des grandes puissances, l'utilité, la nécessité des puissances secondaires, intermédiaires qui servaient de
tampons préservateurs dans les querelles entre les
grandes sœurs, et pouvaient, en se portant du même
côté, se défendre contre les unions factices et les pro-
tections tyranniques. Le duc de Serra-Capriola, ministre du roi de Naples, à qui sa cour n'envoyait rien, et
qui se ruinait gaiement au service de son roi; le baron
de Stedingk, ministre de Suède, et le baron de Hogen-
dorp, envoyé de Hollande, furent de véritables amis
pour le comte de Maistre, qui, de son côté, les honora
de son estime et de son dévouement. Il ne tarda pas à
être remarqué de l'empereur et des impératrices, qui lui
témoignèrent des égards d'autant plus flatteurs qu'ils
ne pouvaient s'adresser en lui qu'à l'homme, à la
noblesse de son caractère, à la délicatesse de son tact,
à son art d'envelopper d'une forme heureuse les saillies
de sa verve primesautière, d'émousser à propos une
épigramme ou d'aiguiser un compliment.

   En avril 1804, il reçut par deux fois, et il note avec
une complaisance non de vanité, mais de dévouement,
un témoignage précieux par sa spontanéité de la bienveillance particulière de l'empereur pour un homme
dont le talent et le caractère honoraient la mission plus
qu'il n'en était honoré, et qui représentait avec un

dévouement passionné et une dignité exemplaire un petit souverain dépossédé.

La lettre dans laquelle il fait part à son ministre de cette première manifestation des bonnes grâces de l'empereur Alexandre, est, du reste, caractéristique et montre combien il la méritait.

Vous venez de voir l'incroyable attentat de Bonaparte en Allemagne (l'arrestation du duc d'Enghein). Je supplie, je conjure Sa Majesté de prendre garde à elle. Il n'y a plus d'énergie que parmi les brigands. Quant à votre question, si je pense qu'il n'y ait pas lieu de craindre, je réponds en deux mots, avant qu'il se présente une occasion d'entrer dans les détails, que je n'ai peur que de la peur, comme je ne hais que la haine.

Lorsque je lus dans un de vos numéros que le roi avait reçu X,.. avec les égards qu'il mérite, une voix intérieure me dit, avant toute réflexion : « Sa Majesté lui a donc donné des coups de pied? »

Cela soit dit en passant, et avec pleine soumission au jugement contraire de Sa Majesté, d'autant plus qu'il n'est plus temps.

P. S. — Hier, je m'en allais chez M. le duc, je vis venir l'empereur à cheval, suivi d'une seule personne, je laissai la place et m'inclinai suivant l'usage. Sa Majesté vint à moi et voulut bien m'entretenir quelque temps de la manière la plus aimable. Il n'y a rien de meilleur dans le monde.

Le 18 avril, il complète le récit de sa lettre du 10, et il fait part à son ministre de quelques incidents de cet entretien, où nous voyons que s'il était l'objet de la faveur impériale, il savait la capter par le charme des hommages gracieux et des réparties heureuses d'un homme de cour consommé.

Sa Majesté Impériale m'a fait encore l'honneur de m'arrêter et de me parler, dans la principale rue de

Pétersbourg. Je vous aurais voulu de tout mon cœur à une fenêtre, lors de la première conversation. Elle fut assez longue : « Comment avez-vous fait pour vous acclimater si vite ? — Sire, dans les terres de Votre Majesté, toutes les plantes de l'univers croient être chez elles. » Ensuite nous parlâmes de la Néva qui était sur le point de dégeler. L'empereur me dit que la police empêchait déjà de passer : « Autrement, ajouta-t-il, les imprudents s'exposeraient. » Je répondis : « Sire, vos sujets se moquent de l'eau comme du feu. » Tout cela se passa fort bien, je vous assure. Tout ce qui passait contemplait, arrêté et chapeau bas et *beatissimum prædicabant*. Ils se trompaient étrangement.

C'est avec ce mélange original de bonhomie savoyarde, de finesse italienne, de gaieté française, c'est grâce à ce don et à cet art des saillies et réparties heureuses, à cette habileté de franc parler d'un honnête homme droit et adroit, comme on l'avait dit moins justement de Duclos, que Joseph de Maistre se tirait de toutes les situations, en faisait tourner les dangers à son profit et trouvait moyen, non seulement de captiver les bonnes grâces d'un autocrate russe, mais encore, chose plus difficile, de charmer ses adversaires, ses ennemis même, d'obtenir les égards, en dépit de sa mission et de ses opinions, de l'ambassade française elle-même. Nous l'avons vu faire la conquête, tout en le rabrouant, du diplomate républicain Alquier. Il fera, tout en leur chantant pouille, la conquête des diplomates consulaires et impériaux, les Hédouville, les Rayneval, et apprivoisera jusqu'à cet ours de général Savary, qui se laissera rogner les griffes par ce dompteur éloquent et riant. Voici, pour le prendre sur le fait, un échantillon de ses conversations avec M. de Rayneval, quelque temps avant cet éclat sinistre de l'exécution du duc d'Enghein, qui précipita les événements et décida l'empereur Alexandre, dont de captieuses avances endormaient l'énergie, à renoncer au mandat décevant d'une médiation stérile, pour prendre la direction de la troisième Coalition, rôle plus hasardeux, mais plus conforme à son caractère et à son ambition.

Le 11 décembre 1803, Joseph de Maistre écrivait au chevalier de Rossi, régent de la secrétairerie d'État de S. M. le roi de Sardaigne, à Rome :

Ne craignez point pour mes secrets, car je n'en ai point. Quant à mes opinions, Dieu me garde de les cacher; au contraire, c'est la clef dont je me sers pour entrer partout. Je me trouvai un jour assis dans une compagnie à côté du secrétaire de la légation française, M. de Rayneval; la conversation roulait sur la révolution française et tous les maux qu'elle a produits, je lui dis : « De quoi pourriez-vous vous plaindre, je vous en prie? N'avez-vous pas dit formellement à Dieu : « Nous ne « voulons pas de vous, sortez de nos lois, de nos institu- « tions, de notre éducation? » Qu'a-t-il fait? Il s'est retiré et il vous a dit : « Faites. » Il en est résulté ce que vous avez vu, notamment l'aimable règne de Robespierre. Votre révolution, Monsieur, n'est qu'un grand et terrible sermon que la Providence a prêché aux hommes. Il est en deux points : *Ce sont les abus qui font les révolutions;* c'est le premier point et il s'adresse aux souverains. *Mais les abus valent infiniment mieux que les révolutions;* c'est le deuxième point, qui s'adresse aux peuples. Vous voyez que tout le monde a son lot. « Ma foi, Monsieur, me dit-il, vous êtes véritablement philosophe. Au surplus, ajouta-t-il, nous ne sommes ici d'aucune nation, nous sommes cosmopolites. » Et, tout de suite, il se mit à parler de Bonaparte, de ses projets, de ses tics, de ses défauts, comme s'il avait parlé d'un personnage de l'histoire ancienne. Croiriez-vous, Monsieur le chevalier, que j'aurais mieux fait de serrer les lèvres et de laisser parler les autres? Il n'y a point d'hommes qu'on ne puisse gagner par des opérations mesurées. La vérité et la modération ne choquent jamais, je l'ai observé mille fois... D'ailleurs, je n'emploie point dans les affaires *la* prudence, je n'y entends rien du tout, je vous assure; je ne me sers que de *ma* prudence, instrument beaucoup plus faible, sans doute, mais avec lequel je ne ferai peut-être pas de faux coups, parce que j'y suis habitué. Tout homme doit se connaître et agir comme il peut avec son caractère; il ne fait que des balourdises avec celui d'autrui. Quant à la révélation de ce qu'on appelle proprement *secret*, si c'est un enfant qui s'en rend coupable, on le fouette; si c'est un homme, on lui coupe la tête.

C'est avec cette franchise familière, ce style primesautier, où l'improvisation s'illuminait parfois de ces éclairs d'éloquence qui ne jaillissent que spontanément du choc des pensées dans un cerveau de génie, et que tout l'art du monde ne produirait pas, que le comte de Maistre correspondait avec sa cour, non sans scandaliser parfois la médiocrité formaliste et timorée de ministres incapables de pardonner ce qu'ils ne comprennent pas. Le comte de Chalembert ne comprenait pas, par exemple, que le comte de Maistre eût l'idée de ménager l'acquisition d'un beau Corrège qu'il avait vu à Rome, pour en faire présent à l'empereur, ce qui eût été fort bien faire sa cour à l'auguste amateur de chefs-d'œuvre. Il comprenait encore moins que le ministre sarde se laissât aller à des projets et à des calculs matrimoniaux pour un prince de la famille royale, dont il caressait la chimère en termes d'une vivacité originale, qui lui attiraient, pour toute réponse, d'aigres représentations sur ses excès de style. Joseph de Maistre avait écrit :

En baisant la main de ces charmantes archiduchesses, mon cœur a fait un vœu pour la famille royale. C'est là

que doivent se tourner toutes nos vues, si le temps
s'éclaircit. Si quelque motif de religion s'opposait à ces
grandes vues, il suffirait de rappeler le tombeau de la
princesse Belosesky, placé dans le cénotaphe de Turin,
avec la permission du cardinal Costa. Or, nul prêtre n'a
le droit d'empêcher une femme d'entrer......... morte dans
un cimetière. Vous me feriez bien tort, Monsieur le comte,
si vous preniez ceci pour une plaisanterie. Il ne faut pas
se permettre une autre idée, et je voudrais bien savoir si,
dans l'occasion, je pourrais jeter quelque mot.

La phrase tronquée par les pudibondes susceptibilités de la chancellerie a pu être rétablie, d'après
une autre lettre du comte, où il la répétait, en s'excusant spirituellement, et non sans ironie, de ces *cha-
leurs de style* qui offusquaient la chancellerie et lui
faisaient biffer avec mauvaise humeur, sur des dépêches chiffrées, ces *par-delà* ultra-diplomatiques peut-
être, mais souvent d'une beauté philosophique ou
littéraire dont auraient été ravis des ministres un peu
plus *dilettantes*. Mais ces virtuosités déplaisaient au
comte de Chalembert, qui trouvait déplacé qu'un
simple envoyé sarde se permît d'être un grand écrivain
et de s'exposer à l'admiration. Mais il avait affaire
à forte partie, et il s'attirait à son tour la leçon qui
suit :

Vous me parlez encore très obligeamment de ma chaleur de style. Je n'ajoute que ceci : On ne peut pas avoir
mon style sans les défauts de mon style. Voulez-vous
avoir un feu qui ne brûle pas et de l'eau qui ne mouille
pas?... Encore un mot sur une certaine ironie parisienne,
pour laquelle j'ai un talent dont je puis abuser quelquefois. L'ironie, lorsqu'elle s'exerce sur des riens et tient
de la place, est une très sotte superfluité : il n'en est pas
de même lorsqu'elle aiguise le raisonnement et qu'elle
fait pour ainsi dire le trou pour le faire passer, comme

l'aiguille fait passer le fil. Je vous citerai, sur ce point, une de mes phrases qui tomba de ma plume avec la prestesse d'un éclair : « Nul prêtre n'a le droit d'empêcher une femme d'entrer vivante dans mon lit, s'il la reçoit morte dans son cimetière. » On se tromperait beaucoup si l'on ne voyait là qu'une ironie ou qu'un persiflage. Le raisonnement qu'on peut faire à ce sujet y est tout entier, avec cette différence que si je n'avais présenté que le raisonnement seul, on l'aurait oublié le lendemain, au lieu que, sous cette forme, il ne peut plus sortir de la mémoire.

Un homme plus lettré que le comte de Chalembert, dont il n'eût pas sans doute contesté l'esprit et le goût, le roi Louis XVIII lui-même, faisait plus de cas que lui du talent du comte de Maistre, et n'hésitait pas à recourir à sa collaboration et à ses conseils pour la rédaction de sa Déclaration de 1804. Et il eut bien fait de suivre, parmi ces conseils, celui que Joseph de Maistre suggérait au comte d'Avaray, sous cette forme spirituelle : « Au fond, Monsieur le comte, je crois que le livre le plus utile à consulter avant de mettre la main à l'œuvre, c'est l'almanach; car si l'on oubliait un moment que nous sommes en 1804, l'ouvrage serait manqué. » Il ne l'eut pas été si Joseph de Maistre l'eut rédigé; mais il s'en défendit, se bornant à fournir un canevas et s'excusant de ne pouvoir faire plus, par égard pour sa situation diplomatique et surtout pour les intérêts du roi son maître, qu'une collaboration plus complète pourrait compromettre. On lui objectait en vain le secret. Il répondait :

Il n'y a point de secret... D'ailleurs, Monsieur le comte, il y a une sorte de danger que je ne me permettrai jamais d'affronter : c'est celui de mon style qui est trop connu. Certainement, je n'entends point me vanter, car il n'y a rien de commun entre *meilleur* et *différent;* mais

le fait est qu'il diffère, sans qu'il m'ait jamais été possible de comprendre moi-même ce que c'est que cette
espèce de timbre qui me trahit toujours. Dernièrement
encore, une oreille allemande a reconnu à la seconde
ligne un mémoire insipide sur la pluie et le beau temps.
Enfin, autant vaudrait y mettre mon nom.

Il donna du moins ses conseils qui ne furent pas
tous suivis et suggéra des corrections qui ne furent
pas toutes faites. De là, et aussi par la faute des circonstances, la disgrâce de cette Déclaration qui déplut
à la Russie et à l'Angleterre surtout, et ne satis-
fit guère que son auguste auteur, seul engagé par
un texte où, en acceptant les changements proposés
par la Russie, il eût gagné une occasion précieuse de
l'intéresser dans sa cause.

Plus habile, Joseph de Maistre ne négligeait aucune
occasion, aucun moyen de ménager à son roi le secours
et la protection effective de la Russie. Cette tactique
ingénieuse, servie par son influence personnelle, réussit
autant qu'elle le pouvait, contrariée qu'elle fut sans
cesse par les événements défavorables à une politique
plus décidée. Longtemps l'empereur Alexandre ne put
accorder à son malheureux frère sarde que des subsides dont Joseph de Maistre parvint à faire augmenter
le chiffre, que l'état financier de la Russie, obérée par
douze années de guerre, ne permit pas de rendre plus
digne du protecteur et du protégé. Mais le véritable
service de la mission de Joseph de Maistre, celui que
son roi ne pouvait jamais assez récompenser, c'est
d'avoir donné au droit violé pour le représenter, pour
en incarner la protestation vivante, un homme dont
l'éloquence grandissait la cause dont il était chargé, et
qui la défendait encore mieux par son caractère que

par son talent. L'un et l'autre inspirèrent à Alexandre assez d'admiration et d'estime, pour qu'il n'oubliât jamais les intérêts du souverain assez heureux pour avoir un tel avocat. Et il le prouva en modérant autant qu'il le put, en 1815, les prétentions incroyables que l'Autriche élevait aux dépens de la maison de Savoie.

Voilà ce que fit Joseph de Maistre pour son souverain. Que fit ce souverain pour un serviteur de ce zèle, de ce dévouement, de cette valeur? La réponse est décevante et tristement instructive. Nous regrettons d'avoir à dire que Joseph de Maistre ne trouva pas dans Victor-Emmanuel la reconnaissance à laquelle il avait tant de droits.

Par la faute de ses ministres plus encore que par la sienne, mais assez par la sienne pour que le roi demeure responsable de ces oublis ou de ces refus qui touchèrent à l'ingratitude, Joseph de Maistre, qui avait tout sacrifié à sa cause, sa fortune, sa liberté, son repos, ses affections les plus chères, ses ambitions les plus légitimes, ne fut récompensé de tous ces sacrifices que par une sorte de suspicion, de disgrâce même, dont l'injustice l'abreuva d'amertume, le poussa plusieurs fois à offrir sa démission, qu'on refusa toujours parce qu'on avait besoin de lui, et qu'on voulait se servir de lui, sans en convenir autrement. Cette injustice eût réduit à la révolte ou au désespoir un homme d'une foi moins profonde et d'un désintéressement moins chevaleresque, moins capable de pousser la résignation jusqu'à l'abnégation, et le dévouement jusqu'à l'héroïsme.

Pourquoi? Il importe de le dire, parce que ces détails contiennent leur leçon, et parce que la mémoire de Joseph de Maistre gagne à ces traits caractéristiques qui ennoblissent sa figure, ce que d'autres mémoires et d'autres figures y perdent. Eh bien! malgré leur dévouement poussé jusqu'au sacrifice de la fortune, de la patrie, de la famille, malgré leur fidélité attestée par la plume et par l'épée, on n'aimait pas à la cour de Sardaigne Joseph de Maistre et sa famille.

Les rois qui s'y succédèrent étaient des princes médiocres, honnêtes et pieux, mais d'une honnêteté pleine de préjugés et d'une piété pleine de scrupules. Ils connaissaient peu personnellement ces gentilshommes magistrats ou officiers, serviteurs zélés plutôt que zélés courtisans, qui faisaient leur devoir avec une fierté discrète, et ne se croyaient pas obligés de mettre en valeur leurs services. Ils avaient tous de l'esprit, et on se méfiait de l'esprit dans cette cour où on trouvait sans doute à l'esprit quelque chose de satanique. Ils étaient d'ailleurs de franc propos, assez clairvoyants pour voir les fautes, assez sincères pour les dire. On n'eut pas trop de peine à faire passer pour un homme d'une hardiesse d'idées dangereuse et d'une franchise compromettante ce Joseph de Maistre, que les bons amis de cour, il le dit lui-même, traitaient de jacobin, de franc-maçon, affectaient d'appeler : Frère Joseph.

Le plus grand tort de Frère Joseph était d'avoir beaucoup de talent. On voulait bien s'en servir, mais dans des fonctions ingrates ou des missions lointaines. C'est ainsi que dix ans sénateur, il ne put jamais être, malgré ou plutôt à cause de sa supériorité, président du Sénat. On ne l'employa que pour l'éloigner, dans l'exil de Sardaigne d'abord, puis dans celui de Russie. On était si pressé de le savoir loin, il portait tellement ombrage aux ministres, ils redoutaient tellement sa capacité et sa verve, parfois un peu frondeuse, qu'on lui avait expédié à Florence ses instructions, avec un ordre de départ immédiat, pour le dispenser de venir les chercher à Rome et de voir le roi. Il ne crut pas devoir, parce qu'il ne voulait pas d'une obéissance sans dignité, se conformer à cet ordre humiliant, qu'il feignit d'avoir ignoré ou mal compris. Mais il put y voir, et il en eut, en effet, le pressentiment, un fâcheux augure pour le succès d'une mission de confiance, qui s'ouvrait ainsi par des témoignages non équivoques, bien que dissimulés sous des prétextes flatteurs, de méfiance et de jalousie (1).

La jalousie tenait à son talent dont il avait déjà donné assez de preuves pour que même un roi ne pût l'ignorer. La méfiance tenait à la nature même et à la probité de ce talent. L'influence piémontaise prédominait à la cour de Sardaigne, à Rome comme à Turin. La Savoie était en disgrâce auprès de la maison de Savoie. On reprochait à Joseph de Maistre son faible pour la France, malgré ses fautes ; la conviction, qu'il ne cachait pas, de sa mission dans le monde, son opposition aux projets de démembrement de la coalition, ses critiques acerbes contre le gouvernement militaire, ses railleries contre le major de place piémontais. Enfin, on lui trouvait un talent, un esprit trop français pour être assez italiens. Tout cela explique assez que jamais ni auprès du roi, ni surtout auprès

(1) L'un et l'autre poussés à un tel point, qu'afin de lui ôter la liberté de délibérer, on eut soin de lui cacher le traitement dont il devait jouir. C'est lui qui s'en plaint dans un Mémoire où il déclare que si on lui avait annoncé 20,000 livres et les frais de poste à sa charge, non seulement il aurait refusé sans balancer, mais il n'aurait pu accepter en conscience ; car un père de famille qui a tout perdu n'a pas le droit de disposer de l'existence de sa famille.

des ministres, Joseph de Maistre n'ait été *persona grata*. On l'employa pourtant, parce qu'on ne pouvait faire autrement sans encourir l'odieux et le ridicule de laisser sans fonction un homme d'un tel talent, d'un tel caractère, d'une fidélité si éclatante, d'une réputation si glorieuse, qui faisait honneur à son pays et à son gouvernement. On l'employa, mais avec l'arrière-pensée d'user de ses services sans les récompenser, et par moments, on le dirait, de le dégoûter, de le décourager, de le pousser à se donner des torts, qui eussent donné raison aux jaloux et justifié l'injustice.

Comment avoir une autre idée quand on lit les détails humiliants, navrants, que nous allons donner sur la parcimonie, sur la lésinerie de la cour à l'égard de son plus illustre et de son plus utile envoyé, qu'on laissa languir treize ans dans une pauvreté touchant à la misère, par une double faute que ne saurait excuser la pénurie du Trésor sarde : car il est du devoir et de l'intérêt des rois malheureux de se montrer généreux ; ils doivent solliciter noblement, royalement, ne pas étaler leur misère dans celle de leurs ambassadeurs, ne pas réduire à jeûner ou à mendier ceux qu'ils chargent du secret de leur détresse et qui promènent en leur nom, parmi les protecteurs couronnés, l'aumônière à la croix de Savoie ou aux fleurs de lys de France. Les princes sont comme les autres hommes ; ils donnent davantage, même pour les misères royales, quand le quêteur est de belle mine et bien vêtu. Le duc de Serra-Capriola, ambassadeur de Naples, qui se ruinait magnifiquement au service de son maître, eût obtenu plus facilement les faveurs de la cour de Russie, que le comte de Maistre, si celui-ci n'eût bien vite fait oublier, par la dignité de son caractère, la

9.

gaieté de son esprit, l'ascendant de son génie, la discrétion de sa fierté, le tort et l'injure de sa pauvreté.

Qu'eût-on dit si on eût connu le détail des humiliations dont était abreuvé cet homme qui faisait tant
d'honneur à son maître, que les chanceliers et les
ministres avec qui il avait à traiter enviaient à ce
maître, et qui, s'il eût voulu en changer, eût pu jouer
un grand rôle dans les affaires d'un grand empire, et
y trouver, dans les plus hauts emplois, la fortune et la
gloire?

La coalition latente, la sourde conspiration des gens
de cour et des agents et partisans du gouvernement
militaire, ligués contre ce sénateur de Savoie qui ma-
niait trop bien la langue française pour n'être pas sus-
pect de complaisance pour les idées françaises, contre
ce grand magistrat qui était si peu courtisan et qui
faisait si peu de cas des majors de place, lui avait
ménagé, avec la connivence de ministres médiocres et
ombrageux, toute une série de petites avanies, de chicanes mesquines et taquines combinées pour pousser
hors des gonds un homme qui préférait les coups
d'épée aux coups d'épingles, et n'était pas d'un tempérament ni d'un caractère à avaler sans murmure le
crapaud quotidien. Aussi regimbait-il sous l'injure et
rendait-il coup sur coup. Mais il n'en avait pas moins
reçu tout d'abord la blessure. Et il en souffrait, se
contentant, d'ailleurs, de ces représailles de sa dignité
froissée, et le plus souvent même se vengeant par une
plaisanterie et affectant de rire de ce qui lui donnait
envie de pleurer. Nous l'avons vu répondre aux remontrances du comte de Chalembert sur sa chaleur de
style, sur les écarts de cette verve qu'on trouvait *volcanique*, avec un esprit qui n'eût pas mis les rieurs

du côté du ministre, si le dialogue eût eu des témoins ;
celui-ci revenait à la charge, ne se tenant pas pour
battu, et la chancellerie sarde gourmandait son envoyé
en Russie pour avoir parlé dans une lettre de la popularité des anciens maîtres de la Toscane. On lui demandait gravement des explications sur ce mot révolutionnaire, fait pour offusquer des oreilles orthodoxes.
Il répondait avec sa maligne bonhomie :

Je ne vois pas ce qu'il y a à reprendre dans cette
phrase. *Popularité*, en français, réunit les idées de bonté,
de simplicité, d'affabilité. Je ne vois pas quel venin il y
a dans ce mot qui désigne la qualité d'un grand qui parle
et agit avec bonté à l'égard de son inférieur.

Alors on profitait de la première occasion, de la
première déception de ces négociations, où l'on ne
ménageait pas toujours assez, en dépit des conseils
du négociateur, l'impatience de l'impérial protecteur,
qu'importunaient les plaintes, trop semblables à des
reproches, de son royal client de Sardaigne, et l'on faisait retomber sur Joseph de Maistre, qui n'en pouvait,
mais, le mécontentement de l'échec ou du retard. On
le pressait, au nom du roi « de faire mieux ». On lui
laissait entendre que Sa Majesté n'était point satisfaite. Et alors de Maistre de protester avec une énergie
attristée.

Sa Majesté me semble exiger quelque chose de moi
que je ne saurais comprendre, ce qui me tient dans une
peine extrême. Citez-moi un cas possible que je n'ai pas
prévu et touché dans mes notes et conversations officielles et j'enverrai ma démission. Il est fort inutile
d'examiner s'il y avait moyen de prévenir nos désastres,
puisque le passé n'est plus à nous. L'équité de Sa Majesté considérera que j'ai été appelé trop tard aux grandes
affaires et que je suis obligé de les prendre dans l'état

où elles sont. Vous pouvez penser, Monsieur, si j'ai été surpris l'autre jour (puisqu'il faut être impudent) : le chancelier Woronzoff, qui n'est pas extrêmement complimenteur, comme vous savez, m'a dit, après m'avoir entendu quelque temps : « Le roi de Sardaigne est bien heureux d'avoir ici un homme comme vous. » Si je n'étais qu'un fat, je pourrais être content, mais quelle approbation peut consoler un honnête homme de manquer de celle de son souverain ?

Il l'eut rarement, tout en la méritant le plus souvent, et quand il l'eut, on s'arrangeait pour qu'il l'ignorât, ou le devinât; on lui marchandait, on lui chicanait ce compliment ou ce remerciement dont il eût été si heureux. A peine si, en dix ans, il put apprendre parfois, comme par hasard ou par grâce, que cette correspondance dont nous admirons les récits vivants, les aperçus lumineux et les vues profondes, n'était pas désagréable ou indifférente à Sa Majesté et qu'il pouvait la continuer.

Mais dans les premiers temps, comme on trouvait son style trop vif, trop chaud, et que Sa Majesté, comme ses ministres, aimait à être servie avec calme et circonspection, on osa lui enjoindre de se concerter avec son collègue le comte de Front, ministre de Sa Majesté sarde à Londres, pour sa correspondance, de prendre ses conseils, de recevoir ses instructions. Joseph de Maistre n'accepta, comme on le pense, cette mise en tutelle, en subordination que dans les limites où elle pouvait être tolérée, c'est-à-dire sous condition de réciprocité et en tant que ce concert sur le pied d'égalité serait profitable aux intérêts de leur commun maître.

Or, il faut savoir que le comte de Front, qui ne réussissait pas mieux, — au contraire, — que le comte de

Maistre dans cette mission délicate, qui consistait à obtenir de l'égoïsme britannique l'indemnisation *entière* du roi de Sardaigne, avait pris le parti, n'étant pas de taille à résister, de se laisser gagner, engluer aux vues de la politique anglaise, surtout en ce qui concernait l'affaiblissement et le démembrement de la France, combinaison qui fut, il ne faut pas l'oublier, dans le plan de la Coalition, la plus chère à l'implacable rivalité anglaise. Aux yeux de M. de Front, on ne pouvait aimer la monarchie française et la France sans être quelque peu jacobin. Et voilà l'homme à propos duquel on écrivait à Joseph de Maistre, qui faisait remarquer que la Russie, du moins, stipulait, en 1804, dans les conditions de paix dont elle se faisait médiatrice, l'indemnisation *entière* du roi de Sardaigne, tandis que l'Angleterre se montrait beaucoup plus froide, beaucoup plus décidée à se contenter du moins à défaut du plus. « N'importe, suivez les instructions du comte de Front. » Joseph de Maistre écrivait alors, à propos sans doute des prétentions du comte de Front à le régenter et à le maîtriser, en homme qui n'était guère disposé à supporter un tel joug.

J'ai trop étudié les têtes humaines, pour ne pas savoir que ce sont des instruments qu'on n'accorde pas si aisément. Quand elles marchent toutes sagement vers le même but, on est trop heureux; par le même chemin, c'est impossible; que chacun suive le sien, pourvu qu'il arrive. La différence entre le comte de Front et moi est que j'ai assez de philosophie pour ne pas condamner la sienne et qu'il manque de cette philosophie à mon égard. Il me regarde, au pied de la lettre, comme un jeune homme entre les mains de femmes de mauvaise vie. J'ai répondu à M. de Front à peu près ce que je viens d'avoir l'honneur de vous dire, j'ai même répandu sur ma lettre un très léger vernis de gaieté pour exclure jusqu'au soup-

çon du mécontentement. Au fond, pourquoi serais-je mécontent? J'ai *tapé* du pied dans le moment, mais bientôt
j'en ai eu pris mon parti, mes rages ne durent guère.

Le ministre insistant et affectant même de s'inquiéter, bien singulièrement, il faut en convenir, de
savoir si M. de Maistre *ne manquait pas* d'instructions
de Londres, celui-ci mettait bon ordre au malentendu
et rétablissait les rôles qu'on prétendait intervertir,
en ces termes péremptoires.

A part le plaisir de recevoir des lettres de M. de Front,
je suis sur ce retard du calme le plus philosophique, car
je ne me fais pas illusion sur nos correspondances et
crois qu'il n'y a pas de lettres nécessaires, excepté celles
de créance. Quant aux conseils, tout le monde en a besoin, et celui qui croit pouvoir s'en passer montre précisément qu'il en a plus besoin qu'un autre. J'en recevrai
donc, comme j'en donnerai. Nous devons mettre en commun, pour le service de Sa Majesté, toutes nos pensées
et toutes nos affections; je ne réclame que l'égalité.

Il n'était pas facile de venir à bout d'un tel contradicteur sur le terrain de la logique, de la raison et de
la dignité. Il trouvait, dans la conscience de sa valeur
et de sa fidélité, le secours nécessaire pour être supérieur aux petits affronts, aux petites déceptions d'amour-
propre. Il avait le droit d'avoir de l'orgueil, s'il n'eût
préféré être modeste. Il était inaccessible aux calculs
puérils et aux soucis mesquins de la vanité. Alors on
changea le supplice. On asservit l'homme le plus dé-
sintéressé du monde aux tyrannies de la question d'argent. On obligea l'homme le plus simple, le plus frugal,
mais aussi le plus fier du monde, à endurer et à dissimuler les souffrances honteuses de la pauvreté. On
contraignit cet homme fait pour les grandes affaires
à épuiser l'ennui des petites et on réduisit aux angoisses

du père de famille séparé des siens et inquiet de leur sort cet homme chargé de sauver la maison de Savoie et sa fortune. Procédons par faits et articles. L'énumération a sa douloureuse éloquence, sa moralité sans phrases.

En 1804, prévoyant une baisse de fonds publics, M. de Maistre se hâta d'envoyer au roi une partie du subside. Sans cette heureuse inspiration, en effet, on aurait perdu 18 pour 100. Ce qui n'empêcha pas que, pour *l'ordre*, pour *la règle*, M. de Maistre fut grondé de son initiative.

M. de Maistre, ministre d'un roi détrôné et déchu, il est vrai, mais qui n'en était que plus tenu à assurer à son représentant, dans l'intérêt même de sa cause, une représentation honorable, fut réduit strictement au traitement tout à fait insuffisant, dérisoire même, eu égard aux nécessités, aux convenances de ses fonctions dans une capitale où le luxe dépassait toutes les bornes et où la vie était hors de prix, de 20,000 roubles ou 20,000 francs. L'envoyé de Prusse, le plus mal payé de tous les membres du corps diplomatique, en recevait 35,000. On devait rembourser au malheureux ministre sarde ses frais de voyage, lui fournir les premiers frais d'établissement. On n'en fit rien, et il en demeura, de ce chef, de 7 ou 8,000 francs de sa poche. On voulut bien ne pas lui réclamer, sans doute, le prix de la fameuse voiture de voyage, qu'il trouva à grand'-peine à vendre 60 roubles, c'est-à-dire 60 francs. En arrivant, il dut se loger à l'auberge, puis successivement dans deux appartements des plus ordinaires, où il succédait dans l'un à un dentiste, dans l'autre à un chanteur de l'Opéra. De sorte qu'avec son traitement de 20,000 livres, M. de Maistre devait entretenir dé-

cemment à Turin sa femme et ses trois enfants et, à
Pétersbourg, avoir logement, vêtement, ménage, valet,
secrétaire et, s'il lui plaisait, voiture et pelisses par-
dessus le marché. Il y a mieux : on lui faisait supporter les frais de poste de sa correspondance. Il y a
mieux encore : on le payait fort irrégulièrement. En
1803, il lui était dû, sur ses appointements de Sardaigne, un arriéré depuis 1802, que son beau-frère,
M. de Saint-Réal, chargé de cette liquidation d'arriéré,
tements, se faisait justement scrupule, à raison de sa
parenté même, de lui solder avant son tour et par
faveur. Il y a mieux enfin : un jour, à bout de ressources et d'expédients, et après avoir sacrifié tout ce
qu'il possédait à lui, il ne put demeurer sourd aux
tristes confidences de sa femme, qui perdait courage,
en proie à la détresse, et prit sur lui, tout en en sollicitant la permission, qu'il ne pouvait attendre et qu'il
pouvait supposer, de lui envoyer 3,400 livres, prises
sur le subside dont le payement avait été anticipé au
roi, qui lui devait en appointements arriérés une
somme très supérieure. Bientôt, pris de scrupules, ne
trouvant pas suffisamment conforme aux règles du
respect, quoiqu'il le fût aux règles du droit, ce prélè-
vement, il écrivit qu'il ne voulait pas se servir de ses
propres mains, ajoutant qu'il priait le roi de lui donner
ou de lui refuser lui-même cette somme.

Si l'on veut bien se rappeler que rien n'est plus incon-
testablement dû, qu'il n'y a aucun moyen imaginable pour
suppléer à cette somme et que ce sacrifice, après tous
les autres, me trouvait au pied de la lettre, je vous prie
d'écrire à ma femme que la lettre de créance qu'elle a
reçue, en date du 25 de ce mois, au montant de la somme
susdite, est à sa disposition; dans le cas contraire, ayez
la bonté de tirer une lettre de change sur elle, qu'il sera

bon de faire signer par M. Gabet, dont elle connaît la personne et l'écriture. La lettre sera acquittée sur-le-champ. C'est le sang de mes enfants, mais ce sang est encore au roi, et il me convient de finir ainsi.

La réponse fut négative, sans doute, ou le silence significatif, et la comtesse paya, avec de grands frais de change et de commission, la lettre de change tirée sur elle, pour payer ce qui lui appartenait, et rembourser ce qui lui était dû. M. de Maistre lui laissa ignorer pour quelle cause, et par suite de quel sacrifice héroïque, elle avait eu à faire face à la lettre de change. Son mari écrivait stoïquement, à ce propos, pour épargner jusqu'au reproche, jusqu'à la honte, aux comptables impitoyables de la cour de Sardaigne : « Mme de Maistre ne sait rien de l'affaire, sinon qu'elle doit payer quand elle recevra une lettre de change de tant, les dames ne devant point se mêler des affaires. »

Cet admirable serviteur, si mal payé en argent, qui envoyait pour justification de sa pénurie une feuille de son livre de ménage, griffonné par son valet de chambre, et où son ordinaire se composait d'une soupe et d'un poulet également maigres, était-il au moins l'objet d'égards compensateurs, était-il payé au moins en titres, en décorations, en hochets qui, s'ils sont ceux de la vanité, sont aussi ceux de l'honneur? Certes, Joseph de Maistre était trop au-dessus de ces plaisirs de représentation, de ces susceptibilités d'étiquette, pour attacher une importance personnelle à ces dédommagements honorifiques. Mais il y tenait pour sa considération, pour la dignité de son maître; il y tenait, parce qu'à la cour de Russie, malgré tous les talents et tous les mérites du monde, on n'était rien, si on n'avait droit, par le titre, admis à équivalence, à un degré supérieur dans cette cour et cette société si minutieusement hiérarchisées, où la faveur se mesurait inflexiblement au grade. De là, pour un ambassadeur, l'importance des questions de titre, d'étiquette, de préséance, d'uniforme, de croix, de grade ou d'équivalence du grade.

Joseph de Maistre, qui était le premier à rire, en homme qui a la gloire, de ces vanités et de ces fumées, qui plaisantait lui-même de très bonne grâce sur le peu d'ancienneté de sa maison, sur son illusoire et dérisoire comté sans terre (1), n'entendait pourtant pas que la considération de l'ambassadeur et la dignité du roi eussent à souffrir de l'absence de ces titres, de ces décorations, de ces habits privilégiés. Il demanda donc, dans ce double intérêt, que sa noblesse relativement peu ancienne, noblesse sénatoriale, de magistrature et de robe plus que d'épée, fût relevée par un titre en Sardaigne; qu'il pût porter non la petite croix mais la grand-croix de l'ordre des Saints Maurice et Lazare;

(1) Nous sommes tous comtes; mais ce sont des contes tant qu'on n'a ni terres ni pain. J'admire la bizarrerie des choses : le ministre de Sa Majesté et son frère sont titrés par force, sans qu'il y ait eu moyen de faire autrement; moi je voulais arriver sans titre, et je voudrais de tout mon cœur n'en pas avoir... D'autres, au contraire, avec moins de moyens encore que nous, attachent une grande importance à ces titres. Chacun a son goût. (Lettre du 24 avril — 6 mars 1813.)

Ce que je demande de nouveau instamment à Votre Majesté, c'est de ne penser à moi pour rien. Je me suis parfaitement jugé dans le principe. Ma maison étant nouvelle aurait besoin de plus d'illustration... J'ai dit invariablement : je ne puis ni *supporter* ni *souffrir* mon titre; daignez donc me débarrasser de ce titre ou l'assurer de quelque manière qui sorte de la ligne commune. Ce qui me paraissait un jeu de la puissance royale a paru une chose impossible à Votre Majesté; je fais plier mes idées, comme de raison, mais je me retire modestement. (Lettre au roi du 28 avril — 10 mai 1814.)

qu'il pût revêtir l'habit de chambellan au lieu du grand uniforme de Saint-Maurice. Il n'obtint pas le titre, ni l'habit, ni la décoration, sollicitée pour lui, car il n'avait pas voulu paraître en cette affaire, par le duc de Serra-Capriola, ambassadeur de Naples. A une première ouverture, le roi avait écrit de sa main : « Je sais que le bien de mon service exigerait que vous fussiez plus décoré. » M. de Maistre écrivit à ce propos au comte de Chalembert.

C'est-à-dire, très évidemment, que l'aversion est plus forte que ce qu'il y a de plus fort dans l'univers, la raison d'Etat. Après cela il n'y a plus qu'un vilain sans tête et sans cœur qui puisse s'obstiner au service. Dernièrement un homme de ce pays me disait avec une belle naïveté : « Il faut avouer que si vous jouissez ici d'une grande considération, ce n'est pas aux frais de votre maître. » Ah! je ne veux plus entendre de pareils discours.

Aux instances du duc de Serra-Capriola le roi ayant fait cette réponse incroyable : « qu'il ne le pouvait, étant dépossédé de ses États », Joseph de Maistre, poussé à bout, répondit au ministre :

Sa Majesté peut m'envoyer à la mort, je suis tout prêt; mais au ridicule, non : pour cela, je suis très poltron. Le duc a eu la bonté d'être très affligé de la lettre de Sa Majesté. La grâce accordée à son frère lui a coûté un nouveau chagrin, parce qu'il l'a envisagée comme une espèce de compensation du refus... Je suis résolu à présenter ma démission à Sa Majesté. Je crois qu'il m'en coûterait moins de mourir; mais il n'y a plus moyen de faire autrement. Du moment que j'eus connaissance de ma destination et que je vis le système pris de réunir sur ma tête l'éclat du poste et l'humiliation de la personne, je regardai ma perte comme assurée. Je la prédis, elle est arrivée. Jamais je ne surmonterai l'opposition que j'ai contre moi; les humiliations de tout genre se succéderont

et je resterai en butte aux ricaneurs. Ma position devenant
chaque jour plus intolérable, il faut prendre un parti. Il
est irrévocablement pris.

L'offre de démission était accompagnée d'un mémoire
éloquent et navrant, où Joseph de Maistre énumérait
ses griefs, et qui nous fait l'effet d'une sorte de marty-
rologe. Il est impossible de le lire sans émotion (1).

Le roi répondit qu'il avait besoin des services du
comte de Maistre et envoya la grand-croix. Pour être
en règle avec la justice et la vérité, il est nécessaire de
reconnaître qu'après avoir d'abord tout refusé selon
son habitude et son système, la cour de Sardaigne finit
toujours par céder, hormis sur la question d'argent,
où elle se montra toujours intraitable. Mais elle n'accorda jamais qu'après avoir d'abord refusé, c'est-à-dire
en commençant par le premier mouvement toujours
mauvais, ce qui gâtait la bonté du second. Une *grâce*
ainsi disputée perd toute grâce, et de telles résistances
rendent jusqu'à la faveur amère.

Ce qui demeure certain, c'est que Joseph de Maistre
dut ainsi, de 1803 à 1807, disputer pied à pied avec sa
cour sur des questions d'honneur et d'existence sans
cesse renaissantes. Car, dès qu'un incident était vidé
et qu'avec sa naïveté de grand honnête homme, incapable de rancune, il avait remercié le roi de s'être
enfin rendu à ses raisons, de lui avoir restitué le droit
de le servir avec une fidélité aiguillonnée par la reconnaissance, une nouvelle disgrâce, un nouveau sujet de
mécontentement obligeaient cette même fidélité, si heu-

(1) Albert Blanc, p. 164 à 170. — A travers plus d'une erreur
de fait ou d'appréciation, le livre est très intéressant, parce
qu'il dit *tout* et d'une bouche qu'on ne peut accuser de partialité ni de complaisance.

reuse de baiser la main qui, après l'avoir longtemps
frappée, la caressait un instant, de redresser de nouveau la tête, de repousser le calice d'une épreuve trop
forte pour le dévouement même et de réitérer ses protestations et ses offres de démission et de retraite.

Un demi-volume au moins sur six volumes, c'est-à-
dire un douzième de la correspondance de Joseph de
Maistre avec la cour, le roi ou ses ministres, roule sur
ce point douloureux et tenace de sa situation à Saint-
Pétersbourg, sur ce qu'il appelait énergiquement son
ulcère. Cet ulcère, ce fut le chagrin, parfois la colère
d'esprit, le supplice de fierté d'un homme plus redouté
encore qu'estimé pour son talent par les princes qui
l'employaient, éloigné plutôt qu'envoyé dans cette cour
étrangère où son génie, emprisonné dans des obligations étroites, ne s'accommodait pas sans murmures,
sans révoltes, des lisières de la hiérarchie, des puéri-
lités et des tyrannies bureaucratiques, des épines de
ce lit de sa pauvreté où le souci rongeur ne lui accordait pas la trêve de plus de quatre heures de sommeil
par nuit. Et il devait se lever en prenant dès le matin
pour tout le jour le masque réjoui et souriant d'un
épicurien qui a dormi ses dix heures sur les roses ! Mais
l'influence, les faveurs qui venaient au-devant de lui et
des siens de la part de l'empereur et de ses ministres,
ne pouvaient que lui rendre plus cruel le contraste de
la sécheresse, de l'avarice, de la jalousie, de l'ingratitude, osons dire le mot, car il n'y a pas que l'ingratitude
des peuples, des souverains et des ministres de son pays.

On laissait étouffer dans une petite mission ce grand
homme qui avait besoin d'agrandir tout autour de lui
et ne respirait que dans l'atmosphère supérieure des
idées. On paralysait ses initiatives, on gourmandait

ses audaces; on lui donnait à peine le nécessaire pour vivre, ayant calculé sans doute qu'il n'était pas homme à se vanter de sa pauvreté, ni à en souffrir, avec sa sobriété d'ascète. Mais il y a limite à tout, et si l'homme frugal et patriarcal était assez indifférent personnellement à l'absence de tout bien-être, à la privation de toute jouissance et commodité voluptuaire ou somptuaire, le ministre souffrait cruellement dans son légitime amour-propre, dans sa dignité, dans ses plus chers besoins de cœur, d'être laissé sans équipage, sans secrétaire, sans valet, logé en garni et nourri de plats d'hôtellerie, de vivre sans patrie, sans famille, dans un foyer mercenaire et solitaire; car on lui refusait obstinément les quelques mille livres indispensables pour la réunion de famille qui l'eût consolé de tout, comme on lui avait refusé l'arriéré de son appointement de Sardaigne, l'indemnisation des frais de poste, les frais de premier établissement.

Il était réduit à ce qu'il appelait l'habit vert, — l'uniforme de Saint-Maurice, — et à ses 6,800 roubles, pour vivre, écrire des lettres admirables qu'on se dispensait d'admirer, faire honneur à ses fonctions, quand il n'était pas obligé de s'excuser de paraître aux fêtes trop coûteuses en voitures et en pourboires, et de faire le malade aux invitations qui l'eussent exposé à une dépense au-dessus de ses moyens. On trouvait cela tout naturel et c'est à peine si on ne grogna pas trop contre les prodigalités de ce diplomate qui n'avait pourtant, en treize ans, dépassé que de 2000 livres, et sur autorisation formellement demandée et formellement refusée d'abord, puis accordée, son appointement. Et cela dans une capitale où les ambassadeurs de l'empire ennemi et triomphant, les Hédouville et les Caulaincourt, rece-

vaient un traitement de 500,000 francs et dépensaient
en plus jusqu'à 700,000 francs sur le crédit illimité
qui leur était alloué.

Cet homme franc mais sûr, hardi mais honnête,
mécontent mais fidèle, sans préjugés et sans illusions,
mais sans défaillances, qui avait payé, en quittant la
Savoie pour suivre son roi, par une initiative courageuse, généreuse, qu'on devait plus tard, à la cour
même de Sardaigne, reprocher aux Savoisiens émigrés,
en leur disant : *qui vous avait priés de sortir ?* du
sacrifice de sa fortune confisquée, de sa liberté me-
nacée, de son repos perdu, de sa vie à jamais errante
et militante le droit de dire la vérité; cet homme qui
honorait son roi, qui sauvait sa patrie, qui éclairait de
lumières parfois un peu brûlantes des ministres
médiocres et ombrageux, un comte de Chalembert, un
comte de Vallaise, un chevalier de Rossi (celui-là fut
le seul aimable, mais de compliments et d'apparences,
plus que de réalité); cet homme qui rendait tant de
services, mais en y ajoutant parfois des conseils semblables à des reproches; cet homme en fut réduit
pendant quinze ans, de 1803 à 1817, à se plaindre de
son isolement, de son dénuement, de cet air de pauvreté, de malheur, d'abandon, de disgrâce, qui sied si
mal dans une cour d'un faste et d'un despotisme orien-
taux, même, surtout plutôt aux envoyés d'une puissance
pauvre, déchue, malheureuse et obligée de disputer
elle-même son existence à l'oubli ou au dédain des
grandes puissances.

La parcimonie héréditaire de la maison de Savoie,
l'orgueil avare même en compliments, du génie
piémontais, la politique traditionnelle de ne point
gâter les ambassadeurs, de s'en méfier, de les éperonner

par la crainte de la désapprobation et du désaveu, qui
laissait ignorer, jusqu'en 1813, où les lèvres royales
daignèrent se desceller jusqu'à deux lettres de maigre
bienveillance et de sec encouragement à M. de Maistre,
si sa correspondance intéressait ou non : tout ce système fut plus rigoureusement suivi que pour tout autre
à l'égard d'un diplomate de talent exubérant, de tempérament bouillant, d'imagination romanesque et chimérique sans doute aux yeux des ministres à œillères,
mais surtout d'un incommode et dangereux génie
gallican, c'est-à-dire, trop français, trop partisan de la
France. C'est là le grief qui a fini par exaspérer la
Savoie, par la dégoûter, la détacher de l'Italie marâtre
et par la jeter dans les bras maternels de la France.
C'est en vertu de ce même grief, douceureusement implacable, qu'on laissait le comte de Maistre languir et
s'aigrir à Saint-Pétersbourg dans des conditions de
traitement et d'habitation précaires, humiliantes pour
sa fierté, dangereuses pour son crédit, et il ne pouvait
s'empêcher souvent de s'en étonner, de s'en plaindre,
de s'en indigner.

Nous nous en étonnons et nous nous en indignons
nous-mêmes, quand nous songeons que le plus petit
souverain de l'Europe avait alors, pour défendre sa
cause en Russie, le plus grand philosophe, le plus grand
écrivain politique de l'Europe à ce moment. Quand
nous lisons ces admirables lettres adressées au roi
Victor-Emmanuel, à ses ministres le chevalier de
Rossi et le comte de Vallaise, à son collègue à Londres,
le comte de Front, au comte d'Avaray, au duc de
Blacas et à bien d'autres personnages, quand nous
entrons, grâce à cet observateur de génie, dans les
intimités, dans les mystères de la coulisse, de la poli-

tique et de l'histoire russe pendant les années épiques
qui vont de 1806 à 1815, d'Austerlitz à Waterloo ;
quand nous parcourons cette galerie de portraits tracés
par un peintre de premier ordre pour qui l'âme la plus
insondable, la plus énigmatique, celle de l'empereur
Alexandre, n'eut pas de secrets, qui fait revivre pour
nous en touches caractéristiques, des figures comme
celles de Strogonoff, de Woronzoff, de Czartorysky, de
Speranski, de Kutusof, de Witginstein, de Rostops-
chine, de Romanzoff, de Capo d'Istria, de Nesselrode,
nous nous demandons comment la petite cour de
Cagliari ou de Rome ne sut pas apprécier une telle
faveur de la Providence, ne sut pas se rendre compte
du prix, pour sa cause, d'un tel avocat, et lésina
opiniâtrement sur les remerciements et sur les honoraires.

Cet homme, qui était à Saint-Pétersbourg le héros
des salons, l'oracle des chancelleries, était traité à sa
cour comme un questionneur indiscret, comme un
conseiller importun ; ses dépêches, avec leurs lueurs
d'éclair et leurs coups de tonnerre, leurs vues sublimes
et prophétiques, leurs héroïques avis, leur implacable
connaissance des hommes et des choses, leurs imperturbables espérances, que l'événement déconcertait
souvent sans les décourager jamais, y jouissaient peut-
être d'un moindre crédit que la correspondance de tel
autre consultant politique ou nouvelliste diplomatique
qui trouvait plus habile de flatter que de contredire
l'opinion dominante et d'amuser par des faits que
d'occuper par des idées. On trouvait sans doute Joseph
de Maistre trop spéculatif, trop métaphysique, trop
éloquent, trop *vibrant*, trop *troublant*. On avait peur
de ses coups de génie, qu'on affectait de traiter de

coups de tête. Les princes n'aiment pas à être servis avec trop de zèle, trop de dévouement, trop de passion; ils exigent que, même pour les sauver, la fidélité prenne le masque obéissant et caressant du courtisan, et les ministres désapprouvent généralement tout ce qu'ils n'ont pas inspiré. Il est évident qu'un *souffleur* tel que Joseph de Maistre, leur était trop supérieur pour qu'ils lui fussent favorables, et qu'ils préféraient à l'humiliation de le suivre, la vanité de ne pas le croire. De là les malentendus, les susceptibilités, les surprises, les à-coups, les mécontentements mutuels, les conflits imminents, l'ambassadeur offrant sa démission par fierté, le roi la refusant par prudence, les ministres par crainte, et l'ambassadeur finissant par se résoudre à attendre, à espérer encore, à s'excuser de ses vivacités, préférant, par un dernier sacrifice de sa loyauté, se trouver coupable que paraître rebelle, et être pardonné que pardonner.

Les bons exemples ne manquaient cependant pas à la cour de S. M. Sarde pour reconnaître la valeur, les mérites, les services d'un tel ambassadeur, qui la représentait plus efficacement et plus glorieusement qu'une armée. L'empereur Alexandre, ses ministres, n'hésitaient pas à consulter cet homme, qui ne rencontrait à sa cour que des succès d'estime. L'empereur le comblait de faveurs et lui témoignait une considération et une confiance particulières. Il lui demandait des mémoires sur les plus grandes affaires de l'empire. Il avait avec lui des entretiens confidentiels, et à la suite de l'un d'eux, pénétré d'admiration et d'estime pour ce conseiller officieux aussi discret qu'éclairé, il l'embrassait cordialement. Il avait pris à son service son fils Rodolphe, l'avait fait entrer dans ses chevaliers-

gardes, et le poussait, à trente ans, au grade de
lieutenant-colonel; il favorisait la carrière militaire de
son frère Xavier jusqu'à le faire général et l'attacher à
son état-major. Il le mariait à une des demoiselles
d'honneur de l'impératrice. Il voulait payer l'équipage
des deux officiers, les pensionnait et les honorait de
ses ordres. Il accordait plus encore aux sollicitations
de Joseph de Maistre, qu'à ses obligations de protecteur, le subside dont vivait en partie la cour de Sardaigne, et que celui-ci envoyait fidèlement à sa destination, sans qu'il lui fût offert ou permis, — hors une
fois, — d'en détourner une obole. En 1812, l'empereur
ne trouvait d'autre moyen de venir au secours de ce
serviteur trop négligé par ses maîtres que la mission
de conseiller secret et de collaborateur extraordinaire de
sa chancellerie, qui l'associait à des actes importants
et lui confiait le secret de l'État.

Après avoir accepté cette mission de collaborateur
et rédacteur confidentiel, non sans en solliciter l'autorisation du roi, par suite d'honorables scrupules, par
souci des délicatesses d'une situation double dont
s'alarmait sa fidélité, le comte de Maistre renonçait
spontanément à la continuer, renonçant en même
temps à la plus belle occasion d'influence et de fortune qui lui eût jamais été offerte. En regrettant cette
détermination, mais en estimant encore plus l'homme
capable de la prendre, par crainte de ne pouvoir
concilier des devoirs qui n'avaient rien de contradictoire, étant données les relations de protection et
d'alliance entre les deux cours, l'empereur y trouvait
du moins un moyen de faire accepter à l'indépendance
et à la fierté du comte, son auxiliaire passager, à titre
d'indemnité pour ses dérangements et travaux prélimi-

naires, une somme de 20,000 roubles. Joseph de Maistre
l'avait destinée à subvenir aux frais du voyage de sa
femme et de ses filles, et à se payer enfin le luxe d'une
famille. Les événements et les difficultés de communication causées par la guerre, l'ayant obligé de renoncer
jusqu'à la paix à réaliser ce beau rêve, et à refermer
pour deux ans encore ses bras ouverts sur son cœur
affamé, Joseph de Maistre pouvait du moins enfin,
grâce à la libéralité du tzar, payer ses dettes, donner à
son fils de quoi faire honneur à son état, et consacrer
le reste de cette aubaine libératrice à se donner quelques meubles, quelques assiettes, dit-il, un laquais,
une pelisse et une voiture.

C'est aussi grâce à la munificence de l'empereur,
qui l'honorait lors de son départ du présent d'une
boîte de 20,000 roubles, qu'il recevait l'hospitalité sur
un des huit navires — mis à ses ordres — chargés de
ramener de France en Russie une partie des soldats du
corps d'occupation, et voyait ses finances inquiètes
déchargées du prix du passage d'une famille, d'une
bibliothèque, de nombreuses caisses de papiers.

C'est encore grâce au tzar qu'il pouvait réaliser son
vœu de connaître enfin Paris, alors qu'il avait en vain
sollicité de son roi la faveur des quelques milliers de
francs nécessaires pour suivre l'empereur à Moscou et
connaître la ville sainte. Il devait partir sans l'avoir
vue, après quinze ans de séjour en Russie comme ambassadeur, faute de l'argent nécessaire pour le voyage.
Ainsi d'une cour étrangère toutes les faveurs, toutes
les grâces, toutes les libéralités, toutes les confiances;
de sa propre cour rien que des rebuffades, que des
camouflets, que des traitements illusoires, dérisoires,
qui lui arrachaient les cris éloquents de protestation,

de plainte, les soupirs de douleur dont nous noterons
seulement quelques-uns.

On ne dit jamais tout, Monsieur le comte, je puis seulement vous assurer et assurer Sa Majesté, si vous en
trouvez l'occasion, qu'elle m'a fait tout le mal qu'un souverain peut faire à son sujet. Le murmure n'est pas
permis, mais la tristesse n'est pas défendue. Elle n'est
contraire ni au respect ni à l'attachement : au contraire,
elle en est la suite.

En votre qualité d'homme de cour, vous devez avoir la
vue assez fine pour faire de certaines distinctions : un
homme utile n'est pas toujours un homme agréable; au
contraire, il arrive souvent que le même feu, la même
force de caractère, qui rendent un homme utile, le ren-
dent désagréable; je suis donc obligé de m'en tenir aux
faits qui seuls ne peuvent tromper. Seul ministre de mon
espèce, depuis qu'il y a des ministres, je ne suis rien
auprès de mon maître, ni courtisan, ni militaire, ni ma-
gistrat; je n'ai ni patrie, ni rang, ni grade; j'étais séna-
teur il y a quinze ans, je le suis encore aujourd'hui, ou
plutôt je ne suis rien, car une commission n'est pas un
emploi; on m'a ôté celui que j'avais, et que je ne pouvais
certainement conserver, sans m'en prévenir, chose inouïe
dans la monarchie, et sans le remplacer par aucun rang
ni titre. Sa Majesté s'est montrée constamment inébran-
lable dans le système de me refuser les moindres grâces
personnelles et héréditaires, afin de me faire bien sentir
que la personne est anéantie (1)...

Anéantie pour la faveur, soit, mais comme elle se réveillait de cet anéantissement résigné, quand il s'agissait d'une question de justice et d'une de ces affaires
où il y a erreur ou abus et où la conscience même fait
un devoir de la pitié! On ne peut lire sans émotion
la lettre éloquente adressée au roi, où en invoquant
l'exemple d'une exécution en Sardaigne qu'il a en vain

(1) Lettre au comte de Roburent, 10 juin 1806.

                                        10.

tout fait pour empêcher, et qui lui laisse le cauchemar
d'une erreur judiciaire, il proteste contre l'emprison-
nement indéfini et arbitraire d'un certain Delorenzo,
qui s'est adressé à lui pour obtenir, après cinq ans de
détention, sa mise en liberté.

Sire, je viens d'apprendre que ce malheureux gémit
encore dans l'horrible prison qui en contient deux cent
quatre-vingts, sans avoir jamais été entendu et sans espoir de recouvrer la liberté. Que Votre Majesté me permette de le lui dire avec la sainte liberté dont je ferai
toujours profession, ayant l'honneur de parler à un prince
si ami de la vérité et de la justice, ceci n'est point une
injustice ordinaire, une de ces erreurs auxquelles les meilleurs gouvernements ont peine à échapper; c'est une ini-
quité monstrueuse qui crie vengeance et que Votre Majesté ne saurait trop s'empresser de réparer. Ensevelir un
homme dans les prisons sans aucun terme fixe, non seulement *sans* mais *contre* l'avis des magistrats, faire une
veuve et des orphelins avec un mari et un père vivant,
les réduire à la misère en les privant des secours de leur
chef... j'avoue à Votre Majesté que je ne puis rien imaginer de plus révoltant... Rien n'est plus contraire à la
grandeur des princes que cette espèce de pusillanimité
qui leur fait croire que tout homme accusé de crime d'Etat
ne doit plus voir le jour. Les crimes d'Etat sont comme
les autres, il faut qu'ils soient prouvés... (1).

Après la bataille d'Austerlitz, la situation de Joseph
de Maistre, de plus en plus précaire, ne fut pas sans
le préoccuper plus cruellement que de coutume, et
l'obligea d'écrire au roi une lettre dont nous citerons
quelques passages caractéristiques.

Votre Majesté n'a sûrement pas oublié l'extrême répugnance que je montrai pour me rendre à Pétersbourg.
Un très grand nombre d'observations m'avaient convaincu

_____

(1) Au roi Victor-Emmanuel, 9 septembre 1805.

que des circonstances extraordinaires, ou la conduite
extraordinaire de certains hommes ne paraissaient point
à Votre Majesté exiger d'Elle des mesures également
éloignées des formes ordinaires. Je connaissais d'ailleurs
d'autres choses, et le tout ensemble me persuadait que
Votre Majesté ne se déterminerait jamais à me mettre au
niveau de ma place, de manière que mon existence dans
ce pays ne serait qu'un long martyre...

Depuis les derniers événements, on m'a beaucoup parlé
d'entrer au service de Sa Majesté Impériale et d'y faire
entrer mon fils. Quant à moi, Sire, je ne balance pas un
moment : mon serment n'est pas mort à la bataille
d'Austerlitz, et tant que je pourrai être utile à Votre
Majesté, je demeurerai à mon poste. Pour mon fils même,
je ne me déterminerai qu'à la dernière extrémité; c'est
un malheur de prêter un nouveau serment, même lorsqu'on y gagne. Mais il est de toute nécessité, Sire, que
Votre Majesté daigne me faire connaître ses intentions à
mon égard. Il y a bientôt quatre ans que je vis séparé de
ma famille; l'espoir d'une restauration prochaine rendait
cette séparation moins insupportable, quoique cet espoir
fût très faible dans mon esprit. Aujourd'hui que nulle
prudence humaine ne peut prévoir avec quelque fondement la fin des calamités de l'Europe, il faut bien que je
prenne un parti. Un divorce sans fin ne s'accorde avec
aucune loi, j'ai un enfant de treize ans que je ne connais
pas!

... J'ai cinquante ans, mes enfants sont grands, je désirerais avoir l'esprit tranquille sur l'établissement que je
dois faire ici (1)...

En attendant les décisions du roi, dont la lenteur
naturelle aux délibérations de son maître et la difficulté des communications que la guerre paralysait souvent ne lui permettaient pas d'avoir connaissance sans
délai, le comte de Maistre faisait part au ministre, le
chevalier de Rossi, de ses appréhensions et de ses

(1) Au roi Victor-Emmanuel, 25 janvier 1806.

scrupules. Il redoutait tour à tour que le roi en vînt
« à le regarder comme un poids nécessaire que sa
bonté supporterait sans nécessité pour son service »,
ou même qu'il supposât au comte le désir d'entrer au
service de la Russie.

Point du tout, Monsieur le chevalier, point du tout; je
l'ai dit et j'ai l'honneur de vous le répéter. Dans les révolutions, chacun doit prendre le chemin tracé par la conscience sans jamais examiner où il aboutit. Dans ce cas,
celui que j'ai pris menait à un précipice. Fort bien! je ne
reprendrais pas moins le même s'il fallait recommencer.

Après cette déclaration, je crois que vous approuverez
l'extrême répugnance que je vous ai montrée pour changer
de place.

Le comte de Maistre paraît ainsi à l'hypothèse selon
laquelle le roi aurait l'intention de l'envoyer auprès
d'une autre cour ou de le rappeler près de lui.

Je suis sujet et je suis ministre : mais je suis père. Il
n'est pas possible ni même permis d'oublier cette dernière qualité, et je vous avoue que je n'exposerais pas,
sans un mortel chagrin, mes enfants, à manquer de pain.
D'ailleurs, que ferais-je sur le théâtre rétréci où les
malheurs publics nous ont confinés? On m'y gênerait
probablement et j'y gênerais les autres (1).

Dans une lettre suivante, attribuant l'indifférence de
son maître à ses représentations et à ses doléances, à
la conviction qu'il y avait exagération, hyperbole dans
ses plaintes, Joseph de Maistre rétorquait cet argument trop commode pour l'ignorance et l'indifférence.

Je viens de congédier mon valet de chambre, pour me
donner un domestique plus simple et moins coûteux. Je
verrai s'il y a moyen de faire d'autres économies; et tout
mon désir est que Sa Majesté soit bien persuadée d'une
vérité qui pourrait fort bien n'être pas entrée pleinement

(1) Au chevalier de Rossi, 6 avril 1806.

dans son esprit, quoique je l'aie beaucoup répétée : c'est que, dans tout ce que j'ai dit sur ma situation, jamais je n'ai laissé tomber de ma plume la plus légère exagéra-tion. J'ai souffert comme je l'ai dit et autant que je l'ai dit, et maintenant encore comme je le dis, je n'ai rien, ce qui s'appelle rien; pas de quoi me faire enterrer si je venais à mourir; j'excepte la somme qui vient de m'être livrée et qui n'est point à moi puisqu'elle est la représentation de la subsistance et qu'à la fin de l'année, j'aurais précisé-ment ce que j'avais avant de la recevoir, c'est-à-dire rien.

Et sous l'influence de ses soucis politiques et pater-nels, de la privation de sa famille et de la privation de sa confiance habituelle dans l'avenir, Joseph de Mais-tre ajoute ces confidences touchantes :

Quoique la nature m'ait pourvu d'une assez grande égalité d'humeur, cependant je sens que je commence à plier sous le faix, je deviens triste et solitaire; je ne *vais* plus dans le monde, je m'y traîne, et le plus souvent pour mon fils. Je lis, j'écris, je tâche de m'étourdir, de me fati-guer s'il est possible. En terminant mes journées mono-tones, je me jette sur un lit où, le sommeil, que j'invo-que, ne m'est pas toujours complaisant. Je me tourne, je m'agite en disant comme Ezéchias : *De mane usque ad vesperam finies me.* Alors des idées poignantes de fa-mille me transpercent. Je crois entendre pleurer à Turin; je fais mille efforts pour me représenter la figure de cette enfant de douze ans que je ne connais pas. Je vois cette fille orpheline d'un père vivant; je me demande si je dois un jour la connaître. Mille noirs fantômes s'agitent dans mes rideaux d'indienne. Enfin, vous êtes père, Monsieur le chevalier, vous connaissez ces rêves cruels d'un homme éveillé. Si vous n'étiez pas du métier, je ne permettrais pas à ma plume d'écrire ces jérémiades... Je pense que vous n'avez pas moins besoin que moi de cette philoso-phie qui dépend malheureusement bien plus du tempéra-ment que de la raison (1).

(1) Au chevalier de Rossi, 14-26 avril 1806.

Enfin, Joseph de Maistre perd patience, et on la perdrait à moins, fût-on cuirassé de la plus épaisse armure de lymphe.

Mes lettres n'ont cessé de vous témoigner les sinistres pensées qui m'agitaient sur les dispositions de Sa Majesté à mon égard. Il n'y a certainement, dans toute l'histoire diplomatique, aucun exemple d'un ministre traité comme je l'ai été. Le temps est venu où l'honneur et le devoir me commandent également de sortir d'une carrière qui ne me présente que le double malheur de déplaire et de me perdre.

... Du premier moment de mon arrivée, j'ai tenu le même langage. J'ai dit que le grade était tout dans ce pays : un ministre sans état auprès de son maître était une absurdité politique; j'ai montré que j'étais tourmenté de toutes les façons. Je n'ai rien obtenu, je ne dis pas de la bonté, de la générosité, de la justice du roi, mais de son humanité seule. Cinq ans de plaintes, de représentations, de supplications, l'ont constamment trouvé iné- branlable, et l'expérience que j'avais faite sur moi-même s'est bientôt répétée sur mon fils; jamais je n'ai pu obtenir un état pour lui. A présent, que faire? Il a dix- huit ans : puis-je le laisser inutile et sans existence?... Je vous prie donc, Monsieur le chevalier, de vouloir bien faire agréer à Sa Majesté qu'elle daigne me rappeler... Assurez, je vous prie, Sa Majesté que, si je n'ai pas fait plus d'économies, ce n'est pas non plus ma faute, mais c'est que je n'en sais pas davantage. Toutes mes richesses se réduisent à un service de déjeuner qui vaut 400 rou- bles : j'en dois la moitié. Du reste, jamais je n'ai pensé à me rembourser de ce qui m'est dû par tant de moyens usités. Je vous répète que je n'ai rien du tout (1).

A tout moment survenaient de nouvelles pilules amères à avaler. Avec la distance et la difficulté des communications, Joseph de Maistre était obligé de

_____

(1) Au chevalier de Rossi, 1er-13 novembre 1806.

prendre beaucoup sur lui, de saisir l'occasion au vol, et cela au risque de désaveux ou de silences, pires que le refus, qui lui arrachaient de nouveaux soupirs et lui faisaient renouveler directement au roi sa demande de rappel.

Cette même considération de la distance me força, l'année dernière, de prendre, quoique très à contre-cœur, une licence dont je ne pus me dispenser. Je m'étais permis de représenter plus d'une fois à Votre Majesté que l'habit dont j'avais été revêtu n'avait et ne pouvait avoir aucune considération et qu'il était tout à fait au-dessous d'un ministre; cependant, Sire, je prenais patience, puisqu'il ne plaisait pas à Votre Majesté d'en ordonner autrement; mais mon fils étant arrivé avec l'habit de cour, il en résultait une dissonance absolument intolérable. Je crus donc pouvoir, sans excès de confiance, compter assez sur les bontés de Votre Majesté pour prendre le même habit et, tout de suite, j'eus l'honneur de vous en faire part, en lui présentant mes très humbles excuses et lui demandant son agrément dont j'avoue que je n'avais pas osé douter.

Cet agrément ayant été remplacé par un silence qui ne pouvait être approbatif, Joseph de Maistre s'écrie :

Ce dernier désagrément m'a été infiniment sensible, moins en lui-même que parce qu'il signifie : il ne m'est plus permis de me faire la moindre illusion; la défaveur qui pèse sur moi, Sire, n'a ni borne, ni exception, ni remède (1)...

Il ne manquait au chagrin du comte de Maistre aucune cause d'irritation, d'exaspération. Tantôt on le félicitait d'avoir enfin pu se réunir avec sa femme et ses filles, qui venaient, disait-on, de traverser Vienne. Tantôt on l'assurait que Sa Majesté était fort contente

(1) Au roi Victor-Emmanuel, 10 décembre 1806.

de lui. Ces félicitations, innocemment ou malignement ironiques, par leur contradiction avec la réalité, ces caresses à rebrousse poil, retournaient à tout moment le trait dans la blessure et lui arrachaient des exclamations tour à tour ironiques (à leur tour) ou douloureuses.

Les questions d'argent ne m'intéressent que par le côté qui touche l'honneur, le reste n'est rien... Le roi est content de moi! Et le roi a versé sur moi toutes les humiliations qui pouvaient s'accorder strictement avec l'exercice de mes fonctions. Dites-moi donc, Monsieur le chevalier, ce que ferait Sa Majesté, si elle était mécontente? Répétez, je vous en prie, à Sa Majesté l'annonce de mon éternel dévouement. Il n'y a dans tout ceci ni détours, ni finesse, ni prétention cachée. Je ne veux rien, je ne demande rien. Tout le mal que la puissance de Sa Majesté pouvait me faire est fait, et je crois (c'est là mon grand malheur) que, si elle avait pu m'en faire davantage, sans se nuire encore davantage, elle l'aurait fait. Je m'en vais donc, mais c'est un dépit d'amour; cette expression familière exprime mes vrais sentiments (1).

Dépit d'amour : Voilà le vrai mot lâché. On le savait bien à la cour de Cagliari. Et voilà pourquoi on ne s'inquiétait pas des coups de tête de ce serviteur qui était retenu par le cœur, qui cessait de se plaindre quand on lui avait accordé à la dernière extrémité, ne pouvant plus faire autrement, un peu de ce qu'il demandait et qui, moyennant cette concession *in extremis*, ne s'en allait pas et s'excusait même d'avoir voulu s'en aller.

Cependant, ce qu'il ne faisait pas pour lui, il le faisait pour son fils. Il profitait d'une occasion unique, qui pouvait ne plus se représenter, de le faire entrer

(1) Au chevalier de Rossi, 28 novembre, 10 décembre 1806.

dans les chevaliers-gardes, puisque son souverain ne voulait le garder à son service ni comme diplomate, ni comme officier. Et, après avoir écrit : « Le jour où mon fils changera de service sera l'un des plus tristes de ma vie », il écrivait : « J'ai l'honneur de vous faire part, avec la joie la plus amère, que mon fils est entré au service de Sa Majesté Impériale (1). »

En attendant, il insistait sur son offre de démission, sa demande de retraite, à laquelle on ne répondait pas, laissant le temps limer et user la résolution de son « dépit d'amour ». Il fournissait lui-même des armes contre lui, par les termes mêmes dans lesquels il s'exprimait, rappelant, par exemple, un dernier conseil précieux, un dernier service rendu au roi et écrivant :

C'est assez pour moi, Monsieur le chevalier, et je garderai ce souvenir, sans autre indemnisation. Je ne mets dans ma retraite ni éclat, ni ostentation, ni amertume : jusqu'au dernier moment, je m'occupe avec plaisir d'idées utiles à Sa Majesté et je continuerai même après que je n'aurai plus l'honneur de lui appartenir. J'ai lu quelque part que les vieilles amitiés doivent être *décousues*, s'il le faut absolument, mais jamais déchirées... (2)

Le lien de fidélité ne fut ni rompu, ni même relâché, comme on le verra, en dépit de cette secousse et de bien d'autres encore. Et pourtant Joseph de Maistre ne demandait qu'à être pris au mot, au risque de le regretter. Mais c'est ce qu'on se gardait de faire. On le blessait, mais on ne l'achevait jamais. On ne poussait jamais à bout ce grand naïf, ce grand honnête homme, sûr qu'il n'irait jamais au bout de lui-même. Et pourtant, il était sans illusions, celui qui écrivait :

(1) Au chevalier de Rossi, décembre 1806.
(2) Au même. 3 janvier 1807.

Soyez bien persuadé, je vous en prie, que la manière dont ma personne est envisagée m'était connue deux ou trois mois après mon départ, comme au moment où je vous écris. Que ma femme fût d'ailleurs emprisonnée, comme d'autres l'ont été; que ma fille eût été demandée en mariage par un mameluck; que mon fils eût été enrôlé par force, obligé de servir contre sa conscience, contre son père et contre son roi et tué à Austerlitz ou à Pultusk, par une balle partie du fusil de son oncle (car tout cela était possible); qu'ici même il m'eût embarrassé et humilié, tout cela, j'en suis sûr, était parfaitement indifférent, pourvu que, d'ailleurs, les affaires se fissent et que mes notes fussent approuvées. Un personnage, que vous avez sûrement connu, a dit jadis : *Nous avons marqué cette famille, elle ne s'élèvera jamais...* De quelque manière que j'envisage la chose, je me vois toujours condamné à quitter le service de Sa Majesté, comme sujet désagréable ou comme sujet outragé... Quand le roi serait rétabli demain, que m'arriverait-il?... Un homme riche, et qui aurait peut-être acheté sa tranquillité par toutes les complaisances et tous les serments imaginables, viendrait signer mon ouvrage, et l'on m'appellerait, moi, par une lettre que je lis d'ici, à la présidence de quelque tribunal. Je refuserais hautement, par mille raisons décisives qui sautent aux yeux et qui me permettraient même un peu d'humeur. Alors je serais *jubilé*, et toute la question roulerait sur la pension de retraite; mais je sais que cette question serait bien vite décidée; je n'ai jamais été que sénateur, dans le temps où j'avais l'honneur d'exercer des emplois au service de Sa Majesté (je conserve soigneusement la lettre par laquelle on me refuse le titre de président). Aussi je crois que, si l'on doublait en ma faveur l'ancienne paye de 1,200 livres, c'est tout ce qu'une saine politique pourrait permettre à l'égard d'un sujet d'ailleurs aussi vulgaire (1).

En dépit de la justesse de ces plaintes et de la fer-

(1) Au chevalier de Rossi, 11 janvier 1807.

meté de cette résolution, il arriva ce qui devait arriver.
On fatigua par l'attente le ministre mécontent, on
l'amadoua ensuite par quelques bonnes paroles, on
l'obligea moralement de rester; et il se résigna à rester
sans avoir rien gagné à ses récriminations que le
plaisir triste et vide de secouer sa chaîne sans parvenir à la briser.

A la fin de 1807, ses résistances battaient en retraite.
Il ne parlait plus de sa demande de rappel que pour la
forme, mais en gardant son droit de crier, lorsque sa
situation lui faisait trop de mal à l'esprit ou au cœur.
C'est ainsi qu'un an après, Joseph de Maistre ajoutait
à ses plaintes de cœur ses plaintes d'esprit. Non seulement il était négligé comme serviteur, mais il l'était
encore comme conseiller, et on ne tenait pas plus
compte de ses lumières que de son dévouement, ne
répondant que par le silence aux avis clairvoyants et
prévoyants que lui suggérait la connaissance des hommes et des choses et le réduisant au triste rôle de Cassandre, trop justifié par l'événement.

Voyant depuis longtemps ce que c'est que cette effroyable révolution dont nous sommes témoins, je n'ai rien
négligé pendant ma longue mission pour attirer Sa Majesté
hors des routes et des espérances ordinaires. Un homme
sur qui Sa Majesté pouvait compter comme sur elle-
même, et qui cependant ne déplaisait pas au parti contraire, était un instrument dont j'ose croire qu'il était
possible de tirer plus de parti : malheureusement l'épouvantable décret qui pèse sur tant de princes a totalement
fermé les yeux du roi et m'a rendu à peu près impuissant...
Pour comble de malheur, le roi a pensé qu'il était utile à
ses affaires d'avilir son ministre... Il a fallu six ans d'ou-
trages pour m'engager à demander ma retraite...

Ce qui rendait cette retraite nécessaire à ses yeux,

c'est que la disgrâce du père semblait rejaillir sur le fils.

Lorsque mon fils vint me rejoindre, qu'y avait-il de plus simple que de le placer ici de la manière la plus brillante comme il est dans ce moment? Et cependant que demandai-je pour lui? Un grade idéal dans la milice de Sardaigne : je descendis jusque-là. En me plongeant dans cette boue, je ne pouvais avoir d'autre vue que celle de demeurer près des marches du trône, à mes périls et risques.

On repoussa cette demande dictée par l'affection; et alors, comme nous l'avons vu, le comte de Maistre se décida à faire pour son fils ce qu'il ne faisait pas pour lui-même, à le faire entrer au service d'un souverain plus généreux. Et cela non sans sacrifice. « J'ai disputé avec moi-même plus d'un an avant de consentir à sauver mon fils... (1). » Et il terminait par cette fière déclaration : « L'inébranlable décision de Sa Majesté m'ayant détruit jusque dans l'avenir, il ne me reste que ma devise : *Fors l'honneur nul souci.* »

C'est en obéissant à un sentiment d'honneur que Joseph de Maistre consentit définitivement à rester, parce qu'après la paix de Tilsit, et ce traité fatal à tout espoir de restauration ou d'indemnisation, où le roi de Sardaigne et ses droits et ses revendications étaient purement et simplement passés sous silence, la retraite eût été une désertion. On n'abandonne que les souverains heureux. « Je perds tout ce qu'un homme peut perdre, Sa Majesté est plus malheureuse que moi, et dans ce moment je ne puis m'occuper que d'elle (2). »

Et il s'en occupa, en effet, dans un projet qui avait tout pour lui, la hardiesse, la générosité, et qui aurait

(1) Au chevalier de Rossi, 1ᵉʳ août 1807.
(2) Au même, 10-22 août 1807.

eu peut-être pour lui le succès, sans les circonstances qui contrarièrent son originalité héroïque, sans la situation fausse faite à l'empereur par ses défaites qui l'avaient fait abandonner par ses alliés et l'avaient obligé d'abandonner ses clients, sans le remplacement du général Savary, comme ambassadeur à Saint-Pétersbourg par le général de Caulaincourt.

Quoi qu'il en soit, ce projet approuvé à Saint-Pétersbourg fut blâmé à Cagliari. Joseph de Maistre ne reçut d'autre récompense de cette initiative hardie, témoignage d'un zèle et d'un dévouement qui excitaient l'admiration de ses amis et de ses ennemis eux-mêmes, que des soupçons et des reproches dont l'injure, vertement relevée par l'offensé, faillit encore jeter hors des gonds le serviteur méconnu qui voulait tout supporter, excepté les affronts, qui se résignait à ne pas voir ses services appréciés, mais ne pouvait se résoudre à se les voir imputer à crime.

Nous ne pouvons que résumer cet épisode caractéristique dont les péripéties se prolongent pendant près d'un volume de la correspondance, et auquel force nous est de ne consacrer que quelques pages.

Après le traité de Tilsit, où la Sardaigne n'était pas même nommée, par un silence dont ne pouvait demander compte l'empereur de Russie, à ce moment sous le joug de la force et sous le charme du génie de Napoléon victorieux et caressant, qui voulait séduire après avoir conquis, Joseph de Maistre se souvint à la fois qu'il avait dans son portefeuille un décret en vertu duquel il était reconnu citoyen français, avec permission de rester au service du roi de Sardaigne, et qu'un jour Alquier, l'envoyé français à Naples, frappé par son exposé des droits et des griefs de son maître, lui avait dit avec vivacité : « Pourquoi ne dites-vous pas ces choses-là au Premier consul? on ne les lui a jamais dites ou jamais de cette façon. » Il y avait dans ce conseil quelque chose qui sembla un reproche à Joseph de Maistre, quand il vit son maître abandonné de tout le monde. Que lui restait-il? Rien et tout peut-être. Un serviteur dévoué, dont le zèle avait parfois des inspirations géniales, des illuminations décisives, de ces élans irrésistibles, qui transportent les montagnes et soulèvent les mondes, de la fidélité servie par l'éloquence et favorisée par l'occasion. Pourquoi ne tenterait-il pas quelque chose dans un mystère propice, qui prévient les répugnances et les résistances refroidissantes, échappant au soupçon par une confidence nécessaire au chancelier et à l'empereur, échappant aussi à la contradiction, en laissant dans l'ignorance de sa démarche un maître timoré qu'il fallait sauver à son insu et malgré lui, gardant la responsabilité de l'échec, ne lui livrant son secret qu'avec le succès. Pourquoi n'essaierait-il pas? Le général Savary, si ours qu'il fût, ne le mangerait pas et peut-être l'apprivoiserait-il. Ainsi se déroula l'imbroglio profondément médité et savamment combiné.

Dès avril 1807, pour tâter le terrain peut-être, Joseph de Maistre ne cachait pas au chevalier de Rossi combien il était hanté, tenté par l'idée « d'aborder Tamerlan » ainsi qu'il appelait Napoléon, qu'il appelait aussi Gengis-khan, et encore le *Dæmonium mœridianum* et dont il avait écrit au comte d'Avaray, à propos des flatteurs qui le déclaraient l'envoyé du ciel, le mot fameux : « Bonaparte vient du ciel en effet... comme la foudre ». Eh bien, cette foudre ne l'effrayait pas (au contraire); comme politique, il sentait le besoin, pour les intérêts de la Sardaigne, d'un rapprochement avec Napoléon, qui haïssait si fort la Sardaigne, surtout en raison du phénomène moral fort bien exprimé par cet axiome de Rousseau : « On pardonne quelquefois les injures qu'on a reçues, jamais celles qu'on a faites. » Là-dessus bouillonnait ce cerveau volcanique qui refroidissait, au besoin, ses laves sous les neiges de la sagesse, c'est-à-dire qui savait corriger par la réflexion les écarts de l'inspiration. Il en arrivait à l'idée, qui attirait de plus en plus en lui le zèle du serviteur, qui ne déplaisait pas non plus à la curiosité de l'artiste, de se mesurer, dans la nudité du droit, sans autre force que celle de la raison, contre le grand dompteur d'hommes et de nations, au risque d'être dompté à son tour, mais aussi avec l'espoir de dompter le dompteur. Il s'agissait donc de solliciter et d'obtenir une entrevue avec l'empereur et de lui dire ce que personne ne pouvait ou n'osait lui dire, ce qu'il se sentait, lui, capable de lui dire. Il trahissait presque son dessein dans sa lettre du 4 septembre 1807 au chevalier de Rossi :

Il faudrait tâcher de se rapprocher de Bonaparte et de le rendre moins furieux contre nous. Ce projet exige beaucoup de délicatesse pour maintenir surtout la dignité. Avant d'en parler j'aurais voulu recevoir des instructions de S. M. mais à la distance où nous sommes je suis *plénipotentiaire* par force, je compte avoir sur cet article une correspondance approfondie avec le ministère; après quoi je ferai ce qui me semblera utile.

Ce qu'il juge utile en premier lieu, c'est d'aborder et d'amadouer le général Savary, ambassadeur de France, dont les coups de boutoir étaient la fable de la cour, qui avait dans les manières tout le sans-façon du

soldat vainqueur et toute la rondeur du bourgeois
parvenu, mais qui n'était ni sans esprit, ni sans
finesse, n'aimait point à être flatté, et prenait en estime
et en goût ceux qu'il n'intimidait pas, et qui lui
résistaient. S'il ne se gênait pas pour rabrouer le général lord Hutchinson, celui qui avait achevé de gagner
la bataille (de terre) d'Aboukir après la mort d'Aber-
combry, en lui disant : « Il y a des ânes dans toutes les
nations. Cet animal de Menou était le nôtre, comme
Mack chez les Autrichiens », et cela en se tournant, pour
faire coup double, du côté de l'ambassadeur d'Autriche,
il fut beaucoup plus courtois, après quelques brus-
queries inévitables, quelques petarrades d'humeur que
de Maistre appelait plaisamment ses *détonations*, pour
le ministre Sarde dont il avait entendu parler avec une
faveur qu'il lui témoigna dès qu'il l'eut vu et entendu.

Le général Savary, loin de décourager le comte de
Maistre de son dessein d'obtenir une audience de
Napoléon, s'y prêta avec une complaisance rare chez
lui. On peut lire les détails de cette curieuse entrevue
dans la correspondance, où l'on trouvera les premières
pièces de la négociation, c'est à dire une lettre au comte
de Roumantzof, ministre des affaires étrangères de
Russie, et un mémoire à l'empereur de Russie, en date
des 14-25 septembre 1807, suivis d'une lettre au général
Savary et d'un Mémoire au même du 8 au 20 octobre
de la même année. L'affaire semblant mûre, Joseph de
Maistre jugea à propos de rompre le secret des
démarches préliminaires et d'en faire l'exposé au chevalier de Rossi dans sa lettre du 20 octobre-1er novembre. Il y racontait son entrevue avec le général
Savary, l'approbation donnée à son projet par le
ministre Roumantzof et la recommandation indirecte

obtenue de l'empereur auprès du général Savary, à qui
S. M. I. avait fait dire, par le comte de Roumantzof,
qu'Elle « verrait avec plaisir que l'empereur des Français voulût bien recevoir à Paris le comte de Maistre »
il ajoutait :

Que produira cette tentative ? Je l'ignore ; mais rien
que cette tentative peut servir le roi ; et je ne crois pas
qu'elle puisse nuire d'aucune manière. D'abord, j'ai
donné ma parole d'honneur solennelle que Sa Majesté
ignorait tout, ce qui est vrai ; afin que, dans toutes les
suggestions possibles, rien ne puisse retomber sur elle.
Si je suis repoussé, je suis ce que je suis, c'est-à-dire
rien, car nous sommes dans ce moment totalement à bas.
Si je suis appelé, j'ai peine à croire que ce voyage ne
produise pas quelque chose de bon, plus ou moins... Si
je réussis à Paris, je m'en irai sur-le-champ en Sardaigne
pour rendre compte de tout ; si je n'obtiens rien du tout,
ou si peu de chose qu'il ne valut pas la peine de faire le
voyage, je m'en irai par Turin pour voir ma femme et
mes enfants, que peut être je ne verrai plus ; ensuite je
me fixerai pour quelque temps dans une petite ville de
Russie, où l'on peut vivre à bon marché, et je laisserai
accumuler de l'argent à Saint-Pétersbourg, pour boucher
le trou qu'aura fait le voyage. Pendant ce temps, je
serai censé absent par congé.

Dans une autre lettre, faisant allusion à la déclaration de guerre de la Russie à l'Angleterre, Joseph de
Maistre disait :

Il me semble que cette déclaration de guerre ne doit
rien changer à mon projet. Si, dans des circonstances
aussi difficiles, il m'arrivait de ne pas tout faire comme
Sa Majesté l'aurait désiré, Elle voudra bien réfléchir que
l'infaillibilité n'appartient à personne, et moins à moi
qu'à mille autres. Il faut agir, voilà qui est certain, car
les plus beaux discours ne servent à rien. En second
lieu, il faut agir par nous-mêmes puisque nous sommes
complètement abandonnés ; j'ai donc pensé qu'il n'y avait

aucun autre moyen possible que celui que j'ai imaginé
pour améliorer le sort de Sa Majesté; si je me trompe,
je ne sais qu'y faire... qui sait? l'audace de l'idée peut
la faire réussir. Ce que je puis vous assurer, c'est
qu'après avoir joué cette carte formidable, je suis aussi
calme que si j'allais à la comédie : *Jacta est alea!*...
Rien ne peut être utile au roi qu'une sage témérité...
jamais on n'a joué plus sagement une plus terrible carte.

Le 13-25 décembre 1807, répondant par avance à un
scrupule dont la raison d'État, en politique, peut
absoudre la conscience, dans un intérêt supérieur à
celui qui en ferait tenir compte, Joseph de Maistre
écrivait avec la hardiesse et la liberté d'esprit qui ont
tant servi à ses ennemis pour fausser le sens et la
portée de certaines de ses paroles :

Je sais tout ce qu'on peut dire contre Bonaparte; il est
usurpateur, il est *meurtrier*, mais faites-y bien attention, il est *usurpateur* moins que Guillaume d'Orange,
meurtrier moins qu'Elisabeth d'Angleterre. Il faut savoir
ce que décidera le temps, que j'appelle le *premier ministre de la Divinité, au département des souverainetés;*
mais en attendant, Monsieur le chevalier, nous ne sommes pas plus forts que Dieu; il faut traiter avec celui
à qui il lui a plu de donner la puissance. Rien ne prouve
que Bonaparte établisse une dynastie; plusieurs raisons
même prouvent le contraire. Mais tout annonce que son
règne sera long et que ses actes tiendront, du moins en
partie.

Le 4-16 janvier 1808, le silence de Paris et une longue
attente avaient un peu refroidi l'impatience de Joseph
de Maistre, sans refroidir son zèle. « Si je pars, écrivait-il au chevalier de Rossi, je serai très content
de pouvoir entreprendre quelque chose pour les in-
rêts du roi; si je reste, je serai très content d'échapper
aux dangers de cette entreprise. »

Cette incertitude, aigrie par les événements qui se précipitaient dans un sens contraire à toute espérance, tournait facilement à la mélancolie, et quelques jours après, Joseph de Maistre écrivait tristement :

Il faudrait, je le sens, vous remercier de tout ce que vous me dites d'obligeant dans ce numéro 26, auquel je réponds; mais je vous prie de m'excuser : je n'en ai pas la force. Homme sans pain et sans espérance, père sans patrie et sans propriété, époux sans femme, mandataire sans moyens, ministre sans fonctions, gentilhomme sans titre, employé sans grade, etc., etc... *Occallui*. Je ne suis plus qu'un tronc et ne sens plus rien.

Ce sentiment se changeait en une juste et éloquente indignation, quand il recevait du ministre, le chevalier de Rossi, à propos de la témérité de sa démarche, qualifiée de négociation, l'expression non assez déguisée de la surprise et du mécontentement de son gouvernement. Il importe de citer pour bien connaître l'homme, qui se révèle surtout et se trahit dans ces mouvements violents de l'âme, quelques passages de la protestation du ministre si étrangement méconnu et si peu récompensé de ce qui ne pouvait, au plus, être considéré que comme un excès de zèle, une erreur de dévouement, de ces fautes, enfin, qu'on blâme en en embrassant l'auteur.

Vous accusez mes *lunettes russes* et vous ne faites pas attention aux *lunettes sardes* que vous portez... La différence qu'il y a entre nous deux, c'est que lorsque je raisonne sur Pétersbourg par les règles de Pétersbourg, je vois et je raisonne très juste, au lieu que vous, Monsieur le chevalier, quand vous me prouvez que telle ou telle chose ne doit pas choquer à Saint-Pétersbourg parce qu'elle paraît bonne et raisonnable à Cagliari, vous me paraissez tout à fait *hors des règles de l'optique*, et permettez-moi d'ajouter encore de la *logique*.

Quant au *salpêtre* dont vous me croyez pétri, je vous prierai encore d'observer que nul homme ne passe pour bouillant ou emporté parce qu'il l'a été avec tel homme ou à tel moment... Il y a sept ans que je suis ici, au milieu des circonstances les plus difficiles et des hommes les plus aisés à effaroucher. Par quel enchantement est-il arrivé que mon *salpêtre*, loin de produire la moindre explosion, a paru à tout le monde du *beurre frais?*

Joseph de Maistre rétorquait ensuite vivement les reproches dont la forme surtout l'avait blessé.

Si vous m'aviez répondu tout simplement : *Sa Majesté, bien persuadée que vous ne pouvez rien entreprendre que par un véritable zèle pour son service, désapprouve néanmoins votre idée, et souhaite que vous ne l'ayez pas exécutée,* je n'avais certainement rien à dire, car tout ministre qui prend sur lui d'agir sans autorisation, dans les occasions où il n'a pas le temps de consulter, doit faire entrer dans ses calculs la chance de la désapprobation (ou de la non-approbation), ce qui n'est pas tout à fait la même chose. Mais vous saisissez une plume massive, et vous me répondez comme à un jeune homme qui débuterait dans le monde et qui chercherait une réputation ; je pourrais même ajouter comme à une espèce de mauvais sujet. Vous souhaitez, *pour mon bien, que je ne sois pas parti,* et vous m'apprenez même *que Sa Majesté veut bien ne pas donner d'interprétation sinistre à ma démarche.* C'est une extrême clémence, Monsieur le chevalier, mais qui a tout à fait achevé de m'aliéner. Cette lettre m'a paru un péché capital contre la délicatesse et contre les égards que tous les souverains veulent bien avoir pour de vieux serviteurs. *Eh! que me fait à moi cette Troie où je cours?* Etait-ce pour mon plaisir ou pour mon profit, que je voulais aller à Paris? Si j'avais voulu faire ma paix particulière ou me tourner d'un autre côté, après avoir pris congé respectueusement, je n'aurais pas été plus coupable que les ducs et pairs qui ont quitté les flancs de leur ancien maître pour s'en aller faire leurs affaires, en disant comme on dit ici : *Tout est fini.* Quel motif pouvait donc me déterminer, sinon une volonté ardente d'être utile à Sa Majesté, volonté qui est considérée et appréciée par les hommes équitables.

Sa lettre, comme toujours, concluait par l'offre de sa retraite. Joseph de Maistre était de ces serviteurs dévoués, mais méconnus et mécontents, qui savent mieux servir que flatter, et ont toujours leur démission dans leur poche. Les chiens les plus fidèles ne sont pas ceux qui caressent toujours et ne mordent jamais. Il faut se méfier des gardiens qui n'aboient point, des conseillers qui ne se fâchent pas. Joseph de Maistre ressentait le désir et le besoin d'en finir avec ces querelles et ces plaintes provoquées par une situation sans changement et monotone comme elle. « Quel ennui, s'écrie-t-il une fois, que celui d'ennuyer! Mais ce n'est pas ma faute! »

A partir de cette suprême et décisive épreuve, sans jamais se résigner, il se décidera à laisser saigner sa blessure en dedans, à « cacher l'ulcère », comme il dit énergiquement, dont on irrite sans cesse la plaie, au lieu de la panser. Mais il ne prendra pas le parti du silence résigné, ou tout au moins de la plainte intermittente, car les événements de 1808 à 1814 ne sont pas de ceux qui n'exigent pas, pour les poitrines les plus robustes, mais si cruellement oppressées, le soulagement du soupir, sans avoir poussé à fond, et de façon à obtenir les excuses de son ministre mieux informé, non son apologie (il laisse, dit-il, les apologies à ceux qui en ont besoin), mais ses explications, ses éclaircissements sur cette démarche qui n'aboutit pas, sur cette entreprise à laquelle le silence de Napoléon ne permit pas de donner suite, mais qui, en somme, ne fut pas stérile. Cette démarche, cette

entreprise furent au contraire, en un sens, aussi
heureuses qu'audacieuses, car l'envoyé sarde, qui pouvait être inquiété et molesté de tant de façons, fut, au
contraire, de la part de l'ambassadeur de France, Caulaincourt, l'objet d'égards particuliers et d'autant plus
flatteurs, qu'ils contrastaient avec l'exception contraire
dont d'autres diplomates, comme le ministre de Naples, étaient victimes, et qu'on ne pouvait les attribuer
qu'à des instructions spéciales. Joseph de Maistre
n'avait donc pas déplu en sollicitant l'honneur et le
danger de défendre directement devant Napoléon les
droits et les intérêts de son maître, et ces droits et ces
intérêts, que la politique de l'empereur sur l'Italie ne
lui permettait pas de ménager, n'eurent pas à souffrir
de cette intervention généreuse, héroïque d'un serviteur, dont le talent et le caractère grandissaient la
cause.

Napoléon ne pouvait ou ne voulait point accorder
satisfaction aux vœux qu'il lui était facile de deviner.
C'est pourquoi il éluda la demande et n'accorda pas
l'audience demandée. Mais il fit certainement en sorte
que celui qui l'avait sollicitée, qui avait eu assez de
confiance dans sa justice pour y faire recours, qui
avait eu assez de courage pour braver au besoin sa
colère, n'eût pas à s'en repentir. Il avait flatté la puissance victorieuse par une demande qui était un hommage de la part d'un adversaire qui pouvait haïr, mais
ne pouvait pas mépriser Napoléon. Le refus, dissimulé
sous le silence qui accueillit sa démarche, était un
hommage aussi. Il témoignait de la répugnance de
l'empereur Napoléon à abuser de l'illusion généreuse
de Joseph de Maistre, à l'exposer et à s'exposer à un
duel courtois, mais inégal entre deux hommes tous

deux doués d'éloquence, mais dont un seul avait la
puissance. Le principal, l'unique obstacle même, car
Napoléon, qui se connaissait en hommes, avait été
frappé de la valeur de de Maistre, et il ne devait pas
éprouver de le voir et de l'entendre une curiosité
moindre que celle qu'il lui inspirait, vint des événements qui engageaient Napoléon au-delà de sa volonté
même, ne lui permettaient de rien accorder à Joseph
de Maistre, et l'obligeaient à renoncer à l'espoir de
gagner par un bienfait un homme qui ne pouvait l'être
que de cette façon. En toute autre circonstance, la
conquête d'un pareil homme eût pu balancer aux yeux
de celui qui se flattait d'être non seulement un conquérant de nations, mais un conquérant d'hommes,
une concession en ce qui touchait la Savoie ou le
Piémont. Mais cette contradiction des événements,
désormais engagés à fond et jusqu'à leur dénouement
fatal, ne se prêtait plus à un changement de plan, ni à
une modification du système d'alliances faisant rentrer
dans l'orbite de la politique française la Sardaigne, si
longtemps décevante, et inféodée irréparablement à
l'influence anglaise et russe.

Sans cette contradiction des événements, que ne
pouvait prévoir Joseph de Maistre lorsqu'il conçut un
dessein que la paix favorisait au contraire en ce moment, son initiative originale, hardie, hors des traditions sans doute, contraire aux règles peut-être, pouvait être décisive et féconde. En tout cas, la démarche
avait été combinée par Joseph de Maistre, de façon à
ce que tous les risques lui en appartinssent exclusivement, et à ce que tous les avantages en demeurassent
à son roi, dont il voulait aller plaider la cause à Paris,
à *titre privé*, renonçant à tout caractère, à toute

immunité diplomatique, consentant à être désavoué, à être sacrifié, ne voulant pour lui que le danger et réservant le succès à son maître. Or cette démarche dont l'idée surprit, étourdit, stupéfia, quand ils eurent connaissance, par sa propre confidence, de son projet, les ministres de Sa Majesté Sarde, avait, à la fin de 1807, de grandes chances de succès. Montlosier en avait tenté une analogue, et l'estime et la faveur de l'empereur avaient récompensé sa confiance. Le comte de Bonald avait été l'objet de ses distinctions et de ses flatteries. Ce n'était pas sa faute si Chateaubriand, un moment conquis, lui avait échappé. On a parlé de la haine et du mépris de Napoléon pour les idéologues. Pour les idéologues radicaux, les philosophes républicains, irréconciliables, sans doute, mais point du tout pour les philosophes chrétiens, pour les idéologues monarchiques. Ceux-là ne lui déplaisaient pas, ne le gênaient pas. Au contraire, ils combattaient la souveraineté populaire et les utopies révolutionnaires. Ils ne prêchaient ni la révolte, ni l'assassinat. Ils donnaient l'exemple de la fidélité. Ils avaient le dépôt de la grande tradition monarchique à laquelle, en fondateur de dynastie, il prétendait se rattacher et se rallier, invoquant, pour sacrer sa grandeur parvenue, l'onction papale, et faisant couronner et bénir par l'Église son inviolabilité.

Ce projet d'entrevue, combiné par de Maistre, n'avait donc rien en soi de vulgaire, de banal, ni même de téméraire et de chimérique, comme on le pensa dans les hypogées de Cagliari, où régnait le fanatisme aveugle des anciens hiératismes. Il pouvait être favorisé par la connaissance que Napoléon n'avait pas faite sans estime pour son auteur, avec l'ouvrage des *Considérations*, dont il avait, avec un plaisir aquilin, parcouru les hauteurs.

Il pouvait être favorisé par l'habileté que Joseph de Maistre ne possédait pas à un moindre degré que l'éloquence. Le roi Victor-Emmanuel et ses ministres n'en pouvaient douter, eux qu'il avait initiés à son manège, qui faisait tourner, au besoin, au profit de ses vues jusqu'à la méfiance et à la duplicité d'un gouvernement absolu, qui n'éprouvait aucun scrupule à violer le secret des correspondances même diplomatiques. Rendant à la curiosité et à la méfiance du despotisme czarien piège pour piège et malice pour malice, Joseph de Maistre avait imaginé, quand il voulait faire savoir en haut lieu des choses qu'il ne pouvait ou n'osait y dire, et qu'il était profitable aux intérêts de son maître qu'on y sût, de l'écrire dans des dépêches qu'il savait destinées inévitablement à être interceptées, décachetées, déchiffrées et subrepticement lues. C'est grâce au succès de ces fraudes permises, de ces légitimes stratagèmes qu'il avait su se ménager, peu à peu, une grande influence et un grand crédit personnel dans le monde de la cour, dans les cabinets ministériels et jusque sur l'esprit de l'empereur lui-même. On le voit, Joseph de Maistre savait user de toute la finesse qu'il est permis d'avoir dans la guerre diplomatique, comme dans l'autre, et il n'eût pas dédaigné, dans l'intérêt de sa cause, de se ménager à Paris, comme il avait su le faire à Saint-Pétersbourg dans ses rapports avec le général Hédouville, le général Savary et le duc de Vicence, les bonnes grâces de Talleyrand, qui faisait, comme nous le savons, le plus grand cas de l'auteur des *Considérations* (1), et de

(1) Quand je songe que Napoléon a tenu entre ses mains,

Fouché, dont il possédait un secret. Car c'est Joseph de Maistre qui nous apprend, — ce que beaucoup ignorent, et ce qui explique bien des choses, — que, dès 1798, il avait négocié et obtenu, en même temps que plus d'un autre régicide, son pardon auprès du frère de Louis XVI, Louis XVIII (1).

On comprend donc qu'un tel homme n'ait pu voir sans regret lui échapper une telle occasion, et on excuse aussi sa colère et sa douleur en voyant méconnue, désavouée, punie par le reproche et le soupçon, une entreprise si bien combinée, une pièce aux ressorts si bien ajustés, qu'on trouve qu'il est grand dommage qu'elle n'ait pu être jouée, quand on en lit le *scenario*, où l'auteur avait tout prévu, tout préparé, jusqu'à l'effet de son exorde et de sa péroraison, écrits d'avance par lui pour être appris par cœur, et lui permettre d'éviter l'intimidation et le trouble de l'abord, et de ménager à son discours le bénéfice d'un entier sang-froid (2). Aussi est-ce avec un

et que la plupart de ses généraux ont acheté à Milan la cinquième édition des *Considérations sur la France* (que je n'avouais pas à la vérité, mais que tout le monde m'attribuait), qu'il a saisi une lettre de S. M. le Roi de France, qui me remerciait de ce livre et me priait de le faire circuler en France par tous les moyens possibles, croyant aussi que j'en étais l'auteur, etc... (Lettre au chevalier de Rossi, 19 janvier 1809.)

(1) « Pendant que je résidais en Suisse, il y a dix-huit ou dix-neuf ans, dans le moment le plus terrible de la Révolution, quatre ou cinq votants, à la mort du roi Louis XVI, bourrelés par leur conscience, recoururent au roi alors dénué de toute espérance, et lui demandèrent grâce comme s'il avait été sur son trône. Le roi fit grâce dans les formes; je le sus, mais sans connaître les noms, et j'ai appris depuis moins d'une année que Fouché était du nombre. (Lettre du 27 juillet-8 août 1815. *Correspondance diplomatique*, t. II. p. 96.)

(2) Au chevalier de Rossi, 6-18 mars 1808, — mai 1808, — 28 mai, — 9 juin 1808.

haussement d'épaules de philosophe et aussi un mépris
d'artiste politique pour les bonzes de la chancellerie
sarde, pour leur intolérant fétichisme, que, relevant
un aveu maladroit du chevalier de Rossi, il s'écriait :

Comment donc cette idée a-t-elle été si mal accueillie
à Cagliari? Je crois que vous m'en dites la raison sans le
savoir, dans la première ligne chiffrée de votre lettre du
15 février, où vous me dites que la mienne est un *monument de la plus grande surprise.* Voilà le mot, Monsieur le chevalier : le cabinet est surpris, tout est perdu.
En vain le monde s'écroule, Dieu nous garde d'une idée
imprévue !

C'est grand dommage que cette idée imprévue, qui
aurait pu porter des fruits plus imprévus encore, n'ait
pu arriver à maturité. Nous possédons du moins les
lettres de de Maistre, qui se rapportent à ce sujet.
Nous ne pouvons qu'y renvoyer le lecteur, ainsi qu'au
reste de ce groupe de lettres éloquentes, douloureuses,
émouvantes, touchantes, tour à tour écrites avec du
miel et du fiel, avec de l'encre sympathique et, comme il
disait lui-même « de l'encre fulminante » qui concer-
nent sa situation, ces cruels contrastes de faveur auprès
de son hôte et de disgrâce auprès de son maître, de succès dans le monde et de solitude et de pauvreté dans
son intérieur. Quand il songe, — il le répète plusieurs
fois, — à cet anathème jeté sur sa famille condamnée
à ne jamais avancer auprès du prince à qui elle a tout
sacrifié, à cette malédiction qui fait que « jusque dans
les grâces mêmes dont il est rarement l'objet, il y a
quelque chose de mortifiant », il écrit : « Au moyen du
remède de Mithridate dont je fais usage depuis sept
ans, j'espère que nul chagrin ne peut me tuer (1). »

(1) 1ᵉʳ mai 1809.

Il ne peut digérer le double affront officiel qui a puni, s'il a eu des torts, des torts qui n'étaient que « de papier », c'est-à-dire si l'on veut des écarts ou des excès de plume, inévitables au cours d'une perpétuelle improvisation épistolaire, puisqu'il n'a pas de secrétaire, sous l'influence d'événements qui ont déconcerté les plus sages et fait faire tant de fautes aux peuples et aux rois. Il écrit encore au roi, le 10 mars 1810, avec un respectueux reproche : « J'ai été offensé officiellement deux fois, quand on m'a dit : *On ne peut servir deux maîtres*; et quand on m'a dit : *Sa Majesté, sans donner d'interprétation sinistre à vos intentions*, ce qui m'a paru être la même chose que d'écrire à une honnête femme, *sans croire que vous êtes une courtisane.* »

Et en décembre 1810, il faisait part à son frère Nicolas de Maistre de son humiliant dénuement, résumé comme toujours dans un détail aussi pittoresque que triste : « Voilà le second hiver que je passe sans pelisse : c'est précisément comme de n'avoir pas de chemise à Cagliari »; et il lui avouait « qu'il partageait la soupe de son valet de chambre ».

Joseph de Maistre se consolait de tous ces déboires, de tous ces soucis par l'étude et le travail. C'était là son opium salutaire, son contre-poison contre le venin des chagrins aigris et prolongés. Ces études et ces travaux tantôt gardaient le caractère spéculatif et métaphysique comme l'*Essai sur le principe générateur des constitutions politiques et des autres institutions humaines*, dont le manuscrit est de 1809, tantôt affectaient la forme et prenaient la portée d'utilité pratique et d'application d'une véritable consultation politique. C'est ainsi qu'il profita de l'amitié et de l'es-

time du comte Razoumowsky, ministre de l'instruction publique en Russie, pour lui exposer, à sa prière,
ses idées sur l'éducation publique, et faire servir son
influence aux Jésuites, qu'il révérait comme les maîtres de sa jeunesse et qu'il considérait d'ailleurs comme
dépositaires des meilleures traditions et des meilleures
méthodes en matière d'éducation. C'est une chose faite
pour frapper l'observateur, en dehors de toute considération politique et religieuse que le contraste, —
qui a sa leçon, — en vertu duquel les Jésuites, frappés
à la fois par les foudres pontificales et royales, et
chassés de tous les pays catholiques, trouvèrent, dans
les pays protestants ou schismastiques, comme l'Angleterre des Orange-Hanovre, la Prusse de Frédéric le
Grand et la Russie de Catherine le Grand, un asile
honorable et une protection fondée sur leurs mérites
et leurs services. Joseph de Maistre, à titre de philosophe et politique consultant, sorte de ministre officieux
et *in petto*, invité à donner à l'empereur de Russie et à
ses ministres des conseils dont ils faisaient plus de
cas que ne le faisaient le roi et les ministres sardes,
prit une part importante, parfois décisive, à ces questions de gouvernement intérieur. On peut en suivre la
trace dans la partie de ses *Œuvres* consacrée aux
Opuscules sur la Russie (1).

Joseph de Maistre ne faisait pas mystère de ces rela-

(1) T. VIII de l'édition de Lyon. — *Cinq lettres sur l'éducation publique en Russie* à M. le comte Razoumowsky, ministre
de l'instruction publique, juin 1810. — Observations sur le
Prospectus Disciplinarum ou plan d'étude proposé pour le
séminaire de Newsky, par le professeur Fessler. — Mémoire
sur la liberté de l'enseignement public. Quatre chapitres sur
la Russie. — De la liberté, de la science, de la religion, de
l'illuminisme, décembre 1811.

tions et de ces rapports, de ces témoignages de confiance et de zèle échangés entre le gouvernement russe
et le ministre sarde; et la cour de Sardaigne, soit
qu'elle sentît l'avantage pour elle du crédit de son
mandataire, soit qu'elle n'y vît pas du moins d'inconvénient, ne mit aucun obstacle à ces services ultra-
diplomatiques et n'en témoigna d'abord aucune jalousie, aucun ombrage. Cela dura jusqu'en 1812, où
le roi sembla craindre que son ministre appartînt trop
à l'empereur Alexandre pour lui appartenir assez,
et où celui-ci sacrifia à ces scrupules et à ces délicatesses une occasion décisive pour lui d'influence
et de fortune. Il en profita du moins pour contribuer
à faire obtenir aux Jésuites le développement de
leurs établissements, jusque dans la Sibérie (à Tobolsk,
à Tomsk et à Irkoutsk (1) et l'érection de leur
collège de Polock en université indépendante. Cette
faveur devait d'ailleurs bientôt, par suite de revirements et d'intrigues dont le récit ne serait pas
ici à sa place, se changer en une suspicion et une
disgrâce dont Joseph de Maistre ne fut pas sans ressentir personnellement le contre-coup dans une diminution non de la bienveillance, mais de la confiance
impériale.

    L'étude, le travail, le succès de ses rapports et de
ses *Mémoires* sur les affaires russes, avons-nous dit,
consolaient Joseph de Maistre de ses déceptions et de
ses soucis du côté de sa cour. Il trouvait une autre
source de consolation et de réparation dans ses rapports épistolaires, les seuls que l'absence comportât,
avec sa famille, dans cette correspondance avec ses

(1) Lettre au chevalier de Rossi, novembre 1810.

filles, son fils, ses frères, ses sœurs, que nous allons feuilleter. Notre plaisir sera certainement partagé par le lecteur, car il y trouvera, avec de nouvelles raisons d'admirer et d'aimer notre auteur, une diversion rafraîchissante au spectacle attristant de la lutte contre une ingrate fortune d'un homme si digne d'être heureux.

La première lettre écrite de Saint-Pétersbourg, le 19 octobre 1803 (1), ne serait pas une lettre de père, si elle n'était pas adressée à tous ses enfants, collectivement ou plutôt tour à tour; si chacun d'eux n'y trouvait son mot, pour être ensuite réuni avec les autres dans un même discours, dans une même étreinte.

Faisons comme Joseph de Maistre. Ne séparons pas ceux qu'il entretient et qu'il embrasse tour à tour d'abord, puis à la fois, et écoutons ce qu'il leur dit d'une voix si grave et si tendre en même temps, et avec un sourire mouillé de larmes contenues.

Quand ta mère devrait en être jalouse, c'est par toi que je veux commencer, ma bien-aimée Adèle; je veux te remercier de ta jolie page du 3 septembre qui m'a fait un plaisir infini. Je sais bien que tu es *sotte*, que tu ne sais ni *parler*, ni *caresser*, que tu es *cruelle, barbare, traîtresse*, etc., etc... N'importe, l'amour est aveugle, et cette passion de la cité d'Aoste dure toujours...

Je me figure aisément la joie que tu as goûtée, lorsque la porte de ta cage s'est ouverte, et que tu t'es trouvée de nouveau assise à cette table où il ne manque qu'une personne; mais je t'avoue, mon très cher enfant, que je n'ai nullement été ennuyé de tes ennuis, et que rien au monde ne m'a été plus agréable que d'apprendre que tu avais su dévorer en silence tes petites *seccatures* et te faire aimer de tes *saintes geôlières*. Ce monde-ci, ma

(1) *Correspondance*, édition Vitte et Pérussel, t. I, p. 122.

chère Adèle, est une gêne perpétuelle; et, qui ne sait s'ennuyer, ne sait rien. J'espère que tout ira bien et que tu ne cesseras de croître *en grâce, en science et en sagesse, afin d'être agréable à nos yeux* (c'est le style de saint Paul), *et que je puisse t'embrasser avec une joie ineffable au jour de la consolation, qui arrivera bien tôt ou tard. Amen.*

Sur ce mot de pieux et affectueux espoir, le père, quittant sa fille bien-aimée, s'adresse à son fils :

Pour mon fils unique. — Et mon cher petit Rodolphe, où est-il? Qu'il vienne aussi prendre son mot. Tu ne peux pas me donner une plus douce assurance, mon cher ami, que celle de ta constante tendresse; quoique ce soit un discours inutile, cependant je l'entends toujours avec un nouveau plaisir. Ce qui ne m'en fait pas moins, c'est d'apprendre que tu es le bon ami de ta mère, et son premier ministre au département des affaires internes. C'est là le premier devoir, mon cher enfant; car il faut que tu sois son mari pendant que je n'y suis pas, et que tu me la rendes gaie et bien portante... Ton âme est un papier blanc sur lequel nous n'avons point permis au diable de barbouiller, de façon que les anges ont pleine liberté d'y écrire tout ce qu'ils voudront, pourvu que tu les laisses faire. Je te recommande l'application par-dessus tout. Si tu m'aimes, si tu aimes ta mère et tes sœurs, il faut que tu aimes ta table : l'un ne peut pas aller sans l'autre! Je puis attacher ta fortune à la mienne, si tu aimes le travail; autrement tout est perdu. Dans le naufrage universel, tu ne peux aborder que sur une feuille de papier; c'est ton arche, prends-y garde. Je mets au premier rang une écriture belle et aisée. L'allemand est une fort bonne chose, et qui probablement te sera fort utile. Ainsi, nous nous sommes entendus à ce sujet. Adieu, mon cher Rodolphe.

Enfin le père se tourne vers Constance, « sa chère petite inconnue ». Rien ne saurait rendre la grâce émue et caressante de ce petit discours qui n'est qu'un

long baiser parlé. Nous ne le déflorerons pas. Il y a des
choses si pures et si délicates, duvet de fleurs, aile de
papillon, qu'on ne saurait les toucher sans les gâter.
Nous ne citerons que la fin de ce délicieux couplet.

Adieu, mon petit cœur, je t'embrasse amoureusement.
Parle souvent de moi avec ta maman, ton frère et ta
sœur, et quand vous êtes à table ensemble, ne manquez
jamais de boire le premier coup à ma santé.

Après avoir lu les lettres qui précèdent et celles qui
suivront, on comprend très bien qu'elles fussent bien
venues dans la famille, qu'elles en fissent la fête et la
joie, et qu'on pût dire d'un jour sans lettres de cet
aimable absent, qui savait si bien se rendre présent
aux siens, ce que le pauvre dit d'un jour sans pain. Le
père et l'artiste dans le père n'étaient point insensibles
à ces hommages naïfs, à ces succès domestiques qui
fouettaient leur verve, comme on en pourra juger par
cette lettre à sa fille Adèle, du 12 août 1804 :

Tu dis donc, ma chère Adèle, que tu aimes extrêmement
mes lettres ? Tant pis pour toi, ma chère enfant ; car lorsqu'une petite fille aime les lettres d'un homme, c'est
marque presque infaillible qu'elle aime aussi l'homme.
Ainsi, te voilà à peu près convaincue d'une bonne inclination pour un vieux radoteur de cinquante ans, ce qui
est bien, sauf respect, l'excès du ridicule. Au demeurant,
tout le monde a ses faibles ; que ceci reste entre nous. Je
suis tout à fait piqué qu'on t'ait volé en France cette
lettre du mois d'avril ; il ne tiendrait qu'à moi de te la
répéter presque toute ; mais il me semble qu'il y a de la
bassesse à se répéter ainsi. Je me contente de commencer
et de finir à peu près de la même manière, afin que tu
ne perdes pas entièrement toutes les douceurs que je te
disais. Le mal est, *bel idol mio*, que l'empire français est
instruit de notre intrigue, au moyen de cette lettre sup-
primée...

12

Où te cacher? Va-t'en dans la nuit infernale. Non, mon cher enfant, reste pour me tenir compagnie. Tu verras que cette inclination, quoique très affichée, ne t'empêchera pas de te marier.

J'ai été enchanté des progrès que tu fais dans le dessin et de ton goût pour les belles choses, mais j'ai sur cela une terrible nouvelle à te donner ; c'est qu'il faut t'arrêter et consacrer une grande partie de ton temps à l'oisiveté : ta santé l'exige absolument. Je te conjure donc, mon cher enfant, de faire tes efforts pour devenir sotte, au moins jusqu'à un certain point. Il faut te jeter chaque jour dans le fauteuil douillet de l'ignorance, en répétant si tu veux, pour t'encourager, un adage de notre amie commune, feu Mme la marquise de Sévigné : *Bella cosa far-niente.* Autrement tu t'effileras, et tu ne seras plus qu'un petit bâton raisonnable, raisonnant et raisonneur, ce qui me fâcherait beaucoup. J'ai dit le surplus à ta mère ; ne prends pas ceci pour un badinage : l'excès d'application pourrait te faire beaucoup de mal.

... Parlons encore un peu de littérature. Tu me cites un beau passage *sur* Homère ; pour te payer, je t'en cite un d'Homère. Un Athénien, qui vit pour la première fois le fameux *Jupiter* de Phidias, dit à l'artiste, dans un accès d'enthousiasme : « Où donc as-tu vu Jupiter, homme étonnant? Es-tu monté sur l'Olympe? » Phidias répondit : « Je l'ai *vu* dans ces quatre vers d'Homère :

« Il dit, et le froncement de son noir sourcil annonça ses volontés. Sa chevelure parfumée d'ambroisie s'agita sur la tête de l'immortel et, d'un signe de cette tête, il ébranla l'immense Olympe. »

Et toi, mon cher enfant, peux-tu l'apercevoir dans cette traduction? A propos, as-tu lu l'*Iliade* et l'*Odyssée?* Il faut les lire, à cause de leur célébrité, et parce qu'il est impossible d'ouvrir un livre où l'on ne trouve quelques allusions à ces sublimes balivernes. Il y a trente mille traductions d'Homère ; il faut lire celle de Bitaubé, qui n'est guère plus rare que l'*Almanach.*

Je loue beaucoup ton goût pour le Tasse ; cependant l'inexorable juge du dix-septième siècle a dit : *clinquant du Tasse, or de Virgile.* Un homme comme Boileau peut

bien avoir tort, mais jamais *tout à fait* tort. Il est certain
que le style du Tasse n'est pas toujours au niveau de
ses conceptions; qu'il est souvent recherché, affecté; qu'il
manque en mille endroits de la simplicité et du naturel
antiques. Relis, par exemple, le discours de Renaud à sa
petite sorcière, lorsqu'il tient le miroir, *strano arnese*
dans le jardin enchanté.

> Ce n'est que jeux de mots, affectation pure,
> Et ce n'est pas ainsi que parle la nature.

Nondimento, la *Jérusalem délivrée* sera toujours un
des grands chefs-d'œuvre du génie moderne; mais, à
présent que tu l'entends à fond, je voudrais la relire avec
toi en *esprit de critique*.

Après un froid ridicule, qui nous a fait chauffer au
mois de juillet, nous avons passé presque subitement à
une forte chaleur de près de 30 degrés; mais ce n'est
qu'un éclair. J'ai eu le temps cependant de me baigner
dans la Néva aussi à mon aise que dans le bel Eridan.
Avant la fin de novembre, je passerai sur le même
endroit en carrosse à quatre chevaux, et l'on y fera
l'exercice. Au milieu de toutes les *phases* de la nature et
de la politique, je ne cesse de vous regretter, mes bons
amis. Je n'ai qu'une demi-vie... Adieu, mon très cher
enfant. Soigne ta santé scrupuleusement, ne *me* fais point
mal à *ta* poitrine. Conserve *ta bête* : ton oncle t'a fait
comprendre suffisamment l'importance de cet animal...
Si tu rencontres ta mère quelque part, dis-lui qu'elle a
fort bien fait de te faire, et, pour sa peine, embrasse-la
de ma part (1).

Ce sont encore des conseils et des leçons, toujours
sous une forme originale et piquante, qui constituent
le fond de la lettre du 17 septembre 1804 (2). Il est
impossible de mieux dire en plaisantant des choses
sérieuses.

(1) *Correspondance*, t. I, p. 199-202.
(2) *Ibid.*, p. 224.

Le jour où ton maître de dessin perdit courage à Lausanne, et que tout disait autour de nous : « On n'en fera jamais rien ! » je pris un sale chiffon de papier, sur lequel tu venais de crayonner tristement je ne sais quelle triste figure, et j'écrivis tristement au-dessous la triste inscription : 19 décembre 1795. J'avais quelque espérance dans le fin fond du cœur et je me disais à moi-même : Qui sait ce que deviendra ce petit original femelle ? Il faut l'attendre et ne point là tuer. C'est à cette salutaire réflexion que tu dois la vie. Mais, pour en revenir aux têtes, j'ai retrouvé dans mes papiers les deux belles têtes de Lausanne... Après avoir porté pendant plusieurs jours sur moi ta peinture et la poésie de Rodolphe, dont j'ai régalé mes amis, j'ai envoyé le tout à Moscou, en faveur de l'ami Xavier, qui me renverra le paquet *sonica*. Je prédis à Rodolphe que, lorsqu'il saura le français, il fera très bien les vers... Il me semble qu'il a des idées et qu'il commence à leur donner de la tournure. Il ne s'agit que de mettre dans sa tête ce qu'on appelle les *formes françaises;* rien n'y contribuera comme l'étude de la versification. Tu ferais bien de lui jeter, de temps en temps, une serviette sur la tête, comme on fait aux serins auxquels on veut apprendre un air. Alors tu t'approche-rais bien près de son oreille et tu lui murmurerais avec ta voix grave :

C'était pendant l'horreur d'une profonde nuit...

et tu n'ôterais point la serviette qu'il n'eût sifflé l'air de la manière la plus pénétrante.

Nous arrivons à une des belles lettres du recueil, de celles que leur auteur, conscient, malgré sa mo-destie, de leur perfection et de leur utilité, baptisait d'avance d'un nom que la postérité confirmera et qu'il appelait la lettre *sur la quenouille*, comme on dit de certaines lettres particulièrement célèbres de Mme de Sévigné : la lettre sur la mort de Vatel, sur la mort de Turenne, sur le mariage de Mlle de Montpensier, etc.

Elle demeure, bien qu'écrite le 26 décembre 1804, toujours de circonstance, comme on va le voir.

Voici, je crois, ma très chère enfant, le premier sermon que je t'aurai adressé de ma vie; et encore il te fait honneur, puisqu'il ne roulera guère que sur l'excès du bien. Je suis enchanté de ton goût pour la lecture, et, jusqu'à présent, je n'avais pas fait grande attention au dégoût qui en résulte pour les ouvrages de ton sexe; mais, comme tu as déjà bâti d'assez bons fondements, et que je crains que tu ne sois entraînée trop loin, je veux te dire ma pensée sur ce point important.

Tu as probablement lu dans la Bible, ma chère enfant : « La femme forte entreprend les ouvrages les plus pénibles, et ses doigts ont pris le fuseau. » Mais que diras-tu de Fénelon, qui décide avec toute sa douceur : « La femme forte file, se cache, obéit et se tait. » Voici une autorité qui ressemble fort peu aux précédentes, mais qui a bien son prix cependant : c'est celle de Molière, qui a fait une comédie intitulée *les Femmes savantes*. Crois-tu que ce grand comique, ce juge infaillible des ridicules, eût traité ce sujet, s'il n'avait pas reconnu que le titre de femme savante est, en effet, un ridicule? Le plus grand défaut pour une femme, mon cher enfant, c'est *d'être homme*. Pour écarter jusqu'à l'idée de cette prétention défavorable, il faut absolument obéir à Salomon, à Fénelon et à Molière; ce trio est infaillible. Garde-toi bien d'envisager les ouvrages de ton sexe du côté de l'utilité matérielle, qui n'est rien; ils servent à prouver que tu es femme et que tu te tiens pour telle, et c'est beaucoup. Il y a, d'ailleurs, dans ce genre d'occupation, une coquetterie très fine et très innocente. En te voyant coudre avec ferveur, on dira : « Croiriez-vous que cette jeune demoiselle lit Klopstock et le Tasse? Et, lorsqu'on te verra lire Klopstock et le Tasse, on dira : « Croiriez-vous que cette demoiselle coud à merveille? » Partant, ma fille, prie ta mère, qui est si généreuse, de t'acheter une petite quenouille et un joli fuseau; mouille délicatement ton doigt, et puis vrrrr! tu me *diras comment les choses tournent.*

12.

Tu penses bien, ma chère Adèle, que je ne suis pas ami de l'ignorance; mais, dans toutes les choses, il y a un milieu qu'il faut savoir saisir : le goût et l'instruction, voilà le domaine des femmes. Elles ne doivent point chercher à s'élever jusqu'à la science ni laisser croire qu'elles en ont la prétention (ce qui revient au même, quant à l'effet), et, à l'égard même de l'instruction qui leur appartient, il y a beaucoup de mesure à garder; une dame, et plus encore une demoiselle, peuvent bien la laisser apercevoir, mais jamais la montrer.

Cette belle lettre se termine par un trait cornélien. Le père, dans Joseph de Maistre, n'a rien de farouche, et il comprend très bien qu'on ne doive pas écarter systématiquement ses filles de ces plaisirs mondains qui font partie des devoirs de leur rang : mais le patriote en deuil et le serviteur fidèle s'indignent à la pensée qu'on puisse goûter ces divertissements dans des lieux sacrés par le malheur, et où ils lui sembleraient une profanation et comme un sacrilège.

A propos, j'espère bien que ta mère t'a fait ma commission au sujet des bals. Je sais ce qu'on doit aux circonstances; mais jamais tu ne dois danser dans le palais du roi. Je te le défends expressément et il en faut dire la raison tout haut : *Jamais je ne danserai dans le palais du roi, à qui mon père doit tout.* Puisque je t'écris en toutes lettres, je n'ai pas peur qu'on le lise à la poste. La délicatesse, la fidélité, l'honneur, sont respectés partout. D'ailleurs, si on vous chasse, vous savez le chemin de Venise (1).

De la même année est une autre lettre qui n'est que gracieuse et touchante. Nous y notons ce passage :

Je suis enchanté que tu aies entendu la fameuse Espagnole; pour moi, je t'avoue que la musique m'assassine. Je ne puis entendre un clavecin sans que toutes les tou-

(1) *Correspondance*, t. I, p. 302-303.

ches frappent sur mon cœur, et souvent je le dis : à tout
moment, je crois la voir entrer, il me semble qu'elle va
se placer devant ce clavier et jouer mes airs. Tout le
monde la connaît, et souvent on m'en demande des nouvelles. Sais-tu que cela tient prodigieusement du rêve !
C'est l'âge, mon enfant.

Je suis ravi de tous les détails que ta mère m'écrit sur
l'éducation des trois enfants. Je vois que vous employez
le temps en conscience, et que vos peines ne sont pas
perdues. Quelles bénédictions vous donnerez un jour à
cette mère pour avoir su aller son train et laisser dire.
Cela s'appelle une force d'esprit imperturbable. Moi, je
me serais dégoûté cent fois; mais si je n'ai pas le talent
de faire, je n'ai pas au moins le défaut de ne pas savoir
apprécier ceux qui font. Au reste, tu sauras, ma chère
Adèle, que j'ai conservé une copie de la lettre que je t'ai
écrite sur la quenouille. Ainsi, dans le cas où l'original
ne te serait pas parvenu, je te ferai passer la copie. J'insiste sur ce point, comme très essentiel à tes intérêts.

Une fille ainsi élevée devait être charmante, et il est
naturel que ses parents appréciassent une telle œuvre
à son prix. Aussi Joseph de Maistre trouvait-il du
plaisir à avouer qu'il était fier de sa fille. Mais cet
orgueil paternel était sans égoïsme et sans jalousie. Il
écrivait, le 21 mars 1804 (1), à la marquise de Priero :

Vous m'avez fait tout le plaisir imaginable en me disant
que vous avez été extrêmement contente de la lettre de
ma chère Adèle. C'est l'enfant de mon cœur. Je me ré-
jouis donc de l'approbation que vous donnez à ma fille.
Ah ! si quelque homme romanesque voulait se contenter
du bonheur ? Mais dites-moi donc, Madame la marquise,
vous qui lisez tant de livres, n'auriez-vous pas rencontré
une recette pour donner une dot à une demoiselle dont le
père est ruiné ? Cela devrait se trouver dans la *Clavicule
de Salomon*, dans les *Secrets d'Albert le Grand*, ou tout

(1) *Correspondance*, t. I, p. 356-357.

au moins dans le *Moyen de parvenir;* autrement, l'auteur est un sot. Si vous découvrez quelque chose, je me recommande à vous.

En 1806, la situation paternelle et domestique du comte Joseph de Maistre se modifie un peu et s'adoucit, si en pareille matière, c'est-à-dire en matière d'affections et de réunions de famille, obtenir quelque chose n'est pas une raison de plus de regretter de n'avoir pas tout, et si la jouissance même de ce qui vous a été rendu n'est pas empoisonnée par le désir de ce qui vous manque. C'est ainsi que Joseph de Maistre, tout en appréciant comme il convenait le bonheur d'avoir depuis quelque temps son frère Xavier pour voisin et son fils Rodolphe pour commensal, n'en déplorait pas moins l'absence du reste de sa famille; il appelait auprès de lui, des vœux impuissants, d'une attente impatiente, cette épouse, cette mère, dont il louait si volontiers les qualités, cette Adèle, la préférée de son cœur, cette Constance, « fille orpheline d'un père vivant », qui atteignait sa treizième année sans avoir vu le visage de son père, autrement qu'en peinture, sans avoir été elle-même embrassée par son père autrement qu'en effigie.

Le 14 avril 1806, Joseph de Maistre écrit à Mme de Saint-Réal, sa sœur :

Je me flatte que tu as reçu mes longues dépêches du 5-19 novembre; elles n'étaient pas couleur de rose... que veux-tu, ma chère? Les lettres sont toujours couleur du temps... je suis tous les jours plus Russe; nul espoir pour moi de changer de place. On meurt fort bien partout, cependant je t'avoue qu'il n'y a pas d'idée qui ébranle ma philosophie comme celle de mourir ici : je ne m'étais point arrangé pour cela. Si j'avais seulement toute ma famille, je prendrais patience, mais n'avoir ni femme, ni filles, ni frères, ni sœurs, ni beaux-frères, ni cousins, ni cousines, ni compères, ni commères, c'est épouvantable! Tu vas me dire : N'as-tu pas un fils et un frère? A l'égard du frère, je ne l'ai point autant que je le voudrais; malgré nos bonnes intentions, il ne nous a pas été possible de nous loger ensemble et je ne sais trop si nous pourrons y parvenir. Le matin, il va chez son ministre; moi, je suis attaché à ma table avec mon *poupon*, de manière que nous ne pouvons pas même nous voir tous les jours. Quant à mon fils, il me donne plus de plaisir et de chagrin que je n'en avais. Je crois que tu comprendras cela parfaitement; j'ai, comme tu le sens, un grand plaisir de l'avoir, mais nous nous chagrinons davantage en parlant des autres qui me manquent encore plus, précisément parce qu'il est là. Il me serait impossible de dire combien cette situation doit durer; mais *elle me dure bien*. Rien de si monotone que ma vie, jamais je n'ai travaillé autant. Mais pour en revenir aux frères et aux sœurs, nous sommes convenus, avec Son E. M. le directeur du Musée (*son frère*), qu'une maison sans femme est toujours sotte et je suis sûr que vous avez raison. Il y a une harmonie particulière dans le bruit que fait leur robe en passant aux portes, surtout lorsqu'elles tournent court comme la *femme Alexis* (*sa sœur*).

Entre les agréments dont les circonstances actuelles me font jouir, je compte celui d'être privé depuis trois mois des lettres de ma famille; je soupçonne que ma chère moitié se sera dit dans sa sagesse : Vous verrez que si je mets ma lettre tout simplement à la poste, elle n'arrivera pas. Donc, etc., et en vertu de ce *donc* elles iront à Pékin, où on les retiendra. Or il faut savoir que toute lettre remise à la poste arrive infailliblement, à moins qu'il ne s'agisse de conjuration, et dans ce cas même on vous la présenterait toujours pour vous convaincre. Ainsi, dans tous les cas, vous la recevrez (1).

Cette lettre n'est pas la seule dans laquelle Joseph

(1) *Correspondance*, t. II, p. 86-87.

de Maistre épanche ses ennuis, et cette nostalgie des pays du soleil qui le dispose si bien, sous un ciel de glace, à la mélancolie. Il mêle à ces confidences du plus noble de tous les *spleens*, celui de la famille, des détails qui nous font mieux connaître cette famille, à laquelle le plus indifférent prend un intérêt personnel, et dont il a fait comme la famille adoptive de tous ceux qui le lisent.

C'est à ce titre que nous devons citer quelques passages de ses lettres à Mme Hubert-Alléon, sa vieille amie de Genève, protestante fervente et austère, avec laquelle s'entendait à merveille ce catholique ardent qu'on a si à tort représenté comme intolérant, et à son frère le chevalier Nicolas de Maistre.

J'ai reçu deux ou trois fois de vos nouvelles, par Turin, avec un extrême plaisir. J'ai su que l'enfant de mon cœur vous avait écrit. *C'est toujours moi*, comme dit Pygmalion. Quant au *moi* qui est ici, sa position est telle que vous pouvez l'imaginer. Vous aurez appris sans doute que mon fils était venu embellir ma solitude; mais vous me comprendrez facilement, Madame, *vous qui êtes du métier*, lorsque je vous dirai que le premier effet de cette douce société est de me faire sentir plus vivement la privation de ce qui me manque. Nous ne cessons d'en parler ensemble et c'est un renouvellement continuel de souvenirs amers et de projets fatigants. Notre vie est d'ailleurs extrêmement douce, vous savez que j'aime le travail, je me livre à ce goût plus que jamais. Il y a des dissipations inévitables qui tiennent à l'état, il en est d'autres qui tiennent à la qualité de père, car c'est un de mes premiers dogmes qu'il faut amuser les jeunes gens, afin qu'ils ne s'amusent pas; cependant, comme mon disciple n'est pas du tout exigeant et que, d'ailleurs, je veux aussi, et pour cause, l'accoutumer à une vie *occupée*, il me reste assez de temps libre pour me livrer à mon goût dominant.

...Tout annonce, Madame, que je ne quitterai plus ce

pays. Je le trouvais délicieux lorsque je n'y étais qu'un oiseau de passage; depuis qu'il ne m'est plus permis de regarder ailleurs, il n'a plus pour moi les mêmes agréments. Le *jamais* ne plaît *jamais* à l'homme; mais qu'il est terrible lorsqu'il tombe sur la patrie, les amis et le printemps! Les souvenirs dans certaines positions sont épouvantables; je ne vois au delà que les remords... Au commencement de la quatrième page, je ne vous ai pas dit un mot de ce que je voulais dire; mais c'est égal : on ne lit rien plus couramment que ce qui n'est pas écrit (1).

A son frère, le chevalier Nicolas de Maistre, le comte Joseph écrit, les 10-22 juin 1806 :

Je me porte toujours à merveille, mon cher ami. Quelle bizarrerie! Jamais climat ne m'a convenu davantage, et cependant je ne me gêne pas pour lui, je t'assure. Il s'en faut de beaucoup que les gens du pays voulussent prendre avec lui les mêmes libertés; mes dents seules en souffrent un peu; mais il y a une autre raison, tirée des registres de la *paroisse de Saint-Léger...* Du reste, je vieillis ici doucement et je m'en vais par un chemin qui ne me paraît pas plus raboteux que cent autres. Ma vie a sans doute des côtés bien amers. Le divorce ne finit plus. Je ne connais pas mes enfants, du moins tous. L'idée de cette fille orpheline d'un père vivant me *crucifie*; *tout le reste* est supportable. Malheureusement, on ne ferait pas un trop mauvais calembour en appelant ce reste *le reste de tout*.

Ton neveu se porte à merveille et n'a point du tout payé l'air. Il étudie courageusement la langue du pays, et déjà il est mon drogman; car pour mon compte je n'y entends rien. Voilà déjà la cinquième langue qui entre dans cette jeune tête. Avoue que c'est un grand bonheur que de pouvoir demander son pain en cinq langues! C'est ce qu'il nous restera, s'il plaît à Dieu. *A me sta frese* (2).

Enfin, avec sa vieille amie, Mme Hubert-Alléon, le

(1) *Correspondance*, t. II, p. 116-117, 15 mai 1806.
(2) *Ibid*, p. 130.

comte reprend, le 26 septembre 1806, la conversation commencée en mai, et mêle à de curieux détails sur sa femme, — que nous avons déjà reproduits, — et sa fille, l'incroyable aveu qu'il n'entend rien aux choses de l'éducation. Il est vrai que tout en le disant, il prouve le contraire, pour le grand plaisir et le grand profit de ses enfants et de ses lecteurs.

Au fin et vivant portrait de sa femme, déjà suspendu dans notre galerie, la lettre ajoute un croquis de sa fille Adèle, qui nous conduira tout naturellement à reprendre l'analyse de quelques lettres à elle adressées.

Je suis charmé que vous ayez été si contente de la lettre de mon Adèle. C'est une enfant que j'aime par-delà toute expression; elle a commencé de la manière la plus extraordinaire. Longtemps elle n'a rien annoncé du tout; elle dormait, au pied de la lettre, comme un ver à soie; elle commença à filer en Sardaigne et devint papillon à Turin... Pour en revenir à mon papillon, j'en suis fou. Elle aime passionnément les belles choses dans tous les genres, elle récite également bien Racine et le Tasse; elle dessine, elle touche du piano, et comme elle a dans la voix des cordes basses qui sortent du diapason féminin, elle a de même dans le caractère certaines qualités *graves et fondamentales* qui appartiennent à notre sexe et qui régentent fort bien tout le reste (1).

On comprend l'attrait et le profit que le lecteur trouve dans ces témoignages épistolaires de l'intime commerce entre une fille si digne de son père et un père plein d'idées neuves et fortes sur l'éducation, quoiqu'il se défende d'y entendre quelque chose; un homme de génie, nourri de la moelle des maîtres, écrivant dans cette même lettre ces mots plaisants par

(1) *Correspondance*, t. II, p. 206-209.
(2) *Ibid*, p. 212-214,

Å

eux-mêmes, qui deviennent sublimes quand on les
compare avec leur auteur : « J'ai force bons livres et
j'étudie de toutes mes forces; car, enfin, il faut bien
apprendre quelque chose. »

Joseph de Maistre écrit donc à sa fille Adèle, le
8 octobre 1806 (1) :

An moment où je me croyais tout à fait méprisé et
regardé par-dessus l'épaule, voilà une jolie lettre de ma
seconde femme, qui m'assure qu'il n'en est rien et qu'elle
me préfère à tous les messieurs possibles. J'ai bien compris les ennuis, ma chère enfant; cependant il est possible de prendre patience toutes les fois qu'on peut marquer dans l'almanach la fin précise du crève-cœur. Ceux
qui sont amers, insupportables, ce sont ceux dont on ne
voit pas la fin; je ne sais si tu n'en connais pas de ce
genre. Ma vie s'écoule tristement, je regarde les minutes
qui tombent l'une après l'autre dans l'éternité : je les
compte, je les assemble, j'en fais des heures et des jours,
sans éprouver jamais qu'amertume. A mon âge toutes les
illusions sont finies; il ne reste que la famille et c'est ce
qui me manque. Je me traîne dans le monde, il le faut,
surtout pour ton frère. Mais j'y sécherais d'ennui, si je
ne m'amusais continuellement avec l'idée charmante de
m'en aller à telle heure précise. Je t'assure que je suis
devenu un chrétien parfait pour *le monde et ses pompes* :
ce n'est plus pour moi qu'une lanterne magique. *Et la
voici, la voilà!* Mais point du tout.

Je suis on ne peut plus content de tes lettres : ton
oncle ne l'est pas moins; il s'ennuie tout comme moi, et
à peu près pour les mêmes raisons. Le bonheur est
comme *l'oiseau vert*, qui se laisse approcher, et puis qui
fait un petit saut; je croirais cependant le tenir si vous
arriviez. J'avais fait un jugement téméraire sur le compte
de ton oncle, qui m'a très gracieusement donné ton portrait. Il faut voir avec quel honneur je l'ai traité. C'est la

(1) *Correspondance*, t. II, p. 212-214.

mode ici, surtout pour les personnes qui ne portent point de boîte, de monter les portraits dans certains porte-feuilles faits exprès, où on leur ménage une petite niche intérieure sur un fond de satin. Ils sont fort bien placés, je t'assure. Voilà donc ton portrait dans mon portefeuille, et le portefeuille dans la poche du frac qui est sur le cœur : ainsi, ma chère Adèle, ton image me baise.

Et cet homme, aussi fort que tendre, quand le sentiment le cède à la raison, cet homme qui prétend modestement et naïvement ne rien entendre aux choses de l'éducation, écoutez quels mâles conseils il donne à sa fille sur une question de délicatesse et d'honneur, et par quels motifs il lui conseille de n'admirer qu'avec réserve son compatriote, le poète Alfieri :

J'ai été enchanté de ton enchantement, ma très chère enfant, au sujet de ce piano qui te rend si heureuse; j'aime à croire qu'il ne manquerait rien à ton bonheur si je pouvais t'entendre. Je regrette bien que tu te sois si peu amusée pendant ce carnaval, mais comment aurais-tu pu t'amuser? Il est des devoirs sous lesquels il faut plier de bonne grâce sans faire la moindre grimace; à la manière dont tu t'exprimes, je croirais voir que tu envisages cette présentation du côté de la dépense. Quand j'aurais des millions, il n'en serait ni plus ni moins. Tu conçois parfaitement que, pendant que je suis ici, une présentation dans le pays où tu es vous ferait justement mépriser par ceux mêmes qui en seraient l'objet. Il y a des règles de décence et de délicatesse qui sont approuvées dans tous les pays et par toutes sortes de personnes; et pourvu qu'on n'y joigne aucune bravade (ce qu'il ne faut jamais faire), il est impossible qu'on ait lieu de s'en repentir. On ne voit dans le monde que la passion; la raison froide et l'observation des convenances ne font point d'ennemis, j'en suis une bonne preuve. Souvenez-vous toujours que vous êtes ce que je suis, que vous pensez ce que je pense, que nous avons les mêmes devoirs et que la chose durera tant qu'il plaira à Dieu. Il

ferait beau voir qu'après t'avoir acheté un si bon piano,
tu me fisses une dissonance.

... En attendant, je te vois toujours inconsolable de ne
pas trouver *cette amie* telle que je te la désirerais. Ah ! la
belle dissertation que je te ferais sur ce chapitre, si
j'avais l'honneur de te voir un *peu plus souvent !* Je me
contente, quant à présent, de te renouveler mes respec-
tueuses observations sur les goûts exclusifs et sur l'indispensable nécessité de vivre bien avec tous les hommes,
même avec toutes les femmes, ce qui est bien plus difficile. Je suis bien aise qu'on ait pris où tu es le goût des
belles perruques; quant à moi, je conserve intrépidement
le *noble signe de la vieillesse*, car il me semble que ce
serait un mensonge d'orner ma tête de cheveux qui n'auraient pas mon âge.

Rien n'est plus beau que le vrai, le vrai seul est aimable.

... Je suis grandement aise que tu comprennes parfaitement et que tu goûtes notre dantesque Alfieri; il ne
faudrait pas cependant l'aimer trop. Sa tête ardente avait
été totalement pervertie par la philosophie moderne.
Veux-tu voir du premier coup son plus grand défaut?
C'est que le résultat de la lecture de tout son théâtre est
qu'on n'aime pas l'auteur. Sa dédicace à l'ombre de
Charles Ier est insupportable. La première fois que je lus
sa *Marie Stuart* et surtout la dure, inhumaine, abominable prophétie qui s'y trouve, je l'aurais battu. Tâche
de te procurer une excellente petite brochure intitulée :
*Lettera del l'abate Stefano Arteaga à Monsignor Antonio
Guardoqui, intorno al Filippo.* Tu apprendras à juger
cette pièce que tu as avalée comme une limonade (de
quoi je ne te blâme pas du tout). Aucun juge sage et
instruit ne pardonnera à Alfieri d'avoir falsifié l'histoire
pour satisfaire l'extravagance et les préjugés stupides du
dix-huitième siècle. Tout cela, au reste, ne déroge nullement au mérite d'Alfieri, véritable créateur de la tragédie
italienne, et distingué par une foule de grandes qualités
littéraires. Il serait sans tache, s'il n'avait pas trop appartenu à son siècle, qui a gâté une foule de grands talents.
J'aime bien qu'on fasse des tragédies sans amour, comme

Athalie, Esther, Mérope, la Mort de César, mais j'aime mieux l'amour que les passions haineuses, et Alfieri n'en peint pas d'autres. On ne saurait le lire sans grincer des dents. Voilà qui me brouille un peu avec ce tragique (1).

Ce qui le brouille avec l'Arioste, ce n'est pas qu'il n'est pas assez, c'est qu'il est trop aimable, et que les caresses de ce genre lascif ne sont pas toujours pures. Aussi le père met-il sa fille en garde contre le poète trop libre, comme il l'a mise en garde contre le poète trop dur.

Il me semble que ce n'est point encore temps pour toi de lire l'Arioste. Il y a des strophes trop choquantes. Tu pourrais le lire, avec quelqu'un qui passerait certains endroits. Au reste, ma chère enfant, je m'en tiens à l'épithète *choquante,* mais je ne dirai pas *dangereuse,* car je suis bien persuadé qu'il n'y a plus rien de *dangereux* pour mon Adèle; mais je ne te conseillerai jamais de regarder dans un bourbier, quand même il ne te ferait certainement aucun mal... (2).

Le comte n'exprime pas moins énergiquement la même idée à propos des *Confessions* de Rousseau, sur la nudité cynique desquelles il jette un voile de pudeur indignée, tandis qu'au contraire il signale à l'admiration de sa fille ces *Confessions* si différentes, où saint Augustin s'accuse avec une humilité sincère, et fait des larmes de son repentir une source de purification, de rafraîchissement et de grâce où tous ceux qui sont comme lui en esprit de pénitence gagnent la contagion de la contrition et du pardon par amour.

Tu fais bien, ma chère enfant, de te jeter dans la bonne philosophie et surtout de lire saint Augustin, qui fut,

(1) *Correspondance,* t. II, p. 293-296 (7 janvier 1807).
(2) *Ibid.,* t. II, p. 27 (7 novembre 1807).

sans contredit, l'un des plus beaux génies de l'antiquité.
Il a de grands rapports avec Platon. Il avait autant d'esprit et de connaissances que Cicéron : vraiment il n'écrit
pas comme Marius Tullius, mais ce fut la faute de son
siècle. D'ailleurs que t'importe? Tu n'es pas appelée à le
lire dans sa langue. Une demoiselle ne doit jamais salir
ses yeux; mais si tu pouvais lire les *Confessions* de
Rousseau après celles de saint Augustin, tu sentirais
mieux, par le contraste, ce que c'est que l'espèce philosophique (1).

Dans une lettre antérieure d'une année (2), Joseph
de Maistre avait eu l'occasion de faire encore office de
directeur littéraire de sa fille à propos d'Alfieri, et
d'examiner sous un aspect nouveau ce génie fier et
sec auquel son caractère a fait du tort. Il lui avait
reproché cette impression générale que cause son
théâtre, et qui fait qu'on en sort sans aimer l'auteur
qu'on est souvent forcé d'admirer. Il en déduit les raisons morales et littéraires à la fois dans cette lettre
qu'il faut citer parce qu'elle complète l'ensemble des
idées et des conseils de de Maistre en matière d'éducation littéraire de sa fille, et qu'elle contient des détails
neufs et de témoin oculaire et auriculaire sur le grand
tragique italien, son caractère et ses relations avec la
comtesse d'Albany.

Je te remercie de m'avoir fait connaître l'irrévérence
commise contre la mémoire de notre célèbre Alfieri par
le marquis de Barol; sûrement, il aura beaucoup déplu
aux nombreux partisans du poëte et surtout à son respectable ami, l'abbé de Caluso. Cependant je t'assure que je
n'ai pas trouvé un grand *sproposito* dans l'exclamation
que tu me rapportes : *Misericordia !* A propos des comédies posthumes, la première qualité d'un comique, c'est

(1) *Correspondance*, t. III, p. 422 (13 mars 1810).
(2) *Ibid.*, t. III, p. 263 (11 juillet 1809).

d'être *bonhomme*. Le plaisant et l'ironique n'ont rien de commun avec le comique. Voilà pourquoi Voltaire n'a jamais pu faire une comédie; il fait rire les lèvres, mais le rire du cœur, celui qu'on appelle le *bon rire*, ne peut être éprouvé ni excité que par les bonnes gens. Or donc, ma chère Adèle, quoique Alfieri n'ait pas été méchant (il y aurait beaucoup d'injustice à lui donner ce titre). Cependant il avait une certaine dureté et une aigreur de caractère, qui ne paraissaient point s'accorder avec le talent qui a produit *l'Avare* et *les Femmes savantes*.

Toutes les fois qu'il ouvrait les lèvres, je croyais en voir partir un jet de bile, et je me détournais pour n'en être pas taché; je suis donc fort trompé si ces comédies sont bonnes; peut-être ce seront des *sarcasmodies*; nous verrons.

Il faut que tu saches que j'ai vu deux fois ce personnage. La première fois, nous nous choquâmes un peu; il me dit des extravagances sur la langue française, qui est la mienne plus peut-être que la langue italienne n'était la sienne. J'écrivis à l'abbé de Caluso : *Il a raison de ne pas aimer cette langue, aucune ne lui fait plus de mal.* L'abbé ne s'en fâcha pas.

La seconde fois que je vis Alfieri, nous nous convînmes beaucoup plus; je me rappelle, entre autres, une certaine soirée où je m'avançai tout à fait dans son esprit. Je l'entrepris sur la politique, sur la liberté, etc., etc... je lui dis : *Gageons, Monsieur le comte, que vous ne savez pas quel est le plus grand avantage de la monarchie héréditaire, et à quoi elle sert principalement dans le monde?* Il me demanda ma pensée! Je lui fis une réponse originale et perçante que je te dirai un jour. Il me dit, en regardant le feu (je le vois encore) : *Je crois que vous avez raison.* Bref, je suis persuadé que si j'avais séjourné à Florence, nous aurions fini par nous entendre; mais je devais partir le lendemain, et pour ne plus le revoir. Quant à son mausolée, laisse faire la comtesse d'Albany. Je voudrais bien, au reste, voir le fond du cœur de cette adorable femme; qui sait si *tout ce beau marbre* ne la met pas un peu plus à son aise! Quand une fois on a pris un certain parti, ce qu'on a de mieux à faire, c'est de le soutenir. Mais Alfieri, avec toute sa tendresse, était si despote, qu'il a dû, si je ne me trompe infiniment, rendre la vie assez dure à la dame de ses pensées. J'ai été une fois fort scandalisé d'une de ses réponses à cette excellente femme. Elle cita un livre pendant le déjeuner au milieu d'un cercle d'amis. Alfieri lui dit et même d'un ton fort sec : *Vous n'avez pas lu ce livre, Madame.* Elle fut un peu étourdie d'une telle brutalité et lui dit avec beaucoup de douceur qu'elle l'avait sûrement lu; mais le bourru répliqua : *Non, Madame, vous ne l'avez pas lu,* avec encore plus de dureté et même avec je ne sais quel signe de mépris. Je jugeai, par cet échantillon, que ce tête-à-tête devait être souvent orageux. Parmi les œuvres posthumes d'Alfieri, on a publié fort mal à propos les *Mémoires* de sa vie, pleins de turpitudes à la manière de Jean-Jacques, du moins à ce qu'on me mande de France, car je ne les ai point encore lus. Donne-toi bien de garde de regarder seulement ce livre.

Joseph de Maistre admettait que ses filles eussent des goûts et des connaissances littéraires, on voit dans quelle mesure et sous quelles réserves. Il voulait que le travail manuel et domestique, le travail d'aiguille ou de fuseau tempérât et modérât l'orgueil et la hardiesse de ces goûts et de ces connaissances littéraires; il comptait surtout sur le goût et le talent des arts, musique et peinture, pour ajouter aux qualités solides des agréments plus frivoles, et fournir aux besoins de l'imagination et du sentiment d'utiles et salutaires diversions, ou, comme disent les médecins, dérivatifs.

Il est assez souvent question de peinture dans les lettres paternelles à Adèle de Maistre. Tout d'abord dans cette lettre du 3 mai 1807, à laquelle nous reviendrons, non sans avoir signalé d'abord celle du 8 novembre 1807, où Joseph de Maistre raille une citation latine de sa fille, en termes significatifs, qui indiquent combien il avait horreur de tout excès pédantesque en matière d'éducation littéraire pour ses filles, et pour les femmes en général.

Adèle ayant donc cité une phrase latine et encore tirée de l'Evangile, Joseph de Maistre la rabroue plaisamment en ces termes : « A propos, as-tu appris le latin ? je m'en douterais quand je t'entends dire *cosi francamente : Sinite pueros*. Si tu sais le latin à fond, je te conseille le grec, surtout le *Kyrie eleison*. »

Si Joseph de Maistre est d'avis qu'une jeune fille ne doit connaître en fait de latin et de grec que le latin et le grec de son livre de messe, en revanche il est très partisan du goût et du talent de la peinture, et il est intéressant et curieux d'entendre exposer ses idées sur ce point un homme très versé dans les questions esthétiques, ainsi qu'en témoigne sa lettre au général Pardo, auteur d'un mémoire sur la *Transfiguration* de Raphaël.

Enfin, ma très chère Adèle, après un grand siècle, *je sais que tu sais* que ton portrait m'est arrivé. J'avais regret à la perte de cette lettre où je t'exprimais tout le plaisir que m'avait fait cette jolie image. Mais dis-moi un peu, petite vaurienne, petite fille d'Eve, que signifie cette grande crainte que le portrait ne me paraisse moins joli que toi ? Est-ce que tu aurais de la vanité, par hasard, ou la prétention d'être jolie ? Pas possible ! Jamais une demoiselle n'a eu de pareilles idées. Quoi qu'il en soit, le portrait a été trouvé fort joli par moi et par d'autres ; permis à vous d'en être fâchée ou bien aise à votre choix.

Je loue infiniment ton goût pour la peinture, et j'approuve fort tout ce que tu me dis sur ce chapitre, mais comme la vie est toujours mêlée d'amertumes, je suis un peu fâché que tu n'aimes pas le paysage. Il faut se soumettre ; ton oncle, qui a tant de succès dans ce genre, me tourmente d'une autre manière, en refusant de mettre dans ses paysages des chèvres et des lapins, deux choses que j'aime par-dessus tout. A cela près, il est devenu ce qu'on appelle un grand peintre; si tu étais ici, mon cher cœur, tu envierais bien son huile, mais je te contrarierais sur ce point (1).

La petite querelle continue dans la lettre du 8 novembre 1807 (2).

Tu es une folle avec ta *peinture à l'huile*; ton oncle rit beaucoup de ta grandeur d'âme, et te conseille de ne faire que des tableaux d'histoire. Pour moi, je suis d'un avis contraire et plus grossier. Comme je serais très mortifié de te voir danser comme une danseuse de l'Opéra, je ne vois pas pourquoi tu devrais peindre comme un artiste. Toute comparaison cloche et celle-ci cloche beaucoup, car il y a bien de la différence entre la danse, etc... cela s'entend. Mais il y a quelque chose de vrai. Je tiens pour la miniature et le paysage.

Il lui envoie deux croquis de son oncle pour lui servir de modèles, et il les présente en ces termes :

Voici donc, mon petit enfant, deux ouvrages de monsieur ton oncle, pour ton maître, M. Busolini, qui se plaint beaucoup de ton excessive application... Tu seras sans doute enchantée de la tête d'après le Guide; le paysage est aussi joli dans son genre; mais ce n'est pas du tout dans ce petit champ que se déploie le talent de ton oncle, il faut voir ses grands paysages à l'huile. Tu penses bien, ma chère Adèle, que je voudrais fort t'envoyer le portrait de ton vieux papa fait de cette main habile; mais jusqu'à présent il n'y a pas eu moyen. Ce n'est pas qu'il ne me dise souvent : *A propos, il faut que je fasse ton portrait !* Mais bientôt une idée vient à la traverse et les jours passent ainsi. C'est un excellent homme, qu'il faut prendre

(1) *Correspondance*, 3 mai 1807, t. II, p. 392.
(2) *Ibid*, p. 410.

13.

comme il est; chez lui tout dépend de l'inspiration : un jour peut-être il m'enverra réveiller pour faire ce portrait.

A propos de ce portrait, quelle jolie boutade d'humour, quelle verve d'enjouement mélancolique dans la lettre qui annonce qu'il va enfin se faire (1)!

Mon cher cœur... je te disais que je n'avais pas la moindre espérance de t'envoyer mon portrait qui ne se faisait jamais que *demain*. Le même jour, j'allai chez Xavier. Tout à coup il me dit, *à propos* de toute autre chose : « *A propos*, il faut que je fasse ton portrait; voyons si j'ai des ivoires. Non, rien ne me contente; il faut que je te peigne sur cette palette qui est forte, je vais la laver. Fort bien, allons vite. A propos, j'ai pensé qu'il fallait le faire graver, j'ai déjà parlé au graveur. Tu as beaucoup d'amis : cette gravure est nécessaire. » Et voilà, ma chère, comment tu auras dans peu de temps ma chienne de figure. Tu auras peine à me reconnaître, tant j'ai vieilli. Je ne suis pas *gris comme un âne*, comme disait notre ami Costa, mais *blanc comme un cygne*. Cela est plus élégant et plus triste. Que veux-tu? ma chère Adèle, il faut obéir au temps.

Son vol impétueux me presse et me poursuit.
Je n'occupe qu'un point de la vaste étendue,
    Et mon âme éperdue,
Sous mes pas chancelants, voit ce point qui s'enfuit.

J'aurais cependant bien mauvaise grâce de me plaindre d'être ainsi poussé par le temps; ce qui me fâche, c'est de faire le voyage loin de toi et de ne pouvoir jaser avec toi pendant que la barque vole.

Pour en finir avec la question de la peinture et avec la correspondance adressée à sa fille aînée Adèle, nous citerons un passage de la lettre du 13 mars 1810 (2), où Joseph de Maistre expose ses idées en matière d'art et

(1) *Correspondance*, t. III, p. 11 (janvier 1808).
(2) *Ibid.*, t. III, p. 421-422.

sur quelques maîtres de l'art, et parle tout à fait en connaisseur, en *dilettante* raffiné.

Tu fais bien d'*adorer* la peinture, il faut bien adorer quelque chose. Ce n'est pas que je me trouve tout à fait en harmonie avec tes idées sublimes. Je voudrais que ton talent fût un peu plus *femme*. J'honore beaucoup tes grandes entreprises : cependant c'est à elles que je dois le malheur de ne point voir encore sur ma muraille *i sospirati quadri*, que j'appelle depuis si longtemps. Je n'ai pas reçu un morceau de papier que je puisse mettre sous glace. Ah! si je pouvais le jeter dans le paysage, quand même tu ne ferais pas mieux que Claude Lorrain ou Ruysdaël, je suis sûr que j'en prendrais mon parti. Je comprends fort bien tes dégoûts, quoique je ne sois point artiste; ton oncle est sujet plus que personne à cette maladie; mais dans les intervalles des paroxysmes, il enfante de jolies choses, j'espère que tu feras de même. Si j'étais auprès de toi, je saurais bien te faire marcher droit; mais ta mère est trop bonne, je suis persuadé qu'on ne te bat jamais : sans cela il n'y a point d'éducation. Quel est ce peintre français dont tu veux m'envoyer les pensées *extravagantes?* J'imagine que tu ne veux pas parler des triumvirs du grand siècle : Le Brun, Le Sueur, Le Poussin. Ces trois-là en valent bien d'autres, le troisième, surtout (à la vérité, tout à fait *italianisé*), est mon héros; il n'y a pas de peinture que je connaisse mieux. Quant aux artistes français modernes, je te les livre. Alfieri a une tirade à mourir de rire *sur les nations qui se font admirer à coups de canon.* Voltaire disait sans façon au roi de Prusse : *Un poète est toujours fort bon à la tête de cent mille hommes.* En suivant cette idée, je trouve que lorsque huit cent mille hommes armés s'écrient ensemble qu'ils possèdent les plus grands hommes du monde, chacun fait bien de répondre : *Vous avez raison.* Cette époque, d'ailleurs si brillante, n'est cependant pas favorable à la poésie ni aux beaux-arts.

Adèle est, en 1810, désormais dressée, formée, prête

à devenir une charmante femme, comme elle est déjà
une charmante jeune fille, et à servir à son tour
d'exemple comme épouse et comme mère. Elle a terminé ses cours et pris ses grades en éducation paternelle. Le comte n'aborde plus avec sa fille aînée les
questions, les cas de conscience de l'éducation et la
traite en diplômée. Mais il a une autre élève, sa cadette, et comme toutes les filles d'un tel homme tiennent beaucoup de lui et ont dans la chair la bonne pâte
savoyarde, mais dans le sang beaucoup du salpêtre pro-
vençal, c'est avec Constance qu'il doit entamer encore
en le variant le fameux sermon dont le thème est :
« Une femme doit rester femme et ne s'initier aux
sciences, aux lettres et aux arts que dans la mesure qui
convient à la modestie, à la pudeur, à la destination
du sexe. » Toute la théorie, toute la pratique de l'éducation féminine sont bien dans ce thème que Joseph de
Maistre brode d'admirables, d'étincelantes variations
dans ses lettres à Constance, où il impose le frein de la
raison aux emportements d'un caractère généreux, et
réduit à la mesure de la grâce féminine ces ambitions
impatientes de faire œuvre de force virile. Nous verrons
tout à l'heure comment et combien le père sait tenir à
son fils le langage qui convient au gentilhomme et au
soldat. Nous aurons là affaire à un père tout cornélien
et à qui l'héroïsme est familier. Mais quel art dans le
naturel, quel esprit dans le bon sens, quelle éloquence
dans la raison respirent ces lettres à Constance, où la
sagesse paternelle impose à cette jeune fille pleine d'intelligence et de vivacité, avec des mains aussi douces
que fortes, le voile d'humilité et de modestie dont
l'ombre sied si bien à la vertu de la fille et de la femme
chrétiennes. Nous citerons encore abondamment. On

ne saurait trop citer ce chef-d'œuvre au double point de vue de l'art épistolaire et de l'art pédagogique.

Je suis certainement de ton avis : celui qui *veut* une chose en vient à bout; mais la chose la plus difficile dans le monde, c'est de *vouloir*.

Personne ne peut savoir quelle est la force de la volonté, même *dans les arts*. Je veux te conter l'histoire du célèbre Harrisson, de Londres. Il était, au commencement du dernier siècle, jeune garçon charpentier au fond d'une province, lorsque le Parlement proposa le prix de 10,000 livres sterling (10,000 louis) pour celui qui inventerait une montre à équation pour le problème des longitudes (si jamais j'ai l'honneur de te voir, je t'expliquerai cela). Harrisson se dit à lui-même : *Je veux gagner ce prix.* Il jeta la scie et le rabot, vint à Londres, se fit garçon horloger, *travailla quarante ans* et gagna le prix. Qu'en dis-tu, ma chère Constance? Cela s'appelle-t-il *vouloir ?*

J'aime le latin pour le moins autant que l'allemand, mais je persiste à croire que c'est un peu tard. A ton âge, je savais *Virgile* et *compagnie* par cœur, et il y avait alors environ cinq ans que je m'en mêlais. On a voulu inventer des *méthodes faciles*, mais ce sont de pures illusions. Il n'y a point de méthodes faciles pour apprendre les choses difficiles. L'unique méthode est de fermer sa porte, de faire dire qu'on n'y est pas et de travailler. Depuis qu'on s'est mis à nous apprendre en France, comment il fallait apprendre les langues mortes, personne ne les sait, et il est assez plaisant que ceux qui ne les savent pas veuillent absolument prouver le vice des méthodes employées par nous qui les savons. Voltaire a dit, à ce que tu me dis (car pour moi, je n'en sais rien, jamais je ne l'ait tout lu, et il y a trente ans que je n'en ai pas lu une ligne) *que les femmes sont capables de faire tout ce que font les hommes*, etc. C'est un compliment fait à quelque jolie femme, ou bien c'est une des cent mille et mille sottises qu'il a dites dans sa vie. La vérité est précisément le contraire. *Les femmes n'ont fait aucun chef-d'œuvre dans aucun genre.* Elles n'ont fait ni l'*Iliade*, ni l'*Enéide*, ni la *Jérusalem délivrée*, ni *Phèdre*, ni *Athalie*, ni *Rodogune*, ni le *Misanthrope*, ni *Tartufe*, ni le *Joueur*, ni le Panthéon, ni l'église de Saint-Pierre, ni la *Vénus* de Médicis, ni l'*Apollon* du Belvédère, ni le *Persée*, ni le livre des *Principes*, ni le *Discours sur l'Histoire universelle*, ni *Télémaque*. Elles n'ont inventé ni l'algèbre, ni les télescopes, ni les lunettes achromatiques, ni la pompe à feu, ni le métier à bas, etc... mais elles font quelque chose de plus grand que tout cela : c'est sur leurs genoux que se forme ce qu'il y a de plus excellent dans le monde : *un honnête homme et une honnête femme.*

Si une demoiselle s'est laissée bien élever, si elle est docile, modeste et pieuse, elle élève des enfants qui lui ressemblent, et c'est le plus grand chef-d'œuvre du monde. Si elle ne se marie pas, son mérite intrinsèque, qui est toujours le même, ne laisse pas aussi que d'être utile autour d'elle d'une manière ou d'une autre. Quant à la science, c'est une chose très dangereuse pour les femmes. On ne connaît presque pas de femmes savantes qui n'aient été ou malheureuses ou ridicules par la science. Elle les expose habituellement au *petit* danger de déplaire aux hommes et aux femmes (pas davantage); aux hommes, qui ne veulent pas être égalés par les femmes, et aux femmes, qui ne veulent pas être surpassées. La science, de sa nature, aime à paraître, car nous sommes tous orgueilleux. Or, voilà le danger, car la femme ne peut être savante impunément qu'à la charge de cacher ce qu'elle sait avec plus d'attention que l'autre sexe n'en met à le montrer. Sur ce point, mon cher enfant, je ne te crois pas forte : ta tête est vive, ton caractère décidé; je ne te crois pas capable de te mordre les lèvres, lorsque tu es tentée de faire une petite parade littéraire. Tu ne saurais croire combien je me suis fait d'ennemis jadis, pour avoir voulu en savoir plus que nos bons Allobroges. J'étais cependant bien réellement homme, puisque j'ai épousé ta mère. Juge de ce qu'il en est d'une petite demoiselle qui s'avise de monter sur le trépied pour rendre des oracles! Une coquette est plus aisée à marier qu'une savante; car, pour épouser une savante, il faut être sans orgueil, ce qui est très rare; au lieu que, pour épouser la coquette, il ne faut être que fou, ce qui est très commun.

Comment passer sous silence, dans cette lettre si étincelante de verve, si écrasante de bon sens et si pleine de traits qui tombent encore dans notre jardin, la fameuse théorie du *taconage* et de son utilité dans la vie, qui est encore remplie d'allusions intuitives, prophétiques, de vues divinatrices sur les plus intimes détails des mœurs contemporaines, à ce point qu'on dirait écrite d'hier cette boutade de 1808 qui, il est vrai, sera toujours de circonstance, et non moins demain qu'aujourd'hui! Voici l'anecdote par laquelle se termine cette lettre piquante, qui mérite un nom et qu'on pourrait appeler la lettre du *taconage* ou du *ravaudage*, car c'est là la signification de ce mot piémontais.

Le meilleur remède contre les inconvénients de la science chez les femmes, c'est précisément le *taconage* dont tu ris. Il vaut mieux y mettre de l'affectation avec toutes les commères possibles. Le fameux Haller était un jour à Lausanne, assis à côté d'une respectable dame de Berne, très bien apparentée, au demeurant *cocasse* du premier ordre. La conversation tomba sur les gâteaux, article principal de la constitution en ce pays. La dame lui dit qu'elle savait faire quatorze espèces de gâteaux. Haller lui en demanda le détail et l'explication. Il écouta patiemment jusqu'au bout, sans la moindre distraction et sans le moindre air de berner la Bernoise. La *sénatrice* fut si enchantée de la *science* et de la courtoisie de Haller qu'à la première élection elle mit en train tous ses cousins, toute sa clique, toute son influence, et lui fit avoir un emploi que jamais il n'aurait eu, sans le beurre et les œufs, et le sucre, et la pâte d'amande, etc.

Or donc, ma très chère enfant, si Haller parlait de gâteaux, pourquoi ne parlerais-tu pas de bas et de chaussons ? Pourquoi même n'en ferais-tu pas, pour avoir part à quelque *élection ?* Car les *taconneuses* influent beaucoup sur les élections. Je connais ici une dame qui dépense 50,000 francs par an pour sa toilette, quoiqu'elle soit grand'mère, comme je pourrais être aussi grand-père, si quelqu'un avait voulu m'aider. Elle est fort aimable et m'aime beaucoup, n'en déplaise à ta mère, de manière qu'il ne m'arrive jamais de passer six mois sans la voir. Tout bien considéré, elle s'est mise à tricoter. Il est vrai que, dès qu'elle a fait un bas, elle le jette par la fenêtre et s'amuse à le voir ramasser. Je lui dis un jour que je serais bien flatté si elle avait la bonté de me faire des bas. Sur quoi elle me demanda combien j'en voulais. Je lui répliquai que je ne voulais pas être indiscret et que je me contenterais d'*un.* Grand éclat de rire, et j'ai sa parole d'honneur qu'elle me fera *un* bas. Veux-tu que je te l'envoie, ma chère Constance ? Il t'inspirera peut-être l'envie de tricoter, en attendant que ta mère te passe 50,000 francs pour ta toilette.

Au reste, j'avoue que si vous êtes destinées l'une et l'autre à ne pas vous marier, comme il paraît que la Providence l'a décidé, *l'instruction* (je ne dis pas la *science*) peut vous être plus utile qu'à d'autres ; mais il faut prendre toutes les précautions possibles pour qu'elle ne vous nuise pas. Il faut surtout vous taire et ne jamais citer, jusqu'à ce que vous soyez *duègnes* (1).

La fière et sensible Constance dut goûter ce que ce sermon avait de doux, tout en trouvant à ce miel de la sagesse, assaisonné d'ironie, un peu trop de piquante amertume. Le père, en répondant à sa protestation un peu découragée, achève de dompter par la caresse ce noble caractère qui a regimbé sous l'aiguillon et il montre que, s'il excelle à faire cette légère blessure de la raillerie par où entre mieux la vérité, il excelle aussi à la panser et à la guérir.

(1) *Correspondance,* 24 octobre-5 novembre 1808. Lettre à Mlle Constance de Maistre, t. III, p. 141.

Tu me demandes donc, ma chère enfant, après avoir lu mon sermon sur la science des femmes *d'où vient qu'elles sont condamnées à la médiocrité.* Tu me demandes en cela la raison d'une chose qui n'existe pas et que je n'ai jamais dite. Les femmes ne sont nullement condamnées à la médiocrité; elles peuvent même prétendre au sublime, mais au sublime *féminin.* Chaque être doit se tenir à sa place et ne pas affecter d'autres perfections que celles qui lui appartiennent. Je possède ici un chien, nommé *Biribi,* qui fait notre joie; si la fantaisie lui prenait de se faire seller et brider pour me porter à la campagne, je serais aussi peu content de lui que je le serais du cheval anglais de ton frère, s'il s'imaginait de sauter sur mes genoux ou de prendre le café avec moi. L'erreur de certaines femmes est d'imaginer que, pour être distinguées, elles doivent l'être à la manière des hommes. Il n'y a rien de plus faux. C'est le chien et le cheval. Permis au poète de dire :

Le donne son venute in eccellenza.
' De ciascun arte ove hanno posto cura.

Je t'ai fait voir ce que cela vaut. Si une belle dame m'avait demandé, il y a vingt ans : « Ne croyez-vous pas, Monsieur, qu'une dame pourrait être un grand général comme un homme? » Je n'aurais pas manqué de lui répondre : « Sans doute, Madame, si vous commandiez une armée, l'ennemi se jetterait à vos genoux, comme j'y suis moi-même; personne n'oserait tirer et vous entreriez dans la capitale ennemie, au son des violons et des tambourins. » Si elle m'avait dit : « Qui m'empêche d'en savoir autant en astronomie que Newton? » Je lui aurais répondu tout aussi sincèrement : « Rien du tout, ma divine beauté. Prenez le télescope, les astres tiendront à grand honneur d'être lorgnés par vos beaux yeux et ils s'empresseront de vous dire tous leurs secrets. » Voilà comment on parle aux femmes en vers et même en prose; mais celle qui prend cela pour argent comptant est bien sotte.

Comme tu te trompes, ma chère enfant, en me parlant *du mérite un peu vulgaire de faire des enfants!* Faire des enfants, ce n'est que de la peine; mais le grand honneur est de faire des hommes, et c'est ce que les femmes font mieux que nous. Crois-tu que j'aurais beaucoup d'obligation à ta mère, si elle avait composé un roman au lieu de faire ton frère? Mais, *faire* ton frère, ce n'est pas le mettre au monde et le poser dans son berceau; c'est en faire un brave jeune homme, qui croit en Dieu et n'a pas peur du canon. Le mérite de la femme est de régler sa maison, de rendre son mari heureux, de le consoler, de l'encourager et d'élever ses enfants, c'est-à-dire de *faire des hommes*; voilà le grand accouchement, qui n'a pas été maudit comme l'autre. Au reste, ma chère enfant, il ne faut rien exagérer : je crois que les femmes, en général, ne doivent point se livrer à des connaissances qui contrarient leurs devoirs; mais je suis fort éloigné de croire qu'elles doivent être parfaitement ignorantes. Je ne veux pas qu'elles croient que Pékin est en France, ni qu'Alexandre le Grand demanda en mariage une fille de Louis XIV. La belle littérature, les moralistes, les grands orateurs, etc., suffisent pour donner aux femmes toute la culture dont elles ont besoin.

Quand tu parles de l'éducation des femmes qui éteint le génie, tu ne fais pas attention que ce n'est pas l'éducation qui produit la faiblesse, mais que c'est la faiblesse qui souffre cette éducation. S'il y avait un pays d'amazones qui se procurassent une colonie de petits garçons pour les élever comme on a élevé des femmes, bientôt les hommes prendraient la première place, et donneraient le fouet aux amazones. En un mot, la femme ne peut être supérieure que comme femme, mais dès qu'elle veut *émuler* l'homme, ce n'est qu'un singe.

Adieu, petit *singe*, je t'aime presque autant que *Biribi*, qui a cependant une réputation immense à Saint-Pétersbourg (1).

La querelle s'apaise peu à peu, et la gentille petite plaideuse ne voudrait pas tout à fait perdre son procès. Le père, à qui il suffit d'avoir vaincu, d'avoir triomphé

(1) *Correspondance*, t. III, p. 146-148 (1808).

des dernières résistances de l'orgueil féminin, lui accorde les honneurs de la guerre dans une troisième lettre qui clôt l'incident et éclaircit par un sourire et fond dans un baiser le petit nuage de bouderie.

J'ai vu par ta dernière lettre, ma chère enfant, que tu es toujours un peu en colère contre mon impertinente diatribe sur les femmes savantes.

Il faudra cependant bien que nous fassions la paix, au moins avant Pâques, et la chose me semble d'autant plus aisée, qu'il me paraît certain que tu ne m'as pas bien compris. Je n'ai jamais dit que les femmes soient des singes : je te jure, sur ce qu'il y a de plus sacré, que je les ai toujours trouvées incomparablement plus belles, plus aimables et plus utiles que les singes. J'ai dit seulement, et je ne m'en dédis pas, que les femmes qui veulent faire les hommes, ne sont que des singes; or, c'est vouloir faire l'homme que de vouloir être savante. J'honore beaucoup cette demoiselle dont tu me parles, qui a entrepris un poème épique; mais Dieu me préserve d'être son mari! J'aurais trop peur de la voir accoucher chez moi de quelque tragédie ou même de quelque farce; car une fois que le talent est en train, il ne s'arrête pas aisément. Dès que ce poème épique sera achevé, ne manque pas de m'avertir, je le ferai relier avec la *Colombiade* de Mme du Bocage. J'ai beaucoup goûté l'injure que tu adressais à M. Buzzolini, *donna barbuta*. C'est précisément celle que j'adresserais à toutes ces *entrepreneuses* de grandes choses; il me semble toujours qu'elles ont de la barbe.

Joseph de Maistre était trop lettré et trop fin pour ne pas parer d'avance la riposte prévue de sa fille : à savoir, l'exemple de la marquise du Chatelet. Voici comment il s'en tire par une botte empruntée à la fois à la subtilité de l'escrime italienne et à la légèreté de l'escrime française :

N'as-tu jamais entendu réciter l'épitaphe de la fameuse marquise du Chatelet, par Voltaire? En tout cas, la voici :

L'univers a perdu la sublime Emilie.
Elle aima les plaisirs, les arts, la vérité ;
Les dieux, en lui donnant leur âme et leur génie
Ne s'étaient réservé que l'immortalité.

Or, cette femme incomparable à qui les *dieux* (puisque les dieux il y a) avaient *tout donné*, excepté l'immortalité, avait traduit Newton; c'est-à-dire que le chef-d'œuvre des femmes, dans les sciences, est de comprendre ce que font les hommes. Si j'étais femme, je me dépiterais de cet éloge. Au reste, ma chère Constance, l'Italie pourrait fort bien ne pas se contenter de cet éloge et dire à la France : *Bon pour vous;* car Mlle Agnesi s'est élevée fort au-dessus de Mme du Chatelet, et je crois même, de tout ce que nous connaissons de femmes savantes. Elle a eu, il y a un an ou deux, l'honneur d'être traduite et imprimée magnifiquement à Londres, avec des éloges qui auraient contenté *qualsisia ente barbuto.* Tu vois que je suis de bonne foi, puisque je te fournis le plus bel argument pour ta thèse. Mais sais-tu ce que fit cette Mlle Agnesi, de docte mémoire, à la fleur de son âge, avec de la beauté et une réputation immense? Elle jeta un beau matin plume et papier; elle renonça à l'algèbre et à ses *pompes,* et elle se précipita dans un couvent, où elle n'a plus dit que l'office jusqu'à sa mort. Si jamais tu es comme elle professeur de mathématiques sublimes dans quelque université d'Italie, je te prie en grâce, ma chère Constance, de ne pas faire cette équipée, avant que je ne t'aie bien vue et embrassée.

Le comte termine par une plaisante et galante péroraison cette joute philosophique à armes courtoises, dont le dernier coup doit désarmer l'adversaire en le faisant rire. Il excelle dans ces façons de filer la *coda* en ces graves badinages, qui ne s'égarent jamais dans la bouffonnerie, et où l'effet comique, comme dans les fables, vient à l'appui d'une moralité.

Ce qu'il y a de mieux dans ta lettre et de plus décisif, c'est ton observation sur les matériaux de la création humaine. A le bien prendre, il n'y a que l'homme qui soit vraiment *cendre et poussière*. Si on voulait même lui dire ses vérités en face, il serait *boue;* au lieu que la femme fût faite d'un limon déjà préparé, et élevé à la dignité de *côte. Corpo di Bacco! questo vuol dir molto!* Au reste, mon cher enfant, tu n'en diras jamais assez à mon gré sur la noblesse des femmes (même bourgeoises); il ne doit y avoir pour un homme rien de plus excellent qu'une femme, etc. Mais c'est précisément en vertu de cette haute idée que j'ai de ces *côtes sublimes,* que je me fâche sérieusement, lorsque j'en vois qui veulent devenir *limon primitif.* Il me semble que la question est tout à fait éclaircie (1).

C'est aussi notre avis. Il est impossible à un père de traiter et d'épuiser avec plus de compétence, d'autorité, d'expérience, de délicatesse, de connaissance des problèmes anciens, de divination des problèmes nouveaux, la grave question, encore aujourd'hui si débattue, si controversée, de l'éducation des filles, des bienséances et convenances, des limites nécessaires, du *quod decet* et du *quod non decet* dans leur instruction et leur culture d'esprit.

Ces idées de Joseph de Maistre sur l'éducation subirent l'épreuve décisive de la pratique dans les conditions les plus faites pour en faire éclater la fragilité, si elles n'eussent pas été d'une solidité irréfragable. Il ne s'agit plus de ses filles : elles assurèrent en effet à leur père et contradicteur le plus doux des triomphes, en se montrant telles qu'il les souhaitait, c'est-à-dire instruites sans cesser d'être modestes, jeunes filles, et, plus tard, femmes et mères douées de tous les agréments, de toutes les qualités, de toutes les vertus de leur sexe et de leur état. Il s'agit de son fils, de ce

(1) *Correspondance,* t. III, p. 267-269 (11 août 1809).

Rodolphe, qui était venu en 1806 rejoindre son père à Saint-Pétersbourg, et à propos duquel toutes les questions d'éducation qui peuvent occuper et troubler un père, se présentèrent à la fois à l'esprit et au cœur de Joseph de Maistre : question de sa conduite dans une cour étrangère, en triomphant à la fois des obstacles de la jeunesse, de la sagesse, de la pauvreté; question de sa conduite à la guerre, et quelle guerre! Celle qui commence à Austerlitz et finit à Waterloo.

Abandonnant un moment les relations épistolaires de Joseph de Maistre avec les femmes de sa famille et celles de son intimité, pour vider l'appréciation du père et de l'éducateur en lui, nous le considérerons immédiatement à ce point de vue dans l'épreuve décisive de ses relations d'autorité et de direction avec un fils diplomate, courtisan, soldat, objet de la bienveillance et des faveurs d'un souverain étranger auprès duquel son père est accrédité, et ayant à faire dans le monde, sans autre fortune que son nom et son épée, son chemin par l'honneur, préférable aux honneurs, qu'il n'est pas défendu cependant à un jeune homme de briguer quand ils se trouvent sur la même route.

Au début, c'est-à-dire en septembre 1806, tout va au mieux et le comte n'est aux prises qu'avec la difficulté, qui n'est pas insurmontable, pour un père avisé et un fils docile, de profiter d'occasions favorables et de succès précoces, avances parfois décevantes de la fortune. Le jeune homme, avec le titre plus apparent que réel de gentilhomme de légation, secrétaire de son père, poursuit ses études et apprend la langue russe tout en arborant sur sa poitrine la croix de Saint-Maurice et Lazare, que le roi lui a accordée avec dispense d'âge (car il a à peine dix-sept ans). Il est admis

à *l'Ermitage* qu'on pourrait appeler, dit son père, « le
sanctuaire de la cour ». En décembre 1806, Rodolphe
de Maistre est admis par l'empereur Alexandre dans le
premier corps de sa garde (les chevaliers-gardes avec
le grade de Cornette, lieutenant dans l'armée). En
décembre 1807, le chevalier-garde n'a pas eu encore
à quitter les parades et les services de cour pour
l'armée et la bataille. Son jeune courage s'en indigne :
il demande à l'insu de son père, qui en l'apprenant s'en
afflige et s'en enorgueillit à la fois, à faire campagne.
Il l'obtient, et le 11 février 1807 le comte de Maistre
écrit à son ami le comte Deodati à Genève, pour lui
annoncer les bontés de l'empereur, qui s'est chargé du
coûteux équipement du jeune officier, et s'est déclaré
son protecteur (1).

Mais que tout cela coûte cher, mon digne ami! Un
second trait de bonté l'avait fait placer dans la réserve.
Son âge d'ailleurs (dix-sept ans) justifiait le repos, au
moins pour quelques temps; mais le jeune soldat m'a
échappé et a fait, à mon insu, les démarches les plus
vigoureuses pour être employé. On n'a rien voulu décider
sans avoir mon avis. J'ai répondu : « Décidez la chose
comme il vous plaira, sans supposer seulement que je
suis au monde. » En effet, il m'a paru clair que je n'avais
le droit de dire ni *oui* ni *non*. Le *conscrit volontaire* l'a
emporté. Il est parti, il s'en va, faisant sept à huit lieues
par jour, rencontrer... Ah! mon cher comte, je n'ai point
d'expressions pour dire cela. La pauvre mère ne sait pas
le mot de tout ce qui se passe; et moi je suis ici sans
femme, sans enfants, sans amis même; du moins de ceux
avec qui l'on pourrait pleurer, si l'on en avait fantaisie.
Il a fallu avaler ce breuvage amer et tenir le calice d'une
main ferme. Enfin, mon cher comte, j'éprouve un triste
plaisir à verser dans votre cœur mes épouvantables

(1) *Correspondance*, t. II, p. 308-309.

soucis. Si quelque chose les adoucit, c'est la résolution calme et inébranlable du jeune homme. Dites, dites-moi, je vous en prie, si vous pouvez vous représenter ce Rodolphe de Lausanne, criant l'épée à la main : *Mort et carnage!* dans une mêlée. Il a le diable au corps, et c'est un de ces *diables froids, les plus diables de tous.* Il parle français, latin, italien, allemand, et déjà, le croiriez-vous? cette difficile langue du pays assez couramment. Si Dieu me le conserve, il est bien acheminé. Mais je ne vis pas! *Nul ne sait ce que c'est que la guerre, s'il n'y a son fils!*

Et voici la première lettre, courte comme l'haleine d'un malheureux père, obligé de se contenir, de se contraindre et d'étouffer le sanglot, adressée par le comte à son fils absent.

J'ai reçu avec un extrême plaisir, mon cher enfant, votre billet d'hier; et j'ai été encore bien plus agréablement surpris ce matin, lorsque j'ai vu entrer votre jeune camarade. M. de Suchtelen, qui m'apportait de vos nouvelles de vive voix. Malgré la joie que m'aurait causée votre apparition, je trouve cependant que vous avez bien fait de ne pas venir aussi. Ce n'est pas un petit mérite que de savoir se refuser à propos certaines satisfactions. Il faut nous régler sur notre position qui ne nous permet pas toutes sortes de plaisirs. Au reste, cher enfant, vous sentez bien que je ne désire rien tant que de vous procurer tous les agréments qui dépendent de moi : ainsi écrivez-moi en détail tout ce que l'expérience vous aura appris sur les choses qui vous manquent et d'abord vous les aurez, car je ne m'appelle pas Querellus et j'ai toujours fait grand cas du vers qui dit :

Le superflu, chose si nécessaire.

autant du moins que le permet la prudence.

Ce matin, j'ai éprouvé un grand serrement de cœur lorsque *Biribi* est entré en courant, et qu'il est sauté sur votre lit, où vous n'êtes plus. Il a fort bien compris son erreur, et il a dit très clairement à sa manière : *je me suis trompé, où est-il donc?* Quant à moi, j'ai senti tout ce que vous sentirez si jamais vous exercez ce grand emploi de père. Ecrivez-moi souvent, mais peu (vous entendez cela); je ne veux ni vous priver ni vous lasser. Souvenez-vous que vous êtes toujours devant mes yeux comme mes paupières. Si jamais vous avez une aiguillée de fil, je voudrais bien que vous m'envoyassiez votre mesure exacte. Adieu, je vous serre sur mon cœur (1).

A la date du 11 juin 1807, le jeune chevalier-garde n'a pas encore donné, et le comte écrit à sa sœur, Mme de Saint-Réal, en lui donnant les premiers détails sur cette bataille de Friedland où son fils était :

La garde impériale a donné dans cette malheureuse affaire du 14, elle a bravement couvert la retraite et a beaucoup souffert. Mais je ne sais comment, les chevaliers-gardes ont été tenus en réserve : c'est le régiment de tous les princes, de tous les aînés, de tous les enfants gâtés. A te dire la vérité, la gloire est belle, mais mon fils est bon. Cependant le moment viendra. Si tu savais quelles nuits je passe (2).

Quelques jours après, le 10 juillet, le comte écrit, toujours à sa chère sœur, pour lui faire confidence de l'état de perpétuelle alerte où il s'agite, des mortelles alarmes où il s'est consumé, pendant les jours d'incertitude, sur le sort de son fils, avant d'apprendre tardivement, si tardivement que la douceur de la nouvelle en est demeurée amère, qu'il était sain et sauf.

Qui sait comment l'on finira, et même si l'on finira ? Il faut toujours se trouver prêt à tout. Quels jours j'ai passés, ma pauvre amie ! Quelle nuit que celle du 21 au 22, que je passai tout entière avec la *certitude* que mon cher Rodolphe avait été tué à Friedland ! Seul, du moins sans autre compagnie qu'un fidèle valet de chambre qui pleurait devant moi, me jetant comme un fou, tantôt d'un

(1) *Correspondance*, t. II, p. 309-310.
(2) *Ibid.*, p. 405.

sopha sur mon lit, tantôt de mon lit sur un sopha, pensant
à la mère, à toi, à tous, à je ne sais qui enfin! A neuf
heures du matin, mon frère vint m'apprendre que les chevaliers-gardes n'avaient pas donné. Tu me diras : « Et où
avais-tu donc pris cette *certitude?* » Je l'avais prise, ma
chère, sur le visage de vingt personnes qui m'avaient fui
évidemment le jour où la nouvelle arriva; c'était pour ne
pas me parler de la bataille; je crus toute autre chose et
je lus sur leurs fronts la mort de Rodolphe comme tu lis
ces lignes. Voilà ce que c'est que la puissante imagination
paternelle. Enfin, mon cœur, je me rappellerai cette nuit (1).

Quelques jours plus tard (2), le comte faisait part à
son ami, le comte Deodati, non seulement de ses
angoisses, trop naturelles, mais encore des sentiments
plus héroïques de fidélité au devoir quand même et de
sacrifice à l'honneur, qui en tempéraient et corrigeaient
la faiblesse.

Je reçois avec une égale reconnaissance et sans aucune
restriction le compliment que vous me faites sur la nomination de mon fils. Permis aux dames lacédémoniennes
de regarder d'un œil sec le corps de leurs fils qu'on rapportait sur leurs boucliers. Pour moi, je ne suis pas si
sublime. Plutôt la mort, sans doute, et mille fois la mort,
je ne dis pas que la plus petite lâcheté, mais que la plus
petite grimace anti-militaire! Mais aussi plutôt la vie que
la mort même la plus honorable! Ce n'est pas l'avis de
mon fils, et c'est dans l'ordre, mais c'est le mien, et c'est
aussi dans l'ordre. Il a voulu faire cette campagne sans y
être obligé; pouvant m'y opposer, je ne l'ai pas fait. Mon
héroïsme ne va pas plus loin... je suis content de mon fils
et de moi.

Le comte avait raison de se rendre ce témoignage et
nous le confirmons de notre approbation, après avoir

(1) *Correspondance*, t. II, 424.
(2) *Ibid.*, t. II, p. 445.

lu la lettre du 18 avril 1807 (1) où, à ce fils si tendrement aimé, objet de tant d'alarmes, le père cache bravement son secret pour lui prodiguer les nobles exhortations, les mâles conseils, les avis d'une observation à laquelle rien n'échappait, d'une expérience à laquelle rien n'était étranger.

Je ne veux pas m'appesantir sur votre destinée future ; il est inutile de communiquer des pensées molles, telles qu'elles naissent involontairement dans le cœur d'un père. Allez bravement votre chemin, mon cher Rodolphe. Vive la conscience et l'honneur ! Cœtera dis permittenda ! Avec cela ou sur cela, disait cette mère de Sparte. Elle avait raison. Jamais vous ne trouverez dans mes lettres ni craintes ni lamentations, c'est un mauvais ton à l'égard d'un soldat. Tout cela sans préjudice de ce qui se passe dans mon cœur et dont vous vous doutez sans doute un peu.

J'aurais l'ambition de savoir qu'il y a dans votre équipage un almanach ; ce n'est ni cher ni pesant. Datez vos lettres exactement pour le temps et pour le lieu ; rien n'est plus aisé, ce me semble. J'ai été extrêmement content de ce que vous me dites pour l'article de l'argent, et comme vous êtes raisonnable, je dois l'être aussi ; je ferai pour vous tout ce qui dépendra de moi.

Mon imagination a passé le Niémen avec vous et ne cesse de se promener dans ces pays désolés. Vous allez voir une foule de choses tristes. Puisque vous y êtes, profitez-en. Apprenez surtout à connaître le pays et à le dessiner dans votre tête comme un échiquier. J'ai en idée que cette science est presque tout le militaire. En vérité je voudrais vous savoir pour quelque temps attaché à un corps de Cosaques, tant j'estime leur génie topographique et leur talent pour arriver toujours où ils veulent et savoir toujours où ils sont. Tout homme sait tirer un coup de fusil, mais de savoir où il faut se placer pour le tirer le plus avantageusement possible, c'est une science qui n'est rien moins que vulgaire. Que vous dirai-je encore ?

(1) Correspondance, t. II, p. 384.

Soyez toujours assez semblable aux autres pour ne pas
leur déplaire et assez différent des autres pour ne déplaire
ni à moi ni à vous. Battez-vous bien, mais ne faites de
mal qu'à l'ennemi. Soyez honnête homme et bon enfant.
Ne vous détachez point du petit livre latin (l'*Évangile* ou
l'*Imitation*). Je vous aime et vous embrasse de tout mon
cœur, mon cher enfant. Dieu vous conserve!

Nous sommes frappés de l'insistance avec laquelle
le comte de Maistre recommande à son fils de profiter
de toute occasion de se faire, comme il dit, un *œil
géographique*. Il renouvelle souvent, en termes qui
échappent à la monotonie par l'originalité, cette exhortation qui nous semble en effet former un des principaux articles du bréviaire de l'officier.

Vous faites la guerre dans un pays extrêmement difficile et vous avez d'excellentes cartes sous la main;
profitez-en pour vous faire un *œil géographique*. C'est là
tout le militaire. Je ne parle pas de la valeur, celui qui
n'en a pas doit filer; mais vous ne sauriez croire combien
je suis entiché de ce *coup d'œil géographique* et même
topographique (1); ou je me trompe fort, ou c'est lui qui fait
les *généraux*. J'aime fort que vous n'ayez peur de rien
quand il le faut, mais j'ai peur qu'il n'y ait de la témérité
stérile à nager en Finlande avant la naissance des feuilles.
Vous ferez bien, au reste, de vous exercer à la natation
lorsque l'occasion s'en présentera. Je vous recommande
de toutes mes forces l'orthographe, mon cher enfant;
ceci n'est pas pédanterie paternelle, la connaissance du
latin me rend ces fautes inexplicables. Bien entendu que,
si jamais vous gagnez des batailles, je n'en parle plus,
car le maréchal de Villars et cent autres ne savaient pas
écrire. Je parle *en attendant*.

A partir de 1812, la correspondance s'assombrit (2).

(1) La lettre du 13 novembre 1814 (t. IV, p. 400) insiste encore
sur ce point qui tient à cœur à Joseph de Maistre.
(2) *Correspondance*, t. III, p. 129 (29 mai 1808).

On le comprend, quand on se reporte à ces années terribles, à ce duel de la France contre l'Europe, à cette lutte éperdue, grandiose, sinistre, du génie désorienté de Napoléon contre le réveil inattendu d'un peuple qu'il supposait barbare, à ce sublime effort qui mit la grande armée aux prises à la fois avec les forces morales d'une nation héroïque et les résistances de la nature complice. L'incendie de Moscou, les gouffres de la Bérésina où s'engloutit une armée, ont inspiré à Joseph de Maistre des tableaux dignes de cette épopée. Mais comment oublier que son fils, que son Rodolphe chevauche à travers ces ouragans de neige ou de feu dont le comte Tolstoï, dans *la Guerre et la Paix*, a si bien rendu la rouge ou livide grandeur? (1) Le comte sent bien que ce n'est pas le moment de donner à son fils des *pensées molles*. Il lui écrit de Polock en juin 1812 : « Adieu, mon cher enfant, continuez à marcher dans les voies de la justice et du courage. Si vous quittez ce monde, je pars aussi ; je ne veux plus baguenauder (2). »

Le 5 juillet de la même année, il écrit :

(1) Nous ne pouvons qu'indiquer ici, en nous fondant sur les rapprochements signalés dans une magistrale conférence de M. Albert Sorel à l'Ecole des sciences politiques, reproduite ou analysée dans la *Revue bleue* du 14 avril 1888, sur *Tolstoï historien*, les remarquables rapports « qui ne sont pas l'effet d'une rencontre fortuite » entre les idées de Tolstoï et celles de Joseph de Maistre sur les problèmes et les mystères de la guerre. L'éminent auteur de ces beaux ouvrages qui ont fait faire un si grand progrès à la philosophie historique et politique, n'hésite pas à penser que Tolstoï s'est plus d'une fois inspiré des idées de Joseph de Maistre « il lui paraît familier avec la correspondance de de Maistre, et pénétré de ses dialogues », dans les *Soirées de Saint-Pétersbourg*. Nous regrettons de ne pouvoir insister sur les aperçus originaux de cette pénétrante étude critique.

(2) *Correspondance*, t. IV, p. 138.

Je crois que le *grand diable* a manqué complètement son premier coup et qu'il dispose aujourd'hui toutes ses pièces pour en frapper un second à sa manière. *En ce temps-là, malheur aux pères!* Cependant, mon cher ami, *avec cela ou sur cela*, Dieu me préserve de vous donner des conseils lâches! Je n'ai pas sur le cœur le poids que j'y sentais quand vous tiriez sur les Suédois. Aujourd'hui vous faites une guerre juste et presque sainte. Vous combattez pour tout ce qu'il y a de plus sacré parmi les hommes, on peut même dire pour la société civile. Allez donc, mon cher ami, et revenez ou emmenez-moi avec vous (1).

Rodolphe est blessé, à Borodino, d'un éclat de grenade au genou. Et le père écrit avec douleur et avec fierté : « J'ai été blessé moi-même à Borodino. » Comment exprimer ce mélange d'angoisses et d'orgueil du père suivant son fils de bataille en bataille, de Leipsick à Montmirail, jusqu'à ce jour de deuil pour la France, de gloire pour l'Europe, où il entre à Paris avec l'invasion et la victoire? Mais avant d'en arriver là, que de vicissitudes dans le sort de ce fils unique courant après la gloire et qui peut n'y rencontrer que la mort. Partagée entre la crainte et l'espérance, la correspondance comme la vie de son malheureux père passent par toutes les notes de ce clavier qui va de la douleur qui tue à la joie qui ne tue pas moins. Tantôt — ce sont là les jours heureux, les jours de sourire de la capricieuse fortune, les jours de bonnes nouvelles et de détails amusants, car le comique est partout mêlé au tragique même sur le théâtre du champ de bataille — Joseph de Maistre nous montre son jeune chevalier-garde campant dans des marais où les grenouilles lui sautent sur le visage comme des puces; ou bien

---

(1) *Correspondance*, t. IV, p. 512 (5 juillet 1812).

il plaisante sur son instruction classique qui fait de lui « le premier latiniste de la garde impériale », rappelant à ce propos le mot frivole et fameux : « Mon fils est le premier violon du parlement »; ou bien enfin il appelle familièrement et gaiement le jeune officier « Monsieur la Tulipe »; tantôt au contraire, exprimant sur un ton bien différent les anxiétés qui l'oppressent, il écrit à son fils coupable de l'avoir laissé manquer de nouvelles, silence qu'il attribue à la négligence, sans assez réfléchir qu'en ces rudes campagnes on use plus d'épées que de plumes.

Depuis la bataille de Leipsick, pas un mot encore; c'est le dernier supplice. J'accuse les circonstances autant qu'il est possible, mais je commence à craindre que vous n'ayez un peu tort. Si vous avez passé plus de deux jours sans m'écrire, après la bataille du 18, certainement je vous punirai grièvement, et je le connaîtrai à la date de vos lettres, ce que je ne crains point de vous dire ici ; car si vous étiez capable d'antidater une de vos lettres, je ne vous croirais plus légitime et j'en écrirais à madame votre mère... (1).

Après de telles émotions, le cœur se brise ou se bronze. Le cœur de Joseph de Maistre ne succomba pas à l'épreuve. Il supporta héroïquement ce *maximum* de charge. Il ne se brisa ni ne se bronza. Plus heureux d'ailleurs que bien d'autres, il fut épargné par l'orage, qui se borna à le menacer dans ce qu'il avait de plus cher; et la Providence clémente ne sembla lui avoir fait connaître un moment la douleur de tout craindre que pour lui permettre de mieux goûter ensuite la douceur de tout espérer. Pour nous, nous avons gagné à ces épreuves le plaisir de connaître et

(1) *Correspondance*, t. V, p. 399 (7 novembre 1813).

de montrer Joseph de Maistre sous tous les aspects de
ce rôle de père, si difficile parfois à tenir, où il fut
toujours égal à lui-même, toujours supérieur à la fortune, toujours digne de ce Joseph de Maistre de l'admirable lettre à son ami le comte Henry Costa de Beauregard, sur la mort de son fils. Il avait, dès le 31 mai 1794,
appris par la douleur des autres combien il est difficile
d'élever un fils, combien il est cruel de le perdre,
quand une mort précoce l'ensevelit dans sa pureté vir-
ginale, encore enfant par l'innocence et déjà homme
par le courage. Il lui fut épargné de voir les funérailles
prématurées d'un fils officier de dix-huit ans, mêler
aux pourpres militaires les blanches draperies des
vierges, et d'avoir à recevoir de l'amitié du comte
Henry, le même service qu'il lui avait rendu, l'éloge et
l'oraison funèbre du jeune héros.

Plus heureux que ses amis, le comte de Maistre
devait conserver son fils, le voir avancer au service de
la Russie, rentrer au service de son roi restauré, et,
dès le retour si longtemps attendu de sa famille dans
sa patrie, se marier selon son rang et selon son cœur,
avec une charmante jeune fille de l'aristocratie pro-
vençale.

Dès le 20 avril 1814, l'accalmie commence pour
Joseph de Maistre. Il se reprend à considérer sous des
couleurs plus riantes l'avenir prochain. Il ne fait plus
allusion à ses chagrins que pour les faire servir en
quelque sorte de repoussoir aux joies attendues du
retour de son fils, de la réunion de famille qui approche.
Il écrit à sa fille Constance :

Jusqu'à présent tout va à merveille; mais le plus battu
de tous dans cette guerre, c'est moi, ma chère amie. Je
suis abîmé, abêti par cette affreuse solitude à laquelle je

suis condamné. Pendant les jours où j'ai pu craindre, représente-toi ma situation, n'ayant pour témoins de mes angoisses que des valets qui peut-être supputaient ce qu'ils gagneraient à ma mort...

Il distribue d'avance les rôles et les places dans le gouvernement domestique qu'il va instituer.

Si par hasard tu rencontres dans le monde Mme de Le Nôtre (il appelle ainsi sa femme par badinage), tu lui diras de ma part que je la trouve une petite folle parfaite dans ce qu'elle me dit au sujet d'une certaine somme qu'elle prétend être à moi; car c'est au contraire tout ce qui est ici qui est à elle. Je lui ai dit pourquoi ces fonds seraient mieux ici. Du reste, je suis totalement *exproprié*. J'attends Rodolphe pour lui céder le grand maniement des affaires, moyennant une pension alimentaire et un vêtement honnête; ce qui me paraît juste. Venez, venez, tous vos emplois sont fixés : Françoise est ministre de l'intérieur et trésorier général; Rodolphe, ministre au département des affaires étrangères et payeur en chef; Adèle, secrétaire en chef pour la politique; et toi pour la philosophie et la littérature avec des appointements égaux et communauté de fonctions pour le besoin. Moi, je serai le souverain avec l'obligation de ne rien faire et la permission de radoter. Si ces conditions sont de votre goût, écrivez : *Accordé;* dans le cas contraire, allez vous promener.

Comme il est impossible d'avoir de grandes filles sans songer à les établir, le père, heureux d'avance de son bonheur futur, fait dans ce bonheur la part d'une séparation tôt ou tard inévitable, et il se résigne à montrer au besoin bon visage à un gendre.

Ce que tu me dis des mariages m'a fort amusé. Pour ce qui te concerne en particulier, ma chère enfant, les figuiers sont faits pour porter des figues : cependant j'accepte avec beaucoup de plaisir toutes les choses aimables que tu me dis sur notre *inséparabilité!* Je suis transporté de l'idée de te voir, de te connaître et de jouir de tes soins, tant que je me promènerai sur cette *petite boule*. Cependant je ne suis point égoïste et si quelque honnête homme, tourné comme je l'imagine, vient te demander à moi, en parlant bien poliment, je suis prêt à te céder, à la condition que tu viendras de temps en temps cultiver ta nouvelle connaissance : ce qui, je pense, ne souffrira pas de difficulté (1).

Enfin, cette réunion, suspendue pendant treize ans, que, dès 1811, le comte de Maistre n'osait plus attendre, disant que l'espérance n'était plus faite pour lui; que son prisme charmant ne s'interposait plus entre son œil et les objets qu'il voyait tels qu'ils sont, c'est-à-dire couleur de sang et de fumée, « cette réunion, à la pensée de laquelle « la tristesse monte sur sa gaieté, « comme l'huile sur l'eau (2) », est, en octobre 1814, un fait accompli. Sa femme n'est plus veuve d'un mari vivant, ses filles ne sont plus orphelines d'un père vivant. Il se laisse aller à la pente naturelle de son caractère et ne fuit plus les bonnes fortunes de l'humour. Il se montre à ses amis tel qu'il est. « Au milieu des pensées graves et mélancoliques, quelques éclairs de ma gaieté naturelle viennent encore sillonner la nue et j'espère que vous sourirez aussi », écrit-il à Mme de Bonar deux ans après cette réunion, dont il trace ainsi le tableau.

(1) *Correspondance*, t. IV, p. 418-419. — Constance de Maistre se maria très tard et bien après la mort de son père. « Elle devint en 1833 duchesse de Laval-Montmorency et a vécu jusqu'à l'âge de quatre-vingt-neuf ans, conservant jusqu'à son dernier jour (2 avril 1882) tout le charme de son esprit, la fraîcheur de ses souvenirs et la généreuse bonté de son cœur. » (Amédée de Margerie, p. 22.)

(2) *Correspondance* : au comte de Schulembourg, 26 septembre 1811, t. IV, p. 62.

Depuis le mois d'octobre 1814, je possède ma famille;
ma femme, mon fils, mes deux filles sont à côté de moi.
Mon fils a miraculeusement échappé aux boulets et aux
balles depuis Borodino jusqu'à Montmartre. J'ai vu cette
enfant si désirée que je ne connaissais pas; j'ai revu cette
Adèle chérie dont vous avez vu le portrait, qui n'est déjà
plus le sien, quoiqu'elle soit encore jeune; mais son âme
est bien la même, comme la mienne, comme la vôtre,
Madame, je me garde bien d'en douter. Heureusement, il
y a dans nous quelque chose qui ne vieillit point (1).

Il semblerait, à lire les lettres filiales, conjugales,
paternelles de Joseph de Maistre, que les sentiments
domestiques qu'il exprime avec tant d'éloquence, tant
de variété, ont dû remplir son cœur et suffire à absorber
sa vie intime; que ces affections nécessaires ont dû
l'exempter ou le priver des autres, considérées sans
doute par lui comme superflues. Qu'on serait loin de
compte en le jugeant ainsi! Comme on calomnierait la
puissance de dévouement et l'énergie de tendresse de
cette nature aussi robuste de cœur que d'esprit, et
cette source de bonté toujours jaillissante, dont les
plus nombreuses relations de parenté et d'amitié
n'épuisèrent point l'intarissable abondance! Joseph de
Maistre, pour sa famille, pour ses amis, trouva moyen
d'être toujours prêt aux témoignages et aux sacrifices
de l'affection, toujours tout à tous. Il « aimait à aimer »,
suivant le mot charmant de saint Augustin. Il était
« amoureux de l'amitié », comme l'a dit plus tard de
lui-même, en se vantant un peu, Montesquieu.

Il n'est pas sans intérêt d'en fournir la preuve en le
considérant un instant dans ses relations avec les
membres de sa famille, autres que ses filles et son fils,

(1) *Correspondance*, 5 mai 1816, t. V, p. 325.

puis dans ses relations avec ses amis et enfin avec ses
amies : car il lui fut donné, comme il en était si digne,
de goûter ce qu'il y a de plus doux dans cette amitié
entre un honnête homme et une honnête femme, où
la Bruyère voyait avec raison « le commerce le plus
délicieux ». Nous omettons volontairement de cette
galerie de croquis et non de tableaux la figure, qui
mérite et à laquelle nous consacrons à part un portrait
autant que possible achevé, de Xavier de Maistre, qui a
partagé la célébrité littéraire de son frère, dont le talent a grandi à l'ombre amie du génie de son aîné, et
qui a toujours eu avec lui les rapports intimes d'une
affection fraternelle mêlée d'une sorte de déférence
filiale.

Joseph de Maistre, fier des succès de son frère
Xavier, qu'il préparait avec une habile sollicitude et
un ingénieux dévouement rappelait en riant la naïve
vanité du sonneur de cloches, disant fièrement du
sermon d'un prédicateur célèbre : *C'est moi qui l'ai
sonné.*

Un autre sermon, moins profane que ceux de Xavier,
que Joseph de Maistre, ne manquait jamais de sonner
fièrement, pour suivre la métaphore tout à fait de
circonstance, c'est le sermon de son autre frère, le
doyen, ancien grand vicaire de Tarentaise, et plus tard
évèque d'Aoste. Il s'enorgueillissait des succès de
chaire et de direction de son frère André qui avait
dans la physionomie et dans le talent plusieurs traits
de Bourdaloue, comme il s'enorgueillissait des succès
de plume et de salon de ce Xavier, qui n'est pas sans
quelques vagues ressemblances d'esprit et de caractère avec la Fontaine ou, si l'on veut, avec Florian.

Nous ne connaissons qu'une lettre d'André de Mais-

tre; mais elle est remarquable par sa verdeur de ton
et son originalité; et elle donne bien l'idée du caractère et du talent de ce très digne frère de Joseph,
celui qui, par la hardiesse de ses pensées, la franchise
de son caractère, sa finesse dans la douceur et aussi
parfois son âpreté dans l'ironie, se rapprochait le plus
de lui. Il y aurait trop à citer dans cette lettre datée
de Chambéry le 4 juillet 1809, à laquelle nous devons
nous borner à renvoyer le lecteur (1).

Nous préférons citer celle où Joseph de Maistre, en
novembre de la même année, se fait avec plaisir l'écho
des bruits flatteurs qui lui arrivent de Genève, sur les
succès de prédication de son frère.

Le baron de Strogonoff a laissé beaucoup d'amis à
Genève dont l'un lui écrit : « Il ne s'agit plus ici de différences de religion ni de préjugés de naissance; nous
possédons un abbé dont l'éloquence nous ravit, tout le
monde y court, etc... » C'est mon frère qui fait un fracas
inouï à Genève. Il m'est arrivé nombre de lettres dans ce
sens, mais celle du baron Strogonoff est fort citée et ne
gâte rien à notre attitude ici. Quelle bizarrerie! Il y a
plus de protestants que de catholiques dans l'église qui
appartient à Genève; les ministres mêmes sont fort assi-
dus, mais l'auditeur le plus curieux est Mme de Staël,
qui n'a jamais quitté mon frère, ni à l'église, ni dans le
monde. Elle lui dit un jour, après avoir entendu un sermon sur l'enfer : « Monsieur l'abbé, j'ai entendu votre
sermon sur l'enfer, vous m'en avez entièrement dégoû-
tée (2). »

En mai 1818, André de Maistre, nommé évêque
d'Aoste, était à Turin pour s'y faire sacrer. Peu de
temps après cette solennelle investiture, il était pré-
maturément enlevé par une maladie foudroyante, en-

(1) On la trouvera dans l'ouvrage de M. Albert Blanc.
(2) *Correspondance*, t. III, p. 338.

traînant vers la tombe ce frère aîné qui ne se releva
jamais de ce coup, et ne lui survécut que trois ans,
sans avoir jamais cessé de le pleurer. On peut juger
de ses regrets par la lettre éloquente et touchante qu'il
adressait, le 2 septembre 1818, à Mlle de Virieu, pour
la supplier d'obtenir de la marquise de Murinais la
communication de l'unique portrait de ce frère adoré,
afin de servir de modèle à l'artiste célèbre chargé de
reproduire ses traits en les fixant sur le marbre d'un
buste destiné à orner le salon de famille. Il est impossible de lire rien de plus pathétique que cette requête
qui finit ainsi, entrecoupée par les sanglots :

S'il vous plaît, Mademoiselle ! Pour l'amour de Dieu !
Mais je n'ajouterai pas : *Que Dieu vous le rende !* Ah !
n'ayez jamais de pareilles consolations à demander ! jouissez de ce que vous possédez et ne soyez jamais écrasée
comme je viens de l'être. Jamais je ne me consolerai de
cette perte : tout ce que le temps peut sur une telle douleur, c'est de la changer en mélancolie. Aucun mort ne
m'a jamais été aussi présent que ce cher André. A chaque
minute, je l'entends rire ou raisonner (1).

Joseph avait encore un autre frère, le chevalier Nicolas de Maistre, toujours demeuré en Savoie ou en
Piémont celui-là, brave officier, en qui se retrouvaient
le courage et le talent héréditaires dans cette famille
privilégiée, et qui ne savait pas moins bien écrire que
se battre, à en juger par une lettre de lui à la comtesse Ponte, datée de Vigevano, le 17 mai 1798 et re-
traçant en traits de feu la part qu'il a prise à la
bataille de Gravelone. On y respire l'odeur de la poudre, on y entend le bruit du canon, on y voit l'héroïque capitaine salué d'acclamations de bienvenue et

(1) *Correspondance*, t. VI, p. 146.

entraînant ses grenadiers contre les batteries ennemies au vieux cri de : *Savoie! Savoie en avant* (1)!
La bravoure civile ne faisait pas plus défaut que la
bravoure militaire à Nicolas de Maistre, qui fut, en
octobre 1815, un des quatre députés de la Savoie
envoyés à Paris pour demander à l'empereur Alexandre
que ce pays fût rendu à ses anciens maîtres. « Nos
quatre députés, écrit Joseph de Maistre à cette occasion, n'ont pas été des poltrons et ont joué gaiement
une carte terrible. S'ils n'avaient gagné la partie, ils
n'avaient qu'à vendre leurs biens et à sortir de leur
pays, car la place n'était plus tenable (2). »

Nous arrivons maintenant à un des groupes les plus
caractéristiques, les plus décisifs de la *Correspondance*, cette correspondance si abondante, si variée,
qui est tout un monde, dans lequel, rien qu'en l'envi-
sageant au point de vue intime, en laissant de côté les
parties politiques et philosophiques, la critique doit
se cantonner sur des points particuliers, se ménager
comme à travers une carte universelle, des coins
d'ombre, des anses, des criques, dentelant l'immense
côte, où elle puisse aborder et jeter l'ancre.

Nous voulons parler des lettres adressées par lui, en
dehors de sa femme et de ses filles, aux femmes de sa
famille et de son intimité. Nous l'avons dit, sous ce
rapport les lettres de Joseph de Maistre sont une révélation et un modèle. Ce mâle génie avait en même
temps que toutes les hardiesses et toutes les énergies
de l'esprit, toutes les délicatesses, toutes les finesses,
toutes les tendresses du cœur. Comme tous les forts,

(1) *Correspondance*, t. IV, p. 144.
(2) *Ibid.*, t. V, p. 174.

il avait le goût, le respect des faibles, des humbles, des femmes, des enfants. Nul n'a su mieux que lui traiter avec les femmes les questions d'idées ou les questions de sentiments. Aucune des nuances de cette gamme ne lui était inconnue. L'âme féminine, en ses mille replis, n'avait pas pour lui de mystères. Son œil pénétrant savait tout y voir. Son esprit lui fournissait le moyen et l'art de tout dire. Il savait parler aux femmes le langage conjugal, aux mères le langage maternel et le langage virginal aux vierges. Expert en ces matières subtiles et compliquées, il se jouait avec les plus difficiles problèmes de la conscience, dé-nouant tous les nœuds ou les tranchant au besoin d'un mot décisif, sans pourtant qu'aucune susceptibilité fût froissée, aucune pudeur offensée. Il avait la main de fer gantée de velours du vrai médecin des âmes, et le scalpel de ses analyses magistrales guérissait, comme on l'a dit de la lance d'Achille, les blessures qu'il fai-sait. Il était toujours sincère et véridique. Mais sa probité n'avait rien de brutal; s'il fouettait la vanité féminine, si sensible, si ombrageuse, c'était avec des roses, de façon à ce que le parfum fît oublier l'épine.

Pour tout dire de ce don de prosélytisme, de cet art de captiver et de mériter les confiances les plus rebel-les à l'apprivoisement, de ce génie de direction morale, honnête et saine, qui ne s'égara jamais aux exagéra-tions et aux dépravations mystiques, nous rappellerons que Joseph de Maistre fut le chef de ce groupe d'hom-mes et surtout de femmes qui, vers 1812, inaugurèrent discrètement, modestement et fortement le mouve-ment catholique en Russie; qu'il fut, — plus que son biographe M. de Falloux ne l'a dit, plus qu'elle ne l'a dit elle-même, — l'apôtre et le maître de Mme Swetchine, qu'il

la convertit, la dressa au maniement des consciences ;
qu'il fut le précurseur de son œuvre, l'initiateur de sa
mission ; qu'il capta et forma lui-même à l'exercice de
la direction, de l'influence morale, du ministère de
l'amitié, cette âme d'abord si fière de sa raison, avant
d'être si douce dans sa bonté. Mais revenons un instant au Joseph de Maistre fraternel. Ce ne sera plus
pour feuilleter et commenter ses lettres à ses frères,
où celles où il est question d'eux, surtout de celui qui
fut l'objet de sa prédilection, Xavier, dont, en 1820, le
deuil paternel renouvelait la blessure de la perte commune qu'ils avaient faite dans la personne de l'évêque
d'Aoste. Le 22 avril 1820, Joseph écrivait : « Je pleure
le fils unique de mon bon, cher, excellent frère, mort
à Saint-Pétersbourg, le 21 février dernier ; il s'appelait
André, comme l'évêque d'Aoste. Ce nouveau coup de
poignard, enfoncé dans une plaie encore vermeille,
m'a privé de la respiration. Je suis tout à fait abêti. »

Lorsque, par l'imagination, par le souvenir, par l'espérance, Joseph de Maistre se retrouvait au milieu du
paysage natal, s'asseyait au foyer paternel ou aux
foyers amis, quand il escomptait d'avance les joies du
retour dans la patrie, bien que, « jeté dans un pays où
tout est immense, il dut y trouver extrêmement petites
les portes et les pensions », ce qui attendrissait son
rêve, c'était l'image de ces chères sœurs avec lesquelles il avait passé son enfance, avec lesquelles
il avait lu *l'Oiseau bleu* ou le *Petit Poucet*, avec lesquelles il aurait voulu vivre et dont il pouvait craindre
de mourir séparé. « O mon Dieu ! écrivait-il à sa sœur
Mme de Constantin, qu'est devenue la petite *république*
une et indivisible, et la bibliothèque et la chambre
voisine, et les arbres de la porte de la reine ? Hélas !

nous ne demandions que de vivre, de penser et de mourir ensemble, et nous voilà divisés et jetés sur la surface du globe comme une poignée de sable! » Dans cette lettre du 7 mai 1814 (1) nous voyons passer et repasser successivement tous les visages virils ou féminins, mâles ou gracieux de la famille, ces derniers surtout, images préférées de cette vie antique et patriarcale dont ses sœurs faisaient l'ornement et dont la nostalgie rendait mélancoliques pour Joseph de Maistre, même ses bonheurs de Russie.

Il avait quatre sœurs : Thérésine, l'aînée, Mme de Constantin, grave, sensée et douce; la religieuse ursuline Eulalie, pieuse et résignée à tout, même au martyre, et s'y accoutumant par la maladie et la pauvreté; Jenny, Mme de Buttet, la préférée de Xavier; et la pétulante et sémillante Mme de Saint-Réal, sa chère *Nane*, sa favorite. C'est à celle-ci qu'il adresse ses plus intimes confidences, jusqu'à s'effrayer parfois de la pensée qu'une indiscrète rupture du cachet de ses lettres (il était trop ambassadeur, comme nous le verrons, pour croire au secret de la poste) pourrait mettre une curiosité malveillante en tiers dans des appréciations d'une franchise un peu rude. Il se méfiait un peu de ce premier jet de sa verve, dont il n'était pas maître, et il n'avait ni le temps de se relire ni celui de se recopier. Aussi, crainte de mésaventure, l'invitait-il à brûler ses lettres, usant ainsi de la précaution qui faisait appeler, par Mme du Noyer, sa cheminée *le bureau d'assurance*. Ces recommandations, qui, dans certains cas, ne sont malheureusement pas obéies, ne le furent pas heureu-

(1) *Correspondance*, t, VI, p. 221.

sement dans cette circonstance. Nous y aurions perdu de charmantes lettres, comme celle du 10 août 1806 ou du 9 janvier 1807 (1), adressées à Mme de Saint-Réal, et celles du 8 mai 1804 et du 7 mai 1814, adressées à Mme de Constantin. C'est dans cette dernière qu'il épanche avec une sorte d'enthousiasme plus religieux encore que politique sa joie de la chute de Napoléon et de la restauration de son roi.

Qui l'aurait dit, ma chère enfant! Dieu s'est joué des conseils humains, et je suis tout à fait de l'avis d'une dame qui disait l'autre jour qu'elle était tout à fait contente de lui. Pour moi, je l'avoue, je n'ai jamais cru un instant à la durée du *monstre*, ni surtout à celle de sa famille, qu'il appelait dynastie, mais je ne croyais pas du tout sa chute aussi prochaine (2).

Dans une autre lettre adressée le 29 juillet 1816, à « sa très chère Jenny » Mme de Buttet, nous le voyons, enivré en quelque sorte d'avance des joies du retour de son cher « ci-devant et ci-après duché de Savoie » se féliciter du succès du doyen qui a prêché à Bordeaux, de la prochaine réunion de la famille de son frère et de celle de sa sœur Mme de Saint-Réal à Gênes, et de sa prochaine venue pour refaire connaissance avec les nouveaux de cette proche parenté. « Avec quel plaisir j'embrasserai tout le monde qui est né depuis moi. Tous les jeunes gens me prendront avec mes cheveux blancs pour le prophète Élie, qui revient à la fin du monde. »

Cet esprit de famille dont il avait la passion, la religion, lui inspire les plus charmantes formules, les plus gracieuses fantaisies d'affection. Il se revoit tour à

(1) *Correspondance*, t. II, p. 180 et 300.
(2) *Ibid.*, t. VI, p. 423-426.

tour apparaissant au château de Bissy ou dans la vieille maison patrimoniale de Chambéry, et il jouit d'avance du plaisir de la surprise qu'il causera. Il écrit à sa belle-sœur Mᵐᵉ de Morand.

> Vous ne me reconnaîtriez plus; je suis vieux comme un violon de Crémone. Le plus sûr, je crois, serait de me présenter à pied et de demander l'hospitalité comme un homme qui n'a ni feu ni lieu. Vous diriez sûrement : « Faites entrer ce pauvre homme; mais voyez donc, mon cher ami, il prononce précisément comme votre beau-frère le scythe (1). »

Avec Mᵐᵉ Nicolas de Maistre, il s'amuse de la même vision, troublée cette fois par la crainte de s'égarer.

> Au moment où je t'écris, ma chère sœur-cousine, je suis le plus heureux et le plus grand seigneur d'Europe. Ma famille est sur le point de tomber dans mes bras, et mon souverain est ressuscité. Il est bien vrai que je puis, sans miracle, mourir de faim incessamment, mais c'est un très petit inconvénient, et cela s'appellera toujours *mourir au lit d'honneur...* Souvent je te fais visite; mais je ne sais pas me tirer de ton logement. Je me suis gâté tout à fait. Les allées de Chambéry me font peur. Es-tu dans cet appartement où j'ai si souvent vu le Kinkin Perrin, et qui a cette belle vue sur la rivière? Ou bien es-tu de l'autre côté sur la grande rue? Marthe, tu as choisi la meilleure part, celle de vivre tranquille à côté de ton homme. Pour ton vieux cousin, c'est un *couratier* (un coureur), n'en parlons plus (2).

Nous retrouvons cette même vision, ce même tableau imaginaire du retour, par lequel Joseph de Maistre trompait la faim de son cœur dans sa lettre à sa tante, Mᵐᵉ la comtesse de Chavanne. Nous l'entendons, une

(1) *Correspondance,* 13 octobre 1814, t. IV, p. 433.
(2) *Ibid.*, t. V, 29 juillet 1816, p. 414.

fois réuni à sa famille et jouissant d'elle, s'exprimer en termes qui montrent que cette faim apaisée ne le sera jamais jusqu'à la satiété (1). Est-il possible à un beau-père de parler plus galamment, plus gracieusement à sa bru que dans cette lettre du comte à sa belle-fille Azélie, la femme de son cher Rodolphe?

Nous vous avons tous épousée. Aimez-le (son mari) de tout votre cœur, et *soyez publiquement sa maîtresse*; une fois qu'on est bien affichée, on ne s'embarrasse plus de rien. Ce mot de maîtresse me plaît infiniment. Je veux que vous commandiez à votre ami, que vous soyez despote chez lui, quoique ce mot n'ai point de féminin, et que votre suprême sagesse y mène tout. Je vous serre avec mes vieux bras, sur mon jeune cœur (2).

Joubert a dit « que la punition de ceux qui ont trop aimé les femmes, c'est de les aimer toujours ». Il eût pu ajouter que la récompense de ceux qui les ont encore plus estimées qu'aimées est de les estimer toujours, et de garder le secret de leur parler et de parler d'elles avec le bonheur et l'éloquence que le respect ajoute à l'amour. Joseph de Maistre est de ceux-là. Il avait de l'influence des femmes, de leur don et de leur art de prosélytisme, de cette sympathie pour le beau et le bien qui en font les apôtres et les servantes de toutes les nobles causes, une haute idée fondée sur des raisons historiques, philosophiques et morales. Il ne perd jamais l'occasion de faire ressortir, avec la gravité du philosophe et non avec le scepticisme du juge d'instruction, cette influence des femmes. Il écrit au chevalier de Rossi, le 20 janvier 1808 : « Les meilleurs apôtres pour la réunion des églises seraient une dou-

(1) *Correspondance*, 3 octobre 1814, t. IV, p. 453.
(2) *Ibid.*, t. VI, p. 229, juillet 1820.

zaine de femmes de qualité qui le désirent vivement.
Aucune affaire de ce monde, sacrée ou profane, grande
ou petite, bonne ou mauvaise, ne s'est faite sans
femmes (1). »

Joseph de Maistre insiste en toute circonstance favorable et jusque dans ses communications les plus
graves, ses lettres au roi Victor-Emmanuel, par exemple, sur cette opinion qu'il pouvait appuyer par l'avis
conforme des grands politiques, Richelieu et Mazarin,
de l'importance du rôle que les femmes peuvent jouer
en affaires d'État, et de leur aptitude à ce rôle. « Les
femmes, qui font la moitié des affaires de ce monde,
écrivait-il au chevalier de Rossi, le 28 décembre 1808,
ont changé notre position du blanc au noir. » Et le
26 février 1816, il n'hésitait pas à écrire au roi Victor-
Emmanuel : « Plus d'une fois j'ai observé dans mes
lettres officielles que la moitié au moins de tout le
bien et de tout le mal qui se fait dans le monde, est
l'ouvrage des femmes (2). »

Un homme, pénétré de l'idée de la finesse et de
l'influence politique des femmes, qui adorait littérairement Mme de Sévigné, qui se complaisait en moraliste,
en psychologue, en dilettante de toutes les voluptés
permises de la conversation, à causer avec les femmes,
à admirer le tour piquant qu'elles savent donner
aux choses, à les observer dans cette habileté et
cette coquetterie de manège dont les plus honnêtes
femmes et même les plus vertueuses ne sont pas dé-
pourvues, qui savait, comme La Rochefoucauld l'avait
appris de Mme de Longueville et de Mme de La Fayette,

(1) *Correspondance*, t. III, p. 44.
(2) *Ibid.*, p. 179.

comme Marmontel l'avait appris de Mme de Tencin, de combien de bons conseils, de combien de tours malins elles sont capables; cet homme qui avait passé les meilleures heures de sa vie à goûter ce charme de la conversation des femmes, devait les bien connaître, devait savoir manier, avec l'expérience et le tact acquis dans leur commerce, leurs généreuses électricités, dangereuses seulement pour les maladroits, que punissent de leur gaucherie des blessures ridicules.

Nous allons fournir quelques preuves de cette pénétration de coup d'œil, de cette dextérité de main de Joseph de Maistre dans son commerce avec les femmes distinguées dont il était recherché; nous voulons ajouter tout de suite que s'il pansa délicatement de douloureuses plaies, que s'il amputa habilement de dangereuses illusions, que s'il se montra un ami dévoué et fidèle, un confident discret et sûr, un conseiller efficace, un médecin heureux, il ne trouva pas d'ingrates parmi ses clientes. Elles ajoutèrent à la récompense de sa conscience satisfaite du bien qu'il avait fait, pour le bien, sans doute, et d'une façon désintéressée, la récompense qu'il ne pouvait refuser, puisqu'il l'ignorait, de leurs suffrages, de leurs services, de leur sympathie reconnaissante, de leur propagande enthousiaste; elles contribuèrent, autant qu'elles le purent, à son bonheur et à sa gloire. Il leur rendait ce témoignage, cet hommage ému et émouvant, dans une de ses dernières lettres, péniblement dictées et datées du lit de douleur, bientôt du lit d'agonie. Dans une lettre du 5 février 1821, à l'une de ses amies, de *ses agapètes*, la duchesse Des Cars, il disait :

Pourquoi cette écriture étrangère? C'est la question que vous ferez en ouvrant ma lettre. Il vaut donc mieux

vous dire d'abord que depuis plus d'un mois, je suis très
malade. Une humeur bizarre à laquelle on donne des
noms différents, s'est jetée sur mes jambes et m'en a
privé. Il n'y a ni plaie, ni douleur, ni enflure, il n'y a
point de fièvre, mais enfin il y a deux jambes de moins
et c'est beaucoup pour un bipède. Je me traîne donc de
mon lit à mon fauteuil et de mon fauteuil à mon lit. Si je
suis assez heureux pour me tirer de cette situation, je
ne manquerai point de vous en faire part comme d'une
chose qui ne vous sera point indifférente. Voilà, il faut
l'avouer, une grande impertinence; mais en voici une
beaucoup plus forte. Toute ma vie, Madame la duchesse,
j'ai été protégé par les dames, et bien m'en a pris. Dans
ce moment encore, il a plu à l'un des plus rares talents
français de votre sexe de dessiner mon portrait sur la
pierre lithographique, et Madame l'ambassadrice de
France s'est emparée de la pierre de la manière la plus
aimable et l'envoie à Paris avec toutes les précautions
possibles pour faire tirer je ne sais combien d'exemplaires
du portrait. Il m'est venu en tête, Madame la duchesse,
de vous en présenter un avec une confiance toute particulière, etc.

L'homme qui écrivait cette lettre testamentaire où
l'on retrouve son caractère et son esprit, sa politesse
ingénieuse, sa galanterie chevaleresque, sa gaieté envers la vie et sa douceur envers la mort, était bien le
virtuose de la conversation publique ou intime, l'orateur de salon, le prêcheur de sofa, le directeur laïque
qui savait adoucir les flammes, amortir les foudres de
son éloquence volcanique pour les oreilles délicates et
les caresser, au besoin, par toutes les mollesses d'une
parole de velours, comme il savait amuser leurs yeux
par cette mimique italienne qui donnait tant de vie à
ces monologues qu'il jouait en *commediante* de premier ordre et pour le bon motif. Ce qui donne de suite
l'idée de ses moyens, de ses dons, de son art, de son

prestige, de son magnétique empire sur celles qu'il appelait en souriant ses *paroissiennes*, c'est que, s'il leur parlait la langue par excellence du prosélytisme, la langue de toutes les probités, de toutes les clartés, de toutes les grâces, le français, il le parlait à des étrangères et à des protestantes ou à des grecques orthodoxes. Ce n'est que dans la courte et unique visite qu'il ait faite dans sa vie, à son grand regret, à Paris, qu'il put placer des Françaises et des catholiques parmi ses *ouailles* aristocratiques et mondaines. Mais avant 1818, il ne compta que des étrangères et des schismatiques parmi ses conquêtes.

Pour se faire une idée de la façon dont il savait les aborder, les intéresser, les prendre, pour la conversion, au filet de sa captieuse éloquence, il suffit de citer quelques lignes qui révèlent son habileté à les observer, son art à les peindre. Voici, par exemple, un portrait de la femme anglaise de l'amiral russe Tchitchagoff, cet homme d'un esprit si original et si fantasque, un des meilleurs amis, à Saint-Pétersbourg, du comte de Maistre. Naturellement la femme de l'amiral était l'objet, et elle le méritait, de la sollicitude affectueuse et de la respectueuse galanterie du ministre de Sardaigne. Elle répondait à ses soins et était flattée de son empressement. Ces côtés doux des forts, le besoin de tendresse et de protection qui rendent galants les plus mâles génies, plaisent beaucoup aux femmes capables d'apprécier et dignes de goûter cet hommage sans banalité. Elles aiment à peupler de leurs gracieuses images la solitude de ces hauts esprits, de ces cœurs souffrants, comme était le comte de Maistre, occupé par les plus nobles spéculations, tourmenté, par l'absence de sa famille, des plus sympathiques regrets. Il avait inspiré tout d'abord à l'amirale cette coquetterie de pitié qui la poussait à animer, à consoler cette viduité de l'absence, cet orphelinat paternel. Avec quelle finesse de touche, il faisait d'elle le charmant portrait suivant :

Sa femme est Anglaise; elle a de l'esprit, du sens, de l'instruction, de la morale surtout, et c'est une excellente épouse, comme *toutes les Anglaises, quand elles s'en mêlent.* Comme il l'aime éperdûment, je lui fais ma cour avec assez d'assiduité. Elle reçoit tous les mercredis. C'est une assemblée générale où tout le monde va, même ceux qui voudraient étrangler son mari. Mais j'y soupe de plus tous les dimanches : c'est le jour de la Bible, où les Anglaises ne reçoivent que les parents et les amis. Souvent je me suis trouvé tête à tête lorsque le ministre est absent. Elle a l'air d'une colombe, et je ne connais rien de si fin, de si décidé, et de si difficile à saisir (1).

C'est la même personne intéressante dont Joseph de Maistre disait encore : « Elle m'a rappelé mille fois l'idée de ce Français qui comparait les Anglais au mont Vésuve, couvert de neige à l'extérieur, et brûlant dans ses entrailles (2). »

Les lettres du comte à l'amiral, — un des groupes les plus importants et les plus curieux de sa correspondance parce qu'il avait rencontré dans ce véritable ami tous les contrastes d'opinions et d'idées joints à une originalité d'esprit et de caractère qui rend si amusantes les rencontres entre le génie français et le génie slave, que représentaient si bien l'un et l'autre, — ces lettres, disons-nous, établissent combien Joseph de Maistre avait su apprivoiser la colombe et entrer dans l'intimité de cette âme délicate et passionnée sous son apparente impassibilité.

(1) *Correspondance,* mai 1809, t. III, p. 117.
(2) *Ibid.,* t. IV, p. 297.

Il est une autre de ses amies, Mme Hubert-Alléon, protestante génevoise, rigide et raisonnable avec de subites foucades, que le comte n'avait pas su moins habilement capter et dont il parvenait seul à dérider le puritanisme que tout autre eût effarouché, par ses contradictions malicieuses et ses joviales saillies. Nous ne pouvons qu'indiquer au lecteur la charmante lettre du 26 septembre 1806 (1), contenant un tableau d'intérieur si vivant, celui de ses soirées passées, avec elle, dans le salon de la villa de *Cour* pendant l'émigration de 1791 à 1798, à deviser ou philosopher et à plaisanter familièrement, le comte partant en négligé, en bas gris, portant lui-même sa lanterne « pour venir en pantoufles trouver l'Amitié et raisonner pantoufles avec elle ». C'est d'elle qu'il a tracé cet admirable portrait qui la fait apparaître devant nous.

Le comte écrivait au comte Golowkine, à la nouvelle de la mort de sa vieille amie, — le 18 juin 1811.

Vous ne sauriez croire à quel point cette pauvre femme m'est présente; je la vois sans cesse, avec sa grande figure droite, son léger apprêt génevois, sa raison calme, sa finesse naturelle et son badinage grave. Elle était ardente amie, quoique froide sur tout le reste. Je ne passerai pas de meilleures soirées que celles que j'ai passées chez elle, les pieds sur les chenêts, le coude sur la table, pensant tout haut, excitant sa pensée et rasant mille sujets à tire-d'ailes, au milieu d'une famille bien digne d'elle (2).

Mais là où le comte eut affaire à forte partie, à une adversaire digne de lui, qui se dérobait à l'insinuation, et ne voulait se rendre qu'à la raison, c'est lors qu'il

(1) *Correspondance*, t. II, p. 208-212.
(2) *Ibid.*, t. II, p. 415.

entreprit de triompher des scrupules de conscience qui retenaient Mme de Swetchine dans son erreur, bien qu'elle aspirât ardemment à la vérité. Ce fut la plus belle conquête au catholicisme de l'habile polémiste et de l'ardent apôtre. Mais il dut y mettre du temps et, malgré toute son éloquence, ne courba pas du premier coup au joug de la foi cette tête intelligente et fière. Il serait bien intéressant pour nous et pour le lecteur de posséder toutes les lettres se rapportant à cette relation. La *Correspondance* n'en compte aucune de Mme Swetchine et n'en renferme que quatre du comte à elle adressées. C'est dans la lettre du 14 décembre 1814, à l'amiral Tchitchagoff, que le comte de Maistre parle pour la première fois de Mme Swetchine, qu'il connaissait déjà depuis quelque temps, et avec laquelle il avait noué amitié au cours des événements qui, dès 1812, les avaient poussés à confondre, pour *leur consolation mutuelle, leurs communes vicissitudes de crainte et d'espérance* : « Je rompts le silence, dit-il, et je vais convenir avec Mme Swetchine, la meilleure des amies, que je vous gronderai pour elle et pour moi. »

On peut juger du prix des lettres de controverse et de direction du comte de Maistre à Mme Swetchine, par celle du 12 août 1815, qui est admirable et digne d'être placée à côté de celles de Bossuet et de Fénelon (1).

(1) On trouvera d'assez nombreux et intéressants détails sur les rapports de Joseph de Maistre avec Mme Swetchine, dans l'ouvrage de M. de Falloux, *Mme Swetchine, sa vie et ses œuvres.* L'auteur, sans contester la grande influence exercée par Joseph de Maistre, « la plus puissante et la plus décisive de toutes », lui refuse cependant le mérite d'avoir déterminé la conversion. « L'indépendance innée de sa nature se révoltait contre ce qu'elle appelait alors le dogmatisme absolu du comte de Maistre, et lorsqu'enfin elle causa à son ami l'immense joie de sa conversion, ce fut par d'autres voies que

Comment vous peindre, Madame, l'impression que m'a
faite l'état que vous me décrivez! que je voudrais être
votre voisin! Un ami véritable est, au pied de la lettre,
un conducteur qui *soutire* les peines, surtout les peines
de ce genre. Si vous saviez comme je vois clair dans votre
pauvre cœur! Vous me rappelez l'arrêt que j'ai porté
contre lui; je ne le rétracte pas. L'entreprise que vous
avez formée est un crime; j'espère que vous m'entendez
sur ce mot *crime.* Pauvre excellente femme! Vous voulez
donc jeter sur les bassins de votre balance, d'un côté
Bossuet, Bellarmin et Malebranche et, de l'autre, Clarke,
Abbadie et Scherlock! Et vous les pèserez sans doute!
Mais pour les peser, il faut les soulever : belle entreprise
pour votre élégante main! C'est là le *crime.* Jamais,
Madame, vous n'arriverez par le chemin que vous avez
pris. Vous vous écraserez de fatigue; vous gémirez,
mais sans onction et sans consolation; vous serez en proie
à je ne sais quelle rage sèche qui rongera l'une après
l'autre toutes les fibres de votre cœur, sans pouvoir
jamais vous débarrasser, ni de votre conscience, ni de
votre orgueil. Ce Scherlock que je vous nommais, tout à
l'heure, a prononcé ce mot remarquable, etc., que je
traduis ainsi, après en avoir à peu près désespéré :
*Jamais homme ne fut chassé de sa religion par des
arguments.* De quelque manière qu'on dise, rien n'est
plus vrai. La conversion est une *illumination soudaine,*
comme dit Bossuet. Nous avons une foule d'exemples de
ce genre, même dans les hommes supérieurs les plus
coupables de raisonner. Le dernier est celui de Werner,
qui fut frappé *d'un coup de catholicisme,* en voyant sortir
le saint Sacrement de l'église de Saint-Etienne. Le pendant exact est dans ma mémoire depuis longtemps; mais
quoi qu'il en puisse être et soit que l'heureux changement

celles indiquées par lui qu'elle toucha terre et mit pied dans
la vérité » (p. 55). Ce sont là questions d'appréciation et de
nuances. La grâce est un mystère. L'esprit de Dieu vient de
Dieu seul. Si le comte de Maistre ne fut pas l'auteur de la
conversion de Mᵐᵉ Swetchine, il n'est pas téméraire de dire
qu'il y contribua beaucoup, et la lettre que nous citons suffirait
à la prouver.

s'opère subitement ou par secousses, toujours il commence par le cœur où le syllogisme est étranger. *Jamais homme ne fut chassé de sa religion par des arguments.* Et jusqu'à ce que l'orgueil soit complètement détrôné, il n'y a rien de fait.

... Votre cœur si bien fait, si doux, si tendre, recèle cependant une haine violente, amère, originelle et presque mécanique contre toute autorité en matière d'opinions. Le raisonnement pourra quelquefois transiger avec vous; mais le premier mouvement est toujours : *Comment donc !* etc. C'est pourquoi je vous ai souvent dit, en badinant sérieusement, *que vous étiez née protestante.* Je me rappelle un moment où il vous échappa un mouvement de véritable indignation à propos de la défense de lire tel ou tel livre...; je m'amusais dans un coin à voir votre colère. Soyez sûre, Madame, que c'est une disposition habituelle qui vous trompe et vous cache à vous-même. Vous croyez n'être pas convaincue; vous l'êtes depuis longtemps autant que moi. Vous croyez chercher la vérité : cela n'est pas vrai du tout. Vous cherchez le doute, et ce que vous prenez pour le doute est le remords ou pour mieux dire *un* remords. Vous disputez avec votre conscience : elle vous pince, c'est son métier.

Ce doute même qui vous tiraille est seul une grande preuve contre vous. *Le doute n'habite point la cité de Dieu.* C'est un beau mot de saint Augustin. Comment le doute et la vérité pourraient-ils habiter ensemble ? C'est une contradiction dans les termes. Nous ne pouvons, hélas! que trop avoir le remords du crime; mais le *remords de l'erreur*, qui est le doute, nous ne l'avons ni ne pouvons l'avoir. *Hors de la cité*, au contraire, le doute est chez lui, et ce doute est un don puisqu'il avertit de rentrer.

... Lisez le sermon de Bourdaloue sur la paix chrétienne. Vous y lirez ce beau passage de saint Thomas : *Raisonner, c'est chercher; et chercher toujours, c'est n'être jamais content;* car le doute sur la première des questions, c'est la fièvre de l'âme, comme la foi *est la santé de l'âme*, à ce que dit saint Augustin.

... Il est impossible qu'à la fin vous ne soyez pas con-

duite par votre excellent esprit à cette grande et *éviden-
tissime vérité que hors de notre système, il est impossible
de défendre le christianisme*. Votre Eglise, la première,
n'est-elle pas un objet de pitié? Otez-lui les *catholicisants*,
les *protestantisants*, les *illuminés*, qui sont les *rascolnicks* des salons et les *rascolnicks* qui sont les *illuminés*
du peuple, que lui reste-t-il? Mme la princesse Galitzin
Waldemar!

Ma plume, secouée par la profonde affection que j'ai
pour vous, Madame, a laissé tomber ces laconiques pensées. Recevez-les du moins comme une preuve de mes
sentiments qui ne varieront jamais, etc.

On comprend que dans toutes ses lettres, Joseph de
Maistre ne s'élevait pas à de telles hauteurs. S'il savait
porter jusqu'aux cîmes les plus superbes de l'idée, jusqu'aux sommets les plus sublimes du sentiment l'essor
de sa conversation épistolaire, il savait aussi faire
redescendre son inspiration, redevenue pédestre, à
travers les coteaux modérés. Ses lettres de la fin de
1815 et de l'été de 1816 adressées à la belle et bonne
Sophie traitent de moins graves sujets, quoique destinées à une personne naturellement sérieuse, qui
n'aimait guère que les plaisirs de la raison et de
l'amitié; mais l'habile homme l'avait si bien enjôlée,
qu'elle lui permettait et goûtait même le tour plaisant
qu'il savait donner à tout, voulant bien causer de
tout avec les dames, mais sans courir le risque de
les ennuyer. Ces lettres, avec leur verve facile, leurs
portraits en deux mots, leurs anecdotes en quatre, leur
feu d'artifice de galanteries ingénieuses, de gracieuses
malices, de vérités accrochées à la fusée du paradoxe,
donnent bien l'idée de ce que devaient être les réunions
de la petite société dont le comte était l'oracle. Elle se
réunissait autour d'une table à thé de pure cérémonie, car Mme Swetchine ne buvait que de l'eau

et le comte préférait un verre de limonade ou d'or-
geat à tous les thés de monde.

Cette société se composait en femmes : de la princesse
Gagarin sa sœur, des princesses Alexis et Michel
Galitzin, de la comtesse Rasoumousky, de la comtesse
d'Edling, née Stourza ; et en hommes, du comte, de son
fils, parfois de son frère, de l'ambassadeur de France,
le marquis de Noailles, et de quelques autres personnes
de qualité et d'esprit. Le comte de Maistre y causait avec
sa verve étincelante, puis, comme le volcan qui couvre
ses flammes d'un nuage de fumée et d'une pluie de
cendres, il s'endormait ou plutôt s'assoupissait d'un
sommeil léger auquel il ne fallait pas se fier, sommeil
arraché par la fatigue la plus noble de toutes et la plus
respectable, la fatigue du travail de la pensée surmenée
par tant d'emplois divers, interrompus à peine par un
repos nocturne de quatre ou cinq heures : courrier
diplomatique, correspondance de famille et d'amitié,
lecture, composition de ses ouvrages, conférences politiques, conversations mondaines, etc.

La compagnie souriait avec une sympathie respectueuse de ces accès, de ces *coups de sommeil*, comme
les appelait leur victime, de ces séparations intermitten-
tes, discrètes et sans adieu, de ces éclipses passagères
d'une grande âme voilant sa lampe et donnant quelques
instants de repos à sa *bête*. Tout le monde souriait
quand, de retour sur la terre, ayant relevé son invisible
rideau et ayant *excusé gaiement* et *spirituellement* ces
absences, ces désertions d'un moment, le comte tout
en tirant quelques dernières fusées, cherchait son
chapeau qu'il égarait toujours, suivant une habitude de
distraction non moins proverbiale que ses sommeils.

Nous ne pouvons, à notre grand regret, nous étendre

davantage à propos de ce groupe charmant de la correspondance de de Maistre, nous bornant à signaler, dans ce groupe, comme de petits chefs-d'œuvre de galanterie humouristique et de raison assaisonnée d'esprit, les lettres à la comtesse Trissino, à la baronne de Pont, à la princesse Galitzin, à la princesse Belosowski. Nous insisterons seulement un instant sur les lettres à la comtesse d'Edling, née de Stourza (1), qui sont exquises. Qu'on lise, si on veut avoir une idée de ce charme robuste, de cette grâce léonine, qui rendaient le comte d'autant plus irrésistible qu'il n'avait d'autres ambitions que celles qu'il est permis d'avoir (il n'est pas défendu à la vertu de plaire et de se plaire à plaire) et ne luttait jamais que pour le bon motif, qu'on lise la lettre non datée, mais écrite certainement en 1813, au moment où les craintes sur son fils, qu'emporte le tourbillon de la guerre, et la déception, qui semble irrévocable, de la longue attente de sa famille, endolorissent si cruellement, dans la solitude, la blessure de toutes ces absences.

La foudre a tout frappé; il ne me reste que des cœurs. C'est une grande propriété quand ils sont pétris comme le vôtre...

... Jadis, les chevaliers errants protégeaient les dames; aujourd'hui, c'est aux dames à protéger les chevaliers errants. Ainsi trouvez bon que je me place sous votre souveraineté.

... Je compte sur votre maison pour y raisonner, rire, pleurer, *voire même dormir*, suivant mon bon plaisir.

Et il expliquait, en ces termes d'une émotion attendrie, de quelle façon il comprenait l'amitié et quel

(1) On peut voir sur cette dame distinguée, amie intime de Mᵐᵉ Swetchine, l'ouvrage de M. de Falloux, déjà cité.

bienfait, quel miracle de revivification, de consolation, de rafraîchissement et de paix il venait chercher en causant avec ses amis, surtout avec ses amies (les femmes ont seules le génie de la pitié), de ses chagrins, et essayer avec elles de cultiver ces pâles espérances qui ne s'épanouissent que sous la rosée des larmes.

Lorsque deux êtres parfaitement en harmonie se rencontrent par hasard, lorsqu'une entière confiance est la suite d'une longue et douce expérience, lorsque les portes sont fermées et que personne n'écoute, lorsque la peine d'un côté, a besoin de parler, et que la bonté, de l'autre, a besoin d'entendre, alors il peut arriver, comme l'a dit divinement Jacques-Bénigne, *que l'un de ces cœurs en se penchant vers l'autre* laisse échapper son secret. Mais il faut cela et cent autres petites circonstances qui n'ont point de nom, pour entendre ce qu'on appelle un secret.

L'homme qui a écrit ces lignes si délicates et si tendres sur le rôle de la confidence en amitié et la rareté des occasions d'épancher ses peines dans un cœur digne de les comprendre et capable de les consoler, ne devait pas être très indulgent pour les femmes de talent qui n'ont ni la pudeur de leur esprit, ni la pudeur de leur cœur et prennent trop volontiers le public pour confident de l'un et de l'autre. A ce titre, il critiquait Mme de Staël, tout en convenant de la générosité de son âme et de la séduction de son éloquence, et plus encore Mme de Genlis, « qui disait souvent si bien et agissait si mal ». S'il était volontiers sévère pour la gouvernante-*gouverneur* et pour son esprit sans sexe, il avait un faible et, disait-il en riant, une *passion* pour Mme de Staël, dont l'éloquence naturelle et le feu de conversation ravissaient en lui l'éloquent et pétulant causeur et désarmaient ses sarcasmes. Plus tard, après une sorte de lune de miel de contradiction courtoise et de mutuel engouement, la dissidence de leurs principes politiques et religieux s'accusa et s'envenima de façon à aigrir leurs relations. Mais Joseph de Maistre n'oublia jamais les égards dus à la femme de talent, à la femme persécutée par la tyrannie, à celle à qui sa bonté fit toujours éviter l'odieux et qui, à force d'esprit, se sauva toujours du ridicule.

Nous avons cité sa lettre à la marquise Priero. Celles au vicomte de Bonald, sur l'auteur des *Considéra-tions sur la révolution française*, publiées après la mort de l'auteur, sont d'un ton un peu différent, mais sans virulence et sans mépris.

On ne pouvait exiger de l'auteur des *Considéra-tions sur la France*, du *Pape* et des *Soirées de Saint-Pétersbourg* qu'il admirât sans réserve l'auteur de l'*Allemagne* et des *Considérations sur la révo-lution française*. Mais la critique sévère qu'il en fait ne l'empêche pas de rendre hommage au talent, et on sent, à travers ses reproches, percer le regret d'une sympathie sincère (1). Joseph de Maistre gardait tou-jours la probité de sa raison et de son goût pour la raison jusque dans les circonstances les plus faites pour les mettre à une difficile épreuve. Il savait se raidir tour à tour contre ses prédilections ou ses répu-gnances. La justice l'obligeait à convenir que Voltaire, qui avait si souvent tort à ses yeux, n'était pas cepen-dant sans avoir quelquefois raison. Il était loin de le traiter avec le mépris que celui-ci affectait à l'égard de ses contradicteurs, calomniant Desfontaines, persécu-tant La Beaumelle, insultant Fréron et feignant d'igno-

(1) *Correspondance*, t. VI, p. 143 (20 août 1818).

rer l'existence du P. Guénée, comme Rousseau feignait
d'ignorer l'existence de l'abbé Bergier. De Maistre se pi-
quait parfois d'user de la représaille de ce dernier artifice.
Il prétendait n'avoir jamais lu Voltaire tout entier et
n'en avoir rien lu depuis trente ans. Mais il s'inquiétait peu de se contredire en le citant sans cesse et en
homme qui se tenait en commerce assidu et non toujours désagréable (l'esprit finit toujours par désarmer
l'esprit) avec cet *ennemi intime*. De même de Maistre
peut être rangé parmi les admirateurs, les adorateurs
passionnés de Mme de Sévigné. Il avait pour Notre-
Dame de Livry le même faible qu'Horace Walpole.
Mais, si cette prédilection le rendait indulgent, elle ne
le rendait pas aveugle. Il savait très bien trouver le
défaut de l'esprit et du cœur de la grande épistolaire,
de la grande enchanteresse qui fut *littérairement* une
si admirable mère et, en réalité, une mère médiocre,
dont le moindre tort fut de gâter et de mal élever ses
enfants. Elle n'avait pas, selon Joseph de Maistre, assez
gâté sa fille, Mme de Grignan, par ses adulations et ses
préférences, pour parvenir à corrompre ses belles qualités. Joseph de Maistre, — et cette thèse garde une
allure paradoxale, quoiqu'il la soutînt à merveille, —
déclarait nettement la fille moralement supérieure à
la mère. Il écrivait, le 4 août 1813 (1) :

Je suis bien aise que mon frère ait jugé comme moi
Mme de Sévigné. Nous ne parlons pas du talent, qui est
invariable, mais du caractère. Si j'avais à choisir entre
la mère et la fille, j'épouserais la fille, et puis je partirais
pour recevoir les lettres de l'autre. Je sais que c'est une
mode de condamner Mme de Grignan; mais, par le recueil
seulement des lettres de la mère, lu comme on le doit

(1) *Correspondance*, t. IV, p. 366.

lire, la supériorité de la fille sur la mère, dans tout ce qu'il y a de plus essentiel, paraît prouvée à l'évidence.

Mais c'est assez causer de Joseph de Maistre, au point de vue de ses relations personnelles et épistolaires avec les dames plus ou moins belles, mais toujours intelligentes et généreuses, qu'il avait attirées par l'esprit, retenues par le cœur et qui gravitaient dans l'orbite de son génie. C'est assez causer de cette paroisse féminine qu'il gouvernait si spirituellement, si galamment de sa main forte, souple, caressante, à l'annulaire de laquelle brillait l'opale de Vicence, contenant une goutte d'eau montée en bague, signe pastoral de son épiscopat de salon. Ce n'est pas sans peine et sans regret que nous nous arrachons à l'attrait de ce côté de notre sujet, de ce curieux épisode de la vie intime de Joseph de Maistre, qu'il ne nous est permis que d'effleurer ici d'une façon toute superficielle, mais qui mériterait de fournir matière à un travail plus approfondi. Il nous tentera peut-être quelque jour et nous l'écrirons sous ce titre : *Joseph de Maistre directeur de conscience* ou *La paroisse de Joseph de Maistre*. Toute une partie considérable de la correspondance de Joseph de Maistre serait utilement dépouillée et étudiée à ce point de vue.

L'admiration qu'elle inspire à tous ceux qui la lisent redouble quand on pense que cet homme, abreuvé de chagrins, écrasé de travail, ne bornait pas sa tâche à cette correspondance diplomatique, où il fait preuve de tant de pénétration, de tant d'abondance d'idées, qui contient tant de maximes d'expérience encore utiles, tant de vues sur les événements, que les événements ont quelquefois *pipées*, comme il le dit, mais dont beaucoup ont gardé leur force, leur lumière, et émanant d'une sagesse supérieure à l'événement, ont mérité de lui survivre. Ces lettres, sans brouillons, de verve et de premier jet, qui coulaient torrentiellement de sa plume, qu'il n'avait pas le temps de relire et qu'il ne pouvait recopier, faute de secrétaires, avaient cependant quelquefois quinze et vingt pages. Mais elles n'occupaient que la moindre partie du temps d'un ambassadeur fort occupé, fort recherché, fort considéré, qui avait à suffire à bien d'autres correspondances, à des demandes de mémoires, à des consultations des plus variées, depuis les cas de conscience jusqu'aux questions d'État. Toute une vaste correspondance de Joseph de Maistre, dont il regrettait profondément de n'avoir pas de copie et de ne pouvoir sans indiscrétion réclamer les originaux demeurés dans les cassettes de Louis XVIII, concernait les questions relatives aux rapports de l'Église et de la monarchie émigrées pendant seize années.

En dehors de ces devoirs, de ces travaux, Joseph de Maistre accumulait des matériaux, des manuscrits. Il écrivait l'*Essai sur le principe générateur des constitutions politiques et des institutions humaines*; la traduction, précédée d'un morceau important de philosophie morale, du traité de Plutarque sur les *Délais de la justice divine dans la punition des coupables*; les deux volumes de réfutation du système de Bacon, où il *boxait*, suivant son expression, contre le philosophe anglais, d'un poing magistral; l'ouvrage sur le *Pape*, source prochaine pour lui de tant d'ennuis, livre trop absolu, trop logique même pour son temps, à plus forte raison pour le nôtre, qui devait le brouiller avec une partie de ses amis de France et du clergé français et le mettre dans l'embarras auprès du Souverain Pontife, embarrassé lui-même par une défense si énergique ; livre auquel, malgré ses excès, ses défauts et ses lacunes, il est facile de rendre plus de justice aujourd'hui, et qui est moins un manuel de politique théocratique qu'un traité de l'ultramontanisme ; enfin les attachantes, éloquentes, dramatiques *Soirées de Saint-Pétersbourg*, l'ouvrage favori de son auteur et son chef-d'œuvre à notre avis.

Il n'est pas étonnant que cette tête si chargée de pensées et de soucis s'inclinât parfois, cédât à la fatigue de toutes ces laborieuses moissons, à la fatigue aussi de l'insomnie habituelle des nuits enfiévrées par le surmenage cérébral, et qu'il fut pris de ces accès de somnolence, de ces *coups de sommeil* dont il plaisantait avec ses amis, qui en respectaient l'ingénue et patriarcale liberté.

Mais si tant de travaux, attestant une incroyable puissance et une fécondité inouïe d'esprit, méritent notre admiration, il y a un autre trait de cette correspondance de de Maistre et de sa physionomie intime qui mérite aussi notre sympathie et notre gratitude : c'est son admiration, son affection pour la France, pour le génie français, pour la langue et la littérature françaises. Joseph de Maistre était vraiment Français d'esprit et de cœur. Il avait gardé, en dépit de la révolution et de l'empire, la religion de l'unité et de l'intégrité du sol français. Il maudissait d'avance, comme plus sacrilèges, comme plus parricides de beaucoup que le partage de la Pologne, toute pensée, tout projet de profiter de nos désastres pour mutiler la nation maternelle par excellence de l'Europe, la nation éducatrice, dont le génie était celui de la civilisation même, et dont la langue était le plus merveilleux instrument de pro-

sélytisme. Les lettres de Joseph de Maistre sont pleines
de ces aveux de passion sincère, de ces professions
de foi et d'amour envers la France. Il lui croyait un
rôle particulier, prédestiné, une mission européenne
traditionnelle. Il préférait à toutes les nations, à tous les
pays, la nation, le pays de France ; il préférait la femme
de France, la langue de la France, à toutes les femmes,
à toutes les langues, exception faite, bien entendu,
de la Savoie natale, de l'Italie maternelle, des femmes
parmi lesquelles il avait trouvé sa mère, ses sœurs,
sa femme, ses filles, et de la musicale langue où ré-
sonne le *si*. Joseph de Maistre n'aimait politiquement,
moralement, socialement, littéralement parlant, ni les
Allemands, ni les Anglais. Il disait de Frédéric que ce
n'était « qu'un grand Prussien », et des Anglais, d'après
Frédéric, « qu'ils étaient les plus mauvais alliés du
monde ».

Il en voulait à l'Autriche, à sa politique cupide, perfide, cauteleuse, décevante, tant de fois fatale à l'Italie,
d'une haine où il y avait du mépris, d'une véritable
vendetta de patriotisme aigri et de loyauté révoltée
contre cette raison d'État sans scrupule, d'un machiavélisme bourgeois, d'un caporalisme brutal, qui s'enri-
chissait par des mariages et s'agrandissait par des
partages, toujours la dernière au combat, la première
au butin. Mais il aimait la Russie, dont il ignorait
la langue, qui n'avait pas encore de littérature ni d'art,
mais dont il goûtait les mœurs et prévoyait les destinées. Il eût voulu, s'il n'eût été Savoyard, être Russe
ou Français.

Pour achever de peindre l'homme par un trait de
nature, et de marquer sa physionomie intime d'une
dernière touche de ressemblance et de vie, il faut rap-

peler, comme il éclate à chaque page de sa correspondance, l'heureux et amusant contraste de la liberté
d'esprit, de la facilité d'humeur, de la jovialité épa-
nouie, de la cordialité souriante, du si français ambassadeur de Sardaigne à Saint-Pétersbourg, avec les travaux immenses dont il portait si légèrement le joug,
avec les soucis dont le poids eût écrasé tout autre que
cet homme d'acier, pliant parfois, mais ne rompant
jamais. Il faut rappeler son don et son art de récit, sa
description de la bénédiction de la Néva, morceau
d'une beauté classique, son tableau du supplice du
knout, ses portraits de Speranski, du prince Czartoryski, du comte Strogonoff, de Kutusoff, d'Araschneïeff,
de Kamienski, de Rostopchine, ses anecdotes de la
cour d'Élisabeth, de Catherine ou de Paul Ier, ces saillies d'une fantaisie si originale, ces boutades d'un
humour si profond et si fin, ces mots au burin, ces
physionomies à l'emporte-pièce, celle, par exemple, de
l'amiral suisse, que Joseph de Maistre a léguée sans
le savoir à la caricature et à la comédie grotesque.
Comme la réalité est souvent plus inventive et plus
drôle ou plus triste que l'imagination, c'est dans la
réalité que Joseph de Maistre avait trouvé ce Génevois
qui portait gravement à la boutonnière, dans une ancre
d'or, l'insigne de ses fonctions nautiques et de sa
dignité d'amiral (1).

Il faut finir sur un trait moins frivole en saluant
une dernière fois cette correspondance, chef-d'œuvre
sans le savoir d'un homme de génie, où il s'est peint
lui-même de traits si humains, qui font estimer et
aimer l'humanité dans sa personne, livre de bréviaire,

(1) *Correspondance*, février 1817, t. VI, p. 53.

16.

de chevet pour le politique et le philosophe, livre aussi de promenade et de table de salon pour la famille. Chacun de ses membres trouvera sa part dans ce recueil de conseils, de leçons, de récits, de tableaux, de portraits, d'anecdotes, de bons mots, où le père, la mère, le fils, les filles, puiseront tour à tour les impressions les plus diverses, les leçons les plus exemplaires, les émotions les plus salutaires dans des pages qui font tour à tour penser, rire et pleurer, image fidèle d'une âme choisie et d'une vie privilégiée.

CHAPITRE IV

Les dernières années de Joseph de Maistre.

1817-1821.

L'*ulcère* n'est pas guéri, mais les joies de la famille et les témoignages d'estime universelle et de la faveur impériale l'empêchent de s'envenimer. — Intervention indirecte et salutaire de Joseph de Maistre dans les délibérations du congrès de Vienne. — Déposition d'un roi par des rois. — Sa protestation contribue à sauver la couronne du roi de Saxe et l'indépendance de la Saxe. — Belle politique de Talleyrand au congrès de Vienne. — C'est le chef-d'œuvre de sa carrière. — Mouvement de conversion au catholicisme dans l'aristocratie russe. — Réaction de l'orthodoxie et de l'illuminisme. — Le prince Galitzine. — Disgrâce et expulsion des Jésuites. — Joseph de Maistre est enveloppé, jusqu'à un certain point, dans les suites de la catastrophe. — Il est accusé de prosélytisme indiscret. — Quatrième offre de démission de Joseph de Maistre à sa cour. — Dégoûts de la fin de sa carrière diplomatique. — Il n'obtient qu'en 1817 son rappel demandé dès 1815. — Compensations illusoires offertes et refusées. — Il n'obtient qu'à force de protestations et de plaintes une récompense très inférieure à ses services. — C'est aux bontés et aux libéralités de l'empereur de Russie qu'il doit de pouvoir rentrer dignement dans son pays en passant par la France. — Il regrette de n'avoir pu obtenir ni l'ambassade de Paris, ni celle de Rome. — Explication énergique avec le comte de Vallaise. — Il arrive à Paris le 24 juin 1817. — Détails sur les impressions et incidents de son séjour à Paris. — Il est reçu en audience particulière par Louis XVIII et la duchesse d'Angoulême. — Aperçus de Joseph de Maistre sur l'état des esprits en 1817. — Témoignages de son désintéressement et de sa tolérance. — Il pense qu'il faut défendre la Charte, parce qu'il faut toujours opiner avec le roi, quand même on se croirait sûr qu'il se trompe. — Irrésistible séduction de Paris pour l'homme intelligent. — Voyage à Versailles. — Il croit que tout s'arrangera. — A la fin de sa vie, ses impressions et ses prévisions sont beaucoup

moins optimistes. — Il rentre à Turin en août 1817, avec le regret
de n'avoir pu rencontrer M. de Bonald. — Relations de Joseph de
Maistre avec Lamennais et Lamartine. — Griefs de Lamartine
contre Joseph de Maistre, témoin de son mariage. — Injustice de
ce ressentiment. — Jugement de l'auteur des *Entretiens familiers
de littérature* sur Joseph de Maistre. — Erreurs et fautes de ce jugement. — Pages pleines de traits heureux sur le paysage savoisien
et l'intérieur et les personnages de la famille de Maistre. — Le
château de Bissy. — Portrait magistral de Joseph de Maistre. — Ses
habitudes, ses promenades, ses conversations. — Joseph de Maistre, de retour à Turin, y passe un an dans l'attente d'un emploi
digne de lui. — Sa philosophie de désabusé. — Remontrances de
Follette. — Il est enfin, en 1818, fait régent de la grande Chancellerie, avec le titre et le rang de ministre d'État. — Il fait le sacrifice de ses goûts et de ses besoins d'étude et de retraite. — *Monsieur le Public.* — Il a pour toute fortune un domaine de 100,000 fr.
— Contre-coup funeste sur sa santé, des événements de février
1820. — Les pénitents noirs de Chambéry. — *Messieurs, la terre
tremble et vous voulez bâtir! — Je meurs avec l'Europe, je suis en
bonne compagnie.* — Mort chrétienne du comte de Maistre, le
26 février 1821.

Les dernières années du séjour de Joseph de Maistre
à Saint-Pétersbourg furent mêlées pour lui d'alternatives de joie et de douleur, de succès et de revers dont
nous devons rapidement suivre et signaler la trace
dans sa correspondance. La chute de Napoléon, qu'il
avait toujours prévue et prédite, apportait à ses idées
une confirmation éclatante, celle des événements, et
devait ajouter à la considération et au crédit dont il
jouissait. Il en fut ainsi, en effet, auprès des gouvernements étrangers, le gouvernement russe en tête. Car
entre son gouvernement et lui, le malentendu persistait toujours, quoique moins aigu, qui existera fatalement entre la médiocrité et le génie des ministres
à vues étroites et un ambassadeur à grandes vues. Mais
si *l'ulcère*, comme il l'appelait énergiquement, n'était
pas guéri, les joies de la réunion de famille si longtemps attendue, la satisfaction d'un grand succès politique et diplomatique, permettaient d'en supporter et
d'en dissimuler la blessure. Joseph de Maistre était

apprécié à sa véritable valeur par l'empereur Alexandre
et ses ministres, ce qui le consolait d'être parfois méconnu par son propre souverain et ses ministres. Cette
consolation eût contribué sans doute à lui rendre le
séjour de Saint-Pétersbourg assez doux pour lui faire
différer jusqu'à sa retraite et peut-être même plus loin
le retour dans la patrie, si elle n'eût été remplacée par
une nouvelle amertume, par une déception d'autant
plus cruelle qu'elle venait de ce gouvernement russe
qui l'avait dédommagé de toutes les autres.

Nous faisons allusion à cette expulsion des Jésuites
qui ne pouvait qu'affliger celui qui avait tant contribué
à la prospérité et aux succès de l'ordre en Russie, et
qui fut attribuée à des excès de prosélytisme, à des
conversions trop éclatantes dans lesquelles il était difficile de ne pas faire à leur ami, à leur défenseur, une
part de responsabilité. Tels sont les points que nous
allons rapidement parcourir avant d'accompagner
Joseph de Maistre dans son voyage de retour en
Savoie, non sans passer par la France.

C'est à l'occasion des premières délibérations du
congrès de Vienne que Joseph de Maistre eut ou plutôt
saisit, au risque de voir trouver l'ingérence indiscrète,
l'occasion de protester contre une intention attribuée
aux puissances qui allaient s'occuper de régler les
profits de la coalition victorieuse et de refaire la carte
de l'Europe. Il n'était question de rien moins que de
punir le roi de Saxe du crime de son alliance avec
Napoléon, en le détrônant et en attribuant son royaume
à la Prusse. Cette déposition d'un roi par des rois,
cette suppression d'un royaume destitué de son indépendance et jeté, pour sa part de butin, à l'avidité de
la Prusse, parut non sans raison à Joseph de Maistre

un attentat monstrueux et sans exemple. Il ne put imposer silence à son indignation et il écrivit au marquis de Saint-Marsan, représentant de la Sardaigne au congrès, une lettre pour laquelle il ne réclamait pas le secret et qui était destinée à passer sous les yeux des ministres réunis à Vienne. C'était jouer gros jeu, d'autant plus que la Russie avait accédé au projet spoliateur, Alexandre y voyant une combinaison favorable à son ambition d'acquérir le duché de Posen, dont la cession de la Saxe à la Prusse eût été la compensation. Joseph de Maistre, qui préféra toujours ses principes à ses intérêts, n'hésita pas devant le danger d'offenser un bienfaiteur couronné, et de payer sa contradiction d'une disgrâce. Il écrivit donc à son collègue de Vienne, le marquis de Saint-Marsan.

Un roi détrôné par une délibération, par un acte formel de ses collègues ! c'est une idée mille fois plus terrible que tout ce qu'on a jamais débité à la tribune des jacobins. Car les jacobins faisaient leur métier ; mais lorsque les principes les plus sacrés sont attaqués par leurs défenseurs naturels, il faut prendre le deuil... Quel crime est donc reproché au roi de Saxe ? *D'avoir tenu à Bonaparte, ou d'être revenu à lui !* En vérité, Monsieur le marquis, on perd la parole lorsqu'on entend de pareilles choses. C'est bien ici qu'il faudra s'écrier : *Qui donc osera jeter la première pierre ?* Je n'examine point si le roi de Saxe raisonna bien ou mal après les batailles de Lutzen et de Bautzen ; je mets tout au pire et suppose qu'il eut tort. Personne n'a le droit de lui demander compte de sa conduite. Si la souveraineté est *amenable* devant quelque tribunal, elle n'existe plus. Si les rois ont le droit de juger les rois, à plus forte raison ce droit appartient aux peuples. Pourquoi pas ? J'ai supposé le souverain coupable. Maintenant je fais un pas de plus et je suppose le tribunal compétent. Voilà donc un roi coupable d'un crime horrible, *celui de n'avoir pas pensé comme les autres.* Qu'en ferons-nous? Nous donnerons ses États à une autre puissance. Ceci est nouveau. Parce qu'un père de famille se conduit mal et que le Sénat l'interdit, il faut transporter ses biens à des étrangers, au préjudice de ses héritiers naturels! C'est une superbe jurisprudence. Je serais désolé, Monsieur le marquis, si l'assemblée la plus auguste, qu'on pourrait appeler un *sénat de rois*, venait à juger comme une loge de francs-maçons suédois. C'est dans ce moment plus que jamais que l'esprit des peuples, totalement corrompu par vingt-cinq ans de brigandage, a besoin d'être rassaini par la noble et saine politique des souverains... si le congrès ne s'attache pas fortement aux grands principes, il ne fera que semer les dents du dragon, et ce sera à recommencer (1). »

Heureusement pour cette protestation, qui n'avait en sa faveur que l'autorité d'un grand philosophe politique, et que son isolement eût rendue sans doute stérile, elle rencontra l'appui de la France, qui ne voulut pas, à peine relevée elle-même, s'associer à une spoliation et s'opposa énergiquement et généreusement, au nom du droit public, à l'attentat projeté contre le roi de Saxe. Un traité d'alliance entre la France, l'Angleterre et l'Autriche scella leur accord, faisant un *casus belli* du refus de la reconnaissance officielle des droits du roi de Saxe (3 janvier 1815). La politique du prince de Talleyrand au congrès de Vienne est son chef-d'œuvre et doit lui mériter devant la postérité sa grâce pour d'autres négociations et combinaisons beaucoup moins louables. Sa réponse à M. de Humboldt criant : « *Que fait ici le droit public? — Il fait que vous y êtes* », est superbe, et ce jour-là l'esprit et l'âme de la France ont parlé par sa bouche (2).

(1) Lettre au marquis de Saint-Marsan, 16 et 18 octobre 1814.
(2) Tout cet épisode est très bien exposé dans l'ouvrage de M. de Margerie, 104-115.

Ce succès, dans lequel il est juste de faire sa part discrète au comte de Maistre et à son influence, fut cruellement compensé à ses yeux par un échec qui l'atteignit indirectement de ses ricochets, et ne fut pas sans ébranler la grande situation morale qu'il avait acquise à la cour de Russie.

Il était impossible que des événements comme la guerre de 1812, l'incendie de Moscou, le passage subit, presque sans transition, de la crainte de la suprême défaite à l'espoir de la suprême victoire, le retour de la famille impériale, de la nation associée à ses destinées, et qui semblait avec elle entraînée à l'abîme, à la vie, au salut, puis après Leipsick et Dresde, au triomphe, l'envahisseur envahi à son tour et la prise de Paris vengeant la prise de Moscou, et Waterloo effaçant Austerlitz; il était impossible que de telles vicissitudes, de tels coups de la fortune et de la Providence n'eussent pas sur les âmes un contre-coup puissant et qu'aucune pût rester impassible, indifférente à la secousse de tels revirements. Il n'y a donc pas lieu de s'étonner qu'un réveil de foi ait agité, enfiévré dans la société russe les esprits généreux et les cœurs délicats.

Se manifestant par les témoignages les plus divers et les plus contradictoires, poussant les orthodoxes à une sorte d'intolérance fanatique, jetant les intelligences moins puritaines dans les exaltations de l'illuminisme et ramenant aux pieds de la croix catholique un certain nombre de natures d'élite, de femmes supérieures, transfuges des glaces du protestantisme, ou des déserts stériles de l'incrédulité, ce remarquable mouvement de conversion qui étendit sa contagion, — ses ennemis disaient ses ravages, — sur

plusieurs grandes familles de la société russe, et
menaça de gagner jusqu'aux entours du trône, compta
parmi ses premières conquêtes des femmes comme la
comtesse Rostopchine, ses deux sœurs la princesse
Galitzin et la comtesse Barbe Protassow, comme
Mme Swetchine; des hommes comme le jeune prince
Alexandre Galitzin, propre neveu du ministre des
cultes. Son oncle, très hostile déjà au catholicisme,
fut profondément irrité de ce qu'il considéra comme
une injure, comme un défi, et il fit partager sans trop
de peine son mécontentement à l'empereur Alexandre,
entièrement livré à l'influence des illuminés, ainsi
qu'en témoignent le texte du traité-manifeste de la
Sainte-Alliance et la plupart des actes du reste de son
règne (1).

On mit tout ce mouvement sur le compte des Jésuites.
Condamnés, sans être entendus pour crime de prosélytisme, — comme un bataillon qui serait condamné *pour
cause de bravoure*, disait spirituellement le comte de
Maistre, — ils furent arrêtés pendant la nuit et expulsés
des deux capitales, un peu plus tard de la Russie entière.
Leur grand ami fut considéré comme leur grand complice,
et accusé d'avoir conduit *les intrigues du prosélytisme*
sous le couvert de l'inviolabilité diplomatique (2).

Le grand coup fut frappé peu de temps après le
retour d'Alexandre dans sa capitale; il rentra le 30 novembre 1815; le bannissement des Jésuites fut ordonné
le 21 décembre.

Joseph de Maistre avait annoncé deux mois auparavant la catastrophe dont il avait le pressentiment, de

(1) Voir, dans la *Vie du comte Rostopchine*, par le marquis
de Ségur (p. 159-163), l'histoire de ces conversions. — Voir le
livre de M. de Margerie, p. 58 et suiv.

(2) Amédée de Margerie, p. 59.

17

même qu'il prévoyait très bien qu'il serait enveloppé dans ses suites. Il s'explique catégoriquement sur cette affaire dans une lettre à l'archevêque de Raguse.

Il y a bien eu quelques imprudences faites dans les conversions qu'on a menées trop publiquement et trop vite. Ces messieurs se sont laissé transporter *par le zèle de la maison qui les dévorait* véritablement. C'était un spectacle admirable que la rapidité et la multiplicité de ces conversions opérées principalement dans le premier ordre de la société, et il était impossible que le gouvernement ne s'alarmât pas; je crois, cependant, qu'il n'aurait pas frappé sitôt s'il n'avait été poussé, animé, exaspéré par un parti puissant, irrité jusqu'à la rage; et cette rage a créé malheureusement une véritable raison d'État contre nos chers Jésuites. Moi-même Monseigneur, je me suis trouvé enveloppé dans l'orage pour plusieurs raisons. D'abord, j'étais lié d'amitié avec quelques-unes des personnes les plus marquantes de la nouvelle Église, longtemps avant les derniers événements; et lorsque le moment du danger est arrivé, j'aurais trouvé indigne de leur fermer ma porte. En second lieu, le prince Galitzin, *ministre des cultes* et prodigieusement irrité contre nous, s'était mis, je ne sais pourquoi, à me regarder comme l'arc-boutant *du fanatisme.* Je ne me suis jamais gêné, d'ailleurs, pour faire entendre que je ne voyais aucun milieu logique entre le catholicisme et le déisme. Enfin, Monseigneur, l'empereur a cru devoir charger un de ses ministres de me parler des soupçons qui étaient arrivés jusqu'à lui. J'ai prié ce ministre d'assurer Sa Majesté Impériale *que jamais je n'avais changé la foi d'aucun de ses sujets; mais si quelques-uns m'avaient fait par hasard quelques confidences, ni l'honneur ni la conscience ne m'auraient permis de leur dire qu'ils avaient tort.* Les circonstances m'ont conduit bientôt après à répéter cette déclaration de vive voix à Sa Majesté Impériale même. La chose s'est fort bien passée; cependant je ne voudrais pas répondre qu'il ne restât, au moins pour quelque temps encore, un peu de rancune dans le cœur impérial.

Cette rancune s'effaça ou du moins ne parut point aux actes, car le *comte de Maistre* ne cessa point d'être l'objet, de la part de l'empereur et de la famille impériale, d'une estime et d'une bienveillance particulières. *Mais le charme était rompu, et il sentit* bien qu'il n'aurait plus part désormais à cette confiance dont il avait reçu un si éclatant témoignage en 1812, témoignage que les plus respectables scrupules, les maladroites et blessantes méfiances de sa cour l'avaient obligé d'arrêter aux premières faveurs. Dans l'intérêt de la Sardaigne autant que de la Russie, il n'est pas inutile de le rappeler, il avait accepté la mission de collaborateur, de conseiller intime, de rédacteur de notes ou mémoires politiques sur la situation que l'empereur Alexandre lui avait fait offrir. Il l'avait fait sous les plus expresses réserves de ses devoirs de sujet fidèle et loyal de son souverain. Ces devoirs ne couraient aucun risque dans cette mission passagère au service d'un souverain allié et protecteur de la Sardaigne. Les retards de l'autorisation accordée de mauvaise grâce et avec une sécheresse jalouse par son gouvernement firent avorter une occasion unique *pour la fortune de Joseph de Maistre, qui ne regretta* de cette occasion que les moyens qu'elle lui eût fourni de rendre les plus grands services à sa patrie.

La confiance de sa cour avait elle compensé cette perte, récompensé ce sacrifice? Non. Fidèle, même après sa restauration, à la politique étroite et parfois ingrate dont Joseph de Maistre avait eu tant à souffrir, et que l'exil et le malheur n'excusaient plus, la cour de Turin marchanda jusqu'au bout à son ambassadeur l'augmentation de traitement que le retour de sa famille et la dignité même de sa mission, à côté de collègues

qui tous étaient mis en mesure de tenir leur rang et
de faire honneur à leur titre, rendaient indispensables;
et lorsqu'il sollicita son rappel, il dut subir l'affront
des mêmes chicanes pour obtenir la compensation
à laquelle tant de services lui donnaient de droits.

Dès le mois de décembre 1814, le comte de Maistre
avait demandé à son ministre le comte de Vallaise,
40,000 livres de traitement, augmentation justifiée par
ses nécessités domestiques, depuis qu'il avait enfin
toute sa famille réunie autour de lui, et par les
convenances de sa situation vis-à-vis de ses collègues.
On avait ajourné jusqu'à la Restauration la satisfaction donnée à des griefs qui, par trois fois, l'avaient
poussé au découragement et obligé d'offrir sa démission. La Restauration était venue, mais la satisfaction promise se faisait toujours attendre, et le 3 janvier
1815 il était encore réduit à mettre de nouveau le
marché à la main, à son ministre, et à demander
pour la quatrième fois la permission de sortir, par
la porte d'une silencieuse retraite, d'un poste où il
ne recevait pas de quoi subvenir aux besoins de sa
famille, de quoi soutenir à la cour impériale et vis-à-
vis de ses collègues la dignité de son mandat.

Nous ne voulons pas entrer dans le détail d'un débat
qui menaça encore d'aboutir à un conflit, débat où
l'éloquence et la passion, comme la justice et la raison,
sont du côté de Joseph de Maistre, et lui permettent de
rendre jusqu'au bout varié et palpitant ce drame à une
scène unique, douloureusement monotone par son
sujet. Comme toujours d'ailleurs, fidèle à ce système
qui semblait être à la fois dans les traditions de la
maison de Savoie et dans les habitudes du génie piémontais lui-même, le cabinet de Turin, après avoir

ergoté et marchandé, finit par s'exécuter et par accorder, avec l'humeur et la mauvaise grâce des faveurs tardives et chicanées, la moitié à peu près de ce qu'on lui demandait. Il fallut deux ans d'argumentation et de polémique pour arriver à fixer la situation de Joseph de Maistre et de son fils. Il avait demandé son rappel dès 1815; il ne l'obtint qu'en 1817. Il avait demandé 40,000 livres de traitement. On lui en donna 25, sauf à lui infliger plus tard le camouflet implicite de ne régler définitivement l'état et les conditions de la représentation diplomatique du royaume de Sardaigne près des cours de l'Europe qu'au moment de l'arrivée, et comme en faveur de son successeur le comte de Brusasque, obscur personnage, qui reçut 50,000 livres de traitement et 26,000 livres de frais de voyage et d'installation, là où le glorieux comte de Maistre avait servi quinze ans son gouvernement pour la dérisoire et insuffisante moitié de ce salaire.

Il s'en fallut même de peu que cet homme de génie dont la gloire offusquait, dont la franchise déplaisait, dont on sentait pourtant qu'on ne pouvait se passer, parce qu'il faisait honneur à sa patrie et à son roi, ne dût, après avoir refusé les compensations presque injurieuses, tant elles étaient disproportionnées avec sa valeur et ses services, qu'on lui offrit d'abord, se résoudre à la retraite pure et simple, c'est-à-dire à la pauvreté et à la disgrâce dans son pays, ou à l'exil dans un pays moins jaloux et sous des princes moins ingrats. On n'osa point, par un tel éclat, braver l'opinion et la réprobation de l'Europe.

En fin de compte, non sans avoir bataillé, Joseph de Maistre se trouva, en 1817, à Turin, avec les fonctions de régent de la grande chancellerie, c'est-à-dire de

chef de la magistrature, hiérarchiquement supérieur
aux premiers présidents des cours de justice, et le titre
de ministre d'État, qui lui ouvrait, pour les questions
de son ressort, l'accès du conseil des ministres. Ce
n'était pas une sinécure, et les travaux de sa charge,
pesant sur une constitution robuste, mais depuis longtemps minée par les fatigues de l'esprit, les soucis
du cœur et la contrariété d'un climat boréal, devaient
abréger sa vie. Mais jusqu'au bout, il comptait toujours avec son devoir, jamais avec ses forces. La
grand'croix de l'ordre de Saint-Maurice et Lazare et
le titre de régent de la chancellerie, voilà donc la
récompense, très inférieure à ses mérites et à ses services, qu'obtint non sans peine un homme que le col-
lier de l'Annonciade aurait dû faire cousin de ces rois
qu'il avait sauvés, que le titre de premier ministre aurait dû dispenser de recevoir des ordres de tout autre
que le souverain dont il eût été, dans des circonstances bientôt critiques, le conseiller décisif. Pour Rodolphe, qui devait mourir général d'armée, c'est-à-
dire maréchal, il rentra au service de son pays avec le
grade de lieutenant-colonel à l'état-major général, et
le droit de porter sur sa poitrine, à côté de la croix de
Saint-Maurice et Lazare, la croix de Saint-Vladimir et
la médaille à l'épée d'or du mérite militaire, reçues de
l'empereur de Russie, et la croix de Saint-Louis, reçue
du roi de France, en considération de son illustre père.

Ce sont les libéralités et les faveurs de la cour de
Russie qui permirent au comte de Maistre et à sa
famille de faire, sans soucis budgétaires, ce voyage
de retour dans la patrie, en passant par la France, que
les lésineries de la cour de Sardaigne auraient laissé
onéreux. A son audience de congé, le comte de Maistre

reçut de l'empereur Alexandre une boîte de la valeur
de 20,000 roubles, et la munificence impériale se ma-
nifesta à sa femme, à ses filles, à son fils par les plus
gracieux présents et les plus flatteurs témoignages.
Enfin, une faveur spéciale et tout exceptionnelle de
l'empereur mit à la disposition et aux ordres du
comte de Maistre pour lui, sa famille, ses invités, ses
hôtes, car il était considéré comme le maître à bord,
un des vaisseaux de la flotte destinée à rapatrier une
partie de l'armée russe d'occupation en France.

C'est ainsi qu'il put arriver avec le train et les honneurs qui n'auraient jamais dû lui faire défaut dans
cette ville de Paris, cette capitale de l'Europe et de la
patrie adoptive de Joseph de Maistre, à qui sa cour re-
procha toujours, avec une jalouse méfiance, son génie,
son esprit gaulois; c'est cette méfiance jalouse qui
explique pourquoi, décevant l'ambition secrète, décon-
certant l'espérance un moment caressée de Joseph de
Maistre, sa cour se garda bien de l'envoyer comme
ambassadeur à Paris, car Joseph de Maistre eût grandi
cette mission, il l'eût honorée. Mais à Paris, il eût été
trop près de Louis XVIII, dont il avait été le collaborateur pour la Déclaration de 1806, le conseiller pour
les affaires ecclésiastiques; il eût trop éclairé de ses
expériences et de ses devinations la politique du roi de
France, sa politique royale et de famille. Car, il ne
faut pas l'oublier, Louis XVIII, frère de la reine Clotilde, veuf d'une princesse de Savoie, tenait à la famille royale de Savoie par les liens de la parenté la
plus proche. Enfin, cet homme si français d'esprit et
de génie (1), cet homme si clairvoyant et dans les

(1) On n'était pas sans le lui reprocher. On lit dans sa lettre

questions de principe ou de dignité, si intraitable, eût
été un ambassadeur difficile à mener pour un cabinet
de gens. médiocres, à vues étroites et courtes. On
préféra donc au comte de Maistre, à son regret et
chagrin secrets (1) un comte Alfieri di Sostegno, fort
honorable d'ailleurs, incapable de rendre les mêmes
services, mais aussi de causer à des ministres jaloux et
inquiets les mêmes embarras. Joseph de Maistre dut
rentrer à Turin.

Après l'avoir longtemps mieux aimé loin que près,
on l'aimait mieux maintenant près que loin, quoiqu'il
fût d'un caractère aussi agréable à ses amis que peu
commode pour ses adversaires. Du moins, il était
aussi loyal et généreux que susceptible et énergique.
On en peut juger par le billet doux suivant, adressé
de Saint-Pétersbourg, en février 1817, à son ministre
le comte de Vallaise, à la veille de se retrouver en
présence de celui avec lequel il avait échangé pendant
deux ans épistolairement des contradictions épistolaires, où la rencontre avait quelque chose parfois
du choc et du duel, et où il avait rendu plus de coups
et de plus forts qu'il n'en avait reçus. Selon son
habitude, Joseph de Maistre, plutôt que de s'exposer
aux embarras d'une situation équivoque, va droit à la
difficulté et prend le taureau par les cornes. Sa lettre
est caractéristique.

Quoique les tempêtes aient cessé de souffler depuis

du 31 décembre 1815 au comte de Vallaise. « J'ai souri en
lisant dans la dernière dépêche de Votre Excellence la mention qu'elle y fait de mon esprit. Je n'ai point d'esprit, puisque
j'ai pu espérer d'être soutenu ici, et quand j'en aurais, comment meubler une maison ou faire seulement une berline
avec de l'esprit? »
(1) Lettre au comte de Blacas à Naples, 27 janvier 1816.

quelque temps, il me semble néanmoins que la prudence exige de moi quelques mesures de précaution avant mon apparition à Turin. Votre Excellence se rappelle assez le ton général de sa correspondance avec moi pendant près de deux ans. Il m'est impossible de lui exprimer à quel point j'en ai été blessé, combien je l'ai trouvée dure, inhumaine, contraire à la délicatesse et à la franchise. De mon côté, Monsieur le comte, j'ai donné peu de bornes à mon ressentiment, et je suis bien sûr d'avoir choqué Votre Excellence autant que je l'étais moi-même. Qu'arrivera-t-il? lorsque je me présenterai à Votre Excellence, j'ai peur d'une explosion qui déplairait au roi, au public et à nous-mêmes. Voici donc le parti que j'ai pris. J'aborderai Votre Excellence de la manière la plus naturelle et sans lui exprimer d'autre sentiment que celui que j'éprouverai réellement en me présentant à elle. Si vous prenez le même ton, Monsieur le comte, je croirai que vous adoptez le parti d'un oubli total et réciproque, qui paraît le meilleur à tous égards, je m'y conformerai religieusement de mon côté; et dès ce moment, elle peut être bien sûre qu'un mot de plainte ou de rancune ne m'échappera avec qui que ce soit. Après avoir ainsi déclaré mes sentiments à Votre Excellence, tout le reste dépendra d'elle; la paix ou la guerre, comme elle voudra. Je désire l'une sans craindre l'autre (1). »

De tels adversaires sont à souhaiter pour amis, mais si l'on ne peut éviter de les avoir pour ennemis, on voudrait n'en avoir jamais que de tels.

Le 28 mai 1817, le vaisseau de 74, *le Hambourg*, sur lequel avaient pris passage le comte de Maistre, sa famille et sa société, levait l'ancre, et il quittait, non sans adieux émus, sans regrets partagés, sans la douleur enfin d'une séparation éternelle qu'il appelait du nom énergique d'amputation, cette Russie pour laquelle il était parti, le 13 février 1803, pour y

(1) *Correspondance*, t. VI, p. 49-50.

être, à la fois et tour à tour, si heureux et si malheureux ; « où on accordait à son départ de bien honorables larmes, qu'il ne pouvait payer que par les siennes et qui ne doivent jamais sortir, disait-il, de ma mémoire ».

La courtoisie et la bonté russes l'accompagnèrent sur la flotte pour n'arrêter leurs manifestations qu'au terme même du voyage. Nous emprunterons quelques détails intéressants à sa correspondance diplomatique (1).

Sa Majesté Impériale ayant bien voulu me destiner son vaisseau *le Hambourg* pour moi et la société que je voudrais admettre, j'en ai profité pour ne nous associer, qu'une aimable dame, Mme la comtesse Grégoire de Rasumofsky; elle nous accompagne jusqu'à Paris. Une liaison antérieure nous a rendu sa société infiniment agréable. Du reste, Monsieur le comte, après avoir contemplé tout à mon aise la grandeur sur terre, je l'ai retrouvée sur mer; les neuf vaisseaux de haut bord marchant de conserve ont été pour moi un spectacle magnifique et tout à fait nouveau. Sans le coup de vent du Cathégat, nous serions arrivés en quinze jours, ce qui eût été extraordinaire. Partis de Cronstadt le 28 mai, nous avons cependant jeté l'ancre à Calais, le 20 juin, ce qui est encore assez beau avec une flotte de huit vaisseaux.

Joseph de Maistre arriva à Paris le 24 juin 1817, sur le soir. Il ne comptait y faire qu'un court séjour « le temps de s'incliner devant le maître et de voir très à la hâte les principaux monuments ».

Il trouva auprès de l'ambassadeur, le comte Alfieri, le bon accueil et les bons offices auxquels il avait droit, et leur dut, grâce à la transition ainsi ménagée entre sa vie contemplative russe et le tourbillon de la vie parisienne, de ne pas trop ressentir l'étourdisse-

(1) Publiée par Albert Blanc, 1850, t. II, p. 364 et suiv.

ment de cette dernière à ses premières doses, « ces premiers moments, dit-il lui-même, qui embarrassent toujours dans les grandes villes ».

Il avait été présenté, dès son arrivée, par l'ambassadeur, au duc de Richelieu, chez lequel il dîna, dès le lendemain 25, et qui « le flatta de l'honneur d'être présenté bientôt à Sa Majesté ». Dans la lettre du 5 juillet 1817, il rend compte au ministre de ses impressions parisiennes dans des termes qui nous font un devoir et un plaisir d'en citer d'abondants extraits :

J'ai trouvé à Paris un accueil extrêmement aimable et cette espèce de séduction dont tous les voyageurs parlent et qu'on ne rencontre qu'à Paris. Il est difficile d'en sortir; cependant, il faudra bien que j'en sorte sans avoir presque rien vu, tant les hommes m'ont distrait des choses.

Un caractère particulier de la France, et surtout de Paris, c'est le besoin et l'art de célébrer : on prend ici plus de peine pour faire valoir toutes les espèces de mérites qu'on n'en prend ailleurs pour les contrarier et les étouffer; je ne doute point que ce ne soit là la sorte de magie qui attire tous les hommes célèbres à Paris et dont, peut-être, ils ne s'aperçoivent pas bien clairement; l'amour-propre se trompe peu sur ses intérêts, quoiqu'il ne sache pas toujours se rendre compte de ce qu'il fait.

Voici un portrait de Louis XVIII, un peu flatté peut-être, mais ressemblant, et qui a, dans son optimisme de bon goût, ses finesses et même ses malices.

Le mardi 8 juillet, j'ai eu l'honneur d'être présenté diplomatiquement au roi et à toute l'auguste famille. La veille, j'avais eu celui d'obtenir une audience de Sa Majesté Très Chrétienne, qui m'a traité avec une extrême bonté. Je ne puis dépeindre à Votre Excellence le sentiment dont j'étais pénétré en voyant bien tranquille dans son fauteuil des Tuileries, le chef de la maison de Bourbon, dont tous les esprits désespéraient il n'y a qu'une minute. Combien de fois on a dit, sur tous les points du globe : *C'est fini!* On a bien vu cependant que tout n'était pas fini. J'ai trouvé la conversation du roi toute semblable à son style que j'avais eu quelquefois l'occasion de connaître; elle est aisée, élégante, *lucide*, pleine de courtoisie royale; j'ai compris ce qu'il ne m'a pas dit encore mieux que ce qu'il m'a fait l'honneur de me dire.

L'auteur des *Considérations sur la France*, qui avait parlé si dignement de Louis XVI et de Madame Élisabeth et des enfants royaux captifs du Temple, ne pouvait passer à Paris sans solliciter l'honneur de présenter ses hommages à la duchesse d'Angoulême.

Dimanche 13, j'ai eu l'honneur d'obtenir une autre audience particulière de Son Altesse Royale Madame. C'était une grande ambition. Cette princesse rappelle l'idée de tant de vertus et de tant de souffrances, elle se lie à des souvenirs si solennels, si terribles, si déchirants, qu'elle est pour moi quelque chose de surnaturel. Elle m'a parlé de même avec une rare bonté. Je ne sais si j'ai pu lui faire comprendre sans l'exprimer (comme je l'ai essayé) une légère partie de ce que j'éprouvais devant elle.

Le comte de Maistre n'était pas homme à ne pas chercher à se rendre compte, à Paris, de l'état des esprits, des courants dominants d'opinion. Il le fit, en effet, et ses impressions se ressentent, à cet égard, d'un certain optimisme de circonstance. D'ailleurs, il ne faut pas oublier que ce n'est pas en juillet 1817, deux ans après la seconde Restauration, quand la France était encore en partie sous le poids de l'occupation étrangère, que l'on pouvait faire des observations utiles sur un état d'opinion qui n'était pas encore accentué, sur des symptômes dangereux qui n'étaient pas encore apparus, sur les levains de discorde et de désordre, qui cachaient encore, sous les apparences

favorables, leur sourde fermentation. Joseph de Maistre
ne se trompa cependant pas sur ce qu'il y avait au fond
de ces eaux dormantes. Mais il considérait toute explosion comme encore lointaine et pensait d'ailleurs qu'il
était impossible « qu'une maladie qui avait travaillé
les Français pendant si longtemps n'eût point de con-
valescence et qu'on pût passer de la tempête à la
bonace sans nuance ».

Sans doute l'esprit révolutionnaire se porte bien et se
développe, même sous le règne de la justice et de la
bonté, avec beaucoup plus d'aisance que sous le règne
de l'usurpateur, qui savait bien le comprimer et l'empêcher de faire certaines étourderies; mais le roi est à sa
place et son action continue gagnera tous les jours du
terrain. Il peut se tromper, sans doute, et même il est
certain qu'il se trompera quelquefois, peut-être souvent;
car Dieu n'a donné qu'une tête aux souverains, et il en
faudrait trente, toutes infaillibles, pour se tirer sans
erreur de l'immensité des affaires et des difficultés.

Avec un détachement et un désintéressement de
sa propre opinion, qui montre combien il y avait au
fond de tolérance et, dans le bon sens du mot, d'indifférence politique dans cet homme si inflexible sur les
principes, en tant que principes, mais si persuadé du
compte, qu'il est non seulement sage, mais nécessaire,
de tenir des événements et des hommes, et qui était
doctrinalement l'ennemi et pratiquement le partisan
de tous les compromis, de tous les tempéraments compatibles avec la dignité, Joseph de Maistre, théoricien
de l'infaillibilité du Pape et de celle du roi, écrivait ces
lignes caractéristiques, où on sent l'influence parisienne, et qu'il n'eût pas écrites dans la solitude de
son cabinet de Saint-Pétersbourg.

Nulle erreur (du roi) ne saurait faire autant de mal

qu'en ferait la résistance à l'autorité royale... Ainsi, rien ne m'oblige de changer l'opinion que j'ai eu l'honneur de vous manifester plus d'une fois, *qu'il faut toujours opiner avec le roi quand même on serait sûr qu'il se trompe.* Autant que je puis en juger par différentes conversations, il me semble que les Français de tous les partis tiennent fort peu compte d'un grand élément politique qu'on ne doit cependant jamais perdre de vue, je veux dire le temps. Je suppose qu'un homme eut la certitude que la charte n'existera plus dans dix ans, il pourrait en conclure qu'il ne faut pas la défendre aujourd'hui, il n'y aurait cependant rien de plus faux que cette conclusion, j'ai entendu des *ultra* et des *citra;* Dieu seul sait s'il y a des *juxta.* Si j'étais Français, je serais tenté de m'enrôler systématiquement sous l'un ou l'autre des drapeaux exagérés, tant je suis persuadé que les systèmes modérés sont des moyens sûrs de déplaire aux deux partis. On peut se moquer du sien *in petto* en toute sûreté de conscience (j'entends en partie), mais il faut en avoir un.

On le voit par son propre aveu : ce philosophe qu'on a présenté comme un spéculatif implacable était surtout un systématique, un amoureux de la contradiction, un virtuose du raisonnement, très capable de pousser une théorie à outrance jusqu'au paradoxe, et très capable aussi, sous la pression des circonstances et de la raison d'État, à laquelle il était très sensible, de n'être pas de son propre parti, et même de s'en moquer au besoin *in petto* et en toute sûreté de conscience dans le domaine des vérités contingentes, c'est-à-dire de la politique.

Ce qui domine tout dans les impressions du comte de Maistre, c'est celle de l'irrésistible séduction de Paris pour tout homme intelligent. Il a grande peine à s'y arracher.

Paris est, dans ce moment-ci, un séjour très favorable aux observations et aux méditations, Il en fournit de tout

genre : à travers le choc des partis, cette grande ville a
toujours des charmes dans tous les âges et pour tous les
goûts. Je tâche cependant de la quitter, et j'espère y
réussir dans quelques jours, malgré tous les procédés qui
m'y retiennent.

Paris retenait et absorbait le comte de Maistre, à ce
point qu'il faillit en partir sans avoir vu Versailles. Il
recula pourtant devant ce qu'il appelle « cette ignominie ».

J'ai été comblé de politesses et de bontés à Paris. En
un mois de séjour j'ai parfaitement senti l'atmosphère
séduisante de cette ville : j'ai vu ce que j'ai pu et cependant j'ai vu peu. Même j'ai été sur le point de partir sans
voir Versailles : cependant il m'a paru que c'était une
ignominie. Jeudi passé, j'ai fait l'effort de m'y transporter.
Louis XIV habite encore ce palais; *tout est plein de lui,*
et je ne sais même comment les frénétiques de la révolution ont épargné tant de monuments d'un roi qui entendait
si peu *les droits de l'homme.* Dans la chambre où ce
fameux prince est mort, dans celle où il tenait ses conseils, où Colbert et Louvois opinaient devant Mme de
Maintenon, qui filait, devant le portrait en pied d'Adélaïde
de Savoie, dans les bosquets où se promena Mme de Sévigné, j'éprouvais une espèce d'oppression. Je n'ai plus
rien à voir...

La conclusion des impressions de Joseph de Maistre
achève de nous le montrer dans les dessous de son
esprit et de son caractère, toujours beaucoup moins
absolu, beaucoup moins opiniâtre, beaucoup moins
rebelle aux accommodements qu'il ne semblait, et pui-
sant dans sa conscience de l'infirmité humaine, dans
sa foi et sa confiance imperturbables dans la Providence, une sorte de scepticisme, de fatalisme même,
mais de scepticisme et de fatalisme chrétiens, ayant le
sourire de cette foi dans les œuvres de Dieu, qui permet
le doute sur les œuvres de l'homme.

Plusieurs personnes m'ayant fait l'honneur de m'entendre ici avec bonté, j'en ai profité pour prêcher la bonne doctrine (ou ce que je crois tel). Ceux qui pouvaient étouffer le mal ne l'ont pas fait; maintenant il faut se tirer d'affaire comme on pourra, en soutenant toujours l'autorité royale. S'il arrivait un second naufrage (je mets les choses au pire), j'aimerais mieux me noyer avec elle que loin d'elle; car pour ce qui est de se sauver sans elle ou malgré elle, c'est ce que nul homme d'honneur ne doit regarder comme convenable. Je ne pense pas, au reste, d'une manière aussi sinistre qu'un grand nombre d'hommes que je respecte d'ailleurs beaucoup. Tout s'arrangera, quoique lentement, avec beaucoup d'oppositions et de tiraillements. Qui pouvait espérer mieux? Au reste, il arrivera des choses encore tout à fait inattendues et qui nous tromperont infiniment. J'ai mal dit peut-être, il fallait dire *qui nous détromperont.*

A sa mort, Joseph de Maistre émettait des prévisions beaucoup moins rassurantes, et ses prophéties sur l'avenir n'avaient plus rien d'optimiste. C'est que les événements avaient beaucoup marché depuis 1817, et que Joseph de Maistre, s'il était de ceux qui s'éclairent surtout à la lumière des idées, ne dédaignait pas celle qui se dégage des faits. Il devait donc mourir en 1821, convaincu qu'il était par là dispensé de la douleur du spectacle d'une nouvelle révolution, funeste, en France surtout, à la monarchie dont l'orage de 1830 foudroya non seulement la tête des lis de la légitimité, mais jusqu'à leurs racines.

Le comte de Maistre rentra à Turin dans le courant du mois d'août 1817. Il avait dû partir de Paris, sans y avoir rencontré, sans avoir pu connaître de vue, sans avoir pu embrasser le vicomte de Bonald, dont il rapprochaient plus d'une affinité d'esprit et de caractère, en qui il se félicitait et se louait parfois d'avoir

trouvé une sorte de frère intellectuel et philosophique.
de sosie dont il s'exagérait modestement les ressemblances. L'entrevue tant souhaitée ne put avoir lieu,
M. de Bonald étant retenu dans ses terres de l'Aveyron.
Joseph de Maistre se consola de son mieux en échan-
geant avec celui qu'il considérait comme son représentant, son chargé d'affaires à Paris, des lettres caractéristiques, qui sont une des nouveautés, une des
révélations, un des trophées de la dernière édition de
sa correspondance. Nous ne pouvons que les signaler
au lecteur, en même temps que d'intéressantes lettres
échangées entre le comte et M. de Marcellus, l'abbé de
La Mennais et le jeune Lamartine. Celui-ci, en 1820,
se montrait plus respectueux d'une parenté flatteuse,
d'un génie glorieux et d'un caractère chevaleresque
qu'il ne l'a fait plus tard, dans ses *Entretiens familiers de littérature*, œuvre de sa vieillesse morose et
désabusée, où il a vu avec des yeux jaloux et peint
avec des traits plus malveillants que ressemblants les
deux grandes figures de Chateaubriand et de Joseph
de Maistre, tous deux pourtant admirateurs du poète
en lui, et le second témoin de son mariage.

C'est précisément à propos de ce mariage et d'un
grief bien puéril dont il fut l'occasion, que la bile du
poète vieilli et malheureux, et s'en prenant un peu de
son malheur à tout le monde, s'est échauffée et a éclaté
dans une de ces études biographiques et critiques
doucereusement rancunières, perfidement malignes,
pleines de ce miel aigri qui est pire que le fiel. Voyons
d'abord le grief de Lamartine contre Joseph de Maistre.
Ce grief repose sur une preuve bizarre, selon le poète,
donnée par Joseph de Maistre, à son encontre « d'un
amour-propre qui n'enlevait rien à sa vertu », mais

transpirait dans sa correspondance et dans beaucoup de ses actes. Cette preuve bizarre « qui ne s'effacera jamais de son souvenir », la voici, selon Lamartine. Son mariage fut célébré à Chambéry. Son père absent avait choisi le comte Joseph de Maistre pour le représenter au contrat et pour lui servir ce jour-là de père.

Le contrat se signait dans une maison de plaisance nommée Caramagne, à quelque distance de la ville, chez la marquise de la Pierre, centre de la société aristocratique de Savoie. Le comte d'Andezenne, général piémontais, gouverneur de Savoie, servait de père à ma fiancée. Une nombreuse réunion de parents et d'amis remplissait le salon. On lut le contrat, et l'on appela les témoins à la signature. Le gouverneur de la Savoie fut appelé le premier par sa qualité de père de la fiancée et par son rang de représentant du souverain dans la province. Il signa et chercha à passer la plume à la main du comte de Maistre.

Le comte, que nous venions de voir dans le salon, tout couvert de son habit de cour et de ses décorations diplomatiques, avait disparu. On le chercha en vain dans le le château et dans les jardins; nul ne savait par où il s'était éclipsé. On fut obligé de laisser en blanc la place de sa signature; mais une fois le contrat signé, il reparut, sortant d'un massif de charmilles où il s'était dérobé pendant la cérémonie. Nous lui demandâmes confidentiellement la raison de cette disparition qui avait contristé un moment la scène.

« C'est, dit-il, qu'en qualité d'ambassadeur du roi et de ministre d'État, je ne voulais pas inscrire mon nom au-dessous du nom d'un gouverneur de Savoie. Demain j'irai signer seul et à la place qui convient à ma dignité. » Et il alla, en effet, le lendemain signer le registre. Les uns admirèrent cette grandeur de respect pour soi-même, les autres, cette politesse. Quant à moi, j'admirai cette force du naturel qui place l'étiquette plus haut que le cœur.

Pour nous plus initiés, grâce à un long commerce

avec ses livres et avec ses lettres, aux intimités de la
vie et du caractère de Joseph de Maistre, qui connaissons son antipathie de Savoisien et de politique pour
le régime militaire piémontais, qui savons à quelles
pures sources de culte du droit et du devoir, il puisait
ce sentiment de sa dignité qui ne souffrait aucune
capitulation sur les choses essentielles, tout en étant
très capable de tous les ménagements et de tous les
tempéraments envers les personnes, qu'imposent la
bienveillance et la courtoisie, nous admirons l'art discret, avec lequel, en homme d'esprit, de tact et de
goût, sans autre tort que son absence momentanée,
Joseph de Maistre s'effaça et se tut devant une prétention qu'il ne voulait ni supporter ni contester. Il trouva
ainsi moyen de concilier sans éclat, sans scandale, sans
conflit, ce qu'il croyait devoir au juste sentiment de
sa supériorité de rang, incontestable selon nous,
même au point de vue étroit de la hiérarchie et
du protocole, et ce qu'il devait aussi aux règles de
politesse, de courtoisie, au respect des convenances
et de la concorde qui lui interdisaient tout débat de
préséance dans une société mondaine et dans une
cérémonie nuptiale.

Nous nous trompons fort, ou le ressentiment de ce
léger incident, très grossi à ses yeux par l'exagération
de cet amour-propre que le poète reproche à J. de
Maistre, a influé sur son appréciation du génie et des
œuvres de son illustre parent qu'il a fort mal vu et
jugé, philosophiquement et politiquement parlant. C'est
travestir étrangement la physionomie de Joseph de
Maistre, les lecteurs qui nous ont suivi jusqu'ici n'en
douteront point, que de voir dans son œuvre « le paradoxe de l'autorité et de la foi sur parole poussé jus-

qu'à l'anéantissement de la liberté personnelle, jusqu'à la glorification du bourreau, et jusqu'à l'invocation du glaive du souverain et des foudres de Dieu contre la faculté de penser « que de qualifier les *Considérations* de livre « nul comme prophétie, violent comme philosophie, désordonné comme politique (relisez le chapitre sur la glorieuse fatalité et sur la vertu divine de la guerre : cela est pensé par un esprit exterminateur et écrit avec du sang). » C'est passer toute mesure dans l'erreur et l'hyperbole que de dire, à propos de Mᵐᵉ de Staël : « M. de Maistre lui-même, le philosophe du despotisme, converti à l'usurpation par le succès, écrivait de Pétersbourg, dans sa correspondance aujourd'hui publiée, des adorations à la fortune de Napoléon. »

Mais comme il demeure beaucoup de talent encore, même dans la décadence d'un homme de génie, il se trouve des pages charmantes, et beaucoup, dans les *Entretiens familiers de littérature,* surtout en ce qui touche les de Maistre.

Lamartine, qui avait été élevé par les Jésuites de Belley, avec beaucoup de jeunes gentilshommes savoisiens, notamment M. de Vignet, neveu des de Maistre, avait reçu, à l'heure des premières impressions et des premières inspirations, l'hospitalité de ce château de Bissy, plus patriarcal que féodal, où le colonel Nicolas de Maistre se plaisait à réunir autour de lui ses frères et ses sœurs. Comme il y a une grâce particulière sur ces souvenirs personnels et de jeunesse, l'*Etude* consacrée par Lamartine aux de Maistre est pleine de traits heureux dans la peinture de ce paysage savoisien qu'il connaissait bien, qui avait été un des cadres favoris de ses premiers rêves et de ses premiers vers (1); et dans le portrait des membres de cette grande et belle famille des de Maistre, où chaque frère avait son originalité et sa valeur propre.

Joseph de Maistre est l'honneur de cette galerie où les figures de l'évêque d'Aoste, André, du colonel Nicolas de Maistre et de Xavier de Maistre, sont touchées avec une finesse qui respire la ressemblance. On ne saurait douter non plus de la fidélité du portrait de Joseph, en dépit de quelques mollesses de pinceau, de quelques défaillances de touche, de quelques tons faux. Le même homme qui, définissant intellectuellement ce prodigieux érudit à la science encyclopédique, qui passa toute sa vie, la moitié de ses jours et de ses nuits, à lire la plume à la main, plongé dans ses in-4°, a pu se tromper sur lui au point d'en faire « un homme qui avait lu peu de livres », a, par suite d'une erreur du même genre, vu physiquement un Joseph de Maistre « à la stature grandiose, sans être élevée », et aux pieds « posant à terre avec le poids et la fermeté d'une statue de bronze ». Mais ces réserves faites, que de détails pleins de finesse et de vie, et évidemment observés sur nature et dans l'intimité dans ce portrait de Joseph de Maistre qu'il faut avoir lu, parce qu'il manquerait certainement quelque chose de la connaissance de l'homme, à qui ignorerait cette page où le poète retrouve son pinceau magistral.

Voilà le charmant cadre de famille dans lequel éclatait alors la figure du comte Joseph de Maistre. Il portait gravement, mais légèrement, son âge de soixante à soixante-dix ans. Sa stature, sans être élevée, paraissait

(1) Le château de Bissy et son hospitalité ont été célébrés par Lamartine dans une des premières *Méditations poétiques*, adressée au colonel de Maistre.

grandiose par la dignité un peu exagérée avec laquelle il portait la tête en arrière. Un certain air de représentation caractérisait son attitude : après avoir représenté devant les cours, il représentait encore dans sa famille. Sa taille étai forte sans embonpoint. Ses pieds posaient à terre avec le poids et la fermeté d'une statue de bronze. Ses gestes pittoresques rappelaient l'homme semi-italien qui avait beaucoup causé avec les Piémontais et les Sardes. Son costume, très soigné dès le matin, tenait de l'homme de cour : cravate blanche, décoration au cou, grande croix pendante sur la poitrine, plaque sur le cœur, habit de cérémonie, chapeau toujours à la main; il ne voulait pas être surpris en déshabillé par le plus humble paysan en sabots de la montagne, qui apportait sur sa mule les fagots du Mont-du-Chat à la maison de ses frères.

Ses cheveux d'un blanc de neige et d'une finesse de soie étaient accommodés sur sa tête, comme ceux de nos pères, en deux ailes rebroussées sur les tempes, enduites de pommade et saupoudrées de poudre; puis, divisés sur le derrière de la tête en une troisième natte, ils allaient se resserrer dans une queue flottante sur l'habit. La tête, quoique naturellement forte, paraissait ainsi plus grosse encore que nature; son front large et haut sortait plus ample de ce nuage de frisure et de poudre. De grands beaux yeux bleus pleins de lumière, encadrés dans des sourcils encore noirs, un nez carré, des joues fermes, une bouche large et façonnée à plaisir par la nature pour l'éloquence, un menton solide, relevé, presque provocant, une expression hardie, un demi-sourire moitié de bienveillance, moitié de sarcasme, complétaient cette figure.

Lorsqu'on a la bonne fortune de lire du Lamartine, et du meilleur, on ne peut éviter de la faire partager jusqu'au bout aux autres, et nous continuons sans scrupules des citations qui ne paraîtront pas au public plus longues qu'à nous.

L'ensemble était d'un homme qui sent sa valeur et qui, sans l'imposer par trop d'orgueil, veut la faire sentir aux autres par quelque emphase dans l'attitude. Sa politesse, quoique parfaite, retenait à distance plus qu'elle ne familiarisait avec lui. Il aimait à se laisser contempler plus qu'à se laisser approcher. Le dialogue n'allait pas à son caractère ; sa conversation était un inépuisable monologue. Il causait avec abondance sans jamais s'épuiser d'idées ; il jouissait d'être bien écouté ; pendant la réplique il s'endormait, puis se réveillait trente fois par heure, reprenant le fil de l'entretien, comme si ses courts sommeils avaient seulement reposé ses yeux sans endormir sa pensée.

Le de Maistre à la conversation en monologues, aux *coups de sommeil*, revit dans ces quelques lignes, comme le de Maistre religieux, à la piété simple et naïve, le de Maistre qui a aussi la religion profane des beaux vers nous apparaissent dans l'intimité familière de la charmante page qui suit.

Sa vie était régulière comme un cadran dont les chiffres romains divisent en minutes égales les heures. Il se levait avant le jour ; il commençait par la prière et par la lecture des psaumes le cours nouveau du temps. Souvent il allait à la messe à l'heure où les servantes pieuses y vont avant que les maîtres soient levés ; il écrivait ensuite jusqu'au dîner. On dînait alors au milieu du jour. Après le dîner, seul ou en compagnie de l'un ou l'autre d'entre nous, il prenait en main sa canne à pommeau d'or cueillie parmi les joncs dans quelque marais du Caucase, et il faisait de longues promenades sur les collines ou dans la vallée de ses pères. Il s'arrêtait à chaque pas pour faire une remarque, ou pour conter une anecdote de sa vie de Sardaigne ou de Russie. Il aimait passionnément les beaux vers ; il en avait composé beaucoup dans ses loisirs ; il nous en récitait des strophes dont les lambeaux sont restés dans ma mémoire. Après ces longues promenades, où l'esprit et les pas s'égaraient délicieusement à sa suite, il rentrait à la maison ; quelquefois il s'arrêtait encore un moment à l'église du faubourg ou du village ; puis la conversation reprenait jusqu'au souper, aussi diverse, aussi enjouée, et quelquefois aussi étincelante qu'en plein soleil.

Cet homme, qui avait la conscience de son génie, en avait aussi la modestie. Il appelait et recevait avec soumission et reconnaissance les plus humbles conseils, les critiques de tout le monde. Encore un trait de nature, la modestie et la docilité au conseil, que Lamartine a mis en relief avec bonheur, mais non peut-être avec cette modestie dont il nous fournit un si éclatant exemple, un si admirable modèle dans son illustre parent.

Cette conversation, ravivée par ses frères et par ses neveux, hommes d'un esprit au niveau de ce génie de famille, roulait en général sur ses ouvrages. Ces ouvrages étaient presque tous encore en portefeuille. Il consultait tout le monde, et même moi, malgré la disparate de mon extrême jeunesse avec ses années. Il me donnait rendez-vous le matin dans sa chambre pour me lire ses volumes et pour écouter les observations très inexpérimentées que j'aurais à lui faire sur son style. Il craignait beaucoup Paris, cette Athènes de l'Europe, dangereuse, disait-il, pour un Scythe comme lui. « Que diraient-ils de cela à Paris? » me répétait-il à chaque instant avec un sourire moitié triomphant, moitié défiant, qui attestait à la fois sa confiance dans le succès et son appréhension du ridicule.

Voilà qui atteste la modestie de l'original; mais voici qui fait quelque peu tort à celle du peintre.

Je lui répondais avec une affectueuse liberté : il l'autorisait par son indulgence. Que de phrases malsonnantes, que d'expressions risquées jusqu'au grotesque napolitain, que de constructions russes ou savoyardes ne lui ai-je pas fait effacer avec la docilité du génie!

Nous avons quelque peine à croire à un zèle critique si occupé, à des services littéraires si nécessaires, au jeune Lamartine enfin apprenant au vieux de Maistre, blanchi sous le harnois, cet art du style et du goût dont il avait déjà fourni, dès 1796, ne fût-ce que dans les *Considérations*, d'assez décisifs témoignages (1).

Le lecteur aurait de la peine à croire, s'il n'avait été initié par nous de bonne heure aux secrets de la vie intime de Joseph de Maistre, s'il n'avait été mis par nous au courant du perpétuel malentendu entre cet homme illustre, ce serviteur fidèle, et sa cour, qui s'en honorait sans oser s'en servir, et ne l'employait pas quand elle ne pouvait l'éloigner, que le comte de Maistre, rentré à Turin, en août 1817, attendit plus d'un an que le roi ou plutôt les ministres du roi daignassent s'occuper de lui et le faire sortir d'une disponibilité pesante pour son activité, blessante pour sa dignité.

Dès le 16 février 1817, il écrivait de Saint-Pétersbourg au comte de Vallaise :

Au reste, Monsieur le comte, quoique je sois extrêmement sensible aux bontés de Sa Majesté, et que j'accueille avec une très grande satisfaction les ouvertures aimables que vous me faites, j'aurais cependant perdu l'esprit si je me flattais trop pour l'avenir. De 50,000 livres, je passe à 7; la dot de mes filles est tombée dans les caisses de l'État. Un très beau titre me donne le droit d'échauffer mon écusson par une doublure d'hermine, mais c'est tout; heureusement, j'ai une telle confiance, qu'elle me dispense de la certitude.

Un an et demi après, cette compensation modeste, cette récompense si disproportionnée à ses éclatants services, le comte de Maistre ne l'avait pas même encore obtenue. Sa fille, la fière Constance, s'en indignait, et dans ses lettres aiguillonnait ce qu'elle appelait l'inertie, l'indifférence paternelles. Dès le 6 sep-

(1) Lamartine, *Souvenirs et Portraits*, t. I, p. 173-193 et p. 273.

18

tembre 1817, un mois après son retour, il répondait
à ces plaintes sur la négligence du roi et de ses ministres, à ces reproches sur l'indifférence avec laquelle
il semblait prendre cette sorte de disgrâce :

Le dégoût, la défiance, le découragement sont rentrés
dans mon cœur. Une voix intérieure me dit une foule
de choses que je ne veux pas écrire. Cependant, je ne dis
pas que je me refuse à rien de ce qui se présentera naturellement : mais je suis sans passion, sans désir, sans
inspiration, sans espérance. Je ne vois d'ailleurs, depuis
que je suis ici, aucune éclaircie dans le lointain, aucun
signe de faveur quelconque ; enfin, rien de ce qui peut
encourager un grand cœur à se jeter dans le torrent des
affaires.

Le 10 septembre, le comte reçoit encore de celle
qu'il appelle sa *follette* une de ces admonestations
tendres et éloquentes dont il dit : « Elles m'amusent
infiniment, pas davantage, ma chère enfant, mais c'est
beaucoup. » Il reconnaît « qu'il sait bien servir les
hommes, mais qu'il ne sait pas s'en servir : l'action lui
manque. Il *voudrait vouloir*, mais il finit toujours
par penser, et il s'en tient là ».

Aussi refuse-t-il « de se remuer », et il le fait en
effet si peu, qu'on le prend au mot de cette philosophique patience et qu'on en abuse, non sans sourire de
ce personnage si peu pressé, si peu pressant, qui prétend qu'on lui rende justice sans qu'il s'en mêle. En
attendant qu'on pense à lui, il s'occupe de l'impression
de son livre sur le *Pape*, et il écrit d'intéressantes
lettres à ses amis, notamment à M. de Bonald. On
lit dans l'une d'elles, à la date du 15 novembre 1817 :

Je ne connais point encore les intentions du roi à mon
égard ; je suis fort bien traité à la cour, mais sans prévoir
encore ce que tout cela signifie ; il est vrai que je n'y

tâche pas. Je n'ai pas fait une demande ni une visite *intentionnelle*. Ma philosophie fait rire le roi, qui me dira son secret quand il voudra. En attendant, le public, dans sa bonté, me donne tous les jours un emploi auquel il ne manque que les lettres patentes.

Le 27 mai 1718, jour anniversaire de son départ de Saint-Pétersbourg, il écrivait à l'amiral Tchhitchagoff.

Je me promène toujours sur le pavé de Turin, sans savoir ce que je deviendrai; mais peut-être que je touche au moment qui changera *Monsieur de sans affaires* en *Monsieur de cent affaires*... Il arrivera tout ce qu'il plaira à Dieu et au roi de Sardaigne.

Ce n'est que vers la fin de 1718 qu'un *motu-proprio* du roi, qu'il n'attendait plus, l'appela à des fonctions dont il se déclara satisfait « par une destination qui ne saurait être plus honorable ni plus avantageuse ». Ce n'était pas celles de ministre des affaires étrangères pour lesquelles il dit, non peut-être sans regret secret, dans sa lettre du 3 mars 1819, qu'il n'a jamais été question de lui. Il était fait régent de la grande Chancellerie, avec le titre de ministre d'État, qui, joint à celui de chevalier grand'croix de l'ordre de Saint-Maurice et de Saint-Lazare, lui donnait droit à l'Excellence, et assurait à sa femme à la cour « une fort belle attitude hors de la ligne générale ».

Le comte de Maistre n'avait d'ailleurs accepté que dans l'intérêt de ses enfants ces fonctions qui exigeaient de lui le sacrifice de ses goûts et de ses besoins d'étude et de retraite, en un moment surtout où la blessure inguérissable de la mort de son frère, l'évêque d'Aoste (août 1818), où l'appréhension que lui causaient la fermentation des esprits en France, en

Espagne, en Italie, et certains signes précurseurs
d'explosions prochaines, le disposaient aux pensées
mélancoliques et testamentaires.

> J'ai augmenté de quelque chose, écrivait-il le 3 mars
> 1819 au chevalier d'Olry, les titres de mon père; c'est
> l'affaire de mon fils d'ajouter à ceux que je lui laisse.
> C'est pour lui que j'accepte l'immensité du fardeau qui
> pèse sur ma tête; car s'il ne s'agissait que de moi, je
> l'avoue, au lieu de rentrer dans les affaires, je m'en
> retirerais. J'achèverais ma vie au milieu de ces occupa-
> tions dont quelques résultats ont vu le grand jour, et que
> d'autres peut-être auraient suivis. Mais je suis père, il
> faut rester en place, etc...

Le comte de Maistre n'avait en effet, pour tout revenu, que son traitement de chef de la magistrature. Il
ne possédait d'autre fortune que le modeste domaine
d'une valeur de 100,000 francs à peine, à l'acquisition
duquel il avait consacré son indemnité pour la spoliation des biens confisqués révolutionnairement lors de
son émigration, en y ajoutant une somme de 20,000 fr.
à lui obligeamment et spontanément offerte et prêtée
par son ami le duc de Blacas.

C'est à ces considérations, à ces nécessités de
famille que le comte avait fait le sacrifice de sa liberté,
sacrifice qui rendait, disait-il, « son bonheur malheureux » et lui faisait écrire en termes plaisants dans la
forme et tristes au fond :

> Tout est dit : il n'y a plus de liberté ni de loisir pour
> moi J'appartiens entièrement à Son Excellence *Monsieur
> le Public*. Plus de visites, de correspondances, mais sur-
> tout (aïe! aïe! aïe!) plus de livres et plus d'études philo-
> sophiques.

Le 22 mars 1819, il confiait les mêmes regrets à son
ami le vicomte de Bonald. Se préoccupant toujours des

affaires de France, de leur influence sur celles de l'Europe, en vertu de ce don et de cette mission de prosélytisme qu'il avait combattu et maudit dans ses excès, qu'il avait célébré et béni dans ses bienfaits, « étant sans contredit l'étranger le plus français et le plus attaché à la légitimité française, et croyant l'avoir bien prouvé ».

En février 1820, le contre-coup des événements qui démentaient ses espérances sans déconcerter ses fois, les fatigues d'une vie plus laborieuse que jamais, concordant avec le déclin de ses forces, la douleur de pertes cruellement ressenties, triomphaient peu à peu de la robuste constitution du comte de Maistre, et empoisonnaient sourdement en lui les sources de la vie, altérant sa santé sans altérer son humeur toujours sereine, toujours philosophique et disposée à rire des hommes et des choses pour n'en pas pleurer. On jugera de ses dispositions d'esprit et de cœur par ces quelques lignes :

L'année 1819 m'a nourri d'absinthe; tout s'éteint autour de moi, que m'importe un peu de bruit que je fais? On écrira sur ma triste pierre : *Periit cum sonitu*. Voilà tout. On jalouse mes titres, mon rang et ceux de mon fils, sans savoir ce qu'ils coûtent à mon cœur. Je les céderais tous pour avoir un bon ménage allobroge tel que je l'imagine. Les Alpes me séparent du bonheur. Les gens qui jalousent mes emplois, mon rang et mon attitude à la cour ne connaissent pas toutes mes dignités; ils ne savent pas que je *suis pénitent noir* de Chambéry. Mon grand-papa me donna mon livre et mon habit en 1768; mais Dieu sait s'ils ne sont pas égarés.

Au commencement de 1821, à la veille des événements qui devaient révolutionner le Piémont, le comte de Maistre assistait au conseil des ministres où l'on

agitait d'importants changements dans la législation.
« Son avis était, dit son fils dans sa *Notice*, que la
chose était bonne, peut-être même nécessaire, mais
que le moment n'était pas opportun. Il s'échauffa peu
à peu et improvisa un véritable discours; ses derniers
mots furent : *Messieurs, la terre tremble et vous
voulez bâtir!* Le 26 février, le comte de Maistre s'endormit dans le Seigneur, et le 9 mars, la révolution
éclatait. »

Il s'agit de la révolution favorisée sinon fomentée
par Charles-Albert, qui amena l'abdication de Charles-
Félix. Le comte de Maistre, qui la prévoyait douloureusement, ne la vit pas. Il avait écrit au comte de
Marcellus, dès le 9 août 1819 : « Je meurs avec l'Europe, je suis en bonne compagnie. » Il eût pu écrire
aussi : « Je meurs avec la monarchie légitime. » Mais
si son agonie fut attristée par le deuil de cette éclipse
passagère des principes, des droits et des intérêts auxquels il avait si éloquemment consacré sa vie, elle fut
consolée par sa foi imperturbable dans le triomphe
final de la justice et de la vérité, et par des espérances placées de bonne heure par lui en dehors et au-
dessus des vicissitudes de la fortune et des passions
humaines.

CHAPITRE V

Xavier de Maistre.

1763-1852.

Figure originale de Xavier. — Sollicitude paternelle de Joseph de
Maistre pour son cadet et son filleul. — Date exacte, donnée pour
la première fois, de la naissance de Xavier de Maistre, qui ne l'a
jamais bien sue, ou bien oubliée. — Un bon mot du capitaine Xavier
de Maistre. — Tentative d'ascension en montgolfière en 1784. — Quarante jours d'arrêt, à Alexandrie, pour cause de duel. — Le Voyage
autour de ma chambre. — C'est Joseph de Maistre qui le fait
imprimer et le présente au public. — L'Expédition nocturne. —
Xavier de Maistre officier au service de la Russie et attaché à
l'état-major du maréchal Souwaroff. — Il accompagne en Russie
le maréchal disgracié et lui ferme les yeux. — Il se retire de l'armée russe avec le grade de major. — Il ouvre un atelier et fait
des tableaux et des portraits pour vivre. — Son embarras et ses
scrupules généreux à l'arrivée de Joseph de Maistre en Russie,
comme ministre du roi de Sardaigne. — Joseph de Maistre ménage à son frère la protection de l'amiral Tchitchagoff, ministre
de la marine. — Le comte de Challambert. — Xavier de Maistre
rentre au service de la Russie, en qualité de directeur du musée
et de la bibliothèque de l'Amirauté, avec le grade de lieutenant-
colonel. — Ses succès en tous genres. — Il se délasse de ses
fonctions en cultivant les arts. — Anecdotes intimes et traits de
caractère. — Le portrait de Joseph de Maistre par son frère. —
Souplesse italienne et rudesse allobroge. — Xavier de Maistre
« dégorge » vite l'air natal. — Les discours « en spirale » du
major Zundler. — Les frères en littérature. — Xavier de Maistre
est promu colonel. — Jalousies et intrigues du groupe des officiers piémontais au service de la Russie. — Plaidoyer de Joseph
de Maistre pour son frère. — Polémique apologétique. — Les titres
en Russie. — Dévouement de Xavier de Maistre pour sa sœur de
prédilection. — Lettre admirable de Joseph de Maistre sur sa situation à Saint-Pétersbourg, et celle de son frère. — Fidèles quand
même! — Xavier de Maistre reprend du service actif, et veut de

Maistre. — *Les Prisonniers du Caucase.* — *La Jeune Sibérienne.*
— *La duchesse de Duras.* — *Opinion de Sainte-Beuve.* — Conclusion critique.

Nous croyons devoir détacher, pour la mettre dans tout son jour et lui consacrer parmi tant d'esquisses un portrait aussi achevé que possible, la figure originale de Xavier de Maistre, le frère préféré de Joseph, celui dont la fortune ne l'avait pas séparé, et auquel l'unissaient, en dehors des liens du sang, ceux de la communauté du talent et de la diversité de l'esprit et du caractère. Il est très vrai que, en affection comme en logique, les extrêmes se touchent et que l'harmonie naît des contrastes. Mais il est vrai aussi que souvent l'esprit peut séparer ce que le sang a uni et que des frères peuvent être divisés par l'inégale répartition de leur fortune littéraire, par les différences de leur portion de réputation et de gloire, à moins qu'une mutuelle générosité ne triomphe de toute jalousie et ne rétablisse la paix par l'équilibre.

C'est justement ce qui devait arriver entre ces deux frères au talent et aux succès si différents, Joseph et Xavier, qui, au lieu de s'envier, ne songèrent jamais qu'à se faire valoir réciproquement : Joseph, l'aîné, le grand frère, trouvant du plaisir à faire les honneurs des œuvres artistiques et littéraires de son cadet Xavier, et celui-ci admirant son grand frère, s'inclinant devant sa supériorité, avec ce que la modestie a de plus naïf et l'affection de plus touchant. C'est ainsi que les meilleurs matériaux pour la biographie, — encore à faire, — de Xavier de Maistre se trouvent dans la correspondance de son frère. Nous parlons, bien entendu, moins de l'histoire de la vie de cet homme modeste, sage et heureux, dont la vie eut peu d'événements et s'écoula entre les plaisirs de l'art et les devoirs de la carrière militaire, douce, calme (car le danger fait partie des habitudes du soldat et ne le trouble jamais) et gaie comme la source à l'ombre des saules tamisant le soleil; nous parlons moins de l'histoire de sa vie que de l'histoire de son foyer, de son caractère, de son esprit, de son cœur. Cette histoire intime, cette histoire morale, la seule intéressante, elle est écrite au courant de la plume dans les observations, les révélations, les confidences, les témoignages spontanés et sincères de ce frère aîné qui exerça toujours avec une sorte de sollicitude paternelle, sur son cadet et sur son filleul (1), et à ce double titre, une sorte de tutelle.

Un jour de la fin de l'année 1799, on s'entretenait au palais de Turin des derniers événements et des fautes de la monarchie sarde, qui avaient sans cesse contrarié l'effet des bonnes dispositions et de l'inter-

---

(1) Nous profitons de la première occasion qui se présente de donner la date exacte de la naissance de Xavier de Maistre, qu'il n'avait jamais bien sue ou qu'il avait bien oubliée, car, dans sa correspondance, il se dit tour à tour né le 8 octobre 1760 et en 1763. Ses biographes, laissés dans l'incertitude par des témoignages contradictoires, ne concluaient que par voie de conjecture à la date d'octobre 1763 (Sainte-Beuve, Eugène Réaume et autres).

Nous devons à une communication de M. Vernier, l'érudit archiviste du département de la Savoie, le plaisir de pouvoir trancher définitivement la question par l'extrait suivant des registres baptismaux de la paroisse de Saint-Léger. Il en résulte que la date exacte de la naissance de Xavier de Maistre est le 8 novembre 1763.

« Le huict (novembre 1763) est né, et le neuvième a été baptisé, François-Xavier-Joseph-Marie, fils du seigneur François-Xavier Maistre, avocat général, et de demoiselle Christine Demotz, mariés. Parrain : seigneur Joseph Maistre ; marraine, demoiselle Marie Maistre.

Signé : C. Burdin, vic. (Registre VI).

vention de la Russie. Le maréchal Souwaroff présidait
à la conversation et ne ménageait, sûr de l'approbation
de son auditoire, ni les indécisions et les scrupules de
Charles-Emmanuel IV, ni la duplicité de la politique
autrichienne, qui avait empêché le roi, son allié, de
rentrer dans sa capitale reconquise.

« — Tout a mal tourné, disait le maréchal, parce
que le roi s'est laissé souffler par les Autrichiens
comme un acteur sur les planches.

« — Et comme un jeton au jeu de dames », ajouta,
au milieu des rires, un jeune capitaine d'origine savoisienne, attaché à l'état-major du maréchal.

Ce capitaine s'appelait Xavier de Maistre, et cette
saillie plaisante et étourdie donne bien l'idée de son
esprit et de son caractère.

Xavier de Maistre, de dix ans plus jeune que Joseph,
avait suivi la carrière militaire, pendant que son frère,
selon l'usage traditionnel des aînés dans les familles
de noblesse savoisienne, embrassait la carrière parlementaire et sénatoriale.

Officier ardent et chatouilleux, plus friand de la lame
que de la plume, Xavier n'avait signalé sa jeunesse, un
peu frivole et amie de la nouveauté et du plaisir, que
par une tentative d'ascension en montgolfière, dont il a
écrit plus tard la piquante relation (1784), et par un duel
pour un motif assez futile, qui lui valut quarante-deux
jours d'arrêt, à Alexandrie, où il était en garnison. Or
que faire aux arrêts, à moins que l'on n'y songe? Notre
jeune officier songea donc, et il écrivit, pour sa distraction et pour le plaisir du public lettré, auquel il était
bien loin de penser encore, cet humoristique *Voyage
autour de ma chambre*, qui vivra plus longtemps
que bien des ouvrages plus longs et plus solennels.

En 1794, il alla visiter son frère à Lausanne et lui fit confidence de ce premier essai, qui fut fort goûté par un censeur qu'il redoutait plus sévère. Son frère ajouta même à ses éloges la charmante surprise de faire imprimer l'opuscule, avec une *Préface* de lui, où il présentait, sans le nommer, l'auteur au public.

Xavier, encouragé, se mit à écrire *l'Expédition nocturne*. Bien que non indigne du premier, ce second ouvrage fut moins bien accueilli du censeur fraternel, quand Xavier lui en soumit le plan et les premières pages.

« Il m'écrivit, a-t-il dit, que je détruirais tout le prix que pouvait avoir cette bluette en la continuant; il parla d'un proverbe espagnol qui dit que les secondes parties sont mauvaises et me conseilla de chercher quelque autre sujet; je n'y pensai plus. »

Il n'y repensa que plus tard; il acheva son ouvrage à Pétersbourg, et ce second témoignage d'un talent mûri par l'expérience conquit sans trop de peine les bonnes grâces de celui qui les lui avait d'abord refusées.

Xavier demeura au service de son roi et y fit brillamment ses preuves de courage et de dévouement jusqu'à ce que la chute de son souverain, qui n'avait plus ni royaume, ni armée, le déliât de son serment et l'obligeât de chercher fortune à son épée. Il le fit de la façon la plus conforme à une fidélité au-dessus des événements, en entrant, avec l'agrément du roi, au service de la Russie, son alliée et sa protectrice, et en faisant, sous les ordres et dans l'état-major de Souwaroff, la campagne d'Italie. Lorsque les revers suivirent les succès et que le vainqueur de Turin fut devenu le vaincu de Zurich, Xavier, qui avait voué au maréchal,

en échange de sa paternelle bienveillance, un dévouement filial, voulut partager la disgrâce de celui dont il
avait partagé la faveur, et l'accompagna dans son exil
de Moscou. Il le soigna malade et lui ferma les yeux.
Puis il se trouva en pays étranger, simple capitaine dans
l'armée russe, où il était entré à ce titre, le 5 janvier 1800, sans grandes chances d'avenir et sans autres
ressources que son talent de peintre, beaucoup plus
utile et plus connu alors que son talent d'écrivain. Il
obtint de la bienveillance du prince Dolgoroucky, ministre de la guerre, sa démission avec le grade de major
(22 janvier 1802) et, ouvrant bravement un atelier, il
fit des portraits et des tableaux pour vivre. Il n'en
vécut pas trop mal, puisqu'il put ainsi non seulement
suffire à ses besoins, mais subvenir de loin à ceux de
sa sœur préférée et malheureuse.

En 1803, quand le comte Joseph de Maistre arriva à
Saint-Pétersbourg en qualité de ministre plénipotentiaire du roi de Sardaigne, l'affection de Xavier s'alarma
du contraste, blessant pour certains yeux, de sa situation précaire avec le grand état, — du moins quant
aux apparences, — de son frère, et redouta de lui
causer par là de la gêne ou des embarras. De son
côté, son frère, trouvant dans ses fonctions et le crédit
qui ne tarda pas à en être la suite des occasions de
réparer envers Xavier les torts de la fortune et de le
replacer dans une situation plus conforme à son nom,
à ses goûts, à ses relations sociales que celle d'officier
démissionnaire et de peintre en tous genres, s'empressa
de saisir la première qui ne tarda pas trop à se présenter.

Joseph de Maistre profita de l'amitié de l'amiral
Tchitchagoff, ministre de la marine, dont il avait conquis les bonnes grâces, pour en étendre les bénéfices

19

à son frère, sans rencontrer d'obstacles, au contraire, dans l'empereur Alexandre, qui lui témoignait aussi une bienveillance particulière et lui en donna, dans cette circonstance, un témoignage éclatant qui ne devait pas être le dernier. Il réparait ainsi sans le savoir, comme il devait le faire pendant quinze ans, les torts ingrats de la cour de Turin envers des serviteurs qui lui avaient donné tant de preuves de fidélité, dont le talent honorait leur patrie, mais qui ne furent jamais bons courtisans et n'eurent jamais l'heur de plaire aux ministres et aux chambellans piémontais.

C'est ainsi que Joseph avait en vain sollicité pour son frère, malgré ses services, la croix de Saint-Maurice et Lazare, qu'il dut attendre longtemps pour lui l'investiture de ce titre de comte, dont Xavier ne se souciait pas plus que lui, mais qui était nécessaire à son état en cour et à son avenir dans l'armée, dans un pays hiérarchisé à outrance, où on n'était rien sans titre. C'est ainsi qu'il dut relever vertement, dans les termes que nous allons citer, l'offense gratuite faite à son frère, en son absence, ne manque-t-il pas de remarquer, par la mauvaise humeur et l'ignorance du comte de Challembert un ministre dont lui-même avait peu à se louer.

Feu S. A. R. Mgr le duc de Montferrat dit un jour à mon frère Xavier, qu'il honorait de son estime : « Je vais demander à mon frère la croix de Saint-Maurice pour vous. » C'était après je ne sais quelle échauffourée militaire. Mon frère répondit : « Monseigneur, cette grâce fera des jaloux; je n'ai pas fait assez, permettez-moi de mériter davantage. » En cela il fit mal, car ces actes de modestie sont oubliés et l'impudence vient ensuite, qui arrache souvent ce que la justice avait offert au mérite; mais, enfin, mon frère fit ainsi. Nos malheurs l'ayant porté en Russie, la chose changeait de face; cette distinction pouvait lui être utile : quelqu'un demanda la croix pour lui. Devinez quelle fut la réponse de M. de Challambert? *Le chevalier de Maistre*, dit-il, *c'est un déserteur*. Et non content de ce premier mouvement, qui était déjà fort beau, lorsque la personne lui dit : « Comment déserteur! un homme qui est parti après l'expulsion du roi pour ne servir ni avec les Français qui nous opprimaient, ni avec les Autrichiens qui nous trahissaient; qui est parti avec le congé du roi, à la suite de Souwarow, avec son uniforme, son grade, ses appointements! etc., etc... » Challambert répliqua : *Moi, je ne sais rien de tout cela*. Supposons qu'il m'eût tenu quelque propos de ce genre, le roi aurait pu congédier le même jour deux fidèles sujets de son service (1).

Le 14 février 1805, Joseph de Maistre donnait à son frère Nicolas la bonne nouvelle de la rentrée de leur frère Xavier au service de la Russie.

Xavier rentre au service de la manière la plus agréable pour lui et pour nous; cette dissonnance qui nous choquait la veille n'existe plus et nous voilà à l'unisson. On vient d'organiser ici le département de l'Amirauté. Il y a une partie militaire et une partie scientifique. De celle-ci dépendent une bibliothèque, un musée, un cabinet de physique, etc..., et notre frère a été fait directeur de cet établissement avec 2,000 roubles de traitement : c'est ici la paye d'un général-major. Il était libre de passer dans l'ordre civil avec le rang de lieutenant-colonel; mais il est soldat, il veut toujours l'être : je crois qu'il a raison, d'autant plus qu'il conserve son ancienneté comme s'il ne s'était jamais retiré du service. Te parler de ma reconnaissance envers S. M. I. serait, je crois, quelque chose de fort inutile. Il y a longtemps que je n'ai pas eu un aussi grand plaisir (2).

(1) *Mémoires et Correspondance*, p. 67.
(2) *Correspondance*, t. I, p. 332.

Le 16 mars 1805, Joseph pressait son frère de partir de Moscou, et de quel ton allègre et cordial :

Comte Xavier Xavieriewitch, il faut partir !... Suivant les apparences, avant que tu aies pu monter dans ton traîneau, l'Ukase sera signé. Partez, mon enfant, partez ! Voici cependant un point sur lequel tu dois me répondre *sonica,* sans perdre un instant ; c'est sur le choix du civil ou du militaire. L'empereur te donne le choix de major, comme tu es, ou de conseiller de cour, équivalent du lieutenant-colonel dans le civil. Moi je penche pour le civil, à cause de l'ennui de l'uniforme que tu ne pourras quitter que pour dormir. Dans le civil, au contraire, tu auras un bel uniforme pour la parure et la liberté de l'habiller, du reste, comme il te plaira ; mais à cet égard je ne voudrais rien prendre sur moi... Ayant eu l'occasion de parler du logement, je n'ai pas trouvé la moindre difficulté. En attendant, les deux cabinets et le salon sont à toi. On a d'ailleurs de très grands projets sur ta personne pour l'avenir. Oh ! quelle joie ! — Adieu. — Il me semble qu'il serait à propos d'écrire à M. de Tchitchagoff pour le remercier de ce qu'il te fait voyager dans une autre chambre (1).

En donnant avis officiel de la nomination au chevalier de Rossi, le comte de Maistre, après avoir annoncé que ses amis, auxquels il s'en rapportait, penchaient pour le civil, mais que son frère s'est déterminé pour le militaire, ajoutait :

Il est titré dans l'Ukase : *comte Xavier de Maistre, directeur du musée et de la bibliothèque de l'Amirauté.* Cette forme ne s'accorde pas avec nos usages ; mais ici on ne connaît ni le titre de *chevalier* pour les cadets, ni aucun autre quelconque, excepté les titres proprement dits, et celui du père est commun à tous les enfants des deux sexes... Je n'ai pas besoin de vous dire si je suis ravi de ce bonheur, que je dois uniquement au ministre

(1) *Correspondance,* p. 368.

de la marine, M. le vice-amiral de Tchitchagoff, homme très singulier dans ce pays, fort au-dessus du caractère russe considéré en général, et chez qui j'ai eu l'avantage de trouver non pas seulement l'hospitalité qui se trouve ici partout, mais l'attachement qui ne se trouve nulle part (1).

En juin 1806, le comte a le plaisir d'annoncer les succès de son frère et de constater qu'il s'est montré non seulement égal, mais supérieur à sa fortune.

Mon frère est allé à Cronstadt recevoir et expédier une bibliothèque achetée à Copenhague pour 28,000 roubles et destinée à l'Amirauté. C'est celle du fameux comte de Bernstorff. Mon frère est maintenant membre du collège de l'Amirauté. Il siège et signe avec les autres. Cet état, avec le grade qu'il a, et la manière dont il est traité par le ministre sont pour des yeux russes un phénomène semblable à celui d'une comète qui passerait à une demi-lieue de la terre (2).

Xavier de Maistre vécut tranquillement, se laissa vivre plutôt suivant son habitude, au gré du temps, faisant bonne figure dans ses fonctions, bonne figure dans les relations mondaines et de cour, le double regret de la patrie et de la famille absente mettant sur son enjouement comme sur celui de son aîné une ombre de mélancolie (3).

Il se délassait de ses devoirs et se consolait de ses regrets en cultivant les arts. Joseph de Maistre disait à sa fille Adèle, dans sa lettre du 23 décembre 1807.

Ce n'est pas dans ce petit champ que se déploie le talent de ton oncle, il faut voir ses grands paysages à l'huile. Tu penses bien, ma chère Adèle, que je voudrais

(1) *Correspondance*, t. I, p. 376.
(2) *Ibid.*, t. II, p. 127.
(3) *Ibid.*, p. 213.

fort t'envoyer le portrait de ton vieux papa, fait de cette
main habile, mais jusqu'à présent il n'y a pas eu moyen;
ce n'est pas qu'il ne dise souvent : *A propos, il faut que
je fasse ton portrait!* Mais bientôt une idée vient à la
traverse, et les jours passent ainsi. C'est un excellent
homme, qu'il faut prendre comme il est; chez lui, tout
dépend de l'inspiration : un jour peut-être, il m'enverra
réveiller pour faire ce portrait. Si tu lui avais écrit une
fois : *Allons donc, mon oncle, envoyez-nous cette image,*
nul doute qu'il n'eût commencé sur-le-champ. En attendant, ma très chère, je t'envoie un autre portrait fait à la
plume, et que je n'ai pas eu le front de copier, je t'envoie
l'original; il est mieux dans tes mains que dans les
miennes, car tu le croiras ressemblant, ce que je ne crois
pas du tout...

Il s'agissait d'une Ode adressée par Xavier de Maistre à son frère, qui ajoutait :

Ton oncle la commença en 1798, et il l'a heureusement
achevée l'année dernière : voilà l'homme. Huit ans pour
une ode, c'est honnête. De Moscou, où il était alors, il
m'en envoya une première édition, dont le commencement était en contradiction avec la fin, en me disant : *Tu
sais que je ne fais jamais ce que je veux; d'ailleurs, ce
n'est qu'une inconséquence de plus.* Cependant, arrivé
ici, il remit la pièce sur le chantier, et moyennant la date
primitive de 1798, tout va à merveille. Il se moque de lui-
même, sur ses lubies, de la meilleure grâce du monde (1)...

Enfin, en janvier 1808, au moment où Joseph de
Maistre y comptait le moins, son frère, à brûle-pour-
point, mettait son projet à exécution, Joseph de Maistre écrivait le 10 à sa fille Adèle, pour lui faire part
de cette bonne nouvelle.

Mon cher cœur, je te dirais que je n'avais pas la
moindre espérance de t'envoyer mon portrait, qui ne se

(1) *Correspondance,* t. II, p. 543-544.

faisait jamais que *demain*. Le même jour, j'allai chez Xavier. Tout à coup il me dit, *à propos* de toute autre chose : « *A propos*, il faut que je fasse ton portrait; voyons si j'ai des ivoires. Non, rien ne me contente; il faut que je le peigne sur cette palette qui est forte; je vais la laver. — Fort bien, allons vite. A propos, j'ai déjà parlé au graveur. Tu as beaucoup d'amis : cette gravure est nécessaire. » Et voilà, ma chère, comment tu auras dans peu de temps ma chienne de figure. Tu auras peine à me reconnaître, tant j'ai vieilli. Je ne suis pas *gris comme un âne*, comme disait notre ami Costa, mais *blanc comme un cygne*. Cela est plus élégant et plus triste (1)...

Joseph de Maistre avait une prédilection et comme un faible marqué pour ce frère cadet dans lequel il retrouvait, comme dans un fils, ses qualités d'esprit abaissées, adoucies, tempérées par la gaieté et la grâce de la vallée ensoleillée au-dessous du mont sourcilleux ; ses qualités de cœur, probité, loyauté, enthousiasme, élan parfois imprudent, corrigés par une certaine mollesse, un certain scepticisme, un certain sourire de frivole expérience qui préserve des entraînements et des déceptions. Cette indifférence à tout, même à lui, plus apparente que réelle, qui cachait sous le nonchaloir un peu d'aimable égoïsme, n'avait en rien nui aux succès de Xavier de Maistre, et elle le servait aussi bien que l'habileté. Il s'était plié facilement, avec la souplesse italienne, à ces félinités du caractère russe, qui, comme le chat de Rivarol, se caresse à vous autant qu'il vous caresse. Son humour délicat, sa finesse savoyarde, son œil mi-clos de spirituelle bonhomie, pourtant toujours alerte à l'occasion, lui avaient mieux réussi que cette rudesse allobroge, plus scrupuleuse,

(1) *Correspondance*, t. III, p. 11.

mais moins heureuse, dont le comte de Maistre se reprochait plaisamment le tort quand elle lui avait, au sourire d'estime et de pitié des philosophes de cour, fait diminuer de moitié par discrétion la somme qu'il aurait pu obtenir du tzar, pour l'équipage de son fils, s'il avait voulu, selon l'usage, demander non le nécessaire, mais le superflu, pourtant si nécessaire (1). Nous soupçonnions donc quelque peu Xavier de Maistre d'avoir été, avec son air de n'y point toucher, son air de *lendore*, comme dit Saint-Simon, de l'école des officiers piémontais au service de Russie, qui devaient, comme le marquis Paulucci, faire un si brillant chemin par le talent et aussi par l'habileté, avec tout l'art « italien », laissant en route les simples, les tardigrades de pensée et de parole, comme le major Zundler, « dont les discours sont faits en spirale (2) ».

Quoi qu'il en soit des succès de ce gentilhomme savoyard indolent et avisé qui avait si bien pris le vent et si vite « dégorgé l'air natal », Joseph de Maistre y prenait un goût comme une part d'auteur. Il se complaisait à faire ressortir le charme piquant de ce commerce fantasque. Il aimait à signaler les contrastes du caractère de son frère et le sien. Il vantait son esprit, il louait son cœur, il en parlait, suivant le proverbe italien, « avec du miel dans la bouche ». Il intriguait, il finassait pour lui, effort dont il eût été incapable dans son intérêt personnel. Il nous est impossible de ne pas citer quelques traits caractéristiques de ces relations si intimes, de cette amitié fraternelle, qui mérite d'être ajoutée aux rares exemples qu'en offre notre lit-

(1) *Correspondance*, t. II, p. 310-315.
(2) *Ibid.*, t. III, p. 339-341,

térature, où l'on ne cite guère que l'union des deux
frères Pierre et Thomas Corneille, des deux Lacurne
de Sainte-Palaye, des deux Musset, des deux Goncourt.

Xavier de Maistre, devenu le collaborateur préféré et
le favori de l'amiral Tchitchagoff, ce personnage original, si bien fait pour goûter son esprit, et pour en
être lui-même apprécié, avait marché de succès en succès, au point de ne rien perdre, de gagner même à la
demi-disgrâce et au départ de son protecteur dont le
suppléant, le marquis de Traversay, émigré français,
le fit colonel. C'était avancer à grands pas, depuis le
4 avril 1805 où il avait été nommé, avec le grade de
major, membre honoraire du département de l'Amirauté, puis de directeur du musée et de la bibliothèque
de ce département. Lieutenant-colonel le 12 décembre 1807, Xavier était promu colonel le 26 août 1809.

Ce rapide avancement n'était pas sans émoustiller les
jalousies du groupe d'officiers piémontais au service
de la Russie, et il faut entendre de quel ton Joseph
prend la défense de son frère, justifie sa faveur et
répond aux ingrats murmures de la cabale.

J'ai eu l'honneur de vous dire (1) que la promotion de
mon frère avait excité quelque jalousie parmi nos compatriotes. C'est sans doute une étrange idée que celle de
se fâcher dans l'État général, d'une promotion faite dans
le département de l'Amirauté; cette colère a fort mal
réussi auprès des personnes qui en ont eu connaissance;
car il n'y a rien de plus connu que mon zèle pour ces
officiers, et les bureaux sont pleins de mes mémoires en
leur faveur. Et qui me forçait de me donner cette peine?
Du moment que ces messieurs avaient revêtu l'uniforme
russe, je n'avais plus rien à dire; c'est moi qui me suis
volontairement mis en avant et qui ai obtenu insensible-

_____
(1) *Correspondance*, p. 300.

ment de Sa Majesté Impériale la permission d'être leur
procureur. Qu'il me soit permis d'ajouter que lorsqu'on
s'est vu réduit à l'extrémité de peindre pour vivre, sans
perdre sa place dans la plus haute société, lorsqu'on est
tout à la fois militaire, physicien, chimiste, écrivain brillant, dessinateur du premier ordre, etc..., on peut bien
obtenir quelque chose. Celui qui envoie des chansons aux
dames et des mémoires à l'Académie des sciences sortira
nécessairement des rangs. Enfin, le cap des tempêtes est
doublé, et nous sommes plantés dans ce pays assez bien
pour qu'il ne soit pas du tout sûr de nous attaquer sans
raison (1).

On voit que le comte avait, au besoin, l'humeur
chatouilleuse, et il est amusant de le voir, à propos de
son frère, poser en clabaud, à la cavalière, d'un air
de défi, son chapeau d'ambassadeur.

La polémique apologétique continue dans la lettre
du 3-15 novembre 1809, également adressée au chevalier de Rossi, son ministre, et sur ce ton d'énergie
et de chaleur qu'on n'apporte que dans la défense des
causes qui tiennent au cœur de l'avocat.

Elle contient, à propos du double grief des mécontents : le grade de colonel reçu et le titre de comte
pris par Xavier de Maistre, des détails qui dépassent
fort en intérêt biographique les questions de hiérarchie ou d'étiquette à l'occasion desquelles ils nous sont
fournis. Nous les transcrivons à ce titre :

Au moment où mon frère arriva ici, plusieurs personnes et des sujets même de Sa Majesté l'avertirent de
prendre garde à la manière dont s'annonçait son nom,
qu'il n'y avait ici aucun titre de noblesse pour les cadets,
vu que les titres sont communs à tous les membres d'une
famille de l'un et de l'autre sexe et que, s'il n'était pas

(1) *Correspondance*, t. III, p. 335-336.

comte, il ne serait qu'un *gospodin* (un *monsû* de Piémont). Mon frère avait, comme on dit, *la tête dans un
sac*, en arrivant dans un pays si différent du sien; il est,
d'ailleurs, *poco-curante* au suprême degré. « Écrivons,
dit-il, comme vous voudrez. » Et il n'y pensa plus, par
la raison que vous allez voir.

Cette raison est tout à l'honneur de Xavier de
Maistre et de ce dévouement fraternel dont il donna
alors un exemple que son frère lui rend bien à son tour
par cet éloquent témoignage.

Tous les officiers qui avaient voyagé avec mon frère
lui avaient conseillé de profiter du grand talent qu'il avait
reçu de la nature et d'imiter tant de Français qui avaient
pris ce parti ou d'autres analogues; il leur répondait en
riant : « Je veux voir auparavant si je suis officier ou
peintre. » Arrivé ici, il vit que prétendre vivre à Saint-
Pétersbourg avec le grade de capitaine et l'appointement
de ce grade, c'est absolument vouloir danser une valse
avec un poids de 1,000 livres sur la tête. A cette époque,
il apprit que la cadette de mes sœurs, que nous aimons
tous, mais qu'il aime particulièrement, était demeurée
sur le grand chemin, avec son mari et cinq enfants, sans
avoir pu arracher à la révolution un journal de terre.
Ce motif le décida plus que tous les autres; il était d'ailleurs loin de sa patrie, sans ressource d'aucune espèce;
il n'embarrassait personne, puisqu'il n'avait aucun parent
ici. Les circonstances et l'exemple justifiaient assez sa
conduite. Il prit philosophiquement son parti, il demanda
sa démission, vint à Moscou et se déclara artiste forcé.
En un clin d'œil, il fut riche et prit sa part de la manière
la plus noble dans le devoir sacré que nous nous sommes
imposé à l'égard de ma sœur.

Lorsque, en 1803, Xavier de Maistre, après deux
ans de séjour en Russie, apprit la prochaine arrivée de
son frère aîné à Saint-Pétersbourg, il en fut à la fois
satisfait par affection et mécontent par dévouement.
Son frère partageait cet élan et ces scrupules contra-

dictoires. Les deux frères redoutaient, comme nous l'avons dit, de se gêner, de se nuire même réciproquement. Joseph explique ces délicatesses avec sa mordante franchise habituelle.

Tout allait fort bien, Monsieur le chevalier, mais, lorsque j'appris à Cagliari la résolution de mon frère, il apprenait à Moscou que j'étais ministre à Saint-Pétersbourg. On imaginerait difficilement quelque chose de plus bizarre : notre crainte commune était de nous gêner mutuellement. Pour comble d'agrément, Sa Majesté me présente d'une main timide, qui voulait dire : *Je vous fais mes excuses de vous présenter cet homme.* Je débute dans un galetas, sans équipage et sans meubles. Les uns disent : *Est-il ministre?* Et les autres : *Est-il roi?* Jamais un homme délicat, jamais un sujet fidèle ne s'est trouvé dans une position plus difficile. Nous avons su nous en tirer, Monsieur le chevalier; certes, on n'a pas droit de nous jalouser, car les moyens que nous avons employés sont bien exclusivement à nous.

Nous continuons à extraire cette lettre admirable, d'une importance capitale et décisive pour la connaissance des intimités du caractère et de la vie de Joseph de Maistre qui, dans un superbe mouvement de tristesse et de fierté, déchire tous les voiles, étalant sans merci, aux yeux confus du ministre, le reproche et la leçon des blessures secrètes de sa fidélité.

M. l'amiral Tchitchagoff, qui avait au moins le mérite d'aimer et de rechercher les hommes marquants, m'offrit de placer mon frère sans le connaître, car il était retourné à Moscou après avoir passé quelque temps avec moi (j'ajoute sans que je le lui eusse demandé, car jamais cette idée ne me serait venue dans l'esprit). Il lui donna deux emplois pour pouvoir doubler ses appointements; bientôt il en fabriqua un troisième, dans la pleine puissance d'un ministre russe, en lui disant : *C'est pour votre voiture.* Mais c'est ma sœur qui en a retiré tout l'avantage et, si vous étiez dans ce pays, Monsieur le chevalier, vous sauriez ce que vaut cet héroïsme.

Vous observerez, Monsieur, que mon frère ne s'était donné aucun titre dans le monde, et qu'il ne l'avait nullement réclamé en rentrant au service; mais on trouva cette note parfaitement oubliée et ensevelie pendant dix ans. Tout de suite, et sans la moindre discussion, mon frère se trouva titré de *comte*, et vous ajouterez qu'il aurait jeté 2,000 roubles dans la rivière pour qu'il n'en fût plus question après mon arrivée dans ce pays.

J'aurais vu, je vous l'avoue, avec beaucoup de plaisir, que Sa Majesté eût daigné s'occuper de mon frère : j'ajoute, avec la même franchise, que la bonne et saine politique devrait peut-être s'interposer dans ces sortes d'embarras où de bons et fidèles sujets se trouvent jetés malgré eux, sans aucune faute d'imprudence ou d'ambition. Mais si j'avais fait un essai dans ce genre, qu'aurais-je obtenu? une mortification. Jamais, Monsieur le chevalier, nous n'obtiendrons rien de Sa Majesté : un des hommes de notre pays, le plus fait pour savoir tous les secrets, dit un jour, dans un moment de confiance : *Nous avons marqué cette famille, jamais elle n'avancera.* Il avait à peu près alors l'âge que j'ai aujourd'hui, mais j'étais jeune; le beau vase où il avait déposé ce secret pencha vers moi et le secret en sortit, comme il est tout simple. J'ai toujours eu cette révélation devant les yeux et j'obtiendrais peut-être un sourire de bienveillance de la part de Sa Majesté, si je vous expliquais ici la manière dont nous avions pris cet oracle dans ma famille et le plan de conduite que nous avions adopté; mais il ne s'agit point de cela. Il me suffit de vous expliquer pourquoi Sa Majesté n'a jamais entendu parler de mon frère et comment il porte ici un titre qu'il n'avait pas chez le roi. Au fond, Monsieur le chevalier, lorsque le roi de France donnait jadis un titre à l'un de ses sujets, en lui adressant la parole, il était de maxime que personne ne lui disputait plus ce titre; il serait singulier que l'empereur de Russie n'eût pas le droit d'appliquer à un étranger qui le sert et qui n'a plus de patrie le droit public de son propre empire; mais je ne veux pas me servir de cet avantage. La chose s'est passée comme je viens de vous la raconter.

Cette question de fait et de droit vidée, Joseph de Maistre prend ses précautions, mais avec quelle dignité, quelle fierté contre les interprétations malveillantes qui pourraient être données à la conduite de son frère et à la sienne en cette affaire.

Les sottises vont loin quand elles prennent des ailes de papier! Qui sait ce qui peut vous en revenir? On peut (car tout est possible) nous prêter le projet de séparer nos intérêts de ceux de Sa Majesté et de nous procurer des distinctions indépendantes de sa volonté; aujourd'hui nous le pourrions sans crime, mais jamais nous n'y avons pensé. Nous avons prouvé de mille manières, et aux dépens de ce que nous avons de plus cher, que nous le préférons à tout, que nous aimons mieux, dans le naufrage universel, flotter à ses côtés sur un bois de navire que dormir sur l'édredon dans un vaisseau de cent pièces, cinglant promptement toutes voiles dehors. Tout a été inutile : moi-même je n'ai, si vous l'observez bien, rien obtenu jamais de Sa Majesté. Je tiens d'elle extérieurement deux marques insignes de sa bonté et de sa confiance : mon titre d'envoyé extraordinaire et mon ordre, mais vous savez à qui je dois l'un et l'autre. Toutes les fois que je me montrerai seul, que personne ne parlera pour moi et que les circonstances n'exigeront rien de Sa Majesté, je serai sûr de n'en rien obtenir. Mon frère, de son côté, a été insulté (absent, comme vous sentez bien), à côté du roi et chez le roi, d'une manière horrible. Je l'ai fait savoir : Sa Majesté n'a pas daigné me donner le plus léger signe d'y avoir fait attention. Jugez, Monsieur le chevalier, comment j'aurais été reçu si j'avais fait quelque demande pour lui. Que dire à tout cela? Ce que nous avons toujours dit : Vive le roi! Nous ne cesserons pas un instant de l'aimer, de le préférer, de l'exalter, de le servir quand nous le pourrons; mais personne ne doit s'étonner de nous voir tomber par force dans les bras de la compassion étrangère et jouir sans effort, comme sans impertinence, des avantages d'une bienveillance qui nous a accompagnés dans tous les pays du monde, un seul excepté (1).

Ces ennuis ne contribuèrent sans doute pas pour peu à la résolution prise par Xavier de Maistre de s'arracher aux délices de la vie d'officier de cabinet et de bibliothèque, et de montrer une fois de plus à ceux qui l'ignoraient, — ses compagnons des guerres d'Italie n'en doutaient pas, — qu'il n'était pas seulement un homme d'esprit mais un homme de cœur, qu'il ne possédait pas seulement une brillante plume, un habile pinceau, mais une vaillante épée. Il ne l'avait tirée en Russie qu'à la parade. Il voulut la tirer au feu.

Son frère annonçait cette détermination à l'amiral Tchitchagoff, alors à Paris, par suite d'une disgrâce dissimulée sous le nom de congé.

Au moment où vous lirez cette lettre, mon frère aura traversé le Caucase et sera sur les frontières de la Perse. Vous allez dire d'abord : *Est-il possible?* Mais en y réfléchissant, vous trouverez que rien n'est plus raisonnable. Mon frère était demeuré militaire, mais il occupait un emploi civil : c'était une existence ambiguë, et pour ainsi dire *bâtarde*, dont l'assaisonnement, qui la rendait douce, a disparu avec votre personne. Il avait perdu le logement, ce qui est un grand article dans votre dévorante capitale, et il ne lui restait plus guère d'espérance pour un avancement militaire. Certainement nous n'avons, lui et moi, qu'à nous louer des procédés de M. le marquis de Traversay... Mais vous êtes parti, ce n'est plus cela. En vertu d'une nouvelle grâce de *mon* bon empereur, mon frère a passé comme colonel dans l'état-major général à la suite de Sa Majesté Impériale. Nous avions d'abord pensé à la Moldavie... mais il nous a paru, en conseil de famille, que la paix était au moins probable et que, par

(1) *Correspondance*, t. III, p. 355-360. Au chevalier de Rossi, 3 (15) novembre 1809.

conséquent, un étranger qui ne cherche que des coups et de la réputation ne doit pas se présenter dans une armée à la fin de la campagne au risque de n'entendre plus que le bruit des plumes criaillant sur le papier... En Georgie, c'est une autre affaire. Le théâtre est éloigné : la guerre qu'on y fait n'a ni commencement ni fin. On arrive et on part quand on veut. Ce qui a achevé de nous déterminer, c'est le départ pour cette armée du marquis Paulucci, qui est revêtu là d'un commandement considérable et qui a offert à mon frère de le demander comme officier de confiance. Voilà l'histoire (1).

Le 13 septembre, Joseph de Maistre pour toute nouvelle de son frère écrivait : « Mon frère est arrivé à Tiflis en vingt-deux jours, et tout de suite il est reparti pour le camp de *Larm*, qui est planté à 50 verstes au delà de cette capitale de la Georgie. » En décembre, il était plus explicite et narrait avec un mélange de douleur et de fierté qui va s'expliquer à la suite du roman d'aventures de son chevalier.

La guerre continue sur la frontière de Perse. Je vous ai mandé l'expédition du marquis Paulucci. Je suis personnellement fort intéressé dans cette guerre, comme vous savez, à cause de mon frère. On lui a fait l'honneur de lui confier l'avant-garde d'une petite armée ou, pour mieux dire, d'un corps qui a marché vers le Kuban contre je ne sais quel *cheik Ali-Khan* qui remuait de ce côté. Tout est allé à merveille. Retiré ensuite à Derbens (*Pylæ-Caspiæ*), mon frère a appris que l'armée se préparait à faire le siège d'Alkalsick sur le Car (l'ancien Cyrus, long. 66°, latit. 40°, à peu près). Il partit subitement de Derbens, fit 900 verstes à cheval en neuf jours (25 de nos lieues par jour) et le 22 novembre (n. s.), il m'écrivait de Suram, près d'Alkasick, le singulier billet suivant : « J'arrive à temps, si la ville n'est pas prise aujourd'hui, ce que je ne crois pas. Si l'on donne l'assaut, tu entendras

(1) *Correspondance*, t. III, p. 461 (8 août 1810).

parler de moi, et je ferai en sorte que l'on me loue comme
le soldat de César, vif ou mort. Dans ce dernier cas, voici
mes dernières volontés... Les chevaux sont prêts : adieu,
mon cher ami ! »

L'assaut était en effet préparé, à ce que je crois, mais
il n'a pas eu lieu. Six jours après la date de ce billet,
celui qui l'avait écrit reçut deux coups de feu à l'attaque
d'une batterie. L'un, qui a touché l'épaule, n'a pas fait
grand mal; mais l'autre, qui a percé le bras droit de part
en part, me tient fort en peine; l'os n'est pas cassé : mais
je vois qu'après trois jours l'inflammation n'avait pas
diminué et qu'on craignait une lésion du périoste. Le
général en chef a demandé pour lui la croix de Saint-
Wladimir au cou. C'est une *distinction distinguée* qui
s'accorde rarement aux colonels (1).

Trois mois plus tard, l'alerte était passée, et Joseph
de Maistre, goûtant sans mélange la joie des succès de
son frère, écrivait à son ministre :

J'ai eu l'honneur de vous raconter la promenade de
mon frère, qui fit au commencement de l'hiver 900 verstes
en neuf jours *à cheval* pour se trouver à l'assaut d'Alkalsick. A la manière dont sa tête était montée, j'aurais eu
le malheur de le perdre, si l'assaut avait eu lieu. Je l'ai
conservé par un moyen qui, de sa nature, n'est pas con-
servateur : par la peste, qui s'est déclarée à Alkalsick,
et qui a défendu l'assaut. Le 31 décembre dernier, mon
frère reçut à l'attaque d'une batterie deux coups de feu,
dont l'un perça le bras droit de part en part. Pendant
près d'un mois, nous avons pu craindre pour ce bras,
mais il en a été quitte pour des douleurs atroces et nous
pour la peur. S. M. I. me fit l'honneur de me dire à la
cour devant le corps diplomatique : *Il n'est pas possible
à un officier de se conduire mieux.* Depuis Elle a bien
voulu lui envoyer la croix de Saint-Wladimir au cou (2).

(1) *Correspondance*, t. III, p. 530-531. Au chevalier de Rossi,
19 décembre 1810.
(2) *Ibid.*, t. IV, p. 15. (Lettre du 14-26 avril 1811.)

Le brillant et vaillant officier ne devait pas tarder à recevoir de ses services et de son courage une récompense plus douce à son cœur, dans un mariage d'inclination favorisé par les souverains, et qui devait achever de le fixer en Russie.

Voici dans quels termes son frère faisait officiellement part au chevalier de Rossi de ce mariage contracté sous les plus favorables auspices, et qui devait être en effet un modèle d'union et un exemple de bonheur.

Je vous prie de vouloir bien faire part à Sa Majesté du prochain mariage de mon frère, colonel dans l'état général de l'armée à la suite de S. M. I., avec Mlle Zagriatsky, demoiselle d'honneur de Leurs Majestés Impériales. C'est une personne du plus grand mérite et de la plus grande distinction. S. M. I. a daigné donner à ce mariage une approbation qui ajoute beaucoup à la satisfaction de ma famille. Le grand maréchal de la cour est venu voir Mlle Zagriatsky dans l'appartement qu'elle occupe au palais, et lui a fait part qu'en témoignage de l'approbation que l'empereur donnait à ce mariage, il daignait convertir pour elle en pension viagère la somme de 3,000 roubles que les demoiselles d'honneur reçoivent annuellement pour leur entretien, et qu'on nomme *argent de table*. Il lui a promis de plus qu'à la première occasion, S. M. I. daignerait encore approcher mon frère de sa personne en le nommant son aide de camp. Enfin, il a couronné ses bontés et mis le comble à notre joie, en décidant que les garçons qui pourraient provenir de ce mariage seraient élevés dans la religion catholique : bienfait insigne que je place au-dessus de tous les autres, et sans lequel ce mariage, s'il s'était fait, n'aurait été pour nous qu'une source de désagréments (1).

Les événements de cette année 1812 qu'il suffit de nommer pour être dispensé de tout détail, expliquent

(1) *Correspondance*, t. IV, p. 89. (Lettre au chevalier de Rossi, 29 février, 2 mars 1812.)

en effet les retards que subit la réalisation de cette union, le colonel Xavier de Maistre ayant été détaché de l'armée du prince Bagration pour être attaché au quartier général de l'empereur, sur la désignation flatteuse du souverain (1). Dans ce moment de péril universel, Xavier de Maistre ne voulut pas hâter un mariage qui pouvait n'être bientôt pour l'épouse qu'un veuvage. Son frère écrit :

Mon frère n'a voulu demander ni un retard ni un congé pour se marier. Il y avait deux ou trois fois plus de temps qu'il ne fallait; mais ses supérieurs n'ayant pas offert le retard, il n'a pas voulu le demander. Seulement, avant de partir, on a fait, dans la chapelle de la princesse Chakaskoï, tante de la demoiselle, certaines fiançailles qui sont irrévocables suivant la loi du pays (2).

Cette union, qui réunissait toutes les convenances à commencer par celle, trop souvent négligée, de l'inclination mutuelle des deux conjoints, fut célébrée en février 1813, durant un court intermède de la guerre, qui en abrégea tristement la lune de miel. Elle n'était pas achevée qu'un événement imprévu de famille ajoutait à toutes les heureuses conditions de ce mariage la fortune à laquelle personne n'avait songé. Joseph de Maistre en faisait part au roi, se félicitant de ce bonheur de son frère, dans des termes allègres et gaillards, où certains penseurs, plus formalistes et plus susceptibles que le roi à qui la lettre est adressée, ont vu à tort une sorte de jactance, au lieu d'y voir plus justement l'inoffensive revanche d'une malicieuse ironie. A ce moment en effet, Joseph de Maistre avait touché,

(1) *Correspondance*, t. IV, p. 89, 9-21 avril 1812.
(2) *Ibid.*, t. IV, p. 164. (Au roi Victor-Emmanuel, 6-18 juillet 1812.)

lui aussi, à une grande fortune politique, par suite
d'une mission de confiance de l'empereur, à laquelle il
avait cru devoir renoncer par des scrupules, peu appréciés en haut lieu, de fidélité. C'était une bien excusable
vengeance de ce sacrifice méconnu que de dire au roi,
incapable d'ailleurs de sentir l'épigramme, en faisant
allusion à un présent de l'empereur, de 20,000 roubles :

Les bienfaits dont j'ai eu l'honneur de faire part à
Votre Majesté m'ont mis à même de supporter les dé-
penses de la guerre, qui m'auraient abîmé, et de me
mettre un peu dans mes meubles, de manière à pouvoir
sans honte recevoir une visite.

Quoi qu'il en soit, voici le passage relatif au mariage
de Xavier de Maistre :

Quoique les affaires des particuliers soient en elles-
mêmes trop petites pour être présentées à Votre Majesté,
j'espère néanmoins qu'elle aura agréé une relation dé-
taillée du mariage de mon frère, vu qu'elle se lie à des
usages curieux et totalement étrangers aux nôtres. Mon
frère a joui de bonheur dans cette affaire d'une manière
bien singulière. Le mariage, excellent sous tous les
autres rapports, était un peu faible sous celui de la fortune; mais le jour même où il a quitté sa femme pour se
rendre au quartier général de l'empereur, où il a été
rappelé le 11/23 février dernier, le chambellan Zagriatsky,
frère unique de la demoiselle, a jugé à propos de mourir
d'un coup d'apoplexie, dans sa terre de Tamboff. C'était
un fort mauvais sujet, dissipateur du premier ordre;
cependant, la terre seule de Tamboff vaut 1,200,000 roubles, au moins, et ce n'était pas sa seule propriété.
D'ailleurs l'oncle d'ici (grand échanson) a 40,000 roubles
de rentes, et cette hoirie, qui devait se fondre dans celle
du neveu qui la dévorait d'avance, se trouve libre et
tombera encore à ces dames. Des personnes, parfaitement
au fait des affaires de cette maison, m'assurent que toute
soustraction faite, il ne peut pas rester à mon frère ou à
sa femme moins de deux mille paysans, c'est-à-dire plus

de 50,000 livres de Piémont de rente. L'air de Russie, comme Votre Majesté voit, nous convient assez (1).

A ce moment, l'air de la Russie convenait encore plus au philosophe chrétien qui se rend compte de tout, qu'à l'épicurien que déconcerte le moindre pli de mystère. Le génie de Napoléon avait reculé devant deux obstacles qu'il n'avait pas assez prévus ou assez redoutés; l'alliance d'un climat meurtrier et d'un peuple héroïque dans sa résistance passive, résolu à tout brûler et à tout ruiner, ne laissant entre l'envahisseur et lui que le désert de glace et de neige, l'incendie, la famine et la mort. La mort avait moissonné, dans cette occasion, une des plus favorables offertes à ses homicides appétits, d'immenses hécatombes. Joseph de Maistre trouvait là un sujet particulièrement propice à ses idées de foi, à son style de pathétique et d'ironie. Le tableau qu'il trace de la marche ou plutôt de la fuite en arrière de la Grande Armée décimée, affamée, suivant en haillons et en glaçons Napoléon et sa fortune en déroute, est digne de ce sujet évoquant les souvenirs épiques et bibliques.

Enfin, il fallut reculer, et de ce moment commence une suite de calamités que je crois sans exemple. Pour trouver quelque chose de semblable, on remonte jusqu'à la défaite des Sarrasins par Charles Martel, à celle des Huns par Mérovée et Aétius, à celle des Cimbres et des Teutons par Marius; on s'élève jusqu'à Cambyse, mais sans trouver de comparaison parfaite. En cinq mois, ou, pour mieux dire, en trois, nous avons vu disparaître un demi-million d'hommes, 1500 pièces d'artillerie, 6000 officiers, tous les bagages, tous les équipages, des trésors immenses, tout ce que les Français emportaient et tout ce qu'ils avaient

(1) *Correspondance diplomatique*, t. Ier, p. 307. (Au roi Victor-Emmanuel, 19 mars 1813.)

apporté. On m'a nommé un régiment de Cosaques de 500 hommes environ dont chaque soldat a pour sa part 84 ducats. On a donné des berlines pour 50 roubles et des montres de Bréguet pour 25. Mais les souffrances de l'homme passent toute imagination et ne laissent même, à l'égard du plus féroce ennemi, de place que pour la pitié. Les hommes les plus irréligieux sont frappés de cette épouvantable catastrophe à la suite d'une guerre qui a pris plaisir à faire des révoltants sacrifices un chapitre de sa tactique; et, pour moi, je crois que jamais Dieu n'a dit aux hommes d'une voix plus haute et plus distincte : C'EST MOI (1).

Nous n'avons pas résisté à citer ce passage de la correspondance de Joseph de Maistre, parce qu'il nous est une transition nécessaire pour amener la citation d'une lettre caractéristique de son frère Xavier.

Après avoir parlé de ces immenses steppes couverts de débris de canons, de caissons et de cadavres, d'hommes et de chevaux, Joseph ajoute :

Je suis persuadé que Sa Majesté lira avec intérêt une lettre qui lui tiendra lieu de toutes; elle est de mon frère Xavier, et je la choisis parce qu'elle part d'un témoin oculaire et d'une plume étrangère à l'ombre même de l'exagération.

Après cette introduction, Joseph reproduit cette lettre de Xavier qui nous donne, en effet, ce document précieux de l'impression d'un officier brave et humain, qui est en même temps un écrivain et un artiste de talent, en présence de ce spectacle extraordinaire, qui ne fait pas plus trembler dans sa main la plume que l'épée, et qu'il rend avec le relief de la simplicité.

Vilna, 9-21 décembre. — Je ne puis te donner une idée de la route que j'ai faite. Les cadavres des Français

(1) *Correspondance*, 17-20 décembre 1812, t. IV, p, 345.

obstruent le chemin qui, depuis Moscou jusqu'à la frontière (environ 800 verstes), a l'air d'un champ de bataille
continu. Lorsqu'on approche des villages, pour la plupart
brûlés, le spectacle devient plus effrayant. Là les corps
sont entassés, et dans plusieurs endroits où les malheureux s'étaient rassemblés dans les maisons, il y ont brûlé
sans avoir la force d'en sortir. J'ai vu des maisons où
plus de 50 cadavres étaient rassemblés et, parmi eux,
trois ou quatre hommes encore vivants, dépouillés jusqu'à
la chemise, par 15 degrés de froid. L'un d'eux me dit :
« Monsieur, tirez-moi d'ici ou tuez-moi. Je m'appelle Nor-
mand de Flageac, je suis officier comme vous. » Il n'était
pas en mon pouvoir de le secourir. On lui fit donner des
habits, mais il n'y avait aucun moyen de le sauver; il
fallut le laisser dans cet horrible lieu. Un comte Berzetti,
de Turin, s'est dit mon parent et m'a fait demander des
secours. Je lui ai envoyé aussitôt et mon cheval et un
Cosaque pour l'amener, mais le dépôt des prisonniers
était parti : je ne sais ce qu'il est devenu (je le fais chercher de tout côté). De tout côté et dans tous les chemins,
on rencontre de ces malheureux qui se traînent encore,
mourant de faim et de froid; leur grand nombre fait qu'on
ne peut pas toujours les recueillir à temps, et ils meurent
pour la plupart en se rendant aux dépôts. Je n'en voyais
pas un sans songer à cet homme infernal qui les a con-
duits à cet excès de malheur.

« La lettre, ajoute Joseph de Maistre, par une réflexion
nécessaire, touche la circonstance la plus affreuse, c'est
l'impossibilité de porter des secours. Qu'on imagine
un désert où l'on ne voit que de la neige, des corbeaux,
des loups et des cadavres ; voilà la scène depuis Moscou
jusqu'à la frontière, et l'humanité n'y peut rien. Le
prisonnier meurt de froid et de faim, et il est tué par
la chaleur et par les aliments. »

A la date du 18-30 avril 1813, nous continuons, par
les lettres de Joseph de Maistre, écho de celles de son
frère Xavier, à suivre les traces de celui-ci :

L'armée qui a occupé Hambourg est commandée par le comte de Walmoden, petit-fils naturel de Georges II, et précédemment au service de l'Autriche. Mon frère est quartier-maître général de cette armée qui, suivant les apparences, est destinée à de grandes aventures, car je crois qu'incessamment elle entrera en Hollande. Elle est à la solde de l'Angleterre.

Xavier de Maistre, retenu par une fièvre opiniâtre dans un village de Silésie, n'assista pas à la bataille et à la victoire, pour la coalition, de Leipsick, la famille n'était représentée que par Rodolphe, qui devait entrer à Paris avec l'empereur et lui faire sa première visite l'épée à la main.

Pendant ce temps, son oncle Xavier, promu le 18 juillet 1813 au grade de général-major, assistait en cette qualité au siège de Dantzig et, à la fin de la campagne, était cantonné dans un village de Pologne, appelé Kalvari, près de la petite ville de Kowno, sur le Niémen. C'est là que nous le montre en gracieuse et conjugale compagnie, goûtant les délices de la paix après avoir subi les rigueurs de la guerre, une lettre de Joseph de Maistre à Mme de Constantin, sa sœur.

Sa femme est allée l'y rejoindre, et c'est là où ils sont heureux comme deux amoureux de vingt ans, en attendant qu'on sache ce que l'empereur ordonnera d'une brigade que notre frère commande (1).

Après la guerre, Xavier fut envoyé à Abo, en Finlande; il y était encore en 1816, et sans sa femme, à ce que nous apprend une lettre de Joseph. Ce n'est pas la dernière où il soit question de lui, et surtout de ses ouvrages. Un homme comme Joseph de Maistre, qui s'intéressait si chaudement dans son frère au mili-

(1) *Correspondance*, t. IV, p. 424-426.

taire, devait s'intéresser encore plus à l'écrivain, dont les succès littéraires honoraient le nom commun d'une gloire moins passagère que celle de ses exploits. Et, en effet, tout en appréciant à leur valeur les actions d'éclat accomplies par son frère, le comte faisait encore plus d'estime de la tête de son frère que de son bras, pensant avec raison qu'il est plus difficile et plus rare d'écrire *le Voyage autour de ma chambre* que de conduire un régiment à l'assaut.

Dans une lettre de lui au marquis de la Maisonfort (1), écrite à la veille de cette visite dont il est d'avance tout enivré, tant il l'a longtemps, et il le craignait, en vain désirée « à la sage, folle, élégante, grossière, sublime, abominable cité » de Paris, il prend la défense de son frère, qui n'a pas le même goût que lui pour le *commercium epistolicum*, dont on ne doit pas prendre le silence pour l'ingratitude, ni la distraction pour de l'indifférence, et il riposte à une anecdote du marquis qui l'avait amusé par une autre non moins divertissante. On ne prenait jamais sans vert cet homme d'une mémoire et d'une jovialité inépuisables, doué d'un si vif et si malin sentiment du comique et du ridicule.

Ah ! que vous m'avez diverti avec votre anecdote du lépreux ! En vérité, il faut bien avoir ce que nous appelons à Turin *faccia di tola* pour se permettre de telles impudences ; mais votre question à l'aimable lecteur est délicieuse. A propos du *Voyage autour de ma chambre*, avez-vous lu la préface de la dernière édition ? Elle est de ma façon et je serais curieux de savoir si vous trouvez cette bagatelle écrite en style *comme nous*. Puisque vous m'avez fait rire, mon cher marquis, je ne veux pas demeurer en reste avec vous. Sachez donc qu'un lecteur de

(1) *Correspondance*, t. VI, p. 89, 9 mai 1817.

cette capitale, en examinant pour l'impression *le Lépreux de la cité d'Aoste*, dit en jetant les yeux sur le titre : *Hein ! on a déjà beaucoup écrit sur cette maladie !* Ce qui signifiait que mon frère, aurait bien pu se dispenser de se mettre sur les rangs. Cela ne vous paraît-il pas joli ? Malgré un avertissement aussi sage, je serais tenté d'écrire encore sur la lèpre, quand je pense à la France qui est aussi lépreuse et qui le sera jusqu'à ce qu'elle ait obéi à la loi. Il a été dit aux lépreux en général : *Allez, montrez-vous aux prêtres.* Il n'y a pas moyen de se tirer de là.

Dans une autre lettre, datée de Turin, le 7 septembre 1817, et adressée à un admirateur de son frère, il ajoute d'autres détails fort intéressants sur l'auteur du *Lépreux de la cité d'Aoste* et son ouvrage.

Je puis vous apprendre que l'infortuné lépreux a certainement existé (quoique nous ne sachions plus s'il existe encore), que mon frère, dont le régiment se trouvait, il y a vingt ans peut-être, à la cité d'Aoste, passait tous les jours devant la cabane de ce pauvre homme et qu'il lui a parlé souvent. Mettez tout le reste, s'il vous plaît, sur le compte de la vigoureuse et philosophique imagination qui a eu l'honneur de vous intéresser si vivement.

Un certain clerc de paroisse disait avec une belle emphase, à propos d'un sermon qu'il entendait porter aux nues : *C'est bien moi qui l'ai sonné !* J'aurais quelque droit de m'approprier un mérite à peu près de ce genre, au sujet du *Lépreux*, car c'est bien *moi* qui l'exhumai, il y a cinq ou six ans, du portefeuille où le plus insouciant des hommes le tenait enseveli, et qui le jetai dans le monde, à Saint-Pétersbourg, malgré l'auteur, qui disait très sérieusement : *Peut-être que cela ne vaut rien !* Arrivé à Paris, qui est la ville des succès, le *Lépreux* y a fait la fortune que vous connaissez et dont votre lettre est une excellente preuve (1).

_____

(1) *Correspondance*, t. VI, p. 103.

Nous n'avons plus pour guide, à partir de 1817, la correspondance de Joseph de Maistre, qui contient de si éloquents témoignages de son dévouement fraternel non seulement pour la personne, mais pour la gloire de son cadet, dont il fit imprimer les deux principaux ouvrages, qu'il se chargea de présenter lui-même au public.

Aussi, comme Xavier de Maistre, en sa qualité de *poco-curante*, s'occupait peu de lui et du public, nous en sommes réduit à convenir, faute des habituels témoignages fraternels, que sa vie, de 1817 à 1826, n'a pas pour nous d'histoire. Le bonheur n'en a pas, et Xavier de Maistre fut et ne cessa jamais d'être le plus heureux des époux. Il fut aussi longtemps le plus heureux des pères, jusqu'à cette première blessure de la perte de son fils, André (21 février 1820), qui devait être trois fois rouverte.

Il avait pris sa retraite, comme général-major, une paix durable, et qui dura, en effet, aussi longtemps que sa vie, ne lui promettant plus les belles occasions qui lui avaient fait reprendre du service, et les contraintes et les mobilités de la vie de garnison ne convenant pas à son caractère amoureux de liberté et de repos. Après un séjour à Moscou, il se fixa définitivement à Saint-Pétersbourg et ne quitta qu'une fois, pour faire un voyage dans les terres de sa femme, sa tranquille demeure du quai de la Moïka. Il ne l'eût peut-être jamais quittée, si la mort n'y était entrée de nouveau pour la mettre en deuil, lui ravissant un second enfant.

« La perte de deux enfants, dit son dernier biographe, M. Eugène Réaume, attribuée à l'inclémence du climat russe, le détermina, sans doute, après un court séjour, en 1825, dans son pays natal, à venir habiter douze années l'Italie (1826-1838), dans l'espoir, hélas! déçu, d'y sauver ses deux derniers enfants. »

A partir de 1828, la correspondance de Xavier de Maistre avec le comte et la comtesse de Marcellus, publiée pour la première fois par M. Eugène Réaume, nous permet de le suivre, d'assister aux intimités de son séjour à Pise, à Lucques, à Livourne, à Rome, à Naples, à Castellamare, et d'ajouter quelques traits de plus à sa physionomie. Nous le ferons et examinerons, à la lumière de ces documents nouveaux, la partie de ses œuvres la moins connue, ses fragments de récits russes et les ouvrages achevés, comme *la Jeune Sibérienne* et *le Prisonnier du Caucase*, lorsque nous aurons terminé la désormais très courte histoire de sa vie.

Quand la mort de ses deux derniers enfants l'eut chassé de cette Italie, où il laissait dans deux tombes précoces une partie de son cœur, Xavier de Maistre revint en Russie, non sans passer par la France, où il fit un séjour de plusieurs mois, soit à Audour, le château des Marcellus, soit à Paris (1838-1839). Joseph de Maistre et Xavier de Maistre, ces esprits si français, ces deux grands écrivains français, n'avaient fait connaissance avec Paris, l'un qu'en 1817, à soixante-quatre ans, l'autre qu'en 1839, à soixante-seize ans. Xavier de Maistre mourut à Saint-Pétersbourg, le 12 juin 1852. On peut dire qu'il ne vivait plus depuis que la mort de sa chère Sophie, qui l'avait précédé le 30 septembre 1851, l'avait laissé, comme il disait tristement, *dépareillé.*

En tête des documents non inédits, mais certainement si peu connus qu'on peut les appeler nouveaux, tant ils le seront pour beaucoup de lecteurs, que nous feuilletons à leur intention, nous devons citer deux lettres publiées par M. G. Carret, à Aoste, en 1853, dans une brochure sur *le Lépreux de la cité d'Aoste.*

Xavier de Maistre avait habité cette ville, de 1793 à 1797, c'est-à-dire entre sa trentième et sa trente-cinquième année. Son beau-frère, M. de Saint-Réal, homme savant et lettré, était à cette époque intendant à Aoste, et le collège des Barnabites lui fournissait des maîtres qui travaillèrent, paraît-il, sur sa demande, à réparer les lacunes de l'instruction du jeune officier. Elle avait été un peu négligée : le pinceau et l'épée avaient fait tort, pendant sa jeunesse intelligente, mais peu laborieuse et quelque peu frivole, à la plume et au livre.

Quoi qu'il en soit, que l'expérience et l'adversité aient suffi à mûrir son esprit, et qu'il n'ait pas eu d'autres maîtres, ou qu'il ait eu rarement recours, pendant ses loisirs d'Aoste, aux tardives leçons du P. Frassy et du P. Alexandre, il est certain qu'il profita de ces leçons de la vie ou de celles des Barnabites, de façon à leur faire honneur. En tout cas, s'il fut à Aoste l'élève de la nature et de l'expérience, il le fut aussi de l'amour qui faillit l'y fixer et l'eût peut-être fait sans les événements dont les vicissitudes l'obligèrent à se séparer de « cette charmante Élisa », dont le souvenir ému traverse plusieurs pages de *l'Expédition nocturne.* Un des professeurs barnabites était l'oncle de cette « charmante Élisa », ce qui suffirait peut-être à expliquer plus que le goût de l'étude les relations de Xavier avec le collège. Une curiosité et une sympathie fort naturelles survivant à l'amour évanoui, remplacé depuis longtemps par une autre passion plus heureuse,

20.

avaient poussé Xavier de Maistre à s'enquérir, lors de son voyage en Italie, du sort de l'objet de ses plus tendres sentiments en 1797. La question n'avait plus rien d'indiscret, alors que trente ans avaient passé sur eux, mis la neige sur les fronts et n'avait laissé aux âmes qu'un de ce pâle souvenir au doux et triste parfum de fleur fanée. Aussi Xavier n'eut-il pas à craindre d'éveiller la susceptibilité jalouse de sa femme, qui s'associa, au contraire, aux recherches et, quand elles eurent abouti, à l'échange des variations sur le thème habituel : *Souvenirs et regrets*, entre deux personnes qui, sans cesser d'être aimables, avaient acquis de l'âge, le droit au respect.

Voici la lettre charmante adressée de Pise, le 9 mai 1828, par l'auteur du *Lépreux*, à Mᵐᵉ M. D., à la cité d'Aoste.

Je ne sais si vous reconnaîtrez l'écriture de *Joris*, Madame, après un si long espace de temps. Depuis mon retour dans ma patrie, je désirais vivement avoir de vos nouvelles; mais toutes celles que j'ai reçues étaient si contradictoires que je ne savais où vous adresser une lettre... Malgré le temps et l'éloignement, j'ai toujours conservé pour vous l'estime et l'attachement que votre caractère et vos excellentes qualités m'avaient inspirés dans le temps où je me croyais destiné à unir mon sort au vôtre... Vous savez peut-être que Dieu m'a donné une bonne femme, à laquelle j'ai bien souvent parlé de vous. Heureusement j'ai pu lui en parler sans lui rien cacher des rapports que nous avons eus ensemble, et j'ai pu lui faire partager les sentiments que je vous porte... Écrivez-moi, de grâce, tout ce que vous me direz m'intéresse. Parlez-moi de la Croix-de-Ville; dites-moi s'il y a encore des pigeons devant vos anciennes fenêtres; si la petite maison de votre mère existe encore et si vous avez visité quelquefois la *tour déserte du pauvre lépreux*; si, comme je l'espère, votre oncle barnabite, plus jeune que moi, existe encore, ainsi que vos sœurs? Rappelez-moi à leur souvenir...

La « charmante Élisa » répondit en termes dignes d'elle et nous valut ainsi la gracieuse et spirituelle lettre suivante, où Xavier de Maistre se peint encore mieux que dans ses ouvrages.

Enfin, j'ai arraché une lettre de la cité d'Aoste; je ne saurais vous exprimer, Madame, combien elle m'a fait plaisir... Avant tout, je dois vous dire que toutes les fois que je trace, en vous écrivant, le mot de *Madame*, ma plume s'arrête tout court, et je suis obligé de faire des réflexions sur le temps, l'âge et les convenances, pour ne pas écrire *ma chère Élisa*, quoique cela paraîtrait tout naturel, depuis surtout que j'ai revu votre écriture et que j'ai lu tout ce que votre lettre renferme d'aimable et d'affectueux.

En parcourant votre lettre, le noir espace qui m'a séparé de vous a disparu. Je vous ai revue jeune et belle, assise sous les noisetiers avec vos oncles et le père Tavernier, et le cœur du vieux *Joris* ne s'est pas moins ému que celui d'Elisa. Je ne sais si votre imagination m'aura représenté aussi favorable à votre souvenir. Tout ce que je puis vous dire, c'est qu'à travers le temps et les orages de la vie, j'ai été plus heureux que vous sous le rapport de la santé, qui est encore parfaite, malgré mes soixante-cinq ans... J'ai appris avec plaisir l'emplette que vous avez faite de la maison de Bard. Vous serez là un peu plus au large que dans celle où je vous ai laissée; et comme je la connais, je sais où vous prendre lorsque je pense à vous et je puis me promener avec vous dans le jardin au fond duquel on voyait jadis une perspective peinte avec deux figures qui devaient représenter le baron Vignet et la comtesse de Bard.

Je serais charmé aussi d'avoir une notice sur mes anciennes connaissances de la cité. Ce sera probablement une nécrologie; n'importe. Ce coin de terre où j'ai désiré me fixer pour toujours, où j'ai passé des jours si heureux, m'intéresse autant que ma patrie. Je ne m'en rappelle

jamais les hivers et le mauvais temps; il me semble que
le ciel y est toujours serein et les arbres en fleurs. Mais
pour entrer dans la réalité et vous encourager à me
parler de vous, je vous apprendrai que mon front s'est
dépouillé de ses cheveux, et qu'ils ne *rebiollent* plus,
comme vous me le disiez un jour. En conservant ma face
maigre et pâle, je suis devenu plus volumineux et j'ai
acquis un assez gros ventre qui me donne un air respectable. J'ai cru devoir vous faire ce portrait abrégé de ma
personne, afin que vous ne soyez pas trop surprise si
jamais j'ai le plaisir de vous voir. J'habite maintenant
une jolie maison de campagne au pied des Apennins; ce
serait le plus beau séjour du monde si l'excessive chaleur
permettait d'en jouir; l'été y est insupportable. Vous me
demandez pourquoi je n'ai pas préféré Turin à Pise. Je
n'ai pas eu le choix; les médecins ont ordonné le climat
de Pise pour mon enfant malade, et comme il est remis
et qu'il prend chaque jour des forces et de la santé, je
n'en partirai que lorsqu'il sera assez fort pour supporter
le climat de Saint-Pétersbourg.

...Il faut, comme vous le dites, que la brebis broute
l'herbe où elle est attachée. Le mal et le bien ne sont
jamais à notre disposition; tout l'art de la vie consiste à
tirer le meilleur parti des circonstances forcées dans
lesquelles on se trouve. C'est pour tirer le meilleur parti
des miennes que j'ai voulu être en correspondance avec
vous. Votre réponse m'a fait un véritable plaisir : elle
est si naturelle, si bonne! Ma femme l'a trouvée charmante... Elle a voulu ajouter deux mots à ma lettre.
Vous voyez, Madame, qu'au lieu d'un ami, il vous en est
revenu deux...

Ou nous nous trompons beaucoup, ou ces deux lettres provoqueront chez nos lecteurs et surtout chez
nos lectrices cette douce et souriante émotion, cet
enjouement attendri qui sont la marque du caractère
et l'effet du talent de Xavier de Maistre, soit qu'on
lise les œuvres où il se joue dans la fiction, soit qu'on
lise les lettres où il est l'écho de la réalité. N'est-ce

pas un tableau digne des meilleurs du *Voyage autour de ma chambre* ou du *Lépreux de la cité d'Aoste* que celui que nous offre cet échange de lettres et de compliments entre la fiancée de 1797 et son fiancé d'alors, brillant officier et artiste amateur savoisien, devenu le général russe, heureux époux d'une femme tendre et sensée qui s'associe à ses souvenirs sans regret et prend gracieusement place entre les deux amants qui ne sont plus qu'amis, réunissant leurs mains dans les siennes. Xavier de Maistre n'a certes rien inventé de mieux que cet épisode de sa propre vie.

Nous ne trouverons rien de semblable dans le recueil des lettres adressées au vicomte de Marcellus, l'ancien premier secrétaire d'ambassade de Chateaubriand à Londres, le savant helléniste, l'heureux conquérant de la *Vénus* de Milo, et surtout à sa femme, née de Forbin, fille du peintre distingué et homme d'esprit et de cour, qui tint grand état dans le monde des arts et des salons sous la Restauration. Là nous avons affaire à Xavier de Maistre, voyageur, homme du monde à grandes relations sociales, connu par son nom plus que par ses ouvrages de cette Europe cosmopolite dont Rome est la capitale, goûté pour son esprit et l'agrément de son commerce, artiste dilettante plus que virtuose, apprécié pour son amour et son fin sentiment de l'art par Granet, par Schuetz, par Léopold Robert, par Horace Vernet. Nous trouvons dans ses lettres, d'un tour facile, d'une politesse ingénieuse et d'une gracieuse galanterie, adressées à Mme de Marcellus, des croquis de paysages et de monuments, des récits d'excursion, des anecdotes intéressantes, d'amusantes peintures de cette société cosmopolite qui porte si volontiers en Italie toutes les variétés de la vanité, de l'ennui, du spleen. Nous y trouverons aussi certains détails intimes, des confidences, des aveux, qui nous permettront d'ajouter quelques menus traits à la physionomie littéraire et morale de ce fin écrivain et de ce galant homme.

A travers des incidents de société et des événements de famille, intéressants seulement pour un petit cercle, parmi lesquels nous signalerons seulement une intime et durable liaison avec la famille de La Ferronnays, fixée à ce moment en Italie, dans le voisinage des de Maistre, nous noterons tout d'abord un trait de caractère littéraire et moral qui a son originalité. Nous voulons parler des débuts de la longue liaison entre Xavier de Maistre et Töppfer, entre l'auteur du *Voyage autour de ma chambre* et du *Lépreux de la cité d'Aoste* et l'auteur de la *Bibliothèque de mon oncle*, des *Nouvelles génevoises*, du *Presbytère* et des *Voyages en zigzag*. Dès qu'il a lu le premier ouvrage de Töppfer, Xavier de Maistre, frappé des affinités de talent et des analogies de caractère qui existent entre lui et Töppfer, le proclame son émule, le déclare son héritier, et, avec un désintéressement littéraire rare, il ouvre avec lui un commerce d'amitié qui ne se refroidira jamais; il se fera plus tard son introducteur et son parrain auprès des éditeurs et des critiques parisiens, et se portera son témoin et son garant devant l'avenir.

Dès les premières années de ce séjour en Italie si agréable à son esprit, si douloureux à son cœur, où il devait marquer du deuil de sa petite Catinka la borne d'arrivée et du deuil de son dernier enfant, Arthur, enlevé dans la fleur de son adolescence, la borne du départ. Xavier de Maistre, alors encore attaché aux plaisirs de la vie, surtout aux intellectuels, par l'attrait des suprêmes espérances, toutes placées sur la tête de ce fils qui semble devoir être épargné par la fatalité, s'éprend du talent de Töppfer et s'applaudit modestement de se retrouver dans ses premiers ouvrages. Il écrit de Naples, le 12 novembre 1829 à M. Hüber-Saladin, à Montfleury près de Genève, fils de cette Mme Hüber, type de rigide et d'aimable protestante que nous avons vu passer dans la correspondance de Joseph de Maistre, où sa figure est si magistralement esquissée, une lettre dont voici un charmant passage.

Parmi les aimables habitants de Genève dont je vous ai parlé, il en est un que je voudrais bien connaître, c'est l'auteur de *la Bibliothèque de mon oncle*, charmant opuscule que j'ai lu avec le plus grand plaisir. Je l'ai reçu de Turin avec trois autres plus petits encore, et dont le troisième est maintenant en course dans Naples; il a le plus grand succès. Je pense que les quatre opuscules sont du même auteur qui se déclare votre compatriote... Vous le connaissez sans doute, je vous prie en ce cas de lui dire que, malgré sa supériorité en *flânerie*, j'ai quelques droits, en ma qualité de flâneur reconnu, de faire sa connaissance, et pour le lui prouver, je lui apprendrai que j'ai un genre, une manière de flâner qui m'est particulière et que peut-être il ne connaît pas; elle consiste à m'approprier les ouvrages qui me plaisent sans m'en apercevoir et à m'imaginer que c'est moi qui les ai faits; cette illusion va au point que lorsque j'entends quelqu'un faire l'éloge d'un livre de quelque genre qu'il soit, pourvu qu'il me plaise souverainement, j'éprouve un mouvement d'amour-propre satisfait qui me rend très heureux. En conséquence, j'ai fait lire les opuscules à tous les Français distingués qui sont ici. M. de la Ferronnays et sa famille, M. et Mme de Marcellus les ont goûtés comme moi, et lorsqu'on en fait l'éloge, je souris modestement et je crois même que j'en rougirais, si mon sang n'était pas déjà un peu coagulé par l'âge (1).

(1) *Œuvres inédites* de Xavier de Maistre, publiées par Eugène Réaume. *Correspondance*, t. I, p. 162.

Il est, on l'avouera, difficile de louer un auteur avec plus de finesse et d'ingéniosité. C'est une bonne fortune rare dans la vie d'un écrivain que celle d'être ainsi apprécié par un maître. Töppfer dut ressentir ce plaisir avec d'autant plus d'intensité que lui-même admirait l'auteur du *Voyage* et du *Lépreux*, deux chefs-d'œuvre qui n'étaient pas sans lui avoir servi de modèles. Les relations entre les deux hommes se resserrèrent donc facilement, et il sera plus d'une fois encore question de Töppfer dans ces lettres à Mme de Marcellus, dont l'auteur avait ménagé à son sosie cette gracieuse protection d'une femme d'esprit et de goût. Ce ne sera jamais sans quelque détail fort utile à la connaissance d'un homme qui a sagement caché sa vie, n'a donné que ses œuvres au public, et dont la physionomie personnelle est demeurée assez vague aux yeux même de ses admirateurs.

Il n'en sera pas de même de celle de Xavier de Maistre. Il se livre, dans cette correspondance, heureusement divulguée pour sa mémoire, par mille traits de cette fine bonhomie, de cette malicieuse philosophie, de ce mélancolique enjouement, de cette gaieté attendrie, qui le caractérisent désormais pour ses lecteurs et en font aussi ses amis.

Voici un exemple de cette manière ou plutôt de ce naturel, car nul n'est moins maniéré que Xavier de Maistre.

Vos aimables épîtres sont lues et relues et retournées de tous les côtés pour ne rien laisser échapper de ce qui est écrit sur les marges, à peu près comme les enfants lèchent le plat après avoir mangé la crème qu'il contenait.

... Vous avez raison, ah! bien raison de regretter Rome et l'Italie. Je regrette moi-même de ne l'avoir pas connue plus tôt, surtout Rome, car je ne compte pas la

triste ville de Pise pour l'Italie. J'y ai perdu trois ans,
pour y apprendre que la beauté du climat ne suffit pas
pour embellir la vie. Rome est la patrie de mon choix,
elle sera la patrie de mon imagination, lorsque je n'y
serai plus. Sur les bords glacés de la Néva, je rêverai le
Colisée, la villa Pamphilis toute couverte de tulipes et
d'anémones. Je croirai sentir l'odeur des violiers sau-
vages qui couronnent les ruines des Thermes de Titus et
de Dioclétien. Mes nombreuses esquisses me rappelleront
les beaux sites dont je serai séparé pour toujours, et de
temps en temps, je jetterai un triste regard sur le petit
tableau de la villa Fatinelli (1).

Nous signalons au passage, dans la rapide revue que
nous passons de la correspondance de Xavier de Maistre avec Mᵐᵉ de Marcellus, les nombreux détails qu'il
donne sur la famille de la Ferronnays, leurs séjours
communs à Rome, à Naples, à Castellamare. De ces
relations intimes et affectueuses, nous n'avons pas,
non sans quelque étonnement, trouvé de trace ni de
mention dans un ouvrage célèbre, dû précisément à la
plume de cette Pauline de la Ferronnays, dont Xavier
de Maistre loue si gracieusement la beauté, l'esprit et
le cœur, et qui n'a répondu à ces hommages et à ces
compliments que par le silence (2). Ce silence s'expli-
querait-il par les détails bienveillants, mais indiscrets
que Xavier de Maistre donne sur les incidents, dus à
l'intolérance d'un prélat mal inspiré, heureusement réparée par un autre tout différent, qui ont dramatisé
l'épisode du mariage de Pauline de la Ferronnays avec
Augustus Craven, et failli jusque dans la chapelle où

(1) Correspondance. Rome, 23 mars 1830, p. 170.
(2) Récits d'une sœur. Souvenirs de famille recueillis par
Mᵐᵉ Augustus Craven, née la Ferronnays, ouvrage couronné
par l'Académie française, 36ᵉ édition. Lib. académique. Didier, 1882, p. 1 à 210.

il se célébrait, éteindre les flambeaux nuptiaux (1). Peut-être.

Nous remarquerons aussi un passage d'une lettre de Naples 1837, où notre aimable et en général souriant épistolier se laisse glisser sur la pente de la mélancolie et rencontre des accents de la plus touchante éloquence dans ses variations sur le thème habituel des tristesses humaines. Il vient de parler de son fils Arthur qui double le cap de ses seize ans et dont la présence le console de l'absence de ses frères et sœurs, que remplace aussi auprès de ses parents une nièce de prédilection et fille adoptive, Natalie, future baronne de Friesenhoff. Comment tourne-t-il soudain à un aveu d'amère tristesse après avoir confessé avec gaieté qu'il est un père trop indulgent, qu'il gâte son fils et s'être expliqué à ce sujet en ces termes plaisants ? « Comme j'ai été le plus paresseux des enfants, j'ai de la peine à être sévère sur ce point. Pour tranquilliser Sophie à ce sujet, je lui cite un proverbe savoyard : « Il ira à la « messe avec les autres. » C'est sûrement un de mes compatriotes ramoneurs qui l'a imaginé. » Et après avoir souri, le voilà qui, tout d'un coup, vire de ton et entame la confidence de sa secrète blessure ? Y a-t-il là une sorte de pressentiment de la douleur suprême d'une perte qui semble à ce moment si invraisemblable. Toujours est-il qu'il s'écrie tout d'un coup.

C'est en vain que je voudrais vous le cacher et me le dissimuler à moi-même, je me sens devenir apathique et léthargique malgré tous les efforts que je fais pour me tenir éveillé. Dès que je suis seul, au lieu de penser à mes amis absents, je pense à ceux qui ne sont plus : mon

(1) *Œuvres inédites* de Xavier de Maistre, publiées par Eugène Réaume, t. II, p. 53-56.

pauvre esprit, qui me racontait jadis mille balivernes dont j'aimais à vous faire part ne me dit que de tristes souvenirs, je me vois resté seul d'une nombreuse famille; tous mes contemporains ont disparu; je les ai vus sombrer l'un après l'autre dans cette mer sur laquelle ma barque fracassée surnage encore. Lorsque je repasse dans ma mémoire les événements passés, lorsque je cherche à me rappeler tant de visages bienveillants, les sourires de sœurs, les jours d'arrivée, ces chimères d'espérances pour un avenir qui n'existe plus que dans ma mémoire, alors je cherche autour de moi et je ne trouve plus personne à qui je puis dire : *Te souviens-tu?* Tous les échos de ma jeunesse sont muets et je n'entends plus que le bruit imperceptible de ma vie, dont le reste tombe goutte à goutte dans l'éternité.

Voilà qui est écrit dans le style du grand frère, dont Xavier s'est tellement approprié les idées et les opinions, qu'il prend parfois ses réminiscences pour sa propriété et donne de bonne foi comme de lui des pensées exprimées dans cette forme axiomatique chère à son frère, qui sont de son frère. Il dira par exemple, sans se douter peut-être tant l'assimilation est intime et profonde qu'il n'est qu'un écho : « Les coquins font la fausse monnaie et les honnêtes gens la débitent (1). » Il n'est donc pas étonnant qu'il emprunte parfois sans le savoir jusqu'au style de son frère ou même qu'il puise à la même source d'originalité qui leur est commune et rencontre des bonnes fortunes d'expression qui sont bien à lui. Il est assez curieux de connaître l'opinion de Xavier de Maistre sur les littérateurs et poètes en renom en France pendant la Restauration et la monarchie de Juillet. Il estimait plus le talent de La Mennais que son caractère et il déplorait ses erreurs.

(1) *Correspondance*, t. I, p. 158.

Sa délicatesse d'esprit s'accommodait mal des ruti-
lances de couleur et des sonorités de clinquant de la
muse de Victor Hugo. Mais il avait pour Lamartine,
surtout pour le Lamartine des *Méditations*, une admiration qui avait résisté à la déception à lui causée par
la Politique rationnelle et *Jocelyn* (1) et les généro-
sités chevaleresques de l'homme l'avaient à jamais
séduit. Il vécut assez pour le plaindre des cruels revirements de sa destinée et de l'impopularité ingrate qui
succéda au court triomphe de 1848.

A la fin d'octobre 1837, Xavier de Maistre fut frappé
d'un coup terrible, toujours imprévu, alors même qu'il
est le plus redouté. Est-ce qu'on peut jamais s'attendre
à la mort d'un fils, son dernier enfant? Comment n'y
succomba-t-il pas? C'est le secret de Dieu, miséricor-
dieux jusque dans ses rigueurs et qui mesure l'épreuve
à la force, ou plutôt donne la force de l'épreuve, à qui
s'y résigne en pleurant. Xavier de Maistre survécut à
son fils pour ne pas entraîner avec lui sa femme, plus
malheureuse encore que lui. Une mère, en pareil cas,
l'est toujours plus que le père. Elle est inconsolable,
ne voulant pas être consolée. Mais Xavier de Maistre,
qui disait encore plaisamment à Mᵐᵉ de Marcellus :
« Comme dans ma jeunesse, lorsque je n'avais que
soixante ans », à partir de la fin de 1837 eut tout son
âge de soixante-quatorze ans. Il était blessé à jamais.
Pourtant telle était la sève de cette forte et souple
nature qu'elle devait prolonger jusqu'à quatre-vingt-
huit ans ses restes de vie. Et la mélancolie incurable
eut encore ses sourires. Il demeura jusqu'au bout des
fleurs autour du tronc foudroyé.

(1) *Correspondance*, t. II, p. 83-84, 1837.

Il ne fallait plus songer à demeurer en Italie. L'Italie n'était plus pour Xavier de Maistre que la *terre des morts*. En mai 1838, il reprit le chemin de Saint-Pétersbourg, où il considérait comme un devoir de ramener sa femme, dont la Russie était le pays natal. Il le fit, mais en allongeant la route, autant qu'il le put, par des stations en Sicile, en Savoie, à Nice, auprès de son neveu, le comte Rodolphe, qui en était gouverneur, et en France sa seconde patrie. C'est son séjour à Paris, ses impressions de ce séjour dans cette capitale de l'Europe où il était connu de tous les lettrés et qu'il ne connaissait pas, qui nous fourniront les derniers et les plus intéressants documents de cette étude.

La première lettre de Paris, au retour du château d'Audour où Xavier de Maistre s'est arrêté chez ses amis les Marcellus, est datée du 6 novembre 1838. Elle contient quelques premiers aperçus caractéristiques. Il habite, avec sa femme et sa famille, un train assez nombreux de domestiques fidèles et « un peu gâtés », au n° 8 de la rue Duphot, dans un appartement au premier étage qu'il paye 1,100 francs par mois. Son neveu le baron de Friesenhoff et sa nièce de prédilection Natalie, devenue Mme de Friesenhoff, logent au troisième étage. Son ami le marquis Oudinot s'est fait son guide et son cicerone dans Paris. Il va voir, sous la conduite d'un autre ami, M. de Pastoret, le comte de Forbin, père de Mme de Marcellus, et le peintre Granet. Ce qui le frappe surtout à ce moment et désagréablement, c'est le climat de Paris, à la fin de l'automne et pendant l'hiver. Ce brouillard humide et froid lui gâte un peu ses premiers spectacles de la capitale. « Bon Dieu! quel climat, chère enfant! et comme on en sent toute la rigueur en venant de Naples et de Nice.

Je n'ai encore vu que de la boue; les trottoirs mêmes, quoique bien balayés, ne sont jamais secs. Les Parisiens sont de véritables amphibies. »

Le fil de la correspondance, rompu pendant l'hiver de 1838-1839 par cette décisive raison que les Marcellus sont à ce moment à Paris, ne se renoue qu'en avril 1839, à leur départ pour leur terre d'Audour. Nous trouvons dans une lettre du 4 avril 1839 d'intéressants détails sur le tragique duel entre beaux-frères où le grand poète russe Pouchkine trouva la mort, et sur sa veuve, cause de ce duel, qui était la nièce de Mme Xavier de Maistre.

Ces tristes nouvelles n'ont pas peu contribué à augmenter le mal qui est venu tomber sur nous par la maladie de Sophie (Mme de Maistre). Elle en a été vivement affectée; c'est une horrible histoire, dont nous ne connaissons pas même exactement le fond. On ne reproche rien à la pauvre veuve dont tout le malheur est venu d'être trop belle et trop courtisée. Le mari était une tête chaude, son adversaire...; personne n'était réellement amoureux; l'amour-propre blessé a tout fait. Elle est partie pour la campagne avec ma belle-sœur Catherine, qui est toujours prête à se sacrifier pour les autres... Vous avez vu dans les journaux que l'empereur a donné 1,000 roubles de pension à sa veuve, il a en outre dégagé une terre engagée à la couronne et ordonné une édition des œuvres complètes du grand poète dont le profit sera pour elle.

Dans cette même lettre, nous trouvons une critique sévère et juste de *Jocelyn*, dont Xavier aimera toujours l'auteur *quand même*, sans se croire obligé de l'admirer jusque dans les erreurs et les faiblesses de son génie.

À cette même date du 3 avril 1839, Xavier de Maistre écrivait, à l'éditeur Charpentier, une lettre pleine de bon sens et d'esprit, de bonhomie et de malice, qui montre que son talent n'avait rien perdu, à certaines heures privilégiées, de la finesse et de la grâce de ses meilleurs jours. Nous la citerions volontiers, si elle n'avait déjà été publiée, en tête de l'édition des *Nouvelles genevoises* de Töppfer, dont elle formait la digne *Préface*. L'auteur remerciait l'éditeur de l'envoi de la nouvelle édition de ses œuvres, et se défendait de céder à ses instances d'y ajouter quoi que ce soit.

Après avoir tracé en traits rapides le tableau de Paris et les impressions qu'il en reçoit, Xavier continue en ces termes qui demeurent d'actualité, et donnent à sa lettre une saveur piquante :

Cependant, lorsque je veux me donner une jouissance complète et toute de mon goût dans mes excursions, ce ne sont pas les grands monuments ni les inventions modernes que je recherche de préférence, ce sont plutôt les hommes et les choses qui ne sont plus, et que l'histoire et les voyageurs m'ont fait connaître dans les anciennes descriptions de Paris; je puis, de cette manière, comparer le passé au présent; je m'informe de la rue où logeait Mme de Sévigné, de celle d'où partait Racine pour se rendre au passage du roi; je veux connaître la maison de Boileau, celle de Bossuet, celle enfin de tous les écrivains célèbres qui m'ont appris à lire et à parler.

J'aime à me perdre au Marais, où demeurait la belle société; j'évite le Panthéon, mais je regarde avec plaisir de loin la coupole de Sainte-Geneviève, votre patronne qu'on a exilée; je passe rapidement sur le quai Voltaire, mes regards fixés sur la Seine; enfin, longeant le fleuve, j'arrive un peu fatigué au Palais-Bourbon : c'est là que se trouve la Chambre des députés, — c'est le Vésuve.

Suit un tableau de mœurs, plein d'observations malicieuses et fines.

J'irais volontiers passer la soirée dans un des cercles où se réunissent tant d'hommes distingués; les Parisiens sont si affables qu'ils m'y recevraient sans peine; mais les femmes n'y sont pas admises, et que faire dans un cercle sans elles, à moins de parler politique! Or je vous confierai entre nous que j'ai une telle inaptitude pour cette science qu'un des hommes les plus patients que je connaisse, s'est vraiment donné la peine de m'expliquer tout au long ce qu'il faut entendre par un doctrinaire, par le centre-gauche, le juste-milieu, la coalition, etc., dénominations nouvelles pour moi, qui retentissent à mes oreilles depuis mon arrivée en France. Eh bien, Monsieur, je n'y ai rien compris. Il en est résulté dans ma tête faible un mélange confus, un chaos aussi incohérent que celui qu'on observe journellement dans la Chambre des députés elle-même.

Vous parlerai-je d'une autre difficulté qui m'empêche d'écrire aujourd'hui? Je trouve une si grande différence entre les idées que je m'étais faites dans ma jeunesse sur la littérature et celles que je vois adoptées maintenant par les auteurs jouissant de la faveur publique, que j'en suis déconcerté; je les admire souvent, souvent aussi je ne les comprends pas : je vois des mots, des expressions bizarres et dont je ne puis pas saisir le sens. Que s'est-il donc passé pendant le long séjour que j'ai fait dans le Nord? Me faudra-t-il donc apprendre une langue nouvelle dans mes vieux jours. Je n'en ai pas le courage.

Dans les lettres suivantes, datées de Nancy et de Vienne, nous n'avons pas de peine à nous apercevoir comme dans celle-ci, que ni l'âge ni le malheur n'avaient émoussé chez Xavier de Maistre cette finesse d'observation qui est en effet la dernière faculté frappée en nous, et que certains conservent intacte et invulnérable jusqu'au lit de mort. Xavier fait part au marquis Oudinot de ses impressions sur le prince de Metternich, chez qui il a dîné, en ces termes, qui constituent un fort bon croquis du personnage à son déclin :

J'étais désireux de connaître ce personnage dont j'ai tant ouï parler depuis trente ans. Je l'ai trouvé plus vieux que je m'y attendais, et rien dans sa physionomie ni dans

son regard n'a répondu à l'idée que je m'en étais formée.
Il conte fort longuement des anecdotes qui ne prouvent
que sa grande mémoire; et qui ne le connaîtrait pas, le
prendrait pour un bonhomme, au premier aperçu; cependant il n'a rien perdu de sa capacité pour les affaires, et il
est toujours empereur de fait, quoi qu'en dise le *Charivari*,
dans lequel vous aurez lu un article des plus ridicules sur
son compte et sur celui de la princesse. Celle-ci est fort
jolie et très heureuse : ses enfants sont charmants. En
vous disant qu'il est empereur de fait, ce n'est que pour
son ministère, car il y a trois empereurs, sans compter
celui qui ne compte pas : Metternich, Kolowrat et Clam.
Malheureusement ils ne sont pas d'accord entre eux.

La chose va, parce que c'est une machine bien montée,
et elle ira longtemps; mais s'il arrive quelque secousse
qui exige de la force et de la résolution, le vieux écha-
faudage pourrait fort bien s'écrouler faute d'ensemble (1).

Au milieu de juillet 1839, Xavier de Maistre et sa
femme étaient rentrés en Russie et s'y racclimataient,
en jouissant de l'hospitalité de leur sœur et belle-sœur,
dans une maison de campagne bien située, où une
aimable attention avait placé à portée de la main de
Xavier de Maistre tout ce qu'il faut pour écrire et aussi
pour peindre.

C'est là que, délaissant le pinceau, il saisit la plume
pour écrire à ses amis les Marcellus. Ses plaintes et
ses reproches à l'adresse du meilleur critique de son
temps et du nôtre, qui, sans le vouloir et sans le savoir,
dans un article plein des plus bienveillantes intentions,
— l'enfer en est pavé, — avait maladroitement fait à
l'écrivain qu'il appréciait et louait à merveille, une
blessure que tout le miel de ses éloges ne suffit pas à
panser. Sainte-Beuve, dans *la Revue des Deux-Mondes*
de mai 1839, avait consacré une Étude au comte Xavier

(1) *Correspondance,* t. II, p. 115, juin 1839.

21.

de Maistre, qui partageait avec Hamilton, le prince de Ligne et surtout avec son illustre frère aîné, le privilège d'être le plus Français des étrangers. Il avait dignement fait les honneurs de notre littérature à l'auteur du *Voyage* et du *Lépreux*, accentuant et consacrant la délicieuse surprise qu'avait éprouvée Xavier à se trouver célèbre dans une ville où il se flattait à peine d'être connu. Quel fut donc le grief du trop susceptible écrivain contre cette Notice, pleine de roses, dont il ne sentit que l'épine. Car l'esprit de l'homme est ainsi fait, qu'il suffit d'une goutte de fiel pour empoisonner en lui un océan de bonheur. Qu'on en juge par ces doléances de Xavier de Maistre :

Avez-vous lu ma biographie par M. Sainte-Beuve? Avec la bonne intention de m'obliger, il m'a vivement blessé en parlant de rendez-vous que j'avais, dit-il, avec une dame chez le *Lépreux*.

J'avais dit à cet indiscret que personne, à la cité d'Aoste, ne craignait de le voir, et que je lui avais fait plusieurs visites avec une dame à laquelle je faisais la cour. Mais je n'ai point parlé de rendez-vous qui n'existèrent jamais. Je ne vous ai jamais parlé de ces amours; voilà l'histoire : c'était une jeune veuve indépendante, la plus belle de la cité d'Aoste et y jouissant d'une assez jolie fortune. Je lui avais fait la cour pendant trois ou quatre ans, dans l'espoir d'en faire ma femme, mais elle en préféra un autre : Voilà en quoi consiste une bonne fortune que l'on publie dans les *Deux-Mondes*.

Lisez ce passage où l'on me fait « jouir de la suprême félicité séparée par une feuille tremblante du suprême désespoir ». C'est chez le lépreux que nous allions nous cacher, bien sûrs de n'être pas découverts. L'impudent!

Cette colère d'Alceste détonne un peu avec son objet. Il est certain que le poète qui coexista toujours avec le critique, chez Sainte-Beuve, — et de là le charme et la durée de ses fines analyses, — avait été séduit par le contraste et n'avait pas résisté aux tentations de l'antithèse quand il avait écrit, car il convient de préciser les termes du délit.

Son habitation (du Lépreux) était parfaitement solitaire : un jeune officier (celui de Mme de Hautcastel peut-être) donnait volontiers alors, à la dame qu'il aimait, des rendez-vous dans ce jardin qui cachait des roses, ils étaient sûrs de n'y être pas troublés. Deux amants se ménageant des rencontres de bonheur à l'ombre de cette redoutable charmille du lépreux, n'est-ce pas touchant? L'extrême félicité à peine séparée par une feuille tremblante de l'extrême désespoir, n'est-ce pas la vie (1)?...

Sainte-Beuve, évidemment, n'y avait pas entendu malice et n'avait prétendu qu'à écrire une jolie phrase. Y avait-il là de quoi tant s'indigner? Ces lymphatiques et ces débonnaires ont, sous leur eau dormante, des soulèvements volcaniques bien imprévus. La colère de Xavier eût été plus concevable si elle fût tombée, en dépit de sa galanterie, sur la tête mal coiffée de Mme Olympe Cottu, qui attribuait à Joseph de Maistre le *Lépreux de la cité d'Aoste* et s'était imposé la tâche de terminer cette histoire et de lui donner un dénouement édifiant. Point du tout, soit qu'il ait ignoré le crime ou qu'il l'ait dédaigné, c'est sur Sainte-Beuve que Xavier dirige ses foudres. C'est à lui que pour un peu, pour assurer la distance, il aurait proposé un duel comme la Fontaine, à ce brave capitaine Poignant, qui l'avait offensé sans le savoir, et à Vieo, qui, en mauvais plaisant, l'avait persuadé qu'il devait se couper la gorge. Xavier continue donc à écrire avec l'encre fulminante de son grand frère.

(1) Sainte-Beuve, *Portraits contemporains*, 1870, t. III, p. 48.

Cette bonne dame existe encore; elle a des enfants et une réputation au-dessus de tout soupçon. Que pensera-t-elle de ma fatuité presque octogénaire? Car j'ai l'air d'avoir raconté toutes ces sottises. En outre, ne sachant pas comment remplir la tâche insignifiante et difficile de ma biographie, il y annonce des opuscules de mon cher Töppfer et dit qu'en retranchant quelques taches de style et de ton, ils auront du succès. Ces corrections devaient être un secret entre nous, et il les publie dans le texte! Töppfer aura toute raison d'en être blessé, et j'en porterai le blâme. Que le diable emporte les littérateurs et la littérature, je ne veux plus en entendre parler.

Un mois après, sa colère ne s'est pas encore calmée. Il a besoin d'épancher sa bile, mais il commence pourtant à comprendre qu'il est plus sage et plus politique de ne pas s'obstiner, — hors du cercle de l'amitié, — à protester contre l'irréparable et à mener de ses rancunes assez grand bruit pour s'attirer des représailles.

Sa lettre au marquis Oudinot, du 18 août 1839, se ressent des mêmes impressions de chagrin et d'ennui qui président aux embarras de sa réinstallation dans un pays qui n'est le sien que parce qu'il est celui de sa femme, où il n'a point d'amis, et où il regrette d'autres pays, d'autres amis, plus chers à son esprit et à son cœur, à son culte de la famille et du soleil.

Au moment de notre arrivée, nous avons été bien reçus de quelques anciennes connaissances. Les grands-parents de ma femme sont venus aussitôt nous voir et nous ont témoigné beaucoup d'intérêt; mais ils sont dans les hautes régions de la cour et des affaires : l'un est ministre de l'intérieur, un autre pis encore. Vous sentez bien que dans un pays où l'on ne respire que dans l'atmosphère immédiate de l'empereur, hors de laquelle nous nous trouvons, nous ne pouvons pas compter nos parents comme notre société intime, ni en tirer les avantages

précieux que nous avons trouvés dans *la parenté* Oudinot
et Marcellus. Voilà le modèle sur lequel je voudrais avoir
des parents.

Ma femme est dans une meilleure passe que moi. Elle
aime passionnément son pays; elle a désiré constamment
d'y revenir et rentre dans les habitudes russes aussi facilement que si elle n'en était jamais sortie. Pour moi,
j'avoue que je ne puis m'empêcher de regretter quelquefois Paris et la bienveillance générale qu'on m'y a témoi-
gnée. Je regrette aussi des parents, d'aimables nièces
que j'ai laissées en Savoie et la vie paisible de nos montagnes, plus analogue encore à mon âge et à mes goûts
que celle de Paris, mais mon devoir était de ramener ma
malheureuse femme où je l'ai prise. Je serai bien partout
où elle sera...

Pourvu, — semble-t-il ajouter *in petto*, — que ne
viennent pas bourdonner autour de lui les abeilles de
la critique parisienne, qui font un miel attique, mais
qui ont des curiosités importunes et des indiscrétions
trop piquantes. Xavier de Maistre n'a pas encore pardonné à Sainte-Beuve, ni même à la littérature. L'affaire, — car c'est une affaire pour lui, — du lépreux
l'a dégoûté de l'une et de l'autre.

Vous voudrez peut-être savoir si j'ai profité de vos
encouragements et si je continue l'anecdote que j'avais
commencée à Paris. J'en aurais tout le loisir ici, mais je
vous avoue que mon indiscrète biographie par M. Sainte-
Beuve m'a dégoûté des littérateurs et de la littérature.
Pour remplir son article, ne sachant trop que dire, il
me fait donner des rendez-vous amoureux chez mon honnête lépreux, l'impudent! Voici ce qui a donné lieu à
cette fable.

J'ai vu deux fois à Paris l'auteur de cet article. Il me
demanda si l'on ne craignait point d'approcher le lépreux.
Je lui répondis que non et que je lui avais fait souvent
des visites avec une jeune dame qui le protégeait. Les
rendez-vous sont de son invention. Cette femme était

veuve et libre et n'avait pas besoin de se cacher; elle existe encore; que pensera-t-elle, si elle lit cela, de ma fatuité presque octogénaire? d'autant plus qu'il a l'air d'écrire sous ma dictée. Il m'a de même compromis avec l'auteur de la *Bibliothèque de mon oncle*, ouvrage que Mme Oudinot connaît et que je voulais faire réimprimer à Paris. Il l'annonce comme ayant besoin de retouches et manquant de *style* et de *goût*.

L'auteur, M. Töppfer, en a été, comme de raison, vivement blessé, et moi plus encore qui perds l'amitié d'un homme que j'estime et dont j'admire le talent parce qu'un écrivassier veut gagner sa quote-part dans une revue hors de toute mesure et de toute convenance. Mais le mal est irréparable et je vous prie même de n'en pas parler, car je suis entre les mains de ces misérables et le mieux est de tout oublier. J'ai voulu seulement soulager et épancher une mauvaise humeur en vous en faisant part au risque de vous ennuyer.

Xavier de Maistre revient encore sur cette désagréable affaire, où il ne fit pas preuve de sa philosophie ordinaire dans une lettre de 1841 à propos d'articles de Sainte-Beuve sur Töppfer et ses œuvres, qui renouvellent cette blessure qui ne se cicatrisera jamais entièrement et lui fera, chaque fois que les ouvrages où les succès de Sainte-Beuve lui en fourniront l'occasion, exprimer sa rancune en termes hors de proportion avec le grief. Le célèbre critique ignora toujours, puisque la correspondance de Xavier de Maistre avec les Marcellus n'a été connue qu'après sa mort, le crime dont il s'était rendu innocemment coupable, et la colère qu'il avait soulevée dans une âme qui semblait incapable de cette passion violente et de ses injustices. Sans quoi il eût certainement relevé l'injure de ce mécontentement coupable à ses yeux d'ingratitude, et nous eussions assisté à un de ces revirements qui lui étaient coutumiers et à une de ces transmutations de

l'éloge en critique du miel en fiel dont Chateaubriand,
Victor Hugo, Alfred de Vigny, Lamartine et plus d'un
autre ont fait l'épreuve amère. Nous relevons, dans une
lettre du 23 mars 1841, un détail curieux et assez
ignoré, c'est que la comtesse Xavier de Maistre n'était
pas seulement la tante du poète Pouchkine, mais
encore la tante du comte Demidoff, par lequel elle se
trouvait alliée des Bonaparte.

Nous avons reçu hier la visite de M᷍ᵐᵉ Demidoff-Bona-
parte, qui est fort aimable et assez jolie. Son mari est
neveu de Sophie, en sorte que la voilà alliée des Bonaparte. Malheureusement le cher neveu a été rayé du service, et jusqu'à présent, on ne sait pas encore radouci pour
lui.

Dans une lettre à M᷍ᵐᵉ de Marcellus, du 12 juillet 1842,
nous rencontrons un curieux et malin croquis du
vicomte d'Arlincourt, qui nous montre que le presque
octogénaire a gardé tout son esprit qu'il conservera en
effet jusqu'au bout.

Nous avons dîné hier avec le vicomte d'Arlincourt
chez le comte Strogonoff, où il a lu une nouvelle de sa
façon qui nous a intéressés. Il est fort aimable en société,
mais un peu ridicule. Lorsqu'on lui parle, il se retire
tout à coup dans un coin du salon pour écrire des notes.
Dans une de nos brillantes sociétés, il a vu deux petits
nègres et a demandé s'ils étaient esclaves. La dame de
la maison lui répondit que non, parce qu'ils sont baptisés
et que, par conséquent, ils sont libres. « Alors, Madame,
si vos paysans se font baptiser, ils seront libres? » L'auteur d'*Ipsiboé* ignorait que les Russes sont chrétiens.

Un dernier passage que nous voulons citer et qui
complète heureusement la physionomie de Xavier de
Maistre, en y ajoutant ce trait de fidélité naïve à la foi
de ses pères sans lequel ne serait pas complète cette

figure originale de gentilhomme, de soldat, d'écrivain, d'artiste, d'honnête homme et de bonhomme, qui fut aussi et demeura un royaliste et un catholique des anciens jours. Déjà à propos de la mort de M. de Forbin et de M. de la Ferronnays, ses amis, à propos de la perte de ses enfants, nous avions remarqué le ton religieux et l'accent pénétré avec lesquels il parlait de ces exemples et de ces épreuves. Grâce à l'ingénieux et infatigable dévouement de sa femme, un des regrets de sa vieillesse paralysée cessa avec sa cause, et il ne fut plus obligé de se faire porter au dehors pour accomplir les devoirs religieux qu'il remplissait avec la probité et la loyauté dont il se faisait un point d'honneur envers Dieu, comme envers les hommes.

Je ne vous ai pas écrit que ma femme m'a fait faire une chapelle catholique dans la maison, en sorte que je ne serai plus obligé d'aller chercher une messe dans nos froides églises.

Il fallut à Xavier de Maistre toutes les forces de résignation et de consolation que peut seule donner la foi pour ne pas tomber sous le contre-coup du coup fatal qui le priva de sa chère et fidèle compagne. Depuis le 30 septembre 1851, il ne fit plus que languir. Le 12 juin 1852, cet aimable et excellent homme, ce charmant écrivain qui « avait toujours été un peu enfant toute sa vie », disait-il en souriant, qui avait été traité en enfant, en grand enfant par son illustre frère aîné, par sa tendre, raisonnable et indulgente femme, qui depuis leur perte était comme orphelin à l'âge où la vieillesse se transforme en une dernière enfance, s'endormit avec la confiante sérénité des pieuses espérances, dans les bras maternels de la religion qu'il n'avait jamais cessé d'honorer et d'aimer.

Si nous ne nous trompons, les traits que nous avons
empruntés sans les épuiser à ces correspondances
que nous avons analysées ont ajouté quelque chose de
plus intime, de plus vif et de plus neuf à une figure
demeurée jusqu'ici un peu vague et comme voilée.
Nous avons pu connaître de plus près, dans son esprit
et dans son cœur, l'auteur du *Voyage autour de
ma chambre*, de l'*Expédition nocturne*, qui lui fait
suite, du *Lépreux de la cité d'Aoste*. Ce sont là des
témoignages de son talent et des titres de sa réputation,
sur lesquels, il ne restait rien à dire, les formules de
l'éloge étant épuisées. Mais les détails que nous avons
pu donner, et qui étaient inconnus jusqu'à ce jour sur
la vie militaire de Xavier de Maistre, sur ces grades
gagnés à la pointe d'une intrépide épée jusqu'à celui de
général pendant l'aventureuse guerre de Georgie, et les
épiques campagnes de 1812 à 1814; sur son long séjour
en Russie, qui lui avait permis d'observer de près et sur
le vif, à la cour et dans les salons, au camp et à la
campagne, les mœurs des grands seigneurs, des soldats et des paysans; nous ont ouvert des perspectives
nouvelles sur la seconde phase et la seconde manière
de son talent, caractérisé par *les Prisonniers du Caucase, la Jeune Sibérienne* et les curieux fragments
des *Nouvelles*, publiés pour la première fois, par
M. Eugène Réaume (1).

Nous ne pouvons entrer ici dans l'analyse de ces
derniers ouvrages inachevés de Xavier de Maistre,
beaucoup moins connus, — et c'est dommage, — que

(1) *Fragments* (Episodes de mœurs russes). — *Histoire d'un
prisonnier français* (1812-1813). — *Catherine Fremniski.* — *Histoire de M*^me^ *Prélestinoff.* — *Une évasion.*

les premiers, qui le montrent dans la pleine possession et la maturité savoureuse de son talent.

Les Prisonniers du Caucase et *la Jeune Sibérienne*, écrits sans doute par Xavier de Maistre pendant l'année de trêve et de repos relatif de 1814, furent publiés, pour la première fois, à Paris, en 1815 (1). C'est le neveu de Xavier de Maistre, M. de Vignet, qui les avait remis à M. Valéry, leur premier éditeur.

Lorsque Sainte-Beuve les apprécia, en 1839, et les révéla, par son article, à la plus grande partie du public lettré français, quoiqu'ils eussent eu un succès attesté par six éditions successives en vingt ans, la critique manquait de notions exactes sur la littérature et les mœurs russes et de point de comparaison. Les études assez superficielles de Mérimée et de Louis Viardot sont postérieures, et ce n'est qu'il y a quelques années, grâce à M. Melchior de Vogüé, que nous avons été pleinement initiés aux mystères de la littérature et du génie russe. Ce n'est que depuis quelques années que nous connaissons à fond, autant qu'on peut le dire d'écrivains étrangers : Pouchkine et Lermontoff, Ivan Tourguenieff, Gogol, Tolstoï, Dostoyewski et Pisemski et Gontcharoff. Sainte-Beuve, frappé de la précision du détail, de la sobriété de la couleur, de l'intimité et de l'intensité de vie des récits russes de Xavier de Maistre, n'avait pu trouver à en comparer l'effet qu'à celui des *Nouvelles* de Mérimée. Il trouvait à l'auteur de *la Jeune Sibérienne* et des *Prisonniers du Caucase* moins d'art, mais plus de naïf et d'humour dans son récit. Il signalait dans la manière de Xavier de Maistre la probité d'exactitude et comme la

(1) Paris, Dondey-Dupré fils et Ponthieu, in-18, 1815.

religion de la vérité qui marquaient ses tableaux et ses portraits d'une si saisissante empreinte de réalité. Xavier de Maistre copiait la réalité et la vie, sans mélange de fantaisie, de roman, sans autre luxe que celui du choix du trait caractéristique. C'était le contraire du procédé du romantisme qui, faisant de l'art pour l'art, eût dédaigné de peindre les choses comme les voit le vulgaire, qui mettait en tout, et jusque dans la nature du tempérament et du roman, poétisant la vie et idéalisant la réalité. Seulement artiste moins impérieux, moins égoïste, moins sec que Mérimée, il trahissait l'homme en lui par quelque rapide et sympathique éclair d'émotion ou de pitié. Il ne s'était pas interdit d'avoir un cœur. Mais quelle différence dans la façon de peindre ses personnages et de les faire parler ou plutôt agir avec une Madame Cottin, par exemple, qui avait traité avant lui le même sujet que *la Jeune Sibérienne* avec l'exubérance de sensibilité ou de sensiblerie et l'emphase déclamatoire à laquelle n'échappait pas toujours Mᵐᵉ de Duras, l'auteur d'*Ourika* et d'*Edouard*. Nous comprenons que cette femme d'esprit, mais qui n'avait pas un goût supérieur à celui de son temps, eût été effarouchée, effrayée, à la lecture du manuscrit qui lui avait été communiqué, et eût mal auguré de la publication. Elle sursauta notamment aux scènes des *Prisonniers du Caucase*. « Cet ouvrage, dit Sainte-Beuve, par la singularité des mœurs et des caractères si vivement exprimés, semble déceler, dans ce talent d'ordinaire tout gracieux et doux, une faculté d'audace qui ne recule, au besoin, devant aucun trait de la réalité et de la nature, même la plus sauvage. M. Mérimée pourrait envier ce personnage d'Ivan, de ce brave domestique du major, à la fois si fidèle et si féroce, et qui dònne si lestement son coup de hache à qui le gêne en sifflant l'air : *Hai luli, hai luli !* »

Ses *Prisonniers du Caucase*, en effet, sont dignes de Mérimée et l'ont sans doute inspiré, comme un bon modèle inspire un bon peintre. Par cet ouvrage, et par *la Jeune Sibérienne*, Xavier de Maistre demeure à la fois un ancêtre, un maître de notre littérature, dans son dernier effort pour se rapprocher de la vérité et de la vie, et aussi un ancêtre, un maître de la littérature russe contemporaine. Son chef actuel, le comte Tolstoï, a certainement lu, et n'a pas lu sans profit, comme on pourrait s'en convaincre par certaines analyses et certains rapprochements, les lettres de Joseph de Maistre sur la campagne de Russie, publiées en 1850, ni les ouvrages de Xavier de Maistre, dont l'action, les mœurs et le paysage sont empruntés à la Russie, *la Jeune Sibérienne* et surtout *les Prisonniers du Caucase.*

CHAPITRE VI

Les Œuvres et les idées de Joseph de Maistre.

Gloire à demi posthume. — En 1821, Joseph de Maistre était plus
connu que célèbre, plus admiré que lu. — Ce n'est qu'à partir
de 1852 qu'il appartient tout entier à ses amis et à ses ennemis. —
Joseph de Maistre est surtout un grand écrivain. — La controverse
sur ses idées dure encore. — Point de vue auquel il convient de se
placer dans l'examen critique des œuvres et des idées de Joseph
de Maistre. — Caractère intellectuel et moral de Joseph de Maistre.
— Il est le plus tolérant des hommes. — Il ne croit qu'à l'infaillibilité du Pape et pas à la sienne. — Il n'a pas la superstition de
la raison. — Il reconnaît avoir été plus d'une fois *pipé* par l'événement. — Royaliste fidèle, mais point courtisan. — Catholique
sincère, parfois mécontent et plus papiste que le pape. — Ses
variations sur Pie VII. — L'examen des idées de Joseph de Maistre
a aujourd'hui surtout un intérêt rétrospectif et spéculatif. — Critique de l'opinion qui tendrait à faire de Saint-Martin le *philosophe inconnu*, le précurseur de Joseph de Maistre, et même de
celui-ci le plagiaire de Saint-Martin. — Accusation de plagiat
formulée par M. Ad. Franck, de l'Institut. — Réfutation de
M. Amédée de Margerie. — Relations de Joseph de Maistre avec
Saint-Martin. — Lettre de 1790 à sa sœur Thérèse. — Sa lettre de
janvier 1816 sur l'illuminisme et les illuminés. — Anecdote décisive. — Rapprochements de dates. — Analyse du chapitre spécial
de l'ouvrage de M. E. Caro sur Saint-Martin, relatif à ses relations
et à ses affinités avec Joseph de Maistre. — Travaux purement
philosophiques de Joseph de Maistre. — Sa critique de Hobbes,
de Locke et surtout de Bacon. — Appréciation de deux juges compétents. — Conclusions de M. Amédée de Margerie. — Jugement
de M. Barthélemy Saint-Hilaire. — Inventaire critique des idées
maîtresses de Joseph de Maistre. — Légende hostile qui le mécon-
naît et le travestit singulièrement. — Critique superficielle de
M. Villemain. — Influences d'origine, de famille et d'éducation
dont il faut tenir compte dans l'appréciation de Joseph de Maistre
et de ses idées. — C'est la révolution qui fait Joseph de Maistre

sa victime et son plus puissant adversaire. — Méditations de, quatre ans d'exil à Lausanne. — Leurs fruits : *Considérations sur la France*. — *Traité de la Souveraineté*. — Originalité de son jugement sur la Révolution française. — Son imperturbable confiance dans le triomphe de ses principes. — Affronts qu'il reçoit de la contradiction des faits. — La révolution est couronnée dans la personne de Napoléon. — Joseph de Maistre persiste dans ses prédictions et ses espérances. — Son injustice passagère envers Pie VII. — Caractère expiatoire du livre du *Pape*. — Analyse du livre. — La question de l'infaillibilité pontificale. — Joseph de Maistre, adversaire victorieux de Bossuet. — Affaire vidée, querelle finie. — Ce qu'il faut penser de la prétendue doctrine théocratique de Joseph de Maistre. — Comment il définit et délimite l'exercice du pouvoir modérateur, médiateur, pacificateur, qu'il attribue au Souverain Pontife. — Sa thèse à cet égard est purement historique et spéculative. — La monarchie chrétienne. — La thèse de la suzeraineté morale et de la médiation des papes est une thèse libérale et non despotique, inspirée à Joseph de Maistre par l'intérêt des peuples et non par l'intérêt des princes. — Il cherche à faire faire aux peuples l'économie d'une révolution. — Joseph de Maistre n'aime ni les révolutions ni les dictatures. — Les solutions au problème, recherchées par les auteurs des constitutions modernes, ne sont pas meilleures que celle proposée par Joseph de Maistre. — On lui rend plus de justice depuis qu'on a vu le prince de Bismarck renoncer au Kulturkampf et invoquer l'arbitrage papal dans le différend avec l'Espagne. — Les procédés de raisonnement, les outrances paradoxales de Joseph de Maistre ont parfois nui au crédit de ses idées. — Causes de ces exagérations. — Le mot de Scherer sur Joseph de Maistre, qu'il appelle « un Voltaire retourné ». — Les « par-delà » de Joseph de Maistre. — Comment il passe à tort pour un séide de l'intolérance, un philosophe du despotisme, un apôtre de la guerre, un glorificateur du bourreau. — Les droits de l'homme et les droits de Dieu. — Jugement de M. Emile Faguet sur Joseph de Maistre. — En quoi les idées de M. Melchior de Vogüé se rapprochent ou s'éloignent de celles de Joseph de Maistre sur le rôle de la papauté à la fin du dix-neuvième siècle. — Le chapitre : « Affaires de Rome », dans l'ouvrage intitulé : *les Spectacles contemporains*. — Exaltation de Léon XIII en 1878. — Changements opérés en 1887 dans les choses et les impressions. — La papauté et l'Allemagne. — Nouvelle évolution du catholicisme et de la papauté. — Rôle de la France dans cette évolution. — Double mouvement démocratique et cosmopolite qui entraîne les sociétés. — Encyclique de Léon XIII sur la question sociale. — Conclusion. — Vicissitudes du sort des idées principales de Joseph de Maistre. — La Révolution française n'est pas finie. — Elle entre dans la phase des revendications non politiques, mais sociales. — Le quatrième Etat. — Joseph de Maistre ne trouverait nulle part réalisé son type de monarchie chrétienne. — Declin du système et du régime monarchique. — Quelles réflexions mélancoliques ou ironiques inspireraient à Joseph de Maistre le spectacle politique contemporain. — Compensations consolatrices ou vengeresses de ces déceptions politiques pour le

La gloire de Joseph de Maistre est une gloire à demi posthume. Il a beaucoup grandi depuis sa mort. En 1821, il était plus connu que célèbre, plus admiré que lu. Il était l'auteur des *Considérations sur la France* (1796), de l'*Essai sur le principe générateur des constitutions politiques*, de la traduction de l'opuscule de Plutarque sur *les Délais de la justice divine dans la punition des coupables* (1814), des deux ouvrages sur le *Pape* et sur l'*Église gallicane* (1820).

L'*Essai sur la philosophie de Bacon*, ce modèle d'argumentation subtile et de polémique virulente, les *Soirées de Saint-Pétersbourg*, le chef-d'œuvre de Joseph de Maistre, et surtout son admirable *Correspondance*, ne devaient être publiés que successivement, par échelons, entre les années qui s'écoulèrent de 1825 à 1852. Ce n'est qu'à partir de cette dernière, que Joseph de Maistre a appartenu tout entier à ses admirateurs et à ses adversaires, à ses partisans et à ses critiques, qu'il a joui du plein de sa renommée dont l'apogée n'a elle-même que sa tombe, qu'il est définitivement entré dans l'immortalité, moins pour le fond que pour la forme de ses idées, moins pour la valeur de son système que pour celle de son style, à titre moins de philosophe politique qu'à titre de grand écrivain.

Or personne ne conteste aujourd'hui ce titre de grand écrivain à Joseph de Maistre, tandis que la controverse dure plus animée que jamais sur ses idées qui n'ont pas toutes, tant s'en faut, résisté victorieusement à la critique et à l'épreuve du temps, le plus grand critique de tous.

C'est à ce point de vue de neutralité, d'éclectisme, si l'on veut, que nous nous sommes placé dans l'examen auquel nous allons nous livrer, préférant, dans l'intérêt même de notre héros, généraliser sa renommée que la spécialiser, populariser sa gloire au lieu de l'aristocratiser, de la hiératiser, lui donner le large asile de la maison ouverte à tous, plutôt que de la confiner dans l'étroite chapelle fermée pour tous, sauf pour les initiés. Joseph de Maistre, nous en sommes sûr, s'il n'était pas aujourd'hui en pleine possession de la vérité et de la paix, devenu indifférent aux vicissitudes de la gloire terrestre et aux vanités de l'admiration humaine, approuverait ce parti que nous avons pris d'élargir sa figure au lieu de la rétrécir, de choisir pour la peindre les traits par lesquels elle appelle la sympathie, plutôt que les traits qui la rebuteraient. De son vivant, cet homme qu'on croirait avoir été si absolu, si tranchant, si intolérant, se montra le plus débonnaire, le plus tolérant des hommes, superbe dans sa lutte contre l'erreur orgueilleuse, doux dans sa lutte contre le doute sincère, et ménageant l'homme dans l'adversaire; ne croyant à l'infaillibilité que chez le Pape, éclairé par la lumière d'en haut et guidé par la tradition de l'apostolat, mais ne croyant à l'infailli-

bilité d'aucun autre homme, et à la sienne moins qu'à
toute autre, raisonnant surtout pour le plaisir de
discuter, et dans l'espoir de faire sortir la lumière
des chocs de la contradiction, mais n'ayant pas la
religion, encore moins la superstition de la raison, et
n'admettant que les miracles de la foi. Trop souvent la
raison en lui avait reçu le démenti du fait, trop souvent ses subtilités et ses profondeurs de raisonnement
l'avaient conduit, malgré la bonne direction et l'habile
pénétration de sa mine, au camouflet inattendu de
la contre-mine, pour qu'il ne convînt pas que le plus
pur des hommes pèche sept fois par jour et que le
plus fin se trompe encore plus souvent. Il ne s'étonnait
ni ne s'indignait donc pas, de son vivant, de rencontrer
des adversaires et des critiques, et il reconnaissait
surtout n'avoir pas toujours essuyé à son avantage
la contradiction du fait, l'épreuve de l'événement. Il
avait été souvent, disait-il lui-même, leurré, *pipé*
par les événements. Il n'en conservait pas moins intacte
et invulnérable, parce qu'elle était désintéressée, sa foi
dans le triomphe de ses principes. Mais il confessait
qu'il avait été souvent battu, et qu'il mourait plus
riche d'espérances que de victoires.

Cet exemple d'humilité en même temps que de
confiance du grand athlète de la lutte, plus ardente
que jamais, entre l'autorité de la religion et la liberté
philosophique, entre la monarchie et la démocratie,
l'Église et la Révolution, doivent nous servir de modèle,
nous inspirer l'impartialité, la probité, la sincérité dont
il n'hésita pas à faire preuve lui-même, non parfois sans
dommage pour ses intérêts, pour son caractère et même
pour sa doctrine. Car enfin, il n'est pas d'homme qui
ait eu plus à se plaindre et qui se soit plus plaint

des rois que ce royaliste, serviteur fidèle et mécontent, mais pas courtisan du tout ; et il n'est pas d'homme qui ait blâmé plus énergiquement la complaisance et la faiblesse de Pie VII, consentant à poser la couronne de la légitimité sur le front de l'usurpateur, que le catholique plus papiste que le Pape même, partisan de l'infaillibilité et de la suprématie pontificales. Il est vrai qu'il avait fort changé d'avis sur la conduite du Saint-Père, quand celui-ci, de l'attitude de la résignation passa à celle de la résistance poussée jusqu'à l'héroïsme et au martyre.

Quoi qu'il en soit, il est certain que l'examen des idées de Joseph de Maistre a surtout aujourd'hui un intérêt rétrospectif et spéculatif. Elles gardent une importance considérable comme sujet d'étude et valeur d'opinion. Et cette importance est plus extrinsèque qu'intrinsèque. Elle tient surtout à la qualité morale de l'homme et à la qualité littéraire de l'écrivain, très supérieure, selon nous, au philosophe. On peut en juger par la fortune très différente de la sienne, d'un homme qui a eu, avant de Maistre, plus d'une de ses idées, mais qui n'a pu mettre à leur service une force de caractère et un attrait de talent pareils à ceux de Joseph de Maistre, dont il n'a été que le précurseur. Quelques critiques lui ont attribué à tort, selon nous, un rôle plus important. Ils ont voulu faire de Joseph de Maistre un imitateur, un plagiaire même de M. de Saint-Martin, qui s'intitulait lui-même le *philosophe inconnu*. Ils ont disputé à Joseph de Maistre la paternité de son système, l'originalité de ses idées. C'est même là un premier point à examiner de près, une première question à vider, à l'honneur, croyons-nous, de Joseph de Maistre.

Cette accusation, sinon formelle, du moins cette imputation de plagiat qui a emprunté quelque crédit à l'autorité de son auteur, et encore plus à la difficulté pour le lecteur d'apprécier un débat qui roule sur des confrontations de pièces que l'accusateur a seul sous les yeux a été formulée par M. Franck, membre de l'Institut et professeur au collège de France (1). Disons tout de suite qu'elle a été énergiquement et, selon nous, victorieusement réfutée par notre prédécesseur dans la biographie de Joseph de Maistre, M. Amédée de Margerie (2).

Sainte-Beuve avait d'ailleurs depuis longtemps, mais sans entrer dans la discussion de fond et à titre seulement de curiosité critique, signalé certaines remarquables analogies ou coïncidences d'idées entre Saint-Martin et Joseph de Maistre.

Et tout d'abord, ce que personne n'a encore dit ou du moins assez dit et avec preuves à l'appui, comme nous allons le faire, c'est que Joseph de Maistre, qui était bien loin de penser qu'on pût jamais voir dans Saint-Martin son initiateur et son maître, allégation qui eût bien étonné Saint-Martin lui-même, n'a jamais fait mystère de ses relations assez intimes pour qu'il les connût à fond tous les deux, avec l'homme et le philosophe.

Dès le 12 juillet 1790, il écrivait en termes plaisants, à sa sœur Thérèse, son opinion sur *l'Homme de désir* et son auteur, opinion alors assez optimiste, et

(1) *Journal des savants* (avril-mai 1880), deux articles sur Joseph de Maistre, à propos d'un livre de M. Ferraz.

(2) Amédée de Margerie, Appendice II : *Une accusation de plagiat*, p. 428 à 442, de son livre déjà cité sur Joseph de Maistre.

que l'expérience devait un peu modifier. A propos d'un
accès de colique qui avait alarmé la sollicitude fraternelle, il s'écriait en riant.

O pomme indigeste ! plût à Dieu que le serpent t'eût
mangée et qu'il en fût crevé ! Je ne croyais pas arriver
par cette transition à *l'Homme de désir*, m'y voilà cependant ; car, au fond, tout son livre est sur la pomme. Tu
dis donc que ce prophète te paraît tantôt sublime, tantôt
hérétique, tantôt absurde. Le premier point ne souffre
point de difficulté. Je te nie formellement le second, et je
m'engage à soutenir son orthodoxie sur tous les chefs,
même sur celui de l'Assemblée nationale, qu'il condamne
clairement. Sur le troisième point, je n'ai rien à te dire
ou, si tu veux, je te dirai qu'il est très certain qu'avec
une règle de trois on ne peut pas faire un ange, pas
même une huître, ou un savant du café de Blanc ; ainsi
le prophète est fou s'il a voulu dire ce que tu as cru ;
mais s'il a voulu dire autre chose, qu'il s'explique : c'est
son affaire. En attendant, ma très chère, tu peux sans
inconvénient entreprendre une seconde lecture. Revois
est là pour te garder de l'enthousiasme : va seulement.

Vingt-six ans plus tard, en janvier 1816, Joseph de
Maistre, à propos de la fameuse *Convention chrétienne*, qui consacrait les principes sur lesquels était
fondée la Sainte-Alliance en termes où il voyait sans
hésiter une inspiration de *l'illuminisme* dont Alexandrie était profondément imbu, écrivait à son ministre,
M. de Vallaise, une lettre pleine de détails curieux sur
les *illuminés* et leur doctrine qu'il connaissait à fond
pour l'avoir longtemps étudiée dans les hommes qui
étaient leurs chefs, et dans les ouvrages qui étaient
les bréviaires de la secte. « Je suis si fort pénétré des
livres et des discours de ces hommes-là, déclarait-il,
qu'il ne leur est pas possible de placer dans un écrit
quelconque une syllabe que je ne reconnaisse. »

Et en quelques lignes magistrales, il distinguait entre les aspirations et les intentions des diverses écoles à tort confondues sous la rubrique générale d'*illuminés*, bien que le caractère et le but des doctrines fût fort différent.

Il n'y a pas de mot dont on abuse davantage. On s'est accoutumé à ranger sous ce nom tous les gens qui professent des doctrines secrètes; de sorte qu'on en était venu à donner le même nom aux disciples de Weisshaupt en Bavière, qui avaient pour but de leur association l'extinction générale du christianisme et de la monarchie, et aux disciples de Saint-Martin, qui sont des chrétiens exaltés.

Chrétiens exaltés fort dangereux que ces partisans du christianisme transcendental, ennemis de tout sacerdoce et de toute hiérarchie et dont le triomphe eût été le renversement de l'Église : car « la haine ou le mépris de toute hiérarchie est un caractère général de tous ces illuminés, au point que Saint-Martin, avec toute la piété dont ses livres sont remplis, est cependant mort sans appeler un prêtre. »

Et voilà l'homme qu'on a voulu présenter comme le précurseur et l'initiateur du plus ardent et du plus éloquent défenseur de l'Église et de la hiérarchie catholique.

Dans une autre lettre au même comte de Vallaise, du 25 avril-6 mai 1816, sur ce même sujet particulièrement cher et familier à Joseph de Maistre, nous trouvons une anecdote qui nous semble décisive : car elle nous montre Saint-Martin lui-même reniant et répudiant celui qu'on prétendrait lui donner pour disciple.

Il m'arriva jadis de passer une journée entière avec le fameux Saint-Martin, qui passait en Savoie pour se rendre en Italie. Quelqu'un lui ayant demandé depuis *ce qu'il pensait de moi*, il répondit : *C'est une excellente terre, mais qui n'a pas reçu le premier coup de bêche. Je ne sache pas que dès lors, personne m'ait labouré;* mais je ne suis pas moins enchanté de savoir comment ces messieurs *labourent.* Au reste, Monsieur le comte, quoique je ne sois qu'une *friche,* cependant le bon Saint-Martin a eu la bonté de se souvenir de moi et de m'envoyer des compliments de loin.

La philosophie politique de Joseph de Maistre, fruit des méditations et des expériences douloureuses de son exil de Lausanne, lui appartenait bien en propre et, en dehors des rencontres inévitables de plusieurs esprits occupés à la fois des mêmes sujets, n'a pas plus emprunté à Saint-Martin qu'à Mallet du Pan, qu'il a connus et pratiqués l'un et l'autre, dont il a parlé avec l'impartialité de l'indépendance et du désintéressement, sans jamais reconnaître en eux des maîtres ou des créanciers. Or il n'était homme à nier ni une leçon ni une dette.

Ce qui achève de rendre la démonstration décisive, c'est le simple rapprochement des dates. Si *les Considérations sur la France* sont, comme publication, de 1796, elles sont, comme composition, bien antérieures. On suit les phases de cette incubation, de cette composition dans la correspondance de Joseph de Maistre. C'est ainsi qu'il donne, dans une lettre au baron Vignet des Etoles, datée de Lausanne, 22 août 1794, le plan et jusqu'à la table des chapitres de son ouvrage sur la *Souveraineté,* qui contient tout son système politique, et notamment les principes et les idées qu'on prétend qu'il aurait empruntés à Saint-Martin, lequel les a émis dans des ouvrages postérieurs.

La cause est entendue, peut-on dire, rien que sur cet exposé, qui ne dispense pas de lire, d'ailleurs, l'excellent plaidoyer de M. de Margerie. M. Adolphe Franck n'a pas eu lui-même l'initiative ni la priorité, bien que nous ne voulions pas lui contester l'originalité des conclusions qu'il tire de ces rapprochements entre l'œuvre de Saint-Martin et celle de Joseph de Maistre. Bien avant lui, un autre philosophe, encore plus disert, avait remarqué et signalé les analogies et les coïncidences d'idées sur lesquelles M. Franck a échafaudé une accusation de plagiat dont il garde tout seul la lourde paternité. Car ce n'est pas M. Caro qui la lui disputera, étant, lui, demeuré dans les justes bornes de la critique et n'ayant eu garde, même dans un ouvrage entièrement consacré à Saint-Martin, de céder à la partialité naturelle du biographe pour son héros, au point de contester à Joseph de Maistre l'originalité de ses idées et de son style. Le but et les moyens de Saint-Martin, dans son plan et dans son système, sont trop différents, en effet, du but et des moyens du plan et du système de Joseph de Maistre pour qu'on puisse raisonnablement établir une corrélation, une solidarité entre le partisan de la révolution et son adversaire, l'ennemi du sacerdoce et le défenseur de l'Église. « Le sénateur des *Soirées*, remarque justement M. de Margerie, s'il n'appartient pas lui-même à quelqu'une des sectes que l'on confondait sous ce nom, — et nous ajoutons qui, de l'avis de Joseph de Maistre, devaient aboutir au catholicisme, — exprime souvent leurs pensées et s'associe volontiers à leurs rêveries; en le faisant parler, l'auteur montre et veut montrer à quel point il est familier avec leur langage et leurs tendances », et il appelle Saint-Martin « le plus instruit, le plus sage et le plus élégant des théosophes modernes ».

Le dernier de ses *Quatre chapitres sur la Russie*, publiés en 1859 par son fils, et qui forment un *Mémoire*, écrit en 1811 par Joseph de Maistre, à la demande de son ami le comte Rosomowski, ministre de l'instruction publique, est une étude *ex professo* sur l'illuminisme et ses variétés, depuis la plus inoffensive, à laquelle appartenait Saint-Martin, jusqu'à la plus malfaisante, qui est celle de Weisshaupt et des loges bavaroises. Enfin, M. de Margerie cite une lettre inédite, du 28 novembre-10 décembre 1816, qui contient ceci : « Je consacrai jadis beaucoup de temps à connaître ces messieurs (les illuminés), je fréquentai leurs assemblées; j'allai à Lyon pour les voir de plus près; je conservai une certaine correspondance avec quelques-uns de leurs principaux personnages. Mais j'en suis demeuré à l'Église catholique, apostolique et romaine, non cependant sans avoir acquis une foule d'idées dont j'ai fait mon profit. »

Joseph de Maistre, en effet, tira profit de sa connaissance approfondie des idées des illuminés, non pour se les approprier, mais pour les combattre, et il est, en effet, politiquement et religieusement, le plus redoutable adversaire et contradicteur des systèmes de Saint-Martin, sans tout combattre, sans tout critiquer en eux, sans plus dissimuler ce qui divise *le philosophe inconnu et lui* que ce qui les rapproche. Et, sans dissimuler aussi, mais en confessant sa sympathie pour certaines tendances de l'illuminisme russe, surtout celle qui, selon lui, doit aider à la propagation du catholicisme en Russie et à la réunion des deux Églises, qui est un de ses rêves, un de ses *dadas* chi-

mériques, et plus qu'il n'en convient. De l'analogie
entre certaines parties du système de Saint-Martin et
certaines autres du système de Joseph de Maistre, de
certaines affinités et de certaines sympathies entre ces
deux esprits si différents à une supposition de plagiat,
de la part du plus puissant, du plus original des deux,
il y a loin, bien loin, et M. Caro s'était bien gardé de
s'exposer aux dangers de cette pente insidieuse, sur
laquelle a maladroitement glissé M. Franck, qui n'aime
pas Joseph de Maistre et n'était pas fâché de lui en
donner la preuve. Mais il y a des occasions décevantes,
et celle que le professeur au collège de France a saisie
avec trop d'empressement lui reste dans la main, où
elle s'évanouit, bulle de savon prise pour bulle d'or.

M. Caro fait ressortir d'assez nombreuses analogies
entre les idées de Saint-Martin et celles de Joseph de
Maistre, notamment sur ou plutôt contre la souveraineté du peuple, sur la révolution, etc. Il pense, comme
Sainte-Beuve, qu'il n'est pas invraisemblable que Joseph de Maistre ait pu lire, vers 1796, la lettre de
Saint-Martin sur la *Révolution*. Nous pensons même
qu'il est probable qu'il l'a lue, à cette époque ou plus
tard. Mais peu importe. Il n'y a jamais eu de doute
sur ce point, qu'on peut considérer comme acquis,
que Joseph de Maistre a connu les idées de Saint-
Martin, lu ses ouvrages. De là à leur avoir fait, sans
les citer, de larges emprunts, de là à les avoir plagiés,
il y a loin, et ce n'est pas du tout la conséquence,
l'effet nécessaire de ce fait qu'il les a connus.

Après avoir analysé les idées de Saint-Martin,
M. Caro confesse qu'elles n'aboutissent qu'à des chimères, qu'elles sont frappées de la stérilité des utopies
de cabinet. Il ajoute :

394 LE COMTE JOSEPH DE MAISTRE

Supposez maintenant qu'un génie vigoureux s'empare de ces germes et les féconde; qu'une pensée mâle entrevoie dans ces ténèbres quelques lueurs et les recueille; qu'un écrivain supérieur, faisant la part de l'enfantillage et de l'idée spécieuse, donne à ces théories une expression plus claire, et s'efforce de les rapprocher des conditions de la réalité; vous aurez M. de Maistre à la place de Saint-Martin.

S'il semble au critique, mais c'est là une simple hypothèse de sa part, que de Maistre, « qui cite une seule fois Saint-Martin, avec de grands éloges, le loue plus souvent bien davantage encore en l'imitant d'assez près, en le traduisant presque et sans le citer », il s'empresse de reconnaître « qu'alors même, il constate une sorte de propriété par l'éclat de l'expression et la nouveauté puissante du style ».

Cette marque de propriété, ce témoignage d'originalité, s'accusent et s'accentuent bien davantage quand on compare les conclusions des deux systèmes :

Nous avons dit tout d'abord que M. de Maistre semble avoir fait un travail d'élimination nécessaire dans l'œuvre du théosophe. Ses principes sont souvent identiques, ses raisonnements analogues; mais les différences se marquent assez dans les conclusions. Les théories de Saint-Martin aboutissent à des rêves; rien de plus. Celles de M. de Maistre ont été plus d'une fois instituées en idées gouvernementales et traduites en actes très déterminés. L'école de Saint-Martin est une école de théosophes, et son empire ne va pas au-delà de quelques imaginations exaltées; l'école de M. de Maistre est une école de politiques, et il semble qu'elle ait encore toute la force et toute la vitalité des premiers jours. L'une s'est éteinte dans son obscurité native; l'autre a été plus d'une fois au pouvoir.

La conclusion de M. Caro, un peu contradictoire en ce qu'il voit un mystique et presque un illuminé dans

Joseph de Maistre, ce raisonneur si pratique pourtant, qui cherche toujours à donner un effet à la cause, et un résultat à l'idée peut sembler plus digne de considération, lorsqu'elle cherche à faire sortir de son isolement un philosophe qu'on a regardé à tort « comme un penseur à part et sans tradition ». Joseph de Maistre a beaucoup vu, beaucoup lu, beaucoup retenu. Il n'a pas travaillé comme Saint-Martin, *in abstracto*. Il est sorti du nuage pour faire participer son système des bénéfices de la science et de l'expérience. Son érudition immense n'a fait fi d'aucune idée de valeur. Il en a emprunté plus d'une, il le dit expressément à Machiavel, « toujours bon à consulter, dit-il, hormis dans les cas où il conseille l'assassinat ». Il a pris son bien comme Molière, et avec plus d'analogie, Montesquieu, partout où il l'a trouvé. Mais il a timbré cette monnaie refondue et refrappé à l'empreinte de son génie. « Il a sa part d'invention sans doute, confesse M. Caro, une part très considérable; mais là encore le mysticisme se fait jour. »

Enfin, prononçant le mot décisif, il reconnaît qu'il en est du système politique de Joseph de Maistre comme du système historique de Montesquieu. Ici nous ne chicanerons plus, et nous reconnaîtrons volontiers à notre tour que Joseph de Maistre peut avoir agi envers Saint-Martin comme Montesquieu envers Saint-Évremond ou Saint-Réal. Il a fait oublier son père, c'est-à-dire qu'il a fait sien, par le génie et le style, un système dont il a pu trouver quelques pièces dans ces idées traditionnelles qui sont comme l'héritage commun de tous les grands esprits et que certains fécondent et vivifient de façon à couvrir de leur paternité toutes les autres. « Le génie, en effet, comme le dit M. Caro, ne se fait pas tout seul, et il y a toujours pour lui, dans un coin parfois oublié de l'histoire, une théorie, une idée où il a pris naissance. Un système est sur ce point comme un homme : il a eu son enfance et son enfance, un berceau (1). »

Soit, mais on peut voir combien la thèse raisonnable et modérée de M. Caro diffère de la thèse injuste et téméraire de M. Franck.

Puisque nous en sommes à la philosophie et aux philosophes, nous en finirons de suite avec ce sujet de Joseph de Maistre, *métaphysicien*, notre intention n'étant pas de l'aborder directement, en raison de notre peu de compétence en ces matières de philosophie pure. C'est donc à des juges plus autorisés que nous demanderons l'appréciation des travaux de Joseph de Maistre à ce point de vue et, par exemple, comme critique de Hobbes, de Locke, et surtout de Bacon.

Dans *les Soirées de Saint-Pétersbourg*, Locke et Bacon sont pris à partie et fort malmenés. Une ironie puissante les accule dans une sorte d'impasse d'où ils ne peuvent sortir de l'odieux que pour tomber dans le ridicule. Mais il sembla à Joseph de Maistre que si c'était assez d'un chapitre pour réduire Locke à sa vraie valeur, c'est-à-dire à rien, ce n'était pas trop de deux volumes pour renverser, comme à coups pressés d'un double bélier de catapulte, la statue de Bacon, le père, selon lui, du sensualisme moderne, signalé à ses coups par l'idolâtrique popularité du chancelier non moins prévaricateur en philosophie qu'en politique

(1) *Du Mysticisme au dix-huitième siècle. Essai sur la vie et la doctrine de Saint-Martin, le philosophe inconnu*, par E. Caro (alors professeur agrégé de philosophie à la Faculté des lettres de Douai). Paris, Hachette, 1852. 1 vol. in-18, p. 259 à 286.

parmi les philosophes matérialistes et incrédules du dix-huitième siècle.

Joseph de Maistre prépara, avec sa puissance de travail accoutumée, et comme un redoublement de verve aiguillonnée par le sentiment d'un grand devoir intellectuel à remplir et d'un grand service à rendre à la cause de la religion, cet immense ouvrage de polémique qui était achevé en 1815, et ne devait être publié qu'après sa mort.

« Je ne sais comment, écrivait-il en respirant largement et joyeusement à la fin de cette lourde tâche, je me suis trouvé conduit à lutter mortellement contre le feu chancelier Bacon. Nous avons *boxé* comme deux *forts* de Fleet-Street; et s'il m'a arraché quelques cheveux, je pense bien aussi que sa perruque n'est plus à sa place. » En effet, il est certain que jamais coups pareils n'avaient été assénés sur la tête encyclopédique d'où sortit le *Novum organum*. Son adversaire avait-il toujours frappé aussi juste qu'il avait frappé fort? Pour le savoir, nous ne nous en rapporterons pas à notre propre opinion, d'un faible poids dans la matière. Nous aurons recours à l'avis de deux juges compétents, l'un plus favorable, non sans quelques réserves; l'autre moins, mais non sans des éloges, d'autant plus précieux qu'ils sont plus désintéressés, et suppose certainement un effort d'impartialité. Le premier, M. Amédée de Margerie, résume en ces termes sa critique de la *Critique de Bacon* par Joseph de Maistre.

Joseph de Maistre établit victorieusement :

1° Que Bacon n'est aucunement, comme on l'a dit, le père de la méthode et de la science expérimentales;

2° Que sa méthode, soit par ses procédés, soit par le

23

but qu'elle se propose, est impropre aux découvertes, et n'en a amené aucune;

3° Que sa conception de la science, enfermant l'esprit humain dans la sphère du sensible, et supprimant la métaphysique, conduit à un positivisme qui vie ou élimine toutes les vérités de l'ordre moral.

D'autre part :

1° Il se trompe autrement mais autant que Bacon, sur la nature vraie et la marche de l'induction;

2° C'est à tort qu'il considère la valeur *critique* des procédés de la méthode baconienne.

3° C'est sans fondement qu'il attribue à Bacon le dessein réfléchi et caché de faire servir sa méthode et sa science à la destruction du christianisme (1).

Voici maintenant l'opinion de M. Barthélemy Saint-Hilaire dans l'*Introduction* placée par lui à son rapport sur le concours ouvert pour le prix Bordin par l'Académie des sciences morales et politiques, concours où le prix a été attribué au Mémoire de M. Charles Adam, professeur de philosophie à la Faculté des lettres de Dijon, qui a été depuis publié par son auteur.

M. Barthélemy Saint-Hilaire, tout en blâmant la virulence de la polémique de Joseph de Maistre, n'hésite pas à lui rendre justice et même hommage en ces termes :

Joseph de Maistre a traité avec profondeur les deux questions du syllogisme et de l'induction dans son livre contre Bacon. Le ton de sa polémique n'est pas moins virulent que celui du chancelier; peut-être l'est-il encore davantage, s'il est possible. En temps que pamphlétaires, les deux antagonistes se valent... Mais si la forme est répréhensible chez Joseph de Maistre, on ne peut nier qu'au fond il n'ait presque toujours raison contre son adversaire. Il faut se rappeler que l'ouvrage de Joseph de

(1) Amédée de Margerie, pp. 388 à 413.

Maistre, parut onze ans après sa mort, avait dû être composé dans les premières années de ce siècle. A cette époque l'aristotélisme n'était pas connu comme il l'a été de nos jours, grâce aux études dont il a été partout l'objet. en Europe. Joseph de Maistre en savait, de son temps, plus que personne; c'est un mérite qu'on ne peut lui refuser. Elève des Jésuites, il est bien probable que c'est dans les traditions de la Compagnie qu'il avait puisé une érudition si forte et si rare. Il est un autre point sur lequel Joseph de Maistre triomphe non moins sûrement; c'est la valeur des travaux purement scientifiques de Bacon (1).

Il résulte de ces jugements que Joseph de Maistre se montra un rude et solide jouteur dans sa lutte contre celui qu'il regardait comme un des ancêtres de la philosophie subversive du dix-huitième siècle, et que si la critique n'a pas adopté tous les considérants de son arrêt contre Bacon, elle en a consacré plusieurs : ce qui est un assez beau témoignage de sa force et un assez beau succès.

Nous allons le voir déployer dans les questions de philosophie politique, de poli-métaphysiques comme il s'amusait à dire, la même force avec plus d'éloquence encore et une autorité que sur plus d'un point le temps et la critique n'ont pas entamée.

Nous procéderons à cet examen, forcément sommaire, car une analyse complète exigerait à elle seule un livre, en distinguant, autant que possible, dans les idées de Joseph de Maistre, celles qui ont résisté ou celles qui ont fléchi à l'épreuve du temps et de l'expé-

(1) *Etude sur François Bacon*, suivie du rapport à l'Académie des sciences morales et politiques sur le concours ouvert pour le prix Bordin, par J. Barthélemy Saint-Hilaire, membre de l'Institut, sénateur. Félix Alcan, 1890, pp. 35-36. Voir aussi les pages 41, 61, 63, 74, 103, 132, 198, 199.

rience, et de leur critique muette, d'autant plus éloquente; et en cherchant à détruire, par des témoignages décisifs, la légende tenace qui tend à travestir
de Maistre, l'homme par excellence de la liberté, mais
de la liberté tempérée par la règle et par l'ordre,
l'homme par excellence du droit sous l'unique autorité
du devoir en partisan du pouvoir despotique, en apologiste du bourreau, etc.

Cette légende s'abrite encore pour beaucoup de gens
qui ne lisent pas, et préfèrent se faire une opinion sur
la foi d'un autre que d'en fonder une sur leur enquête
propre, sous l'autorité, il est vrai, un peu discréditée
aujourd'hui, de M. Villemain.

Dans son *Tableau* trop vanté et bien pâli maintenant dans ses superficialités jadis brillantes de la
littérature au dix-huitième siècle, M. Villemain a fait
de l'auteur des *Considérations sur la France*, un
portrait tout à fait contraire à l'original. Il en fait
l'homme « de la haine aveugle contre toute espèce de
liberté, de la justification théorique du pouvoir absolu,
de la proscription des principes, même de justice et
d'humanité qui avaient précédé les violences de la
révolution, de l'anathème sur les lettres et les sciences,
du regret de l'ignorance du moyen âge, de l'apothéose
de l'inquisition et de la tyrannie. »

Ce sont là autant de bouches fausses, autant d'erreurs, autant d'injustices. Procédons par ordre, et
montrons en quelques pages ce qu'est Joseph de
Maistre. Il ne sera pas difficile ensuite de conclure et
de dire ce qu'il n'est pas.

Si l'on veut a *priori* se mettre en état de comprendre Joseph de Maistre et de l'apprécier impartiale-
ment, il faut se rappeler ce qu'il fut avant toute

émission de ses idées, toute combinaison de son système. Il était né dans une famille noble, mais de noblesse parlementaire plus que féodale, et honorable plus qu'illustre; il avait été élevé dans une famille modèle où régnaient les traditions et les mœurs des anciens jours. Il n'avait quitté ce foyer patriarcal où l'autorité était personnifiée par un père grave et sensé, où l'amour était incarné dans une mère instruite, pieuse, charitable, douce de cœur et fine d'esprit, que pour recevoir les leçons de maîtres Jésuites, les meilleurs instituteurs et éducateurs de la jeunesse du temps, de l'avis même des souverains hérétiques, comme Frédéric et Catherine qui les avaient accueillis dans leurs États quand ils furent proscrits dans les États catholiques.

Après avoir été un enfant obéissant, d'un sérieux précoce, un écolier laborieux et modeste, malgré ses succès, un étudiant chaste et réservé, au point de ne lire aucun livre sans l'autorisation de ses parents, il était passé des bancs de l'université de Turin sur le siège du parquet, puis de la cour, dans le Sénat, tribunal suprême de la Savoie. Au moment où l'homme du droit spéculatif et actif, le juriste devenu juge cherchait sa voie, se demandait à quelles études, à quelles œuvres, il allait vouer les loisirs d'une vie qui ne compta jamais moins de douze heures de travail par jour, ne donnant, dès la jeunesse, au repos et au sommeil que cinq heures par nuit, survint la révolution française qui, en 1792, envahit son pays, en chassa ses princes, menaça sa liberté et sa vie, le dépouilla de ses biens et le réduisit à l'exil. Il vécut à Lausanne, pendant quatre ans, dans la plus honorable et la plus fière pauvreté, rendant à ses souverains militants, er-

rants et souffrants comme lui les services de la plume ;
observateur sagace, informateur judicieux, négociateur habile, toujours fidèle à sa foi monarchique et à
sa foi religieuse, étudiant les événements, cherchant
dans leurs causes et dans leurs effets des motifs d'espérance, et demandant à la religion l'explication des
mystères, la solution des problèmes qui déconcertaient
sa raison. C'est de ces méditations solitaires le plus
souvent agenouillées devant un crucifix que sortirent
les *Considérations sur la France* et le *Traité de la
souveraineté*, deux magistrales ébauches où est en
germe ou en fleur tout le système que les ouvrages
postérieurs ne feront que mûrir et développer en fruit.
Nous n'en dirons pas davantage sur ce point. Pour
bien comprendre et bien apprécier Joseph de Maistre,
il ne faut jamais oublier ces dates : 1794, 1795, 1796.
Il ne faut jamais oublier que Joseph de Maistre fut un
gentilhomme, un magistrat, un royaliste et un catholique aussi ardent que sincère.

Sans la Révolution française et sans le catholicisme,
Joseph de Maistre, philosophiquement, politiquement
et moralement, n'eût pas existé. Cela étant acquis, il
fut ce qu'il devait être, un politique royaliste et un
philosophe catholique. Il eut les idées qu'il devait
avoir, idées nées de sa foi, de ses espérances, de ses
épreuves, idées non seulement conçues, mais vécues,
mais soufferts. C'est là ce qui donne un intérêt humain, et parfois presque pathétique à cette philosophie où palpitent le contre-coup du drame intérieur,
du drame domestique, du drame historique, philosophie bien à tort considérée comme un prodige de
spéculation, un chef-d'œuvre de cabinet qui n'a rien
d'abstrait au contraire et d'artificiel, qui n'est pas seu-

lement un cerveau, mais où l'on sent frémir des entrailles et battre un cœur. C'est là le secret de l'attrait que Joseph de Maistre exerce sur ceux-même qu'il ne persuade pas. Il y a un homme, un mari, un père, un chevalier, un chrétien dans ce philosophe passionné pour le spectacle intérieur, mais qui ne se désintéresse pas du spectacle extérieur, qui appelle sans cesse au secours de ses argumentations et de ses prévisions l'observation du présent et l'expérience du passé, et qui n'est pas indifférent, tant s'en faut, au succès d'une cause dans laquelle il a tout engagé, les intérêts des choses de la terre et les intérêts des choses du ciel, et où Dieu et le roi doivent triompher ensemble. Car il n'admet pas la défaite finale. Il compte sur l'armure invincible sinon invulnérable. Il est imperturbable dans cette confiance qu'aucun démenti des faits n'altère, qui s'est placée au-dessus de l'événement, dans la victoire longtemps disputée, mais d'autant plus définitive de la monarchie légitime sur la révolution et l'usurpation, de la religion catholique, apostolique et romaine sur l'incrédulité et l'hérésie. De là le système, aux chaînons serrés comme ceux d'une cotte de mailles, où tout se tient, où le royaliste, le chrétien, le philosophe ne font qu'un Joseph de Maistre, quand il envisage sans pâlir le grand événement, l'événement monstrueux qui domine et engendre tous les autres, l'événement qui a déchaîné sur le monde les fléaux de la guerre et cherche le défaut de la cuirasse d'écailles du dragon, revêtu lui-même de l'armure de Saint-Georges, et brandissant l'épée flamboyante.

Pour Joseph de Maistre la Révolution française n'est pas un événement accidentel, c'est un événement générique, c'est une époque. C'est l'explosion de levains longtemps accumulés. C'est l'expiation de nombreuses générations de rois et de peuples, ce qui le frappe d'abord en elle, c'est son caractère irréligieux, c'est-à-dire de haine contre la religion, c'est une révolte de l'homme contre Dieu plus encore que du sujet contre le roi. Elle est de nature *satanique*. Il dit le mot qui peint seul la chose telle qu'il la voit. Cette révolution marquée du sceau, du stigmate satanique, offre d'autres traits caractéristiques qui lui donnent sa physionomie à part. Elle a la violence irrésistible des forces de la nature quand elles sont déchaînées en tempête; rien ne peut s'opposer à sa marche de torrent débordé, à sa propagation de peste contagieuse. Ce qu'on fait contre elle ne fait que la servir, que précipiter ce tourbillon vertigineux où elle entraîne les hommes et les choses. Ce caractère irrésistible, fatal des fléaux inévitables, des bouleversements nécessaires est marqué dans cette Révolution à figure de Fatalité irritée, qui entraîne aveuglément à son sacrifice expiatoire les coupables et les innocents, les persécuteurs et les victimes : *volentem ducunt, nolentem trahunt*, qui a un échafaud pour autel et des bourreaux pour prêtres.

Ce n'est pas au figuré et pour y trouver l'occasion d'images pittoresques que Joseph de Maistre voit et caractérise ainsi la Révolution. Il explique tout ce qu'elle a d'inexplicable, en la montrant irréligieuse dans son principe, irrésistible dans sa marche, *nécessaire* comme expiation des fautes de la royauté, des grands, du sacerdoce et du peuple, que le sacrifice purifiera, et devront leur régénération au sang et au feu. Aussi les malheurs des justes, s'il est des justes sur la terre, le triomphe des méchants, et pour parler

sans figure, les triomphes du patriotisme français et
républicain sur la coalition des souverains de l'Europe,
loin de déconcerter et de décourager ce philosophe à
double vue de prophète, qui regarde toujours plus
haut et plus loin que l'événement, le remplissent-ils
d'un sombre enthousiasme. Il faut que la Révolution
triomphe avant d'être vaincue. Il faut qu'elle accom-
plisse sa mission qui est de détruire certaines choses
condamnées, d'effacer certaines traces honteuses, de
faire les besognes expiatoires et vengeresses du sang
et du feu que la royauté de retour, que l'Église victorieuse avec elle, ne pourraient pas et ne voudraient pas
faire. Quand cette tâche sera terminée, la Révolution
finira. On verra sombrer dans le ridicule ses institutions fondées sur l'aveugle et brutale loi du nombre,
ses autorités électives à la perpétuelle instabilité, ses
constitutions baclées en quinze jours, pour durer quinze
mois, chefs-d'œuvre de papier voués au sort des feuilles
emportées par le vent : *ludibria ventis.*

Alors les principes reprendront leur empire, dont le
ressort nécessaire à la vie des peuples se redresse
d'autant plus énergiquement qu'il a été plus vigoureu-
sement refoulé; la souveraineté à origine divine, inviolable et infaillible, *reprendra la place de la souveraineté*
d'origine humaine, soumise à tous les caprices, à toutes
les vicissitudes d'une majorité fondée sur la volonté
populaire et mobile comme elle; alors enfin la constitution naturelle des nations, traditionnellement con-
formée par le temps à leurs besoins et à leurs intérêts,
prévaudra sur ces constitutions écrites, taillées sur le
patron de l'homme abstrait, au lieu de l'être selon le
génie particulier de chaque peuple, ou copies *gueusées*
sur des modèles étrangers, le modèle anglais surtout,

23.

qui peut convenir à l'Angleterre sans convenir le moins du monde à la France.

Cette confiance de Joseph de Maistre exilé à Lausanne dans le triomphe de ses principes, confiance que n'avaient pas ébranlée les triomphes politiques de la révolution, ni même les victoires de la république, fut mise à une rude et décisive épreuve quand la dictature Révolutionnaire fut remplacée par la dictature militaire, quand l'empire succéda à la république, quand un homme de génie, Napoléon, fit supporter à la France, à force de gloire, le sacrifice de sa liberté, et fonda sur la victoire et la conquête une nouvelle dynastie, par une usurpation fondée sur le plébiscite et consacrée par l'onction même du Souverain Pontife, plaçant la couronne des rois légitimes sur le front du nouveau César.

Joseph de Maistre, alors envoyé d'un prince dépossédé auprès de la cour de Russie, fut un moment déconcerté, moins par les victoires de Napoléon, car l'histoire et la logique lui apprenaient que rien de ce qui est violent n'est destiné à durer, et qu'une petite pierre, partie de la montagne, suffit pour renverser le colosse, que par la consécration papale de l'empereur, il y voyait d'abord une complaisance, une faiblesse, une complicité coupables qu'il jugea un moment sévèrement et jusqu'à perdre le respect; erreur bientôt réparée, quand, mieux informé, il connut les mobiles désintéressés de tout autre intérêt que celui de la paix et même du salut de l'Église, qui avaient inspiré la résignation de Pie VII et son sacrifice, et quand il vit cette résignation faire place, chez le pontife désabusé, à une résistance héroïque et capable d'aller jusqu'au martyre.

Dès ce moment, il semble avoir conçu le projet et formé le plan du livre réparateur de ses doutes et de ses irrévérences, et d'expier la faute innocente de son erreur sur le caractère et les mobiles de Pie VII par un hommage historique et politique rendu à la papauté et à son rôle de modératrice des excès de la force, de médiatrice entre les rois et les peuples pendant le moyen âge. L'ouvrage fut justement dédié au pape Pie VII, qui avait tout fait pour rétablir et restaurer, non sans payer l'honneur de bien des épreuves, le prestige de la papauté. « Trois questions principales en fournissent la matière et la division : la question du Pape et des conciles à laquelle se rattache toute la controverse du gallicanisme ; la question du Pape et de la civilisation ; la question du Pape et des souverainetés temporelles (1). »

La première question, celle de l'infaillibilité pontificale, est aujourd'hui vidée, non seulement en fait et historiquement comme elle l'était déjà en 1820, mais en droit et dogmatiquement depuis le dernier concile du Vatican. Elle avait encore un certain intérêt, non seulement spéculatif, mais polémique, à l'époque de la Restauration, où les principes gallicans avaient encore de nombreux partisans dans le clergé, et où Bossuet et l'abbé Fleury gardaient sur lui une autorité dont on peut mesurer le crédit dans l'ouvrage du cardinal de Bausset, consacré au grand évêque de Meaux. Ce dernier trouva dans Joseph de Maistre un adversaire respectueux, mais vigoureux, et un contradicteur digne de la lutte et de la victoire. Car pour les juges les plus désintéressés de cette joute de polémique, Joseph de

(1) Amédée de Margerie, 944.

Maistre a vaincu le grand fauteur du gallicanisme, à
qui d'ailleurs, comme il arrive souvent, son parti avait
attribué des idées qu'il n'avait jamais eues, et qui est
aussi l'auteur du sermon éloquent sur l'unité de l'Église.
Il a démontré avec surabondance l'impossibilité de la
coexistence, comme autorités doctrinales, du Souverain Pontife et de l'assemblée universelle des évêques,
l'impossibilité de leur rivalité, encore plus de la supériorité du concile, qui ne peut exister sans le Pape, sur
le Pape. Tout cela est aujourd'hui affaire vidée, querelle finie et procès historiquement, théologiquement
et religieusement clos par le décret conciliaire sanc-
tionné par le pape Pie IX, qui fait du principe de
l'infaillibilité pontificale, en matière spirituelle, un
dogme obligatoire pour la conscience des catholiques.
L'influence décisive, déterminante dans cette affaire,
ne saurait être refusée sans injustice et sans ingratitude au livre où Joseph de Maistre avait déployé contre
le préjugé gallican une verve inépuisable d'éloquence
et d'ironie, et avait formulé en termes irréfutables la
doctrine de l'ultramontanisme.

En est-il de même de la partie de l'ouvrage où Joseph
de Maistre formule, avec des discrétions et des réserves
dont on n'a pas tenu assez de compte, et ne défend
qu'historiquement et dans le passé sans prétendre
l'imposer politiquement et dans l'avenir, la doctrine
que nous appellerons théocratique.

« Point de morale publique ni de caractère national
sans religion ; point de religion européenne sans le
christianisme ; point de véritable christianisme sans
le catholicisme ; point de catholicisme sans le Pape ;
point de Pape sans la suprématie qui lui appartient. »
Telle est la chaîne de raisonnements que le comte de

Maistre rappelait et recommandait, dans sa lettre du 22 mai 1814, au comte, futur duc de Blacas. En quoi consistait cette suprématie que l'implacable adversaire de la déclaration de 1682, l'apologiste de la papauté réclamait pour elle? En une autorité infaillible dans les matières spirituelles : sur ce point, il n'y a pas et il ne saurait y avoir de conteste. Et, en vertu de cette autorité spirituelle, c'est-à-dire s'étendant à tout le domaine religieux, qui comprend les droits et les devoirs de la morale et de la société, en une autorité ou plutôt en une influence de consultation, de médiation, d'arbitrage dans les questions sociales et politiques, dans les cas de conscience, résultant d'un trouble dans les rapports entre maîtres et serviteurs, patrons et ouvriers, peuples et rois.

Mais, qu'on le remarque bien, afin d'éviter tout malentendu, tout équivoque. La thèse de Joseph de Maistre est très ferme au point de vue des principes. Il prétend, non sans raison, que si le Pape au spirituel est juge souverain et infaillible, il jouit aussi à ce titre d'une autorité morale que nous n'hésitons pas plus que lui à qualifier de la plus grande et de la plus haute qui soit. Mais « la puissance dont il s'agit est toute spirituelle, puisque les papes ne se sont jamais rien attribué qu'en vertu de la puissance spirituelle; la question se réduit absolument à la légitimité et à l'étendue de cette puissance; et si l'exercice de ce pouvoir, reconnu légitime, amène des conséquences temporelles, les papes n'en sauraient répondre, puisque les conséquences d'un principe vrai ne sauraient être des torts. »

Cela posé, il aborde le terrain social et politique et définit et délimite l'exercice de ce pouvoir. Il fait la réserve, formulée après lui expressément par le pape Pie IX dans son discours du 20 juillet 1871, de la double condition nécessaire pour que ce pouvoir modérateur, médiateur, pacificateur puisse entrer en fonctions : la sanction *du droit public, et du consentement de la chrétienté, du consentement des peuples.* L'exercice de ce pouvoir moral de la papauté, au profit de la défense des plus sacrés intérêts de la civilisation : sainteté des mariages, intégrité des mœurs sacerdotales, liberté de l'Église et du Saint-Siège, et qui, dans la pensée de Joseph de Maistre, comprenait aussi une sorte de droit d'appel à l'obéissance et à la paix, d'intervention conciliatrice entre les rois et les peuples, entre les nations entre elles pour prévenir les révolutions et les guerres; l'exercice, disons-nous, de ce pouvoir moral de la papauté s'accordait parfaitement dans le système de l'auteur du Pape avec sa conception de la monarchie chrétienne.

Mais il n'a jamais hésité à proclamer la suprématie du Pape dans les matières spirituelles, suprématie dans le domaine de laquelle il est le suzerain des souverains qu'il peut excommunier et exclure du sein de l'Église jusqu'à résipiscence et absolution (ce qui fut fait par Pie IX pour Victor-Emmanuel); il s'est borné, en ce qui touche la prérogative morale dont nous parlons, et qui put aller au moyen âge jusqu'à la déposition et jusqu'à la décision, déliant les sujets du serment de fidélité, à constater les bienfaits dans le passé pour la foi et la civilisation, de ces interventions de la papauté dans les affaires temporelles des souverains et des peuples. Il n'a rien réclamé de pareil pour le présent et pour l'avenir. Il savait bien, comme le constatait mélancoliquement Pie IX dans son dis-

cours de 1871, « que les temps où nous vivons sont
bien changés », c'est-à-dire que le pouvoir moral des
papes, ce pouvoir d'intervention en faveur des peuples
opprimés, ou entre les nations prêtes à invoquer la
suprême et sinistre loi des armes, a été effacé par
la révolution du droit public qui n'en seconderait plus
les initiatives, jadis si bienfaisantes et si salutaires,
maintenant considérées comme coupables d'ingérence
provocatrice, d'usurpation et d'intrusion téméraire, et
manquerait aujourd'hui le plus souvent du consentement des peuples et même des souverains intéressés.

La thèse de Joseph de Maistre est donc simplement
historique et spéculative. Il n'hésite pas à glorifier
l'exercice de la suzeraineté morale des papes dans
le passé, à regretter qu'elle ne soit plus guère pratiquement possible dans le présent. Mais s'il est un
grand catholique, il est aussi un grand politique. Il
sait qu'il faut compter avec les susceptibilités des peuples et aussi des princes, et il borne à ces éloges pour
ce qui fut, à ces regrets de ce qui pourrait, à son sens,
et devrait être une thèse qui ne contient pas de reven-
dication directe, qui est surtout l'apologie du christianisme au point de vue politique et social, non moins
éloquente, non moins féconde comme influence que
l'apologie du christianisme, au point de vue moral
et esthétique écrite par Chateaubriand.

Cette thèse des bienfaits et des avantages de la
médiation pontificale, réduite à ces termes qui n'ont
rien d'insolent ni de menaçant, puisqu'ils supposent et
réservent la sanction du droit public et du consentement des peuples, ne saurait être traitée de paradoxe
monstrueux et presque criminel, comme on le fait dans
certains milieux, où la superstition de l'État remplace

les autres et où de très crédules incrédules ne croient pas aux miracles de Jésus, mais croient aux miracles de César ou de Joseph Prudhomme.

C'est dans l'intérêt de la liberté des peuples, plus que dans celui de l'autorité des princes ou des papes, que Joseph de Maistre l'avait formulée. La beauté, à ses yeux, de son idéal de monarchie chrétienne, c'est que cette forme parfaite de gouvernement *restreignait la souveraineté sans la détruire*, de façon à n'être ni le despotisme pour les princes, ni la servitude pour les sujets. Mais toute institution humaine a les défauts et les dangers de l'humanité. Et, en dépit du souffle généreux de l'esprit chrétien, en dépit des garanties des lois fondamentales de chaque pays, il pouvait arriver que l'institution « ne fût point à l'abri des excès de l'énorme prérogative » de la souveraineté telle que la concevait Joseph de Maistre et que le roi chrétien cédât à la tentation de devenir un tyran. Comment défendre les peuples contre ces excès, les princes contre cette tentation du pouvoir absolu? « Si on proclame le droit de résistance laissant chaque peuple juge des cas où son exercice est légitime, la porte est ouverte toute grande aux révolutions. Si on enseigne, sans restriction ni dispense, le devoir de non-résistance, tout frein est ôté aux caprices fous ou féroces des mauvais princes. Des deux façons, le bel édifice de la royauté chrétienne tombe par terre « et l'on se trouve placé entre deux abîmes ».

Le serment de fidélité sans restriction exposant les hommes à toutes les horreurs de la tyrannie, et la résistance sans règle les exposant à toutes celles de l'anarchie, la dispense de ce serment prononcé par la souveraineté spirituelle pouvait très bien se présenter à la pensée.

humaine comme l'unique moyen de contenir l'autorité
temporelle sans affaiblir son caractère.

Joseph de Maistre avait donc vu, dans cette voie
d'appel, dans ce recours des peuples opprimés à l'autorité spirituelle pour les affranchir du supplice d'un
joug intolérable ou pour les dispenser du crime de
la révolte, un frein contre la tyrannie et une digue
contre le désordre. Se préoccuper de faire faire aux
peuples l'économie des révolutions, qui ne savent que
détruire et qui sont funestes pour la liberté autant que
pour l'autorité, n'était pas d'un philosophe courtisan
de la multitude, mais se préoccuper de refréner le
danger et les inconvénients de la tyrannie, si on la
laissait inviolable et impunie sous son bandeau sacré,
n'était pas non plus d'un partisan du despotisme.

Les constitutions modernes ont toutes cherché cette
soupape de sûreté, ce moyen d'éviter à la fois le despotisme et les révolutions. C'est dans ce but qu'elles
ont proclamé l'inviolabilité du prince et la responsabilité des ministres ou prévu des cas et organisé des
juridictions de mise en accusation et de déchéance.
Mais l'expérience de tant de révolutions, toujours spon-
tanées, toujours irrésistibles, et dès le premier moment irréparables, qui n'ont pas permis de fonctionner
à ces mécanismes préservateurs, régulateurs, tempo-
risateurs, dont la fragilité égale la complication, ne
permet pas d'avoir confiance dans ces chartes, ces
constitutions, ces juridictions parlementaires qui n'ont
jamais rien prévenu ni empêché. On n'arrête pas un
torrent débordé, un peuple en furie avec un rempart de
papier. Tous les gouvernements de l'Europe, libres ou
absolus, sont donc à la merci d'une majorité dans les
temps calmes, d'une révolution dans les temps troublés.

Ces recherches de la solution non encore trouvée d'un problème qui semble, dans les termes où il est posé, insoluble, occupent et agitent encore beaucoup de graves et de généreux esprits, sans grand profit de découverte. Contre les dangers de révolution, point de préservatif efficace, point de dérivatif décisif, point d'autorité d'arbitrage et de médiation. Contre les dangers de guerre européenne, des congrès de la paix, que n'émettent que des vœux platoniques, et voilà tout. Contre les menaces du socialisme, la propriété est aussi désarmée que le sont l'autorité et la liberté contre les menaces de l'anarchie.

Le sentiment de cette impuissance a rendu, aux yeux même des politiques qui, hors de toute préoccupation confessionnelle, cherchent des points d'appui contre les assauts futurs, des moyens de résistance contre la subversion sociale, quelque crédit à ces forces morales et religieuses, trop longtemps dédaignées, et qui méritent, en tant que forces, le respect de tous. Dans les temps d'orage, on se réfugie où l'on peut, et l'Église peut être un abri pour ceux qui n'en ont pas d'autre. car elle est encore le seul édifice qui ait survécu à la ruine de tous les autres.

Depuis qu'on a vu l'empereur et l'empire d'Allemagne, prince et pays protestants, défaire le Kulturkampf qu'ils avaient fait et renoncer à la lutte contre l'Église, d'autant plus forte qu'elle est plus persécutée, on a compris, à peu près partout, qu'on ne s'appuie que sur ce qui résiste et, qu'à tout prendre, il y a lieu de compter avec l'unique force morale et sociale qui ait traversé impunément toutes les crises et triomphé de tous les assauts : la religion. Sans adopter les idées de Joseph de Maistre et ses moyens de recours, beau-

coup ont cessé de les mépriser et ont convenu franchement qu'elles n'étaient pas si absurdes, ni si odieuses,
ni si ridicules qu'on l'avait cru et surtout qu'on l'avait
dit.

Tous ceux qui les ont examinées de près ont été
frappés, non seulement en dilettantes, par l'étincelante virtuosité de logique et d'éloquence avec laquelle
elles sont exprimées, mais en philosophes, par les soli-
dités attirantes d'un système qui donne à penser, qui
oblige à l'estime même ceux que rebutent et qu'aga-
cent ses subtilités. Car de Maistre est un raisonneur à
outrance; il a la ténacité et la malignité de tous les
dialecticiens puissants qui s'enivrent un peu de la
volupté de leur propre puissance, comme les joueurs
et les escrimeurs de première force qui s'amusent parfois à déconcerter, par des coups imprévus ou par de
bizarres et prestigieuses évolutions, leurs adversaires
et jusqu'à leurs partisans. Joseph de Maistre a cette
ténacité, cette malignité des grands manieurs de systèmes, des grands combinateurs de méthodes et jon-
gleurs d'idées. Il a le jeu un peu rude, l'escrime un
peu brutale. Il dogmatise un peu impérieusement, et il
arrive volontiers par le paradoxe à la démonstration
de la vérité. Comme tous les hommes de génie, il n'a
pas assez de ménagements pour le vulgaire, et ne se
met pas assez à la portée, à l'oreille de la moyenne. Il
a la plaisanterie un peu forte, l'ironie un peu grosse.
On ne sait pas toujours s'il badine ou s'il est sérieux,
s'il démontre ou mystifie.

Ces procédés d'argumentation conformes à son caractère entier, à sa disposition pour les graves jovia-
lités et les épigrammes pince-sans-rire, étaient aussi
employés et exagérés par lui, en vue de la mode fran-

çaise, de l'optique parisienne, auxquelles il croyait devoir payer ce tribut et faire ce sacrifice. De là de si étranges malentendus, de si étonnantes méprises sur l'homme et sur le penseur qui n'a pas eu impunément dans sa manière quelque chose de celle de Diderot qu'il n'aimait pas, mais surtout de celle de Voltaire, qu'il n'aimait pas non plus, tout haut, mais qu'il ne pouvait s'empêcher parfois tout bas, ne fût-ce que dans ses tragédies et ses poésies légères, et qu'il affectait de mépriser jusqu'au point de dire qu'il ne l'avait même pas tout lu, alors que ses œuvres et sa correspondance témoignent à son insu ou malgré lui d'un commerce intime avec ce diabolique, mais ensorcelant adversaire, qu'il se plaisait à fréquenter pour le bon motif sans doute et pour le mieux combattre.

En attendant et sans s'en apercevoir, comme il avait autant d'esprit que Voltaire, il en prenait parfois les procédés malins et décevants de discussion, laissant parfois jusqu'au bout son lecteur dans le doute sur ses intentions et comme on dit le bec dans l'eau. Le lecteur s'est parfois vengé en ne comprenant pas, ou en comprenant de travers celui que Scherer, agacé et charmé tour à tour, appelait « un Voltaire retourné », c'est-à-dire le contraire d'un Voltaire par les idées, mais l'égal d'un Voltaire pour l'esprit, et son semblable par les tournures de raisonnement et façons d'esprit. C'est ce qui explique aussi qu'on juge si mal, en détail, un homme qu'on ne peut apprécier justement qu'en le considérant dans son ensemble. Sans quoi sur la foi de telle foucade de paradoxe, de telle boutade de bonne ou de mauvaise humeur, on pourra le juger à son tour très paradoxalement, le prenant au mot de ses *par-delà*, de ses *au-delà* à la Saint-Simon,

c'est-à-dire de ces écarts, de ces excès de mots qui
parfois dénaturent et travestissent l'idée pour faire de
ce grand monarchiste, de ce grand chrétien, un révolutionnaire ou un athée, un illuminé de cet adversaire
de l'illuminisme, un apôtre de la guerre, un glorificateur du bourreau, de cet homme qui a tant de fois
maudit comme philosophe la guerre qui l'a tant fait
souffrir comme père, et qui n'a parlé du bourreau
qu'avec le respect attristé dont le juge est bien obligé
de donner l'exemple pour l'exécuteur des cruels, mais
nécessaires arrêts de la justice.

C'est grâce à ces duperies d'apparence, à ces illusions de mirage qu'on a pu faire dire à Joseph de
Maistre le contraire de ce qu'il a dit, qu'on a pu faire
de lui-même le contraire de ce qu'il fut; que M. Albert
Blanc a vu en lui un partisan et un conseiller des
ambitions de la maison de Savoie, et de ses spolia-
tions, et aussi un précurseur du Saint-Simonisme, que
M. Caro l'a prétendu atteint d'illuminisme et que
M. Franck l'a dit convaincu de plagiat.

C'est un peu la faute de Joseph de Maistre et de ses
procédés naturels et artificiels, spontanés et prémédi-
tés d'argumentation et de discussion. Cette crainte
d'être mystifié, cet agacement de procédés de discussion systématiquement compliqués et détournés qui
donnent souvent le change sur son but, percent dans
les études récentes que lui ont consacrées de fins critiques, qui ne se sont privés ni du plaisir de le contredire, ni du plaisir de l'admirer, mais qui ont relevé,
avec une certaine aigreur d'homme qui a failli être
pris pour dupe et n'est pas sûr d'avoir complètement
échappé au piège, ces excès de systématisation, ce
goût du paradoxe, cette rigidité impérieuse de démons-

tration, cette ironie dans le dogmatisme, tout cet appareil intimidant qui rend si âpre d'aspect, si escarpé d'abord, si rébarbatif d'apparence le christianisme d'un homme qui était le plus tolérant, le plus charitable, le plus généreux, le plus aimable des hommes, qui apparaît tel dans ses lettres, mais qui le semble beaucoup moins dans ses ouvrages.

Les dialecticiens révolutionnaires, dit le plus brillant de ces récents critiques, ont rédigé la déclaration des droits de l'homme, et de Maistre, la déclaration des droits de Dieu; sans compter que, lui aussi, il aboutit bien un peu à la terreur.

Mais il ajoute :

Et malgré tout, il a cela pour lui qu'il fait infiniment penser. On le quitte avec une profonde estime pour son caractère, une vive sympathie pour les qualités de son cœur, et le souvenir d'une des plus belles joutes de dialectique dont on ait jamais eu le spectacle (1).

Il est un autre écrivain (2) d'une envergure supérieure, qui n'est pas seulement un critique fin et subtil, et ayant le courage de l'esprit au point d'oser dire du bien de Joseph de Maistre et du mal de Voltaire, comme

(1) Emile Faguet, *Politiques et moralistes du dix-neuvième siècle*, 1891. « Joseph de Maistre », pp. 1 à 67.

(2) Nous remplissons avec plaisir le devoir d'indiquer et de citer encore dans le groupe des hommes plus nombreux qu'on ne pense, qui, sans partager toutes les idées de Joseph de Maistre, font le plus grand cas en lui du penseur et de l'écrivain, un jeune et très distingué écrivain et critique politique dont les bons juges ont remarqué le talent fin, subtil, un peu sceptique comme il convient aux fins de siècle, ennemi des déclamations et des personnages déclamatoires, et peu tendre aux sophismes politiques ou économiques dont s'engoue le vulgaire. M. Ch. Benoist, très bien informé d'observation personnelle et d'intimes rapports de tout ce qui touche aux hommes et aux choses d'Italie, a publié dans *le Temps*, sur le Pape

M. Faguet, mais qui est un critique, un philosophe politique, très préoccupé, au point de l'évolution intellectuelle et de l'évolution sociale de cette fin de siècle, du problème religieux tel qu'il se pose en ce moment, c'est-à-dire de l'influence de la Papauté et de l'influence de la doctrine catholique dans les questions politiques et sociales.

Cet écrivain, qui a beaucoup lu Joseph de Maistre et Chateaubriand, a abordé ce problème avec cette généreuse hardiesse qui n'a que les craintes et que les scrupules qu'il est permis d'avoir, et il l'a traité avec quelque chose des idées d'un élève de Joseph de Maistre toujours au-dessus du succès, mais tenant compte de l'événement depuis soixante-dix ans, et beaucoup du talent d'un disciple de Chateaubriand, séduit plus encore par la force de la religion que par sa beauté, et voyant pour la Papauté un plus beau rôle, plus conforme à ses intérêts et à son prestige dans celui de médiatrice entre les pauvres et les riches, le capital et le travail, que de médiatrice entre les princes et les peuples ou les princes entre eux.

Selon l'auteur sagace et éloquent des *Spectacles contemporains* (1) le propre du catholicisme et de la

Léon XIII et l'évolution de la Papauté qu'il personnifie, des études qui sont d'un homme qui est quelqu'un ou cherche à le devenir. Il a aussi étudié sur place, sans préjugés et avec le courage et la probité de la vérité, la question algérienne. La vie politique l'attire et c'est peut-être dommage qu'il risque de s'y perdre. Mais non, il est de la fine et souple race de ceux qui se retrouvent toujours partout, avec le flair des bonnes pistes et le pressentiment des occasions propices. Il y entrera à peu près sur des avantages et des succès que la littérature et le journalisme ménagent aux avisés qui, après s'y être armés et exercés, savent les quitter à temps.

(1) Le vicomte E. Melchior de Vogüé, de l'Académie française, *Spectacles contemporains*. Paris. Armand Colin, 1891.

Papauté qu'on représente à tort comme condamnés aux majestés, aux impassibilités et aux stérilités de la vie contemplative du sanctuaire, est de pouvoir en sortir impunément, sans rien perdre de leur prestige, sans rien compromettre de leur intérêt, et de se mêler à l'action, de s'associer aux réformes nécessaires et aux progrès salutaires. Selon lui, ni la religion, ni la Papauté n'ont à regretter d'être redevenues militantes et même souffrantes. La pauvreté les a rapprochées de ceux qui souffrent, la persécution leur a assuré l'amour de tous les persécutés. Jamais la religion n'a fait plus de conquêtes que depuis qu'elle sème pieds nus le grain de ses moissons. C'est par des missionnaires en haillons qu'elle a conquis l'Amérique. Jamais l'institution de la Papauté n'a eu plus d'amis et de partisans que depuis que son royaume a été réduit à un domaine, qu'elle n'est plus que dans l'enceinte du Vatican, l'unique souveraineté qui bénisse ses sujets, comme, dit Chateaubriand, et que refusant la subvention qui n'eût été que le prix de sa servitude, elle demande non à l'impôt, mais à l'offrande volontaire des fidèles, le pain de son existence et la rançon de sa liberté.

Joseph de Maistre n'eût peut-être pas désavoué, si l'illustre mort de 1821 eût vu, par un privilège unique, son existence prolongée jusqu'en 1891, bien au-delà des limites du centenariat, toutes les idées exposées dans l'étude intitulée : *Affaires de Rome*. Et Chateaubriand, en tout cas, n'eût pas hésité à louer la forme dans laquelle elles sont exposées. Dans cette étude datée de 1887, l'auteur, laissant au lecteur qui connaît la marche ultérieure des événements le soin de décider sur quels points ces événements ont détruit ou confirmé ses impressions de cette époque, rappelle tout d'abord qu'il assistait, en février 1878, dans la chapelle Sixtine, à l'exaltation de Léon XIII.

Il y a neuf ans, en février 1878, j'assistais, dans la chapelle Sixtine, à l'exaltation de Léon XIII. On avait long-temps balancé entre deux projets : un couronnement dans Saint-Pierre, avec toute la solennité et l'apparat des anciens jours, ou une modeste cérémonie dans l'étroite chapelle du Vatican. Au dernier moment, on s'était résigné à la seconde solution, comme à la plus convenable au malheur des temps. Et tout semblait donner raison aux conseillers timides... Beaucoup d'entre nous se demandaient s'ils n'assistaient pas à une fin, plutôt qu'à un commencement; plus d'un infidèle était venu là se disant : « Ne manquons pas d'aller voir, c'est peut-être le dernier. »

Combien, au printemps de 1887, les choses et les impressions avaient changé : le contraste est saisissant.

Je reviens à Rome après ces neuf années; et ce que j'aperçois tout d'abord sur l'horizon de la ville éternelle, c'est la figure démesurément grandie de ce vieux prêtre. Dans toutes les paroles qui tombent des bouches les plus graves, il n'est question que du Pape, de son pouvoir, de sa signification européenne. Il suffit d'ouvrir un journal ou de traverser un salon politique, pour comprendre que le Vatican est à cette heure un des principaux centres diplomatiques de l'Europe, celui auquel viennent aboutir le plus d'affaires et les plus considérables. Un envoyé du Pape arrive de Berlin, du lieu où la destinée a aujourd'hui ses grands ateliers; il en arrive comblé d'honneurs, fort de toutes les caresses que les forts lui ont prodiguées; tous les yeux sont fixés sur cet ambassadeur d'un trône anéanti.

L'observateur pénétrant, auteur des lignes que nous venons de citer, entre dans le détail de l'étude des rapports entre la Papauté actuelle et l'Italie, la Papauté actuelle et le monde catholique, et il montre qu'elle a

24

plus gagné que perdu aux événements, que son prestige moral a augmenté à mesure que sa puissance
matérielle a diminué, que le plus faible est le plus
fort; que la Papauté dépouillée est victorieuse de son
vainqueur et l'enserre peu à peu dans les mailles d'une
politique de résistance sourde, insaisissable, inviolable, jusqu'au jour espéré où de la défensive elle pourra
passer à l'offensive.

Tandis qu'elle accroît ses forces pour l'offensive, la
Papauté demeure inexpugnable dans ses retranchements.
Elle ignore volontairement la loi des garanties, tout en
bénéficiant avec sécurité de cette loi, sauf pour les clau-
ses pécuniaires; des motifs d'amour-propre et de nécessité, plus forts que tous les engagements réciproques,
imposent au gouvernement italien le respect de ce contrat unilatéral : la situation peut se résumer en deux
mots : la Papauté n'a jamais besoin de ce gouvernement,
il a besoin d'elle à toute heure et en tout lieu.

Après avoir exposé et développé ces prémisses, l'auteur se tourne du côté de l'Allemagne, et pour prouver
combien la Papauté désarmée de toute force matérielle est encore et de plus en plus puissante de sa
force morale et sociale revivifiée, renouvelée par cette
faiblesse même, il montre un homme d'État dont le
génie a toujours consisté à utiliser à son profit les
forces disponibles dans le monde, n'hésitant pas à
chercher à mettre de son côté et dans son jeu cette
première force religieuse du monde, sans emploi temporel, qui pouvait le servir au dehors et au dedans. Et
cela sans crainte de contredire en lui l'auteur du *Kulturkampf*. Autres temps, autres moyens.

Cet homme est un maître dans son art, parce qu'il
s'applique, comme tous les grands artistes, à l'imitation
exacte de la nature. La nature ne laisse aucune force

inutilisée pour le gouvernement de l'univers; elle les oppose, et l'univers se maintient par l'équilibre toujours changeant de ces énergies contraires. Notre admirable adversaire procède comme elle dans le gouvernement diplomatique du monde. Sa chancellerie est un laboratoire où il ne cesse de capter les forces de toute espèce, soit pour les employer directement à son œuvre, soit pour les neutraliser les unes par les autres.

M. de Bismarck a donc saisi la première occasion favorable pour le transport de cette force : la Papauté, dans son laboratoire. Il a rouvert son pays aux ordres monastiques, en exceptant les Jésuites, sauf à faire cesser l'exception au besoin, comme Frédéric le Grand. Il a flatté la Papauté d'espérances bien supérieures à celle que devait lui inspirer l'hommage si inattendu de sa demande de médiation dans sa querelle avec l'Espagne.

Une difficulté se présentait, qui eût arrêté une politique vulgaire : M. de Bismarck avait pour d'autres fins un besoin égal de l'Italie. L'opération simple eût été de choisir entre ces deux éléments réfractaires l'un à l'autre. Le chancelier a préféré l'opération complexe et doublement avantageuse : réunir ces éléments dans sa main, les tenir d'autant mieux par une émulation de craintes et d'espérances.

Mais ce qui fait la puissance de cette politique de bascule, ou manège compliqué, fait aussi sa faiblesse. Tenant plus compte des faits que des idées, cherchant moins à servir ses alliés qu'à s'en servir, et n'hésitant pas même, pour les mieux avoir dans sa main, à les compromettre, M. de Bismarck s'est mis à la merci de l'événement. Et des revirements imprévus, comme l'accident de sa chute et l'avénement de son pupille affranchi, à la plénitude du pouvoir exercé désormais sans partage par un souverain militaire et piétiste, lui ont montré à ses dépens que ce n'est pas tout que de bien couper : que le difficile, comme l'avait éprouvé Catherine de Médicis, son aînée dans cette politique sans scrupules, c'est de bien coudre. L'édifice du machiavelisme bismarckien s'est écroulé, et les espérances qui s'appuyaient sur lui ont été changées en déceptions.

Ce rapprochement, qui n'a pas eu de veille, n'aura pas de lendemain. Il serait absurde d'attendre que l'Allemagne protestante fît du soutien de la Papauté un des dogmes de sa politique nationale, une de ces obligations aux racines profondes, parce qu'elles sont tirées d'un sentiment populaire ou d'un intérêt permanent. Ce n'est que l'intermède imaginé par un homme de génie.

Et cet homme est tombé, et sa politique avec lui. Si on dresse le bilan des profits et pertes de cette *flirtation*, dans le sens respectable du mot, de cette combinaison entre l'Allemagne et la Papauté, quels en sont les résultats?

Le Saint-Siège aura-t-il du moins retiré des avantages durables de ces bonnes grâces d'un instant? Il en a d'abord espéré le rôle magnifique d'arbitre international. Plût au ciel que cet espoir se réalisât! Ce serait le plus grand progrès accompli depuis longtemps dans le monde. Mais les temps ne semblent pas venus. Le cas particulier qui devait faire précédent, le litige entre l'Allemagne et l'Espagne, était peut-être le seul où cet arbitrage pût s'exercer. Le Pape offrirait vainement ses bons offices à la République française, possédée de la manie anticléricale; à l'Italie, qui récuserait un adversaire; à l'Angleterre, si ombrageuse pour son Eglise établie; à la Russie schismatique; à la Turquie musulmane. Sur tous les points où des complications sont le plus à craindre, je ne vois que des Etats hostiles à l'Eglise romaine, peu soucieux de grandir son influence.

L'unique profit pour la Papauté, et il a sa valeur,

mais il eût été obtenu sans compromission par le
besoin qu'avait M. de Bismarck du centre catholique et
de son indispensable appui. Pour ce qui est de l'appui
de l'Empire pour ses revendications contre l'Italie, la
Papauté, si elle y a compté, doit reconnaître combien
grande a été son illusion. Car le négociateur des
avances à la curie romaine est aussi l'auteur de la
Triple-Alliance. L'Italie n'en a accepté les liens onéreux qui se resserrent si durement sur ses finances
et sa situation économique, que pour paralyser tout
effort de la Papauté vers son affranchissement. Elle
est entrée dans la Triple-Alliance bien plus contre la
Papauté que contre la France, et son hostilité contre
la France est surtout fondée sur ce qu'elle voit en elle,
malgré toutes les assurances et les preuves contraires,
l'amie de la Papauté.

La dernière évolution politique de la Papauté n'ayant
produit pour elle que des déboires et des dangers,
quelle doit être, — selon l'auteur des *Spectacles contemporains*, un livre plein de faits et d'idées qui fait
penser, et qui exprime sur les problèmes de l'avenir
des vues qui méritent considération, même quand on
ne les partage pas, — l'attitude de la Papauté? Quel
doit être son rôle en face de ces problèmes.

Pour cette œuvre de la Papauté dans l'avenir, l'auteur pense qu'elle ne saurait se passer du concours de
la France qui, en dépit de la révolution et des idées
révolutionnaires, demeure, par la vertu d'apostolat,
l'attrait de prosélytisme de son génie et de sa langue,
la grande missionnaire du catholicisme dans l'ancien
et surtout dans le nouveau monde. C'était aussi la
conviction inébranlable de Joseph de Maistre, qui n'a
jamais varié sur ce point de 1796 à 1820, pardonnant

24.

tout à la France, même la Révolution qui l'avait dépouillé et exilé, même cette hérésie gallicane qui trouva en lui un si rude et si victorieux adversaire, à cause de cette vertu de prosélytisme, de cette puissance et de ce charme d'apostolat, privilège traditionnel de son génie et de sa langue.

Comme Joseph de Maistre, mais en vue du triomphe d'idées dont la hardiesse l'eût sans doute séduit et choqué tour à tour, M. de Vogüé pense, que dans l'évolution actuelle du catholicisme, la Papauté ne peut se passer de la France. Et il écrit :

Certes, la fille aînée de l'Église ne donne pas beaucoup d'agrément à sa mère. Nous reprochons à cette mère d'être sensible aux caresses des autres, et nous n'avons à lui offrir que des coups... Tout présage à la religion de nouvelles épreuves... Pourtant j'estime qu'on peut encore montrer le lien traditionnel qui enchaîne les destinées de l'Église et celles de notre pays.

Il est un premier point sur lequel tout le monde est d'accord. Dès que la France se répand hors de chez elle, elle redevient l'armée de l'Église : soldats révoltés dans la caserne, excellents au feu de l'ennemi. Et nul ne peut nous remplacer dans ce service. J'ai vu longtemps à l'œuvre, dans le Levant, les missionnaires de toute nationalité; je viens de consulter des observateurs impartiaux; l'avis est unanime... Pourquoi? C'est qu'alors même qu'il ne prêche pas une doctrine religieuse, le Français a le don inné de l'apostolat. Nous avons été colonisateurs; je ne sais si nous le sommes encore; mais nous sommes *missionnaires*, nous avons le génie du prosélytisme.

Ce sont là les idées mêmes de Joseph de Maistre, exprimées avec quelque chose de son style. Il disait à la Papauté, comme il disait à la monarchie, que la France leur était indispensable. M. de Vogüé répète à

la Papauté « que la France lui est indispensable en
tant que missionnaire du catholicisme », et il ajoute,
ce que n'eût sans doute pas fait Joseph de Maistre,
« qu'elle lui sera nécessaire en tant que missionnaire
de la démocratie, comme le levain est nécessaire au
boulanger ».

Ici l'auteur développe une théorie de la Révolution
et une théorie de l'évolution prochaine du catholicisme et de la Papauté, que Joseph de Maistre n'aurait
pas sans doute contresignée, bien qu'il s'y fût reconnu
à plus d'un trait.

Je crois à l'identité des grandes lois qui régissent le
monde de la matière et le monde moral; je crois qu'il
faut appliquer à la philosophie de l'histoire ces lois que
la science vient de généraliser pour les organismes
physiques. On ne guérit plus un mal par les contraires
ou par la saignée; on le guérit en lui demandant à lui-
même son propre remède. Nous sommes malades, je n'ai
garde d'y contredire, mais nous le sommes comme le
sujet de clinique, dévoué par une destination mystérieuse
au service de tous; nous le sommes afin de fournir au
vaccinateur le virus dont il a besoin pour ses inoculations
sur tous ceux que notre maladie menace. De ce point de
vue seulement nous pourrons enfin découvrir une théorie
raisonnable de la révolution que nous avons déchaînée
sur le monde et de ses conséquences dernières. La mau-
dire est un plaisir bien stérile et bien usé; voilà cent ans
qu'on le fait à Rome, cela n'a pas avancé beaucoup. Il
serait temps de se demander si les erreurs révolutionnaires furent autre chose que de l'évangile aigri « la
vérité dont on abuse », comme disait ce grand voyant de
Bossuet, parlant de l'erreur en général; il serait temps
de chercher avec l'Église, non plus les moyens de barrer
le torrent, mais ceux qui peuvent lui rendre sa limpi-
dité et sa vertu bienfaisante. Je ne veux pas pousser des
idées qui ne sont pas mûres. Mettez encore des tombes,
beaucoup de tombes; ceux qui regarderont par-delà

apercevront un jour, la relation entre le développement du christianisme et la Révolution française... Seule,
aujourd'hui, l'Eglise est inspirée d'assez haut pour
discerner cette unité de cause dans les transformations
qui renouvellent la France, le monde et l'institution
catholique : transformations dont l'initiative est partie de
chez nous. »

Nous ne pouvons suivre ici l'auteur dans le développement des idées hardies, vraiment nouvelles, exposées
dans cette page maîtresse. Nous y renvoyons le lecteur,
car il faut les avoir lues pour être au courant d'une
des évolutions les plus intéressantes de l'opinion contemporaine et des aspirations de l'école de néo-catho-
licisme, dont le jeune académicien est le chef, avec son
éloquence mâle et sobre et sa précoce autorité. Nous
nous bornons à résumer ses conclusions :

Les sociétés civilisées sont, suivant lui, travaillées à
l'heure présente par un double mouvement, qui les égalise
au dedans, qui les dissémine au dehors. Elles deviennent
démocratiques et cosmopolites... Au-dessus de toutes les
agitations secondaires, ces deux mouvements bien carac-
térisés donneront aux historiens futurs la physionomie de
ce grand siècle.

L'auteur étudie et précise les tendances de ces deux
grands courants. Il établit « que la démocratie, à travers ses incertitudes et ses mécomptes, tend vers une
fin unique : rendre les conditions de vie plus faciles et
plus équitables pour la multitude des hommes. Durant
la première période de son développement, on l'a
amusée avec le libéralisme parlementaire ; elle est lasse
aujourd'hui de ce jeu de son enfance ; elle découvre
son véritable objet et n'a plus qu'un souci : la question
sociale ».

Que fait l'Église devant ces nouvelles directions des peuples? Elle ne serait plus elle-même si elle y demeurait étrangère... La cour de Rome renoncerait à toutes ses traditions si elle hésitait à suivre le monde dans les deux voies où il s'engage. Vis-à-vis d'une démocratie cosmopolite, elle ne saurait rester ce que les derniers siècles l'avaient faite au collège de diplomates italiens. Et par une disposition vraiment providentielle, le monde ne lui demande plus à cette heure de contrevenir à l'esprit et aux origines de l'institution chrétienne comme aux époques où elle devait prendre les mœurs de la féodalité, celles des monarchies absolues; il l'invite, au contraire, à revenir à cet esprit, à ces origines, en se refaisant plus populaire, plus franchement universelle, etc.

L'Église, dans la personne de son clairvoyant et politique chef, n'avait pas besoin d'être incitée à prendre le rôle qui lui convient dans l'observation, la direction, la modération, la pacification du mouvement social, qui est le grand fait de ces dernières années. Son attitude en présence des initiatives des cardinaux Gibbons et Manning, la dernière encyclique de Léon XIII sur la question sociale, la montrent s'engageant prudemment, mais résolument dans la voie où elle doit rencontrer les triomphes réparateurs et consolateurs des amertumes présentes. Dans ce mouvement, Joseph de Maistre ne l'eût peut-être pas précédée, mais il l'eût certainement suivie. Et sans tout approuver dans les idées de l'auteur des Spectacles contemporains (1), il en eût certainement approuvé plus d'une, justement séduit par ces hardiesses originales et parfois paradoxales, qui ne sont pas pour déplaire à son génie primesautier, épris de ces mystères de la vérité, auxquels il faut faire

(1) Vte E. Melchior de Vogüé, les Spectacles contemporains. Paris, Armand Colin, 1891. « Affaires de Rome », pp. 1 à 82.

un peu violence et qui ne se découvrent qu'aux audacieux.

Comme conclusion, si nous passons une dernière fois la revue des idées principales, des idées maîtresses de Joseph de Maistre, de celles qui sont les colonnes et les clefs de voûte de son système, en quel état les trouvons-nous et quel sort leur a-t-il été fait par les événements depuis sa mort, c'est-à-dire depuis soixante-dix ans. Certes, le caractère de ces idées est d'être désintéressées du succès et en dehors et au-dessus de l'événement. Cependant l'épreuve des faits a ses leçons dont le philosophe le plus fier ou le plus modeste ne peut s'empêcher de tenir compte sous peine de n'être plus qu'un abstracteur de quintessence et à renoncer à toute influence sur les hommes. Joseph de Maistre, le grand apologiste de la papauté, le grand avocat de la monarchie chrétienne, n'était point si dédaigneux des faits que cela, et il reconnaissait de bonne foi avoir été plus d'une fois *pipé* par eux. Il savait, tout en demeurant inflexible sur les principes, faire la part du temps et de la nécessité, et leur céder tout ce qui peut être cédé sans honte, comme l'ont fait dans tous les temps la papauté et la monarchie elle-même, qui n'ont dû qu'à ces sacrifices sur le contingent, à ces allègements du navire menacé de l'échouage, la perpétuité de leur durée comme influence et comme doctrine. L'adversaire systématique des constitutions professait sans croire se contredire qu'il fallait soutenir la charte, et l'intraitable adversaire de la doctrine gallicane admettait des ménagements pour couvrir la retraite et ennoblir la capitulation de l'hérésie rentrant au giron de l'orthodoxie.

Joseph de Maistre, s'il vivait encore ou revenait au monde, ne désapprouverait donc pas ce bilan de ses idées au point de vue de leur rapport avec les faits actuels et, probablement, il en prendrait l'initiative, nous accompagnant sur le champ de bataille de cette longue lutte de soixante-dix ans pour faire l'inventaire des pertes subies par sa doctrine, et parmi ses théories favorites saluer les victorieuses, relever les blessées et enterrer les mortes.

Si nous commençons par la philosophie politique, il constaterait avec nous que cette révolution française qu'il disait mourante en 1796, qui semblait avoir reçu le coup suprême de la dictature d'un général victorieux, chassant les assemblées du 18 brumaire, passant du Consulat à l'Empire, fondant une dynastie, et consacrant son usurpation par la double sanction du plébiscite populaire et de l'onction pontificale, avait survécu à cette épreuve de l'éclipse de la liberté dans la gloire. Il reconnaîtrait qu'après avoir traversé les phases et évolutions successives de la monarchie représentative de 1814 à 1830 et de 1830 à 1848, et d'un nouvel essai d'empire de 1851 à 1870 elle semblait s'être établie dans la définitive forme de la république unitaire et parlementaire dont nous habitons en ce moment l'édifice menacé non par le danger encore dérisoire d'une restauration monarchique, mais par les ébranlements d'une lutte dégénérée, tombée des passions de l'idée et des spéculations du droit, aux ambitions des intérêts mécontents et aux revendications des appétits déchaînés.

Il verrait la France, son génie et son avenir aux prises avec les premières crises. Les premiers dangers de cette lutte, de cette convulsion suprême de la révolution ne menaçant plus la monarchie pour longtemps sinon pour jamais vaincue, mais la société, et non plus entreprise par le tiers état contre les ordres privilégiés, mais par le quatrième état, l'état ouvrier, contre la bourgeoisie, le capital et le salariat.

Il constaterait les mêmes troubles, les mêmes frémissements, les mêmes agitations du levain socialiste, fermentant à des degrés divers dans tous les pays d'Europe et la menaçant du cataclysme de ses explosions prochaines. Il entendrait les mêmes bruits souterrains précurseurs des tempêtes dans le monde des travailleurs, aussi bien dans la République fédérale des États-Unis, où la guerre au besoin renoue les liens et rapproche les faisceaux d'une Union fondée sur la nécessité plus que sur la concorde, que dans la République fédérative suisse, où la pratique du *referendum* met en évidence les avantages et les inconvénients du gouvernement populaire direct.

Il ne trouverait nulle part réalisé ce type idéal de la monarchie chrétienne, échappant aux révolutions; ni dans l'Allemagne militaire et piétiste, où le socialisme ronge les freins et mine les digues d'une souveraineté qui jouera son va-tout dans les hasards d'une lutte intérieure ou d'une guerre universelle; ni dans la Russie, où règne l'autocratie féodale sacerdotale, et patriarcale du tzar.

Partout Joseph de Maistre verrait donc le déclin du système et du régime monarchiques, le triomphe de l'autorité élective sur l'autorité héréditaire, l'instabilité des pouvoirs résultant de la loi des majorités, l'écrasement de l'élite par le poids du nombre.

Il ferait ressortir, à titre de représailles contre cette déception des événements, les stérilités, les insécurités, les capitulations, l'abaissement de la politique réduite aux jeux de l'intrigue et soumise aux caprices

du hasard, résultant de cette instabilité ministérielle
et gouvernementale inévitable dans les régimes où
l'élection est la source de tous les pouvoirs et où le
suffrage universel est mis en branle pour frapper la
médaille d'un conseiller municipal, comme pour frapper celle d'un président de la république. Il aurait
repris avec plus de véhémence et d'ironie que jamais
ses observations axiomatiques sur l'inanité des souverainetés, résultant d'un contrat et émiettés en monnaie
de plus en plus menue de délégations sous mandat,
sur la fragilité des pactes constitutionnels, le meilleur
étant celui qui n'étant pas écrit, ne saurait être dé-
chiré, celui que la tradition de cinq siècles a créé en
Angleterre et dont elle a fait ce chêne inébranlable qui
porte dans chaque feuille ligneuse enroulée autour de
sa moelle et formant son tronc toujours grossissant la
trace et le dépôt des générations successives. Il aurait
montré le mouvement de protestation et de révolte des
minorités parfois égales à la moitié et opprimées par
le joug, et réclamant représentation et part propor-
tionnelle au pouvoir.

Il aurait renouvelé ses moqueries vengeresses sur
les abus et les inconvénients du système parlementaire et ranimé, par de nouveaux traits, la saveur
piquante de ses critiques ou plutôt de ses satires du
régime électif, demeuré à ses yeux un régime révolutionnaire. Il se serait rejeté sur sa fameuse et paradoxale maxime, dont on a abusé pour excuser bien des
injustices et des abandons, que les peuples n'ont que
le gouvernement qu'ils méritent. Mais comme, après
tout, il tenait compte de l'expérience, comme, tout en
gardant la religion du principe monarchique, il n'en
avait pas la superstition, ayant eu plus que personne

à se plaindre de l'arrogance des majors de place piémontais et de la jalousie, de la médiocrité ministérielle, et ayant souffert du despotisme brutal d'un
Napoléon et même du despotisme plus aimable d'un
Alexandre, il aurait constaté avec tristesse, mais sans
humeur, cette éclipse presque générale du principe
monarchique en Europe, cette diminution progressive
des chances d'une Restauration en France, avouée par
ses amis impossible dans le passé, au moment même
où on la croyait prochaine, et plus impossible encore
dans l'avenir, et il aurait rappelé aux rares compagnons de son opiniâtre fidélité que la foi politique,
comme la foi religieuse, a fait une vertu de l'espérance.

Si Joseph de Maistre, revenu ici-bas, eût été obligé
de constater le discrédit où semblent tombés ses principes politiques considérés, par les curieux et dilettantes d'esprit, surtout comme de belles spéculations,
de belles combinaisons chimériques, de beaux exer-
cices de gymnastique utopique, et eût été obligé de
s'avouer vaincu pour longtemps, sinon pour toujours,
car l'argument du succès n'était pas, pour lui, le
meilleur, et il persistait à penser que la raison, selon
le mot de Montesquieu, finit toujours par avoir raison,
il eût trouvé des compensations, des consolations, des
revanches, au point de vue de philosophe catholique,
dans les leçons des spectacles contemporains.

Sans doute, il aurait vu sans déplaisir l'expulsion
de l'Autriche de la Péninsule italienne, lui qui détestait l'Autriche et sa politique ambiguë et décevante,
lui qui poussait dans son cœur le *Fuori i bedeschi*,
qui fut le premier signal du *Resorgmiento*. Convaincu
comme il l'était que la maison de Savoie était trop

grande de tradition et d'ambition pour se contenter
d'un sort trop petit, l'orgueil de son patriotisme en
présence du but atteint eût peut-être imposé silence
à certains scrupules sur les moyens par lesquels le
royaume de Sardaigne avait pris un corps à la proportion de son âme. Il n'eût pas regretté la rançon de
cet affranchissement, payée avec le retour de la Savoie
et de Nice au giron de la France. Il eût peut-être dit
hélas! quand la Sardaigne aurait avalé son voisin le
royaume de Naples, après son voisin le grand-duché
de Toscane. Les peuples en mal de croissance ont si
grand appétit! Mais, à coup sûr, devant l'envahisse-
ment et l'occupation de Rome, il se fût écrié : « Holà!
prenez garde, quiconque mange du Pape en meurt. »
Et il eût vu un premier signe de cette malédiction du
quos vult perdere, dans l'entraînement fatal, comme
un vertige qui pousse l'Italie hors de ses orbites naturelles et fraternelles pour se faire, par haine de la
Papauté, par souci de sa protestation importune, par
espoir de trouver le Trentin dans le butin de la victoire... des autres, l'alliée, la championne et la dupe
de ces Teutons, de ces Germains qui l'ont battue,
pillée, humiliée pendant six siècles.

Sur ce terrain de sa politique, de sa polémique, de
sa philosophie religieuse et morale, Joseph de Maistre
retrouverait avec satisfaction tous ses avantages. Il
constaterait que, personnifiée dans l'un des pontifes
les plus intelligents et les plus politiques qui aient
illustré son siège par la double autorité du génie et de
la vertu, — c'est un hommage que lui rendent publiquement ses adversaires eux-mêmes, — la Papauté
semble avoir regagné en force morale et sociale tout
ce qu'elle a perdu en puissance matérielle. Si le pape

Léon XIII, réduit, par une héroïque fierté, à une souveraineté purement nominale et à une existence précaire, entretenue par la contribution volontaire des
fidèles, n'est plus que par tradition le pape-roi, s'il
n'est plus, comme le disait Chateaubriand, le seul
souverain qui bénisse ses sujets, il demeure plus que
jamais le chef de la chrétienté, plus puissant que jamais
dans sa faiblesse spoliée et désarmée, gardant le privilège d'envoyer dans les pays catholiques des ambassadeurs qui ont le pas sur tous les autres, et,
dans les pays dissidents, des négociateurs respectés
qui appuient les progrès incessants de la foi catholique sur l'organisation des hiérarchies de sa suzeraineté spirituelle en Allemagne, en Angleterre, aux
États-Unis et récemment encore jusque dans l'ortho-
doxe Russie.

Les rapports de l'Église et de l'État, dont le Con-
cordat de 1801 demeure la charte, restent établis
malgré les difficultés d'interprétation issues de ce contrat léonin, sur une base assez solide pour que les
assauts des partis radicaux ne parviennent pas à
l'ébranler, et pour qu'aucun gouvernement sérieux ne
veuille prendre l'initiative et la responsabilité dangereuses d'une rupture que ne favoriseraient plus les
principes discrédités du gallicanisme. Car, et c'est là
la principale victoire de la lutte engagée par Joseph
de Maistre, la déclaration de 1682 est virtuellement
abrogée. On ne trouverait plus, de l'aveu même de ses
derniers et rares partisans, un prêtre français pour
enseigner dans nos séminaires cette doctrine trop
longtemps couverte de l'autorité usurpée de Bossuet, et
qui est morte après l'agonie d'un discrédit égal à l'ancienne popularité, sous l'arrêt solennel du Concile qui

a fait du Pape le dépositaire infaillible et le gardien inviolable du dogme catholique.

Joseph de Maistre trouverait la Papauté spirituellement toute-puissante, plus puissante que de son temps, où sa marche rencontrait l'entrave de l'opposition gallicane, et plus allégée qu'affaiblie par sa pauvreté temporelle, gardant au front la pure auréole de la souveraineté sous terre, se portant avec une alacrité nouvelle où l'appelle l'intérêt du salut de l'Église et du salut social, au poste de conseil, de médiation, de pacification entre le capital et le travail, le patronat et le salariat dans leurs luttes prochaines. Cette évolution du catholicisme et de la Papauté a été déjà inaugurée par les vigilantes et clairvoyantes encycliques de Léon XIII, intervenant, l'Évangile à la main, dans les premières crises du mouvement socialiste qui agitera si dangereusement la fin du siècle, et prenant ce poste d'honneur et de dévouement où sa voix seule peut avoir quelque autorité, où le succès de la religion le consolera des déceptions de la politique, et où la confiance et la reconnaissance des peuples le dédommageront des méfiances et des ingratitudes des rois.

Dans le domaine de la philosophie morale et religieuse, le monument de Joseph de Maistre est ce livre étincelant, étonnant autant qu'admirable, où l'éloquence et l'ironie tiennent l'esprit éveillé au milieu des discussions les plus arides et les plus subtiles, où le paradoxe tire ses feux d'artifice en faveur de la vérité, livre auquel rien ne manque qu'un peu de sentiment, qu'un peu de tendresse, qu'un peu d'amour, qu'un peu de pitié, qui subjugue plus qu'il ne persuade, et qui terrorise pour ainsi dire le jugement.

25.

Dans ces matières de discussion dogmatique, théo-
logique ou morale, Joseph de Maistre se laisse aller
à son tempérament ardent, à son caractère impérieux,
à son goût de la contradiction, mais à sa haine de
l'erreur. Il démontre le gouvernement temporel de
la Providence, car c'est là le but de son ouvrage par
des arguments empruntés à la tradition et à la conscience universelle du genre humain. Ce genre d'argumentation ne comporte guère les poésies de l'imagination, les attendrissements de la sensibilité. C'est une
démonstration d'un genre sévère, d'un caractère inflexible, qui ne se prête guère au sourire ni aux
larmes.

Bernardin de Saint-Pierre, après Fénelon, avait
démontré le gouvernement de la Providence par les
beautés de la création, les miracles de la nature. Chateaubriand avait glorifié la religion catholique par ses
poésies, ses éloquences, ses charmes. C'est à d'autres
raisons qu'a recours la savante et implacable orthodoxie de l'auteur des *Soirées de Saint-Pétersbourg*.
C'est dans d'autres mystères, dans d'autres prodiges
qu'il nous promène. C'est un sombre voyage qu'il nous
fait faire à travers les lois qui régissent la déchéance de
l'humanité par la faute originelle, et sa rédemption
par le supplice du Golgotha. Les idées d'expiation,
de sacrifice, de reversibilité des mérites et des fautes,
des récompenses et des peines, les tableaux de ces
guerres qui font couler sans merci le sang de haines
fratricides, le portrait de cet homme mystérieux et
sinistre, innocent et méprisé, respectable et maudit,
« destiné à infliger aux crimes les châtiments décernés
par la justice humaine et dont l'existence nécessaire
résulte de cette prérogative redoutable de la souve-

raineté : la punition des coupables (1) » ont fait
accuser de dureté, de fanatisme, d'exaltation sangui-
naire, de partisan d'un enfer à l'espagnole, cet
homme avisé, modéré, subtil et délicat, dont la correspondance nous a révélé les douceurs, les débonnai-
retés, les tendresses, cet homme à l'imagination bien
plus virgilienne que dantesque, et qui rêvait de préférence à l'enfer à l'espagnole un paradis à l'italienne,
fait de lumière et de volupté de l'esprit, dans l'ado-
ration tranquille de la vérité.

Le prétendu apologiste de la guerre, le glorificateur
prétendu du bourreau détestait l'hérésie, mais en pardonnant à l'hérétique, haïssant le péché, mais souriant au pécheur. Considérant la guerre dont il avait
tant souffert, en sa qualité de père et de patriote que
comme un fléau, ayant le caractère divin, c'est-à-dire
fatal et à la fois terrible et salutaire de tous les fléaux,
qu'il fallait combattre, dont il fallait souhaiter la fin,
tout en convenant de la périodicité, de la longévité,
et, jusqu'à un certain point, de la nécessité de ces
déchaînements terribles et destructeurs, mais expiatoires, salutaires et féconds des forces révoltées de la
nature ou des fureurs brutales, homicides et héroïques
de l'humanité. Pour le bourreau, il le considérait en
philosophe et en juge, comme le ministre du droit
et du devoir nécessaire de punir.

Il en est de cette prétendue glorification de la guerre
et du bourreau, à laquelle ne croient plus aujourd'hui
que ceux qui ont intérêt à y croire et préfèrent accuser
un livre que le lire, comme de la soi-disant apologie du
pouvoir arbitraire, de la souveraineté absolue, du des-

---

(1) *Soirées de Saint-Pétersbourg*, I, 31.

potisme; en un mot Joseph de Maistre n'était certes pas
un révolutionnaire, pas plus qu'un Voltairien bien
qu'il convînt de certains bienfaits de la Révolution et
qu'il ne se défendît pas de lire et même d'admirer Voltaire en ses beaux endroits. Mais il faudrait ne l'avoir
pas lu pour accuser de goût du despotisme et de la
servitude le monarchiste libéral même sur certains
points que fut Joseph de Maistre, qui n'aimait ni les
constitutions ni les chartes, ni les abus du régime parlementaire, mais qui admettait la nécessité dans l'exercice de la souveraineté du tempérament des conseils et
même des freins modérateurs ; qui remontrait aux
princes le danger des révolutions et leurs inconvénients
aux peuples, parlant aux uns et aux autres de leurs
devoirs plus que de leurs droits et qui a écrit sur
l'étendue et les limites du libre arbitre humain cette
belle pensée : « L'homme doit agir comme s'il pouvait
tout et se résigner comme s'il ne pouvait rien. »

Enfin, pour finir par un trait non de satire certes,
mais de moralité, si Joseph de Maistre était encore de
ce monde des vivants en l'année 1892 ou y revenait seulement quelques jours, il pourrait constater avec une
satisfaction quelque peu étonnée et un sourire non
sans malice que ses idées politiques, philosophiques,
religieuses, son système, sa doctrine, ont fait assez de
chemin dans le monde pour n'y être plus qu'à l'état
militant qui leur convient si bien ; c'est-à-dire contes-
tées, mais non dédaignées, débattues ; c'est-à-dire
attaquées par les uns et défendues par les autres.

Il pourrait cette année même, et cela dit tout sur
l'état de sa doctrine, aller s'asseoir tour à tour parmi
les auditeurs non seulement du cours libre de philosophie morale et de droit naturel de l'Institut catholique,

mais encore parmi ceux du cours d'histoire des légis-
ations comparées du collège de France (1). Dans ces
deux milieux si différents chez les orateurs des deux
chaires placées dans des salles à l'atmosphère si peu
identique, il rencontrerait sans surprise et sans
mécontentement, parce qu'il fut de tout temps ami de
la contradiction et que la France est le pays de la libre
discussion et même non sans plaisir parce qu'il y a
dans les égards d'un adversaire un hommage aussi
agréable que dans l'enthousiasme d'un admirateur; il
rencontrerait, disons-nous, le même respect, la même
estime pour lui dans la bouche du professeur de l'Etat
critiquant ses idées et dans la bouche du professeur
libre les approuvant.

C'est là un résultat qui suffit à prouver de quelle
vitalité tenace est douée cette doctrine originale qui
s'impose à l'hommage de ses adversaires mêmes, qui
continue d'attirer des esprits généreux et élevés et à
permettre de mesurer quel chemin elle a fait dans le
monde des idées en dépit des contradictions de l'expérience et des affronts du fait. Elle s'appuie sur l'autorité et la foi qui ne perdront jamais leurs droits sur la
conscience des hommes, et résisteront toujours victorieusement à leurs passions. Elle a surtout pour but de
concilier la politique avec la religion, qui est la plus
grande force morale et sociale qui existe, et mérite à ce
titre l'attention et le respect de tout homme d'Etat

---

(1) M. Clément de Paillette, à partir du 8 décembre 1891 a
traité dans vingt-cinq conférences, de *Joseph de Maistre, de sa
vie, de ses œuvres*. M. Jacques Flach, au collège de France,
peu de jours après, a rouvert son cours, en continuant le mardi
ses leçons commencées l'an dernier sur Joseph de Maistre,
comparé comme théoricien politique à saint Thomas d'Aquin,
à Gilles de Rome et à l'auteur du *Songe du Verger*.

digne de ce nom. On ne l'est qu'à la condition de tenir compte des forces ; car les forces méconnues se vengent ; et elles ont des explosions qui rendent aussi ridicules que funestes ceux qui ont osé les mépriser.

TABLE DES MATIÈRES

~~~~~~~

PARIS. — E. DE SOYE ET FILS, IMPR., 18, R. DES FOSSÉS-S.-JACQUES.

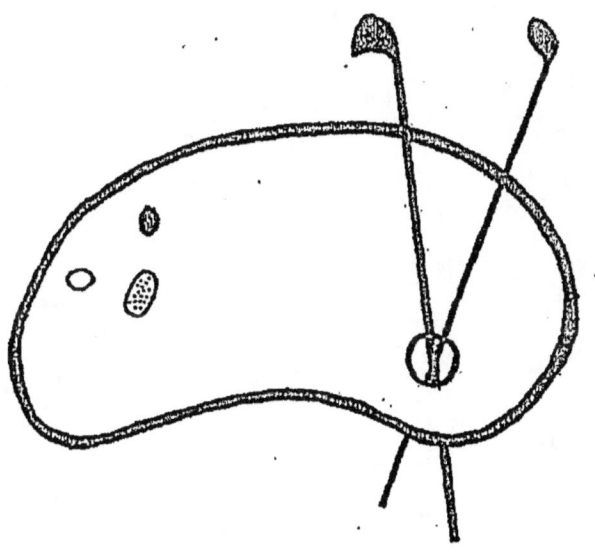

ORIGINAL EN COULEUR
NF Z 43-120-8